dtv

Wir schreiben das Jahr 1643. Die Niederlande kämpfen gegen die spanische Krone, in Deutschland wütet der Dreißigjährige Krieg. In Frankreich herrscht der Absolutismus. Die Epoche des europäischen Barock, das Zeitalter der Aufklärung hat begonnen, und die Erde ist nicht mehr Zentrum des Universums. – Mitten in dieser turbulenten Zeit ist Roberto de La Grive, ein junger Piemontese, in geheimer Mission und in allerhöchstem Auftrag unterwegs. Er ist nach einer abenteuerlichen Jugend nach Paris gekommen und dort in antiklerikale Kreise geraten. Jetzt wird er von Kardinal Mazarin persönlich vor die Wahl gestellt: Entweder verliert er Kopf und Kragen, oder er muß als Spion im Dienste Frankreichs einem Geheimnis auf die Spur kommen, das zu enträtseln sich die seefahrenden Großmächte verzweifelt bemühen – dem Geheimnis des Festen Punktes, der die Längengrade bestimmt ...

Umberto Eco wurde am 5. Januar 1932 in Alessandria (Piemont) geboren, ist Ordinarius für Semiotik an der Universität Bologna und verfaßte zahlreiche Schriften zur Theorie und Praxis der Zeichen, der Literatur, der Kunst und nicht zuletzt der Ästhetik des Mittelalters.

Umberto Eco

Die Insel des vorigen Tages

Roman

Aus dem Italienischen von
Burkhart Kroeber

Deutscher Taschenbuch Verlag

Ungekürzte Ausgabe
Dezember 1999
Deutscher Taschenbuch Verlag GmbH & Co. KG,
München
© 1994 R. C. S. Libri & Grandi Opere S.p.A., Mailand
Titel der italienischen Originalausgabe:
›L'isola del giorno prima‹ (Bompiani, Mailand 1994)
© 1995 der deutschsprachigen Ausgabe:
Carl Hanser Verlag, München · Wien
Umschlagkonzept: Balk & Brumshagen
Umschlagbild: © Marco J. Ventura, Milano
Satz: IBV Satz- und Datentechnik, Berlin
Gesetzt aus der Garamond 10/11,5˙ (Linotron 202)
Druck und Bindung: C. H. Beck'sche Buchdruckerei,
Nördlingen
Gedruckt auf säurefreiem, chlorfrei gebleichtem Papier
Printed in Germany · ISBN 3-423-08521-5

Is the Pacifique Sea my Home?

John Donne, *Hymne to God my God*

Stolto! a cui parlo? Misero! Che tento?
Racconto il dolor mio
a l'insensata riva
a la mutola selce, al sordo vento …
Ahi, ch'altro non risponde
che il mormorar de l'onde!*

Giambattista Marino, »Eco«, *La Lira*, 3, XIX

* Tor! Zu wem spreche ich? Elender! Was versuche ich?
  Ich erzähle mein Leid
  der gefühllosen Küste
  dem stummen Stein, dem tauben Wind …
  Ach, und es antwortet nichts
  als das Murmeln der Wellen!

I

DAPHNE

*Und doch erfüllt mich meine Demütigung mit Stolz, und da
zu solchem Privilegio verdammt, erfreue ich mich nun gleichsam einer verabscheuten Rettung: Ich glaube, ich bin seit
Menschengedenken das einzige Wesen unsrer Gattung, das
schiffbrüchig ward geworfen auf ein verlassenes Schiff.*

So, in unverbesserlichem Manierismus, Roberto de La Grive,
vermutlich im Juli oder August 1643.

Seit wie vielen Tagen war er auf den Wellen getrieben, an
ein Brett gebunden, tagsüber mit dem Gesicht nach unten, um
nicht von der Sonne geblendet zu werden, den Hals unnatürlich verrenkt, um kein Wasser in den Mund zu bekommen,
verätzt von der Salzlauge, sicherlich fiebernd? Die Briefe lassen es nicht erkennen, sie lassen an eine Ewigkeit denken, aber
es kann sich um höchstens zwei Tage gehandelt haben, sonst
hätte er nicht überlebt unter der Peitsche des sengenden Phö-
bus (wie er bilderreich klagt) – er, der sich als so kränklich beschreibt, ein Nachttier aus angeborener Schwäche.

Er war nicht imstande, die Zeit zu messen, aber ich glaube,
das Meer hatte sich nach dem heftigen Sturm, der ihn von
Bord der *Amarilli* gefegt hatte, recht bald wieder beruhigt,
und das als Rettungsfloß dienende Brett, das ihm der Matrose
maßgeschneidert hatte, dürfte ihn, von den Passatwinden
über ein heiteres Meer getrieben in einer Jahreszeit, in der
südlich des Äquators ein äußerst milder Winter herrscht,
nicht allzuweit gebracht haben, ehe die Strömung es in die
Bucht trieb.

Es war Nacht, er war eingenickt und hatte nicht bemerkt, daß er auf das Schiff zutrieb, bis das Brett mit einem leichten Erzittern an den Bug der *Daphne* gestoßen war.

Doch als er dann im Licht des Vollmonds erkannte, daß er unter einem Bugspriet dümpelte, direkt unter einem Vorderkastell, von welchem unweit der Ankerkette eine Strickleiter hing (die Jakobsleiter! hätte Pater Caspar gesagt), waren alle seine Lebensgeister sofort wieder da. Es muß die Kraft der Verzweiflung gewesen sein: Er überlegte, ob er noch Atem genug hatte, um zu schreien (aber seine Kehle war ein einziges trocknes Brennen) oder sich von den Stricken zu befreien, die ihn mit bläulichen Striemen gezeichnet hatten, und den Aufstieg zu versuchen. Ich glaube, in solchen Momenten kann ein Sterbender zu einem Herkules werden, der die Schlangen in der Wiege erwürgt. Robertos Aufzeichnung des Geschehens ist unklar, aber da er am Ende auf dem Vorschiff war, muß er sich irgendwie die Leiter hinaufgequält haben. Vielleicht hatte er sie Stück für Stück erklommen, nach jeder Sprosse erschöpft innehaltend, hatte sich dann über die Bordwand fallen lassen, war über die Taue gekrochen, hatte die Tür zum Vorderkastell offen gefunden … Und der Instinkt muß ihn im Dunkeln an jenes Faß geführt haben, zu dessen Rand er sich dann hinaufzog, um eine Tasse an einer kleinen Kette zu finden. Er hatte getrunken, soviel er konnte, und war gesättigt zu Boden gesunken, vielleicht gesättigt im vollen Wortsinne, denn jenes Wasser mußte so viele ertrunkene Insekten enthalten haben, daß es ihm Trank und Speise in einem lieferte.

Danach muß er vierundzwanzig Stunden geschlafen haben, denn es war Nacht, als er wieder erwachte, doch nun wie neugeboren. Es war also *wieder* Nacht und nicht *noch*.

Er aber dachte gewiß, daß es noch dieselbe Nacht war, andernfalls hätte ihn, wenn inzwischen ein ganzer Tag vergangen wäre, doch irgendwer finden müssen. Das Mondlicht, das vom Deck her eindrang, beleuchtete den Raum so hell, daß er jetzt klar zu erkennen war als die Kombüse des Schiffs mit ihrem über dem Herd aufgehängten Kessel.

Es gab zwei Türen, eine zum Bugspriet und eine nach hinten zum Deck. Roberto trat an die zweite und erblickte auf dem fast taghell erleuchteten Deck die sauber zusammengerollten Taue, die Ankerwinde, die Masten mit den eingerollten Segeln, einige Kanonen an den Geschützpforten und die Silhouette des Achterkastells. Er rief etwas, aber keine lebende Seele antwortete. Er blickte über die Bordkante und sah an Steuerbord, etwa eine Meile entfernt, das Profil einer Insel mit Palmen am Ufer, die sich im Wind bewegten.

Die Küste bildete eine Bucht, ein Halbrund zwischen zwei kleinen Vorgebirgen, gesäumt von einem weißen Sandstrand, der in der bleichen Dunkelheit glänzte, aber wie jeder Schiffbrüchige hätte Roberto nicht sagen können, ob es eine Insel oder Festland war.

Er wankte zur anderen Bordwand hinüber und sah – aber diesmal weit entfernt, fast am Horizont – die Gipfel eines anderen Profils, das ebenfalls von zwei Vorgebirgen begrenzt war. Sonst überall Meer, so daß man den Eindruck gewinnen konnte, das Schiff sei auf einer Reede vor Anker gegangen, zu der es durch eine breite Meerenge gelangt war, welche die beiden Küsten trennte. Roberto kam zu dem Schluß, daß es sich, wenn nicht um zwei Inseln, sicher um eine Insel vor einer größeren Landmasse handelte. Ich glaube nicht, daß er noch andere Hypothesen erwog, da er noch nie von Buchten gehört hatte, die so groß waren, daß man in ihnen den Eindruck gewinnen konnte, sich zwischen zwei Zwillingsfestländern zu befinden. So hatte er, da er nichts von riesigen Kontinenten wußte, ins Schwarze getroffen.

Es war keine schlechte Lage für einen Schiffbrüchigen: die Füße auf festem Boden und Land in Reichweite. Aber Roberto konnte nicht schwimmen, er sollte bald feststellen, daß es auf dem Schiff kein Beiboot gab, und das Brett, auf dem er gekommen war, hatte die Strömung längst fortgetrieben. Daher mischte sich in seine Erleichterung, daß er dem Tod entgangen war, die Bestürzung über die dreifache Einsamkeit: des Meeres, der nahen Insel und des Schiffes. »He, niemand an Bord?« muß er versucht haben in allen ihm bekannten Sprachen zu rufen, wobei ihm aufging, wie schwach er war. Stille. Als ob an Bord alles tot wäre, schrieb er. Und nie hatte er sich – er, der so großzügig mit Gleichnissen war – so unverblümt ausgedrückt. Oder quasi, aber dieses Quasi ist es, wovon ich sprechen möchte, und ich weiß nicht, wo ich anfangen soll.

Dabei habe ich ja schon angefangen. Ein Mann treibt entkräftet auf dem Ozean, und die nachsichtigen Wellen werfen ihn auf ein Schiff, das verlassen scheint. Verlassen, als wäre die Mannschaft erst kürzlich von Bord gegangen, denn als Roberto sich in die Kombüse zurückschleppt, findet er eine Lampe und Zündzeug, als hätte sie der Koch dort bereitgestellt, ehe er schlafen ging. Aber die beiden Kojen, die sich eine über der anderen neben dem Kamin befinden, sind leer. Roberto zündet die Lampe an, schaut sich um und entdeckt große Mengen von Lebensmitteln: getrockneten Fisch und Zwieback mit nur wenig Schimmel, der sich leicht abschaben läßt. Der Fisch sehr salzig, aber Wasser gibt es nach Belieben.

Er muß bald wieder zu Kräften gekommen sein, jedenfalls war er gut bei Kräften, als er darüber schrieb, denn er verbreitet sich – hochliterarisch – über die Wonnen seines Festmahls, nie habe Olymp dergleichen bei seinen Gelagen genossen, süße Ambrosia für mich aus den Tiefen des Meeres, das Ungeheuer, des Tod mir nun Leben geworden ... Dies aber schrieb Roberto an die Dame seines Herzens:

Sonne meines Schattens, Licht meiner Nächte,

warum hat der Himmel mich nicht zermalmt in jenem Sturme, den er so wütend entfacht? Wozu dem gefräßigen Meere diesen meinen Leib entreißen, wenn meine Seele dann in dieser geizigen und dazu trostlosen Einsamkeit auf gräßliche Weise Schiffbruch erleiden sollte?

Vielleicht, wenn der barmherzige Himmel mir keine Hilfe sendet, werdet Ihr nie diesen Brief lesen, den itzo ich schreibe, und verbrannt wie eine Fackel vom Licht dieser Meere werde ich mich vor Euren Augen verdunkeln, denn eine Selene, die ach! zuviel vom Licht ihrer Sonne genossen, während sie ihre Reise hinter der letzten Krümmung unseres Planeten vollendet, beraubt der Hilfe durch die Strahlen des sie beherrschenden Astrums, verdünnt sich erst zum Bildnis der Sichel, die den Lebensfaden abschneidet, und löst sich alsdann, eine matter und matter werdende Leuchte, zur Gänze in jenem großen wächsernen Himmelsschild auf, in dem die ingeniöse Natur heroische Devisen und rätselhafte Embleme ihrer Geheimnisse bildet. Eures Blickes beraubt, bin ich blind, da Ihr mich nicht sehet, und stumm, da Ihr nicht zu mir redet, und ohne Gedächtnis, da Ihr nicht meiner gedenket.

Und ich lebe nur, brennende Trübnis und düstere Flamme, als vages Phantasma, welches mein Geist, immer gleich gestaltend in diesem widrigen Streit der Gegensätze, so gern dem Euren darbieten würde. Mein Leben rettend in dieser hölzernen Burg, in dieser schwimmenden Festung, in diesem Gefängnis des Meeres, das vor dem Meer mich bewahrt, bestraft von des Himmels Gnade, verborgen in diesem tiefuntersten Sarkophage, der offen für alle Sonnen, in diesem unterirdischen Luftschiff, in diesem unüberwindlichen Kerker, der mich allseits zur Flucht ermuntert, verliere ich langsam die Hoffnung, Euch eines Tages wiederzusehen.

Signora, ich schreibe Euch, um Euch, als unwertes Zeichen der Huldigung, die welke Rose meiner Trostlosigkeit anzubieten. Und doch erfüllt mich meine Demütigung mit Stolz, und da zu solchem Privilegio verdammt, erfreue ich mich nun gleichsam einer verabscheuten Rettung: Ich glaube, ich bin seit Menschengedenken das einzige Wesen unsrer Gattung, das schiffbrüchig ward geworfen auf ein verlassenes Schiff.

Aber ist das überhaupt möglich? Nach dem Datum auf diesem ersten Brief zu schließen, müßte Roberto sich gleich nach seiner Ankunft ans Schreiben gemacht haben, kaum daß er Papier und Feder in der Kapitänskajüte gefunden hatte. Dabei muß es doch einige Zeit gedauert haben, bis er wieder zu

Kräften kam, denn er war geschwächt wie ein verwundetes Tier. Oder ist es vielleicht eine kleine Liebeslist: Zuerst versucht er sich klarzumachen, wohin er geraten ist, dann schreibt er und tut so, als wäre es vorher. Warum aber, wo er doch weiß, vermutet, fürchtet, daß seine Briefe nie ankommen werden, und sie nur schreibt, um sich zu quälen (um sich qualvoll zu trösten, würde er sagen, aber wir wollen versuchen, uns nicht von ihm die Hand führen zu lassen)? Es ist schon schwierig genug, die Taten und Gefühle eines Menschen zu rekonstruieren, der zwar sicher vor echter Liebe brennt, aber bei dem man nie weiß, ob er das ausdrückt, was er empfindet, oder das, was die Regeln des Liebesdiskurses ihm vorschreiben – doch was wissen wir schon vom Unterschied zwischen empfundener und ausgedrückter Leidenschaft, und welche der beiden vorausgeht? Also sagen wir, er schrieb für sich, es war nicht Literatur, er saß wirklich da und schrieb wie ein Jüngling, der einem unmöglichen Traum nachhängt, die Seite mit Tränen tränkend, aber nicht wegen der Abwesenheit der geliebten Person, die schon als Anwesende reines Bild für ihn war, sondern aus Gerührtheit über sich selbst, verliebt in die Liebe ...

Das könnte schon einen Roman ergeben, aber noch einmal, wo beginnen?

Ich denke, er hat diesen ersten Brief erst später geschrieben und sich zunächst umgesehen – und was er dabei entdeckt hat, wird er in späteren Briefen schildern. Aber auch hier wieder, wie übersetzt man das Tagebuch eines Menschen, der durch treffende Metaphern sichtbar machen will, was er schlecht sieht, während er nachts mit leidenden Augen umhergeht?

Roberto wird sagen, daß er sein Augenleiden seit jenem Tag hatte, als er während der Belagerung von Casale den Streifschuß an der Schläfe abbekam. Und das kann auch so gewesen sein, aber an anderer Stelle legt er nahe, daß seine Augen wegen der Pest immer schlechter geworden seien. Er war sicherlich von zarter Konstitution und auch etwas hypochondrisch, wenngleich mit Verstand; die Hälfte seiner Lichtscheu muß an schwarzer Galle gelegen haben und die andere Hälfte an einer Form von Reizung, die womöglich durch die Präparate des Herrn d'Igby noch verschärft worden war.

Es scheint gesichert, daß er die Reise auf der *Amarilli* nur unter Deck zurückgelegt hatte, wenn man bedenkt, daß die Rolle des Lichtscheuen, wenn nicht ohnehin seine Natur, so doch zumindest diejenige war, die er spielen mußte, um die Machenschaften im Kielraum verfolgen zu können. Mehrere Monate lang im Dunkeln oder im Licht einer Kerze – und dann die Zeit auf dem Brett, geblendet von der fast äquatorialen Tropensonne. Als er auf der *Daphne* landet, muß er, ob krank oder nicht, das Licht gehaßt haben, er verbringt die erste Nacht in der Kombüse, erholt sich ein bißchen und nimmt in der zweiten Nacht eine erste Inspektion der Örtlichkeit vor, danach geht alles Weitere fast wie von selbst. Das Tageslicht macht ihm angst, nicht nur seine Augen ertragen es nicht, auch die Verbrennungen, die er auf dem Rücken gehabt haben muß, machen es ihm unerträglich, und so verkriecht er sich im Dunkeln. Der schöne Mond, den er in jenen Nächten beschreibt, gibt ihm wieder Mut, tagsüber ist der Himmel wie überall, nachts entdeckt er an ihm neue Sternbilder (heroische Devisen und rätselhafte Embleme), und es ist wie im Theater: Roberto gelangt zu der Überzeugung, daß dies für lange Zeit sein Leben sein wird, vielleicht bis zum Tod, er schafft sich schreibend seine Signora neu, um sie nicht zu verlieren, und er weiß, daß er nicht viel mehr verloren hat, als was er schon hatte.

So flüchtet er sich in seine Nachtwachen wie in einen Mutterschoß und beschließt, nun erst recht die Sonne zu meiden. Vielleicht hatte er von jenen Auferstandenen aus Ungarn, Livland oder der Walachei gelesen, die von Sonnenuntergang bis zur Morgendämmerung ruhelos umgehen, um sich beim ersten Hahnenschrei wieder in ihre Gräber zu legen – eine Rolle, die ihn reizen könnte ...

Roberto muß seine Inspektion des Schiffes in der zweiten Nacht begonnen haben. Er hatte nun lange genug gerufen, um sicher zu sein, daß sich außer ihm niemand an Bord befand. Aber er hätte, und das fürchtete er, Tote finden können, irgendwelche Zeichen, die das Fehlen von Lebenden zu erklären vermochten. So bewegte er sich mit Vorsicht voran, und aus den Briefen geht nicht recht hervor, in welche Richtung, denn er benennt das Schiff, seine Teile und die Gegenstände an Bord nur ungenau. Einige sind ihm vertraut, denn er hat ihre Namen von den Matrosen der *Amarilli* gehört, andere sind ihm unbekannt, und er beschreibt sie so, wie sie ihm erscheinen. Aber auch die bekannten Dinge muß er vom einen französisch, vom anderen holländisch, vom dritten englisch benannt gehört haben – was dafür spricht, daß die Besatzung der *Amarilli* aus Abenteurern der sieben Meere zusammengewürfelt war. So nennt er den Höhenmesser gelegentlich *staffe*, wie er es wohl von Doktor Byrd gehört hatte; man versteht nur mit Mühe, wie er sich einmal auf dem Achterkastell oder dem hinteren Aufbau befinden kann und ein andermal auf dem hinteren *gagliardo*, was von französisch *galliard* kommt und dasselbe heißt; die Geschützpforten nennt er *sabordi*, von französisch *sabords*, was ich ihm gern erlauben will, denn es erinnert mich an die Seefahrergeschichten, die ich als Kind gelesen habe; er spricht von einem *parrocchetto*, was für uns ein Segel am Fockmast, also ein Vormarssegel wäre, aber da für die Franzosen *perruche* das Besansegel ist, das sich hinten am Besanmast befindet, weiß man nicht genau, was er meint, wenn er schreibt, er sei »unter der *parrucchetta*« gewesen. Ganz zu schweigen, daß er den Besanmast zuweilen nach Art der Franzosen *artimone* nennt, womit sich die Frage erhebt, was er dann meinen mag, wenn er *mizzana* schreibt, was für die Franzosen der Fockmast ist (nicht aber für die Engländer, deren *mizzenmast*, genau wie unsere *mezzana*, eben der Besanmast ist). Und wenn er von einer *gronda* spricht, meint er sicherlich keine Dachtraufe, sondern wahrscheinlich das, was die Seeleute ein »Speigatt« nennen, das heißt ein Abflußloch in der Bordwand. Deshalb treffe ich hiermit eine Entscheidung: Ich werde herauszufinden versuchen, was er gemeint hat, und werde dann die uns geläufigsten Ausdrücke nehmen. Und wenn ich mich dabei einmal irre, ist es nicht schlimm: An der Geschichte ändert sich nichts.

Nach diesen Prämissen halten wir also fest, daß Roberto in jener zweiten Nacht, nachdem er einen Vorrat an Lebensmitteln in der Kombüse gefunden hatte, sich im Mondlicht an die Überquerung des Mitteldecks machte.

An den Bug und die nach oben gewölbten Seiten denkend, die er undeutlich in der vorigen Nacht gesehen hatte, das schlanke Deck, die Form des Achterkastells und das schmale Rundheck mit denen der *Amarilli* vergleichend, kam Roberto zu dem Schluß, daß auch die *Daphne* eine holländische *Fleute* oder *Fluite* war, auch *Fluyt*, *Flûte*, *Fliete*, *Flyboat* oder *Fliebote* genannt, also eines jener Handelsschiffe mittlerer Größe, die für gewöhnlich mit etwa zehn Kanonen bestückt waren, zur Entlastung des Gewissens im Falle eines Piratenangriffs, und die mit einer zwölfköpfigen Besatzung auskamen, aber dazu noch viele Passagiere aufnehmen konnten, wenn man auf die (ohnehin kargen) Bequemlichkeiten verzichtete und die Schlafstätten so eng zusammenpferchte, daß es kein Durchkommen mehr gab – und dann großes Sterben durch Miasmen aller Art, wenn nicht genügend Eimer da waren … Eine *Fleute* also, aber größer als die *Amarilli* und mit einem Deck, das auf ein einziges Gitterwerk reduziert schien, als wäre der Kapitän entschlossen gewesen, bei jeder etwas größeren Sturzwelle Wasser zu fassen.

Jedenfalls war es ein Vorteil, daß die *Daphne* eine Fleute war, denn so konnte Roberto sich mit einer gewissen Ortskenntnis auf ihr bewegen. Zum Beispiel wußte er nun, daß auf dem Oberdeck die große Schaluppe hätte stehen müssen, in der die ganze Mannschaft Platz fand, und die Tatsache, daß sie nicht da war, ließ darauf schließen, daß die Mannschaft anderswo war. Was Roberto jedoch nicht beruhigte, denn eine

Mannschaft überläßt ihr Schiff niemals unbewacht der Gewalt des Meeres, auch wenn es mit eingerollten Segeln in einer ruhigen Bucht vor Anker liegt.

An jenem Abend war er gleich zum Achterkastell hinaufgestiegen und hatte die Tür mit einem gewissen Zögern geöffnet, als müsse er jemanden um Erlaubnis bitten ... Neben der Ruderpinne befand sich der Kompaß, auf dem er sah, daß die Meerenge zwischen den beiden Küsten genau in nordsüdlicher Richtung verlief. Dahinter kam, was wir heute die Messe nennen würden, ein Raum in Form eines L, und eine weitere Tür führte in die Kapitänskajüte mit ihrem breiten Fenster über dem Ruder und den seitlichen Türen zur Galerie. Auf der *Amarilli* war der Kommandoraum nicht identisch mit dem Schlafraum des Kapitäns gewesen, hier aber schien es, als habe man Platz sparen wollen, um Raum für etwas anderes zu gewinnen. Und tatsächlich fand sich, während links der Messe zwei kleine Offizierskajüten lagen, rechts neben ihr ein weiterer Raum, der fast noch größer als der des Kapitäns war, mit einer kleinen Kochstelle in der Ecke, aber sonst als Arbeitsraum eingerichtet.

Der Tisch war überladen mit Karten, die Roberto zahlreicher vorkamen, als sie zur Navigation eines Schiffes gebraucht wurden. Es schien der Arbeitsplatz eines Wissenschaftlers zu sein: Außer den Karten gab es verschieden eingestellte Fernrohre, ein schönes Nocturlabium aus Kupfer, das rotgolden schimmerte, als wäre es eine Lichtquelle in sich, eine auf der Tischplatte befestigte Armillarsphäre, weitere Papiere voller Zahlenkolonnen und ein Pergament mit kreisförmigen Zeichnungen in Schwarz und Rot, das Roberto, weil er Kopien davon auf der *Amarilli* gesehen hatte (die aber schlechter gemacht waren), als eine Reproduktion der Mondfinsternis-Tafeln des Regiomontanus erkannte.

Dann war er in den Kommandoraum zurückgekehrt: Wenn man auf die Galerie hinaustrat, konnte man die Insel sehen, man konnte – schrieb Roberto – mit Luchsaugen ihre Stille fixieren. Mit anderen Worten, die Insel war nach wie vor da.

Er mußte fast nackt auf das Schiff gelangt sein; ich denke, er wird sich als erstes, verklebt vom Salzwasser, wie er war, in der Kombüse gewaschen haben, ohne sich zu fragen, ob das dort befindliche Wasser das einzige an Bord war, danach wird er in einer Truhe einen schönen Rock des Kapitäns gefunden haben, vielleicht den, der für den Tag der Rückkehr aufbewahrt worden war. Vielleicht hat er sich auch ein wenig aufgeplustert in seinem Kommandantenrock, und in Stiefel zu schlüpfen muß ihm das Gefühl gegeben haben, wieder ganz in seinem Element zu sein. Nur in diesem Zustand kann ein gutgekleideter Mann von Welt – und nicht ein ausgemergelter Schiffbrüchiger – offiziell von einem verlassenen Schiff Besitz ergreifen und das, was Roberto nun tat, nicht als einen Übergriff, sondern als ein Recht betrachten: Er suchte auf dem Tisch und fand, aufgeschlagen und wie unverrichteter Dinge liegengelassen, neben Gänsekiel und Tintenfaß, das Logbuch. Auf der ersten Seite las er sofort den Namen des Schiffes, aber das weitere war eine unverständliche Folge von Wörtern wie *anker, passer, sterre-kyker, roer*, und es half ihm wenig zu wissen, daß der Kapitän ein Flame war. Immerhin enthielt die letzte Zeile ein Datum, das nur wenige Wochen zurücklag, und nach ein paar unverständlichen Worten stand da unterstrichen in gutem Latein: *quae dicitur pestis bubonica*.

Endlich eine Spur, ein Ansatz zu einer Erklärung: Auf dem Schiff war eine Epidemie ausgebrochen! Roberto war darüber nicht weiter beunruhigt: Er hatte seine Pest vor dreizehn Jahren gehabt, und wie jeder weiß, hat jemand, der die Krankheit einmal überstanden hat, eine Art Gnade erworben, als ob es diese Schlange nicht wagte, ein zweites Mal in die Lenden dessen zu fahren, der sie einmal gebändigt hat.

Andererseits erklärte dieser Hinweis nicht viel und ließ Raum für andere Beunruhigungen. Es konnte zwar sein, daß alle an der Epidemie gestorben waren, aber dann hätte man doch, verstreut auf dem Deck, die Leichen der letzten finden müssen, wenn anzunehmen war, daß sie den vorher Gestorbenen ein frommes Seemannsbegräbnis hatten zuteil werden lassen.

Allerdings fehlte ja auch die Schaluppe: Demnach könnten die letzten, oder auch alle, davongefahren sein. Was macht ein Schiff mit Pestkranken zu einem so bedrohlichen Ort, daß man ihn nur noch fliehen kann? Ratten vielleicht? Es schien Roberto, als könne er in der schwer lesbaren Schrift des Kapitäns ein Wort wie *rottenest* (Rattennest?) entziffern – und sofort war er herumgefahren und hatte die Lampe hochgehalten in der Erwartung, etwas an den Wänden huschen zu sehen und jenes Quieken zu hören, das ihm auf der *Amarilli* das Blut hatte gefrieren lassen. Mit Schaudern erinnerte er sich, wie er einmal nachts aus dem Schlaf gefahren war, weil ihm ein pelziges Wesen das Gesicht gestreift hatte, was ihn so entsetzt hatte aufschreien lassen, daß Doktor Byrd herbeigestürzt war. Alle hatten sich hinterher über ihn lustig gemacht: Auch ohne Pest gibt es auf einem Schiff so viele Ratten wie Vögel in einem Wald, und daran muß sich gewöhnen, wer zur See fahren will.

Aber hier gab es keine Spur von Ratten, jedenfalls nicht im Achterkastell. Vielleicht hatten sie sich allesamt in der Bilge versammelt, unten im Schiffsbauch, und warteten dort mit ihren roten Augen im Dunkeln auf frisches Menschenfleisch? Roberto beschloß, der Frage sofort nachzugehen. Wenn es normale Ratten in normaler Anzahl waren, würde er mit ihnen leben können. Und was sonst sollten sie auch sein – fragte er sich und wollte sich's nicht beantworten.

Er fand eine Büchse, ein Schwert und ein Jagdmesser. Er war Soldat gewesen: Die Büchse war eine leichte Muskete, eine von jenen *calivers*, wie die Engländer sagten, die man ohne Stützgabel anlegen konnte; er vergewisserte sich, daß Schloß und Pfanne in Ordnung waren, mehr um sicherzugehen als um sich daranzumachen, eine Rattenhorde mit Kugeln niederzustrecken, außerdem schob er sich auch das Messer in den Gürtel, das gegen Ratten nicht viel hilft.

Sodann beschloß er, den ganzen Schiffsrumpf von vorne bis hinten zu untersuchen. Aufs Vorschiff zurückgekehrt, stieg er über eine schmale Treppe, die am Ansatz des Bugspriets hinunterführte, in die Speisekammer, wo er genügend Lebensmittel für eine lange Reise vorfand. Und da sie sich unmöglich über die ganze Dauer der bisherigen Reise so gut hätten halten können, mußte die Mannschaft sie erst vor kurzem in einem gastlichen Hafen an Bord genommen haben.

Es gab Körbe mit frisch geräucherten Fischen, Pyramiden von Kokosnüssen und Fässer mit fremdartig geformten, aber eßbar aussehenden Knollen, die sich offenbar über lange Zeit aufbewahren ließen. Dazu Früchte von jener Art, wie sie Roberto nach den ersten Landungen in tropischen Häfen an Bord der *Amarilli* hatte auftauchen sehen, auch sie widerstandsfähig gegen den Zahn der Zeit, schuppig und stachelig, aber mit einem scharfen Geruch, der gut geschütztes Fleisch und zuckersüße verborgene Säfte versprach. Und aus irgendwelchen Produkten der Inseln mußte auch jenes in Säcken gelagerte graue, nach Tuffstein riechende Mehl gewonnen worden sein, mit dem wahrscheinlich das Brot gebacken war, dessen Geschmack an jene faden Knollen erinnerte, welche die Indianer der Neuen Welt Kartoffeln nannten.

An der Rückwand entdeckte er auch ein knappes Dutzend Fäßchen mit Zapfhahn. Er probierte ein wenig vom ersten, und es war frisches Wasser, das erst kürzlich abgefüllt und mit Schwefel versetzt worden war, damit es länger trinkbar blieb. Es war nicht sehr viel, aber wenn man bedachte, daß auch die Früchte seinen Durst stillen konnten, würde Roberto ziemlich lange auf dem Schiff bleiben können. Dennoch steigerten diese Entdeckungen, die ihn lehrten, daß er auf dem Schiff jedenfalls nicht Hungers sterben würde, seine Unruhe nur noch mehr – wie es melancholischen Gemütern ja häufig ergeht, für die jedes Anzeichen von Glück nur Vorzeichen schlimmster Folgen ist.

Als Schiffbrüchiger auf einem verlassenen Schiff zu landen ist schon recht unnatürlich, aber wenn das Schiff dann wenigstens richtig verlassen wäre, verlassen von Gott und den Menschen als ein unbrauchbares Wrack ohne alle natürlichen oder künstlichen Gegenstände, die es zu einer annehmbaren Behausung machen, dann wäre das noch in der Ordnung der Dinge und der Seefahrerchroniken; jedoch es so vorzufinden, so hergerichtet wie zum Empfang eines willkommenen und erwarteten Gastes, fast wie ein verlockendes Angebot – das schmeckte allmählich nach Schwefel, sehr viel mehr als das Wasser. Roberto fielen gewisse Märchen ein, die ihm seine Großmutter erzählt hatte, und andere in eleganterer Prosa, die er in den Pariser Salons hatte vorlesen hören, Märchen, in denen Prinzessinnen, die sich im Wald verirrt haben, in ein Schloß kommen und reich möblierte Zimmer mit Himmelbetten und Schränken voll prächtiger Kleider vorfinden, oder sogar Speisesäle mit gedeckten Tischen ... Und man weiß ja, im letzten Saal erwartet sie dann die schweflige Offenbarung des bösen Geistes, der seine Fallstricke ausgelegt hat.

Versehentlich stieß er an eine Kokosnuß im Unterbau der Pyramide, das Gebäude geriet aus dem Gleichgewicht, und die borstigen Früchte stürzten ihm lawinenartig entgegen wie Ratten, die still am Boden gelauert hatten (oder wie Fledermäuse, die sich kopfunter an die Balken einer Decke hängen), bereit, an ihm emporzuspringen und sein schweißüberströmtes Gesicht zu beschnuppern.

Er mußte sich vergewissern, daß keine Zauberei im Spiel war: Auf der Reise hatte er gelernt, was man mit den überseeischen Früchten macht. Das Messer wie ein Beil benutzend, öffnete er mit einem Hieb eine Nuß, trank den Saft, zerbrach die Schale und nagte das Manna ab, das sich an der Innenseite verbarg. Es schmeckte so wunderbar süß, daß sich der Eindruck eines Hinterhalts noch verstärkte. Vielleicht, sagte er sich, war er schon der Illusion erlegen und schon in die Falle gegangen: Er labte sich an den Kokosnüssen und biß mit Nagezähnen hinein, schon war er dabei, die Eigenschaften der Nager zu übernehmen, bald würden seine Hände dünn und krumm und krallenbewehrt geworden sein, sein Leib würde sich mit einem grauen Flaum überziehen, sein Rücken würde sich buckeln, und er würde aufgenommen in die sinistre Apotheose der haarigen Bewohner dieses Acheronkahns.

Aber – und um mit dieser ersten Nacht zu enden – noch eine andere Schreckensmeldung sollte den Erforscher des Schiffs überraschen. Als hätte der Zusammenbruch der Nußpyramide schlafende Kreaturen geweckt, vernahm er plötzlich hinter der Trennwand, die den Vorratsraum vom Rest des Unterdecks abteilte, wenn nicht ein Quieken, so doch ein Piepsen und Glucksen und Füßescharren. Mithin gab es wirklich einen Hinterhalt, nächtliche Wesen beratschlagten sich irgendwo im verborgenen.

Roberto überlegte, ob er sich, die Büchse im Anschlag, sofort in jenes Armageddon stürzen sollte. Das Herz schlug ihm bis zum Halse, er bezichtigte sich der Feigheit und sagte sich, ob in dieser Nacht oder in einer anderen, früher oder später würde er sich IHNEN stellen müssen. Er suchte nach Ausreden, überlegte hin und her und stieg wieder an Deck, und zum Glück sah er das erste Licht der Morgendämmerung schon wächsern auf dem Metall der Kanonen liegen, die bisher von den Reflexen des Mondlichts umspielt worden waren. Der Tag brach an, sagte er sich erleichtert, dessen Licht zu fliehen er sich geradezu verpflichtet fühlte.

Gleich einem aus dem Grab Auferstandenen aus Ungarn eilte er über das Deck, um ins Achterkastell zurückzugelangen, stürzte in die Kapitänskajüte, die er nun als die seine betrachtete, verriegelte die Tür, schloß die Ausgänge auf die Galerie, legte die Waffen in Reichweite und rüstete sich zum Schlaf, um nicht die Sonne zu sehen, jene Henkerin, die mit der Axt ihrer Strahlen die Schatten köpft.

Erregt träumte er seinen Schiffbruch, und er träumte ihn als ein Mann von Geist, der auch in den Träumen und dort vor allem dafür zu sorgen hat, daß die Satzperioden das Gemeinte verschönern, daß die Hervorhebungen es verlebendigen, die geheimnisvollen Verknüpfungen es verdichten, die

Betrachtungen es vertiefen, die Emphasen es erheben, die Anspielungen es verschleiern und die Verwandlungen es verfeinern.

Ich stelle mir vor, daß es zu jener Zeit auf jenen Meeren mehr Schiffe gab, die Schiffbruch erlitten, als solche, die heil nach Hause zurückkehrten; doch wer die Erfahrung zum erstenmal machte, dem mußte sie eine Quelle wiederkehrender Alpträume werden, und die Gewohnheit des schönen Ausschmückens mußte sie malerisch wie das Jüngste Gericht erscheinen lassen.

Seit dem Abend zuvor war die Luft gleichsam an Katarrh erkrankt, und es schien, als ob es dem tränenschweren Auge des Himmels schon nicht mehr gelänge, den Anblick der Wellenfläche auszuhalten. Die Malerhand der Natur hatte die Horizontlinie grau gefärbt und umriß in der Ferne unbestimmte Provinzen.

Roberto, dessen Eingeweide die drohende Eruption schon voraussehen, wirft sich auf sein Lager, das nun von einer zyklopischen Amme gewiegt wird, sinkt in Schlaf zwischen wirren Träumen, die er zu träumen träumt in dem Traum, über den er spricht, und kosmische Epenfülle des Staunens empfängt er im Schoße – *cosmopea di stupori accoglie in grembo.* Er erwacht vom Bacchanal des Donners und vom Geschrei der Matrosen, dann brechen Wasserfluten über sein Bett herein, Doktor Byrd kommt gelaufen und schreit, er solle an Deck gehen und sich gut festhalten an irgend etwas, sei's auch nur ein wenig fester als er selbst.

Auf Deck Verwirrung, Schreie, Leiber emporgehoben wie von der Hand Gottes und ins Meer geschleudert. Eine Weile klammert sich Roberto ans Besansegel (wenn ich ihn recht verstehe), dann zerreißt das Segel, von Blitzen getroffen, die Gaffel beginnt den gebogenen Lauf der Sterne zu imitieren, und Roberto wird unter den Hauptmast geschleudert. Dort wirft ihm ein gutherziger Matrose, der sich an den Mast gebunden hat und ihm daher nicht Platz machen kann, ein Seil zu und schreit, er solle sich an eine Tür binden, die es am Achterkastell aus den Angeln gehoben und an den Mast geschleudert hat, und es war ein Glück für Roberto, daß diese Tür dann mit ihm als Parasiten zur Bordwand gerutscht ist, denn inzwischen ist der Mast in der Mitte zerbrochen, und eine herabfallende Rahe hat den Kopf des Helfers zertrümmert.

Durch einen Spalt in der Bordwand sieht Roberto – oder träumt er gesehen zu haben – Schwärme von Schatten, gehäuft zu Blitzen, die zuckend durch die Wogengefilde irren: *cicladi d'ombre accumulate a lampi che scorrono errando per i campi ondosi*, was mir ein bißchen zuviel an Nachgiebigkeit gegenüber dem Zeitgeschmack des preziösen Zitates scheint. Aber sei's drum, die *Amarilli* neigt sich auf der Seite des zum Schiffbruch bereiten Schiffbrüchigen, und Roberto gleitet auf seinem Türblatt in einen Abgrund, über dem er, während er in ihn hinabsinkt, den Ozean wahrnimmt, der frei sich erhebt, um Steilhänge vorzutäuschen, im Delirium des Schauens sieht er gefallene Pyramiden aufragen und findet sich wieder als Wasserkomet, dahinrasend auf der Umlaufbahn jenes Wirbels von flüssigen Himmeln. Jede Woge glitzert in schimmernder Rastlosigkeit, hier windet eine Dampfsäule sich empor, dort gurgelt ein Strudel und reißt eine Quelle auf. Bündel ekstatischer Meteore bilden den Gegengesang zur aufrührerischen und in Donnergetöse zerborstenen Luft, der Himmel ist ein Flimmern von fernsten Lichtern im Wechsel mit tiefster Finsternis, und Roberto schreibt, er habe schäumende Alpen gesehen in schlüpfrigen Furchen, die den Schaum zu Garben verwandelt hätten, und der Ceres Früchte seien in Blüte gestanden zwischen funkelnden Saphiren, und von Zeit zu Zeit seien rotglühende Opale hervorgebrochen, als habe die tellurische Tochter Proserpina das Kommando übernommen und ihre fruchttragende Mutter vertrieben.

Und zwischen röhrenden wilden Tieren, die ihn umkreisen, während silberne Salze aufbrodeln in erregter Wallung, hört er mit einem Mal auf, das Schauspiel zu bewundern, um ein fühlloser Mitspieler darin zu werden, denn er fällt in Ohnmacht und weiß nichts mehr von sich. Erst später wird er träumend vermuten, es habe sein Brett, sei's dank einer mitleidigen Verfügung des Himmels, sei's durch den Instinkt des Schwimmkörpers, sich jener wilden Gigue angepaßt und sei, wie hinabgesunken, so auch naturgemäß wieder aufgestiegen, um sich allmählich in einer Sarabande zu beruhigen (denn im Aufruhr der Elemente kehren sich auch die Regeln jeder höfischen Tanzfolge um), und dann habe es ihn in immer weiteren Kreisen vom Nabel des Strudels entfernt, in welchem, als Drehkreisel in den Händen der Kinder des Äolus, die *Amarilli* versank, den Bugspriet zum Himmel gerichtet. Und mit ihr jedes andere lebende Wesen in ihrem Bauche: der Jude, dem es bestimmt war, das irdische Jerusalem, das er nun nie mehr erreichen sollte, im Himmlischen Jerusalem zu finden, der Malteserritter, der nun für immer auf die ersehnte Insel Escondida verzichten mußte, der Doktor Byrd mit seinen Jüngern sowie auch – durch eine barmherzige Natur endlich den Bemühungen der medizinischen Kunst entzogen – jener arme Hund mit der ewig schwärenden Wunde, wovon ich freilich noch nicht zu sprechen Gelegenheit hatte, da Roberto erst später darüber schreiben wird.

Insgesamt aber, denke ich, hatten der Traum und der Sturm den Schlaf Robertos genügend aufgewühlt, um ihn auf eine sehr kurze Zeit zu beschränken, der ein erregter und kampflustiger Wachzustand gefolgt sein muß. Jedenfalls hatte Roberto dann in der Erwägung, daß es draußen Tag war, ermuntert durch die Tatsache, daß wenig Licht durch die trüben Fenster des Achterkastells eindrang, und im Vertrauen darauf, daß er über eine innere Treppe ins Unterdeck gelangen würde, neuen Mut gefaßt, hatte die Waffen genommen und war mit verwegener Bangigkeit darangegangen, den Ursprung jener nächtlichen Geräusche zu erkunden.

Oder vielmehr, er war noch nicht gleich gegangen. Ich bitte um Vergebung, aber es ist Roberto, der sich in seinen Briefen an die Signora widerspricht – ein Zeichen dafür, daß er nicht säuberlich der Reihe nach berichtet, was ihm widerfahren ist, sondern den Brief wie eine Erzählung zu schreiben versucht oder eher wie eine Kladde, eine Materialsammlung für das, was später Brief und Erzählung werden könnte. Jedenfalls schreibt er, ohne sich schon zu entscheiden, was er später davon verwenden wird, er beschreibt sozusagen die Figuren seines Schachspiels, ohne schon festzulegen, wie er sie bewegen und welche Züge er mit ihnen machen wird.

In einem Brief behauptet er, daß er hinausgegangen sei, um sich unter Deck umzusehen. In einem anderen schreibt er jedoch, er habe, kaum von der morgendlichen Helle geweckt, ein fernes Konzert vernommen. Es waren Töne, die sicherlich von der Insel kamen. Zuerst hatte Roberto an eine Horde von Eingeborenen gedacht, die sich in lange Kanus drängten, um das Schiff zu erreichen, und hatte die Büchse fester umklammert, aber dann war ihm das Konzert weniger kriegerisch vorgekommen.

Auf der *Amarilli*, wo er tagsüber nie an Deck gegangen war, hatte er die Passagiere von lodernden Morgenröten erzählen hören, von Morgenröten, die geradezu Feuer spien, als sei die Sonne begierig, die Welt zu verbrennen. Nun aber sah er, ohne daß die Augen ihm tränten, Pastellfarben: der Himmel geflockt mit dunklen, blaß perlgrau geränderten Wölkchen, während ein Hauch, eine Ahnung von Rosa emporstieg hinter der Insel, die türkisgrün erschien wie hingetuscht auf ein rauhes Papier.

Doch diese fast nordische Farbenpalette genügte, um ihn erkennen zu lassen, daß jenes Profil, das ihm in der Nacht so homogen vorgekommen war, aus den Umrissen eines bewaldeten Hügels bestand, der steil zur Küste abfiel, und daß der Hang mit hochstämmigen Bäumen bewachsen war, bis hinab zu den Palmen, die den weißen Strand säumten.

Allmählich wurde der Sand immer leuchtender, und längs der Ränder gewahrte man an den Seiten etwas wie große Spinnen, die sich eingesponnen hatten und ihre skelettartigen Gliedmaßen ins Wasser streckten. Roberto verstand sie aus der Ferne als »wandernde Pflanzen«, aber im selben Moment ließ ihn das nun doch zu gleißend gewordene Leuchten des Sandes zurückfahren.

Er entdeckte jedoch, daß, wenn ihm die Augen versagten, das Gehör ihn nicht im Stich lassen konnte, und so verließ er sich ganz aufs Gehör, schloß den Fensterflügel bis auf einen Spalt und horchte auf die Geräusche vom Lande.

Obwohl er an die Morgendämmerungen in seinen piemontesischen Hügeln gewöhnt war, begriff er, daß er zum erstenmal in seinem Leben wirklich die Vögel singen hörte, jedenfalls hatte er noch nie so viele von ihnen auf so verschiedene Weisen singen hören.

Zu Tausenden begrüßten sie den Aufgang der Sonne; ihm schien, als erkenne er zwischen dem Krächzen der Papageien die Nachtigall, die Amsel, die Lerche und eine unendliche Vielzahl von Schwalben, ja sogar den durchdringenden Ton der Zikaden und der Grillen, wobei er sich fragte, ob es wirklich Tiere jener vertrauten Arten waren, die er da hörte, und nicht irgendwelche nur bei den Antipoden lebenden Vettern von ihnen … Die Insel war nicht nahe, und doch hatte er den Eindruck, als brächten die Töne einen Geruch von Orangenblüten und Basilikum mit sich, ja als wäre die Luft über der ganzen Bucht regelrecht duftgeschwängert – und hatte Herr d'Igby ihm nicht erzählt, daß er auf einer seiner Reisen die Nähe des Landes an den vom Wind herbeigewehten Geruchsatomen erkannt habe?

Doch während Roberto schnuppernd auf jene unsichtbare Vielfalt lauschte, als blickte er von den Zinnen einer Burg herab oder durch die Schießscharten einer Festung auf eine Armee, die sich lärmend im Halbkreis aufstellte zwischen dem Hang des Hügels, der vorgelagerten Ebene und dem Fluß, der die Mauern schützte, schien ihm, als habe er all das schon einmal gesehen, was er sich da horchend vorstellte, und angesichts der Unermeßlichkeit, die ihn von allen Seiten umlagerte, fühlte er sich tatsächlich belagert, und fast hätte er unwillkürlich die Büchse angelegt. Er war in Casale, und vor ihm erstreckte sich die spanische Armee: mit dem Lärm ihrer

Troßwagen, dem Klirren ihrer Waffen, den Tenorstimmen der Kastilier, dem Geschrei der Neapolitaner, dem rauhen Grunzen der Landsknechte, und im Hintergrund Trompetensignale, die gedämpft herüberklangen, und das dumpfe Krachen von Arkebusen, poff, paff, ta-pumm, wie die Böllerschüsse auf einem Heiligenfest.

Gleichsam als wäre sein Leben zwischen zwei Belagerungen verlaufen, deren eine das Abbild der anderen war, mit dem einzigen Unterschied, daß jetzt, da der Kreis jener beiden erlebnisreichen Lustren sich schloß, der Fluß zu breit und ebenfalls kreisförmig war – so daß er jeden Ausfall unmöglich machte –, durchlebte Roberto noch einmal die Tage von Casale.

2

VON DENEN BEGEBENHEITEN
IM MONFERRAT

Über seine sechzehn Lebensjahre vor jenem Sommer 1630 läßt Roberto nur wenig durchblicken. Episoden aus der Vergangenheit führt er nur an, wenn sie ihm irgendeinen Zusammenhang mit seiner Gegenwart auf der *Daphne* zu haben scheinen, und der Chronist seiner eigenwilligen Chronik muß zwischen den Zeilen lesen. Hielte man sich an seine Usancen, erschiene er wie ein Autor, der, um die Entlarvung des Mörders hinauszuzögern, dem Leser nur spärliche Hinweise gibt. Daher werde ich mir Indizien zusammenstehlen wie ein Denunziant.

Die Signori Pozzo di San Patrizio, eine Familie aus kleinem piemontesischen Landadel, besaßen das ausgedehnte Landgut La Griva am Rand des Gebietes von Alessandria (damals Teil des Herzogtums Mailand und folglich spanisches Territorium), aber aus Gründen der politischen Geographie oder auch aus Neigung verstanden sie sich als Vasallen des Marchese von Monferrat. Der Vater – der mit seiner Gattin französisch sprach, mit den Bauern Dialekt und mit den Fremden italienisch – redete mit Roberto auf unterschiedliche Weise, je nachdem, ob er ihm einen besonderen Degenstoß beibrachte oder ihn zu einem Ritt über die Felder mitnahm und dann auf die Vögel schimpfte, die ihm die Ernte verdarben. Im übrigen verbrachte der Junge seine Zeit allein, ohne Freunde, indem er von fernen Ländern träumte, wenn er gelangweilt durch die Weinberge strich, von Falkenzucht, wenn er Schwalben jagte, von Kämpfen mit Drachen, wenn er mit den Hunden spielte, und von vergrabenen Schätzen, wenn er die Räume des familieneigenen Schlößchens oder Kastellchens erkundete. Den Anstoß zu diesen Streifzügen der Phantasie gaben ihm die Romane und Ritterepen, die er verstaubt im Südturm vorfand.

Er war also nicht unbelesen, und er hatte sogar einen Hauslehrer, wenn auch nur in den Wintermonaten. Einen Karmelitermönch, von dem es hieß, er sei im Orient gereist und habe sich dort – wie Robertos Mutter erschauernd und sich bekreuzigend raunte – zum Muselmann machen lassen. Einmal im Jahr kam er mit einem Knecht und vier Mulis, die mit Büchern und anderem Papierkram bepackt waren, und blieb dann drei Monate auf dem Gut. Was er seinem Schüler beibrachte, weiß ich nicht, aber als Roberto nach Paris kam, machte er keine schlechte Figur, und jedenfalls lernte er rasch, was er hörte.

Von diesem Karmeliter weiß man nur eines sicher, und es ist kein Zufall, daß Roberto darauf anspielt. Eines Tages hatte der alte Pozzo sich beim Degenputzen geschnitten, und sei's, daß die Klinge rostig war, sei's, daß er sich an einer besonders empfindlichen Stelle verletzt hatte, die Wunde schmerzte ihn sehr. Da hatte der Karmeliter den Degen genommen, hatte ihn mit einem Pulver bestreut, das er in einem Döschen bei sich führte, und sofort hatte der alte Pozzo geschworen, es gehe ihm besser. Tatsache ist, daß die Wunde bereits am folgenden Tag zu vernarben begann.

Der Karmeliter hatte sich über das allseitige Erstaunen gefreut und gesagt, das Geheimnis jener Substanz habe ihm ein Araber enthüllt und es handle sich um ein noch viel wirksameres Mittel als das, welches die christlichen Spagiriker *unguentum armarium*, Waffensalbe, nannten. Auf die Frage, warum das Pulver nicht auf die Wunde gestreut werden müsse, sondern auf die Klinge, von der sie verursacht worden sei, hatte er gesagt, das eben sei die Wirkungsweise der Natur, zu deren stärksten Kräften die universale Sympathie gehöre, die das Handeln aus der Entfernung lenke. Und hatte hinzugefügt, wenn die Sache schwer zu glauben erscheine, brauche man nur an den Magneten zu denken, der bekanntlich ein Stein sei, der Metallspäne anziehe, oder an die großen Eisenberge, die den Norden unseres Planeten bedeckten und so die Kompaßnadel anzögen. In gleicher Weise ziehe die Waffensalbe, wenn sie auf die Klinge gestrichen werde, jene Eigenschaften des Eisens an, welche der Degen in der Wunde gelassen habe, wo sie die Heilung verhinderten.

Jeder, der so etwas in der Kindheit erlebt hat, bleibt davon sein Leben lang gezeichnet, und wir werden bald sehen, wie Robertos Schicksal durch sein Interesse für die Anziehungskraft von Pulvern und Salben bestimmt worden ist.

Im übrigen war es nicht dieser Vorfall, der Robertos Kindheit am stärksten geprägt hatte. Es gab da noch einen anderen, und genauer gesagt war es kein einzelner Vorfall, sondern eine fast wie ein Kehrreim wiederholte Episode, die der Knabe in argwöhnischer Erinnerung behalten hatte. Wie es scheint, pflegte nämlich der Vater, der seinem Sohn gewiß sehr zugetan war, auch wenn er ihn mit der wortkargen Grobheit behandelte, die den Menschen jenes Landstriches eigen ist, ihn bisweilen – und gerade in seinen ersten fünf Lebensjahren – plötzlich hoch in die Luft zu heben und ihm stolz zuzurufen: »Du bist mein Erstgeborener!« Eigentlich nichts weiter Seltsames, nur eine läßliche Sünde der Redundanz, da Roberto sein einziger Sohn war. Hätte sich dann Roberto, als er größer wurde, nur nicht zu erinnern begonnen (oder sich eingeredet, sich zu erinnern), daß seine Mutter angesichts dieser väterlichen Freudenbekundungen eine Mischung aus Unruhe und Beglücktheit an den Tag legte, als hätte der Vater zwar gut daran getan, jenen Ausruf zu tun, aber als wäre dadurch in ihr eine alte, gleichsam schon eingeschlafene Angst wieder aufgeweckt worden. Robertos Phantasie hatte sich lange mit dem Ton jenes Ausrufs beschäftigt, um schließlich zu dem Ergebnis zu kommen, daß der Vater den bewußten Satz nicht wie eine selbstverständliche Feststellung ausgesprochen hatte, sondern wie eine neuartige Investitur, indem er das »du« so betonte, als wollte er sagen:

»*Du* und nicht irgendein anderer bist mein erstgeborener Sohn.«

Nicht *irgendein* anderer oder nicht *jener* andere? In Robertos Briefen finden sich immer wieder Hinweise auf einen Anderen, dessen Existenz ihn wie eine Obsession verfolgte, und die Idee scheint ihm genau damals gekommen zu sein, als er sich eingeredet hatte – und worüber konnte ein kleiner Junge nachgrübeln, der sich allein zwischen Schloßtürmen voller Fledermäuse, zwischen Weinbergen, Eidechsen und Pferden herumtrieb, weil ihn der Umgang mit den gleichaltrigen Bauernjungen verlegen machte, und der, wenn er nicht den Märchen der Großmutter zuhörte, denen des Karmeliters lauschte? –, irgendwo habe er einen nicht anerkannten Bruder, der von übler Wesensart sein mußte, wenn ihn der Vater verstoßen hatte. Roberto war erst zu klein und dann zu schamhaft gewesen, um sich zu fragen, ob dieser Bruder ein Halbbruder väter- oder mütterlicherseits war (und in jedem Fall wäre auf einen der beiden Elternteile der Schatten einer alten, unverzeihlichen Verfehlung gefallen): Er war einfach ein Bruder; sicherlich war er selbst, Roberto, irgendwie schuld an seiner Verstoßung gewesen (vielleicht auf übernatürliche Weise), und darum hegte der Verstoßene sicherlich einen Haß auf ihn als den Vorgezogenen.

Der Schatten dieses feindlichen Bruders (den er gleichwohl gerne kennengelernt hätte, um ihn zu lieben und sich von ihm lieben zu lassen) hatte seine Nächte als Kind beunruhigt; später, als Heranwachsender, hatte er in der Bibliothek alte Bücher durchgeblättert, um, in ihnen versteckt, was weiß ich, ein Porträt zu finden, eine Geburtsurkunde, ein enthüllendes Geständnis. Er war auf den Dachboden gestiegen, um alte Truhen zu öffnen, die voller Kleider der Urgroßeltern waren, Schachteln mit angelaufenen Medaillen oder mit einem maurischen Dolch, und hatte mit erstaunten Fingern Hemdchen aus feinem Leinen befühlt, die sicher einst einem kleinen Kind gehört hatten, aber wer weiß, ob vor Jahren oder vor Jahrhunderten.

Mit der Zeit hatte er diesem verlorenen Bruder auch einen Namen gegeben, Ferrante, und hatte begonnen, ihm kleine Vergehen zuzuschreiben, die ihm zu Unrecht vorgeworfen worden waren, wie den Diebstahl einer Süßigkeit oder die unerlaubte Befreiung eines Hundes von seiner Kette. Ferrante, begünstigt durch seine Verstoßung, handelte in seinem Rükken, und er, Roberto, versteckte sich hinter Ferrante. Und langsam verwandelte sich die Gewohnheit, dem inexistenten Bruder all das anzulasten, was Roberto nicht getan haben konnte, in die Unart, ihm auch das anzulasten, was Roberto tatsächlich getan hatte und nun bereute.

Nicht daß Roberto die anderen belog; aber auf diese Weise gelang es ihm, während er stumm und mit zusammengebissenen Zähnen die Strafe für seine Vergehen auf sich nahm, sich von seiner Unschuld zu überzeugen und sich als Opfer einer Ungerechtigkeit zu fühlen.

Einmal zum Beispiel hatte Roberto, um eine neue Axt auszuprobieren, die soeben geliefert worden war (zum Teil aber wohl auch aus Trotz über irgendein erlittenes Unrecht), einen kleinen Obstbaum gefällt, den sein Vater erst kurz zuvor gepflanzt hatte, mit großen Hoffnungen auf künftige Früchte. Als ihm die Schwere seiner dummen Tat aufgegangen war, hatte er sich schreckliche Konsequenzen ausgedacht, mindestens einen Verkauf an die Türken, die ihn lebenslänglich auf ihren Galeeren rudern lassen würden, und hatte sich entschlossen, die Flucht zu versuchen, um sein Leben als Bandit in den Bergen zu beenden. Auf der Suche nach einer Rechtfertigung war er bald zu der Überzeugung gelangt, daß kein anderer als Ferrante das Bäumchen umgehackt haben konnte.

Dann aber rief der Vater, als er das Delikt entdeckt hatte, alle Jungen des Gutes zusammen und sagte, um zu verhindern, daß sein Zorn sich unterschiedslos über alle ergieße, solle der Schuldige lieber gestehen. Da wurde Roberto von einer mitleidserfüllten Großmut erfaßt: Wenn er Ferrante beschuldigen würde, hätte der Ärmste eine neuerliche Verstoßung zu gewärtigen, im Grunde *spielte* er ja nur den Bösen, um sein Waisendasein zu kompensieren, verletzt vom Schauspiel seiner Eltern, die einen anderen mit ihren Liebesbezeugungen überhäuften ... Und so war Roberto vorgetreten und hatte zitternd vor Furcht und Stolz gesagt, er wolle nicht, daß irgendein anderer an seiner Stelle beschuldigt werde. Es wurde, obwohl es keines war, als Geständnis genommen. Der Vater sagte unter allerlei Räuspern, während er sich den Schnurrbart zwirbelte und die Mutter ansah, das Verbrechen sei zwar überaus schwer und die Bestrafung mithin unvermeidlich, aber er könne auch nicht umhin zuzugeben, daß der junge »Signor della Griva« den Traditionen der Familie Ehre mache und daß ein Ehrenmann sich so zu verhalten habe, auch wenn er erst acht Jahre alt sei. Dann hatte er sein Urteil gesprochen: Roberto werde Mitte August nicht an dem Besuch bei den Vettern in San Salvatore teilnehmen dürfen, was zwar eine schmerzliche Strafe war (in San Salvatore gab es den Weinbauern Quirino, der Roberto auf einen Feigenbaum von schwindelerregender Höhe zu heben verstand), aber gewiß nicht so schlimm wie die Galeeren des Sultans.

Uns kommt die Geschichte einfach vor: Der Vater ist stolz, einen Sprößling zu haben, der nicht lügt, er sieht die Mutter mit schlechtverhohlener Befriedigung an und verhängt eine milde Strafe, um den Schein zu wahren. Aber Roberto hatte damals noch lange über der Sache gebrütet und war schließlich zu der Überzeugung gelangt, daß Vater und Mutter sicher geahnt hatten, daß Ferrante der Schuldige war, so daß sie den brüderlichen Heroismus des vorgezogenen Sohnes zu schätzen wußten und sich erleichtert fühlten, das Familiengeheimnis nicht lüften zu müssen.

Mag sein, daß ich es bin, der hier karge Indizien ausspinnt; Tatsache ist, daß die Anwesenheit jenes abwesenden Bruders in dieser Geschichte noch eine Rolle spielen wird. Wir werden Spuren jenes kindlichen Spiels noch im Verhalten des erwachsenen Roberto wiederfinden – oder jedenfalls in seinem Verhalten zu der Zeit, als wir ihm auf der *Daphne* begegnen, in einer Lage, die wohl jeden aus der Fassung gebracht hätte.

Aber ich schweife ab; wir müssen noch klären, wie Roberto zur Belagerung von Casale gelangt war. Und hier empfiehlt es sich, der Phantasie freien Lauf zu lassen und sich vorzustellen, wie es gewesen sein könnte.

In La Griva trafen die Neuigkeiten nicht besonders rasch ein, aber seit mindestens zwei Jahren wußte man, daß die Erbfolgefrage im Herzogtum Mantua allerlei Übel im Monferrat nach sich zog, und eine halbe Belagerung hatte es schon gegeben. Um es kurz zu sagen – und die Geschichte ist von anderen schon erzählt worden, wenn auch fragmentarischer –, im Dezember Anno 1627 starb Herzog Vincenzo II. von Mantua, und um das Sterbebett dieses alten Liederjans, der keine Söhne zu zeugen vermocht hatte, war es zu einem Ballett von vier Thronprätendenten gekommen, sekundiert von ihren Agenten und Protektoren. Sieger war der Marquis von Saint-Charmont geworden, der dem Sterbenden hatte einreden können, daß die Erbschaft einem Vetter vom französischen Zweig gebühre, dem Herzog von Nevers, Charles de Gonzaga. In den letzten Zügen liegend, veranlaßte oder erlaubte der alte Vincenzo, daß dieser Charles in großer Eile seine Nichte Maria Gonzaga ehelichte, und sterbend vererbte er ihm das Herzogtum.

Nun war jedoch dieser Nevers ein Franzose, und das Herzogtum, das er geerbt hatte, umfaßte auch die Markgrafschaft Monferrat mit ihrer Hauptstadt Casale, der bedeutendsten Festung in Oberitalien. Zwischen dem spanisch beherrschten Mailand und den Ländereien der Savoyer gelegen, erlaubte es die Kontrolle des oberen Po, der Transitwege von den Alpen nach Süden einschließlich der Straße von Mailand nach Genua, und wie ein Pufferkissen schob es sich zwischen Frankreich und Spanien – während keine der beiden Mächte sich auf jenes andere Pufferkissen verlassen konnte, welches das Herzogtum von Savoyen darstellte, in dem Carlo Emanuele I. ein Spiel zu spielen beliebte, das doppelt zu nennen großmütig wäre. Wenn das Monferrat an Nevers fallen würde, wäre es so, wie wenn es an Richelieu fallen würde; kein Wunder also, daß Spanien es lieber an jemand anderen fallen sähe, zum Beispiel an den Herzog von Guastalla. Außerdem hatte auch der Herzog von Savoyen einen gewissen Anspruch auf das Erbe. Da jedoch ein Testament vorlag und eindeutig den Nevers als Erben benannte, blieb den anderen Prätendenten nur noch die Hoffnung, daß der Kaiser des Heiligen Römischen Reiches Deutscher Nation, der formell der Lehnsherr des Herzogs von Mantua war, die Erbfolge nicht genehmigte.

Aber die Spanier waren ungeduldig, und in der Erwartung, daß der Kaiser eine Entscheidung treffe, war Casale schon einmal belagert worden, damals von Gonzalo de Córdoba, und nun wurde es erneut belagert, diesmal von einer imposanten Armee aus Spaniern und Kaiserlichen unter dem Befehl des erfahrenen Generals Ambrogio Spinola. Die französische Garnison rüstete sich zum Widerstand in Erwartung einer französischen Entsatzarmee, die allerdings noch im Norden beschäftigt war, so daß Gott allein wußte, ob sie rechtzeitig eintreffen würde.

Dies war, mehr oder minder, der Stand der Dinge, als der alte Pozzo etwa Mitte April die jüngsten Mitglieder seiner Familie und die aufgewecktesten seiner Bauern vor dem Schloß versammelte, sämtliche auf dem Gut vorhandenen Waffen unter ihnen verteilte, seinen Sohn Roberto rief und vor allen die folgende Rede hielt, die er sich während der Nacht zurechtgelegt haben mußte: »Leute, hergehört. Dies unser Landgut La Griva hat seinen Tribut seit jeher dem Marchese von Monferrat entrichtet, was seit einiger Zeit so ist, als wenn's der Herzog von Mantua wäre, der nun dieser Herr von Nevers geworden ist, und wer mir jetzt kommt und sagt, daß der Nevers weder ein Mantuaner noch ein Monferriner ist, der kriegt von mir einen Tritt in den Hintern, alldieweil ihr allesamt ignorante Lackel seid, die von diesen Dingen kein' Deut verstehn, also seid lieber still und laßt euern Herrn machen, der wenigstens noch weiß, was Ehre ist. Alldieweil euch aber die

Ehre einen feuchten Dreck wert ist, müßt ihr wissen, daß, wenn die Kaiserlichen in Casale einrücken, die fackeln nicht lange, eure Weinstöcke gehn zugrunde, und von euren Frauen wolln wir lieber nicht reden. Drum auf zur Verteidigung von Casale! Ich zwinge niemanden. Gibt's unter euch einen elenden Nichtsnutz, der andrer Meinung ist, soll er's sagen, daß ich ihn aufhäng' dorten an jener Eiche.« Keiner der Anwesenden konnte schon die Radierungen von Callot kennen, auf denen man Trauben von Leuten wie sie an den Ästen anderer Eichen hängen sieht, aber es mußte etwas in der Luft liegen: Alle schwenkten ihre Musketen oder Piken oder Knüppel mit oben drangebundenen Sicheln und riefen: »Vivat Casale! Nieder mit den Kaiserlichen!« Wie *ein* Mann.

»Mein Sohn«, sprach der alte Pozzo zu Roberto, während sie durch das Hügelland ritten an der Spitze ihres kleinen Heeres, das ihnen zu Fuß folgte, »dieser Nevers ist keins meiner Eier wert, und Don Vincenzo, als der ihm sein Herzogtum vermacht hat, hat außer dem Schwanz auch den Grips nicht mehr hochgekriegt, den er freilich auch vorher nicht hochgekriegt hatte. Aber er hat's nun mal dem Nevers vermacht und nicht diesem Stiesel von Guastalla, und die Pozzos waren seit jeher Vasallen der rechtmäßigen Herren von Monferrat. Ergo wird nach Casale gegangen, und wenn's sein muß, wird dort auch gestorben, bei Gott, man kann doch nicht einem Herrn treu sein, solang alles gutgeht, und ihn dann im Stich lassen, wenn er bis zum Hals in der Scheiße sitzt! Aber freilich, am Leben bleiben ist besser, also Augen auf!«

Der Marsch jener Freiwilligen von der Grenze des Alessandrinischen in das kaum zwanzig Meilen entfernte Casale war gewiß einer der längsten, die die Geschichte kennt. Der alte Pozzo hatte eine an sich exemplarische Überlegung angestellt: »Ich kenne die Spanier«, hatte er gesagt, »das sind Leute, die sich's gerne leichtmachen. Drum werden sie auf Casale durch die Ebene im Süden ziehen, wo man besser mit Karren, Geschützen und anderen Vehikeln durchkommt.

Wenn wir also kurz vor Mirabello nach Westen abbiegen und den Weg durch die Hügel nehmen, brauchen wir zwar ein paar Tage länger, aber wir bleiben unbehelligt und sind immer noch vor ihnen da.«

Dummerweise hatte Spinola kompliziertere Vorstellungen von der Art, wie man eine Belagerung vorbereitet. Als er im Südosten von Casale begann, die Ortschaften Valenza und Occimiano besetzen zu lassen, hatte er schon einige Wochen zuvor den Herzog von Lerma, Ottavio Sforza, und den Grafen von Gemburg mit etwa siebentausend Infanteristen in die Hügel westlich der Stadt geschickt mit dem Auftrag, so rasch wie möglich die Kastelle von Rosignano, Pontestura und San Giorgio einzunehmen, um jede mögliche Hilfeleistung seitens der französischen Armee zu unterbinden, derweil in einer Zangenbewegung von Norden her der Gouverneur von Alessandria, Don Geronimo Augustín, mit weiteren fünftausend Mann den Po nach Süden überschritt. Und alle hatten sich längs der Route verteilt, die Pozzo für so prächtig menschenleer hielt. Als er es dann von einigen Bauern erfuhr, konnte der wackere Edelmann seinen Kurs nicht mehr ändern, denn im Osten standen inzwischen ebenso viele Kaiserliche wie im Westen.

So sagte er bloß: »Wir beugen uns nicht. Ich kenne die Gegend besser als sie, wir schlupfen da mittendurch wie die Marder.« Was freilich Beugen oder Biegungen und Umwege in großer Zahl erforderte. Dabei trafen sie sogar auf die Franzosen aus Pontestura, die sich inzwischen ergeben hatten und denen man, vorausgesetzt, daß sie nicht nach Casale zurückgingen, gestattet hatte, sich an die ligurische Küste durchzuschlagen, um von dort per Schiff nach Frankreich zurückzukehren. Pozzo und seine Leute begegneten ihnen in der Nähe von Otteglia, und beinahe hätten die beiden Trupps das Feuer aufeinander eröffnet, da sie einander wechselseitig für Feinde hielten; von ihrem Kommandanten erfuhr er dann, daß eine der Kapitulationsbedingungen in Pontestura darin bestanden hatte, die dortigen Getreidevorräte an die Spanier zu verkaufen, daß aber diese das Geld an die Casaler geschickt hatten.

»Die Spanier sind noble Herren, mein Sohn«, sagte Pozzo, »und es ist ein Pläsier, gegen sie zu kämpfen. Zum Glück sind wir ja nicht mehr in den Zeiten von Karl dem Großen gegen die Mauren, als die Kriege noch ein einziges Schlägst-du-mich-tot-schlag-ich-dich-tot waren. Dies hier sind Kriege zwischen Christenmenschen, bei Gott! Die andern sind jetzt in Rosignano beschäftigt, wir umgehen sie im Rücken, schlupfen zwischen Rosignano und Pontestura durch und sind in drei Tagen in Casale.«

Das hatte er Ende April gesagt, tatsächlich gelangten sie dann am 24. Mai in Sichtweite von Casale. Es war, zumindest in Robertos Erinnerung, ein schöner langer Marsch gewesen, ständig mußten sie Straßen und Maultierpfade verlassen und querfeldein gehen; sei's drum, sagte Pozzo dann, wenn Krieg ist, geht alles zum Teufel, und wenn nicht wir die Ernte zertreten, zertreten sie eben die andern. Um zu überleben, bedienten sie sich in Weinbergen, Obstgärten und Hühnerhöfen; sei's drum, sagte Pozzo, dies Land ist monferrinisch und muß seine Verteidiger ernähren. Einem Bauern aus Mombello, der protestierte, ließ er dreißig Stockhiebe geben und sagte, wenn man nicht ein bißchen Disziplin halte, würden die andern den Krieg gewinnen.

Roberto fing an, den Krieg eine wunderschöne Erfahrung zu finden; von Wanderern hörten sie erbauliche Geschichten wie die von jenem verwundeten und in San Giorgio gefangengenommenen französischen Kavalier, der sich darüber beklagte, daß ihm von einem Soldaten das Bildnis einer heißgeliebten Person weggenommen worden war; als der Herzog von Lerma das hörte, ließ er ihm das Bildnis zurückerstatten, ließ ihn verarzten und schickte ihn mit einem Pferd zurück nach Casale. Andererseits war es dem alten Pozzo gelungen, wenn auch auf derart verschlungenen Umwegen, daß man alle Orientierung verlor, dafür zu sorgen, daß seine Leute vom richtigen Schießkrieg noch gar nichts zu sehen bekommen hatten.

Daher empfanden sie große Erleichterung, wenn auch vermischt mit der Ungeduld dessen, der endlich an einem langerwarteten Fest teilnehmen will, als sie eines schönen Tages vom Gipfel eines Hügels aus zu ihren Füßen die Stadt liegen sahen: im Norden, zu ihrer Linken, begrenzt durch den breiten Streifen des Po, der genau vor dem Kastell durch zwei große Inseln im Strom unterbrochen war und im Osten spitz zulaufend hinter dem Massiv der Zitadelle verschwand. Gespickt mit Türmen und Campanilen im Innern, schien die Stadt von außen wahrhaft uneinnehmbar, ringsum bewehrt mit zickzackförmigen Bastionen, so daß sie aussah wie einer von jenen Drachen, die man in Büchern sieht.

Es war wirklich ein schönes großes Spektakel. Draußen vor der Stadt schleppten Soldaten in bunten Röcken allerlei Belagerungsmaschinen zwischen Gruppen von standartengeschmückten Zelten und Reitern mit prächtig gefiederten Hüten umher. Da und dort sah man zwischen dem Grün der Wälder und dem Gelb der Felder etwas schimmern und blitzen, daß es die Augen blendete, und es waren Edelleute in silbernen Rüstungen, die in der Sonne funkelten, und man verstand nicht, wohin sie ritten, womöglich ritten sie nur umher, um sich in Szene zu setzen.

Schön für alle, erschien das Spektakel jedoch dem alten Pozzo weniger fröhlich, denn er sprach: »Leute, diesmal sind wir wirklich im Arsche!« Und zu Roberto, der ihn verwundert fragte, wieso, sagte er mit einem Klaps in den Nacken: »Spiel nicht den Dummen, das da sind Kaiserliche, wirst doch nicht glauben, daß die Casaler so viele sind und sich so munter draußen vor ihren Mauern tummeln. Die Casaler und die Franzosen sind drinnen, wo sie Strohballen aufschichten und sich vor Angst in die Hose machen, weil sie nicht mal zweitausend an der Zahl sind, während die da unten mindestens hunderttausend sein dürften, schau bloß mal auf die Hügel dort drüben.« Er übertrieb, das Heer der Spanier umfaßte nur achtzehntausend Fußsoldaten und sechstausend Reiter, aber das genügte, und sie rückten vor.

»Was machen wir jetzt, Vater?« fragte Roberto. »Jetzt machen wir«, sagte der Vater, »daß wir achtgeben, wo die Lutheraner sind, denn bei denen kommen wir nicht durch. Erstens, weil wir kein Wort von dem verstehn, was sie sagen, und zweitens, weil sie dich erst umbringen und dann fragen, wer du bist. Achtet gut drauf, wo die Spanier stehen. Ihr habt's ja gehört, das sind Leute, mit denen man reden kann. Und achtet drauf, daß es Spanier aus guten Familien sind. Bei diesen Dingen kommt alles auf die Erziehung an.«

Sie erspähten einen Durchgang neben einem Lager mit den Feldzeichen Ihrer Allerchristlichsten Majestäten, wo mehr silberne Rüstungen als anderswo schimmerten, empfahlen sich Gott und ritten hinunter. Im allgemeinen Durcheinander gelang es ihnen, ein gutes Stück mitten zwischen den Feinden vorzudringen, denn Uniformen trugen damals nur einige Sondereinheiten wie die Musketiere, und bei den anderen wußte man nie, wer zu wem gehörte. Endlich aber, als nur noch ein Niemandsland zu überqueren war, trafen sie auf einen Vorposten und wurden von einem Offizier angehalten, der sie höflich fragte, wer sie seien und wohin sie wollten, während hinter ihm eine Handvoll Soldaten auf dem Quivive war.

»Signore«, sagte der alte Pozzo, »seid so gut, uns den Weg freizugeben, alldieweil wir hingehen müssen, uns an den rechten Ort zu begeben, um sodann auf Euch zu schießen.« Der Offizier zog den Hut, schwenkte ihn zu einem ehrerbietigen Gruß, der den Staub zwei Klafter weit vor ihm aufwirbelte, und sprach: *»Señor, no es menor gloria vencer al enemigo con la cortesía en la paz que con armas en la guerra.«* Dann sagte er in gutem Italienisch: »Zieht Eures Weges, mein Herr, wenn nur ein Viertel der Unsern die Hälfte Eures Mutes hat, werden wir siegen. Möge der Himmel mir das Vergnügen gewähren, Euch auf dem Felde zu begegnen, und die Ehre, Euch zu töten.«

»Fisti orb d'an fisti secc«, knurrte Pozzo zwischen den Zähnen, was in der Sprache seines Landes noch heute eine

Wunschformel ist, die in etwa besagt, der Angesprochene möge erst seines Augenlichtes beraubt werden und gleich danach einen Schluckauf bekommen. Laut aber sagte er unter Aufbietung aller seiner Sprachkenntnisse und seines ganzen rhetorischen Wissens: »*Yo tambièn!*« Zog dann grüßend den Hut, gab seinem Pferd die Sporen, wenn auch nicht so stark, wie es die Theatralik des Augenblicks erfordert hätte, denn seine Leute mußten ihm ja per pedes folgen, und trabte in Richtung der Stadtmauer los.

»Sag, was du willst, aber das sind noble Leute«, knurrte er, zu seinem Sohn gewandt, und es war gut, daß er den Kopf dabei senkte, denn so entging er dem Schuß einer Arkebuse, der von der Mauer auf ihn abgefeuert worden war. »*Ne tirez pas, conichons, on est des amis, Nevers, Nevers!*« rief er mit erhobenen Händen, und dann leiser zu Roberto: »Siehst du, das sind Leute, die keine Dankbarkeit kennen. Ich will ja nichts sagen, aber die Spanier sind besser.«

So gelangten sie in die Stadt. Jemand mußte ihre Ankunft unverzüglich dem Garnisonskommandanten gemeldet haben, dem Seigneur de Toiras, der ein ehemaliger Waffenbruder des alten Pozzo war. Große Umarmungen, dann ein erster Gang über die Bastionen.

»Lieber Freund«, sagte Toiras, »nach den Pariser Registern habe ich fünf Infanterieregimenter mit je zehn Kompanien, also zusammen zehntausend Mann. Aber Seigneur de la Grange hat nur fünfhundert Mann, Monchat hat zweihundertfünfzig, und alles in allem kann ich auf eintausendsiebenhundert Mann zu Fuß zählen. Dazu habe ich noch sechs Kompanien Leichte Reiter, vierhundert Mann im ganzen, wenn auch gut ausgerüstete. Der Kardinal weiß, daß ich weniger Leute habe, als es sein müßten, aber er behauptet, ich hätte dreitausendachthundert Mann. Ich schreibe und beweise ihm das Gegenteil, aber Seine Eminenz gibt vor, nicht zu verstehen. Ich habe ein Regiment aus Italienern rekrutieren müssen, so gut es ging, Korsen und Monferriner, aber, nehmt's mir nicht übel, es sind schlechte Soldaten, und stellt Euch vor, ich habe den Offizieren befehlen müssen, ihre Burschen in eine eigene Kompanie zu stecken. Eure Leute werden sich dem italienischen Regiment anschließen, unter dem Befehl von Capitano Bassiani, der ein guter Soldat ist. Wir werden auch den jungen Herrn de La Grive dorthin schicken, damit er, wenn er ins Feuer geht, die Befehle auch gut versteht. Was Euch betrifft, lieber Freund, so werdet Ihr Euch einer Gruppe von tapferen Edelleuten anschließen, die wie Ihr aus freiem Willen zu uns gestoßen sind und meinen Stab bilden. Ihr kennt die Gegend und werdet mich gut beraten können.«

Jean de Saint-Bonnet, Seigneur de Toiras, war ein hochgewachsener, dunkelhaariger und blauäugiger Mann in der vollen Reife seiner fünfundvierzig Jahre, cholerisch, aber großzügig und bereit zur Versöhnung, schroff im Ton, aber alles in allem umgänglich, auch mit den Soldaten. Er hatte sich als Verteidiger der Ile de Ré im Krieg gegen England hervorgetan, aber bei Richelieu und am Hofe genoß er, wie es scheint, keine besondere Sympathie. Die Freunde munkelten etwas von einem Dialog mit dem Siegelbewahrer de Marillac, der verächtlich zu ihm gesagt habe, man hätte zweitausend Edelmänner in Frankreich finden können, die fähig gewesen wären, die Sache mit der Ile de Ré ebensogut zu erledigen, worauf Toiras erwidert habe, man könne viertausend finden, die fähig wären, das Siegel besser zu bewahren als Monsieur de Marillac. Seine Offiziere schrieben ihm noch einen weiteren schönen Ausspruch zu (der jedoch anderen zufolge von einem schottischen Hauptmann stammte): Während eines Kriegsrats in La Rochelle habe Père Joseph, derselbe, der dann später Richelieus »Graue Eminenz« werden sollte und sich gern als Stratege aufspielte, den Finger auf eine Karte gelegt und gesagt: »Hier setzen wir über«, worauf Toiras kühl erwidert habe: »Ehrwürdiger Vater, leider ist Euer Finger keine Brücke.«

»So ist die Lage, cher ami«, fuhr Toiras fort, während er die

Bastionen abschritt und auf die Landschaft deutete. »Die Bühne ist glänzend, und die Akteure sind die Besten aus zwei Reichen und vielen Signorien; wir haben sogar ein florentinisches Regiment vor uns, das von einem Medici kommandiert wird. Wir können auf Casale vertrauen, ich meine Casale als Stadt: Das Kastell, von dem aus wir den Flußabschnitt kontrollieren, ist eine regelrechte Bastille, es wird von einem tiefen Graben geschützt, und hinter den Mauern haben wir Erdwälle aufgeschüttet, die den Verteidigern gute Dienste leisten werden. Die Zitadelle hat sechzig Kanonen und Bollwerke nach allen Regeln der Kunst. An einigen Stellen sind sie schwach, aber ich habe sie mit Halbmonden und Batterien verstärkt. All das ist bestens geeignet, einem Frontalangriff standzuhalten, aber Spinola ist kein Anfänger: Seht die Bewegungen dort, sie sind dabei, Minengänge zu graben, und wenn sie hier unter uns angelangt sind, wird es sein, als hätten wir ihnen die Tore geöffnet. Um die Arbeiten zu unterbinden, müßten wir ins Freie hinaus, und da sind wir die Schwächeren. Und sobald der Feind jene Geschütze dort etwas näher herangebracht hat, wird er anfangen, die Stadt zu beschießen, und dann kommt die Stimmung der Bürger von Casale ins Spiel, auf die ich mich nicht verlassen möchte. Andererseits kann ich sie schon auch verstehen, ihnen liegt mehr an der Rettung ihrer Stadt als an dem Herrn von Nevers, und sie sind noch keineswegs überzeugt, daß es gut ist, für die Lilien Frankreichs zu sterben. Es wird darauf ankommen, ihnen klarzumachen, daß sie unter den Savoyern oder den Spaniern ihre Freiheit verlieren würden und daß Casale dann keine Hauptstadt mehr wäre, sondern nur noch irgendeine beliebige Festung wie Susa, die Savoyen jederzeit für eine Handvoll Scudi verkaufen würde. Im übrigen müssen wir improvisieren, sonst wär's ja keine *commedia all'italiana*. Gestern habe ich mit vierhundert Mann einen Ausfall in Richtung Frassineto gemacht, wo sich die Kaiserlichen zusammenzogen, und da sind sie zurückgewichen. Aber während ich dort beschäftigt war, haben sich Neapolitaner auf jenem Hügel genau gegenüber festgesetzt. Ich habe sie ein paar Stunden lang von der Artillerie beschießen lassen, und ich glaube, ich habe ein ganz schönes Gemetzel angerichtet, aber sie sind nicht abgezogen. Also sagt mir nun: Wessen Tag war das heute? Ich schwöre bei unserem Herrn im Himmel, ich weiß es nicht, und auch Spinola weiß es nicht. Aber ich weiß, was wir morgen tun werden. Seht Ihr jene freistehenden Häuser dort in der Ebene? Wenn wir sie kontrollieren würden, könnten wir viele feindliche Stellungen unter Beschuß nehmen. Ein Spion hat mir gesagt, daß sie verlassen seien, und das ist ein guter Grund, zu befürchten, daß sich jemand in ihnen versteckt hält – macht nicht so ein entrüstetes Gesicht, junger Herr Roberto, und merkt Euch, erstes Theorem, daß ein guter Kommandant eine Schlacht nur gewinnt, wenn er sich der Spione gut zu bedienen weiß, und, zweites Theorem, daß ein Spion, da er ein Verräter ist, nichts dabei findet, diejenigen zu verraten, die ihn dafür bezahlen, daß er die Seinen verrät. In jedem Fall wird unsere Infanterie morgen jene Häuser besetzen. Es ist besser, statt die Truppen in der Stadt zu behalten, wo sie faul werden, sie dem Feuer auszusetzen, was eine gute Übung ist. Scharrt nicht so ungeduldig mit den Füßen, junger Herr Roberto, morgen wird noch nicht Euer Tag sein; doch übermorgen wird das Regiment Bassiani den Po überqueren müssen. Seht Ihr jene Mauern dort? Sie gehören zu einem Fort, das wir zu bauen begonnen hatten, ehe die Spanier kamen. Meine Offiziere sind nicht einverstanden, aber ich glaube, wir werden gut daran tun, es uns wiederzuholen, bevor es die Kaiserlichen besetzen. Es geht darum, sie in der Ebene unter Beschuß zu halten, um sie in ihren Bewegungen zu behindern und den Bau der Minengänge aufzuhalten. Kurzum, dort wird es Ruhm für alle geben. Jetzt gehen wir erst einmal essen. Die Belagerung hat gerade erst begonnen, noch fehlt es uns nicht an Vorräten. Erst später werden wir Ratten verspeisen.«

3

DAS SERAIL DER ÜBERRASCHUNGEN

Der Belagerung von Casale zu entgehen, wo er am Ende wenigstens keine Ratten hatte verspeisen müssen, um dann auf der *Daphne* zu landen, wo die Ratten vielleicht ihn verspeisen würden ... Beklommen über diesen schönen Kontrast nachdenkend, machte Roberto sich schließlich auf, jene Räumlichkeiten zu erkunden, aus denen er am Abend zuvor jene unbestimmten Geräusche gehört hatte.

Er beschloß, vom Achterkastell aus hinunterzusteigen, und er wußte, daß er im Unterdeck, wenn alles wie auf der *Amarilli* war, ein Dutzend Kanonen an beiden Seiten vorfinden würde, dazwischen die Strohlager oder Hängematten der Matrosen. Aus dem Steuerraum stieg er in den Raum darunter, den schräg die Ruderpinne durchquerte, die leise knarzend hin- und herschwankte, und von dort hätte er sofort durch die Tür zum Unterdeck hinausgehen können. Doch wie um sich mit jenen unteren Zonen vertraut zu machen, bevor er den unbekannten Feind anging, ließ er sich durch eine Luke noch weiter hinab in einen Raum, in dem normalerweise weitere Vorräte hätten sein müssen. Statt dessen fand er dort, dicht an dicht nebeneinander, Bettstätten für etwa ein Dutzend Personen. Demnach schlief der größte Teil der Mannschaft hier unten, vielleicht weil der übrige Platz für andere Zwecke gebraucht wurde. Die Betten waren in perfekter Ordnung. Wenn es also eine Epidemie gegeben hatte, mußten sie jedesmal, wenn einer gestorben war, von den Überlebenden kunstgerecht wieder gemacht worden sein, um den anderen zu bedeuten, daß nichts passiert war ... Allerdings, wer sagte denn, daß die Besatzung tot war, gar die gesamte? Aber auch diesmal konnte ihn dieser Gedanke nicht beruhigen: Eine Pest, die eine ganze Mannschaft dahinrafft, ist ein natürliches Phänomen, nach Ansicht einiger Theologen sogar bisweilen ein gottgewolltes; ein Ereignis jedoch, vor dem eine ganze Mannschaft die Flucht ergreift, unter Zurücklassung eines so unnatürlich wohlgeordneten Schiffes, konnte etwas viel Schlimmeres sein.

Vielleicht fand sich die Erklärung im Unterdeck, also Mut gefaßt! Roberto stieg wieder hinauf und öffnete die Tür zu dem gefürchteten Ort.

Nun begriff er die Funktion jener breiten Lattenroste, die das Oberdeck durchbrachen. Durch sie wurde das Unterdeck in eine Art Laube verwandelt: in einen lichten Raum, von oben beleuchtet durch das nun volle Tageslicht, das in schrägen Strahlen einfiel, um sich zu kreuzen mit dem, das seitlich durch die »Sabords« eindrang, und sich mit den nun bernsteingelben Reflexen der Kanonen zu kolorieren.

Zunächst sah Roberto nichts als Sonnenstrahlen, in denen winzige Staubkörnchen tanzten, und bei diesem Anblick mußte er unwillkürlich an die Worte denken (und wie ausführlich erging er sich dann im Spiel mit gelehrten Erinnerungen, um seiner Signora Eindruck zu machen, anstatt jene Worte einfach zu wiederholen), mit denen der Kanonikus von Digne ihn aufgefordert hatte, die Kaskaden des Lichts zu verfolgen, die sich im Dunkel einer Kathedrale verbreiten, zu beobachten, wie sie sich im eigenen Innern beleben mit einer Vielzahl von Monaden, Samen, unlöslichen Naturen, Tropfen maskuliner Essenz, die spontan zerplatzen, urtümlichen Atomen, verwickelt in Kämpfe, Schlachten, vielfältige Scharmützel, zwischen Begegnungen und Trennungen in unendlicher Zahl – sichtbarer Beweis der Zusammensetzung unseres Universums, das aus nichts anderem besteht als aus primären Körpern, die im Leeren tanzen.

Gleich darauf, fast wie um ihm zu bestätigen, daß die Schöpfung nichts anderes ist als ein Werk jenes Tanzes von

Atomen, schien ihm plötzlich, als sei er in einem Garten, und ihm wurde bewußt, daß – schon seit er das Unterdeck betreten hatte – eine Fülle von Düften auf ihn eindrang, von Düften und Gerüchen, die sehr viel stärker waren als jene, die ihn zuvor von der Insel erreicht hatten.

Einen künstlichen Garten, eine Art Gewächshaus – das war es, was die verschwundenen Männer der *Daphne* in jenem Teil des Schiffes angelegt hatten, um Blumen und Pflanzen der Inseln, die sie erkundeten, nach Europa zu bringen, wobei Sonne, Wind und Regen ihr Überleben gewährleisten sollten. Ob das Schiff seine pflanzliche Beute tatsächlich über Monate hätte am Leben erhalten können oder ob nicht der erste Sturm sie mit Salz vergiftet hätte, konnte Roberto nicht sagen, aber der Umstand, daß diese Natur noch lebte, bestätigte ihm – wie schon die volle Speisekammer –, daß die Ladung erst vor kurzem an Bord genommen worden sein konnte.

Blumen, Sträucher und kleine Bäumchen waren mit ihren Wurzeln und Schollen hergebracht und in allerlei Töpfen, Körben und rasch zusammengezimmerten Kästen eingepflanzt worden. Aber viele dieser Behälter waren angefault und aufgebrochen, die Erde war herausgekommen und hatte eine Schicht feuchtschwarzer Krume zwischen ihnen gebildet, in der sich bereits die Ableger einiger Pflanzen festzusetzen begannen, so daß es schien, als wüchse ein Garten Eden direkt aus den Planken der *Daphne*.

Das Sonnenlicht war noch nicht so grell, daß es Robertos Augen schmerzte, aber schon hell genug, um die Farben des Blattwerks prangen und die ersten Blüten aufgehen zu lassen. Robertos Blick ruhte auf zwei Blättern, die ihm zuerst wie der Schwanz eines Krebses erschienen waren, auf denen weiße Blüten knospten, dann auf einem anderen zartgrünen Blatt, auf dem etwas wie eine halbe Blüte aus einem Büschel elfenbeinfarbener Beeren wuchs. Ein widerlicher Geruch zog seine Aufmerksamkeit auf ein gelbes Ohr, in das ein kleiner Maiskolben eingeführt schien, daneben hingen Girlanden von Porzellanschnecken, schneeweiß mit rosiger Spitze, und aus einer anderen Dolde hingen umgekehrte Trompeten oder Glöckchen, die leicht nach Mauerpfeffer rochen. Er sah eine zitronengelbe Blume, deren Veränderlichkeit er in den nächsten Tagen bemerken sollte, denn sie sollte am Nachmittag aprikosenfarben und bei Sonnenuntergang dunkelrot werden, und andere, die in der Mitte safrangelb waren und nach außen zu einem lilienartigen Weiß verblaßten. Er entdeckte Früchte mit rauher Schale, die er nicht zu berühren gewagt hätte, hätte nicht eine von ihnen, die kraft des Reifeprozesses zu Boden gefallen und aufgeplatzt war, ein granatapfelähnliches Inneres offenbart. Er wagte es, andere zu kosten, und beurteilte sie mehr mit der Zunge, mit der man spricht, als mit der, mit welcher man kostet, denn er bezeichnet eine von ihnen als Honigbeutel, geronnenes Manna in der Üppigkeit ihres Stammes, Juwel aus Smaragden, gekrönt mit winzigkleinen Rubinen. Wobei ich, wenn ich die Sache bei Licht betrachte, die Behauptung wagen würde, daß er etwas entdeckt hatte, was sehr ähnlich einer Feige war.

Keine dieser Blumen oder Früchte war ihm bekannt, jede schien ihm der Phantasie eines Malers entsprungen, der die Naturgesetze verletzen wollte, um überzeugende Unwahrscheinlichkeiten, zerrissene Wonnen und köstliche Lügen zu erfinden – wie jene Blütenkrone mit einem weißlichen Flaum, der in einen lila Federbusch mündete, oder nein, eine verblaßte Primel, die einen obszönen Auswuchs hervortrieb, oder eine Maske, die ein Greisengesicht mit Bocksbart überzog. Wer mochte jenen Strauch ersonnen haben, dessen Blätter auf der einen Seite dunkelgrün mit wilden rotgelben Dekorationen waren und auf der anderen flammendrot, umgeben von fleischigen Blättern in zarterem Erbsengrün, die sich muschelförmig wölbten, so daß sie noch Wasser vom letzten Regen enthielten?

Von der Suggestion des Ortes ergriffen, fragte Roberto sich nicht, von welchem Regen jenes Wasser stammen mochte, hatte es doch mit Sicherheit schon seit mindestens drei Tagen nicht geregnet. Die betäubenden Gerüche ließen ihn jede Zauberei für natürlich halten.

Es schien ihm natürlich, daß eine schlaff herabhängende Frucht nach Blauschimmelkäse roch und daß eine Art violetter Granatapfel mit einem Loch am Boden, wenn man ihn schüttelte, einen klappernden Samen in seinem Innern hören ließ, als handle es sich nicht um eine Blume, sondern um ein Spielzeug, und er wunderte sich auch nicht über eine Blume in Form einer Lanzenspitze mit hartem gerundetem Boden. Roberto hatte noch nie eine Trauernde Palme gesehen, die wie eine Trauerweide aussah, und er hatte sie vor sich, ein Gewächs mit vielen Wurzelfüßen, aus denen ein Stamm aufragte, der in einem einzigen Blattbüschel endete, während die Blätter dieser zum *pianto* geborenen *pianta* erschöpft von ihrer eigenen Blüte zu Boden hingen. Auch einen anderen Strauch hatte Roberto noch niemals gesehen: eine Pflanze mit breiten und fleischigen Blättern, die durch eine eisenharte Mittelrippe so sehr versteift wurden, daß man sie als Teller und Schüsseln hätte benutzen können, während daneben andere Blätter wuchsen, welche die Form nachgiebiger Löffel hatten.

Ungewiß, ob er sich in einem künstlichen Wald befand oder in einem irdischen Paradies, das im Innern der Erde verborgen war, spazierte Roberto in jenem Eden umher, das ihn zu Geruchsdelirien verführte.

Als er später seiner Signora davon berichtet, spricht er von ländlichen Rasereien, von Launen der Gärten, belaubten Proteen und närrisch gewordenen Zedern (Zedern?), erkrankt an lieblichem Furor … Oder er vergegenwärtigt sich das Gesehene als schwimmende Höhle, reich an täuschenden Automaten, aus denen, umwunden mit schrecklich verschlungenen Seilen, fanatische Kressen wuchern, gottlose Triebe barbarischer Wälder … Er spricht von Opium der Sinne, von einer Runde fauliger Elemente, die ihn, zu unreinen Säften vergoren, zu den Antipoden der Vernunft geführt habe.

Zuerst hatte er seinen Eindruck, daß zwischen den Blumen und Pflanzen auch gefiederte Stimmen erklangen, dem Vogelgesang zugeschrieben, der von der Insel zu ihm herüberdrang; doch plötzlich überlief ihn eine Gänsehaut, als eine Fledermaus so dicht an ihm vorbeiflog, daß sie fast sein Gesicht berührte, und gleich darauf mußte er einem Falken ausweichen, der sich auf seine Beute stürzte und sie mit einem Schnabelhieb zu Boden streckte.

Beim Abstieg ins Unterdeck hatte Roberto die Vögel der Insel noch aus der Ferne gehört, und auch beim Weitergehen war er noch überzeugt gewesen, sie durch die Bordwand zu hören. Nun aber hörte er sie auf einmal aus sehr viel größerer Nähe. Diese Töne konnten nicht von der Insel kommen: Andere Vögel also, nicht die in der Ferne, sangen jenseits der Pflanzen, weiter vorne im Bug, irgendwo in der Nähe jener Vorratskammer, aus der er in der vorigen Nacht die Geräusche gehört hatte.

Als er weiterging, schien ihm, daß der künstliche Garten vor einem hohen Stamm endete, der aufragend durch das Oberdeck brach. Dann begriff er, daß er mehr oder weniger in der Mitte des Schiffes angelangt war, wo sich der Hauptmast bis in den untersten Kielraum senkte. An diesem Punkt aber vermischten sich Kunst und Natur in so hohem Grade, daß wir die Verwirrung unseres Helden entschuldigen können. Auch weil genau an diesem Punkt seine Nase eine neue Geruchsmischung wahrzunehmen begann, Gerüche von schimmelnder Erde und tierischem Kot, als sei er dabei, aus einem Gewächshaus in einen Stall zu treten.

Dann, als er am Hauptmast vorbeiging, sah er das Vogelhaus.

Er wußte kein anderes Wort für jene Versammlung von Käfigen aus Rohrgeflecht und solidem Kupferdraht, der sie zusammenhielt, bewohnt von Vögeln, die sich mühten, jenes Tageslicht zu erraten, von dem sie nur ein Almosen empfingen, und mit verzerrten Stimmen auf die Rufe ihrer frei auf der Insel singenden Artgenossen zu antworten. Auf den Boden gestellt oder an den Latten des Oberdecks hängend, verteilten sich die Käfige in dieser zweiten Laube wie Stalaktiten und Stalagmiten, derart eine zweite Höhle der Wunder bildend, in welcher die Tiere mit ihrem Geflatter die Käfige pendeln ließen und diese die Sonnenstrahlen kreuzten, so daß ein Geflimmer von Farben, ein Gestöber von Regenbogenfragmenten entstand.

Wenn er bis zu jenem Tage nie wirklich die Vögel hatte singen hören, so konnte Roberto auch nicht behaupten, sie jemals wirklich gesehen zu haben, jedenfalls nicht in so vielerlei Gestalt, weshalb er sich fragte, ob sie noch im Naturzustand waren oder ob die Hand eines Künstlers sie bemalt und ausgeschmückt hatte, vielleicht für eine Pantomime oder um ein paradierendes Heer darzustellen, in dem jeder Fußsoldat und jeder Reiter in seine eigene Standarte gehüllt war.

Gleich einem höchst verlegenen Adam wußte Roberto keine Namen für diese Wesen, wenn nicht die der Vögel seiner Hemisphäre; sieh da, ein Reiher, sagte er sich, ein Kranich, eine Wachtel ... Aber es war, als würde man einen Schwan eine Gans nennen.

Hier Prälaten mit breit gefächertem Kardinalsschwanz und einem Schnabel in Form eines Destillierkolbens, grasgrüne Flügel öffnend, wobei sie eine purpurne Kehle blähten und eine azurblaue Brust zeigten, dort vielköpfige Geschwader, die wie in einem großen Turnier wetteifernd Sturmangriffe flogen auf die niedrigen Kuppeln, die ihre Arena begrenzten, dazwischen gurrende Blitze und rote und gelbe Degenhiebe, wie Fahnen, die ein Bannerträger emporwirft und im Fluge wieder auffängt. Mürrische Chevaulegers mit dünnen langen Beinen in viel zu engem Raum knarzten herablassend ihr Kra-Kra, manchmal auf einem Bein schaukelnd und mißtrauisch umherblickend, so daß die Federbüschel auf dem vorgereckten Kopf wippten ... Allein in einem nach seinem Maße erbauten Käfig saß ein Großkapitän mit himmelblauem Mantel, die Weste zinnoberrot wie das Auge und ein Federbusch aus Lilien als Helmschmuck, und er gurrte wie eine Taube. Daneben in einem kleinen Käfig drei kleine Infanteristen am Boden, ihrer Flügel beraubt, hüpfende Büschel aus kotiger

Wolle mit Mäuseschnäuzchen, schnurrbärtig an der Wurzel eines langen krummen Schnabels mit Nasenlöchern, mit denen die kleinen Monster schnupperten, während sie Würmer aufpickten, die sie auf ihrem Wege fanden … In einem Käfig, der die Form eines gewundenen Ganges hatte, stakste zögernd ein kleiner Storch mit karottenroten Beinen, die Brust aquamarinblau, die Flügel schwarz und der Schnabel blauviolett, gefolgt von einigen Jungen im Gänsemarsch, und immer wenn er am Ende seines kurzen Weges angekommen war, krächzte er ärgerlich, versuchte mit dem Schnabel zu zerhakken, was er für ein Rankengeflecht hielt, wich dann zurück und machte kehrt mit seiner Brut, die nicht mehr wußte, ob sie nun vor oder hinter ihm gehen sollte.

Roberto war hin- und hergerissen zwischen seiner Erregung über das Entdeckte, seinem Mitleid mit den Gefangenen und seinem Wunsch, die Käfige zu öffnen und den Raum erfüllt zu sehen von jenen Herolden einer Armee der Luft, um sie der Belagerung zu entheben, zu welcher die *Daphne*, ihrerseits belagert von ihren Artgenossen draußen, sie zwang. Er meinte, sie müßten hungrig sein, und sah, daß in den Käfigen nur noch Krümel lagen und daß die Näpfe und Schüsseln, in denen Wasser hätte sein müssen, leer waren. Doch neben den Käfigen entdeckte er Säcke mit Körnern und Streifen von getrocknetem Fisch, bereitgelegt von denen, die offensichtlich auch diese Beute nach Europa zu bringen gedachten, denn ein Schiff fährt nicht in die Südsee zu den Antipoden, ohne Zeugnisse jener Welten an die Höfe oder zu den Akademien zu bringen.

Weiter vorn fand Roberto auch ein Brettergehege mit einem Dutzend scharrender Tiere, die er der Spezies der Hühnervögel zuschrieb, obwohl er zu Hause noch nie solches Federvieh gesehen hatte. Auch sie schienen hungrig zu sein, aber die Hennen hatten (und feierten das Ereignis wie ihre Schwestern in aller Welt) sechs Eier gelegt.

Roberto nahm sich gleich eins davon, pickte mit der Messerspitze ein Loch hinein und trank es aus, wie er es als Kind gelernt hatte. Dann steckte er sich die anderen ins Hemd, und um die Mütter zu entschädigen wie auch die so fruchtbaren Väter, die ihn böse fixierten und entrüstet die Kämme schüttelten, gab er ihnen Wasser und Futter; dasselbe tat er Käfig für Käfig, wobei er sich fragte, dank welcher Vorsehung er gerade in dem Moment auf die *Daphne* gelangt war, in dem die Vögel nichts mehr hatten. Tatsächlich war er schon seit zwei Tagen auf dem Schiff, und spätestens am Tag vor seiner Ankunft mußte jemand die Volieren versorgt haben. Er kam sich vor wie ein Eingeladener, der zu spät auf einem Fest erscheint, gerade als die letzten Gäste gegangen und die Tische noch nicht abgeräumt sind.

Im übrigen steht nun fest, sagte er sich, daß jemand vor kurzem hier war und nun fort ist. Ob dieser Jemand einen oder zehn Tage vor meiner Ankunft hier war, ändert nichts an meinem Schicksal, sondern macht es höchstens noch grotesker: Hätte ich einen Tag früher Schiffbruch erlitten, hätte ich mich den Männern der *Daphne* anschließen können, wohin sie auch immer gefahren sein mögen. Oder nein, vielleicht wäre ich auch mit ihnen gestorben, wenn sie jetzt tot sind. – Roberto seufzte erleichtert auf (wenigstens war es keine Geschichte mit Ratten!) und sagte sich, daß ihm jetzt immerhin auch Hühner zur Verfügung standen. Er überdachte seinen Vorsatz, die Zweibeiner edlerer Herkunft freizulassen, und kam zu dem Schluß, daß auch sie, wenn sein Exil sich in die Länge ziehen sollte, sich als eßbar erweisen könnten. Schön und farbenprächtig waren auch die *Hidalgos* vor Casale gewesen, dachte er, und doch haben wir auf sie geschossen, und hätte die Belagerung noch länger gedauert, hätten wir sie sogar gegessen. Wer als Soldat im Dreißigjährigen Krieg war – sage ich heute, aber wer den Dreißigjährigen Krieg damals mitgemacht hat, hat ihn nicht so genannt, und vielleicht war ihm nicht einmal klar, daß es sich um einen einzigen langen Krieg handelte, in dem immer wieder mal jemand Frieden schloß –, der hatte gelernt, hartherzig zu sein.

4

DEMONSTRIERTE BEFESTIGUNG

Warum beschwört Roberto die Erinnerung an Casale herauf, um seine ersten Tage auf dem Schiff zu beschreiben? Gewiß, da ist der Zeitgeschmack an der Ähnlichkeit, Belagerung dort, Belagerung hier, aber von einem Menschen seines Jahrhunderts erwarten wir mehr. Wenn schon, dann mußten ihn an der Ähnlichkeit die Unterschiede faszinieren, aus denen sich so pointierte Gegensätze gewinnen ließen: Nach Casale war er aus freien Stücken gekommen, damit die anderen nicht hineinkamen, auf die *Daphne* war er geworfen worden und wünschte sich nichts sehnlicher, als sie zu verlassen. Aber ich würde eher sagen, daß er, während er eine Geschichte im und von Halbschatten erlebte, sich zurückbesann auf ein Geschehen voll hochgespannter Aktionen, die er im vollen Sonnenlicht miterlebt hatte, so daß die gleißenden Tage der Belagerung, die seine Erinnerung vor ihm wiedererstehen ließ, ihn für sein bleiches Vagabundieren entschädigten. Und vielleicht war da noch etwas anderes. Im ersten Teil seines Lebens hatte Roberto nur zwei Perioden gehabt, in denen er etwas gelernt hatte über die Welt und die verschiedenen Arten, in ihr zu leben – ich meine die wenigen Monate in Casale und die letzten Jahre in Paris; nun durchlebte er seine dritte Bildungsphase, vielleicht die letzte, an deren Ende die Reife mit der Auflösung zusammengefallen sein würde, und er versuchte, sich die geheime Botschaft dieser Phase zu erschließen, indem er die Vergangenheit als eine Figur der Gegenwart ansah.

Casale war zu Beginn eine Geschichte von Ausfällen gewesen. Roberto erzählt sie seiner Signora, indem er sie überhöht, als wollte er damit sagen, daß er – unfähig, wie er damals gewesen war, die Festung seines jungfräulichen Schnees zu bezwingen, verstört, aber nicht zerstört von der Flamme seiner zwei Sonnen – unter der Flamme einer anderen Sonne doch immerhin fähig gewesen war, sich denen entgegenzustellen, die seine monferrinische Zitadelle einer Belagerung unterzogen.

Am Morgen nach ihrer Ankunft hatte Toiras einige unbegleitete Offiziere losgeschickt, die mit geschulterter Büchse herausfinden sollten, was die Neapolitaner auf dem am Vortag eroberten Hügel installierten. Sie hatten sich zu weit vorgewagt, es war zu einem Schußwechsel gekommen, und ein junger Leutnant des Regiments Pompadour war getötet worden. Seine Kameraden hatten ihn in die Stadt zurückgebracht, und so hatte Roberto den ersten getöteten Toten seines Lebens gesehen. Toiras beschloß, die Häuser besetzen zu lassen, von denen er am Vortag gesprochen hatte.

Von den Bastionen aus konnte man das Vorgehen der zehn losgeschickten Musketiere gut verfolgen: An einem bestimmten Punkt teilten sie sich, um das erste der Häuser in die Zange zu nehmen. Auf den Stadtmauern ging eine Kanonade los, die über ihre Köpfe hinweg das Dach des Hauses abdeckte: Wie aufgescheuchte Insekten kamen einige Spanier heraus und liefen davon. Die Musketiere ließen sie laufen, besetzten das Haus, verbarrikadierten sich und begannen, den Hügel unter Beschuß zu nehmen.

Es bot sich an, die Operation bei anderen Häusern zu wiederholen: Auch von den Bastionen aus konnte man jetzt sehen, daß die Neapolitaner anfingen, Schützengräben auszuheben und sie mit Faschinen und Schanzkörben zu umgeben. Aber diese Gräben legten sich nicht um die Hügel, sondern wuchsen in die Ebene hinaus. Roberto lernte, daß es immer so anfing, wenn Minengänge gegraben wurden. Waren diese

Gänge erst einmal an der Stadtmauer angelangt, würden sie auf dem letzten Stück mit Pulverfässern gefüllt werden. Es galt also zu verhindern, daß die Grabungen einen Punkt erreichten, von dem aus sie unterirdisch fortgesetzt werden konnten, sonst würden die Feinde von jenem Punkt an in Deckung weitergraben können. Bei dem ganzen Spiel ging es darum, von außen und im Freien den Bau von Gängen zu verhindern und selber Gegengänge zu graben, bis die Entsatzarmee eintraf – vorausgesetzt, daß die Lebensmittel und Munitionsvorräte so lange reichten. Bei einer Belagerung gibt es nichts anderes zu tun, nichts als die anderen zu behindern und abzuwarten.

Am nächsten Morgen kam dann wie versprochen der Sturm auf das Fort. Roberto fand sich, die Büchse im Arm, inmitten eines undisziplinierten Haufens von Leuten, die keine Lust gehabt hatten, in Lù, in Cuccaro oder in Odalengo zu arbeiten, sowie umgeben von schweigsamen Korsen, alle zusammengedrängt auf Booten, um den Po zu überqueren, nachdem zwei französische Kompanien bereits ans andere Ufer übergesetzt waren. Toiras mit seinem Gefolge beobachtete die Aktion vom rechten Ufer aus, und der alte Pozzo winkte seinem Sohn einen Gruß zu, indem er ihm zuerst mit der Hand »Los, los!« bedeutete und sich dann den Zeigefinger ans Jochbein legte, um ihm zu signalisieren: »Augen auf!«

Die drei Kompanien verbarrikadierten sich im Fort. Der Bau war nicht fertiggestellt worden, und Teile waren schon wieder eingestürzt. Die Männer verbrachten den Tag damit, die Löcher in den Mauern zu stopfen, aber das Fort wurde gut geschützt durch einen Graben, vor den einige Wachen postiert worden waren. Als die Nacht kam, war der Himmel so klar, daß die Wachen eindösten, und auch die Offiziere hielten einen Angriff für nicht wahrscheinlich. Doch plötzlich erklang das Trompetensignal, und spanische Leichte Reiter erschienen.

Roberto, der von Capitano Bassiani hinter einige Strohballen postiert worden war, die ein Loch in der Mauer verstopften, begriff nicht gleich, was vorging: Jedem Reiter folgte ein Musketier, und als sie beim Wassergraben angelangt waren, begannen die Reiter an ihm entlangzureiten, während die Musketiere das Feuer eröffneten und die wenigen Wachen liquidierten; danach warfen sie sich zu Boden und robbten in den Graben. Während die Reiter einen Halbkreis vor dem Tor bildeten und die Verteidiger durch intensiven Beschuß zwangen, in Deckung zu bleiben, erreichten die Musketiere ohne Verluste das Tor und die schlechter verteidigten Breschen.

Die italienische Kompanie, die mit der Wache beauftragt war, ballerte ihre Waffen leer und lief dann in Panik auseinander, und dafür sollte sie noch lange geschmäht werden, aber auch die französischen Kompanien wußten nichts Besseres zu tun. Vom Beginn des Angriffs bis zur Erstürmung der Mauern waren nur wenige Minuten vergangen, und die Männer wurden von den eingedrungenen Angreifern überrascht, als sie ihre Waffen noch nicht ergriffen hatten.

Die Feinde nutzten ihren Vorteil und metzelten die Überraschten nieder, und sie waren so zahlreich, daß, während einige noch die Lebenden niederstreckten, andere schon begannen, die Gefallenen zu plündern. Roberto, der auf die Musketiere geschossen hatte, war, als er mit Mühe nachlud, die Schulter noch schmerzend vom Rückstoß, durch den Angriff der Reiter überrascht worden, und die Hufe eines Pferdes, das über seinem Kopf durch die Bresche sprang, hatten die Barrikade über ihm zusammenstürzen lassen. Das war ein Glück für ihn, denn geschützt durch die Strohballen war er dem tödlichen ersten Ansturm entgangen, und nun spähte er unter dem Stroh hervor und sah mit Entsetzen, wie die Feinde den Verwundeten den Rest gaben, ihnen da einen Finger abschnitten, um einen Ring zu erbeuten, und dort eine Hand, um einen Armreifen zu ergattern.

Capitano Bassiani schlug sich heldenmütig, um die Schande seiner geflohenen Männer wettzumachen, aber bald war er umzingelt und mußte sich ergeben. Am Flußufer hatte man bemerkt, daß die Situation kritisch war, und Colonel La Grange, der das Fort gerade erst nach einer Inspektion verlassen hatte, um nach Casale zurückzukehren, wollte den Verteidigern zu Hilfe eilen, wurde jedoch zurückgehalten von seinen Offizieren, die ihm rieten, lieber Verstärkung aus der Stadt zu holen. Vom rechten Ufer legten weitere Boote ab, als Toiras, aus dem Schlaf gerissen, herangaloppiert kam. Bald hatten alle begriffen, daß die Franzosen geschlagen waren und daß nichts anderes mehr zu tun blieb, als den Entkommenen durch Sperrfeuer zu helfen, den Fluß zu erreichen.

In diesem Durcheinander sah man den alten Pozzo, wie er staubaufwirbelnd zwischen dem Stab und der Bootsanlegestelle hin- und hergaloppierte, um unter den Entkommenen nach seinem Sohn zu suchen. Als so gut wie sicher war, daß keine Boote mehr kommen würden, hörte man ihn »Himmelarsch!« rufen. Dann wählte er als ein Mann, der die Launen des Flusses kannte – und zugleich alle, die sich bisher mit Rudern abgemüht hatten, als Esel hinstellend –, eine Stelle vor einer der Inseln im Fluß, gab seinem Pferd die Sporen und ritt ins Wasser. Über eine Furt gelangte er ans andere Ufer, ohne daß sein Pferd auch nur einmal hatte schwimmen müssen, und preschte wie ein Irrer mit erhobenem Degen zum Fort.

Eine Gruppe feindlicher Musketiere trat ihm entgegen, als der Himmel schon heller zu werden begann, ohne daß sie begriffen, wer jener Einzelkämpfer war: Der Einzelkämpfer ritt sie nieder, wobei er mindestens fünf von ihnen mit sicheren Hieben zu Boden streckte, traf sodann auf zwei Reiter, ließ sein Pferd sich aufbäumen, beugte sich nieder, um einem Hieb auszuweichen, richtete sich blitzartig wieder auf und ließ seine Klinge einen Kreis durch die Luft beschreiben: Der erste Gegner sank aus dem Sattel, während ihm die Eingeweide an den Stiefeln hinunterglitten und das Pferd davonlief, der andere blieb mit weit aufgerissenen Augen sitzen und tastete mit den Fingern nach einem Ohr, das ihm, mit einem Hautfetzen noch an der Wange befestigt, unterm Kinn hing.

Derweilen war Pozzo beim Fort angelangt, und die Invasoren, die noch damit beschäftigt waren, die letzten von hinten erschossenen Flüchtlinge auszuplündern, begriffen gar nicht, woher er auf einmal kam. Er stürmte hinein und rief laut nach seinem Sohn, streckte vier weitere Gegner nieder, indem er sich einmal im Kreis herumdrehte und mit der Klinge in die vier Himmelsrichtungen schlug. Unter seinem Stroh hervorspähend, sah ihn Roberto von weitem, und noch vor dem Vater erkannte er dessen Pferd Pagnufli, mit dem er jahrelang gespielt hatte. Er steckte zwei Finger in den Mund und stieß einen Pfiff aus, den das Pferd gut kannte, und tatsächlich hob es den Kopf, spitzte die Ohren und zerrte den Vater zu jener Bresche. Pozzo erblickte Roberto und rief: »Hast du keinen besseren Platz finden können? Spring auf, Dummerjan!« Und während Roberto sich hinter ihm auf die Kruppe schwang und sich an ihn klammerte, schimpfte der Alte: »Schockschwerenot, nie findet man dich, wo du sein sollst!« Dann gab er Pagnufli die Sporen und galoppierte dem Fluß entgegen.

In diesem Augenblick merkten einige Plünderer, daß jener Mann an jenem Ort fehl am Platze war, und zeigten laut schreiend mit dem Finger auf ihn. Ein Offizier mit zerbeultem Brustharnisch, gefolgt von drei Soldaten, versuchte ihm den Weg abzuschneiden. Pozzo sah es, wollte zuerst ausweichen, zog aber dann blank und rief: »Da rede einer vom Schicksal!« Roberto spähte nach vorn und entdeckte, daß der Offizier jener selbe Spanier war, der sie vor zwei Tagen hatte passieren lassen. Auch er hatte sein Gegenüber erkannt und preschte leuchtenden Auges mit erhobenem Degen heran.

Der alte Pozzo wechselte seinen Degen aus der rechten in die linke Hand, zog mit der rechten die Pistole aus dem Gürtel und streckte den Arm aus, alles so schnell, daß es den Spanier völlig überraschte, der sich vor lauter Eifer inzwischen fast unter seinen Füßen befand. Aber Pozzo schoß nicht sofort. Er nahm sich die Zeit, zu sagen: »Entschuldigt die Pistole, aber wenn Ihr einen Harnisch tragt, habe ich das Recht …« Dann drückte er ab und schoß ihm eine Kugel in den Mund. Die Soldaten, als sie ihren Anführer fallen sahen, ergriffen die Flucht, und Pozzo steckte die Pistole weg mit den Worten: »Wir verschwinden besser, ehe sie die Geduld verlieren ... Los, Pagnufli!«

In einer großen Staubwolke ritten sie über die Ebene und dann zwischen hoch aufspritzenden Fontänen durch den Fluß, während hinter ihnen immer noch jemand aus der Ferne auf sie ballerte.

Unter Beifallsbekundungen erreichten sie das rechte Ufer. Toiras sagte: »Très bien fait, mon cher ami«, und dann zu Roberto: »La Grive, heute sind alle davongelaufen, nur Ihr seid geblieben. Edles Blut lügt nicht. Ihr seid verschwendet in jener Kompanie von Feiglingen. Kommt in mein Gefolge.«

Roberto dankte ihm und reichte dann, während er aus dem Sattel stieg, seinem Vater die Hand, um auch ihm zu danken. Pozzo drückte sie zerstreut und sagte: »Tut mir ja leid für diesen spanischen Herrn, er war so ein braver Mann. Ach ja, der Krieg ist schon eine scheußliche Bestie. Andererseits, denk immer daran, mein Sohn: Gute Leute mögen sie ja schon sein, aber wenn dir einer entgegentritt, um dich zu töten, dann ist *er* es, der unrecht hat. Oder?«

So kehrten sie zurück in die Stadt, und Roberto hörte seinen Vater noch mehrmals vor sich hin brummeln: »Ich hatte ihn doch gar nicht gesucht ...«

5

Das Labyrinth der Welt

Es scheint, daß Roberto sich diese Episode in einem Anfall von Sohnesliebe vergegenwärtigt, indem er von einer glücklichen Zeit phantasiert, in der eine schützende Vaterfigur ihn aus den Wirren einer Belagerung retten konnte, aber er kann nicht umhin, sich auch an das Weitere zu erinnern. Und das ist, glaube ich, keine bloß zufällige Erinnerung. Wie ich schon sagte, scheint mir Roberto jene lang zurückliegenden Ereignisse bewußt mit seiner Situation auf der *Daphne* zu konfrontieren, als wollte er darin Zusammenhänge, Gründe, Zeichen des Schicksals finden. Jetzt würde ich sagen, daß die Rückbesinnung auf die Tage in Casale ihm dazu diente, auf dem Schiff die Phasen nachzuzeichnen, in welchen er als Jüngling allmählich lernte, daß die Welt sich aus labyrinthisch zerstückelten Architekturen zusammensetzt.

Mit anderen Worten, einerseits konnte ihm sein gegenwärtiges In-der-Schwebe-Sein zwischen Himmel und Meer nur als die konsequenteste Fortsetzung seiner nun bald drei Lustren währenden Irrungen durch ein Gelände aus lauter sich gabelnden Abkürzungswegen erscheinen; andererseits versuchte er, glaube ich, gerade durch die Nachzeichnung der Geschichte seiner Malaisen Trost für seinen gegenwärtigen Zustand zu finden – als hätte der Schiffbruch ihn nun in jenes irdische Paradies zurückversetzt, das er auf La Griva kennengelernt und von dem er sich entfernt hatte, als er sich in die Mauern der belagerten Stadt begab.

Roberto saß nun nicht mehr in den verlausten Quartieren der Soldaten, sondern am Tisch von Toiras inmitten feiner Herren aus Paris und hörte ihren großsprecherischen Tiraden zu, ihren Erzählungen von anderen Feldzügen, ihren oberflächlichen und brillanten Reden. Aus diesen Gesprächen gewann er – und das gleich am ersten Abend – den Eindruck, daß die Verteidigung von Casale nicht das Unternehmen war, für das er sich glaubte gerüstet zu haben.

Er war gekommen, um seine Ritterträume zu leben, die von den auf La Griva gelesenen Dichtungen angeregt worden waren: Edlen Blutes zu sein und endlich eine Waffe an der Seite zu tragen hatte für ihn geheißen, ein Paladin zu werden, der sein Leben in die Schanze schlug für ein Wort seines Königs oder für die Rettung einer Dame. Nach seiner Ankunft erwiesen sich nun jedoch die hehren Scharen, in die er sich eingereiht hatte, als ein zusammengewürfelter Haufen lustloser Bauern, die bereit waren, beim ersten Zusammenstoß wegzulaufen.

Er war jetzt zwar aufgenommen in eine Runde von Helden, die ihn als ihresgleichen behandelten. Doch er wußte, daß sein Heldentum auf einem Mißverständnis beruhte und daß er nur deshalb nicht davongelaufen war, weil er noch mehr Angst als die Davonlaufenden gehabt hatte. Und was noch schlimmer war: Als die Anwesenden am späteren Abend, nachdem Toiras sich zurückgezogen hatte, ihrer Lust an Klatsch und Tratsch freien Lauf ließen, wurde ihm langsam klar, daß die ganze Belagerung selbst nichts anderes war als ein Kapitel in einer sinnlosen Geschichte.

Also, Don Vincenzo von Mantua war gestorben und hatte das Herzogtum seinem Vetter Nevers vermacht, aber es hätte genügt, daß irgendein anderer es geschafft hätte, als letzter mit ihm zu sprechen, und die ganze Geschichte wäre anders verlaufen. So machte zum Beispiel auch Carlo Emanuele von Savoyen Rechte auf das Monferrat geltend, wegen eines Neffen (sie heirateten alle untereinander), und er hatte sich schon längst jene Markgrafschaft einverleiben wollen, die wie ein

Dorn in der Flanke seines Herzogtums stak und nur nur einige Dutzend Meilen vor Turin endete. Darum hatte ihm Gonzalo de Córdoba, die Ambitionen des Savoyers nutzend, um die der Franzosen zu konterkarieren, gleich nach der Designation des Nevers geraten, sich mit den Spaniern zusammenzutun, um gemeinsam mit ihnen das Monferrat einzunehmen und dann mit ihnen zu teilen. Der Kaiser, der schon genug Ärger mit dem Rest Europas hatte, hatte der Invasion zwar nicht zugestimmt, aber sich auch nicht gegen Nevers ausgesprochen. Da waren Gonzalo und Carlo Emanuele zur Tat geschritten, und einer der beiden hatte damit begonnen, die Ortschaften Alba, Trino und Moncalvo einzunehmen. Gutmütig zwar, aber nicht dumm, hatte der Kaiser daraufhin Mantua unter Zwangsverwaltung gestellt und einen kaiserlichen Verwalter eingesetzt.

Die damit verordnete Ruhepause mußte für alle Prätendenten gelten, aber Richelieu faßte sie als Affront gegen Frankreich auf. Beziehungsweise, es kam ihm gelegen, sie so aufzufassen, doch er unternahm nichts, weil er noch damit beschäftigt war, die Protestanten in La Rochelle zu belagern. Spanien sah jenes Massaker an einer Handvoll Ketzer zwar durchaus mit Wohlgefallen, ließ aber zu, daß Gonzalo es sich zunutze machte, um mit achttausend Mann Casale zu belagern, das nur von etwas mehr als zweihundert Soldaten verteidigt wurde. Und das war die erste Belagerung von Casale.

Da jedoch der Kaiser keinerlei Bereitschaft zum Einlenken zeigte, witterte Carlo Emanuele Gefahr und nahm – während er weiter mit den Spaniern kollaborierte – insgeheim Kontakte zu Richelieu auf. Inzwischen war La Rochelle gefallen, Richelieu wurde vom Hof in Madrid zu diesem schönen Sieg des rechten Glaubens beglückwünscht, er bedankte sich, holte sein Heer zurück, ließ es im Februar 29 mit Ludwig XIII. an der Spitze über den Montgenèvre marschieren und brachte es vor Susa in Stellung. Carlo Emanuele erkannte, daß er, wenn er weiterhin an zwei Tischen spielte, nicht nur das Monferrat verlieren würde, sondern auch Susa, und so entschloß er sich zu einem Versuch, den Franzosen zu verkaufen, was sie ihm gerade wegnehmen wollten, indem er ihnen die Festung Susa im Tausch gegen eine französische Stadt anbot.

Ein Tischgenosse Robertos erzählte die Geschichte in amüsiertem Ton. Richelieu habe den Herzog in schönem Sarkasmus fragen lassen, ob er Orleans oder Poitiers vorziehe, derweil sei ein französischer Offizier vor der Garnison von Susa erschienen und habe um Quartier für den König von Frankreich gebeten. Der savoyische Garnisonskommandant, der ein Mann von Geist war, habe erwidert, vermutlich werde Seine Hoheit der Herzog überglücklich sein, Seine Majestät zu beherbergen, aber da Seine Majestät mit einem so großen Gefolge gekommen sei, müsse man ihm schon gestatten, zuerst Seine Hoheit zu avisieren. Mit nicht geringerer Eleganz habe daraufhin der Maréchal de Bassompierre, im Schnee karakolierend, den Hut vor seinem König gezogen, ihm gemeldet, daß die Musiker Einzug gehalten hätten und die Türsteher an der Tür stünden, und habe um die Erlaubnis gebeten, den Tanz zu beginnen ... Richelieu las eine Messe auf freiem Feld, die französische Infanterie griff an, und Susa wurde genommen.

Bei diesem Stand der Dinge entschloß sich Carlo Emanuele, Ludwig XIII. als seinen hochgeehrten Gast zu behandeln, ritt ihm entgegen, um ihn willkommen zu heißen, und bat ihn lediglich, keine Zeit mit Casale zu verlieren, das er schon selber besetzen werde, sondern ihm statt dessen zu helfen, Genua einzunehmen. Er wurde höflich aufgefordert, keine Unbesonnenheiten zu sagen, sodann wurde ihm eine schöne Gänsefeder in die Hand gedrückt, auf daß er einen Vertrag unterzeichne, in welchem er den Franzosen gestattete, sich in Piemont frei zu bewegen, wie immer es ihnen beliebte. Als Gegenleistung ließen sie ihm Trino und auferlegten dem Herzog von Mantua, ihm einen jährlichen Pachtzins für das Monferrat zu bezahlen. »Und so mußte der Nevers«, schloß der Tischgenosse, »um sein

Erbe zu kriegen, Pachtzins an einen bezahlen, der es nie besessen hatte!«

»Und er *hat* bezahlt!« lachte ein anderer. »Der Idiot!«

»Nevers hat immer für seine Narreteien bezahlt«, sagte ein Abbé, der Roberto als Toiras' Beichtvater vorgestellt worden war. »Nevers ist ein Narr Gottes, der sich für Sankt Bernhard hält. Er hat immer nur daran gedacht, die christlichen Fürsten zu einem neuen Kreuzzug zusammenzubringen. Man stelle sich vor, in Zeiten, da sich die Christen gegenseitig umbringen, meint er, es kümmere sich noch jemand um die Ungläubigen! Ihr Herren von Casale, wenn von Eurer liebenswerten Stadt hier noch ein Stein auf dem anderen bleibt, müßt Ihr Euch gewärtig sein, daß Euer neuer Herr Euch alle nach Jerusalem einlädt!« Der Abbé lächelte amüsiert und strich sich den gepflegten blonden Schnurrbart, während Roberto dachte: Sieh an, heute morgen wäre ich beinahe für einen Narren gestorben, und dieser Narr wird hier Narr genannt, weil er, genau wie ich es getan habe, von den Zeiten der schönen Melisande und des Aussätzigen Königs träumt!

Auch die weiteren Geschehnisse erlaubten Roberto nicht, sich zwischen den verschiedenen Strängen jener Geschichte zurechtzufinden. Verraten von Carlo Emanuele, begriff Gonzalo de Córdoba, daß er den Feldzug verloren hatte, anerkannte das Abkommen von Susa und führte seine achttausend Mann zurück nach Mailand. Eine französische Garnison installierte sich in Casale, eine weitere in Susa, und der Rest von Ludwigs Armee ging über die Alpen zurück, um die letzten Hugenotten im Languedoc und im Rhonetal zu erledigen.

Aber keiner von all diesen hohen Herren dachte daran, sich an die Verträge zu halten, und die Tischgenossen sprachen darüber, als wäre es die natürlichste Sache der Welt, ja, einige billigten es ausdrücklich unter Verweis auf »*la Raison d'Estat, ah, la Raison d'Estat*«. Aus Staatsräson sah Olivares ein – und wie Roberto verstand, war Olivares so etwas wie ein spanischer Richelieu, nur weniger vom Glück verwöhnt –, daß er eine sehr schlechte Figur gemacht hatte, woraufhin er Gon-

zalo in übler Weise entließ, Ambrosio Spinola an seine Stelle
setzte und zu behaupten begann, die Spanien angetane Beleidigung ziele gegen die Kirche. »Unsinn«, kommentierte der
Abbé, »Urban VII. hat die Erbfolge des Nevers favorisiert.«
Und Roberto fragte sich, was der Papst mit Geschichten zu
tun hatte, die in keiner Beziehung zu Fragen des Glaubens
standen.

Unterdessen erinnerte sich der Kaiser – und wer weiß, wie
sehr ihn Olivares dazu gedrängt haben mochte –, daß Mantua
noch immer unter Zwangsverwaltung stand und daß Nevers
für etwas, das er noch gar nicht bekommen hatte, weder bezahlen noch nicht bezahlen konnte. Er verlor die Geduld und
sandte zwanzigtausend Mann, die Stadt zu belagern. Der
Papst, der bereits protestantische Söldnerhaufen durch Italien
ziehen sah, dachte sofort an eine neue Plünderung Roms und
schickte Truppen an die Grenze des Mantuanischen. Spinola,
ehrgeiziger und resoluter als Gonzalo, beschloß, Casale erneut zu belagern, aber diesmal richtig. Kurzum, so folgerte
Roberto, wenn man Kriege vermeiden will, dürfte man niemals Friedensverträge schließen.

Im Dezember 1629 überschritten die Franzosen erneut
die Alpen, und Carlo Emanuele hätte sie vertragsgemäß
durchlassen müssen, aber er brachte, nur zum Beweis seiner
Loyalität, erneut seine Ansprüche auf das Monferrat vor und
ersuchte um sechstausend französische Soldaten zur Belagerung von Genua, was wahrhaftig seine fixe Idee war. Richelieu, der ihn für eine Schlange hielt, sagte weder ja noch nein.
Ein Tischgenosse Robertos, ein Hauptmann, der sich in Casale kleidete, als ob er bei Hofe sei, erinnerte an einen Tag im
Februar des vergangenen Jahres: »Es war ein prächtiges Fest,
mes amis, es fehlten nur die Musiker vom Palais Royal, aber
dafür gab's die Fanfaren! Seine Majestät, gefolgt von der Armee, sprengte vor Turin in einem goldbetreßten schwarzen
Rock, eine Feder am Hut, und der Brustharnisch schimmerte,
daß es eine Pracht war!« Roberto hatte die Erzählung eines
Sturmangriffs erwartet, aber nein, auch hier war's wieder nur

eine Parade gewesen; der König griff nicht an, sondern machte einen überraschenden Abstecher nach Pinerolo und nahm es ein – oder nahm es *wieder* ein, wenn man bedenkt, daß es vor ein paar Jahrhunderten schon einmal eine französische Stadt gewesen war. Roberto hatte eine vage Vorstellung, wo Pinerolo lag, nämlich irgendwo im Südwesten von Turin, und er verstand nicht, wieso man es einnehmen mußte, um Casale zu befreien. »Werden wir vielleicht in Pinerolo belagert?« fragte er sich.

Der Papst, besorgt über diese neue Wendung der Dinge, schickte einen Gesandten zu Richelieu mit dem Rat, die Stadt an Savoyen zurückzugeben. Bei der Erwähnung dieses Gesandten brach die Tischrunde in erregte Schmähreden aus: ein gewisser Giulio Mazzarini, ein Sizilianer, ein römischer Plebejer, ach was, viel schlimmer noch, überbot der Abbé: der Bastard eines obskuren Subjekts aus dem römischen Hinterland, man weiß nicht wie zum Hauptmann befördert, ein Mann in Diensten des Papstes, aber mit allen Mitteln bemüht, das Vertrauen Richelieus zu gewinnen, der ihm inzwischen blind vertraute; und man mußte ihn weiter im Auge behalten, war er doch im Moment gerade in Regensburg oder zumindest dorthin unterwegs, also in die Höhle des Löwen – denn dort würde sich das Schicksal von Casale entscheiden, nicht in ein paar Minengängen oder Gegengängen.

Unterdessen nahm Richelieu, da Carlo Emanuele den französischen Truppen die Verbindungslinien abzuschneiden versuchte, auch die Städte Annecy und Chambéry; und es kam bei Avigliana, kurz vor Turin, zu einem Zusammenstoß zwischen Savoyern und Franzosen. Und währenddessen bedrohten, in dieser langsamen, langen Partie, die Kaiserlichen Frankreich, indem sie in Lothringen einfielen, Wallenstein war unterwegs, um den Savoyern zu Hilfe zu kommen, und im Juli nahm überraschend eine Handvoll Kaiserlicher, auf Kähnen übergesetzt, eine Schleuse in Mantua, wonach das ganze Heer in die Stadt einfiel und sie sechzig Stunden lang plünderte. Der Herzogspalast wurde von oben bis unten leergeräumt, und die Lutheraner der kaiserlichen Armee räuberten, nur um dem Papst recht zu geben, alle Kirchen der Stadt aus. Jawohl, genau jene Landsknechte, die Roberto gesehen hatte, denn sie waren anschließend nach Casale gekommen, um Spinola unter die Arme zu greifen.

Die französische Armee war noch im Norden beschäftigt, und niemand wußte, ob sie rechtzeitig eintreffen würde, bevor Casale fiel. Blieb also nur, auf Gott zu hoffen, sagte der Abbé, und: »Meine Herren, es ist politische Tugend, zu wissen, daß man die menschlichen Mittel anwenden muß, als ob es keine göttlichen, und die göttlichen, als ob es keine menschlichen gäbe.«

»Also hoffen wir auf die göttlichen«, rief ein Edelmann, allerdings in einem alles andere als betrübtem Ton, wobei er seinen Kelch derart heftig schwenkte, daß ein paar Tropfen auf den Rock des Abbé schwappten. »Monsieur, Ihr habt mich mit Wein befleckt!« rief dieser empört, wobei er erbleichte, was damals die Art war, wie man sich entrüstete. »Nehmt's einfach«, versetzte der andere, »als wär's Euch während der Konsekration passiert. Wein dort, Wein hier.«

»Monsieur de Saint-Savin«, rief der Abbé, während er aufsprang und nach seinem Degen griff, »nicht zum ersten Male entehrt Ihr Euren Namen, indem Ihr den Unseres Himmlischen Herrn lästert! Ihr hättet besser daran getan, in Paris zu bleiben, um dort – Gott vergebe mir – die Damen zu entehren, wie es Brauch ist bei Euch Pyrrhonisten!«

»Wohlan«, erwiderte Saint-Savin offensichtlich betrunken. »Wir Pyrrhonisten gehen nachts den Damen ein Ständchen bringen, und die kecken Männer, die mal 'n schönen Schuß landen wollen, schließen sich uns an. Aber wenn dann die Dame nicht am Fenster erscheint, wissen wir, daß sie nur darum nicht kommt, weil sie das Bett nicht verlassen will, das ihr der Hausgeistliche wärmt.«

Die anderen Offiziere sprangen auf, um den Abbé festzuhalten, der blankziehen wollte. Monsieur de Saint-Savin sei vom Wein berauscht, riefen sie, und man müsse einem solchen Manne schon etwas zugute halten, der sich in diesen Tagen so wacker geschlagen habe, und es sei doch ein wenig Respekt für die gefallenen Kameraden geboten.

»Sei's drum«, lenkte der Abbé ein, während er hinausging. »Monsieur de Saint-Savin, ich fordre Euch auf, die Nacht mit einem De Profundis für unsere dahingegangenen Freunde zu beschließen, und ich werde auf Satisfaktion verzichten.«

Der Abbé ging hinaus, und Saint-Savin, der direkt neben Roberto saß, beugte sich über seine Schulter und sagte: »Die Hunde und die Wasservögel lärmen nicht soviel wie wir, wenn wir ein De Profundis jaulen. Wozu so viel Glockenläuten und so viele Messen, um die Toten zu wecken?« Er leerte seinen Kelch in einem Zuge und ermahnte Roberto mit erhobenem Zeigefinger, als wollte er ihn zu einem aufrechten Leben erziehen und in die höchsten Mysterien unserer heiligen Religion einweihen: »Monsieur, Ihr könnt stolz sein: Ihr seid heute um Haaresbreite einem schönen Tod entgangen, also verhaltet Euch auch in Zukunft mit gleicher Sorglosigkeit und im Wissen, daß die Seele mit dem Leibe stirbt. Und geht in den Tod, nachdem Ihr das Leben genossen habt. Wir sind allzumal Tiere unter Tieren, Kinder der Materie wie sie, nur wehrloser. Doch da wir im Unterschied zu den Tieren wissen, daß wir sterben müssen, wollen wir uns auf jenen Augenblick vorbereiten, indem wir das Leben genießen, das uns durch Zufall und vom Zufall gegeben ist. Die Weisheit lehrt uns, unsere Tage zum Trinken und zum liebenswürdigen Gespräch zu nutzen, wie sich's für Edelleute geziemt, die niederen Seelen verachtend. Kameraden, das Leben ist uns etwas schuldig! Wir verfaulen hier in Casale, und leider sind wir zu spät geboren, um die Zeiten des guten Königs Heinrich zu genießen, als man im Louvre noch Bastarden und Affen begegnen konnte, Irren und Hofnarren, Zwergen und Krüppeln, Musikern und Poeten, und der König hatte seine Freude daran. Heutzutage tönen Jesuiten, geil wie die Ziegenböcke, gegen jene, die Rabelais lesen und sich an den lateinischen Dichtern ergötzen, und sie hätten uns alle gern tugendsam und allzeit bereit, die

Hugenotten niederzumachen. Herrgott im Himmel, Krieg ist was Schönes, aber ich will mich für mein Vergnügen schlagen und nicht, weil mein Gegner am Freitag Fleisch ißt. Die Heiden waren weiser als wir. Auch sie hatten ihre drei Gottheiten, aber ihre Mutter Kybele erhob wenigstens nicht den Anspruch, die beiden anderen geboren zu haben und dabei auch noch Jungfrau geblieben zu sein.«

»Monsieur!« protestierte Roberto, während die anderen lachten.

»Monsieur«, erwiderte Saint-Savin, »die erste Qualität eines Mannes von Ehre ist die Verachtung einer Religion, die will, daß wir Furcht vor der allernatürlichsten Sache der Welt haben, nämlich vor dem Tod, und Haß auf das einzig Schöne, was uns das Schicksal gegeben hat, nämlich das Leben, und Hoffnung auf einen Himmel, in dem in ewiger Seligkeit nur die Planeten wohnen, die sich weder eines Lohnes noch einer Verdammnis erfreuen, sondern nur ihres ewigen Kreisens in den Armen der Leere. Seid stark wie die Weisen im alten Griechenland und seht dem Tod mit festem und furchtlosem Blick ins Auge. Jesus hat zuviel geschwitzt, als er ihn erwartete. Was hatte er schon zu befürchten, wo er doch ohnehin auferstehen sollte?«

»Das reicht, Monsieur de Saint-Savin«, sagte ein Offizier fast gebieterisch und ergriff seinen Arm. »Erschreckt unseren jungen Freund nicht so, er weiß noch nicht, daß gottloses Reden heutzutage in Paris die exquisiteste Form des *bon ton* ist, und er könnte Euch ernst nehmen. Geht auch Ihr jetzt schlafen, Monsieur de La Grive. Ihr wißt, daß der liebe Gott gnädig genug ist, auch Monsieur de Saint-Savin zu verzeihen. Wie sagte doch jener Theologe: Stark ist ein König, der alles zerstört, stärker ist eine Frau, die alles erhält, noch stärker jedoch ist der Wein, der die Vernunft ersäuft.«

»Ihr zitiert nur die Hälfte«, lallte Saint-Savin, während er von zwei seiner Kameraden fast mit Gewalt hinausgeschleppt wurde. »Das Diktum wird der ZUNGE in der Fabel zugeschrieben, und die hatte hinzugefügt: Am stärksten jedoch ist

70

die Wahrheit, und ich bin es, die sie sagt. Und meine Zunge, auch wenn ich sie jetzt nur noch mit Mühe bewegen kann, wird nicht schweigen. Der Weise muß die Lüge nicht nur mit Degenstößen, sondern auch mit Zungenhieben bekämpfen. Freunde, wie könnt ihr einen Gott gnädig nennen, der unser ewiges Unglück will, bloß um seinen sporadischen Zorn zu besänftigen? Wir sollen unserem Nächsten vergeben, und er nicht? Und ein so grausames Wesen sollen wir lieben? Der Abbé hat mich einen Pyrrhonisten genannt, aber wir Pyrrhonisten, wenn er's denn so will, wir kümmern uns immerhin um die Opfer dieses Betrugs. Einmal haben wir zu dritt Rosenkränze mit obszönen Medaillen unter die Damen verteilt. Wenn Ihr wüßtet, wie fromm die von jenem Tage an wurden!«

Er wankte hinaus, begleitet vom Gelächter der ganzen Runde, und der Offizier kommentierte den Abgang: »Wenn nicht Gott, so wollen doch wenigstens wir seiner Zunge vergeben, da er einen so guten Degen führt.« Dann sagte er zu Roberto: »Seht zu, daß Ihr ihn als Freund behaltet, widersprecht ihm nicht mehr als nötig. Er hat in Paris mehr Franzosen wegen theologischer Fragen niedergestreckt als meine Kompanie in diesen Tagen Spanier. Ich hätte ihn ungern während der Messe neben mir, aber ich würde mich glücklich schätzen, ihn auf dem Schlachtfeld an meiner Seite zu wissen.«

So zu ersten Zweifeln erzogen, sollte Roberto am nächsten Tag weitere kennenlernen. Er war in jenen Flügel des Kastells zurückgekehrt, in dem er die beiden ersten Nächte mit seinen Monferrinern verbracht hatte, denn er wollte seinen Beutelsack holen, aber er hatte Mühe, sich zwischen den diversen Innenhöfen und Korridoren zurechtzufinden. Er schritt gerade durch einen von ihnen und merkte, daß er sich geirrt hatte, als er am Ende einen trüben Spiegel sah, in dem er sich selbst erblickte. Doch als er näher hinging, entdeckte er, daß jenes sein Spiegelbild zwar seine Gesichtszüge hatte, aber grellbunte Kleider nach spanischer Sitte trug und die Haare in einem Haarnetz hatte. Und nicht nur das, auf einmal war jenes Spiegelbild nicht mehr vor ihm, sondern verschwand zur Seite.

Es hatte sich also gar nicht um einen Spiegel gehandelt. Tatsächlich stellte er fest, daß es ein Fenster mit staubigen Scheiben war, das auf ein äußeres Glacis hinausging, von dem aus man über eine Treppe in den Hof gelangte. Mithin hatte er nicht sich selbst gesehen, sondern einen anderen, der ihm sehr ähnlich war und dessen Spur er nun verloren hatte. Natürlich dachte er sofort an Ferrante. Jawohl, Ferrante war ihm nach Casale gefolgt oder vorausgeeilt, vielleicht befand er sich in einer anderen Kompanie desselben Regiments oder in einem der französischen Regimenter, und während Roberto sein Leben in jenem Fort vor den Mauern riskierte, betätigte er sich, wer weiß wie, als Kriegsgewinnler!

Doch da Roberto inzwischen dazu neigte, über seine kindlichen Phantasien vom bösen Doppelgänger-Bruder zu lächeln, kam er beim Nachdenken über seine Vision bald zu dem Ergebnis, daß er wohl nur jemanden gesehen hatte, der ihm irgendwie ähnlich sah.

Er wollte den Vorfall vergessen. Jahrelang hatte er von einem unsichtbaren Bruder phantasiert, und an diesem Abend hatte er ihn zu sehen geglaubt, doch gerade – sagte er sich im Versuch, mit seiner Vernunft seinem Herzen zu widersprechen – wenn er jemanden *gesehen* hatte, konnte dieser Jemand keine Einbildung sein, und da Ferrante ja Einbildung war, konnte der Jemand, den er gesehen hatte, nicht Ferrante sein.

Ein Magister der Logik hätte sicherlich Einwände gegen diesen paralogischen Schluß erhoben, doch für Roberto mochte er vorerst genügen.

6

GROSSE KUNST DES LICHTS
UND DER SCHATTEN

Nachdem er seinen Brief den ersten Erinnerungen an die Zeit der Belagerung gewidmet hatte, fand Roberto in der Kapitänskajüte einige Flaschen spanischen Weins. Wir können es ihm nicht verdenken, wenn er, nachdem er Feuer gemacht und sich ein paar Eier mit Stückchen geräucherten Fisches gebraten hatte, eine der Flaschen entkorkte und sich ein königliches Mahl an einem beinahe nach allen Regeln der Kunst gedeckten Tisch gönnte. Wenn er lange Zeit schiffbrüchig bleiben sollte, würde er, um nicht zu vertieren, sich an die guten Sitten halten müssen. Er erinnerte sich, daß in Casale, wenn die Verwundungen und die Krankheiten selbst die Offiziere dazu verleiteten, sich wie Schiffbrüchige zu benehmen, Seigneur de Toiras darauf bestand, daß zumindest bei Tisch ein jeder sich darauf besann, was er in Paris gelernt hatte: »In sauberen Kleidern erscheinen, nicht nach jedem Happen einen Schluck trinken, sich vor dem Trinken den Bart und den Schnurrbart abwischen, sich nicht die Finger ablecken, nicht in den Teller spucken, sich nicht in die Tischdecke schneuzen. Wir sind schließlich keine Kaiserlichen, Messieurs!«

Am nächsten Morgen war er beim ersten Hahnenschrei aufgewacht, aber noch lange liegengeblieben. Als er dann von neuem, diesmal von der Galerie aus, das Fenster bis auf einen Spalt geschlossen hatte, begriff er, daß er später als am vorigen Tag aufgestanden war und die Dämmerung schon in die Morgenröte überging: Hinter den Hügeln wurde der Himmel zwischen mehlig zerstäubenden Wölkchen schon rosa.

Da jedoch die ersten Strahlen schon bald den Strand erhellen und damit für seine Augen unerträglich machen würden, beschloß Roberto, dorthin zu schauen, wo die Sonne noch nicht herrschte, und begab sich über die Galerie auf die andere Seite der *Daphne*, von der aus man das Land im Westen sah. Es erschien ihm zunächst wie ein ausgezacktes, gleichmäßig türkisblaues Profil, doch schon nach wenigen Minuten begann es sich in zwei horizontale Streifen zu teilen: Ein grünes Band mit hellgrünen Palmen leuchtete bereits unter der dunklen Zone der Berge, über der noch beharrlich die Wolken der Nacht dominierten. Doch auch diese, im Zentrum noch tiefschwarz, zerfaserten langsam an den Rändern in eine Mischung aus Weiß und Rosa.

Es war, als würde die Sonne, anstatt die Wolken frontal anzustrahlen, sich abmühen, aus ihrem Innern hervorzubrechen, und als würden die Wolken, obwohl an den Rändern in Licht zerfließend, nebelschwer anschwellen, um trotzig sich zu behaupten und den Himmel nicht zu einem getreuen Spiegel des Meeres werden zu lassen, das jetzt wunderbar klar und hell dalag, glitzernd von blendenden Flecken, als glitten Schwärme von Fischen mit einer inneren Lampe vorbei. Schon bald jedoch gaben die Wolken der Aufforderung des Lichtes nach und kamen mit sich selbst nieder, indem sie über den Gipfeln vergingen, und schmiegten sich einerseits in die Falten der Hänge, um sich zu verdichten und festzusetzen, weich wie Sahne, wo sie nach unten flossen, kompakter oben, wo sie etwas wie eine Schneewehe bildeten, und explodierten andererseits, während die Schneewehe auf dem Gipfel zu einem einzigen Eislavastrom gerann, um pilzförmig in die Luft aufzusteigen, als köstliche Eruptionen in einem Schlaraffenland.

Was er sah, konnte vielleicht genügen, seinen Schiffbruch zu rechtfertigen – nicht so sehr wegen des Vergnügens, das jenes rege Sichaufspielen der Natur ihm bereitete, als wegen des Lichts, das jenes Licht auf gewisse Worte warf, die ihm der Kanonikus von Digne gesagt hatte.

Bis zu diesem Moment hatte er sich nämlich oft gefragt, ob er nicht träumte. Was ihm widerfuhr, pflegte den Menschen gewöhnlich nicht zu widerfahren, allenfalls konnte es ihn an die Romane seiner Kindheit erinnern: Wie Traumgeschöpfe waren sowohl das Schiff als auch die Geschöpfe, die er auf ihm vorgefunden hatte. Vom selben Stoff, aus dem die Träume sind, erschienen ihm auch die Schatten, die ihn seit drei Tagen umgaben, und dabei machte er sich kühlen Kopfes bewußt, daß sogar die Farben, die er im Pflanzengarten und im Vogelhaus bewundert hatte, nur seinen erstaunten Augen so leuchtend erschienen waren, in Wirklichkeit enthüllten sie sich durch jene Patina wie auf alten Lauten, die alle Gegenstände im Schiff überzog, in einem Licht, das ebenso auch alles andere beschien, auch Balken und Dauben aus abgelagertem Holz, imprägniert mit Ölen, Lacken und Teer ... Hätte daher nicht auch jenes große Theater himmlischer Vorspiegelungen, das er jetzt am Horizont zu sehen glaubte, bloß ein Traum sein können?

Nein, sagte sich Roberto, der Schmerz, den jenes Licht meinen Augen bereitet, sagt mir, daß ich nicht träume, sondern wirklich sehe. Meine Pupillen schmerzen wegen des Sturms von Atomen, die mich von jener Küste her wie von einem großen Kriegsschiff aus bombardieren, und nichts anderes ist Sehen als ebendiese Begegnung der Augen mit dem Pulverstaub der Materie, der auf sie trifft. Gewiß ist es nicht so, hatte ihm der Kanonikus von Digne gesagt, daß dir die Dinge von weitem, wie Epikur es wollte, vollkommene Abbilder ihrer selbst schickten, die sowohl ihre äußere Form als auch ihre verborgene Natur enthüllten. Du empfängst nur Zeichen, Indizien, um aus ihnen jene Vermutung zu ziehen, die wir Sehen nennen. Aber gerade die Tatsache, daß Roberto eben erst durch diverse Metaphern benannt hatte, was er am Himmel zu sehen glaubte, indem er in Form von Worten erschuf, was ihm das noch formlose Etwas eingab, bestätigte ihm, daß er tatsächlich *sah*. Und unter den vielen Gewißheiten, deren Abwesenheit wir beklagen, ist eine einzige anwesend, nämlich die Tatsache, daß alle Dinge uns so erscheinen, wie sie uns erscheinen, und daß es ganz unmöglich nicht wahr sein kann, daß sie uns eben so erscheinen.

Darum hatte Roberto, weil er sah und sicher war, daß er sah, die einzige Sicherheit, auf die seine Sinne und seine Vernunft sich verlassen konnten, nämlich die Gewißheit, etwas zu sehen: Und dieses Etwas war die einzige Form des Seins, von der er sprechen konnte, da ja das Sein nichts anderes war als das große Theater des Sichtbaren in der Muschel des Raumes – was eine Menge über jenes bizarre Jahrhundert besagt.

Er war lebendig und wach, und dort drüben, ob Insel oder Festland, *war* etwas. Was es war, wußte er nicht: Wie die Farben sowohl von dem Gegenstand abhängen, dem sie anhaften, als auch vom Licht, das sich in ihnen bricht, und vom Auge, das sie fixiert, so erschien ihm die ferne Küste wirklich in ihrer zufälligen und vorübergehenden Vermählung des Lichtes, der Winde und der Wolken mit seinen erregten und gereizten Augen. Morgen schon, vielleicht schon in wenigen Stunden, würde jene Küste anders aussehen.

Was er sah, war nicht nur die Botschaft, die ihm der Himmel schickte, sondern das Resultat einer engen Freundschaft zwischen Himmel und Erde und Beobachterposition (und Stunde und Jahreszeit und Beobachtungswinkel). Kein Zweifel, wäre das Schiff auf einer anderen Traverse der Windrose verankert gewesen, das Schauspiel wäre ein anderes gewesen, die Sonne, die Morgenröte, das Meer und das Land waren eine andere Sonne, eine andere Morgenröte, ein Meer und ein Land von ganz ähnlicher Art, aber anderer Form gewesen. Jene unendliche Zahl von Welten, von der Saint-Savin gesprochen hatte, war nicht nur jenseits der Sternbilder zu suchen, sondern auch im innersten Zentrum jener Blase des Raums, in welcher Roberto, als reines Auge, nun Ursprung unendlicher Parallaxen war.

Wir werden es ihm nachsehen, wenn er inmitten so vieler Widrigkeiten seine ebenso metaphysischen wie festkörperphysikalischen Spekulationen nicht über diesen Punkt hinaustrieb – auch weil wir noch sehen werden, daß er es später tun wird, und dann sogar über Gebühr. Schon jetzt aber finden wir ihn mit einem Gedanken beschäftigt, der ihn noch weidlich umtreiben wird: Wenn es *eine* Welt geben konnte, in der verschiedene Inseln erschienen (viele im selben Moment für viele Robertos auf vielen Schiffen, die auf verschiedenen Längengraden verankert waren), dann konnten in dieser einen Welt auch viele Robertos und viele Ferrantes erscheinen und sich miteinander vermengen. Vielleicht hatte er an jenem Tag im Kastell von Casale, ohne es zu bemerken, sich nur um einige wenige Armeslängen gegenüber dem höchsten Berg auf der Insel des Eisens verschoben und dadurch in ein anderes Universum geblickt, das von einem anderen Roberto bewohnt wurde, der nicht zur Erstürmung des Forts hatte ausrücken müssen oder der von einem anderen Vater gerettet worden war, der nicht den noblen Spanier getötet hatte.

Aber auf diese Betrachtungen wich Roberto sicherlich aus, um sich nicht eingestehen zu müssen, daß jener ferne Körper, der sich da am Horizont in lustvollen Metamorphosen verdichtete und wieder auflöste, für ihn zum Anagramm eines anderen Körpers geworden war, den er gerne besessen hätte; und da die ferne Küste ihn lockend anlächelte, hätte er sie gerne erreicht und sich mit ihr vereinigt, seliger Zwerg auf dem Busen jener anmutigen Riesin.

Es war jedoch nicht die Scham, glaube ich, sondern die Angst vor zu hellem Licht, die ihn schließlich wieder hineintrieb – und vielleicht auch noch ein anderer Ruf. Er hatte nämlich die Hennen gehört, die eine neue Lieferung Eier meldeten, und da war ihm die Idee gekommen, sich für den Abend ein Hühnchen am Spieß zu genehmigen. Erst einmal nahm er sich aber die Zeit, sich mit der Schere des Kapitäns den Bart und den Schnurrbart zu stutzen und die Haare zu schneiden, die er immer noch wie ein Schiffbrüchiger trug. Er beschloß, seinen Schiffbruch wie einen Urlaub auf dem Land zu verbringen, wie eine Sommerfrische, die ihm eine lange Reihe von prächtigen Dämmerungen, Morgenröten und (er freute sich schon darauf) Sonnenuntergängen versprach.

So kam es, daß er erst knapp eine Stunde, nachdem er die Hennen hatte gackern hören, ins Unterdeck stieg, wo er jedoch gleich feststellen mußte, daß, wenn sie Eier gelegt hatten (woran ihr Gackern keinen Zweifel ließ), nirgendwo welche zu sehen waren. Und nicht nur das, alle Vögel hatten auch frische Körner, ordentlich verteilt, als hätten sie noch gar nicht darin gescharrt.

Von einem Verdacht erfaßt, eilte Roberto zu den Pflanzen zurück, um dort zu entdecken, daß die Blätter wie am vorigen Tag und auch schon am Tag davor von Tau glänzten. In den Kelchen der Glockenblumen stand klares Wasser, die Erde an den Wurzeln war feucht und der Matsch noch matschiger: Jemand mußte in der Nacht hergekommen sein, um die Pflanzen zu gießen.

Seltsamerweise war Robertos erste Regung ein Anflug von Eifersucht: Jemand hatte Macht über sein Schiff und entzog ihm die Sorgen und die Vorteile, auf die er ein Recht hatte. Die Welt zu verlieren, um ein verlassenes Schiff zu erobern und dann feststellen zu müssen, daß ein anderer darin wohnte, erschien ihm so unerträglich wie der Gedanke, daß seine Signora, das unerreichbare Ziel seiner Wünsche, einem anderen anheimfallen könnte.

Dann überkam ihn eine vernünftigere Verwirrung. Wie die Welt seiner Kindheit von einem Anderen bewohnt war, der ihm ständig vorausging oder ihm folgte, so hatte offensichtlich die *Daphne* irgendwo Untergründe und Winkel, die er noch nicht kannte und in denen versteckt ein blinder Passagier lebte, der dieselben Wege wie er ging, immer kurz vor oder nach ihm.

Erschrocken lief Roberto in seine Kajüte, um sich seinerseits zu verstecken, wie der Vogel Strauß, der den Kopf in den Sand steckt im Glauben, die Welt sei verschwunden.

Unterwegs kam er an einer Treppe vorbei, die in den Kielraum hinunterführte: Was mochte dort unten verborgen sein, nachdem sich im Unterdeck schon eine Insel im kleinen befand? War dort das Reich des Eindringlings? Man beachte, daß Roberto das Schiff bereits wie ein Liebesobjekt behandelte, bei dem man, kaum daß man es entdeckt hat und sich gewahr wird, daß man es begehrt, alle anderen, die es zuvor besessen haben, als Usurpatoren betrachtet. An diesem Punkt gesteht er denn auch seiner Signora in einem Brief, daß er, als er sie das erste Mal sah – und er hatte sie genau darum erblickt, weil er dem Blick eines anderen gefolgt war, der sich an sie geheftet hatte –, den Abscheu dessen empfand, der eine Raupe auf einer Rose erblickt.

Man möchte lächeln über solch einen Anfall von Eifersucht auf einen Schiffsrumpf, der nach Fisch und Ausdünstungen und Kot stinkt, aber Roberto war schon dabei, sich in einem unbeständigen Labyrinth zu verlieren, in dem ihn jede Verzweigung nur immer wieder zu demselben Bild führte. Er litt sowohl wegen der Insel, die er nicht hatte, als auch wegen des Schiffes, das ihn hatte: Beide waren für ihn unerreichbar, die Insel wegen ihrer Entfernung, das Schiff wegen seines Rätsels, aber beide standen für eine Geliebte, die ihm auswich, indem sie ihn mit Versprechungen umschmeichelte, die er allein sich gab. Anders wüßte ich nicht diesen Brief zu erklären, in dem Roberto sich in wohlgesetzten Klagen ergeht, nur um letzten Endes zu sagen, daß ihm jemand sein Frühstück weggeschnappt hatte:

Signora,

wie kann ich Gnade erwarten von der, die mich zerstört? Und doch, wem sonst, wenn nicht Euch, kann ich mein Leid anvertrauen, wo Trost suchen, wenn nicht in dem Gehör, das Ihr mir schenkt, oder doch wenigstens in meinem unerhört gebliebenen Wort? Wenn Liebe eine Medizin ist, die jeden Schmerz mit einem noch größeren Schmerz kuriert, kann ich sie dann nicht als eine Pein ansehen, die durch ihr Übermaß jede andre Pein ertötet, so daß sie zum Pharmakon aller Lei-

den wird außer dem eigenen? Wann jemals Schönheit ich sah und begehrte, war's stets nur ein Traum von der Euren, warum also sollt' ich mich grämen, daß andre Schönheit mir gleichfalls nur Traum? Schlimmer wär's, wenn jene andre ich nähme und mit ihr mich begnügte, um nicht noch länger am Bildnis der Euren zu leiden: denn eines recht dürftigen Reme-diums hätte ich mich erfreut, und das Übel wüchse noch durch die Gewissenspein ob meiner Untreue. Lieber halte ich mich an Euer Bildnis, zumal ich itzo von neuem die Spur eines Fein-des gesehen, dessen Züge ich nicht kenne und wohl niemals möcht kennenlernen. Um dieses verhaßte Phantom zu igno-rieren, möge mir Euer geliebtes Phantasma zu Hilfe kommen. Auf daß dann die Liebe es wenigstens sei, die aus mir einen fühllosen Scherben macht, eine Mandragora, einen steinernen Quell, der alle Ängste fortweint ...

Doch sosehr er sich auch quälen mag, Roberto wird nicht zum steinernen Quell, und sofort vergleicht er wieder die Angst, die er fühlt, mit jener anderen Angst, die er in Casale verspürt hatte und deren Ursachen – wie wir gleich sehen werden – sehr viel schmerzlicher waren.

7

Pavane Lachryme

Die Geschichte ist ebenso klar wie dunkel. Während kleine Scharmützel einander folgten – deren Funktion die gleiche war, die beim Schachspiel nicht der Zug, sondern der Blick haben kann, der die Andeutung eines Zuges auf seiten des Gegners kommentiert, um ihn von einer siegbringenden Bewegung abzuhalten –, beschloß Toiras, einen größeren Ausfall zu wagen. Es war klar, daß die Partie zwischen Spionen und Gegenspionen ausgetragen wurde: In Casale gingen Gerüchte um, die Entsatzarmee sei im Anmarsch unter der Führung des Königs persönlich, während Seigneur de Montmorency von Asti her anrücke und die Marschälle Créqui und de La Force von Ivrea. Falsch, erfuhr Roberto aus der wütenden Reaktion von Toiras, als ein Kurier aus dem Norden eintraf: Toiras hatte Richelieu mitgeteilt, daß seine Lebensmittel zur Neige gingen, und nun antwortete ihm der Kardinal, Monsieur Agencourt habe seinerzeit die Magazine inspiziert und entschieden, daß Casale leicht den ganzen Sommer lang durchhalten könne. Die Armee werde sich erst im August auf den Weg machen, um unterwegs von den bis dahin gereiften Ernten profitieren zu können.

Roberto wunderte sich, daß Toiras einigen Korsen Anweisung gab, sich als angebliche Deserteure zu Spinola zu begeben und ihm zu sagen, daß die Armee erst im September erwartet werde. Aber dann hörte er ihn die Maßnahme seinem Stab erläutern: »Wenn Spinola glaubt, daß er noch Zeit hat, wird er sich Zeit nehmen mit dem Bau seiner Minengänge, und wir haben Zeit zum Bau unserer Gegengänge. Glaubt er dagegen, daß die Entsatzarmee schon bald kommt, was bliebe ihm dann zu tun? Sicher nicht der Armee entgegenzugehen, denn er weiß, daß seine Kräfte nicht reichen; auch nicht auf sie zu warten, da er dann seinerseits belagert würde; auch nicht nach Mailand zurückzukehren, um eine Verteidigung der Stadt vorzubereiten, da ihm die Ehre einen Rückzug verbietet. Es würde ihm also gar nichts anderes übrigbleiben, als Casale sofort zu erobern. Da er das aber nicht mit einem Frontalangriff kann, müßte er ein Vermögen ausgeben, um Verrat zu schüren. Und von da an würde jeder Freund für uns zu einem Feind. Also schicken wir falsche Deserteure zu Spinola, um ihn zu überzeugen, daß die Entsatzarmee sich verspätet, lassen wir ihn Minengänge bauen, wo sie uns nicht allzusehr stören, zerstören wir diejenigen, die uns wirklich bedrohen, und lassen wir ihn sich in diesem Spiel zermürben. Signor Pozzo, Ihr kennt die Gegend: Wo können wir ihn in Ruhe lassen und wo müssen wir ihn um jeden Preis blockieren?«

Der alte Pozzo erklärte ohne Blick auf die Karten (die ihm zu verschnörkelt erschienen, um wahr zu sein), während er mit der Hand aus dem Fenster wies, daß der Boden an bestimmten Stellen moorig sei, weil vom Wasser des Flusses durchtränkt, und da könne Spinola graben, soviel er wolle, seine Leute würden bloß versinken und Schnecken schlukken. Während an anderen Stellen das Gängegraben eine Lust sei, und da müsse man mit der Artillerie reinhalten und Ausfälle machen.

»Gut«, sagte Toiras, »also werden wir sie morgen zwingen, sich zu bewegen, um ihre Stellungen vor der Bastion San Carlo zu verteidigen, und dann überraschen wir sie vor der Bastion San Giorgio.« Der Ausfall wurde gut vorbereitet, mit präzisen Instruktionen an alle Kompanien. Und da sich gezeigt hatte, daß Roberto über eine schöne Handschrift verfügte, behielt Toiras ihn von sechs Uhr abends bis zwei Uhr nachts bei sich, um ihm Anweisungen zu diktieren, danach bat er ihn, angekleidet auf einer Bank vor seinem Zimmer zu schlafen, um die Antworten entgegenzunehmen, sie zu prüfen und ihn, falls nötig, zu wecken. Was bis zur Morgendämmerung einige Male vorkam.

Als es hell wurde, standen die Truppen in den gedeckten Laufgängen der Kontreskarpe und innerhalb der Mauern bereit. Auf einen Wink von Toiras, der das Unternehmen von der Zitadelle aus leitete, rückte ein erstes, beträchtliches Kontingent in der irreführenden Richtung aus: eine Vorhut von Pikenieren und Musketieren, mit einer Reserve von fünfzig Musketonen, die in kurzem Abstand folgte, dann im Gevierthaufen ein Infanteriekorps von fünfhundert Mann und zwei Kavalleriekompanien. Es war eine schöne Parade, und wie man hinterher wußte, hatten die Spanier sie auch als solche genommen.

Roberto sah fünfunddreißig Mann unter dem Befehl von Hauptmann Columbat in loser Ordnung einen Schützengraben stürmen, und plötzlich tauchte der spanische Hauptmann hinter der Verschanzung auf und entbot ihnen einen artigen Gruß. Columbat und die Seinen blieben wohlerzogen stehen und erwiderten den Gruß mit gleicher Höflichkeit. Wonach die Spanier Anstalten machten, ihre Stellung zu räumen, und die Franzosen warteten ab. Toiras ließ von der Mauer eine Artilleriesalve auf den Schützengraben abgeben, Columbat verstand die Aufforderung, befahl den Angriff, die Kavallerie folgte und griff die Verschanzung über die Flanken an, die Spanier gingen unwillig wieder in Stellung und wurden überrannt. Die Franzosen wüteten unter ihnen wie die Berserker, und einer schrie bei jedem Hieb die Namen von bei früheren Ausfällen getöteten Kameraden: »Dies für Bessières, dies für die Meierei vom Brichetto!« Die Erregung war so groß, daß Columbat Mühe hatte, die Truppe wieder in Reih und Glied zu stellen, die Männer plünderten wie im Rausch unter den Gefallenen, schwenkten ihre Trophäen und zeigten sie in Richtung der Stadt: Ohrringe, Gürtel, ganze Piken voll aufgespießter Hüte.

Der Gegenangriff ließ auf sich warten, und Toiras machte

den Fehler, das für einen Fehler zu halten, dabei war's Kalkül. In der Meinung, die Kaiserlichen hätten vor, weitere Truppen zu schicken, um jenen Sturm aufzuhalten, lud er sie mit weiteren Artilleriesalven dazu ein, doch sie begnügten sich mit ein paar Kanonenschüssen in die Stadt, und eine Kugel ruinierte die Kirche Sant' Antonio, direkt neben dem Hauptquartier.

Toiras war's zufrieden, und so befahl er der zweiten Abteilung, sich nun zur Bastion San Giorgio zu begeben. Es waren nur wenige Kompanien, aber unter dem Befehl von Seigneur de La Grange, einem trotz seiner fünfundfünfzig Jahre jugendlich wirkenden Manne. Mit vorgestrecktem Degen befahl er den Angriff auf eine verlassene kleine Kirche, an der ein schon recht weit gediehener Minengang vorbeiführte, als plötzlich hinter einer Böschung das Gros der feindlichen Armee auftauchte, das dort seit Stunden auf diese Begegnung gewartet hatte.

»Verrat!« schrie Toiras, stürmte zum Tor hinunter und ließ zum Rückzug blasen.

Kurz darauf brachte ihm ein Fähnlein des Regiments Pompadour einen an den Händen gefesselten Jungen aus Casale, der auf einem kleinen Turm neben dem Kastell dabei überrascht worden war, wie er mit einem weißen Tuch den Belagerern Zeichen machte. Toiras ließ ihn niederknien, zog seine Pistole, spannte den Hahn, nahm den rechten Daumen des Jungen und steckte ihn unter den gespannten Hahn, richtete den Lauf der Pistole auf seine linke Hand, legte den Finger an den Abzug und sagte: »Et alors?«

Der Junge begriff sofort, in welcher Gefahr er schwebte, und fing an zu reden: Am Abend zuvor, gegen Mitternacht, habe ihm vor der Kirche von San Domenico ein gewisser Capitano Gambero sechs Pistolen versprochen und drei davon gleich als Vorschuß, wenn er tun würde, was er dann getan hatte, als die französischen Truppen zur Bastion San Giorgio ausrückten. Dabei schien der Junge sogar zu meinen, daß ihm die restlichen drei Pistolen jetzt zustünden, ohne recht zu begreifen, mit wem er sprach, so als müsse Toiras sich über seine Dienste freuen. Dann sah er plötzlich Roberto und rief, *der* sei der Hauptmann Gambero gewesen.

Roberto erstarrte, der alte Pozzo stürzte sich auf den Verleumder und hätte ihn wohl erwürgt, wenn ihm nicht einige Herren aus Toiras' Gefolge in den Arm gefallen wären. Toiras selbst erinnerte sofort daran, daß Roberto die ganze Nacht bei ihm gewesen war und daß ihn, so gut er auch aussehen mochte, gewiß niemand für einen Capitano hätte halten können. Unterdessen hatten andere geklärt, daß ein Capitano Gambero wirklich existierte, nämlich im Regiment Bassiani, und brachten ihn mit Stößen und flachen Klingenhieben vor Toiras. Der Mann beteuerte seine Unschuld, und tatsächlich erkannte ihn der gefangene Junge nicht, aber Toiras ließ ihn sicherheitshalber einsperren. Um das Chaos vollzumachen, kam jemand gelaufen und meldete, daß, als die Truppe La Granges den Rückzug angetreten habe, jemand aus der Bastion San Giorgio zu den spanischen Linien übergelaufen und dort mit Freude empfangen worden sei. Er konnte nicht viel über ihn sagen, nur daß er jung und nach spanischer Sitte gekleidet gewesen sei, mit einem Netz überm Haar. Roberto dachte sofort an Ferrante. Doch was ihn noch stärker beeindruckte, war die argwöhnische Miene, mit der die französischen Offiziere nun auf die Italiener in Toiras' Gefolge blickten.

»Genügt eine kleine Kanaille, um ein Heer aufzuhalten?« hörte er seinen Vater rufen, der auf die zurückkehrenden Franzosen wies. »Entschuldigt, lieber Freund«, wandte sich Pozzo dann an Toiras, »aber hier herrscht anscheinend die Vorstellung, daß wir Hiesigen alle ein bißchen wie dieser Krebs von Gambero wären, habe ich recht?« Und als ihn Toiras daraufhin seiner Wertschätzung und Freundschaft versicherte, aber mit zerstreuter Miene, unterbrach ihn der alte Pozzo: »Laßt nur. Mir scheint, hier machen sich alle ins Hemde, mir reicht das Geschiß hier allmählich. Ich hab dieses Geschmeiß von Spaniern satt, und mit Eurer Erlaubnis geh ich jetzo zwei oder drei von ihnen erledigen, nur daß man sieht, daß wir die Galliarde zu tanzen verstehn, wenn's nötig ist, und wenn's uns erst mal richtig dreht, schaun wir keinem mehr ins Gesicht. Mordius!«

Er preschte zum Tor hinaus und ritt wie eine Furie mit gezücktem Degen auf die feindlichen Reihen los. Natürlich wollte er sie nicht in die Flucht schlagen, aber es schien ihm geboten, dem eigenen Kopf zu folgen, nur um's den anderen einmal zu zeigen.

Als Mutprobe war es gut, als militärisches Unternehmen katastrophal. Eine Kugel traf ihn mitten in die Stirn und warf ihn rücklings auf die Kruppe seines Pagnufli. Eine zweite Salve ging zur Kontreskarpe, und Roberto spürte einen jähen Schmerz an der Schläfe, wie von einem Stein, so daß er ins Taumeln geriet. Er hatte einen Streifschuß abbekommen, doch er wand sich aus den Armen der Helfer, richtete sich auf und rief den Namen seines Vaters, dann sah er Pagnufli verstört mit dem leblosen Leib seines Herrn in ein Niemandsland galoppieren.

Er steckte zwei Finger in den Mund und stieß erneut seinen Pfiff aus. Pagnufli hörte es und kam zurück, aber langsam, in einem feierlichen kleinen Trab, um nicht seinen Reiter aus dem Sattel zu werfen, der ihm jetzt nicht mehr gebieterisch die Schenkel in die Seiten drückte. Er kam herangetrabt, wieherte leise seine Pavane für den verstorbenen Herrn und übergab den Leichnam an Roberto, der die noch aufgerissenen Augen schloß und das inzwischen geronnene Blut vom Gesicht des Toten wischte, während ihm selbst das noch warme Blut die Wange hinunterlief.

Wer weiß, ob der Schuß nicht doch einen Nerv bei ihm getroffen hatte: Als er am folgenden Tag aus der Kathedrale Sant' Evasio trat, in der Toiras die Totenmesse für den Signor Pozzo di San Patrizio della Griva hatte zelebrieren lassen, konnte er das Sonnenlicht kaum ertragen. Vielleicht waren seine Augen vom Weinen gerötet, Tatsache ist, daß sie ihn seit damals schmerzten. Heute würden die Erforscher der Psyche sagen, er habe, als sein Vater in den Schatten getreten war, ebenfalls in den Schatten treten wollen. Roberto verstand nicht viel von der Psyche, aber diese Redefigur hätte ihn reizen können, jedenfalls im Licht – oder im Schatten – dessen, was später geschah.

Ich denke, daß der alte Pozzo aus Eigensinn gestorben ist, was mir großartig scheint, aber Roberto konnte nichts Schätzenswertes daran finden. Alle lobten das Heldentum seines Vaters, er hätte die Trauer mit Stolz tragen sollen, aber er schluchzte. Als ihm einfiel, daß der Vater immer gesagt hatte, ein Edelmann müsse sich daran gewöhnen, widrige Schicksalsschläge trockenen Auges zu ertragen, entschuldigte er sich für die Schwäche (vor seinem Erzeuger, der ihn nicht mehr zur Rechenschaft ziehen konnte) und sagte sich wiederholt, daß er ja schließlich zum erstenmal Waise geworden war. Er meinte, sich an die Vorstellung gewöhnen zu müssen, und hatte noch nicht begriffen, daß es unnütz ist, sich an den Verlust eines Vaters zu gewöhnen, denn das passiert einem kein zweites Mal – man kann die Wunde daher auch ebensogut offen lassen.

Um aber dem Geschehenen einen Sinn zu geben, konnte er nur ein weiteres Mal auf Ferrante zurückgreifen. Ferrante, der ihm auf den Fersen gefolgt war, hatte dem Feind die Geheimnisse, die er in Erfahrung gebracht hatte, verkauft und war dann schamlos zum Feind übergelaufen, um den Lohn seines Verrats zu genießen: Der Vater, der das begriffen hatte, wollte in jenem Moment die befleckte Familienehre reinwaschen und den Glanz seines Mutes auf Roberto zurückstrahlen lassen, um ihn von jenem Schatten eines Verdachts zu befreien, der sich um ein Haar auf den Unschuldigen gelegt hätte. Damit also sein Tod nicht unnütz war, schuldete ihm Roberto das Benehmen, das alle in Casale vom Sohn des Helden erwarteten.

Er konnte nichts daran ändern: Er war nun der rechtmäßige Herr von La Griva, Erbe des Namens und der Familiengüter. Toiras wagte nicht mehr, ihn für kleine Aufträge zu verwenden – und zu den großen konnte er ihn nicht heranziehen. So fand sich Roberto, allein gelassen in seiner neuen Rolle als illustre Waise, nun noch mehr allein gelassen, sogar ohne den Trost des tätigen Handelns. Mitten in einer Belagerung, aller Pflichten entbunden, quälte er sich mit der Frage, wie er seine Tage als Belagerter verbringen sollte.

8

DIE KURIOSE LEHRE
DER SCHÖNGEISTER JENER ZEIT

Den Strom der Erinnerungen für einen Moment unterbrechend, machte Roberto sich klar, daß er sich den Tod des Vaters nicht deshalb vergegenwärtigt hatte, weil er pietätvoll jene Philoktetswunde offen halten wollte, sondern weil er sich das Gespenst Ferrantes in Erinnerung gerufen hatte, das seinerseits vom Gespenst des Eindringlings auf der *Daphne* evoziert worden war. Die beiden erschienen ihm mittlerweile so sehr wie Zwillinge, daß er beschloß, den schwächeren zu beseitigen, um mit dem stärkeren fertig zu werden.

War es nicht schließlich, sagte er sich, in jenen Tagen der Belagerung gewesen, daß ich noch Ferrantes Witterung hatte? Nein, im Gegenteil, denn was geschah dann? Daß mich Saint-Savin von seiner Inexistenz überzeugte.

Roberto hatte sich nämlich mit Herrn de Saint-Savin angefreundet. Er hatte ihn beim Begräbnis wiedergesehen und eine sehr herzliche Beileidsbekundung von ihm erhalten. In nüchternem Zustand war Saint-Savin ein vollendeter Edelmann. Klein von Statur, nervös, leichtfüßig, das Gesicht gezeichnet, vermutlich, von den Pariser Ausschweifungen, von denen er erzählte, mochte er kaum dreißig sein.

Er hatte sich für seine Zügellosigkeit an jenem Abend entschuldigt, nicht für das, was er gesagt hatte, aber für die ungehobelte Art, wie er es gesagt hatte. Dann hatte er Roberto gebeten, ihm von Signor Pozzo zu erzählen, und Roberto war ihm dankbar für das zumindest vorgetäuschte Interesse. Er erzählte, wie ihm sein Vater das Fechten beigebracht hatte, Saint-Savin stellte einige Fragen, begeisterte sich bei der Erwähnung eines bestimmten Stoßes, zog seinen Degen und wollte auf der Stelle, mitten auf einer Piazza, daß Roberto ihm den Stoß zeigte. Aber entweder kannte er ihn schon, oder er war sehr flink, denn er parierte ihn gewandt, anerkannte jedoch, daß es sich um eine Raffinesse der Hohen Schule handelte.

Zum Dank zeigte er Roberto eine von seinen Spezialitäten. Er ließ ihn Aufstellung nehmen, sie tauschten einige Finten, er wartete auf den ersten Angriff, schien plötzlich auszurutschen und nach hinten zu fallen, und während Roberto verblüfft den Degen sinken ließ, war er wie durch ein Wunder schon wieder auf den Beinen und trennte ihm einen Knopf vom Rock – als Beweis, daß er ihn auch hätte verletzen können, wenn er fester zugestoßen hätte.

»Nun, wie gefällt Euch das, mein Freund?« sagte er, während Roberto sich grüßend geschlagen gab. »Das ist der Coup de la Mouette, der Möwenstoß. Wenn Ihr eines Tages das Meer befahrt, werdet Ihr sehen, daß diese Vögel senkrecht herabschießen, als ob sie fielen, und knapp über dem Wasser fangen sie sich ab und steigen mit einer Beute im Schnabel wieder auf. Es ist ein Stoß, der lange Übung erfordert, und er gelingt nicht immer. Bei mir ist er jenem Prahlhans nicht gelungen, der ihn erfunden hatte. So verlor er sein Leben *und* sein Geheimnis. Ich glaube, der Verlust des zweiten hat ihn mehr gewurmt als der des ersten.«

Sie hätten noch lange so weitergefochten, wenn nicht bereits eine kleine Schar von Neugierigen zusammengekommen wäre. »Hören wir auf«, sagte Roberto, »ich möchte nicht gern, daß jemand bemerkt, daß ich meine Trauer vergessen habe.«

»Ihr ehrt Euern Vater jetzt mehr«, sagte Saint-Savin, »indem Ihr Euch seiner Lehren erinnert, als vorhin in der Kirche, wo Ihr schlechtes Latein hörtet.«

»Monsieur de Saint-Savin«, fragte Roberto, »fürchtet Ihr eigentlich nicht, auf dem Scheiterhaufen zu enden?«

Saint-Savins Miene verdüsterte sich für einen Augenblick.

»Als ich ungefähr in Eurem Alter war, hegte ich große Bewunderung für jemanden, der für mich wie ein älterer Bruder war. Er hieß Lucilius wie ein antiker Philosoph, und er war auch ein Philosoph, und Priester dazu. Er ist auf dem Scheiterhaufen in Toulouse verbrannt worden, aber vorher haben sie ihm die Zunge herausgerissen und ihn erwürgt. Woran Ihr seht, wenn wir Philosophen flink mit der Zunge sind, dann nicht nur, wie jener Herr neulich sagte, um den *bon ton* zu pflegen. Sondern auch, um möglichst viel Nutzen aus ihr zu ziehen, bevor man sie uns herausreißt. Oder, Scherz beiseite, um mit den Vorurteilen aufzuräumen und die natürliche Vernunft der Dinge freizulegen.«

»Dann glaubt Ihr also wirklich nicht an Gott?«

»Ich finde in der Natur keinen Grund dazu. Und damit stehe ich nicht allein. Strabo berichtet, daß die Galizier keine Vorstellung von einem höheren Wesen hatten. Und als die Missionare zu den Eingeborenen der Westindischen Inseln über Gott sprechen wollten – berichtet Acosta, der immerhin Jesuit war –, mußten sie das spanische Wort *Dios* benutzen. Ihr werdet es nicht glauben, aber in der Sprache jener Eingeborenen gab es keinen passenden Ausdruck. Wenn die Idee von Gott nicht in der Natur vorkommt, muß es sich um eine Erfindung der Menschen handeln ... Aber nun schaut mich nicht so an, als hätte ich keine gesunden Prinzipien und wäre kein treuer Diener meines Königs. Ein wahrer Philosoph will keineswegs die Ordnung der Dinge umstürzen. Er akzeptiert sie. Er will nur, daß man ihn diejenigen Gedanken kultivieren läßt, die einer starken Seele Trost spenden. Für die anderen ist es ein Glück, daß es Päpste und Bischöfe gibt, die die Massen von der Revolte und vom Verbrechen abhalten. Die Ordnung des Staates verlangt eine Regelung des Benehmens, die Religion ist notwendig für das Volk, und der Weise muß einen Teil seiner Unabhängigkeit opfern, damit die Gesellschaft nicht auseinanderfällt. Was mich betrifft, so glaube ich, ein nüchterner Mann zu sein: Ich bin meinen Freunden treu, ich lüge nicht, außer wenn ich eine Liebeserklärung mache, ich liebe das Wissen, und ich schreibe, sagt man, gute Verse. Deshalb finden mich die Damen galant. Ich würde gerne Romane schreiben, die sehr in Mode sind, aber ich denke an viele und kann mich bei keinem entschließen, ihn zu schreiben ...«

»An was für Romane denkt Ihr?«

»Manchmal betrachte ich den Mond und stelle mir vor, die Flecken dort seien Höhlen, Städte, Inseln, und die glänzenden Stellen seien solche, wo das Meer das Licht der Sonne empfängt wie das Glas eines Spiegels. Ich würde gern die Geschichte von ihrem König erzählen, von ihren Kriegen und Revolutionen, oder vom Unglück der Liebenden dort oben, die während ihrer Nächte seufzend unsere Erde betrachten. Es würde mir gefallen, von den Kriegen und Freundschaften zwischen den verschiedenen Teilen des Körpers zu erzählen, wie die Arme den Füßen Schlachten liefern, wie die Venen mit den Arterien Liebe machen oder die Knochen mit dem Mark. Alle Romane, die ich gern schreiben würde, verfolgen mich. Wenn ich in meiner Kammer bin, ist mir, als ob sie mich alle umgäben wie kleine Teufelchen, der eine zieht mich am Ohr, der andere an der Nase, und jeder fordert mich auf: ›Schreibt mich, Monsieur, ich bin wunderschön.‹ Dann fällt mir ein, daß man eine ebenso schöne Geschichte erzählen kann, indem man ein originelles Duell erfindet, zum Beispiel eines, bei dem man den Gegner während des Kampfes dazu überredet, Gott zu verleugnen, um ihm dann die Klinge ins Herz zu stechen, so daß er als Verdammter stirbt. Halt, Monsieur de La Grive, nochmals heraus Euren Degen, so, pariert den da! Ihr habt die Füße in eine Linie gestellt, das ist nicht gut, man verliert dabei leicht den sicheren Stand. Den Kopf nicht geradehalten, der lange Hals bietet dem Gegner zuviel Angriffsfläche ...«

»Aber ich decke den Kopf mit dem Degen in der gestreckten Hand.«

»Falsch, in dieser Stellung verliert man zuviel an Kraft. Und außerdem, ich habe mit einer Guardia in deutscher Manier eröffnet, und Ihr habt Euch nach italienischer Art in

Guardia begeben. Schlecht. Wenn eine Guardia zu bekämpfen ist, muß man sie immer möglichst genau kopieren … Aber Ihr habt mir noch gar nichts von Euch erzählt und was Ihr gemacht habt, bevor Ihr in dieses Tal des Staubes geraten seid.«

Es gibt nichts Faszinierenderes für einen jungen Menschen als einen Älteren, der mit perversen Paradoxen zu brillieren versteht, so daß man es ihm sofort nachtun möchte. Roberto öffnete Saint-Savin sein Herz, und um sich interessant zu machen, erzählte er ihm – da seine ersten sechzehn Lebensjahre nicht viel Konkretes hergaben – von seiner Obsession mit dem unbekannten Bruder.

»Ihr habt zu viele Romane gelesen«, sagte Saint-Savin, »und nun versucht ihr, einen zu leben; denn die Aufgabe eines Romans ist, auf unterhaltsame Art zu belehren, und was er lehrt, ist, die Tücken der Welt zu erkennen.«

»Und was sollte mich der lehren, den Ihr dann wohl den Roman von Ferrante nennt?«

»Ein Roman«, erklärte Saint-Savin, »muß als Grundlage immer ein Mißverständnis haben, eine Verwechslung von Personen, Handlungen, Orten und Zeiten oder Umständen, und aus diesem grundlegenden Mißverständnis müssen dann episodische Mißverständnisse hervorgehen, zeitweilige Verwirrungen und Verwicklungen, Peripetien und schließlich ein unerwartetes und ergötzliches Wiedererkennen. Ich meine solche Mißverständnisse und Verwechslungen wie den irrtümlich angenommenen Tod einer Person, oder wenn eine Person anstelle einer anderen umgebracht worden ist; oder Mißverständnisse der Quantität, wie wenn eine Frau ihren Liebhaber für tot hält und einen anderen heiratet; oder solche der Qualität, wie wenn die Sinne sich täuschen oder wenn jemand begraben wird, der tot zu sein scheint, aber bloß unter dem Einfluß eines starken Schlafmittels steht; oder auch Mißverständnisse der Beziehung, wie wenn einer zu Unrecht für den Mörder eines anderen gehalten wird; oder solche des Instruments, wie wenn man vorgibt, jemanden zu erdolchen, indem man einen speziellen Dolch benutzt, dessen Spitze beim Berühren der Haut nicht in diese eindringt, sondern in den Schaft zurückgleitet und darin einen blutgetränkten Schwamm zusammendrückt ... Nicht zu reden von falschen Wurfgeschossen, fingierten Stimmen, nicht rechtzeitig angekommenen Briefen oder solchen, die an einem falschen Ort einer falschen Person zugestellt worden sind. Und das beliebteste, aber auch gängigste dieser Stratageme ist jenes, das die Verwechslung einer Person mit einer anderen durch einen Doppelgänger erklärt. Der Doppelgänger ist ein Spiegelbild, das die betreffende Person ständig hinter sich herzieht oder das ihr bei jeder Gelegenheit vorauseilt. Ein schöner Kunstgriff, durch den der Leser sich in der Romanperson wiederfindet, da er mit ihr die dunkle Angst vor einem Feindlichen Bruder teilt. Aber seht, wie auch der Mensch nur eine Maschine ist, bei der es genügt, ein Rädchen an der Oberfläche zu drehen, um andere Räder in ihrem Innern sich drehen zu lassen: Der Bruder und die Feindschaft sind nichts anderes als ein Reflex der Angst, die ein jeder vor sich selber hat, vor den Abgründen seiner eigenen Seele, in denen sich uneingestandene Wünsche verbergen oder, wie man in Paris zu sagen pflegt, dumpfe und unausgedrückte Begriffe. Denn es ist ja bewiesen worden, daß es unmerkliche Gedanken gibt, welche die Seele prägen, ohne daß sich die Seele dessen bewußt ist, heimliche Gedanken, deren Existenz dadurch bewiesen wird, daß ein jeder von uns, sobald er anfängt, sich selbst zu prüfen, sehr bald entdeckt, daß er in seinem Herzen Liebe und Haß und Freude und Leid trägt, ohne sich erinnern zu können, welche Gedanken sie hervorgebracht haben.«

»Demnach steht Ferrante ...« begann Roberto zögernd, und Saint-Savin schloß: »Demnach steht Ferrante für Eure Ängste und für das, wofür Ihr Euch schämt. Es kommt oft vor, daß die Menschen, um sich nicht einzugestehen, daß sie selbst die Autoren ihres Schicksals sind, dieses Schicksal als einen Roman betrachten, der von einem phantasievollen schurkischen Autor erdacht worden ist.«

»Aber was sollte mir denn dieses Gleichnis bedeuten, das ich mir nach Eurer Meinung ersonnen hätte, ohne mir dessen bewußt zu sein?«

»Wer weiß? Vielleicht habt Ihr Euren Vater nicht so innig geliebt, wie Ihr glaubt, vielleicht habt Ihr die Härte gefürchtet, mit welcher er Euch tapfer und tugendhaft haben wollte, und habt ihm eine Schuld zugeschrieben, um ihn dann nicht mit der Euren, sondern mit der eines anderen zu bestrafen.«

»Monsieur, Ihr sprecht mit einem Sohn, der noch in Trauer über seinen innigst geliebten Vater ist! Ich glaube, es ist eine noch größere Sünde, die Mißachtung der Eltern zu lehren als die Mißachtung unseres Herrn im Himmel!«

»Eh bien, eh bien, mon cher La Grive! Der Philosoph muß den Mut haben, all die verlogenen Lehren zu kritisieren, die uns eingetrichtert worden sind, und dazu gehört auch die absurde Achtung vor dem Alter, als wäre die Jugend nicht das höchste Gut und die größte Gabe. Seid ehrlich, wenn ein junger Mensch fähig ist, Gedanken zu fassen, Urteile zu treffen und zu handeln, ist er dann nicht besser geeignet, eine Familie zu führen, als ein sechzigjähriger Schwachkopf, dem der Schnee auf dem Schädel die Phantasie hat vereisen lassen? Was wir als Klugheit der Älteren ehren, ist doch nichts anderes als panische Angst vor dem Handeln. Wollt Ihr Euch denen unterwerfen, denen die Faulheit bereits die Muskeln hat erschlaffen, die Arterien verkalken, den Geist verdampfen lassen und denen sie das Mark aus den Knochen saugt? Wenn Ihr eine Frau anbetet, tut Ihr das etwa nicht wegen ihrer Schönheit? Macht Ihr vielleicht Eure Kniefälle weiter, wenn das Alter jenen Leib zu einem Gespenst reduziert hat, das zu nichts anderem mehr taugt, als Euch an den nahen Tod zu erinnern? Und wenn Ihr's bei Euren Geliebten so haltet, warum solltet Ihr's dann nicht auch bei Euren Greisen so halten? Ihr werdet jetzt sagen, daß jener Greis Euer Vater ist und daß Euch der Himmel ein langes Leben versprochen habe, wenn Ihr Euren Vater ehret. Aber wer hat das gesagt? Das haben hebräische Greise gesagt, die begriffen hatten, daß sie in der

Wüste nur überleben konnten, wenn sie die Frucht ihrer Lenden ausbeuteten. Wenn Ihr glaubt, der Himmel lasse Euch auch nur einen einzigen Tag länger leben, weil Ihr Eures Vaters Lämmchen gewesen seid, täuscht Ihr Euch. Glaubt Ihr, ein ehrerbietiger Gruß, der Eure Hutfeder über die Füße Eures Erzeugers streifen läßt, kann Euch von einem bösartigen Abszeß kurieren oder eine Degenstichwunde vernarben lassen oder Euch von einem Stein in der Blase befreien? Wenn dem so wäre, würden die Ärzte nicht ihre ekligen Tränke verordnen, sondern würden Euch, um Euch von der italienischen Krankheit zu heilen, vor dem Essen vier tiefe Verbeugungen vor Eurem Herrn Vater und vor dem Schlafengehn einen Kuß auf die Wange Eurer Frau Mutter verschreiben. Ihr werdet sagen, ohne jenen Vater wäret Ihr nicht auf die Welt gekommen, so wie er nicht ohne den seinen und so weiter bis hin zu Melchisedek. Aber er ist es, der Euch etwas schuldet, nicht Ihr ihm: Ihr zahlt mit vielen Jahren der Trauer dafür, daß er einen Moment angenehmen Kitzels hatte.«

»Ihr glaubt nicht an das, was Ihr sagt.«

»Da habt Ihr recht. Fast nie. Aber der Philosoph ist wie der Dichter. Dieser komponiert ideale Buchstaben für eine ideale angebetete Nymphe, nur um mit dem Wort die Abgründe der Leidenschaft auszuloten. Jener stellt die Kühle seines Blicks auf die Probe, um zu sehen, wieweit man die Festung der Frömmelei ankratzen kann. Ich will nicht, daß Ihr ablaßt, Euren Vater zu achten, denn er hat Euch, wie Ihr mir sagtet, gute Lehren erteilt. Aber wühlt Euch nicht so in Euren Schmerz hinein. Ich sehe Tränen in Euren Augen ...«

»Oh, das ist kein Schmerz. Das muß die Verletzung an der Schläfe sein, die meine Augen geschwächt hat ...«

»Trinkt Kaffee.«

»Kaffee?«

»Ich schwöre Euch, er wird bald in Mode sein. Er ist ein Allheilmittel. Ich werde Euch welchen besorgen. Er trocknet die kalten Säfte aus, vertreibt die Winde, stärkt die Leber, ist ein vorzügliches Mittel gegen die Wassersucht und die

Krätze, erfrischt das Herz und verschafft Erleichterung bei Magengrimmen. Seine Dampfschwaden helfen genau bei Triefaugen, bei Ohrensausen und bei Nasenschleimhautentzündung, auch Erkältung oder Schnupfen genannt. Und dann begrabt zusammen mit Eurem Vater auch diesen ungemütlichen Bruder, den Ihr Euch ausgedacht habt. Und vor allem, sucht Euch eine Liebschaft.«

»Eine Liebschaft?«

»Das ist noch besser als Kaffee. Durch das Leiden wegen einer lebenden Person werdet Ihr den Schmerz über eine tote lindern.«

»Ich habe noch nie eine Frau geliebt«, gestand Roberto errötend.

»Ich habe nicht von einer Frau gesprochen. Es könnte auch ein Mann sein.«

»Monsieur de Saint-Savin!« rief Roberto.

»Man sieht, daß Ihr vom Lande kommt.«

Aufs peinlichste berührt, bat Roberto, ihn zu entschuldigen, seine Augen schmerzten nun doch zu sehr; und so machte er jener Begegnung ein Ende.

Um sich jedoch auf all das, was er gehört hatte, einen Reim zu machen, sagte er sich, daß Saint-Savin ein Spiel mit ihm getrieben hatte: Wie in einem Duell hatte er ihm zeigen wollen, was für Stöße und Hiebe man in Paris kannte. Und Roberto hatte sich als Tölpel aus der Provinz erwiesen. Und mehr noch, indem er jene Reden ernst genommen, hatte er sich versündigt, was nicht geschehen wäre, hätte er sie als ein Spiel durchschaut. Er stellte eine Liste aller Sünden auf, die er begangen hatte, indem er jenen Reden gegen den Glauben, gegen die guten Sitten, gegen den Staat und die Achtung vor der Familie zugehört hatte. Und während er so an seine Verfehlungen dachte, überfiel ihn jäh eine andere Angst: Ihm wurde bewußt, daß sein Vater mit einem Fluch auf den Lippen gestorben war.

9

Das Aristotelische Fernrohr

So war er am nächsten Tag erneut in die Kathedrale gegangen, um zu beten. Er hatte vor allem Kühlung gesucht, denn an jenem Nachmittag Anfang Juni brannte die Sonne schon heiß in den halbverlassenen Straßen (so wie sie es jetzt auf der *Daphne* tat, er fühlte, wie die Hitze sich über der Bucht ausbreitete und ungehindert durch die Schiffsplanken eindrang, als wäre das Holz schon verglüht). Aber er hatte auch das Bedürfnis verspürt, sowohl seine wie seines Vaters Sünden zu beichten. Er hatte einen Geistlichen in der Kirche angesprochen, und der hatte zwar zuerst abwehrend gesagt, er gehöre nicht zu dieser Pfarrei, doch vor dem Blick des jungen Mannes hatte er schließlich nachgegeben und sich in einen Beichtstuhl gesetzt, um den Bußwilligen anzuhören.

Pater Emanuele konnte noch nicht sehr alt sein, er mochte vielleicht vierzig Jahre zählen und war, in Robertos Worten, »rund und rosig im würdevollen und liebenswerten Gesicht«, und so sah sich Roberto ermutigt, ihm all seine Kümmernisse anzuvertrauen. Als erstes sprach er von der Gotteslästerung des Vaters. War sie ein ausreichender Grund dafür, daß der Vater jetzt nicht in den Armen des Himmlischen Vaters ruhte, sondern am Grund der Hölle schmorte? Der Beichtvater stellte Roberto einige Fragen und brachte ihn dazu, einzuräumen, daß auch zu jeder anderen Zeit, gleich, wann der alte Pozzo gestorben wäre, gute Aussichten dafür bestanden hätten, daß er den Namen des Herrn gerade unnütz im Munde führte: Das Fluchen war eine von den Bauern übernommene schlechte Angewohnheit, und es galt unter den Landadligen im Monferrat als ein Zeichen der Lässigkeit, in Gegenwart von ihresgleichen wie ihre Leibeigenen zu reden.

»Siehst du, mein Sohn«, schloß der Beichtvater, »dein Vater ist gestorben, während er eine jener Großen & Edlen Taten vollführte, für welche man, wie es heißt, ins Paradies der Helden eingeht. Nun glaube ich zwar nicht, daß ein solches Paradies existiert, und halte dafür, daß im Reiche des Himmels in Heiliger Eintracht Bettler & Souveräne, Helden & Feiglinge zusammensitzen, aber sicherlich wird Gott der HErr deinem Vater nicht Sein Reich verweigert haben, nur weil ihm die Zunge ein wenig ausgerutscht ist in einem Moment, da er eine Große Tat vorhatte, ja ich wage sogar zu behaupten, daß in solchen Momenten ein solcher Ausruf auch eine Art & Weise sein kann, Gott den HErrn zum Zeugen & Richter der eigenen Großtat anzurufen. Also wenn es dich wirklich noch grämt, so sprich ein Gebet für die Seele deines Erzeugers & laß ihm ein paar Messen lesen, nicht um den HErrn zu einer Revision seines Urteils zu veranlassen, denn er ist kein Fähnlein, das sich drehet, je nachdem, wie die Betschwestern blasen, sondern um deiner Eigenen Seele etwas Gutes zu tun.«

Alsdann erzählte ihm Roberto von den aufrührerischen Reden, die er sich angehört hatte, und der Pater breitete resigniert die Arme aus: »Mein Sohn, ich weiß nur wenig von Paris, doch das Wenige, was ich von dorten höre, lehret mich, wie viele Unvernünftige, Ehrgeizige, Renegaten, Spione und Intriganten in jenem Neuen Sodom leben. Und darunter sind Falsche Zeugen, Altardiebe & Kreuzesschänder, Lästerer, die den Bettlern Geld dafür geben, daß sie Gott leugnen, ja sogar Leute, die zum Hohne ihre Hunde getauft haben … Und das nennen sie dann der Mode der Zeit folgen. In den Kirchen spricht man keine Gebete mehr, sondern man Spaziert umher, man Lacht, man versteckt sich hinter den Säulen, um den Damen Nachzustellen, und es ist ein Unaufhörlich Lärmen & Rumoren selbst während der Elevatio. Sie geben vor zu Philosophieren, & sie Bestürmen dich mit Allerley Maliziösem

Warum, Warum hat Gott der Welt Gesetze gegeben, Warum ist die Unzucht Verboten, Warum ist Gottes Sohn Fleisch geworden, & sie verdrehen Dir jede Antwort zu einem Beweise des Atheismus. Hier hast du die Schöngeister Unserer Zeit: Epikureer, Pyrrhonisten, Diogenesianer & Libertins! Drum sollstu dein Ohr nicht leihen Jenen Verführerreden, denn sie kommen vom Bösen.«

Gewöhnlich spickt Roberto seine Briefe nicht so mit Majuskeln, wie es die Schreiber seiner Zeit gerne taten; doch wenn er Reden und Aussprüche von Pater Emanuele wiedergibt, häufen sie sich, als hätte der Pater die besondere Würde der betreffenden Worte und Begriffe nicht nur beim Schreiben hervorgehoben, sondern auch beim Sprechen hörbar gemacht – ein Zeichen dafür, daß er ein Mann von großer und mitreißender Eloquenz gewesen sein muß. Tatsächlich fühlte Roberto sich von seinen Worten derart beruhigt, daß er nach der Beichte noch ein wenig mit ihm plaudern wollte. So erfuhr er, daß der Pater ein savoyischer Jesuit war und sicher kein kleines Kirchenlicht, denn er residierte in Casale als offizieller Beobachter im Auftrag des Herzogs von Savoyen – so etwas konnte es in jenen Zeiten bei einer Belagerung geben.

Pater Emanuele erfüllte seinen Auftrag nicht ungern, sagte er. Die Trübsinnigkeit einer Belagerung gebe ihm Muße, sich seinen Studien zu widmen, die im Trubel einer Hauptstadt wie Turin kaum möglich seien. Und gefragt, womit er sich denn beschäftige, sagte er, daß er dabei sei, ähnlich den Astronomen ein Fernrohr zu konstruieren.

»Sicher hast du von jenem Florentiner Astronomen gehört, der zur Erklärung des Universums das Fernrohr benutzte, eine Hyperbel der Augen, um mit dem Fernrohr zu Sehen, was die Augen sich nur hatten Vorstellen können. Ich habe große Achtung für diesen Gebrauch von Mechanischen Instrumenten zum Verständnis der, wie man heute zu sagen pflegt, Ausgedehnten Dinge. Doch um das Denkende Ding zu verstehen, soll heißen die Art & Weise, wie wir die Welt Erkennen, können wir nur ein Anderes Fernrohr benutzen, und zwar ebenjenes, das auch Aristoteles benutzt hat und das weder Rohr noch Linse ist, sondern Verknüpfung von Worten und Scharfsinnige Idee, denn nur die Kunstvolle Eloquentia erlaubt uns, dieses Universum zu verstehen.«

So redend, hatte Pater Emanuele mit Roberto die Kirche verlassen, und sie hatten einen Spaziergang auf die Bastionen gemacht, an eine ruhige Stelle, wo an jenem Nachmittag nur gedämpfter Kanonendonner von der anderen Seite der Stadt zu hören war. Sie konnten die Zelte der Kaiserlichen in der Ferne sehen, doch große Teile des Lagers waren entleert von Truppen und Karren, und die Wiesen und Hügel glänzten in der Frühlingssonne.

»Was siehst du, mein Sohn?« fragte Pater Emanuele. Und Roberto, noch wenig eloquent: »Die Wiesen.«

»Gewiß, ein jeder kann dort Wiesen sehen. Aber du weißt sehr gut, daß sie dir je nach dem Stand der Sonne, der Farbe des Himmels, der Stunde des Tages & der Jahreszeit in verschiedenen Formen erscheinen können, die dir verschiedene Gefühle eingeben. Dem Bauern, der müde von der Arbeit ist, erscheinen sie als Wiesen & sonst gar nichts. Dasselbe geschieht mit dem ungebildeten Fischer, der entsetzt eines jener Nächtlichen Feuerbilder erblickt, die manchmal am Himmel erscheinen & Schrecken verbreiten, doch sobald die Kometenforscher, die auch Poeten sind, sich erkühnen, sie Schweifsterne, Gemähnte & Geschwänzte Irrsterne zu nennen oder Rammböcke, Schilde, Fackeln & Pfeile, so lassen dich diese Redefiguren erkennen, durch welche Sinnreichen Symbole die Natur sprechen wollte, die sich dieser Bilder wie Hieroglyphen bedient, welche zum einen auf den Tierkreis verweisen & zum andern auf vergangene oder zukünftige Ereignisse. Und die Wiesen? Sieh nur, wieviel du von den Wiesen sagen kannst, und wie du, je mehr du von ihnen sagst, um so mehr auch von ihnen Siehst & Verstehst: Der Zephyr weht, die Erde öffnet sich, es klagen die Nachtigallen, wie Pfauen spreizen sich die mit Laub Gekrönten Bäume, und du entdeckst das wunderbare Ingenium der Wiesen in der Varietät ihrer

Brut von Gräsern & Kräutern, die gesäuget werden von Bächen, die munter Scherzen wie Kinder. Die Festlichen Wiesen jubeln mit Witziger Fröhlichkeit, beim Aufgehen der Sonne öffnen sie ihre Augen, & in ihrem Antlitz siehst du den Bogen eines Lächelns, & sie freuen sich über die Rückkehr des Tagesgestirns, trunken von den Süßen Küssen des Südwinds, & das Lachen tanzt auf der Erde selbst, die sich öffnet zu stummer Freude, & die Milde des Morgens macht sie des Glückes so voll, daß sie sich in Tränen von Tau ergießen. Mit Blumen Bekränzt, überlassen die Wiesen sich ihrem Genius & komponieren Hyperbeln von Regenbögen voller Scharfsinn und Witz. Doch bald schon eilt ihre Jugend dem Tode entgegen, ihr Lachen trübt sich mit Jäher Blässe, der Himmel wird Grau, & Zephyr, der sich verspätet, seufzt über ermatteter Erde, so daß beim ersten Grollen am Winterhimmel die Wiesen ersterben und sich erstarrend mit Reif überziehen. Siehst du, mein Sohn, wenn du nur einfach gesagt hättest, daß die Wiesen *lieblich* sind, hättest du nicht mehr getan, als mir ihr Grünen darzustellen – über das ich schon im Bilde bin –, doch wenn du sagst, daß die Wiesen *lachen*, lässest du mich die Erde wie einen Beseelten Menschen sehen, & umgekehrt lerne ich, in den Menschengesichtern all jene feinen Abschattungen zu sehen, die ich in den Wiesen wahrgenommen ... Und ebendieses ist Zweck & Aufgabe der höchsten aller Figuren, der Metapher. Wenn das Ingenium – also der Witz und somit das Wissen – darin besteht, Entferntes zu verbinden und Ähnlichkeit im Unähnlichen zu entdecken, dann ist die Metapher unter den Redefiguren die scharfsinnigste, geistvollste & erlesenste, die als einzige jenes Erstaunen hervorzurufen vermag, aus welchem das Wohlgefallen erwächst, wie beim Wechsel der Szenen auf dem Theater. Und wenn das Wohlgefallen, das uns die Figuren verschaffen, jenes ist, mühelos Neues zu lernen und Vieles auf kleinem Raume – wohlan, so läßt die Metapher, indem sie unseren Geist im Fluge von einer Gattung zur anderen trägt, in *einem* Worte mehr als eine Sache erblicken.«

»Aber Metaphern muß man erfinden können, und das ist nichts für einen Bauern wie mich, der auf den Wiesen nie was andres gemacht hat, als auf die Vögel zu schießen ...«

»Du bist ein Edelmann, und wenig fehlt dir, das zu werden, was man in Paris einen Honneste Homme nennt, in den Duellen mit Worten nicht minder gewandt als in denen mit Degen ... Und Metaphern zu bilden und somit die Welt unermeßlich viel mannigfaltiger zu sehen, als sie den Ungebildeten erscheint, ist eine Kunst, die man erlernen kann. Denn, wenn du's wissen willst, in dieser Welt, in der heute alle ganz verrückt nach möglichst vielen wunderbaren Maschinen sind – von denen du einige leider auch hier in dieser Belagerung sehen kannst –, konstruiere auch ich Maschinen, Aristotelische Maschinen, die einem jeden erlauben sollen, durch die Worte zu sehen ...«

In den folgenden Tagen lernte Roberto den Signor della Saletta kennen, der als Verbindungsoffizier zwischen Toiras und den Stadtvätern von Casale fungierte. Toiras hatte sich, wie Roberto gehört hatte, über die Casaler beschwert, auf deren Treue er sich nicht verlassen wolle: »Begreifen sie denn nicht«, hatte er ärgerlich gesagt, »daß Casale sich auch in Friedenszeiten in einer Lage befindet, in der es nicht einmal einen einfachen Fußsoldaten oder einen Korb mit Gemüse hereinlassen kann, ohne die Spanier zu bitten, ihn durchzulassen? So daß es nur unter französischem Schutz sicher sein kann, respektiert zu werden?« Jetzt erfuhr Roberto jedoch von Signor della Saletta, daß Casale sich auch unter den Herzögen von Mantua nicht sehr wohl gefühlt hatte. Es sei immer die Politik der Gonzaga gewesen, die Opposition der Casaler einzudämmen, und seit sechzig Jahren habe die Stadt unter zunehmender Beschneidung ihrer Privilegien gelitten.

»Verstehen Sie, Monsieur de La Grive?« sagte Saletta. »Zuerst mußten wir über zu hohe Steuern klagen, und jetzt tragen wir die Kosten für die Versorgung der Garnison. Wir mögen die Spanier nicht bei uns, aber mögen wir die Franzosen wirklich? Sterben wir für uns oder für sie?«

»Für wen ist dann aber mein Vater gestorben?« hatte Roberto gefragt. Und Signor della Saletta hatte nicht gewußt, was er darauf antworten sollte.

Von den politischen Reden angewidert, war Roberto ein paar Tage später erneut zu Pater Emanuele gegangen. In dem Kloster, wo er wohnte, wies man ihn nicht zu einer Zelle, sondern zu einem Quartier, das ihm unter dem Gewölbe eines stillen Kreuzgangs zugeteilt worden war. Dort traf er ihn im Gespräch mit zwei Edelmännern, von denen der eine sehr prächtig gekleidet war: purpurner Rock mit goldenen Schnüren, Mantilla mit vergoldeten Borten und Pelzfutter, die Weste gesäumt mit einer roten Schärpe und einem Band mit kleinen Steinen. Pater Emanuele stellte ihn als Leutnant Don Gaspar de Salazar vor, doch schon am hochmütigen Ton sowie am Schnitt des Schnurrbarts und der Haare hatte ihn Roberto als einen Edelmann der feindlichen Armee erkannt. Der andere war Signor della Saletta. Für einen Augenblick kam Roberto der Verdacht, in ein Verräternest geraten zu sein, dann begriff er (was auch ich bei dieser Gelegenheit lerne), daß es nach der Etikette der Belagerung gestattet war, einem Repräsentanten der Belagerer freien Zugang zur belagerten Stadt zu gewähren, um Kontakt aufzunehmen und Verhandlungen zu führen, so wie umgekehrt auch Saletta freien Zugang zum Lager Spinolas hatte.

Pater Emanuele sagte, er sei gerade im Begriff, den Besuchern seine Aristotelische Maschine zu zeigen, woraufhin er sie alle drei in einen Raum führte, in dem sich das sonderbarste Möbel befand, das man sich vorstellen kann – und ich bin nicht sicher, ob ich seine Form exakt aus der Beschreibung rekonstruiere, die Roberto seiner Signora davon gibt, denn zweifellos handelte es sich um etwas, das er weder vorher noch nachher jemals gesehen hatte.

Der untere Teil bestand aus einer Kommode, in deren Vorderseite einundachtzig Schubladen eingelassen waren – neun waagrechte Reihen auf neun senkrechte, jede Reihe oben und an der Seite, wie bei einem Schachbrett, beschriftet mit einem Buchstaben in der Abfolge BCDEFGHIK. Oben auf der Kommode stand links ein Lesepult, auf dem ein großes Buch lag, eine aufgeschlagene Handschrift mit kolorierten Initialen. Rechts neben dem Pult befanden sich drei ineinandergesteckte zylinderförmige Walzen von abnehmender Länge und zunehmendem Umfang (wobei die kürzeste die geräumigste war, so daß sie die beiden längeren in sich aufnehmen konnte), die mit einer rechts angebrachten Kurbel so gedreht werden konnten, daß sie sich aufgrund des Trägheitseffektes mit unterschiedlicher Geschwindigkeit je nach ihrer Schwere ineinander drehten. Jede Walze trug am linken Ende die gleichen neun Buchstaben eingraviert, die auch die Schubladen bezeichneten. Es genügte, die Kurbel einmal zu drehen, und die Walzen setzten sich unabhängig voneinander in Bewegung, und wenn sie wieder zum Stillstand gekommen waren, konnte man Triaden von zufällig zusammengestellten Buchstaben lesen, CBD, KFE oder BGH.

Pater Emanuele begann das Prinzip zu erklären, das seine Maschine beherrschte.

»Wie uns Der Philosoph gelehrt hat, ist Ingenium nichts anderes als das Vermögen, die Objecta unter Zehn Kategorien zu durchdringen, als da wären Substantia, Quantitas, Qualitas, Relatio, Actio, Passio, Situs, Tempus, Locus & Habitus. Die Substantiae sind das wahre Subjectum jedes Scharfen Gedankens, und von ihnen müssen sich die Ingeniösen Ähnlichkeiten prädizieren lassen. Welches die Substantiae sind, ist in diesem Buche unter dem Buchstaben A angegeben, und es würde wohl mein ganzes Leben nicht genügen, sie alle vollständig aufzuzählen. Gleichwohl habe ich schon einige Tausend versammelt, die ich den Büchern der Dichter und der Gelehrten entnommen, auch dem bewundernswerten Wörterverzeichnis ›Die Fabrik der Welt‹ von Francesco Alunno. So setzen wir bei den Substantiae unter den Allerhöchsten Gott zunächst die Göttlichen Personen, dann die Ideen, die

Fabelgötter, die größeren, mittleren & kleinen, die Himmlischen Götter, die Götter der Luft, des Meeres, der Erde & der Hölle, die vergöttlichten Heroen, die Engel, die Dämonen, die Irrlichter, den Himmel & die Wandersterne, die Himmelszeichen & die Sternbilder, den Tierkreis, die Zirkel & Sphären, die Elemente, die Dämpfe, die Exhalationen – und ferner, um nicht alles aufzuzählen, die Unterirdischen Feuer & Funken, die Meteore, die Meere, die Flüsse, die Quellen & Seen, die Klippen … Und so weiter durch die Künstlichen Substantiae, mit den Werken einer jeglichen Kunst, als da wären Bücher, Federn, Tinten, Globen, Zirkel, Winkelmaße, Paläste, Tempel & Hütten, Schilde, Schwerter, Trommeln, Gemälde, Pinsel, Statuen, Äxte & Sägen, schließlich die Metaphysischen Substanzen wie die Gattung, die Art, das Eigene & das Zufällige & dergleichen Begriffe mehr.«

Dann wandte er sich den Schubladen seines Möbels zu, zog einige auf und zeigte, daß jede einen Stoß quadratischer Bögen aus sehr dickem Pergament enthielt, wie man es zum Buchbinden verwendet, die in alphabetischer Ordnung gestapelt waren: »Ihr müßt wissen, jede senkrechte Reihe, von B bis K, bezieht sich auf eine der neun anderen Kategorien, & für jede von ihnen enthält jede der neun Schubladen Familien von Membra. Um ein Beispiel zu geben: Bei der Quantitas haben wir die Familie der Massenmenge, deren Membra sind das Kleine, das Große, das Lange, das Kurze; oder die Familie der Zahlenmenge, deren Membra sind Null, Eins, Zwei & cetera oder Viel & Wenig; oder bei der Qualitas haben wir die Familie der Eigenschaften, die zum Sehen gehören, wie Sichtbar, Unsichtbar, Schön, Häßlich, Hell, Dunkel; oder die zum Riechen gehören, wie Wohlgeruch & Gestank; oder zu den Leidenschaften, wie Freude & Trauer. Und so geht es weiter für alle Kategorien. Und da jeder Bogen ein Membrum behandelt, sind darauf alle Dinge verzeichnet, die von diesem Membrum abhängen. Klar?«

Alle nickten bewundernd, und der Pater fuhr fort: »Schlagen wir nun aufs Geratewohl das Große Buch der Substantiae auf und suchen wir uns eine beliebige heraus ... Hier, ein Zwerg. Was können wir von einem Zwerg sagen, bevor wir mit Witz und Scharfsinn reden?«

»Que es pequeño, picoletto, petit«, schlug Don Gaspar de Salazar vor, »y que es feo, häßlich und mißgestaltet, und ridiculo ...«

»Genau«, stimmte Pater Emanuele zu, »aber schon weiß ich nicht, was ich wählen soll, und kann ich sicher sein, daß mir, wenn ich nicht von einem Zwerg hätte reden sollen, sondern, sagen wir, von Korallen, dann auch gleich so charakteristische Züge eingefallen wären? Und außerdem, die Kleinheit hat mit der Quantität zu tun, die Häßlichkeit mit der Qualität, also wo soll ich beginnen? Nein, da halte ich mich lieber an Fortuna, deren Diener meine Zylinder sind. Ich setze sie in Bewegung & erhalte, wie es der Zufall ergibt, die Triade BBB. Das B in der ersten Position ist die Quantitas, das B in der zweiten bringt mich in der Reihe der Quantitas zur Schublade der Masse, und dort, genau am Anfang der unter B aufgeführten Dinge, finde ich den Bogen zum Thema Klein. Und auf diesem Bogen lese ich: Klein ist der Engel, der auf einer Nadelspitze steht, & der Pol als der unbewegliche Punkt auf einer Kugel, & unter den Elementaren Dingen ist klein der Funke, der Wassertropfen & der Steinsplitter & das Atom, aus dem sich, Demokrit zufolge, alle Dinge zusammensetzen; bei den Menschlichen Dingen ist es der Embryo, die Pupille, das Sprungbein; bei den Tierischen die Ameise & der Floh, bei den Pflanzen der Zweig, das Senfkorn & der Brotkrümel; bei den Mathematischen Wissenschaften das Minimum Quod Sic, der Buchstabe I, das in Sedezformat gebundene Buch oder das Quentchen der Gewürzhändler; bei der Architektur der Schrein oder der Zapfen, bei den Fabeln der General-Psychapax der Mäuse im Krieg gegen die Frösche & die bei den Ameisen entstandenen Myrmidonen ... Aber hören wir hier auf, es genügt mir schon zu wissen, daß ich den Zwerg Schrein der Natur, Kinder-Püppchen oder Menschen-Krümel nennen könnte. Und wohlgemerkt, wenn ich die Zylinder ein weiteres Mal drehen würde & zum Beispiel, wie hier, CBF erhielte, würde das C mich auf die Qualitas verweisen, das B auf die Membra in der Schublade über das Sehen & in dieser das F auf das Unsichtbare. Und unter den Unsichtbaren Dingen fände ich, wunderbare Verbindung, das Atom & den Punkt, die mir bereits erlauben würden, meinen Zwerg als Menschen-Atom oder als Karnal-Punkt zu bezeichnen.«

Pater Emanuele drehte seine Zylinder und blätterte in den Schubladen rasch wie ein Spieler, so daß die Metaphern ihm wie durch Zauber einzufallen schienen, ohne daß man die mechanische Mühsal bemerkte, mit der sie erzeugt wurden. Aber er war noch nicht zufrieden.

»Meine Herren«, fuhr er fort, »die Ingeniöse Metapher muß noch viel komplexer sein! Jedes Ding, das ich bisher gefunden habe, muß seinerseits nach den Zehn Kategorien analysiert werden, & wie mein Großes Buch mir erklärt, wenn wir ein Ding in Betracht ziehen müßten, das von der Qualitas abhängt, so müßten wir prüfen, ob es sichtbar ist & seit wann es welche Deformation oder welche Schönheit hat & welche Farbe; welchen Klang, welchen Geruch, welchen Geschmack es hat; ob es fühlbar oder berührbar ist, ob selten oder häufig, warm oder kalt, & von welcher Gestalt es ist, von welcher Passion, Liebe, Kunst, Kenntnis, Gesundheit, Krankheit; & ob es jemals eine Wissenschaft ergeben kann; & diese Fragen nenne ich Particulae. Ich weiß nun, daß unsere erste Kostprobe uns dazu gebracht hat, über die Quantitas zu arbeiten, die unter ihren Membra auch die Kleinheit hat. Ich drehe jetzt die Zylinder ein weiteres Mal & erhalte die Triade BKD. Über den Buchstaben B, von dem wir bereits wissen, daß er sich auf die Quantitas bezieht, erfahre ich aus meinem Buch, daß die erste Particula, die etwas Kleines auszudrücken vermag, die Frage ist, nach welchem Maß man es mißt. Wenn ich nun im Buche nachsehe, worauf sich die Misura oder das Maß bezieht, so werde ich erneut auf die Schublade der Quantitäten verwiesen, unter der Familie der Quantitäten im Allgemeinen. Ich nehme also den Bogen des Maßes & wähle dort, was unter K steht, nämlich das Maß des Geometrischen Fingers. Wohlan, jetzt könnte ich bereits eine recht Scharfsinnige Definition bilden, zum Beispiel: Wollte man jenen Kinder-Säugling oder jenes Menschen-Atom messen, so wäre ein Geometrischer Finger ein Maßloses Maß, was mir viel sagt, indem es der Metapher auch die Hyperbel der Mißgestalt & Lächerlichkeit des Zwerges beifügt.«

»*Quale maraviglia!*« sagte Saletta. »Aber Ihr habt von Eurer zweiten Triade noch nicht den dritten Buchstaben benutzt, das D ...«

»Nichts Geringeres habe ich von Eurem Scharfsinn erwartet, mein Herr«, sagte Pater Emanuele geschmeichelt, »aber Ihr habt tatsächlich den Wunderbarsten Punkt meiner Konstruktion berührt! Genau dieser Buchstabe ist es, der mich weiterbringt (und den ich wegwerfen könnte, wenn er mir lästig geworden wäre oder wenn ich mein Ziel schon erreicht zu haben meinte), denn er erlaubt mir, meine Suche noch einmal von vorn zu beginnen! Dieses D erlaubt mir, den Zyklus der Particulae neu anzufangen & in der Kategorie des Habitus zu suchen (zum Beispiel, welcher Habitus paßt und ob er als Zeichen für etwas dienen kann), um dann von dort aus neu zu beginnen, wie ich es zuvor bei der Quantitas gemacht habe, indem ich die Zylinder weiterdrehe und nur die beiden ersten Buchstaben verwende, um mir den dritten für eine weitere Kostprobe aufzuheben, & so weiter ad infinitum, durch Millionen Möglicher Verbindungen, mögen auch einige scharfsinniger als andere erscheinen, & dann wird es Aufgabe meiner Urteilskraft sein, diejenigen auszuwählen, die am meisten Erstaunen hervorzurufen vermögen. Doch ich will Euch nicht belügen, meine Herren, ich habe nicht zufällig gerade ZWERG gewählt: Gerade erst letzte Nacht hatte ich mich mit großer Gründlichkeit darangemacht, alle Möglichkeiten dieser Substantia herauszuarbeiten.«

Er schwenkte einen Bogen und begann, die Metaphern und Definitionen der Winzigkeit vorzulesen, mit denen er seinen armen Zwerg erdrückte: Männlein, das noch kürzer ist als sein Name; Homunkulusteilchen, neben dem die Staubteilchen, die mit dem Licht durchs Fenster eindringen, groß erscheinen; Körnchen, das mit Millionen seinesgleichen im Hals einer Sanduhr die Stunden anzeigen könnte; Körperbau, bei dem die Füße dem Kopf am nächsten stehen; karnales Segment, das beginnt, wo es endet; Linie, die sich in einem Punkte zusammenballt; Nadelspitze; Subjekt, mit dem man vorsichtig sprechen muß, damit es der Atem nicht weghaucht; Substanz, so klein, daß keine Farbe auf ihr haftet; Körperchen, das nichts mehr und nichts weniger hat als das, was es nie hatte; formlose Materie, stofflose Form, körperloser Körper, reines Vernunftwesen, Erfindung des Geistes, so gewappnet durch ihre Winzigkeit, daß kein Schlag sie je treffen kann, fähig zur Flucht durch jede Ritze und imstande, sich ein ganzes Jahr lang von einem einzigen Gerstenkorn zu ernähren; Wesen, so komprimiert, daß man nie weiß, ob es sitzt oder liegt oder steht, und das in einem Schneckenhaus zu ertrinken vermag, Samenkorn, Senffünkchen, I-Punkt, mathematisch Unteilbares, arithmetische Null ...

Und er hätte noch lange so weitergemacht, hätten die Zuhörer ihn nicht mit einem Applaus unterbrochen.

10

REFORMIERTE
LAND- UND GEWÄSSERKUNDE

Roberto verstand jetzt, daß Pater Emanuele im Grunde so vorging, als ob er ein Anhänger Demokrits und Epikurs wäre: Er akkumulierte Atome von Sinnfiguren und setzte sie in verschiedener Weise zusammen, um daraus vielerlei Gegenstände zu bilden. Und wie der Kanonikus von Digne die Ansicht vertreten hatte, daß eine aus Atomen gemachte Welt nicht im Gegensatz zur Idee einer Gottheit stand, die diese Atome nach Maßgabe der Vernunft zusammenfügte, so akzeptierte Pater Emanuele aus jener Staubwolke von Sinnfiguren nur die wirklich geistvollen Bilder. Vielleicht wäre er genauso vorgegangen, wenn er sich aufs Erfinden von Theaterszenen verlegt hätte: Ziehen nicht die Stückeschreiber unwahrscheinliche Ereignisse voller Geist und Witz aus Kombinationen von zwar wahrscheinlichen, aber witzlosen Dingen, um uns mit unerwarteten Handlungseffekten zu ergötzen?

Aber wenn dem so war, lag dann nicht bloß jenes Zusammentreffen von Umständen vor, das sowohl seinen Schiffbruch wie seine gegenwärtige Lage auf der *Daphne* verursacht hatte? Während jedes winzige Vorkommnis wahrscheinlich war – der Modergeruch und das leise Knarzen der Schiffsplanken ebenso wie der frische Duft der Pflanzen und das Gezwitscher der Vögel –, erzeugte alles zusammen den Eindruck einer Präsenz, der vielleicht nichts anderes war als der Effekt einer bloß vom Geist wahrgenommenen Phantasmagorie, ganz so wie das Lachen der Wiesen und die Tränen des Taus? Demnach wäre das Phantasma eines verborgenen Eindringlings nur die Kombination von Handlungsatomen, ganz so wie das des verschollenen Bruders, beide geformt aus Teilen seiner eigenen Gesichtszüge und seiner Wünsche oder Gedanken.

Und als Roberto nun erste Tropfen eines leichten Regens an die Fenster klopfen hörte, der die Mittagshitze ein wenig abkühlen ließ, sagte er sich: Natürlich ist es so, *ich* bin der Eindringling auf diesem Schiff und nicht der andere, *ich* störe hier die Stille mit meinen Schritten, und deshalb, gleichsam aus Angst, das Heiligtum eines anderen verletzt zu haben, habe ich mir ein anderes Ich konstruiert, das hier zwischen denselben Wänden umhergeht. Welchen Beweis habe ich denn, daß jener Andere existiert? Ein paar Wassertropfen auf ein paar Blättern? Könnte es nicht in der letzten Nacht geregnet haben, so wie jetzt, sei's auch nur wenig? Die Körner? Könnten die Vögel nicht die schon vorhandenen Körner so zusammengescharrt haben, daß ich dachte, jemand habe neue hingeschüttet? Das Fehlen der Eier? Wo ich doch gestern selber gesehen habe, wie ein Falke eine Fliegende Maus verschlang! Ich bevölkere in Gedanken einen Kielraum, den ich noch gar nicht aufgesucht habe, und das tue ich vielleicht nur, um mich zu beruhigen, da mich der Gedanke erschreckt, hier mutterseelenallein und verlassen zwischen Himmel und Meer zu sein. Mein lieber Roberto de La Grive – sagte er sich –, du bist hier allein, und du könntest es bleiben bis ans Ende deiner Tage, und es könnte auch sein, daß dieses Ende gar nicht mehr fern ist: Die Vorräte an Bord sind zwar reichlich, aber für Wochen, nicht für Monate. Also geh lieber rasch hin und stell Gefäße auf, um soviel Regenwasser wie möglich aufzufangen, und lerne, vom Schiff aus Fische zu fangen, auch in der glühenden Sonne. Und eines Tages, früher oder später, wirst du auch einen Weg finden müssen, auf die Insel zu gelangen, um dort als ihr einziger Bewohner zu leben. *Das* ist es, woran du denken solltest, nicht an Geschichten von verborgenen Eindringlingen und bösen Brüdern ...

So hatte Roberto sich aufgemacht, um Eimer und leere Fässer zusammenzusuchen und sie auf dem Achterdeck zu verteilen. Das durch die Wolken gefilterte Licht war erträglich gewesen, doch er hatte bei der Arbeit gemerkt, daß er noch ziemlich schwach war. Trotzdem war er nochmals hinuntergestiegen, um den Vögeln Wasser und Körner zu geben (vielleicht, damit kein anderer sich versucht fühlte, es an seiner Stelle zu tun), hatte abermals darauf verzichtet, noch weiter in den Schiffsbauch hinunterzusteigen, war zurückgegangen und hatte einige Stunden im Liegen verbracht, während der Regen weiter an die Scheiben klatschte. Ein paar Windstöße kamen auf, und zum erstenmal wurde Roberto bewußt, daß er sich auf einem schwimmenden Körper befand, der sich jetzt wie eine Wiege bewegte, während ein Schlagen von Türen die ausladende Masse dieses hölzernen Mutterschoßes belebte.

Er fand Gefallen an dieser letzten Metapher und fragte sich, wie wohl Pater Emanuele das Schiff als Quelle für Enigmatische Wahlsprüche gelesen hätte. Dann dachte er an die Insel und definierte sie als Unerreichbare Nähe. Der schöne Begriff demonstrierte ihm, zum zweiten Male an jenem Tage, die Unähnliche Ähnlichkeit zwischen der Insel und der Signora, und er blieb wach bis in die Nacht, um ihr zu schreiben, was ich in diesem Kapitel zu entziffern versucht habe.

Die *Daphne* stampfte und rollte die ganze Nacht lang, und erst gegen Morgen legte sich ihre Bewegung, zusammen mit jener der Wellen. Roberto sah aus dem Fenster die Zeichen einer kühlen, aber klaren Morgendämmerung. Er dachte an jene »Hyperbel der Augen«, die er sich am Vortag in Erinnerung gerufen hatte, und sagte sich, daß er die Küste ja auch mit dem Fernrohr betrachten könnte, das er in der Kajüte nebenan gesehen hatte: Die Abschirmung der Linse und das begrenzte Gesichtsfeld würden das Sonnenlicht ausreichend dämpfen.

Er stützte also das Instrument auf die Kante eines Fensters zur Galerie und fixierte kühn die äußeren Ränder der Bucht. Die Insel erschien klar und deutlich, der Gipfel zerzaust von ein paar Wollflocken. Wie er auf der *Amarilli* gelernt hatte, halten die Inseln des Ozeans die Feuchtigkeit aus den Passatwinden fest und verdichten sie zu nebligen Flocken, so daß die Seefahrer oft die Nähe eines Landes, noch bevor sie die Küste sehen, an den Dunstschleiern erkennen, die über ihm stehen, als ob sie in ihm verankert wären.

Von den Passatwinden hatte ihm Doktor Byrd erzählt – der sie *trade-winds* nannte, während die Franzosen *alisées* sagten: Es gibt auf jenen Meeren die großen Winde, die über die Hurrikane und die Flauten gebieten, doch mit denen scherzen die Passatwinde, die kapriziöse Winde sind, weshalb die Seekarten ihr Umherschweifen als einen Tanz von Kurven und Strömungen, von närrischen Kringeln und graziösen Verirrungen zeigen. Sie drängen sich in den Lauf der größeren Winde ein und bringen ihn durcheinander, durchqueren ihn und flechten eigne Läufe hinein. Sie sind Eidechsen, die auf unvorhergesehenen Pfaden huschen, sie stoßen miteinander zusammen oder weichen einander aus, als gälten im Meer des Entgegengesetzten nur die Regeln der Kunst und nicht die der Natur. Von den künstlichen Dingen haben sie die Natur, und ihre Form nehmen sie weniger von den harmonischen Ausformungen der natürlichen Dinge, wie dem Schnee oder den Kristallen, als von jenen Voluten, welche die Architekten den Kuppeln und Kapitellen aufgeprägt haben.

Daß dies ein Meer der Künstlichkeit war, hatte Roberto schon lange geargwöhnt, und das erklärte ihm, warum die Kosmographen sich hier unten immer widernatürliche Wesen vorgestellt hatten, die kopfunten gingen.

Gewiß konnten es nicht jene Künstler gewesen sein, die an den europäischen Höfen Grotten erbauten, in denen die Wände mit Lapislazuli inkrustiert waren und die Fontänen von verborgenen Pumpen angetrieben wurden, welche die Natur zur Erfindung der Länder dieser Meere inspiriert hatten; sowenig wie es die Natur des Unbekannten Pols gewesen sein konnte, die jene Künstler inspiriert hatte. Es ist vielmehr so, sagte sich Roberto, daß sowohl die Kunst wie auch die

Natur gerne Experimente machen, und nichts anderes tun auch die Atome, wenn sie sich bald so, bald anders zusammenballen. Gibt es ein kunstvoller konstruiertes Wunder als die Schildkröte, Werk eines Goldschmieds vor Tausenden und Abertausenden von Jahren, geduldig niellierter Achillesschild, der eine vierfüßige Schlange umfängt?

Bei uns, sagte sich Roberto, hat alles, was pflanzliches Leben ist, die Zartheit des Blattes mit seiner Äderung und der Blüte, die den Zeitraum eines Vormittags dauert, während hier das Pflanzliche ledern zu sein scheint, dicke und ölige Materie, Schuppe als Schutz gegen die Strahlen einer rasenden Sonne. Jedes Blatt – in dieser Weltgegend, wo die wilden Einwohner sicher noch nicht die Kunst der Metall- und Tonbearbeitung kennen – könnte ein Werkzeug werden, Klinge, Schale, Spatel, und die Blütenblätter sind wie lackiert. Alles Pflanzliche hier ist stark, während alles Tierische überaus schwach ist, nach den Vögeln zu urteilen, die ich gesehen habe, Gespinste aus buntem Glas, während tierisch bei uns die Kraft des Pferdes ist oder die dumpfe Robustheit des Ochsen ...

Und die Früchte? Bei uns kennzeichnet die Fleischfarbe des Apfels mit ihrem gesunden Ton seinen angenehmen Geschmack, während die fahle Bläue des Pilzes uns seine Giftigkeit offenbart. Hier hingegen, ich habe es gestern gesehen, aber auch schon auf der Reise mit der *Amarilli*, herrscht das neckische Spiel des Gegenteils: Das Totenweiß einer Frucht garantiert lebhafteste Süße, während die knackigsten Früchte tödliche Säfte absondern können.

Mit dem Fernrohr suchte er die Küste ab und entdeckte zwischen Land und Meer jene Kletterwurzeln, die in den offenen Himmel zu springen schienen, und Bündel von länglichen Früchten, die ihre sicherlich saftige Reife dadurch offenbarten, daß sie wie unreife Beeren aussahen. Auf anderen Palmen erkannte er Kokosnüsse, die gelb wie sommerliche Melonen waren, und er wußte, daß sie ihre Reife feiern würden, indem sie sich grau wie tote Erde färbten.

Um also in diesem irdischen Jenseits zu leben – hätte er sich erinnern müssen, wenn er mit der Natur hätte ins reine kommen wollen –, mußte man das Gegenteil dessen tun, was einem die Instinkte rieten, da die Instinkte wahrscheinlich eine Entdeckung der ersten Riesen waren, die sich an die Natur auf der anderen Seite des Planeten anzupassen versuchten und im Glauben, daß die natürlichste Natur diejenige sei, an die sie sich gerade anpaßten, sie naturgemäß als eine dachten, die entstanden sei, um sich ihnen anzupassen. Deswegen glaubten sie, daß die Sonne so klein sei, wie sie ihnen erschien, und riesig gewisse Grasstengel, die sie mit den Augen auf Bodenhöhe betrachteten.

Bei den Antipoden zu leben hieß demnach, die Instinkte neuzuschaffen, aus Wunderbarem Natur und aus Natur Wunderbares machen zu können, zu entdecken, wie instabil die Welt ist, die in der einen Hemisphäre bestimmten Gesetzen gehorcht und in der anderen den entgegengesetzten.

Er vernahm erneut das Erwachen der Vögel auf der Insel und bemerkte – anders als am ersten Tag –, wie kunstvoll jene Gesänge klangen, verglichen mit dem Gezwitscher in seiner Heimat: Es war ein Kollern, Glucksen, Pfeifen, Rascheln, ein Schnalzen und Jaulen, ein Knallen wie von gedämpften Böllerschüssen, ein Picken und Hämmern in ganzen chromatischen Skalen, und dazwischen hörte man etwas wie ein Quaken von Fröschen, die dort zwischen den Blättern der Bäume hockten, vertieft in homerisches Palaver.

Mit dem Fernrohr entdeckte er fliegende Spindeln, flaumige Kügelchen, schwarze oder graue Blitze, die sich von höheren Bäumen zur Erde stürzten mit dem Wahnsinn eines Ikarus, der sein eignes Verderben beschleunigen will. Auf einmal schien ihm sogar, daß ein Baum, vielleicht ein chinesischer Orangenbaum, eine seiner Früchte in den Himmel schoß, eine gelbrote Flamme, die im Nu aus dem runden Auge des Fernrohrs entschwand. Er sagte sich, daß es wohl ein Reflex auf der Linse gewesen sein mußte, und dachte nicht mehr daran, jedenfalls glaubte er das. Wir werden später sehen, daß, was unmerkliche Gedanken angeht, Saint-Savin recht hatte.

Roberto dachte daran, daß jene Vögel von unnatürlicher Natur das Emblem der Pariser Gesellschaften waren, die er vor vielen Monaten verlassen hatte: In dieser Welt ohne Menschen, in der die Vögel wenn nicht die einzigen Lebewesen, so doch die einzigen sprechenden Wesen waren, fühlte er sich wie in jenem Pariser Salon, in dem ihm damals bei seinem ersten Eintritt nur ein undeutliches Schwatzen in fremder Sprache entgegengeschlagen war, von dem er schüchtern nur den Tonfall erfaßt hatte – auch wenn er das dazugehörige Wissen am Ende recht gut gelernt haben mußte, sonst hätte er sich nicht so kenntnisreich darüber auslassen können, wie er es jetzt tat. Doch eingedenk, daß er dort die Signora getroffen hatte – und daß also, wenn es einen allerhöchsten Ort gab, es jener war und nicht dieser hier –, kam er zu dem Schluß, daß nicht dort die Vögel der Insel imitiert wurden, sondern daß hier auf der Insel die Tiere versuchten, jener sehr menschlichen Sprache der Vögel gleichzukommen.

An die Signora denkend und an ihr Fernsein, das er am ersten Tag mit der unerreichbaren Ferne des Landes im Westen verglichen hatte, wandte er sich wieder der Insel zu, von der ihm das Fernrohr nur kleine blasse Ausschnitte zeigte, aber so, wie es bei den Bildern in jenen konvexen Spiegeln vorkommt, die einem, obwohl sie nur eine Seite eines kleinen Zimmers spiegeln, einen unendlichen kugelförmigen Kosmos vorgaukeln.

Wie würde ihm die Insel vorkommen, wenn er sie eines Tages betreten würde? Nach der Bühne zu urteilen, die er von seiner Loge aus sah, und nach den Specimen, die er im Unterdeck vorgefunden hatte, war sie vielleicht jener Garten Eden, in dessen Bächen Milch und Honig fließen, inmitten eines Überflusses von Früchten und sanftmütigen Tieren? Was sonst suchten auf jenen Inseln der Südsee die kühnen Seefahrer, die sich zu ihnen aufmachten, ungeachtet der Stürme eines alles andere als Stillen Ozeans? War's nicht dies, was der Kardinal gewollt hatte, als er ihn ausschickte, das Geheimnis der *Amarilli* zu entdecken: die Möglichkeit, Frankreichs Lilien auf eine Terra Incognita zu bringen, die endlich wieder jungfräuliche Gefilde bot, weder berührt von der Sünde Babels noch von der Sintflut, noch vom Sündenfall Adams? Loyal mußten die dort lebenden Menschen sein, dunkelhäutig, aber reinen Herzens, und unbekümmert um die Berge von Gold und die Balsamgewächse, deren nachlässige Hüter sie waren.

Doch wenn dem so war, hieß es dann nicht, den Fehltritt des ersten Sünders wiederholen, wenn Roberto die Jungfräulichkeit der Insel verletzen wollte? Vielleicht hatte die Vorsehung sie ja zu Recht als keusche Zeugin einer Schönheit gewollt, die er nie würde stören dürfen. War nicht gerade dies der Ausdruck vollkommenster Liebe, wie er sie seiner Signora gestand: von weitem zu lieben, unter Verzicht auf den Stolz des Besitzens? Ist es Liebe, was nach Eroberung strebt? Wenn ihm die Insel eins mit dem Objekt seiner Liebe erscheinen sollte, schuldete er ihr die gleiche Zurückhaltung, die er bei jenem gewahrt hatte. Selbst die rasende Eifersucht, die er jedesmal verspürt hatte, wenn er fürchtete, das Auge eines anderen habe jenes Sanktuar des Widerstrebens bedroht, war nicht als Beanspruchung eines ihm eigenen Rechts zu verstehen, sondern als Negation des Rechts aller, eine Pflicht, die seine Liebe ihm als dem Hüter jenes Grals auferlegte. Und zur selben Keuschheit mußte er sich auch gegenüber der Insel verpflichtet fühlen, die er, je verheißungsvoller sie ihm erschien, desto weniger würde berühren dürfen. Fern der Signora und fern der Insel, würde er von beiden nur *sprechen* dürfen, da er sie unbefleckt haben wollte, damit sie unbefleckt bleiben konnten, nur berührt von den Liebkosungen der Elemente. Wenn es dort eine Schönheit gab, war ihr einziger Zweck, zwecklos zu bleiben.

Aber war die Insel, die er sah, wirklich so? Was ermutigte ihn zu dieser Auslegung ihrer Hieroglyphe? Man wußte doch, daß auf diesen Inseln, deren Lage die Karten nur ungenau angaben, schon seit den ersten Entdeckungsreisen die Meuterer ausgesetzt worden waren, denen sie dann zu Gefängnissen mit Gittern aus Luft wurden, in denen die Gefangenen ihre eigenen Wärter waren, immer darauf bedacht, sich gegenseitig zu strafen. Nicht die Insel zu betreten, um ihr Geheimnis nicht aufzudecken, war also keine Pflicht, sondern das Recht, vor einem Schrecken ohne Ende zu fliehen.

Oder nein, die einzige Realität der Insel war, daß in ihrer Mitte der Baum des Vergessens stand, dessen Früchte, einladend mit ihren zarten Farben, ihm endlich Frieden gewähren würden.

Vergessen, das war's: alles aus dem Gedächtnis tilgen. So verbrachte Roberto den Tag, scheinbar untätig, doch höchst aktiv im Bemühen, Tabula rasa zu werden. Und wie es geschieht, wenn man sich bemüht zu vergessen, je mehr er sich bemühte, desto lebhafter regte sich sein Gedächtnis.

Er versuchte es mit allen Methoden, von denen er gehört hatte. Er stellte sich vor, er wäre in einem Raum voller Gegenstände, die ihn an etwas erinnerten, der Schleier seiner Dame, die Papiere, auf denen er sich ihr Bild vergegenwärtigt hatte, indem er ihre Abwesenheit beklagte, die Möbel und Tapisserien des Palastes, in dem er sie kennengelernt hatte, und er stellte sich vor, wie er all diese Dinge der Reihe nach aus dem Fenster warf, bis der Raum (und mit ihm sein Gedächtnis) nackt und leer war. Er vollführte Riesenanstrengungen, um mannshohe Vasen, Schränke, Sessel und Ritterrüstungen ans Fensterbrett zu schleppen, doch es half nichts, je länger er sich in diese Arbeit vertiefte, desto mehr vervielfachte sich die Gestalt der Signora und verfolgte seine Bemühungen aus verschiedenen Ecken mit einem maliziösen Lächeln.

So verbrachte er den ganzen Tag damit, Gerätschaften herumzuschleppen, und nichts hatte er vergessen. Im Gegenteil. Er dachte an seine Vergangenheit, indem er die Augen auf die einzige Szene fixierte, die er vor sich hatte, nämlich die der *Daphne*, und die *Daphne* verwandelte sich in ein Theater der

Erinnerung, wie man es zu seiner Zeit konzipierte, ein Theater, in dem ihn jede Einzelheit an eine frühere oder spätere Episode seiner Geschichte erinnerte: der Bugspriet an seine Ankunft nach dem Schiffbruch, als er begriffen hatte, daß er die Geliebte nie wiedersehen würde; die gerafften Segel, bei deren Anblick er lange von ihr geträumt hatte, *Sie verloren, Sie verloren*; die Galerie, von der aus er die ferne Insel erkundet hatte, die Ferne *von Ihr* ... Aber er hatte so oft an die Geliebte gedacht, daß ihm, solange er hier bleiben würde, jeder Winkel seines schwimmenden Hauses, Moment für Moment, an all das erinnern würde, was er vergessen wollte.

Daß dem wirklich so war, merkte er, als er aufs Deck hinaustrat, um sich vom Wind ablenken zu lassen. Dies hier war sein Wald, in den er ging, wie die unglücklich Liebenden in den Wald gehen; hier hatte er seine künstliche Natur, die Pflanzen gehobelt von Zimmerleuten aus Antwerpen, die Flüsse aus grobem, im Winde flatterndem Segeltuch, die Grotten kalfatert, die Sterne auf Astrolabien. Und wie der Liebende, wenn er an einen Ort seiner Liebe zurückkehrt, die Geliebte in jeder Blume wiedererkennt, in jedem Blätterrascheln und jedem Pfad, so wäre Roberto jetzt am liebsten vor Liebe gestorben, indem er die Mündung einer Kanone liebkoste ...

Besingen die Dichter nicht ihre Damen, indem sie ihre Rubin-Lippen, ihre Kohlen-Augen, ihren marmornen Busen, ihr diamantenes Herz besingen? Wohlan, auch er würde von nun an – gefangen in jener Mine nunmehr fossiler Tannen – nur noch mineralische Leidenschaften haben, als messingberingte Taue würden ihm ihre Locken erscheinen, als Glanz von Beschlägen ihre vergessenen Augen, als Folge von Speigatts ihre von duftendem Speichel triefenden Zähne, als Ankerwinde ihr mit hanfenen Ketten geschmückter Hals, und er würde Frieden finden in der Vorstellung, das Werk eines Automatenbauers geliebt zu haben.

Dann reute ihn seine Härte, mit der er sich ihre Härte vorgestellt hatte, er sagte sich, daß sein Begehren, wenn er ihre

Züge Stein werden ließ, versteinerte – während er es doch lebendig und ungestillt haben wollte –, und da es inzwischen Abend geworden war, hob er die Augen zur weiten Mulde des Himmels, die mit unentzifferbaren Konstellationen gepunktet war. Nur beim Betrachten von Himmelskörpern würde er die himmlischen Gedanken denken können, die sich für den gehören, der durch himmlischen Ratschluß dazu verurteilt ist, das himmlischste aller menschlichen Geschöpfe zu lieben.

Das Nachtgestirn, das weiß die Wälder und silbern die Felder beglänzt, war noch nicht aufgegangen über der Insel, deren Gipfel noch schwarz verhängt war, aber der übrige Himmel hatte sich schon entzündet, und im äußersten Südwesten, fast auf der Wasserlinie weit hinter dem großen Landstrich, erhob sich ein Klümpchen von Lichtern, das zu erkennen Roberto von Doktor Byrd gelernt hatte: das Kreuz des Südens. Und von einem vergessenen Dichter, von dem ihn sein Karmelitischer Hauslehrer in La Griva einige Verse hatte auswendig lernen lassen, erinnerte er sich an eine Vision, die ihn in seiner Kindheit begeistert hatte: die Vision eines Pilgers, der durch die unterirdischen Reiche des Jenseits gewandert war und, als er auf der anderen Seite des Globus genau an diesem unbekannten Erdstrich herauskam, eben jene vier Sterne erblickte, die noch niemals zuvor erblickt worden waren außer von den ersten (und letzten) Bewohnern des Irdischen Paradieses.

II

Die Kunst der Weltklugheit

Sah er sie, weil er seinen Schiffbruch wirklich an den Grenzen des Gartens Eden erlitten hatte, oder weil er aus dem Bauch des Schiffes wie aus einem Höllenschlund aufgetaucht war? Vielleicht beides. Dieser Schiffbruch, durch den er sich mit dem Schauspiel einer anderen Natur konfrontiert sah, hatte ihn aus der Hölle jener Welt gerettet, in die er gelangt war, als er in Casale die Illusionen seiner Kindheit verlor.

Dort war es noch gewesen, wo ihm, nach seinen ersten Einblicken in die Geschichte als Ort zahlloser Launen und undurchschaubarer Ränke der Staatsräson, Saint-Savin zu verstehen gegeben hatte, daß die Große Maschine der Welt sehr unzuverlässig war, geplagt von den Boshaftigkeiten des Zufalls. In wenigen Tagen war sein Jugendtraum von den Großen Taten verflogen, und bei Pater Emanuele hatte er gelernt, daß es galt, sich für die Großen Worte zu ereifern – und daß man ein Leben damit verbringen kann, nicht einen Riesen zu bekämpfen, sondern einen Zwerg auf tausenderlei Art zu benennen.

Nach dem Besuch im Kloster hatte er sich, um noch ein wenig zu plaudern, Herrn della Saletta angeschlossen, der seinerseits Herrn de Salazar ans Tor begleitete, und so gingen sie zu dritt ein Stückweit über die Bastionen.

Die beiden Herren waren voll des Lobes für Pater Emanueles Metaphern-Maschine, und Roberto fragte naiv, was soviel Wissenschaft bringen könne, um das Schicksal einer Belagerung zu entscheiden.

Herr de Salazar lachte. »Junger Freund«, sagte er, »wir alle sind hier bemüht, und zwar auf Wunsch verschiedener Monarchen, daß dieser Krieg nach Recht und Ehre ausgehe. Doch wir haben nicht mehr die Zeiten, in denen man den Lauf der Sterne mit dem Schwert ändern konnte. Vorbei ist die Zeit, da der Adel die Könige schuf; heute sind es die Könige, die den Adel erschaffen. Einst war das Leben am Hofe ein Warten auf den Moment, da der Edelmann sich als solcher im Krieg erweisen konnte. Heute sind all die Edelmänner, die Ihr dort seht«, und er deutete auf die Zelte der Spanier, »und die Ihr hier seht«, und er deutete auf die Unterkünfte der Franzosen, »in diesem Krieg nur, um heimkehren zu können an ihren natürlichen Ort, und der ist der Hof, und am Hofe, mein Freund, wetteifert man nicht mehr, um dem König an Tugend gleichzukommen, sondern um seine Gunst zu gewinnen. Heutzutage gibt es in Madrid Edelmänner, die ihren Degen noch nie gezogen haben, und sie entfernen sich nie aus der Stadt, denn wenn sie es täten, ließen sie sie, während sie selbst sich auf dem Feld der Ehre mit Staub bedeckten, in den Händen reicher Bürger und eines Amtsadels, den heutzutage auch ein Monarch in hoher Wertschätzung hält. Dem Krieger bleibt nichts anderes mehr übrig, als die Tapferkeit aufzugeben und der Weltklugheit zu folgen.«

»Der Weltklugheit?« fragte Roberto.

Salazar forderte ihn auf, in die Ebene hinunterzuschauen. Die beiden Parteien waren in träge Scharmützel verwickelt, da und dort sah man Staubwolken aufsteigen an den Mündungen der Minengänge, wo die Kanonenkugeln einschlugen. Im Nordwesten schoben die Kaiserlichen eine sogenannte Schirmwand voran: einen robusten Wagen, an den Seiten mit Sicheln versehen und vorn mit einer Wand aus Eichenplanken, gepanzert mit pickelbeschlagenen Eisenbändern. Durch Schießscharten in dieser Wand ragten die Läufe von Büchsen, Feldschlangen und Arkebusen, und an den Seiten konnte man die auf dem Wagen verschanzten Landsknechte sehen. Vorne von Rohren starrend, an den Seiten von

Klingen, und dazu kettenrasselnd, fauchte die Maschine ab und zu Feuerstöße aus einer ihrer Kehlen. Sicher hatten die Belagerer nicht vor, sie sofort einzusetzen, denn es war eine Kriegsmaschine, die erst vor die Mauern gebracht werden mußte, wenn die Minen ihre Arbeit getan hatten, aber ebenso sicher wurde sie dort zur Schau gestellt, um die Belagerten zu erschrecken.

»Seht Ihr«, sagte Salazar, »der Krieg wird durch Maschinen entschieden werden, seien es Sichelwagen oder Minengänge. Einige unserer tapferen Kameraden, auf beiden Seiten, werden ihre Brust noch dem Gegner darbieten, aber wenn sie dabei nicht versehentlich sterben, werden sie es nicht getan haben, um zu siegen, sondern um Reputation zu gewinnen, die sie dann am Hofe verwenden können. Die Tapfersten unter ihnen werden klug genug sein, aufsehenerregende Unternehmungen zu wählen, aber nicht ohne das Verhältnis zwischen Risiko und Gewinnchance nüchtern zu kalkulieren ...«

»Mein Vater ...«, begann Roberto als Hinterbliebener eines Helden, der nie und nichts kalkuliert hatte. Salazar unterbrach ihn: »Euer Vater war genau ein Mann der vergangenen Zeiten. Glaubt nicht, daß ich ihnen nicht nachtrauere, aber kann es noch der Mühe wert sein, eine kühne Tat zu vollbringen, wenn man später mehr von einem schönen Rückzug als von einem mutigen Angriff sprechen wird? Habt Ihr nicht eben erst eine Kriegsmaschine gesehen, die bereitsteht, den Ausgang dieser Belagerung durchschlagender zu entscheiden, als es früher die Schwerter vermochten? Und ist es nicht schon viele Jahre her, daß die Schwerter den Arkebusen Platz gemacht haben? Gewiß, wir tragen noch den Brustharnisch, aber jeder Pikaro kann in einem Tag lernen, den Harnisch des großen Baiardo zu durchstoßen.«

»Aber was ist dann dem Edelmann noch geblieben?«

»Die Weisheit, die klug abwägende Überlegung, Signor de La Grive. Der Erfolg hat nicht mehr die Farbe der Sonne, aber er wächst im Lichte des Mondes, und niemand hat je gesagt, daß dieses zweite Himmelslicht dem Schöpfer aller Dinge unlieb wäre. Selbst Jesus hat abgewogen, nachts im Garten Gethsemane.«

»Aber dann hat er eine Entscheidung nach der heroischsten aller Tugenden getroffen, und ohne Weltklugheit ...«

»Aber wir sind nicht der Erstgeborene des Ewigen, wir sind die Kinder des Säkulums. Wenn diese Belagerung vorbei ist und Ihr nicht durch eine Maschine ums Leben gekommen seid, was werdet Ihr dann tun, Signor de La Grive? Werdet Ihr vielleicht auf Euer Land zurückkehren, wo Euch niemand Gelegenheit geben wird, Euch als Eures Vaters würdig zu erweisen? Seit wenigen Tagen erst bewegt Ihr Euch zwischen Pariser Herren, und doch zeigt Ihr Euch bereits überwältigt von ihren Sitten. Ihr werdet Euer Glück in der großen Stadt suchen wollen, aber seid Euch darüber im klaren: dort werdet Ihr jenen Nimbus von Stolz einsetzen müssen, den Euch die lange Untätigkeit in diesen Mauern gewährt haben wird. Auch Ihr werdet nach dem Glück streben, und Ihr werdet geschickt sein müssen, um es zu bekommen. Wenn Ihr hier gelernt habt, einer Musketenkugel auszuweichen, werdet Ihr dort lernen müssen, dem Neid, der Eifersucht und der Habgier auszuweichen, indem Ihr die gleichen Waffen benutzt wie Eure Gegner, das heißt wie alle. Also hört mir zu. Vorhin habt Ihr mich unterbrochen und mir gesagt, was Ihr denkt, und im Ton einer Frage habt Ihr mir bedeuten wollen, daß ich mich irrte. Tut das nie wieder, schon gar nicht, wenn Ihr mit Mächtigen redet. Es mag Euch ankommen, im Vertrauen auf Eure Überzeugungskraft und im Gefühl, die Wahrheit bezeugen zu müssen, einem Höhergestellten einen guten Rat zu geben. Tut das nie. Jeder Sieg erzeugt Haß im Besiegten, aber den eigenen Herrn besiegen zu wollen ist entweder dumm oder zeugt von tragischer Blindheit. Die Fürsten wollen, daß man ihnen hilft, aber nicht, daß man sie übertrifft. Doch seid auch klug im Umgang mit Euresgleichen. Demütigt sie nicht mit Euren Tugenden. Sprecht nie von Euch selbst, denn entweder Ihr würdet Euch loben, was eitel wäre, oder Ihr würdet Euch schmähen, was dumm wäre. Laßt lieber zu, daß die andern ein paar verzeihliche Fehler bei Euch entdecken, an denen ihr Neid sich dann gütlich tun kann, ohne Euch zu sehr zu schaden. Ihr müßt viel sein und manchmal wenig scheinen. Der Strauß ist nicht bestrebt, sich in die Luft zu erheben, um sich einem beispielhaften Fall auszusetzen: Er gibt die Schönheit seiner Federn nur nach und nach preis. Und vor allem, wenn Ihr je Leidenschaften habt, zeigt sie niemals, so nobel sie Euch auch erscheinen mögen. Man darf nicht jeden in sein Herz blicken lassen. Ein kluges und vorsichtiges Schweigen ist das Gefäß der Weisheit.«

»Aber mein Herr, damit sagt Ihr mir doch, die erste Pflicht eines Edelmannes sei, simulieren zu lernen!«

Lächelnd griff Signor della Saletta ein: »Lieber Roberto, Señor de Salazar sagt nicht, daß der Weise simulieren müsse. Im Gegenteil, er legt Euch vielmehr nahe, wenn ich ihn recht verstanden habe, daß der Weise lernen sollte zu dissimulieren, im Sinne von sich verstellen, sich nichts anmerken lassen. Man simuliert, was man nicht ist, man dissimuliert oder verhehlt, was man ist. Wenn Ihr Euch einer Tat rühmt, die Ihr nicht getan habt, seid Ihr ein Simulant. Wenn Ihr aber vermeidet, ohne es durchblicken zu lassen, Eure Taten restlos offenzulegen, dann dissimuliert Ihr. Es ist Tugend über der Tugend, die Tugend zu dissimulieren. Herr de Salazar lehrt Euch, auf eine kluge Art tugendhaft zu sein oder tugendhaft nach Maßgabe der Klugheit. Als der erste Mensch die Augen auftat und erkannte, daß er nackt war, verbarg er sich sogar vor dem Blick seines Schöpfers: So entstand die Sorgfalt im Verbergen fast gleichzeitig mit der Welt. Dissimulieren heißt einen Schleier aus ehrlicher Dunkelheit ausbreiten, hinter dem man nicht das Falsche formt, sondern dem Wahren ein wenig Ruhe gibt. Die Rose erscheint uns schön, weil sie uns auf den ersten Blick verhehlt, daß sie so hinfällig ist, und obwohl man von sterblicher Schönheit gewöhnlich sagt, daß sie überirdisch sei, ist sie doch nichts anderes als ein Kadaver, den die Gunst des Alters noch verhüllt. Man darf in diesem Leben nicht immer offenherzig sein, und die Wahrheiten, die uns am meisten bedeuten, dürfen immer nur halb gesagt werden. Dissimulierung ist nicht Betrug. Sie ist eine Technik, die Dinge nicht so sehen zu lassen, wie sie sind. Und sie ist eine schwierige Technik: Um darin trefflich zu sein, dürfen die anderen unsere Trefflichkeit nicht bemerken. Wenn jemand berühmt würde für seine Fähigkeit, sich zu verstellen, wie die Schauspieler, so wüßten alle, daß er nicht ist, was er zu sein vorgibt. Aber von trefflichen Dissimulanten, die es durchaus gegeben hat und gibt, hört man nichts.«

»Und wohlgemerkt«, fügte Herr de Salazar hinzu, »dissimulieren heißt nicht stumm bleiben wie ein Ochse. Im Gegenteil. Ihr müßt lernen, mit spitzem Wort zu erreichen, was Ihr mit dem offenen Wort nicht bekommt; Euch in einer Welt zu bewegen, die den Schein privilegiert, mit allen Finessen der Eloquenz, um seidene Worte zu wirken. Wie Pfeile den Leib, so können Worte die Seele durchbohren. Laßt Natur in Euch werden, was mechanische Kunst in Pater Emanueles Maschine ist.«

»Aber mein Herr«, sagte Roberto, »Pater Emanueles Maschine scheint mir ein Bild des Geistes zu sein, dem es nicht darum geht, zu schlagen oder zu verführen, sondern Zusammenhänge zwischen den Dingen zu finden und aufzudecken, also ein neues Werkzeug der Wahrheit zu werden.«

»Das gilt für die Philosophen. Bei den Dummen dagegen heißt es: Benutzt den Geist, um zu verblüffen, und Ihr werdet Zustimmung finden. Die Menschen lieben es, verblüfft zu werden. Wenn Euer Schicksal und Euer Glück sich nicht auf dem Schlachtfeld entscheiden, sondern in den Salons bei Hofe, wird Euch ein guter Punkt im Gespräch mehr einbringen als ein guter Sturmangriff in der Schlacht. Der kluge Mann zieht sich mit einem eleganten Satz aus jeder Verlegenheit, und er weiß die Zunge mit der Leichtigkeit einer Feder zu führen. Das meiste kann man mit Worten bezahlen.«

»Ihr werdet am Tor erwartet, Salazar«, sagte Saletta. Und so endete für Roberto jene unerwartete Lektion über das Leben und die Weltklugheit. Er war nicht erbaut von ihr, aber er war seinen beiden Lehrern dankbar. Sie hatten ihm viele Mysterien der Welt erklärt, von denen ihm auf La Griva nie jemand etwas gesagt hatte.

12

DIE LEIDENSCHAFTEN DER SEELE

In diesem Zusammenbruch aller Illusionen fiel Roberto einer Liebestollheit anheim.

Es war inzwischen Ende Juni und sehr heiß geworden; vor etwa zehn Tagen waren die ersten Gerüchte über einen Pestfall im spanischen Lager aufgekommen. In der Stadt begann die Munition knapp zu werden, an die Soldaten wurden nur noch pro Mann und Tag vierzehn Unzen Schwarzbrot verteilt, und um ein Pint Wein von den Casalern zu bekommen, mußte man drei Florin bezahlen, was soviel war wie zwölf Real. Abwechselnd waren die Herren Salazar in die Stadt und Saletta ins Lager gegangen, um den Austausch der bei den Zusammenstößen gefangengenommenen Offiziere auszuhandeln, und die Ausgetauschten mußten sich verpflichten, nicht wieder zu den Waffen zu greifen. Man sprach erneut von jenem Hauptmann, der nun in der diplomatischen Welt Karriere machte, Mazzarini, den der Papst mit den Verhandlungen betraut hatte.

Ein paar Hoffnungen, ein paar Ausfälle, ein Wechselspiel von Versuchen, die gegnerischen Minengänge zu zerstören: So verlief jene träge Belagerung.

Das Warten auf Verhandlungen, oder auf die Entsatzarmee, hatte die kriegerischen Gemüter ruhiggestellt. Einige Casaler hatten beschlossen, sich hinauszuwagen, um die wenigen noch nicht von Wagen und Pferden zerstörten Weizenfelder abzuernten, ungeachtet der müden Büchsenschüsse, mit denen die Spanier sie aus der Ferne bedachten. Aber nicht alle waren unbewaffnet: Roberto sah eine hochgewachsene rotblonde Bäuerin, die ab und zu ihr Sicheln unterbrach, sich zwischen die Ähren bückte, eine Muskete hervorzog, sie wie ein alter Soldat anlegte, den Kolben an die gerötete Wange gepreßt, und in Richtung der Störer schoß. Die Spanier, verärgert über die Schüsse dieser kriegerischen Erntegöttin, erwiderten das Feuer, und ein Streifschuß traf sie am Handgelenk. Blutend wich sie zurück, hörte aber nicht auf, nachzuladen und zu schießen, wobei sie den Feinden Schmähworte zurief. Als sie schon fast unter der Stadtmauer angelangt war, beschimpften sie einige Spanier: »*Puta de los franceses!*« Worauf sie im Dialekt zurückrief: »Jawohl, ich bin die Hure der Franzosen, aber nicht eure!«

Diese stolze Frauengestalt, diese Quintessenz ährentragender Schönheit und martialischen Zorns, dazu jener Verdacht einer Schamlosigkeit, den die Beschimpfung ihr angehängt hatte, entflammten die Sinne des Heranwachsenden.

Ruhelos war er an jenem Tag durch die Straßen von Casale gelaufen, um die Vision wiederzusehen; hatte die Bauern befragt, hatte erfahren, daß die junge Frau nach Auskunft der einen Anna Maria Novarese heiße, nach Auskunft anderer Francesca, und in einer Weinschenke war ihm gesagt worden, daß sie zwanzig Jahre alt sei, vom Lande komme und ein Techtelmechtel mit einem französischen Soldaten habe. »Is' 'ne Brave, die Francesca, wenn sie brav ist«, hatten die Zecher mit gutmütigem Augenzwinkern gesagt, und daß die Geliebte erneut mit schlüpfrigen Anspielungen bedacht wurde, ließ sie Roberto noch begehrenswerter erscheinen.

Eines Abends, ein paar Tage später, als er an einem Haus vorbeiging, erblickte er sie in einem dunklen Zimmer im Erdgeschoß. Sie saß am offenen Fenster, um einen leichten Wind zu nutzen, der die drückende Schwüle kaum zu lindern vermochte, das Gesicht im Schein einer Lampe, die von außen nicht zu sehen war. Roberto hatte sie nicht gleich wiedererkannt, da das prächtige Haar straff nach hinten gebunden war und nur zwei Strähnen über ein Ohr hingen. Man sah nur ihr leicht nach unten geneigtes Gesicht, ein fleckenlos reines Oval, beperlt mit einigen Schweißtropfen, und es schien die einzige wahre Lichtquelle in jenem Halbdunkel zu sein.

Sie saß über einer Näharbeit an einem niedrigen Tischchen, auf den sie den aufmerksamen Blick gerichtet hielt, so daß sie den jungen Mann nicht sah, der zurückgetreten war, um sie verstohlen von der Seite zu betrachten, an die Mauer gepreßt. Mit hämmerndem Herzen sah Roberto ihre Oberlippe, die von einem blonden Flaum überschattet war. Auf einmal hob sie eine Hand, die noch heller war als ihr Gesicht, um einen dunklen Faden an ihren Mund zu führen. Sie schob den Faden zwischen ihre roten Lippen, entblößte weiße Zähne und kappte ihn mit einem einzigen Biß wie ein edles Raubtier, zufrieden lächelnd über ihre milde Härte.

Roberto hätte die ganze Nacht lang dastehen können, kaum atmend aus Angst, entdeckt zu werden, und ganz starr vor Erregung. Aber kurz darauf löschte sie das Licht, und die Vision war vorbei.

In den nächsten Tagen ging er immer wieder an dem Haus vorbei, ohne sie jedoch wiederzusehen, außer einmal, aber da war er nicht sicher, ob sie es war, denn sie saß mit gebeugtem Kopf, so daß der entblößte rosige Hals zu sehen war, und eine Kaskade von Haaren fiel über ihr Gesicht. Eine Matrone stand hinter ihr, fuhr ihr mit einem großen Kamm kreuz und quer durch die Löwenmähne und ließ ihn ab und zu stecken, um sich ein flüchtendes Tierchen zu schnappen und es mit einem trockenen Knacken zwischen den Nägeln zu zerdrücken.

Für Roberto war das Ritual des Entlausens nicht neu, aber er entdeckte zum erstenmal seine Schönheit und stellte sich vor, *er* könnte die Hände in jene seidigen Fluten tauchen, die Finger in jenen Nacken pressen, die Lippen in jene Furchen drücken und selbst jene Herden von Myrmidonen vernichten, die sie verunreinigten.

Doch er mußte sich von dem Zauber lösen, da ein lärmendes Gesindel durch die Straße zog, und es war das letzte Mal, daß ihm jenes Fenster liebreizende Anblicke bot.

An anderen Nachmittagen und Abenden sah er zwar erneut die Matrone, auch ein anderes Mädchen, nicht aber sie. Woraus er schloß, daß sie dort nicht wohnte, sondern nur manchmal zu Besuch kam, vielleicht zu Verwandten, um irgendeine Arbeit zu verrichten. Wo sie sein mochte, erfuhr er viele Tage lang nicht.

Da aber die Liebessehnsucht ein Rauschtrank ist, der an Stärke zunimmt, wenn er in die Ohren eines Freundes geträufelt wird, konnte Roberto, während er vergebens durch Casale lief und immer mehr abmagerte, seinen Zustand nicht vor Saint-Savin verheimlichen. Ja, er enthüllte ihn ihm aus Eitelkeit, denn jeder Liebende schmückt sich mit der Schönheit der Geliebten – und ihrer Schönheit ist er sich zweifelsfrei gewiß.

»Nun gut, Ihr liebt«, reagierte Saint-Savin leichthin. »Das kommt vor. Es scheint, daß die Menschen sich daran ergötzen, im Unterschied zu den Tieren.«

»Lieben denn die Tiere nicht?«

»Nein, die einfachen Maschinen lieben nicht. Was tun die Räder eines Wagens an einem Hang? Sie rollen nach unten. Die Maschine ist ein Gewicht, und das Gewicht strebt abwärts, getrieben nur von der blinden Notwendigkeit, die es nach unten drängt. So auch das Tier, es strebt zum Beischlaf und gibt keine Ruhe, bis es ihn hat.«

»Aber habt Ihr nicht neulich gesagt, daß auch die Menschen Maschinen sind?«

»Ja, aber die menschliche Maschine ist komplexer als die mineralische und die tierische, sie hat Gefallen an einer Pendelbewegung.«

»Wie meint Ihr das?«

»Nun, Ihr liebt, das heißt, Ihr begehrt und begehrt zugleich nicht. Die Liebe macht feindlich gegen sich selbst. Ihr fürchtet, wenn Ihr das Ziel erreicht habt, seid Ihr enttäuscht. Ihr ergötzt Euch *in limine*, auf der Schwelle, wie die Theologen sagen, Ihr genießt die Verzögerung.«

»Das ist nicht wahr, ich ... ich will sie sofort!«

»Wenn es so wäre, wäret Ihr immer noch bloß ein Bauer. Doch Ihr habt Geist. Wenn Ihr sie wolltet, hättet Ihr sie Euch schon genommen – und wäret ein Rohling. Nein, Ihr wollt, daß Euer Verlangen sich entzünde und daß sich auch ihr Verlangen entzünde. Würde sich aber das ihre so rasch entzünden, daß sie Euch sofort nachgäbe, so würdet Ihr sie wahrscheinlich nicht mehr wollen. Liebe gedeiht im Warten. Das Warten geht durch die weiten Räume der Zeit zum Mittelpunkt der Gelegenheit.«

»Aber was mache ich inzwischen?«

»Macht ihr den Hof.«

»Aber ... sie weiß noch nichts, und ich muß Euch gestehen, ich habe Schwierigkeiten, mich ihr zu nähern ...«

»Schreibt ihr einen Brief und erklärt ihr Eure Liebe.«

»Aber ich habe noch nie einen Liebesbrief geschrieben! Ja, ich schäme mich, es zu sagen, aber ich habe überhaupt noch nie einen Brief geschrieben.«

»Wenn die Natur uns im Stich läßt, wenden wir uns an die Kunst. Ich werde ihn Euch diktieren. Ein Edelmann ergötzt sich häufig damit, Briefe an Damen aufzusetzen, die er noch nie gesehen hat, und ich bilde da keine Ausnahme. Als Nichtliebender kann ich besser über die Liebe sprechen als Ihr, den die Liebe stumm macht.«

»Aber ich glaube, jeder Mensch liebt anders ... Es wäre ein künstlicher Brief.«

»Würdet Ihr Eure Liebe im Ton der Aufrichtigkeit erklären, Ihr stündet da wie ein Tölpel.«

»Aber ich würde die Wahrheit sagen ...«

»Die Wahrheit ist eine ebenso schöne wie schamhafte Jungfer, und darum geht sie immer in ihren Mantel gehüllt.«

»Aber ich will ihr *meine* Liebe erklären, nicht die, die Ihr beschreiben würdet!«

»Und um sie glaubhaft zu machen, müßt Ihr sie formen. Es

gibt keine Vollkommenheit ohne den Schliff durch die Kunst.«

»Aber sie wird merken, daß der Brief nicht an sie gerichtet ist.«

»Keine Angst. Sie wird glauben, was ich Euch diktiere, sei genau für sie geschrieben. Los, setzt Euch hin und schreibt. Laßt mich nur rasch noch Inspiration suchen.«

Saint-Savin schwebte durch den Raum – schreibt Roberto –, als mimte er den Flug einer Biene auf der Heimkehr zur Wabe. Er tänzelte fast und ließ die Augen umherschweifen, als müsse er den Text des Briefes aus der Luft ablesen. Dann begann er.

»Signora ...«

»Signora?«

»Nun, wie würdet Ihr sie denn anreden? Vielleicht: He du, Casalisches Hürchen?«

»*Puta de los franceses*«, murmelte Roberto unwillkürlich, erschrocken, daß Saint-Savin, sei's auch nur im Spiel, so nahe wenn nicht der Wahrheit, so jedenfalls der Beschimpfung gekommen war.

»Was habt Ihr gesagt?«

»Nichts. Ist gut. Signora. Und weiter?«

»Signora, in der wunderbaren Architektur des Universums stand bereits seit dem ersten Tage der Schöpfung geschrieben, daß ich Euch begegnen und lieben würde. Doch seit der ersten Zeile dieses Briefes fühle ich schon, wie meine Seele sich derart heftig verströmt, daß sie meine Lippen und meine Feder alleingelassen haben wird, noch bevor ich zum Ende gekommen sein werde.«

»... gekommen sein werde. – Aber ich weiß nicht, ob das verständlich ist für ...«

»Das Wahre wird um so höher geschätzt, je mehr es mit Schwierigkeiten gespickt ist, und am höchsten geschätzt wird die Enthüllung, die uns viel gekostet hat. Heben wir lieber den Ton noch ein wenig. Sagen wir also ... Signora ...«

»Noch mal?«

»Ja, noch mal: Signora, eine Dame, schön wie Alcidiane, bedurfte ohne Zweifel, gleich jener Heroine, einer uneinnehmbaren Bleibe. Mir scheint, Ihr seid durch Zauber an einen andern Ort versetzt worden, und Euer Reich hat sich in eine zweite Schwimmende Insel verwandelt, die der Wind meiner Seufzer vor mir zurückweichen läßt, je näher ich ihr zu kommen versuche, ein Reich bei den Antipoden, ein Land, das zu betreten uns Eisberge hindern ... Ich sehe Euch ratlos, La Grive: ist Euch das noch zu mittelmäßig?«

»Nein, es ist ... ich würde das Gegenteil sagen.«

»Habt keine Angst«, sagte Saint-Savin ihn mißverstehend, »es wird nicht an kontrapunktischem Gegenteil fehlen. Fahren wir fort: Vielleicht geben Eure Liebreize Euch ja das Recht, in der Ferne zu bleiben, wie es sich für Götter geziemt. Doch wißt Ihr nicht, daß die Götter zumindest den Rauch der Brandopfer, die wir ihnen hienieden darbringen, huldvoll entgegennehmen? Also weist meine Anbetung nicht zurück; denn da Ihr Schönheit und Glanz in höchstem Grade besitzet, würdet Ihr mich zur Gottlosigkeit verurteilen, wenn Ihr mich hindertet, in Eurer Person zwei der erhabensten Attribute Gottes zu verehren ... Klingt es so besser?«

Inzwischen dachte Roberto, daß die einzige Frage nur noch war, ob die Empfängerin lesen konnte. Einmal über diese Schwelle hinausgelangt, würde sie sich an jedem weiteren Wort, das sie läse, gewiß so berauschen, wie er sich beim Schreiben daran berauschte.

»Mein Gott«, sagte er, »den Verstand müßte sie verlieren.«

»Sie wird ihn verlieren. Schreibt: Weit entfernt, mein Herz verloren zu haben, als ich Euch meine Freiheit darbrachte, finde ich es im Gegenteil seit jenem Tage vergrößert, ja derart vervielfacht, daß es, als würde mir eines allein nicht genügen, um Euch zu lieben, sich allenthalben in mir wiederholt und ich es in jeder meiner Adern klopfen höre.«

»O Gott ...«

»Bleibt ruhig. Ihr seid dabei, über die Liebe zu reden, nicht zu lieben. Weiter: Verzeiht, Signora, den Furor eines Verzweifelten, oder besser noch, beachtet ihn gar nicht. Nie hat man gehört, daß Herrscher vom Tod ihrer Sklaven Notiz nehmen mußten. Ja, ich muß mein Schicksal als beneidenswert erachten, dafür daß Ihr Euch überhaupt die Mühe gemacht, meinen Ruin zu verursachen. Geruht Ihr mich wenigstens zu hassen, so wird mir das sagen, daß ich Euch nicht gleichgültig bin. Und so wird mir der Tod, mit dem Ihr mich zu strafen glaubt, ein Grund zur Freude sein. Jawohl, der Tod: Wenn Liebe heißt, zu begreifen, daß zwei Seelen dazu geschaffen sind, eins zu werden, so bleibt der einen, wenn sie sich gewahr wird, daß die andere nichts empfindet, nur noch zu sterben. Dies ist es, was – indes ich noch lebe und um ein weniges auch mein Körper – meine Seele, sich von ihm ablösend, Euch kundtut.«

»– von ihm ablösend Euch –?«

»Kundtut.«

»Laßt mich Atem holen. Mir schwirrt der Kopf ...«

»Ruhig Blut. Verwechselt die Liebe nicht mit der Kunst.«

»Aber ich liebe sie doch! Ich *liebe* sie!«

»Ich nicht. Deshalb habt Ihr Euch mir anvertraut. Denkt nicht an sie, wenn Ihr schreibt. Denkt meinetwegen an Herrn de Toiras ...«

»Ich bitte Euch!«

»Macht nicht so ein Gesicht. Er ist doch ein stattlicher Mann. Aber jetzt schreibt: Signora ...«

»Noch einmal?«

»Noch einmal. Signora, darüber hinaus bin ich verurteilt, blind zu sterben. Habt Ihr nicht aus meinen Augen zwei Brennkolben gemacht, um mein Leben darin zu verbrennen? Und wie kömmt es, daß ich um so mehr brenne, je mehr meine Augen sich netzen? Vielleicht hat mein Vater mich nicht aus dem gleichen Lehm geformt, aus dem er den ersten Menschen erschuf, sondern aus Kalk, da mich das Wasser, das ich verströme, verzehrt. Und wie kömmt es, daß ich, wiewohl verzehrt, dennoch weiterlebe und neue Tränen finde, um mich erneut zu verzehren?«

»Ist das nicht etwas übertrieben?«

»Bei großen Gelegenheiten müssen auch die Gedanken groß sein.«

Von nun an protestierte Roberto nicht mehr. Ihm war, als wäre er selbst die Adressatin geworden und empfände das, was sie beim Lesen des Briefes empfinden mußte. Saint-Savin diktierte.

»Ihr habt in meinem Herzen, als Ihr es verließet, einen widerspenstigen Rest zurückgelassen, nämlich Euer Bildnis, das sich nun rühmt, Macht über mein Leben und meinen Tod zu haben. Und Ihr habt Euch von mir entfernt, wie es die Herrscher tun, die sich vom Hinrichtungsort entfernen aus Furcht, mit Gnadengesuchen behelligt zu werden. Wenn meine Seele und meine Liebe sich am Ende in zwei reine Seufzer auflösen, werde ich sterbend die Agonie beschwören, daß als letzter derjenige meiner Liebe aus mir entweiche, und so werde ich – als mein letztes Geschenk an Euch – das Wunder bewirkt haben, auf das Ihr stolz sein könnt, seid Ihr dann doch wenigstens für einen Augenblick noch von einem toten Körper beseufzet worden.

»... beseufzet worden. Ende?«

»Nein, laßt mich überlegen, wir brauchen noch einen Schluß, der eine *Pointe* enthält ...«

»Eine *Puen-* was?«

»Ja, einen Akt des Verstandes, der die unerhörte Entsprechung zwischen zwei Objekten auszudrücken scheint, eine Entsprechung jenseits all dessen, was wir glauben, so daß sich in diesem schönen Spiel des Geistes glücklich alle Rücksicht auf die Substanz der Dinge verliert.«

»Verstehe ich nicht.«

»Ihr werdet es schon noch verstehen. Kehren wir zunächst einmal den Sinn des Ganzen um, Ihr seid ja nicht wirklich gestorben; geben wir ihr die Möglichkeit, diesem Sterbenden zu Hilfe zu eilen. Also schreibt: Vielleicht könntet Ihr mich ja, Signora, noch retten. Ich habe Euch mein Herz geschenkt. Doch wie kann ich leben ohne das Triebwerk meines Lebens?

Ich bitte Euch nicht, es mir zurückzugeben, denn nur in Eurem Gefängnis genießt es die sublimste aller Freiheiten, aber ich bitte Euch, schickt mir dafür doch das Eure, das keinen aufnahmebereiteren Schrein finden wird. Ihr braucht nicht zwei Herzen, um zu leben, und das meine schlägt so stark für Euch, daß Ihr der ewigsten aller Gluten versichert seid.«

Und mit einer halben Drehung und einer Verbeugung wie ein Schauspieler, der Applaus erwartet: »Schön, nicht?«

»Schön? Also ich finde es ... wie soll ich sagen ... lächerlich. Seht Ihr nicht diese Signora vor Euch, wie sie in Casale hin- und herläuft, um Herzen abzuholen und zu übergeben, als wäre sie ein Schildknappe?«

»Wollt Ihr, daß sie einen Mann liebt, der wie irgendein Bürger redet? Unterschreibt und siegelt.«

»Aber ich denke nicht an die Dame, ich denke, wenn sie das jemandem zeigen würde, ich müßte vor Scham in den Boden versinken.«

»Sie wird es niemandem zeigen. Sie wird den Brief im Busen tragen und jeden Abend eine Kerze auf dem Nachttisch anzünden, um ihn wiederzulesen und mit Küssen zu bedecken. Unterschreibt und siegelt.«

»Aber angenommen, nur einmal so angenommen, sie kann nicht lesen. Dann muß sie ihn sich doch von jemandem vorlesen lassen ...«

»Aber Signor de La Grive! Wollt Ihr mir etwa sagen, Ihr hättet Euch in eine Bäuerin verliebt? Ihr hättet meine Inspiration dazu verschwendet, eine Landpomeranze in Verlegenheit zu bringen? Dann bleibt uns nur, uns zu schlagen!«

»Das war doch nur eine Annahme. Ein Scherz. Aber mir ist beigebracht worden, daß ein kluger Mann alles abwägen muß, alle Fälle und alle Umstände, und unter den möglichen auch die unmöglichen ...«

»Da seht Ihr, daß Ihr allmählich lernt, Euch gut auszudrücken. Aber Ihr habt schlecht abgewogen und habt die lächerlichste der Möglichkeiten gewählt. Jedoch, ich will Euch nicht zwingen. Also streicht ruhig den letzten Absatz und fahrt fort, wie ich Euch diktiere ...«

»Aber wenn ich etwas ausstreiche, muß ich den Brief doch neu schreiben.«

»Faul seid Ihr auch noch? Aber der kluge Mann muß die Mißgeschicke zu nutzen wissen. Streicht ... Fertig? So, nun paßt auf.« Er tauchte den Finger in eine Wasserkaraffe, ließ einen Tropfen auf den ausgestrichenen Absatz fallen, so daß eine kleine Pfütze entstand, die sich durch die im Wasser aufweichende Tinte langsam schwarz färbte. »Und nun schreibt: Verzeiht, Signora, wenn ich nicht den Mut hatte, einen Gedanken stehenzulassen, der mich durch seine Kühnheit dermaßen erschreckte, daß er mir eine Träne entlockt hat. So kann ein vulkanisches Feuer ein überaus süßes Bächlein aus salzigem Wasser erzeugen. Jedoch, O Signora, mein Herz ist wie jene Muschel des Meeres, die den edlen Schweiß der Morgendämmerung trinkend eine Perle erzeugt und mit ihr heranwächst. Bei dem Gedanken, daß Eure Gleichgültigkeit meinem Herzen die Perle wegnehmen will, die es so eifersüchtig genährt hat, quillt mir das Herz aus den Augen ... Jawohl, La Grive, so ist es zweifellos besser, so haben wir die Exzesse verringert. Besser, man schließt, indem man die Emphase des Liebenden etwas dämpft, um die Rührung der Geliebten ins Riesenhafte zu steigern. Unterschreibt, siegelt und laßt es ihr bringen. Dann wartet.«

»Worauf denn?«

»Der Norden auf dem Kompaß der Klugheit besteht darin, die Segel im Wind des Günstigsten Augenblickes zu setzen. Bei diesen Dingen kann Warten nie schaden. Anwesenheit vermindert das Ansehen, und Fernsein vergrößert es. Solange Ihr in der Ferne seid, wird man Euch für einen Löwen halten, und wenn ihr anwesend seid, könntet Ihr leicht die Maus werden, die der berühmte kreißende Berg gebiert. Gewiß seid Ihr reich an vorzüglichen Eigenschaften, aber auch die vorzüglichsten Eigenschaften verlieren an Glanz, wenn sie zu oft berührt werden, während die Phantasie in weitere Fernen reicht als der Blick.«

Roberto bedankte sich bei Saint-Savin und eilte nach Hause, den Brief im Wams verborgen, als hätte er ihn gestohlen. Als hätte er Angst, daß ihm jemand die Frucht seines Diebstahls rauben könnte.

Ich werde sie finden, sagte er sich, ich werde mich verbeugen und ihr den Brief überreichen. Dann wälzte er sich im Bett hin und her bei dem Gedanken, wie sie ihn mit den Lippen lesen würde. Er stellte sich Anna Maria Francesca Novarese inzwischen mit all jenen Tugenden ausgestattet vor, die Saint-Savin ihr zugeschrieben hatte. Indem er ihr seine Liebe erklärte, sei's auch mit der Stimme eines anderen, hatte er sich noch verliebter gefühlt. Was er widerwillig begonnen hatte, erfüllte ihn nun mit Seligkeit. Er liebte das Mädchen jetzt mit der gleichen exquisiten Heftigkeit, die der Brief zum Ausdruck brachte.

Auf der Suche nach jener, der fernzubleiben er so geneigt war, ungeachtet der Kanonenschüsse, die ab und zu auf die Stadt niedergingen, entdeckte er sie ein paar Tage später an einer Straßenecke, beladen mit Ähren wie eine mythische Gestalt. Mit großem innerem Aufruhr stürzte er ihr entgegen, ohne recht zu wissen, was er tun oder sagen würde.

Zitternd bei ihr angelangt, trat er vor sie hin und sagte: »Gnädiges Fräulein …«

»Meint's mi?« antwortete sie auflachend, und: »Ja bitt' schön?«

»Bitte schön«, wußte er nur zu sagen, »könntet Ihr mir vielleicht den Weg zeigen, auf dem man zum Kastell gelangt?« Darauf das Mädchen, mit dem Kopf und der großen Haarmasse nach hinten deutend: »Na da lang, oder?«

Und während Roberto noch zögerte, ob er ihr nachgehen sollte, schlug pfeifend genau an der Ecke, hinter der sie verschwunden war, eine Kugel ein, die ein Gartenmäuerchen niederlegte und eine Staubwolke aufwirbelte. Roberto hustete, wartete, bis der Staub sich verzogen hatte, und begriff, daß er, da er allzu zögernd durch die weiten Räume der Zeit gegangen war, den Mittelpunkt der Gelegenheit verpaßt hatte.

Um sich zu bestrafen, zerriß er den Brief mit Bedauern und machte sich auf den Heimweg, während die Fetzen seines Herzens sich auf dem Boden knüllten.

Seine erste undeutliche Liebe hatte ihn für immer davon überzeugt, daß das Objekt der Liebe seinen Platz in der Ferne hat, und ich glaube, das hat sein weiteres Schicksal als Liebender bestimmt. In den folgenden Tagen war er an jede Ecke und in jeden Winkel zurückgekehrt, überallhin, wo er eine Auskunft bekommen, eine Spur erraten, etwas über sie gehört oder sie gesehen hatte, um sich eine Landschaft der Erinnerung zusammenzusetzen. So hatte er sich ein Casale seiner Leidenschaft gezeichnet, hatte Gassen, Brunnen, Plätze in den Fluß der Neigung, den See der Gleichgültigkeit oder das Meer der Feindschaft verwandelt; und hatte aus der verletzten Stadt das Land seiner Ungestillten Sehnsucht gemacht, die Insel (schon damals, ahnungsvoll) seiner Einsamkeit.

13

DIE KARTE DER ZÄRTLICHKEIT

In der Nacht zum 29. Juni weckte die Belagerten ein großes Krachen, gefolgt von Trommelwirbeln: Die erste Mine, die die Belagerer unter die Mauern geschafft hatten, war explodiert, hatte eine Halbmond-Schanze in die Luft gejagt und fünfundzwanzig Soldaten begraben. Am nächsten Tag gegen sechs Uhr abends hörte man im Westen ein fernes Donnern, und im Osten erschien ein Füllhorn, weißer als der übrige Himmel und mit einer Spitze, die abwechselnd länger und kürzer wurde. Es war ein Komet, der die Soldaten erschreckte und die Städter veranlaßte, sich in ihren Häusern einzuschließen. In den nächsten Wochen flogen noch weitere Schanzen in die Luft, während die Belagerten von den Mauern hinab ins Leere schossen, da die Belagerer sich inzwischen unter der Erde bewegten und es nicht gelang, sie durch Gegenminen daran zu hindern.

Roberto erlebte jenen Schiffbruch wie ein blinder Passagier. Er verbrachte lange Stunden im Gespräch mit Pater Emanuele über die beste Art, die Feuer der Belagerung zu beschreiben, aber er war immer öfter auch bei Saint-Savin, um mit ihm Metaphern von gleicher Bildhaftigkeit über die Feuer seiner Liebe zu erarbeiten – deren Scheitern er ihm nicht zu gestehen wagte. Saint-Savin bot ihm eine Bühne, auf der sich seine galante Affäre glücklich entwickeln konnte; schweigend nahm er die Schmach auf sich, mit seinem Freunde weitere Briefe aufzusetzen, die er dann zuzustellen vorgab, während er sie in Wahrheit jede Nacht selbst wiederlas, als wäre das Tagebuch jener Liebesqualen von ihr an ihn gerichtet.

Er erfand Situationen, in denen ihm die Geliebte, verfolgt von Landsknechten, ermattet in die Arme sank, woraufhin er die Feinde in die Flucht schlug und die Erschöpfte in einen Garten führte, wo er ihre ungestüme Dankbarkeit genoß. Bei solchen Gedanken fiel er auf seinem Bett in Ohnmacht, kam erst nach langer Bewußtlosigkeit wieder zu sich und schrieb dann Sonette an die Geliebte.

Eins davon zeigte er Saint-Savin, der es wie folgt kommentierte: »Ich halte es für sehr häßlich, wenn Ihr erlaubt, aber tröstet Euch: Die meisten derer, die sich in Paris als Dichter bezeichnen, schreiben noch schlechtere. Dichtet nicht über Eure Liebe, die Leidenschaft nimmt Euch jene göttliche Kühle, die der Ruhm Catulls war.«

Er entdeckte in sich eine melancholische Grundstimmung und sagte es Saint-Savin. »Beglückwünscht Euch dazu«, kommentierte der Freund, »die Melancholie ist nicht der Auswurf des Blutes, sondern seine Blüte, und sie bringt Helden hervor, da sie, an die Narrheit grenzend, zu den kühnsten Taten antreibt.« Aber Roberto fühlte sich zu nichts angetrieben und versank in Melancholie darüber, daß er nicht melancholisch genug war.

Taub für die Schreie und die Kanonenschüsse, hörte er nur die hoffnungsvollen Gerüchte (es gebe eine Krise im spanischen Lager, die französische Armee rücke näher). Er freute sich, als es Mitte Juli endlich gelang, eine Gegenmine zu sprengen, die viele Spanier zerfetzte; aber inzwischen waren viele Schanzen gesprengt worden, und so konnte die feindliche Vorhut nun direkt in die Stadt hineinschießen. Er erfuhr, daß einige Leute aus Casale versuchten, im Po zu fischen, und ohne darauf zu achten, ob er über Straßen im Schußfeld des Gegners lief, rannte er hin, um zu sehen, ob die Kaiserlichen etwa auf seine Geliebte schossen.

Er traf auf Soldaten, die rebellierten, weil in ihrem Vertrag nicht vorgesehen war, daß sie Gräben ziehen sollten; aber die Casaler weigerten sich, es für sie zu tun, und Toiras mußte ihnen einen Extrasold versprechen. Er freute sich wie alle über die Nachricht, daß Spinola an der Pest erkrankt war, er genoß den Anblick einer Gruppe neapolitanischer Deserteure, die aus Angst vor der Krankheit aus dem feindlichen Lager in die Stadt geflohen kamen, er hörte Pater Emanuele sagen, das könne zu einer Ansteckung führen ...

Mitte September tauchte die Pest in der Stadt auf, Roberto kümmerte sich nicht weiter darum, außer indem er sich um die Gesundheit seiner Geliebten sorgte, und eines Morgens erwachte er mit hohem Fieber. Es gelang ihm, jemanden mit der Nachricht zu Pater Emanuele zu schicken, der ihn heimlich in sein Kloster bringen ließ, um ihn davor zu bewahren, in eines jener Notlazarette zu kommen, in denen die Kranken rasch und ohne Aufsehen starben, um nicht die anderen zu stören, die mit dem Sterben durch Pyrotechnik beschäftigt waren.

Roberto dachte nicht an den Tod: Er verwechselte sein Fieber mit Liebe und träumte, die Haut des Mädchens zu berühren, während er die Falten seines Strohlagers knautschte oder die schweißnassen schmerzenden Stellen seines eigenen Körpers streichelte.

Was eine allzu lebhafte Erinnerung vermag: an jenem Abend auf der *Daphne*, während die Nacht vorrückte, der Himmel seine langsame Drehung vollzog und das Kreuz des Südens hinter dem Horizont versank, wußte Roberto auf einmal nicht mehr, brannte er nun aus wiederbelebter Liebe zu jener kriegerischen Diana von Casale oder zu der seinen Blicken ebensoweit entrückten Signora?

Er wollte wissen, wohin sie entschwunden sein konnte, und eilte in den Raum mit den nautischen Instrumenten, wo er eine Karte jener Meere gesehen zu haben meinte. Er fand sie, es war eine große, farbige, aber unvollständige Karte, wie es sie damals häufig gab, denn die Seefahrer zeichneten von einem neu entdeckten Land die Küsten ein, die sie gesehen hatten, ließen aber die Umrisse unvollständig, da sie nie wußten, wie weit und wohin sich das Land erstreckte; darum erschienen die Karten des Stillen Ozeans oft wie Arabesken von Stränden, Andeutungen von Umrissen und Vermutungen über Volumen, und exakt eingezeichnet waren nur die wenigen Inseln, die man umsegelt hatte, sowie die Richtung der Winde, die man aus Erfahrung kannte. Manche zeichneten, um eine Insel wiedererkennbar zu machen, nur ein möglichst genaues Bild der Berggipfel und der Wolken darüber, so daß man sie identifizieren konnte, wie man von weitem eine Person an der Form ihres Hutes oder an ihrer Gangart erkennt.

Auf jener Karte nun waren die Umrisse zweier gegenüberliegender Küsten zu sehen, zwischen denen eine Meerenge in nordsüdlicher Richtung verlief, und eine dieser beiden Küsten fügte sich mit verschiedenen Aus- und Einbuchtungen annähernd zu einer Insel, und das konnte *seine* Insel sein; doch in anderen Zonen des Meeres gab es noch andere Gruppen von mutmaßlichen Inseln mit recht ähnlichen Formen, die gleichermaßen den Ort darstellen konnten, wo er sich befand.

Wir würden uns täuschen, wenn wir meinten, Roberto sei plötzlich von der Neugier des Geographen erfaßt worden. Zu gründlich hatte ihn Pater Emanuele gelehrt, das Sichtbare durch die Linse seines Aristotelischen Fernrohrs zu verzerren. Zu nachhaltig hatte ihm Saint-Savin beigebracht, das Verlangen durch die Sprache zu schüren, die ein Mädchen in einen Schwan verwandelt und einen Schwan in ein Weib, die Sonne in einen Kochtopf und einen Kochtopf in die Sonne! Spätnachts finden wir Roberto über der Karte träumend, die er in den begehrten weiblichen Körper verwandelt hat.

Wenn es ein Fehler der Liebenden ist, den Namen der geliebten Person am Strand in den Sand zu schreiben, wo ihn alsbald die Wellen verschlingen, wie klug mußte er sich als ein Liebender fühlen, der den geliebten Körper in den Rundungen der Buchten und Busen erblickte, das Haar im Fluten der Strömungen durch die Mäander der Archipele, den leichten sommerlichen Schweiß des Gesichts im Schimmern des Wassers, das Geheimnis der Augen im Blau einer weiten Leere –

so daß ihm die Karte die Formen des geliebten Körpers mehrfach zeigte, in verschiedenen Abfolgen von Buchten und Vorgebirgen. Begehrlich fuhr er mit dem Mund über die Karte, als triebe er schiffbrüchig auf einer Planke, sog jenen Ozean von Wollust ein, kitzelte da einen Nacken, wagte nicht, dort in eine Enge einzudringen, atmete mit der Kehle auf dem Blatt den Atem der Winde, hätte die Wasseradern und Quellen ausschlürfen mögen, hätte sich gierig darauf verlegen wollen, die Mündungsdeltas der großen Flüsse auszutrocknen, Sonne zu werden, um die Ufer zu küssen, Gezeitenspiel, um das Arkanum der Schlünde zu umschmeicheln …

Aber nicht den Besitz genoß er, sondern den Entzug: Während er wähnte, jene vage Trophäe mit gelehrtem Pinsel zu ertasten, waren vielleicht schon Andere dabei, auf der Wahren Insel – dort, wo sie sich in lieblichen Formen erstreckte, die von der Karte noch nicht erfaßt worden waren – ihre Früchte zu kosten, sich in ihren Gewässern zu tummeln … Andere, verblüffte und geile Riesen, legten vielleicht in diesem Augenblick ihre groben Hände auf jene zarte Brust, ungeschlachte Vulkane nahmen jene zerbrechliche Aphrodite in Besitz, berührten ihre Lippen mit der gleichen Blödheit, mit welcher der Fischer der Nichtgefundenen Insel, jenseits des letzten Horizonts der Kanarien, nichtsahnend die seltenste aller Perlen ins Meer wirft …

Sie in anderen liebenden Händen … Dieser Gedanke war der höchste Rausch, in dem Roberto sich wand, winselnd über seine stechende Ohnmacht. Und in seiner Raserei auf dem Tisch umhertastend, wie um wenigstens einen Rockzipfel zu erhaschen, glitt sein Blick von der Darstellung jenes sanft gewellten Pazifischen Leibes zu einer anderen Karte, auf welcher der unbekannte Autor vielleicht versucht hatte, die feuerhaltigen Gänge und Schlote der Vulkane des westlichen Landstriches darzustellen: Es war eine Karte unserer ganzen Erdkugel, rings umgeben von helmbuschförmigen Rauchsäulen auf den Gipfeln der Auswüchse aus der Kruste und im Innern ein Gewirr von dürren Adern; und von dieser Erdkugel fühlte Roberto sich auf einmal als das lebende Abbild, röchelnd spie er Lava aus jeder Pore, stieß die Lymphe seiner unerfüllten Befriedigung aus und verlor schließlich das Bewußtsein – zerstört von ausgetrockneter Wassersucht (schreibt er) – über jenem so innig herbeigesehnten Australleib.

14

TRAKTAT DER WISSENSCHAFT
VON DEN WAFFEN

Auch in Casale hatte er von offenen Räumen und von jener weiten Mulde geträumt, in der er das Mädchen zum erstenmal gesehen hatte. Aber auf der *Daphne* war er nicht mehr krank, und so dachte er nun luzider, daß er sie nie wiedersehen würde, weil er bald tot sein würde – oder weil sie längst tot war.

Tatsächlich lag er damals gar nicht im Sterben, sondern wurde langsam wieder gesund, aber das war ihm nicht bewußt, und er verwechselte die Schwächlichkeiten der Rekonvaleszenz mit dem Schwinden des Lebens. Saint-Savin kam ihn oft besuchen, berichtete ihm die Neuigkeiten, wenn Pater Emanuele da war (der ihn ansah, als sei er im Begriff, ihm die Seele des jungen Mannes zu rauben), und wenn der Pater dann gehen mußte (denn im Kloster häuften sich die Verhandlungen), sprach er als Philosoph über Leben und Tod.

»Lieber Freund, Spinola liegt im Sterben. Ihr seid schon eingeladen zu den großen Festlichkeiten, die wir bei seinem Abgang veranstalten werden.«

»Lieber Freund, nächste Woche werde auch ich gestorben sein ...«

»Das stimmt nicht, ich würde das Gesicht eines Sterbenden erkennen. Aber ich werde mich hüten, Euch vom Gedanken an den Tod abzubringen. Im Gegenteil, nutzt Eure Krankheit, um Euch dieser guten Übung zu unterziehen.«

»Monsieur de Saint-Savin, Ihr redet wie ein Priester.«

»Keineswegs. Ich sage ja nicht, daß Ihr Euch auf ein anderes Leben vorbereiten sollt, sondern daß Ihr dieses einzige, das Euch gegeben ist, gut nutzen sollt, um dann, wenn er kommt, den einzigen Tod anzunehmen, den Ihr jemals erleben werdet. Über die Kunst des Sterbens muß man sich im voraus und viele Male Gedanken machen, damit es einem dann das eine Mal, wenn es soweit ist, gut gelingt.«

Roberto wollte aufstehen, aber Pater Emanuele hinderte ihn daran, weil er nicht glaubte, daß er schon wieder bereit sei, in den Kriegslärm zurückzukehren. Roberto gab ihm zu verstehen, daß er ungeduldig darauf brenne, eine gewisse Person wiederzufinden, Pater Emanuele fand es dumm, daß sein so geschwächter Körper sich vom Gedanken an einen anderen Körper verzehren ließ, und versuchte, ihm das weibliche Geschlecht verachtenswert erscheinen zu lassen: »Diese eitle Weiberwelt«, sagte er, »die gewisse moderne weibliche Atlasse auf dem Rücken tragen, dreht sich um die Unehre und hat als Wendekreise die Zeichen des Krebses und des Steinbocks. Der Spiegel, der ihr Erster Antrieb ist, ist niemals so trübe, wie wenn er die Sterne jener lasziven Augen spiegelt, die durch die von verblödeten Liebhabern ausströmenden Dämpfe zu Kometen geworden sind, welche der Ehrbarkeit baldiges Unheil künden.«

Roberto fand keinen Gefallen an der astronomischen Allegorie, auch konnte er die Geliebte nicht im Bilde jener mondänen Hexen wiedererkennen. Er blieb im Bett liegen, strömte aber noch stärker die Dämpfe seiner Verliebtheit aus.

Andere Nachrichten erreichten ihn unterdessen von Signor della Saletta. Die Casaler überlegten, ob sie den Franzosen nicht Zugang zur Zitadelle gewähren sollten; sie hatten inzwischen begriffen, daß man, um den Feind draußen zu halten, die Kräfte vereinigen mußte. Aber Signor della Saletta ließ durchblicken, daß die Casaler, während sie demonstrativ kollaborierten und die Stadt kurz vor dem Fall zu stehen schien, mehr denn je daran dachten, den Bündnispakt zu revidieren. »Mit Toiras«, sagte er, »müssen wir ohne Falsch wie die Tauben sein, aber klug wie die Schlangen, falls sein König dann hinterher unsere Stadt verkaufen will. Wir müssen kämpfen, damit es auch unser Verdienst ist, wenn Casale sich rettet; aber ohne zu übertreiben, damit, wenn es fällt, es allein die Schuld der Franzosen ist.« Und er fügte als Lehre für Roberto hinzu: »Der Kluge darf nicht nur *ein* Eisen im Feuer haben.«

»Aber die Franzosen sagen, daß Ihr Krämer seid: Niemand sähe Euch jemals kämpfen, aber alle sähen, daß Ihr zu Wucherpreisen verkauft!«

»Wer lange leben will, ist gut beraten, wenig zu taugen. Der gesprungene Topf ist der, der nie ganz zerbricht und der schließlich langweilt, weil er so lange hält.«

Eines Morgens, in den ersten Septembertagen, fiel ein befreiender Wolkenbruch auf Casale. Gesunde und Rekonvaleszente liefen hinaus, um sich unter die Dusche zu stellen, die alle Spuren der Ansteckung abwaschen sollte. Es war mehr eine Art, neuen Mut zu fassen, als eine Kur, und die Krankheit wütete auch nach dem Gewitter weiter. Die einzigen tröstlichen Nachrichten betrafen die Verheerungen, die die Pest auch im Feindeslager anrichtete.

Sobald er sich wieder auf den Beinen halten konnte, wagte Roberto sich aus dem Kloster, und nach einer Weile erblickte er auf der Schwelle eines Hauses, das mit einem grünen Kreuz als ein verseuchtes Haus gekennzeichnet war, das Mädchen Anna Maria oder Francesca Novarese. Sie war ausgemergelt wie eine Gestalt aus dem Totentanz. Von dem einstigen Schneeweiß und Granatapfelrot ihres Gesichts war nur noch ein fahles Gelb geblieben, auch wenn ihre eingefallenen Züge noch an die frühere Anmut erinnerten. Roberto fiel ein Satz von Saint-Savin ein: »Macht Ihr vielleicht Eure Kniefälle weiter, wenn das Alter jenen Leib zu einem Gespenst reduziert hat, das zu nichts anderem mehr taugt, als Euch an den nahen Tod zu erinnern?«

Sie schluchzte an der Schulter eines Kapuziners, als hätte sie eine teure Person verloren, vielleicht ihren Franzosen. Der Mönch, dessen Gesicht noch grauer war als sein Bart, hielt sie umfangen und deutete mit knochigem Finger zum Himmel, als wollte er sagen: »Eines Tages, dort oben ...«

Liebe wird nur dann etwas Geistiges, wenn der Körper begehrt und das Begehren unterdrückt wird. Ist der Körper geschwächt und unfähig zu begehren, so verflüchtigt sich das Geistige. Roberto entdeckte, daß er zu schwach war, um noch zu lieben. Exit Anna Maria (Francesca) Novarese.

Er ging ins Kloster zurück und legte sich wieder ins Bett, entschlossen, diesmal wirklich zu sterben – zu sehr litt er daran, daß er nicht mehr litt. Pater Emanuele ermunterte ihn, an die frische Luft zu gehen. Aber die Nachrichten, die er von draußen erhielt, ermunterten ihn nicht zum Weiterleben. Inzwischen gab es außer der Pest auch die Hungersnot, ja etwas noch Schlimmeres: eine verbissene Jagd nach dem letzten Eßbaren, das die Casaler noch versteckt hielten und ihren Verbündeten nicht herausrücken wollten. Roberto sagte, wenn er nicht an der Pest sterben könne, wolle er Hungers sterben.

Schließlich setzte Pater Emanuele sich durch und jagte ihn hinaus. Als Roberto um eine Ecke bog, stieß er auf eine Gruppe spanischer Offiziere. Er wollte fliehen, aber sie zogen höflich den Hut. Da begriff er, daß die Feinde, nachdem sie mehrere Bastionen gesprengt hatten, sich an mehreren Stellen der Stadt festgesetzt hatten, so daß man nun sagen konnte, nicht mehr das Umland belagere Casale, sondern Casale belagere sein eigenes Kastell.

Am Ende der Straße traf er auf Saint-Savin. »Mein lieber La Grive«, sagte der, »Ihr seid als Franzose erkrankt und als Spanier genesen! Dieser Teil der Stadt ist jetzt in feindlicher Hand.«

»Und wir dürfen passieren?«

»Wißt Ihr nicht, daß ein Waffenstillstand geschlossen worden ist? Außerdem wollen die Spanier das Kastell, nicht uns. Im französischen Teil geht der Wein zur Neige, und die Casaler holen ihn aus ihren Kellern, als handle es sich um das Blut Unseres Herrn. Ihr könnt die guten Franzosen nicht daran hindern, gewisse Tavernen in diesem Teil der Stadt zu besuchen, wo die Wirte jetzt besten Wein aus der Umgebung anbieten. Und die Spanier empfangen uns wie große Herren. Wir müssen nur die vereinbarten Anstandsregeln einhalten: Wenn wir Streit anfangen wollen, müssen wir's in unserem Teil tun und mit unseren Landsleuten, denn in diesem Teil hat man sich höflich zu benehmen, wie es sich unter Feinden gehört. Daher ist, ich gestehe es, der spanische Stadtteil langweiliger als der französische, jedenfalls für uns. Aber kommt doch mit, heute abend wollen wir einer Dame ein Ständchen bringen, die uns ihre Reize bis vorgestern verborgen hatte, als ich sie für einen Moment an einem Fenster sah.«

So kam es, daß Roberto an jenem Abend fünf bekannte Gesichter aus Toiras' Gefolge wiedersah. Es fehlte nicht einmal der Abbé, der sich für die Gelegenheit mit Litzen und Spitzen geschmückt hatte und ein Gehänge aus Satin trug. »Der Herr vergebe uns«, sagte er mit leichtfertiger Heuchelei, »aber auch der Geist will ab und zu erheitert werden, wenn wir noch unsere Pflicht erfüllen wollen …«

Das Haus stand an einer Piazza im spanischen Teil, aber die Spanier mußten um diese Zeit alle in den Schenken sitzen. Am Rechteck des Himmels, das von den niedrigen Dächern und den Baumkronen an den Seiten der Piazza begrenzt wurde, stand groß und fast kreisrund der Mond und spiegelte sich im Wasser eines Brunnens, der in der Mitte jenes menschenleeren Platzes murmelte.

»O süßeste Diana«, sagte Saint-Savin, »wie still und friedlich müssen jetzt deine Städte und Dörfer sein, die den Krieg nicht kennen, denn die Mondbewohner leben in einer natürlichen Glückseligkeit und wissen nichts von der Sünde …«

»Lästert nicht, Monsieur de Saint-Savin«, tadelte ihn der Abbé, »denn selbst wenn der Mond bewohnt wäre, wie es dieser Monsieur de Moulinet in seinem letzten Roman phantasiert hat und wie es die Heilige Schrift uns mitnichten lehrt, wären jene Bewohner alles andere als glückselig, da sie nichts von der Fleischwerdung Christi wüßten.«

»Und alles andere als gnädig wäre der Herrgott gewesen, ihnen diese schöne Offenbarung vorzuenthalten«, entgegnete Saint-Savin.

»Versucht nicht, in die göttlichen Mysterien einzudringen. Gott hat das Evangelium Seines eingeborenen Sohnes auch den Eingeborenen der beiden Amerikas nicht gewährt, doch in seiner unendlichen Güte schickt er ihnen jetzt Missionare, auf daß sie ihnen das Licht bringen.«

»Und warum schickt dann der Herr Papst nicht auch Missionare auf den Mond? Sind die Mondbewohner vielleicht keine Kinder Gottes?«

»Redet kein dummes Zeug!«

»Ich will überhören, daß Ihr mich der Dummheit geziehen habt, Monsieur l'Abbé, aber wisset, daß sich unter dieser Dummheit ein Geheimnis verbirgt, das Euer Herr Papst sicher nicht lüften will. Wenn nämlich die Missionare auf dem Mond Bewohner vorfänden und sähen, daß diese Bewohner andere Welten betrachten, die in ihrem Blickfeld liegen, nicht aber in unserem, so müßten sie sich fragen, ob nicht auch auf jenen anderen Welten ähnliche Wesen leben wie wir. Und sie müßten sich weiter fragen, ob nicht auch die Fixsterne ebenso viele Sonnen sind, die von ihren Monden und ihren weiteren Planeten umgeben werden, und ob die Bewohner jener Planeten nicht ebenfalls wieder andere Sterne sehen, die uns unbekannt sind und die ebenso viele weitere Sonnen mit ebenso vielen weiteren Planeten wären und so fort bis ins Unendliche …«

»Gott hat uns nicht befähigt, das Unendliche zu denken, also begnügt Euch damit und fragt nicht immer, warum.«

»Das Ständchen, das Ständchen«, tuschelten die anderen. »Dort ist das Fenster.« Und das Fenster schien übergossen mit einem rötlichen Licht, das aus dem Innern eines vorstellbaren Alkovens kam. Aber die beiden Streithähne hatten sich schon zu sehr erhitzt.

»Und fügt hinzu«, insistierte Saint-Savin höhnisch, »wenn die Welt endlich wäre und umgeben vom Nichts, dann wäre auch Gott endlich: Da es seine Aufgabe ist, wie Ihr sagt, im Himmel zu sein und auf der Erde und an jedem Ort, könnte er nicht dort sein, wo nichts ist. Das Nichts ist ein Nicht-Ort. Oder aber, um die Welt zu erweitern, müßte er sich selbst erweitern, also erstmals dort auftreten, wo er vorher nicht war, was im Widerspruch zu seiner angeblichen Ewigkeit stünde.«

»Genug, Monsieur! Ihr leugnet die Ewigkeit des Ewigen, und das ist zuviel. Der Moment ist gekommen, Euch zu töten, damit Euer sogenannter starker Geist uns nicht länger mehr schwächen kann!« Sprach's und zog seinen Degen.

»Wenn Ihr's denn so wollt«, sagte Saint-Savin, zog ebenfalls, grüßte und stellte sich in Position. »Aber ich werde Euch nicht töten, ich will meinem König keine Soldaten entziehen. Ich werde Euch nur entstellen, damit Ihr künftig eine Maske tragen müßt, wie es die italienischen Komödianten tun, eine Würde, die Euch gebührt. Ich werde Euch eine Narbe machen, die vom Auge bis zur Lippe geht, und ich werde Euch diesen schönen Schweinekastrierhieb erst versetzen, nachdem ich Euch, zwischen einem Streich und dem andern, eine Lektion in Naturphilosophie erteilt habe.«

Der Abbé griff an und versuchte sofort mit großen Hieben, den Gegner zu treffen, wobei er ihm zuschrie, er sei ein giftiges Insekt, ein Floh, eine Laus, die erbarmungslos zerquetscht gehöre. Saint-Savin parierte, griff seinerseits an und trieb den Abbé rücklings gegen einen Baum, wobei er jedoch bei jedem Hieb oder Stoß philosophierte.

»Ei ei, *Mandritti* und *Estramaçons* sind aber vulgäre Hiebe, die macht man nur, wenn man vor Wut geblendet ist! Euch fehlt es an einer Idee von der Fechtkunst. Aber Euch fehlt es auch an Barmherzigkeit, wenn Ihr die Flöhe und Läuse so verachtet. Ihr seid ein viel zu kleines Tier, um Euch die Welt als ein großes Tier vorstellen zu können, als welches sie uns schon der göttliche Plato vorgeführt hatte. Versucht doch einmal zu denken, die Sterne seien Welten mit anderen kleineren Tieren und diese kleineren Tiere dienten ihrerseits als Welten für andere Völker, dann würdet Ihr es nicht widersprüchlich finden, zu denken, daß auch wir, genau wie die Pferde und die Elefanten, für die Flöhe und die Läuse, die uns bewohnen, Welten sind. Sie nehmen uns nicht wahr, weil wir so groß sind, und genauso nehmen auch wir die größeren Welten nicht wahr, weil wir so klein sind. Vielleicht gibt es gerade jetzt ein Völkchen von Läusen, das unseren Körper für eine Welt hält, und wenn eine von ihnen Euch von der Stirn zum Nacken gekrabbelt ist, sagen die andern von ihr, sie habe es gewagt, bis an die Grenzen der bekannten Erde vorzustoßen. Dieses Völkchen betrachtet Euer Körperhaar als die Wälder seines Landes, und wenn ich Euch getroffen haben werde, wird es Eure Wunden als Seen und Meere betrachten. Wenn Ihr Euch kämmt, betrachten sie diesen Aufruhr als Sturm auf dem Ozean, und es ist ihr Pech, daß ihre Welt so stürmisch ist, wegen Eurer Gewohnheit, Euch alle naselang zu kämmen wie ein Weib. Und wenn ich Euch jetzt dieses Quästchen abtrenne, werden sie Euren Wutschrei für einen Orkan halten, da!« Sprach's und trennte ihm ein Ornament ab, wobei er ihm fast die bestickte Weste zerschnitt.

Der Abbé schäumte vor Wut, er wechselte in die Mitte des Platzes, schaute kurz über die Schulter, um sich zu vergewissern, daß ihm Raum genug blieb für die Finte, die er nun vorhatte, und wich zurück, um von hinten durch den Brunnen gedeckt zu sein.

Saint-Savin schien ihn zu umtänzeln, ohne ihn anzugreifen. »Kopf hoch, Monsieur l'Abbé, seht Euch den Mond an und überlegt einmal: Hätte Euer Gott die unsterbliche Seele zu schaffen vermocht, so hätte er wohl auch die unendliche Welt schaffen können. Aber wenn die Welt unendlich ist, dann ist sie es im Raum ebenso wie in der Zeit, und mithin ist sie ewig, und wenn es eine ewige Welt gibt, die keiner Schöpfung bedarf, dann ist es auch nicht mehr nötig, die Idee eines Gottes zu konzipieren. Oh, was für eine schöne Ohrfeige, Monsieur l'Abbé, wenn Gott unendlich ist, könnt Ihr seine Macht nicht begrenzen: Er könnte niemals *ab opere cessare*, vom Schaffen ablassen, und mithin wird die Welt unendlich sein. Aber wenn die Welt unendlich ist, wird es Gott nicht mehr geben, so wie es gleich keine Troddeln mehr an Eurem Rock geben wird!« Und dem Wort die Tat folgen lassend, trennte er ihm noch ein paar Quasten ab, auf die der Abbé so stolz war, dann verkürzte er die Guardia und zielte ein wenig höher; und während der Abbé noch die Mensur zu verengen suchte, versetzte er ihm einen so harten Hieb auf die Schneide der Klinge, daß der Abbé den Degen fast fallen gelassen hätte und sich mit der Linken das schmerzende Handgelenk preßte.

Aufbrüllend rief er: »Höchste Zeit, daß ich Euch erledige, ruchloses Lästermaul, beim Bauche Gottes, bei allen verfluchten Heiligen des Paradieses, beim Blute des Gekreuzigten!«

Das Fenster der Dame ging auf, jemand schaute heraus und rief etwas. Doch inzwischen hatten die Anwesenden den Zweck ihrer Unternehmung vergessen, sie bewegten sich um die beiden Duellanten, die lärmend den Brunnen umrundeten, während Saint-Savin den Abbé mit einer Reihe von kreisenden Paraden und spitzen Stößen verwirrte.

»Ruft nicht die Mysterien der Fleischwerdung zu Hilfe, Monsieur l'Abbé«, höhnte er. »Eure heilige römische Kirche hat Euch gelehrt, diese unsere Schlammkugel sei der Mittelpunkt des Universums, das sich um uns drehe und uns wie ein Leiermann die Sphärenmusik vorspiele. Paßt auf, Ihr laßt Euch zu sehr an den Brunnenrand treiben, Ihr werdet Euch noch die Rockschöße naß machen wie ein Tattergreis mit Blasensteinen ... Doch wenn in der endlosen Leere unzählige Welten kreisen, wie ein großer Philosoph gesagt hat, der von Euresgleichen in Rom verbrannt worden ist, dann sind viele von ihnen bewohnt von Wesen wie wir, und wenn die alle von Eurem Gott geschaffen sind, was machen wir dann mit der Erlösung?«

»Was macht Gott dann mit dir, Verruchter!« schrie der Abbé, mit Mühe einen Rückhand-Riverso parierend.

»Ist Christus vielleicht nur einmal Fleisch geworden? Ist also die Erbsünde nur einmal auf dieser Erde geschehen? Was für eine Ungerechtigkeit! Entweder für die anderen, die dann der Erlösung beraubt wären, oder für uns, denn in diesem Fall waren die Menschen in allen anderen Welten so vollkommen wie unsere Urahnen vor der Erbsünde und genössen eine natürliche Glückseligkeit ohne das Gewicht des Kreuzes. Oder aber unzählige Adams haben unzählige Male die Erbsünde begangen, in Versuchung geführt von unzähligen Evas mit unzähligen Äpfeln, und Christus war unzählige Male gezwungen, Mensch zu werden und zu predigen und am Kreuz zu leiden, und vielleicht tut er's immer noch, und wenn die Welten unendlich sind, ist auch seine Aufgabe nie zu Ende. Unendlich seine Aufgabe, unendlich die Formen seiner Qual: Wenn es jenseits der Milchstraße ein Land gäbe, in dem die Menschen sechs Arme hätten, wie bei uns in der Terra Incognita, dann wäre Gottes Sohn nicht an ein Kreuz genagelt worden, sondern an ein sternförmiges Holz – was mir eines Komödienautors würdig erschiene.«

»Genug, jetzt mache ich Eurer Komödie ein Ende!« brüllte der Abbé außer sich vor Wut und stürzte sich mit rasenden Hieben auf Saint-Savin.

Der hielt ihm mit ein paar guten Paraden stand, dann kam ein Moment. Während der Abbé noch den Degen nach einer Parade erhoben hielt, machte Saint-Savin eine Bewegung, als wollte er einen runden Riverso versuchen, und ließ sich nach vorne fallen. Der Abbé sprang zur Seite in der Hoffnung, ihn im Fallen zu treffen. Aber Saint-Savin, der keineswegs die Kontrolle über seine Beine verloren hatte, war blitzschnell wieder aufgesprungen, wozu er sich mit dem linken Ellbogen vom Boden abgestoßen hatte, und streckte die Rechte vor: Es war der Möwenstoß. Die Degenspitze zeichnete das Gesicht des Abbé von der Nasenwurzel bis zur Lippe und trennte ihm die linke Hälfte des Schnurrbarts ab.

Der Abbé fluchte, wie kein Epikureer es je gewagt hätte, während Saint-Savin abschließend grüßte und die Umstehenden dem meisterhaften Stoß applaudierten.

Doch genau in jenem Moment erschien am Ende des Platzes eine spanische Patrouille, vielleicht angelockt von dem Lärm. Die Franzosen legten instinktiv die Hand an den Degenknauf, die Spanier sahen sechs Feinde in Waffen und schrien Verrat. Ein Soldat legte seine Muskete an und schoß. Saint-Savin fiel, in die Brust getroffen. Der Offizier kam gelaufen und sah, daß vier Personen, anstatt ihn anzugreifen, zu dem Gefallenen eilten, er sah den Abbé mit blutüberströmtem Gesicht und begriff, daß er ein Duell gestört hatte, gab seinen Leuten einen Befehl, und die Patrouille verschwand.

Roberto beugte sich über seinen armen Freund. »Habt Ihr gesehen«, brachte Saint-Savin mühsam vor, »habt Ihr ihn gesehen, meinen Stoß? Denkt darüber nach und übt Euch darin. Ich will nicht, daß mein Geheimnis mit mir stirbt …«

»Saint-Savin, mein Freund«, schluchzte Roberto, »Ihr dürft nicht auf so dumme Art sterben!«

»Dumm? Ich habe einen Dummen besiegt und sterbe auf dem Kampffeld, und zwar an einer Kugel des Feindes. Ich habe in meinem Leben ein kluges Maß gehalten … Immer ernsthaft zu sprechen verursacht Überdruß. Immer zu spotten Verachtung. Immer zu philosophieren Trübsinn. Immer zu scherzen Unbehagen. Ich habe alle Rollen gespielt, je nach Zeit und Gelegenheit, und manchmal bin ich auch der Hofnarr gewesen. Aber heute abend, wenn Ihr die Geschichte gut erzählt, wird es keine Komödie gewesen sein, sondern eine schöne Tragödie. Und seid nicht traurig, daß ich sterbe, Roberto«, und zum erstenmal nannte er ihn beim Vornamen, *»une heure après la mort, notre âme évanoüie / sera ce qu'elle estoit une heure avant la vie …* Sind das nicht schöne Verse? Eine Stunde nach dem Tod ist unsere dahingegangene Seele das, was sie eine Stunde vor dem Leben war.«

Er verschied. Entschlossen zu einer noblen Lüge, die auch der Abbé mitmachte, wurde verbreitet, Saint-Savin sei bei einem Zusammenstoß mit Landsknechten gestorben, die sich dem Kastell genähert hätten. Toiras und alle Offiziere betrauerten ihn als einen Helden. Der Abbé erzählte, er sei bei dem Zusammenstoß verletzt worden, und stellte sich darauf ein, bei der Rückkehr nach Paris eine kirchliche Pfründe zu erhalten.

In kurzer Zeit hatte Roberto den Vater, die Geliebte, die Gesundheit, den Freund und vielleicht den Krieg verloren.

Es gelang ihm nicht, bei Pater Emanuele Trost zu finden, der zu sehr von seinen Zusammenkünften beansprucht war. So stellte er sich wieder in den Dienst von Toiras, dem letzten Vaterbild, das ihm verblieben war, und in Ausführung seiner Befehle wurde er zum Zeugen der letzten Ereignisse.

Am 13. September trafen Emissäre des Königs von Frankreich und des Herzogs von Savoyen sowie Hauptmann Mazzarini im Kastell ein. Auch die Entsatzarmee hatte Verhandlungen mit den Spaniern aufgenommen. Nicht die letzte Bizarrerie jener Belagerung: Die Franzosen erbaten einen Waffenstillstand, um rechtzeitig zur Rettung der Stadt eintreffen zu können. Die Spanier willigten ein, weil auch ihr Lager, von der Pest verheert, in einer Krise war, die Desertationen nahmen zu, und Spinola hielt sein Leben inzwischen nur noch mit den Zähnen fest. Toiras sah sich von den Neuankömmlingen die Klauseln des Abkommens diktiert, die ihm erlaubten, Casale zu verteidigen, während Casale bereits genommen war: Die Franzosen würden sich in die Zitadelle zurückziehen, um die Stadt mitsamt dem Kastell den Spaniern zu überlassen, jedenfalls bis zum 15. Oktober. Wenn bis dahin die Entsatzarmee nicht eingetroffen war, würden die Franzosen auch die Zitadelle räumen und sich endgültig geschlagen geben. Andernfalls würden die Spanier Stadt und Kastell zurückgeben.

In der Zwischenzeit sollten die Belagerten von den Belagerern mit Lebensmitteln versorgt werden. Sicher ist das nicht die Art, wie wir meinen, daß eine Belagerung damals verlaufen sollte, aber es war die Art, wie man damals den Verlauf einer Belagerung akzeptierte. Es war kein richtiger Krieg, es war wie ein Würfelspiel, das man unterbricht, wenn der Gegner mal austreten muß. Oder wie eine Wette auf das siegreiche Pferd. Und das Pferd war jene Entsatzarmee, die von der Hoffnung beflügelt immer größer wurde, je länger man auf sie wartete, aber die noch niemand gesehen hatte. Man lebte in Casale, in Stadt und Zitadelle, wie auf der *Daphne*: mit einer fernen Insel im Kopf und den Eindringlingen im Haus.

Während die spanische Vorhut sich gut benommen hatte, kam jetzt das Gros der Armee in die Stadt, und die Casaler sahen sich Horden von Wüstlingen gegenüber, die alles requirierten, ihre Frauen vergewaltigten, ihre Männer verprügelten und sich, nach Monaten in den Wäldern und auf den Feldern, die Freuden des Stadtlebens gönnten. Hinzu kam, gleichmäßig verteilt auf Eroberer, Eroberte und in der Zitadelle Verschanzte, die Pest.

Am 25. September lief die Kunde um, daß Spinola gestorben war. Jubel in der Zitadelle, Erschütterung bei den Eroberern, die nun verwaist wie Roberto waren. Die nächsten Tage waren ereignisloser als auf der *Daphne*, bis am 22. Oktober gemeldet wurde, daß die Entsatzarmee in Asti angelangt sei. Die Spanier machten sich daran, das Kastell zu befestigen und Kanonen am Ufer des Po aufzustellen, ohne sich einen feuchten Dreck (fluchte Toiras) um das Abkommen zu scheren, nach dem sie beim Eintreffen der Armee die Stadt hätten räumen sollen. Die Spanier erinnerten durch den Mund von Signor della Saletta daran, daß im Abkommen als letzter Termin der 15. Oktober festgesetzt worden war, so daß eigentlich die Franzosen seit einer Woche die Zitadelle hätten geräumt haben müssen.

Am 24. Oktober sah man von den Zinnen der Zitadelle aus große Bewegungen unter den feindlichen Truppen, und Toiras machte sich bereit, die heranrückenden Franzosen mit seiner Artillerie zu unterstützen; in den folgenden Tagen begannen die Spanier, ihr großes Gepäck auf dem Fluß zu verladen, um es nach Alessandria zu schicken, und das erschien in der Zitadelle als gutes Zeichen. Doch die Feinde am Fluß begannen auch, Pontonbrücken zu bauen, um ihren Rückzug vorzubereiten. Und das erschien Toiras so wenig elegant, daß er sie beschießen ließ. Woraufhin die Spanier aus Rache alle Franzosen, die sich noch in der Stadt befanden, verhafteten, und wieso sich dort noch welche befanden, weiß ich auch nicht zu sagen, aber so berichtet es Roberto, und mittlerweile bin ich bei dieser Belagerung auf alles gefaßt.

Die Entsatzarmee war sehr nahe, und man weiß, daß Mazzarini im Auftrag des Papstes alles tat, um den Zusammenstoß zu vermeiden. Er pendelte von einer Armee zur anderen, kam erneut zu Verhandlungen in Pater Emanueles Kloster und galoppierte wieder los, um den beiden Armeen die Gegenvorschläge zu überbringen. Roberto sah ihn immer nur aus der Ferne, staubbedeckt und nach allen Seiten den Hut ziehend. Beide Parteien verhielten sich abwartend, da die erste, die einen Zug getan hätte, schachmatt gesetzt worden wäre. Roberto fragte sich schließlich, ob die famose Entsatzarmee nicht womöglich gar eine Erfindung dieses jungen Hauptmanns war, der es fertigbrachte, Belagerer und Belagerte denselben Traum träumen zu lassen.

Tatsächlich tagte bereits seit Juni eine Versammlung der deutschen Fürsten in Regensburg, zu der Frankreich seine Botschafter entsandt hatte, darunter den Père Joseph. Und während die freien Reichsstädte und die Regionen sich separierten, war am 13. Oktober eine Verständigung über Casale erzielt worden. Mazzarini hatte sehr bald von ihr erfahren, wie Pater Emanuele zu Roberto sagte, und es ging jetzt darum, sowohl die Ankommenden wie die sie Erwartenden von ihr zu überzeugen. Die Spanier hatten mehr als eine Nachricht darüber erhalten, aber die eine besagte das Gegenteil der anderen; die Franzosen wußten auch etwas, aber sie fürchteten, daß Richelieu nicht einverstanden sein würde – und tatsächlich war er es dann auch nicht, aber seit jenen Tagen war der spätere Kardinal Mazarin bemüht, die Dinge auf seine Art zu steuern, hinter dem Rücken dessen, der später sein Förderer und Beschützer werden sollte.

So stand es, als am 26. Oktober die beiden Armeen einander gegenübertraten. Im Osten, am Fuß der Hügellinie nach Frassineto, hatte sich die französische Armee aufgestellt; ihr gegenüber, mit dem Fluß zur Linken, in der Ebene zwischen der Stadt und den Hügeln, das spanische Heer, das Toiras mit seinen Kanonen von hinten beschießen ließ.

Ein Konvoi von spanischen Wagen schickte sich an, die Stadt zu verlassen, Toiras rief die spärliche Kavallerie zusammen, die ihm noch verblieben war, und sandte sie vor die Mauern, die Abzügler zu verhaften. Roberto hatte ihn angefleht, an dem Unternehmen teilnehmen zu dürfen, aber es war ihm nicht gestattet worden. Er fühlte sich nun wie an Deck eines Schiffes, das er nicht verlassen konnte, im Angesicht eines weiten Meeres und einer Insel, die ihm verweigert war.

Auf einmal hörte man Schüsse, vielleicht waren die beiden Vorhuten aneinandergeraten: Toiras beschloß, einen Ausfall zu machen, um die Truppen Ihrer Katholischen Majestät an zwei Fronten zu binden. Gerade wollten seine Leute die Stadt verlassen, da sah Roberto von den Bastionen aus einen schwarzgekleideten Reiter, der, ohne sich um die ersten umherfliegenden Kugeln zu kümmern, mitten zwischen den beiden Heeren ritt, direkt auf der Feuerlinie, ein Papier schwenkend und dazu rufend, wie die Zeugen hinterher berichteten: »*Pace! Pace!*«

Es war der Hauptmann Mazzarini. Im Verlauf seiner letzten Pilgerfahrten von der einen Seite zur andern hatte er die Spanier dazu gebracht, die Vereinbarungen von Regensburg zu akzeptieren. Der Krieg war vorbei. Casale blieb bei Nevers, Franzosen und Spanier verpflichteten sich, es zu verlassen. Während die Fronten sich auflösten, stieg Roberto auf den treuen Pagnufli und ritt zum Ort der in letzter Sekunde vermiedenen Schlacht. Er sah Edelmänner in vergoldeten Rüstungen, die sich in elaborierten Begrüßungen mit Komplimenten und Tanzschritten ergingen, während eilig Klapptischchen aufgestellt wurden, um die Abkommen zu besiegeln.

Am nächsten Tag begannen die feindlichen Armeen abzuziehen, zuerst die Spanier, dann die Franzosen, nicht ohne

Konfusionen und gelegentliche Zusammenstöße, aber mit Austausch von Geschenken und Freundschaftsbekundungen, während in der Stadt die Leichen der Pestopfer in der Sonne verfaulten, die Witwen weinten und einige Bürger sich bereichert sahen, sowohl um klingende Münze wie um die Französische Krankheit, ohne anderen beigelegen zu haben als ihren eigenen Frauen.

Roberto versuchte, seine Leute wiederzufinden. Aber von der Armee aus La Griva hatte man nichts mehr gehört. Einige mußten an der Pest gestorben sein, die anderen hatten sich zerstreut. Roberto nahm an, daß sie nach Hause zurückgekehrt waren, und vielleicht hatte seine Mutter von ihnen schon die Nachricht vom Tod ihres Mannes erfahren. Er überlegte, ob er ihr jetzt nicht zur Seite stehen müßte, aber er wußte nicht mehr, was seine Pflicht war.

Schwer zu sagen, was seinen Glauben mehr erschüttert hatte: die unendlich kleinen und unendlich großen Welten in einer Leere ohne Gott und ohne Gesetz, die Saint-Savin ihn hatte erahnen lassen, die Lektionen in Weltklugheit, die ihm Saletta und Salazar erteilt hatten, oder die Kunst der Großen Worte und Heroischen Wahlsprüche, die ihm von Pater Emanuele als einzige Wissenschaft geblieben war.

Aus der Art, wie er sich auf der *Daphne* daran erinnert, entnehme ich, daß er in Casale gelernt hatte, während er den Vater und sich selbst verlor in einem Krieg mit zu vieler und keiner Bedeutung, das Universum als ein Gewirr von Rätseln zu sehen, hinter dem es keinen Urheber gab; oder dessen Urheber, wenn es je einen gegeben hatte, sich verloren zu haben schien in der Bemühung, sich selbst aus zu vielen Perspektiven neu zu erschaffen.

Hatte er dort eine Welt erblickt, deren Mitte verloren war und die nur noch aus Peripherien bestand, so fühlte er sich hier nun wirklich an der äußersten und verlorensten aller Peripherien. Denn wenn es noch eine Mitte gab, war sie da vor ihm, und er war ihr regloser Satellit.

15

Horologia oscillatoria

Dies ist wohl der Grund, denke ich, weshalb ich nun schon seit mindestens hundert Seiten von den vielen Geschehnissen berichte, die sich vor der Landung des schiffbrüchigen Roberto auf der *Daphne* ereignet hatten, während ich auf der *Daphne* selbst nichts passieren lasse. Aber daß die Tage an Bord eines verlassenen Schiffes ereignislos sind, kann man mir nicht zum Vorwurf machen, ist es doch auch für Roberto noch nicht gesagt, ob diese Geschichte es überhaupt lohnt, aufgeschrieben zu werden. Wir könnten ihm höchstens vorwerfen, daß er einen ganzen Tag darauf verwendet hatte (tatsächlich ist es inzwischen knapp dreißig Stunden her, seit er bemerkt hatte, daß jemand die Eier gestohlen haben mußte), den Gedanken an die einzige Möglichkeit zu verdrängen, die seinen Aufenthalt auf der *Daphne* etwas spannender machen könnte. Wie ihm bald klarwerden sollte, hatte es keinen Zweck, die *Daphne* für harmlos zu halten. Auf ihren Planken bewegte sich – oder lauerte – jemand oder etwas, das nicht nur er selber war. Nicht einmal auf jenem Schiff war eine Belagerung im Reinzustand denkbar. Der Feind war immer schon im Hause.

Er hätte es bereits in der Nacht seines Orgasmus über den Karten argwöhnen können. Als er danach wieder zu sich kam, hatte er Durst verspürt, die Karaffe war leer gewesen, und so hatte er sich auf die Suche nach einem Wasserfäßchen gemacht. Die Fässer, die er zum Auffangen des Regenwassers hingestellt hatte, waren ihm zu schwer, aber es gab auch kleinere in der Vorratskammer. Er ging hin, nahm das erste, das in Reichweite stand (als er später darüber nachdachte, mußte er zugeben, daß es ein bißchen *zu sehr* in Reichweite stand), trug es in die Kapitänskajüte, stellte es auf den Tisch und hängte sich unter den Zapfhahn.

Es war kein Wasser, und hustend machte er sich klar, daß es Branntwein war. Er wußte nicht, was für einer, aber als guter Landmann konnte er sagen, daß es kein Weinbrand und kein Tresterschnaps war. Es schmeckte nicht übel, und in einem Anfall von plötzlicher Fröhlichkeit trank er noch mehr davon. Es kam ihm nicht in den Sinn, daß er, wenn die Fäßchen in der Vorratskammer alle so waren wie dieses, sich Sorgen um seine Wasservorräte machen müßte. Er fragte sich auch nicht, wie es sein konnte, daß am zweiten Abend, als er von dem ersten Fäßchen in der Kammer probiert hatte, es voll Süßwasser gewesen war. Erst später machte er sich klar, daß ein Jemand hinterher dieses tückische Geschenk so hingestellt haben mußte, daß er es als erstes ergriff. Ein Jemand, der ihn betrunken haben wollte, um ihn in seiner Gewalt zu haben. Wenn dies allerdings der Plan war, kam ihm Roberto mit zuviel Enthusiasmus entgegen. Ich glaube zwar nicht, daß er sehr viel getrunken hatte, doch für einen Katechumenen von seiner Sorte waren schon ein paar Gläser zuviel.

Aus der ganzen Erzählung, die folgt, läßt sich entnehmen, daß Roberto die anschließenden Ereignisse in einem Zustand der Erregung erlebte, der auch in den folgenden Tagen anhalten sollte.

Wie bei Betrunkenen üblich, schlief er bald ein, aber mit einem noch größeren Durst als zuvor. Und in diesem schweren Schlaf kam ihm ein letztes Bild von Casale in den Sinn. Vor seiner Abreise war er noch einmal zu Pater Emanuele gegangen, um sich zu verabschieden, und hatte ihn dabei vorgefunden, wie er seine Metaphernmaschine verpackte, um nach Turin zurückzukehren. Und als er dann aus der Stadt ritt, war er draußen auf die Ochsenkarren gestoßen, in denen die Spanier und die Kaiserlichen die Bestandteile ihrer Belagerungsmaschinen verstauten.

Diese Zahnräder waren es nun, die ihm im Traum wieder-
kehrten: Er hörte ein rostiges Scheppern, ein metallisches
Rasseln und Knirschen, und diesmal konnte es nicht der
Wind sein, der diese Geräusche erzeugte, denn das Meer war
reglos und glatt wie Öl. Verärgert wie einer, der beim Aufwa-
chen träumt, daß er träumt, zwang er sich, die Augen zu öffnen, und hörte die Geräusche noch immer: sie kamen entweder aus dem Unterdeck oder aus dem Kielraum.

Beim Aufstehen merkte er, daß er heftige Kopfschmerzen
hatte. Um etwas dagegen zu tun, fiel ihm nichts Besseres ein,
als sich erneut unter den Zapfhahn des Fäßchens zu hängen,
doch als er davon abließ, waren die Schmerzen noch schlimmer als vorher. Er nahm seine Waffen, schaffte es nach mehreren Anläufen, sich das Messer in den Gürtel zu stecken, bekreuzigte sich mehrmals und wankte die Treppe hinunter.

Durch den Raum unter ihm, das wußte er, ging die Ruderpinne. Er stieg noch weiter hinunter, bis zum Fuß der Treppe.
Wenn er von da aus bugwärts ging, würde er zu den Pflanzen
gelangen. Heckwärts gab es eine Tür, die er noch nie geöffnet
hatte. Von dort kam jetzt sehr laut ein vielfältiges, ungleich-
mäßiges Ticken, das wie eine Überlagerung vieler verschiedener Rhythmen klang, unter denen man bald ein Tick-Tick,
bald ein Tock-Tock und bald ein Tack-Tack unterscheiden
konnte, aber der Gesamteindruck war ein Titickete-Tock-
Tackatackete-Tick. Es klang, als ob hinter jener Tür eine Le-
gion von Wespen und Hornissen wild durcheinandersauste,
alle auf verschiedenen Flugbahnen, um gegen die Wände zu
stoßen und beim Abprall gegeneinanderzuprallen. Roberto
traute sich zuerst gar nicht, die Tür zu öffnen, aus Furcht, von
den verrückt gewordenen Atomen dieses verrückt gewordenen Bienenstocks angefallen zu werden.

Erst nach langem Zögern entschloß er sich. Mit dem Kolben der Büchse stieß er die Tür auf und trat ein.

Der Abstellraum bekam Licht durch ein weiteres Sabord
und war voller Uhren.

Uhren. Wasseruhren, Sanduhren, Sonnenuhren, die verloren an den Wänden lehnten, aber vor allem mechanische Uhren, die auf verschiedenen Regalen und Truhen standen, Uhren mit Antrieben durch Gewichte und Gegengewichte, die langsam absanken, durch Zahnräder, die in andere Zahnräder griffen und diese wieder in andere, bis das letzte zwei ungleiche löffelförmige Enden eines vertikalen Stabes bewegte und sie zwei halbe Drehungen in entgegengesetzter Richtung vollführen ließ, so daß der Stab mit diesem indezenten Schwänzeln eine horizontale Stange bewegte, die an seinem oberen Ende befestigt war, Uhren mit einer Feder, in denen sich ein Kettchen von einem gerillten Kegel abwickelt, gezogen von einer sich drehenden Federtrommel, die sich des Kettchens Glied für Glied bemächtigt.

Einige dieser Uhren verbargen ihren Mechanismus unter Hüllen mit rostigen Ornamenten und korrodierten Ziselierungen und zeigten nur die langsame Drehung ihrer lanzenförmigen Zeiger, aber die meisten stellten ihr knirschendes Räderwerk zur Schau und erinnerten an jene Totentänze, bei denen das einzig Lebende grinsende Skelette sind, die drohend die Sichel der Zeit schwingen.

All diese Maschinen tickten, in den größeren Sanduhren lief der Sand noch, in den kleineren war er schon fast zur Gänze in der unteren Hälfte versammelt, der Rest war Zähneknirschen, asthmatisches Kauen und Malmen.

Wer den Raum zum erstenmal betrat, mußte den Eindruck gewinnen, daß sich diese Anhäufung von Uhren bis ins Unendliche fortsetzt: Die hintere Wand war mit einer Leinwand bespannt, auf der eine Flucht von Räumen voll weiterer Uhren zu sehen war. Aber auch wenn man sich dieser Magie entzog und nur die Uhren betrachtete, die sozusagen aus Fleisch und Bein waren, gab es Grund zum Staunen.

Es mag unglaublich klingen – für den Leser, der diese Dinge aus dem Abstand liest –, aber ein Schiffbrüchiger, benebelt von Branntwein und auf einem verlassenen Schiff, der hundert Uhren findet, die ihm fast unisono die Geschichte seiner endlosen Zeit erzählen, denkt zuerst an die Geschichte und nicht an ihren Autor. Und so tat es Roberto: Er untersuchte eins nach dem anderen jene Geräte zum Zeitvertreib, jene Spielzeuge für die senile Jugend eines zu einem überaus langsamen Tode Verurteilten.

Der Donner vom Himmel kam später – *il tuon dal ciel fu dopo*, wie Roberto schrieb –, nämlich als er aus jenem Alptraum erwachte und sich der Notwendigkeit gegenübersah, einen Grund zu finden. Wenn die Uhren alle gingen, mußte sie jemand in Gang gesetzt haben. Und selbst wenn sie so konstruiert waren, daß sie lange Zeit liefen: Wenn sie vor seiner Ankunft aufgezogen worden wären, müßte er sie schon früher gehört haben, als er an dieser Tür vorbeikam.

Wenn es sich nur um einen einzelnen Mechanismus gehandelt hätte, wäre noch denkbar gewesen, daß er so hergerichtet worden war, daß ein winziger Anstoß genügte, um ihn in Gang zu setzen; diesen Anstoß hätte eine Bewegung des Schiffes geben können oder auch ein Seevogel, der durch das Sabord hereingekommen wäre und sich auf einen Hebel oder eine Kurbel gesetzt hätte, derart eine Reihe mechanischer Wirkungen auslösend. Kann nicht ein starker Wind die Glokken zum Klingen bringen, kommt es nicht vor, daß Verschlüsse aufschnappen, die nicht richtig zugemacht worden sind?

Aber ein Vogel kann nicht auf einen Schlag Dutzende von Uhren in Gang setzen. Nein. Ob Ferrante existierte oder nicht, war eine Sache, aber daß auf dem Schiff ein Eindringling war, stand nun fest.

Der Betreffende war in jenen Abstellraum eingedrungen und hatte die Uhren in Gang gesetzt. Aus welchem Grund er das getan hatte, war die erste Frage, aber nicht die dringlichste. Die zweite war, wo er stecken mochte.

Es galt also, in den Kielraum hinunterzusteigen. Roberto sagte sich, daß er jetzt nicht mehr darum herumkommen würde, aber indem er sich seinen festen Entschluß wiederholte, verzögerte er dessen Ausführung. Er begriff, daß er nicht gut beieinander war, stieg an Deck, um sich den Kopf mit Regenwasser zu kühlen, und dachte klareren Sinnes über die Identität des Eindringlings nach.

Ein Wilder von der Insel konnte es nicht sein, auch kein überlebender Matrose, der alles getan hätte (ihn am hellichten Tage angreifen, ihn nachts im Schlaf ermorden, ihn um Gnade anflehen), nur nicht Hühner füttern und Automaten aufziehen. Also versteckte sich auf der *Daphne* ein friedlicher und gebildeter Mensch, vielleicht der Bewohner des Raumes mit den Karten. Aber dann – wenn er da war und wenn man bedachte, daß er vor ihm dagewesen war – war er ein legitimer Eindringling. Die schöne Antithese konnte jedoch Robertos zornige Angst nicht besänftigen.

Wenn der Eindringling ein legitimer war, warum versteckte er sich dann? Aus Angst vor dem illegitimen Roberto? Und wenn er sich vor ihm versteckte, warum bekundete er ihm dann seine Anwesenheit durch dieses Uhrenkonzert? War es vielleicht ein Perverser, der ihn verrückt machen wollte, da er sich vor ihm fürchtete und nicht fähig war, ihn direkt anzugreifen? Aber wozu tat er das, wenn er doch, gleichfalls schiffbrüchig auf dieser künstlichen Insel, nur Vorteile aus dem Bündnis mit einem Unglücksgefährten ziehen konnte? Vielleicht, überlegte Roberto, verbarg die *Daphne* noch andere Geheimnisse, die Jener mit niemandem teilen wollte.

Gold also, Diamanten und all die anderen Reichtümer der Terra Incognita, oder auch der Salomon-Inseln, von denen ihm Colbert erzählt hatte …

Und beim Gedanken an die Salomon-Inseln hatte Roberto so etwas wie eine Offenbarung. Natürlich! Die Uhren! Wozu dienten so viele Uhren auf einem Schiff, das Meere befuhr, auf denen der Morgen und der Abend durch den Lauf der Sonne bestimmt wurden und man sonst nichts zu wissen brauchte? Der Eindringling war bis in diese entlegenen Breiten vorgedrungen, weil er gleichfalls, wie Doktor Byrd, den Fixpunkt suchte, *el Punto Fijo!*

Sicherlich war es so. Durch eine außerordentliche Verkettung von Umständen befand sich Roberto, aufgebrochen aus Holland, um als Spion des Kardinals die geheimen Manöver eines Engländers auszukundschaften, der gleichsam inkognito auf einem holländischen Schiff in die Südsee reiste, nun auf dem (gleichfalls holländischen) Schiff eines Anderen aus wer weiß welchem Land, der nach demselben Geheimnis suchte.

16

DISKURS
ÜBER DAS SYMPATHETISCHE PULVER

Wie war er in diese Verwicklung geraten?

Über die Jahre von seiner Rückkehr nach La Griva bis zu seinem Eintritt in die Pariser Gesellschaft schreibt Roberto nur wenig. Aus verstreuten Bemerkungen geht hervor, daß er bis zum Beginn seiner zwanziger Jahre bei seiner Mutter geblieben war, um sich widerwillig mit Fragen von Aussaat und Ernte zu befassen. Kaum aber war seine Mutter dann seinem Vater ins Grab gefolgt, hatte er entdeckt, daß ihm jene Welt fremd geworden war. So wird er das Gut einem Verwandten anvertraut haben, nicht ohne sich eine solide Rente zu sichern, und in die Welt hinausgezogen sein.

Er war in brieflichem Kontakt mit einem Bekannten aus Casale geblieben, durch den er sich angespornt fühlte, seine Kenntnisse zu erweitern. Ich weiß nicht, wie er nach Aix-en-Provence gekommen war, aber daß er dort war, ist nicht zu bezweifeln, denn er spricht mit dem Ausdruck der Dankbarkeit von zwei Jahren, die er bei einem dortigen Edelmann verbracht hatte, einem in allen Wissenschaften bewanderten Manne mit einer Bibliothek, die nicht nur reich an Büchern war, sondern auch an Kunstwerken, antiken Denkmälern und ausgestopften Tieren. Bei diesem Gastgeber in Aix muß er dann auch jenen Lehrer kennengelernt haben, den er stets mit großer Hochachtung als den »Kanonikus von Digne« bezeichnet und manchmal auch als *le doux prêtre*. Mit dessen Empfehlungsbriefen war er dann schließlich zu einem nicht genauer bestimmten Zeitpunkt nach Paris aufgebrochen.

Dort war er sofort in Kontakt mit Freunden des Kanonikus

getreten, die ihm Zugang zu einem der angesehensten Orte der Stadt verschafften. Häufig erwähnt er ein Kabinett der Gebrüder Dupuy und beschreibt es als einen Ort, an dem sein Geist sich jeden Tag etwas mehr geöffnet habe in der Begegnung mit Männern der Wissenschaft. Aber es finden sich auch Erwähnungen anderer Kabinette, die er in jenen Jahren besuchte, mit reichen Sammlungen von Medaillen, türkischen Messern, Achatsteinen, mathematischen Raritäten, Muscheln aus Indien ...

In welchen Kreisen er sich im heiteren April (oder Mai) seines Lebens herumtrieb, sagen uns die häufigen Erwähnungen von Lehren, die in unseren Ohren kraus oder unstimmig klingen mögen. Er verbrachte seine Tage damit, von dem Kanonikus zu lernen, wie man eine Welt konzipieren könne, die aus Atomen besteht, ganz entsprechend der Lehre des Epikur, und die gleichwohl von der göttlichen Vorsehung gewollt und gelenkt wird; doch getrieben von der gleichen Liebe zu Epikur verbrachte er seine Abende dann mit Freunden, die sich Epikureer nannten und es verstanden, Diskussionen über die Ewigkeit der Welt mit Besuchen bei schönen Damen von geringer Tugend zu verbinden.

Oft spricht er von einer Bande leichtlebiger Freunde, die gleichwohl mit zwanzig schon wußten, wessen andere sich rühmen könnten, wenn sie es mit fünfzig wüßten: Lignières, Chapelle, d'Assoucy, ein Philosoph und Poet, der mit umgehängter Laute herumlief, Poquelin, der Lukrez übersetzte, aber davon träumte, ein Komödienautor zu werden, Hercule Savinien, der sich bei der Belagerung von Arras tapfer geschlagen hatte, Liebeserklärungen an erdachte Geliebte verfaßte und intime Neigungen zu jungen Männern zur Schau trug, durch welche er die italienische Krankheit bekommen zu haben sich rühmte; zugleich aber machte er sich lustig über einen Gefährten seiner Ausschweifungen, *qui se plaisoit à l'amour des masles*, »der sich mit der Liebe zu Männern vergnügte«, und sagte höhnisch, man müsse ihn entschuldigen, da ihn seine Schüchternheit dazu verleite, sich ständig hinter dem Rücken seiner Freunde zu verstecken.

Aufgenommen in eine Gesellschaft unabhängiger Geister, wurde Roberto wenn nicht schon gebildet, so doch ein Verächter der Unbildung, die er sowohl bei Edelleuten am Hofe wie auch bei gewissen reich gewordenen Bürgern fand, in deren Salons leere Schachteln, in feinstes Leder gebunden und auf dem Rücken mit den Namen der besten Autoren in goldenen Lettern bedruckt, schön sichtbar ausgestellt waren.

Mit einem Wort, Roberto war in die Kreise jener *honnêtes gens* eingetreten, die, auch wenn sie nicht aus dem Geburtsadel kamen, sondern nur aus dem Amtsadel, der *noblesse de robe*, gleichwohl das Salz jener Welt ausmachten. Aber er war jung, begierig auf neue Erfahrungen und trotz seines Umgangs mit Gelehrten und Freigeistern nicht unempfindlich für den Zauber des wahren Adels.

Lange Zeit bewunderte er von außen, wenn er abends durch die Rue Saint-Thomas-du-Louvre ging, das Hôtel de Rambouillet mit seiner schönen Fassade, reich moduliert durch Gesimse, Friese, Architrave und Pfeiler in einem Wechselspiel von roten Ziegeln, weißem Sandstein und dunkelgrauem Schiefer.

Er spähte in die hell erleuchteten Fenster, sah die Gäste eintreten, stellte sich die schon damals berühmte Schönheit des inneren Gartens vor, malte sich die Einrichtung und das Milieu jenes kleinen Hofes aus, den ganz Paris feierte: den Hof einer vornehmen Dame mit Geschmack, die keinen Geschmack am Hof eines Königs gefunden hatte, der unfähig war, die Finessen des Geistes zu schätzen.

Schließlich sagte sich Roberto, daß er als Italiener einen gewissen Kredit im Hause einer Dame haben würde, die mütterlicherseits von einem uralten römischen Geschlecht abstammte, das sogar noch älter als Rom selbst war und auf eine Familie aus Alba Longa zurückging. Nicht zufällig hatte fünfzehn Jahre zuvor der Cavalier Marino, als Gast in diesem Hause weilend, den Franzosen die Wege jener neuen Poesie gezeigt, vor der die Kunst der Alten verblassen sollte.

Tatsächlich gelang es ihm, Aufnahme in jenen Tempel der Eleganz und des Geistes zu finden, in jene Gesellschaft von feinen Herren und *Précieuses*, wie sich die feinen Damen damals nannten, die gebildet waren ohne Pedanterie, galant ohne Libertinage, heiter ohne Vulgarität und puristisch ohne Lächerlichkeit. Er fühlte sich wohl in solcher Umgebung, erlaubte sie ihm doch, die Luft der großen Stadt zu atmen, ohne sich jenen Diktaten der Weltklugheit beugen zu müssen, die ihm in Casale von Signor della Saletta eingetrichtert worden waren. Man verlangte nicht von ihm, sich dem Willen eines Mächtigen anzupassen, sondern seine Eigenart zu zeigen. Nicht zu simulieren, sondern sich zu bewähren – sei's auch nur durch Befolgung einiger Regeln des guten Geschmacks – unter Persönlichkeiten, die besser waren als er. Nicht höfische Schmeichelei, sondern Kühnheit zu zeigen, die eigene Gewandtheit in der feinen und gebildeten Konversation vorzuführen und sich als fähig zu erweisen, mit leichter Eleganz tiefe Gedanken zu formulieren … Er fühlte sich nicht wie ein Knecht, sondern wie ein Duellant, von dem man ein Bravourstück des Geistes erwartete.

Er lernte und übte sich darin, die Affektation zu vermeiden, in jeder Sache möglichst geschickt das Künstliche und die Mühe zu verbergen, so daß alles, was er tat oder sagte, wie ein spontaner Einfall erschien, um solcherart Meister zu werden in dem, was man in Italien *sprezzata disinvoltura*, geringschätzige Ungezwungenheit, und in Spanien *despejo*, Gewandtheit, nannte.

Gewohnt an die lavendelduftenden Wiesen und Felder von La Griva, bewegte er sich in den Räumen von Arthénice nun zwischen Kabinetten, die stets vom Duft unzähliger Blumenkörbe erfüllt waren, als wäre es immerzu Frühling. Die wenigen Adelspaläste, die er bis dahin kennengelernt hatte, bestanden aus Räumen, die sich einem zentralen Treppenhaus unterordneten; bei Arthénice war die Treppe in eine Ecke des

Hofes verbannt, damit alles übrige eine einzige Flucht von Zimmern und Kabinetten sein konnte, mit hohen Fenstern und einander gegenüberliegenden Türen; die Zimmer waren nicht alle langweilig rot oder lohbraun gehalten, sondern jedes in einer anderen Farbe, und in der *Chambre bleue* der Hausherrin waren die Wände mit blauem Brokatsamt bespannt und mit Gold- und Silberfäden verziert.

Arthénice empfing die Freunde in ihrem Schlafgemach, auf dem Bett liegend, umgeben von Paravents und dicken Teppichen zum Schutz der Gäste gegen die Kälte: Sie selbst konnte weder das Licht der Sonne noch die Glut von Kohlebecken ertragen. Das Feuer und das Tageslicht erwärmten ihr das Blut in den Adern so sehr, daß ihr die Sinne zu schwinden drohten. Einmal hatte man ein Kohlebecken unter ihrem Bett vergessen, und da hatte sie eine Wundrose bekommen. Sie teilte diese Empfindlichkeit mit gewissen Blumen, die, um ihre Frische zu behalten, weder ständig im Licht noch ständig im Schatten sein wollen und darauf angewiesen sind, daß die Gärtner ihnen eine spezielle Jahreszeit liefern. Umschattet empfing Arthénice im Bett, die Füße in einem Sack aus Bärenfell und eingemummelt in so viele Nachtmützen, daß sie, wie sie scherzend sagte, am Martinstag taub wurde und zu Ostern das Gehör wiedererlangte.

Und doch war diese Gastgeberin, obwohl nicht mehr jung, ein Inbild der Anmut: stattlich und wohlgeformt, die Gesichtszüge von bewundernswerter Schönheit. Nicht zu beschreiben war vor allem das Licht ihrer Augen, das keine ungehörigen Gedanken aufkommen ließ, sondern eine Liebe inspirierte, die sich mit Furcht vermischte, um die Herzen, die sie entzündet hatte, zu reinigen.

In ihren Räumen dirigierte die Gastgeberin unaufdringlich Reden über die Freundschaft oder die Liebe, doch mit gleicher Leichtigkeit berührte man Fragen der Moral, der Politik und der Philosophie. Roberto entdeckte die Tugenden des andern Geschlechts in ihren zartesten Ausdrücken, und er betete aus der Ferne unerreichbare Fürstinnen an, solche wie die schöne Mademoiselle Paulet, genannt »die Löwin«, wegen ihrer stolzen Frisur, und Damen, die es verstanden, ihre Schönheit mit jenem Geist zu verbinden, den die vergreisten Akademien allein den Männern zuerkannten.

Nach einigen Jahren in dieser Schule war er reif für die Begegnung mit der Signora.

Das erste Mal sah er sie an einem Abend, an dem sie in dunklen Kleidern erschien, verschleiert wie eine verschämte Luna, die sich hinter Wolken verbirgt. *Le bruit*, das Gerücht, diese einzigartige Ausdrucksform, die in der Pariser Gesellschaft an die Stelle der Wahrheit tritt, wußte Widersprüchliches über sie zu vermelden: daß sie an einer grausamen Witwenschaft leide, aber nicht wegen eines Ehemannes, sondern eines Liebhabers, und daß sie viel Aufhebens um diesen Verlust mache, um ihre Souveränität über das verlorene Gut zu bekräftigen. Jemand raunte ihm zu, sie verberge ihr Gesicht, weil sie eine wunderschöne Ägypterin aus dem Mohrenland sei.

Was immer die Wahrheit sein mochte, es genügte der bloße Faltenwurf ihres Kleides, ihr leichter Gang, das Geheimnis ihres verhüllten Gesichts, und Robertos Herz war ihr verfallen. Er erleuchtete sich mit ihrer strahlenden Dunkelheit, er sah sie als morgenroten Vogel der Nacht, er zitterte über das Wunder, durch welches das Licht sich verdüsterte und das Dunkel leuchtend wurde, die Tinte Milch und das Ebenholz Elfenbein. Der Onyx funkelte in ihrem Haar, das leichte Gewebe, das die Konturen ihres Gesichts und ihres Körpers verbergend enthüllte, hatte die gleiche silberne Düsternis wie die Sterne.

Doch plötzlich, an jenem selben Abend ihrer ersten Begegnung, war ihr für einen Moment der Schleier von der Stirn gefallen, und Roberto hatte unter jener Sichel des Mondes den leuchtenden Abgrund ihrer Augen erblickt. Zwei liebende Herzen, die einander ansehen, sagen mehr, als alle Sprachen dieser Welt während eines ganzen Tages sagen könnten – hatte Roberto sich geschmeichelt, da er sicher war, daß sie ihn betrachtet und wirklich angesehen hatte. Und kaum nach Hause zurückgekehrt, hatte er ihr geschrieben:

Signora,

das Feuer, mit dem Ihr mich verbranntet, läßt so wenig Rauch aufsteigen, daß Ihr nicht leugnen könnt, geblendet worden zu sein, als Ihr jene schwarzen Dämpfe bandet. Die bloße Macht Eures Blickes hat mir die Waffen des Stolzes aus der Hand geschlagen und mich flehen lassen, daß Ihr mein Leben verlangt. Wieviel ich selbst zu Eurem Sieg beigetragen, ich, der ich zu kämpfen begann wie einer, der besiegt werden will, indem ich Eurem Angriff den verwundbarsten Teil meines Körpers darbot, nämlich ein Herz, das blutige Tränen vergoß, beweist, daß Ihr mein Haus schon des Wassers beraubt hattet, um es zur Beute jenes Brandes zu machen, den Eure wenngleich nur kurze Aufmerksamkeit entfachte!

Er fand den Brief so glänzend nach den Vorschriften von Pater Emanueles Metaphernmaschine geschrieben und so gut geeignet, der Signora die Natur der einzigen Person zu enthüllen, die zu solcher Innigkeit fähig war, daß er es nicht für nötig hielt, ihn zu unterschreiben. Er wußte noch nicht, daß die *Précieuses* solche Liebesbriefe sammelten wie Schmuck und Zierat, neugieriger auf ihre Metaphern als auf ihre Autoren.

In den folgenden Wochen und Monaten erhielt er kein Zeichen der Antwort. In derselben Zeit aber gab die Signora zuerst ihre dunklen Kleider auf, dann den Schleier, und so war sie ihm schließlich im reinen Weiß ihrer ganz und gar nicht mohrenhaften Haut erschienen, im Gold ihres blonden Haars, im Triumph ihrer nun nicht mehr ausweichenden Pupillen, die er als Fenster der Morgenröte bezeichnet.

Doch nun, da er frei ihre Blicke zu kreuzen vermochte, konnte er ihre Blicke auch abfangen, wenn sie sich anderen zuwandten, und er berauschte sich an der Musik von Worten, die nicht für ihn bestimmt waren. Er konnte nicht anders mehr leben als in ihrem Licht und war doch dazu verdammt, im Schatten eines anderen Körpers zu bleiben, der die Strahlen von ihr absorbierte.

Eines Abends schnappte er ihren Namen auf, als er hörte, wie jemand sie *Lilia* nannte; sicher war das nur ihr preziöser *nom de précieuse*, und er wußte sehr wohl, daß solche Namen zum Spiel verliehen wurden – die Marquise selbst hatte den Namen Arthénice als Anagramm ihres richtigen Namens Cathérine bekommen (doch die Meister jener *ars combinatoria*, Racan und Malherbe, hätten sie auch Éracinthe oder Carinthée nennen können). Gleichwohl erschien ihm *Lilia* der einzige richtige Name für seine Signora, war sie doch wahrhaft liliengleich in ihrem duftenden Weiß.

Seit jenem Augenblick war die Signora für ihn Lilia, und Lilia nannte er sie in Liebesgedichten, die er, kaum daß er sie geschrieben hatte, vernichtete in der Furcht, sie könnten als Huldigung nicht genügen: *O süßeste Lilia, / kaum pflückte ich eine Blume, warst du verschwunden! / Verschmähst du, daß ich dich wiedersehe? / Ich folge dir und du fliehst / ich spreche zu dir und du schweigst* ... Aber er sprach nicht zu ihr, außer mit Blicken voll streitsüchtiger Liebe, denn je mehr man liebt, desto mehr neigt man zum Groll, erschauernd von kalter Glut, erregt von kranker Gesundheit, die Seele leicht wie eine Feder aus Blei, mitgerissen von jenen teuren Effekten einer Liebe ohne Affekte; und er schrieb weiter Briefe an die Signora, die er ohne Unterschrift absandte, und Gedichte an Lilia, die er eifersüchtig für sich behielt und jeden Tag wiederlas.

So schreibend (ohne es abzusenden) *Lilia, Lilia, wo bist du? Wo hältst du dich versteckt? / Lilia, Glanz des Himmels / niedergefahren bist du in einem Blitz / um zu verwunden und zu verschwinden* ..., vervielfachte er seine Präsenz. Und indem er sie nachts verfolgte, wenn sie mit ihrer Zofe nach Hause ging (*durch die finstersten Wälder / durch die finstersten Gassen / genieß' ich's gleichwohl zu folgen, wenn auch vergebens / dem leichten Fuße* ...), entdeckte er, wo sie wohnte. Er wartete in der Nähe jenes Hauses, wenn die Stunde des täglichen Spaziergangs nahte, und heftet sich an ihre Fersen, wenn sie ausging. Noch Monate später konnte er aus dem Gedächtnis den Tag und die Stunde angeben, als sie ihre Frisur verändert hatte (wozu er Verse schmiedete über die teuren Schleifen der Seele, die auf der reinen Stirn umherirrten wie laszive Schlangen), und er erinnerte sich an jenen magischen Monat April, als sie zum erstenmal ein ginstergelbes Mäntelchen trug, das ihr den raschen Gang eines Sonnenvogels verlieh, während sie im ersten Frühlingswind ausschritt.

Manchmal, wenn er ihr wie ein Spion gefolgt war, machte er kehrt, lief so schnell er konnte um den Häuserblock herum und verlangsamte seinen Schritt erst kurz vor der Ecke, an der er wie zufällig vor ihr stehen würde; alsdann ging er mit einem bangen Gruß an ihr vorbei. Sie lächelte diskret, überrascht von der scheinbaren Fügung, und beschenkte ihn mit einem flüchtigen Wink, wie es die Konvention erforderte. Woraufhin er dann mitten auf der Straße stehenblieb wie eine Salzsäule, mit Wasser bespritzt von den vorüberfahrenden Karossen, erschöpft von jener Liebesschlacht.

Im Verlauf mehrerer Monate gelang es Roberto, ganze fünf solcher Siege zu erringen, und über jeden frohlockte er, als ob es der erste und letzte wäre, und redete sich ein, daß diese Erfolge, wenn sie so häufig eintraten, kein Zufall sein konnten und daß vielleicht gar nicht er, sondern *sie* den Zufall gesteuert hatte.

Ein Pilger in dieses flüchtige Heilige Land, ein flatterhafter Verliebter, wünschte er sich, der Wind in ihren Haaren zu sein, das Wasser, das ihren Leib in der Frühe küßte, die Tücher, die sie bei Nacht umschmeichelten, das Buch, das sie bei Tag streichelte, der Handschuh, der ihre Finger umschloß, der Spiegel, der sie in jeder Pose bewundern konnte … Einmal erfuhr er, daß ihr jemand ein Eichhörnchen geschenkt hatte, und stellte sich vor, er wäre das neugierige Tierchen, das, von ihr gekrault, die unschuldige

Schnauze in ihren jungfräulichen Busen steckte, während der buschige Schwanz ihre Wange liebkoste.

Er geriet in Verwirrung über die Kühnheit, zu der seine Leidenschaft ihn trieb, er übersetzte Schamlosigkeit und Gewissensbisse in bebende Verse, dann aber sagte er sich, daß ein *Honnête Homme* zwar verliebt sein kann wie ein Narr, aber nicht wie ein Schwachkopf. Sein Schicksal als Liebender würde sich einzig und allein durch die Proben seines Witzes entscheiden, die er in der *Chambre bleue* zu geben vermochte. Obwohl Neuling in jenen liebenswürdigen Riten, hatte er doch schon begriffen, daß man eine *Précieuse* nur mit Worten erobern konnte. Also hörte er sich die Reden in den Salons an, in denen die Edelleute miteinander wetteiferten wie in einem Turnier, doch er fühlte sich noch nicht reif.

Es war der Umgang mit den Gelehrten im Kabinett Dupuy, der ihn dazu anregte, die Prinzipien der neuen Wissenschaft, die in der Gesellschaft noch unbekannt waren, als Gleichnisse für die Herzensregungen zu benutzen. Und es war die Begegnung mit Herrn d'Igby, die ihn zu jener Rede animierte, die ihn dann ins Verderben stürzen sollte.

Monsieur d'Igby – wie er jedenfalls in Paris genannt wurde – war ein Engländer, den Roberto zuerst im Kabinett Dupuy kennengelernt hatte und den er eines Abends in einem Salon wiedertraf.

Es waren noch keine drei Lustren vergangen, seit der Herzog von Bouquinquant vorgeführt hatte, daß ein Engländer »den Roman im Kopf« – *le roman en teste* – haben konnte und zu noblen Narrheiten fähig war: Man hatte ihm gesagt, in Frankreich gebe es eine schöne und stolze Königin, und dem Traum von ihr hatte er sein Leben geweiht, um schließlich daran zu sterben, und hatte lange auf einem Schiff gelebt, auf dem er der Geliebten einen Altar errichtet hatte. Als man erfuhr, daß d'Igby etwa zwölf Jahre zuvor –

und zwar genau im Auftrag von Bouquinquant – am Kaper-krieg gegen Spanien teilgenommen hatte, war die Welt der Preziösen hellauf von ihm begeistert.

Im Milieu der Gebrüder Dupuy waren die Engländer nicht so beliebt. Man setzte sie mit Leuten wie jenem Robertus a Fluctibus gleich, der als *Medicinae Doctor, Eques Auratus* und *Armiger Oxoniensis* firmierte und gegen den mehrere Streitschriften verfaßt worden waren, die sein exzessives Vertrauen in die okkulten Operationen der Natur anprangerten. Doch im selben Milieu empfing man einen witz- und geistreichen Kirchenmann wie den Monsignor Gaffarel, der im Glauben an unerhörte Kuriositäten hinter keinem Engländer zurückstand, und im übrigen hatte sich d'Igby als durchaus fähig erwiesen, höchst gelehrt über die Notwendigkeit des Vakuums zu sprechen – in einer Runde von Naturphilosophen, die einen Horror vor Leuten mit einem Horror vacui hatten.

Eine gewisse Einbuße hatte sein Kredit allenfalls bei einigen Damen erlitten, denen er eine selbsterfundene Schönheitssalbe empfohlen hatte, von der eine der Damen dann Pusteln bekommen hatte, und jemand behauptete, vor einigen Jahren sei ihm, als Opfer eines von ihm gebrauten Vipernsaftes, seine geliebte Ehefrau Venetia gestorben. Aber das waren sicher nur üble Nachreden neidischer Konkurrenten, ausgelöst durch seine Reden über andere von ihm erfundene Medikamente, zum Beispiel gegen Nierenleiden, gewonnen aus der Flüssigkeit von Kuhfladen und von Hasen, die von Hunden totgeschüttelt worden waren – Reden, die keinen großen Beifall finden konnten in Kreisen, in denen man sich bemühte, aus Rücksicht auf die anwesenden Damen nur Worte zu wählen, die keine irgendwie auch nur vage anstößig klingenden Silben enthielten.

Eines Abends in einem Salon zitierte d' Igby einige Verse von einem Dichter aus seiner Heimat:

Wenn zwei wir sind, sind wir es so,
Wie es zwei starre Zirkelfüße sind:
Du bist der feste Fuß, der sich nicht fortbewegt,
Sich aber regt, wenn es der andre tut.

Er steht zwar in der Mitten fest,
Doch wenn der andre schweift hinaus,
Dann neigt er sich und horcht ihm nach
Und stellt sich auf, wenn jener wiederkehrt.

So wirst du sein für mich, wenn ich
Nun schräg muß laufen wie der andre Fuß.
Dein Feststehn rundet meinen Kreis,
Läßt enden mich, wo ich begann.

Roberto hatte beim Zuhören auf Lilia geschaut, die ihm den Rücken zukehrte, und hatte beschlossen, daß sie ihm für alle Zeiten der andere Fuß des Zirkels sein sollte; und daß er Englisch lernen mußte, um mehr von jenem Dichter zu lesen, der seine Gefühle so schön auszudrücken vermochte. Niemand in Paris hätte damals eine so barbarische Sprache lernen wollen, doch als Roberto an jenem Abend d'Igby zu seiner Herberge zurückbegleitete, wurde ihm klar, daß der Mann Schwierigkeiten hatte, sich in gutem Italienisch auszudrücken, obwohl er auf der Apenninenhalbinsel gereist war, und daß er sich schämte, eine für jeden gebildeten Menschen so unverzichtbare Sprache nicht ausreichend zu beherrschen. Sie beschlossen, sich wiederzusehen und sich gegenseitig in der jeweiligen Muttersprache beredter zu machen.

So war eine solide Freundschaft zwischen Roberto und jenem Manne entstanden, der sich als reich an medizinischen und naturwissenschaftlichen Kenntnissen erwies.

Er hatte eine schreckliche Kindheit gehabt. Sein Vater war in die sogenannte Pulververschwörung verwickelt gewesen und hingerichtet worden. In ungewöhnlicher Koinzidenz, oder vielleicht infolge unergründlicher Seelenregungen, hatte d'Igby daraufhin beschlossen, sein Leben der Ergründung eines anderen Pulvers zu widmen. Er war lange auf Reisen gewesen, erst acht Jahre in Spanien, dann drei in Italien, wo er, weitere Koinzidenz, Robertos karmelitischen Hauslehrer kennengelernt hatte.

Wie seine Korsarensünden es mit sich brachten, war d'Igby auch ein guter Fechter, und schon nach wenigen Tagen sollte er sich mit Roberto im Klingenkreuzen vergnügen. An dem betreffenden Tage war auch ein Musketier dabei, der begonnen hatte, sich mit einem Fähnrich der Kadettenkompanie zu messen; es war nur zum Spaß, und die Fechter achteten sehr darauf, sich nicht zu verletzen, aber nach einer Weile hatte der Musketier einen etwas zu ungestümen Ausfall versucht, so daß der Gegner zu einer Reaktion mit der Schneide gezwungen war, und hatte eine recht häßliche Wunde am Oberarm abbekommen.

D'Igby hatte sie sofort mit einem seiner Kniebänder verbunden, um die Blutung zu stillen, aber nach wenigen Tagen drohte sie brandig zu werden, und der Chirurg sagte, man müsse den Arm amputieren.

An diesem Punkt hatte d'Igby seine Dienste angeboten, wobei er gleich warnend darauf hinwies, daß man ihn als einen Betrüger oder Zauberer würde betrachten können, weshalb er alle bat, ihm Vertrauen zu schenken. Der Musketier, der nicht mehr wußte, an welchen Heiligen er sich noch wenden sollte, antwortete mit einem spanischen Sprichwort: *Hágase el milagro, y hágalo Mahoma* – Hauptsache, das Wunder wirkt, und sei's von Mohammed getürkt!

Da bat ihn d'Igby um ein Stückchen Stoff, das mit Blut aus der Wunde getränkt war, und der Musketier gab ihm einen Lappen, mit dem er sie bis zum vorigen Tag verbunden hatte. D'Igby ließ sich eine Schüssel Wasser bringen und schüttete eine Handvoll Vitriolpulver hinein, das sich rasch auflöste. Dann legte er den Lappen in die Schüssel. Mit einemmall fuhr der Musketier, der sich zwischendurch anderweitig beschäftigt hatte, überrascht zusammen, griff sich an den verwundeten Arm und sagte, der brennende Schmerz habe plötzlich nachgelassen, ja er spüre sogar eine angenehme Kühlung auf der Wunde.

»Gut«, sagte d'Igby, »jetzt braucht Ihr die Wunde bloß noch sauberzuhalten, indem Ihr sie jeden Tag mit Salzwasser auswascht, so daß sie den richtigen Einfluß empfangen kann. Und ich werde diese Schüssel bei Tag ans Fenster stellen und bei Nacht an den Kamin, so daß sie stets eine wohltemperierte Wärme behält.«

Da Roberto die plötzliche Besserung auf irgendwelche anderen Ursachen zurückführen wollte, nahm d'Igby mit verständnisvollem Lächeln den Lappen aus der Schüssel, wrang ihn aus und trocknete ihn am Kamin, und sogleich fing der Musketier wieder an zu klagen, so daß der Lappen rasch wieder in die Lösung gelegt werden mußte.

Innerhalb einer Woche war die Wunde des Musketiers geheilt.

Ich glaube, daß in einer Epoche, in der man Desinfektionen nur sehr oberflächlich vornahm, allein schon die tägliche Auswaschung der Wunde ein hinreichender Grund zu ihrer Heilung war, aber man kann es Roberto nicht verdenken, wenn er die nächsten Tage damit verbrachte, den Freund über die seltsame Kur auszufragen, zumal sie ihn an die Wundertat des Karmeliters erinnerte, die er als Kind miterlebt hatte. Nur hatte der Karmeliter damals das Pulver auf die Waffe gestreut, welche die Wunde geschlagen hatte.

»Tatsächlich«, erklärte d'Igby, »wird die Debatte über das *unguentum armarium* schon seit geraumer Zeit geführt, und als erster hatte der große Paracelsus davon gesprochen. Viele benutzen eine fette Salbe und behaupten, daß sie besser auf die Waffe einwirke. Aber ob Waffe, welche die Wunde geschlagen, oder Tuch, das die Wunde verbunden hat, spielt keine Rolle, denn das Präparat muß dort appliziert werden, wo Blutspuren aus der Wunde sind. Viele haben, wenn sie sahen, wie die Waffe behandelt wurde, um die Auswirkungen des Hiebes zu kurieren, an Zauberei gedacht, aber mein magnetisches oder sympathetisches Pulver beruht auf nichts anderem als auf den Wirkungsweisen der Natur!«

»Wieso nennt Ihr es sympathetisch?«

»Auch hier kann der Name leicht irreführen. Viele haben von einer Konformität oder Sympathie gesprochen, die zwischen den Dingen bestehe und sie miteinander verbinde. Agrippa sagt, um die Macht eines Sterns hervorzulocken, müsse man sich an die Dinge halten, die ihm ähnlich sind und daher seinen Einfluß empfangen. Und er nennt diese wechselseitige Anziehung zwischen den Dingen eben Sympathie. Wie man Holz mit Pech und Schwefel und Öl darauf vorbereitet, die Flamme zu empfangen, so werde auch, wenn man Dinge benutze, die der geplanten Operation und dem Stern konform sind, vermittels der Weltseele ein besonderer Segen über die richtig zubereitete Materie kommen. Um also die Sonne zu beeinflussen, müsse man auf Gold einwirken, das seiner Natur nach sonnenähnlich sei, oder auch auf jene Pflanzen, die sich zur Sonne drehen oder sich bei Sonnenuntergang zusammenfalten und die Blüten schließen, um sie erst bei ihrem Aufgang wieder zu öffnen, wie der Lotus, die Pfingstrose oder das Schellkraut. Aber das sind Märchen, solche Analogien genügen nicht, um die Wirkungsweisen der Natur zu erklären.«

Dies vorausgeschickt, begann d'Igby, Roberto in sein Geheimnis einzuweihen. Der ganze Orbis oder die Lufthülle um die Erde, sagte er, sei voller Licht, und das Licht sei eine materielle und körperliche Substanz – eine Vorstellung, die Roberto gern annahm, denn im Kabinett Dupuy hatte er gehört, daß auch das Licht nichts anderes sei als allerfeinster Staub von Atomen.

»Es liegt auf der Hand, daß dieses Licht«, sagte d'Igby, »das unaufhörlich aus der Sonne hervorbricht, um mit großer Geschwindigkeit nach allen Seiten geradlinig ins All hinauszuströmen, wenn es auf Hindernisse trifft durch das Dazwischentreten von festen und undurchsichtigen Körpern, sich *ad angulos aequales*, in gleicheckigen Winkeln bricht, um einen anderen Weg zu nehmen, bis es durch Begegnung mit einem anderen Festkörper erneut in eine andere Richtung gelenkt wird, und so immer weiter, bis es erlischt. Ganz ähnlich also wie bei jenem Spiel mit dem Ball an einer Schnur, bei welchem der an eine Wand geschleuderte Ball von dieser an die gegenüberliegende Wand abprallt und oft einen ganzen Kreis beschreibt, bis er wieder an seinen Ausgangspunkt zurückkehrt. Was aber geschieht nun, wenn das Licht auf einen Körper fällt? Die Strahlen prallen von ihm ab, wobei sie winzige Teile oder Atome von ihm mitnehmen, so wie der Ball beim Abprallen von der Wand kleine Teile von ihrem feuchten Verputz mitnehmen könnte. Und da diese Atome aus den vier Elementen gebildet sind, nimmt das Licht mit seiner Wärme die feuchten Teile auf und trägt sie mit sich fort. Als Beweis dafür mag dienen: wenn Ihr ein feuchtes Tuch ans Feuer hängt, um es zu trocknen, werdet Ihr sehen, daß die Strahlen, die das Tuch zurückstrahlt, eine Art Wasserdunst mit sich führen, der aus etlichen Wasserpartikeln besteht. Diese schweifenden Partikel oder Atome sind wie Reiter auf geflügelten Rössern, die sich durch den Raum bewegen, bis ihnen die Sonne, wenn sie untergeht, ihre Pegasusse entzieht und sie ohne Reittiere läßt. Dann stürzen sie haufenweise zur Erde zurück, von der sie kommen. Aber dergleichen Phänomene ereignen sich nicht nur beim Licht, sondern auch zum Beispiel beim Wind, der nichts andres ist als ein großer Strom von solchen Atomen, die von irdischen Festkörpern angezogen werden ...«

»Auch beim Rauch?« fragte Roberto.

»Gewiß. In London macht man das Feuer aus schottischer Steinkohle, die eine Menge sehr saures Flugsalz enthält; dieses Salz, das im Rauch transportiert wird, verteilt sich in der Luft und verdirbt die Wände, die Betten und die hellen Möbel. Wenn man ein Zimmer einige Monate lang verschlossen hält und es anschließend wieder betritt, wird man einen schwarzen Staub finden, der alles überzieht, so wie man einen weißen Überzug in Mühlen und Backstuben findet. Und im

Frühling, wenn die Bäume blühen, sind alle Blüten mit einem schwarzen Ruß beschmutzt.«

»Aber wie ist es möglich, daß so viele Teilchen sich in die Luft verlieren, ohne daß der Körper, der sie aussendet, eine Verringerung spürt?«

»Vielleicht gibt es eine Verringerung, und das bemerkt Ihr, wenn Ihr Wasser verdampfen laßt, aber bei festen Körpern bemerken wir es nicht, sowenig wir es beim Moschus oder anderen Duftstoffen bemerken. Jeder Körper, so klein er auch sein mag, kann sich immer noch weiter teilen, ohne je ans Ende seiner Teilung zu gelangen. Bedenkt die Feinheit der Teilchen, die sich von einem lebenden Körper ablösen, dank welcher unsere englischen Hunde, geleitet von ihrem Geruchssinn, die Spur eines Tieres verfolgen können. Kommt uns vielleicht der Fuchs am Ende seines Laufes kleiner vor? Nun, und genau kraft dieser Teilchen oder Korpuskeln kommt es zu jenen Phänomenen der Anziehung, die von manchen als Einwirkung aus der Ferne gefeiert werden, wobei jedoch diese Einwirkung gar nicht aus der Ferne geschieht – also auch keine Magie ist –, sondern durch den ständigen Austausch von Atomen zustande kommt. Dasselbe geschieht bei der Anziehung durch einen Sog, wie dem des Wassers oder des Weins durch einen Syphon, sowie bei der Anziehung des Magnets auf Eisen oder bei der Anziehung durch Filtrierung, wie wenn Ihr einen Baumwollstreifen in eine Schale mit Wasser legt, aber einen Gutteil des Streifens aus der Schale heraushängen laßt, denn Ihr werdet sehen, wie das Wasser an dem Streifen über den Rand steigt und auf den Boden tropft. Und die letzte Anziehungsart ist diejenige, die durch das Feuer stattfindet, das die umgebende Luft mitsamt allen darin schwebenden Teilchen ansaugt: Das Feuer reißt seiner Natur gemäß die Luft aus seiner Umgebung mit sich, so wie das Wasser eines Flusses das lockere Erdreich am Grund seines Bettes mitreißt. Und da die Luft feucht ist und das Feuer trocken, greifen sie einander an. Daher muß, um die vom Feuer mitgerissene Luft zu ersetzen, weitere Luft aus der Nachbarschaft einströmen, sonst würde ein Vakuum entstehen.«

»Demnach leugnet Ihr das Vakuum?«

»Keineswegs. Ich sage, daß die Natur, sobald sie ein Vakuum vorfindet, es sofort mit Atomen zu füllen trachtet, um jeden Winkel zu erobern und zu besetzen. Wenn es nicht so wäre, könnte mein sympathetisches Pulver nicht so wirken, wie es Euch mein Experiment jedoch bewiesen hat. Das Feuer bewirkt durch sein Brennen einen ständigen Zustrom von Luft, und der göttliche Hippokrates hat sogar eine ganze Provinz von der Pest gesäubert, indem er allenthalben große Feuer anzünden ließ. Desgleichen erwürgt man in Pestzeiten Tauben, Katzen, Hunde und andere warmblütige Tiere, die unaufhörlich Lebensgeister ausschwitzen und verdunsten lassen, damit die Luft den Platz der bei dieser Verdunstung freigesetzten Geister einnimmt und bewirkt, daß die pestbefallenen Atome sich an das Fell oder die Federn jener Tiere heften, so wie das frisch aus dem Ofen geholte Brot den Schaum der Weinfässer an sich zieht – der den Wein sonst verderben würde –, wenn man es ofenwarm auf das Spundloch legt. Wie es ja übrigens auch geschieht, daß wenn man ein Pfund wohlkalziniertes und gebranntes Weinsteinsalz an die Luft stellt, es bis zu zehn Pfund gutes Weinstein-Öl ergibt, da es die umgebende Luft anzieht und sich inkorporiert. Der Leibarzt von Papst Urban VIII. hat mir die Geschichte von einer römischen Nonne erzählt, welche sich durch übermäßiges Fasten und Beten derart den Leib erhitzt hatte, daß ihre Knochen ganz verdorrt und verbrannt erschienen. Ihre große Hitze, dieses innere Feuer, hatte nämlich die Luft gewaltig angesogen, so daß sie sich ihrem Leib inkorporierte, ganz so, wie sie es im Weinsteinsalz tut, und da die inneren Passagen alle offen sind, war sie schließlich dort zusammengeströmt, wo sich die scharfen Feuchtigkeiten versammeln, nämlich in der Blase, so daß die arme Heilige in vierundzwanzig Stunden mehr als zweihundert Pfund Urin abgab, ein Wunder, das alle als Beweis ihrer Heiligkeit ansahen.«

»Aber wenn alles auf alles Anziehung ausübt, wie kommt es dann, daß die Elemente und die Körper geschieden bleiben und nicht alles zu einem Klumpen zusammenschießt?«

»Gute Frage. Aber da diejenigen Körper, die gleichen Gewichtes sind, sich leichter vereinigen und Öl sich leichter mit Öl als mit Wasser verbindet, müssen wir daraus schließen, daß das, was die gleichartigen Atome zusammenhält, ihre Seltenheit oder ihre Häufigkeit ist, was Euch auch die Philosophen, mit denen Ihr Umgang pflegt, hätten sagen können.«

»Sie haben es mir schon gesagt, und sie haben es mir auch bewiesen anhand der verschiedenen Arten von Salz, die nämlich immer, egal wie man sie zerstößt oder koaguliert, ihre natürliche Form wieder annehmen: Das gemeine Salz formt sich stets in Kuben mit quadratischen Seiten, der Salpeter in sechseckigen Stangen und das Salmiak in Hexagonen mit sechs Spitzen, ganz wie der Schnee.«

»Und das Urinsalz formt sich zu Fünfecken, woraus Herr Davidson die Form eines jeden der mehr als achtzig Steine erklärt, die sich in der Blase des Herrn Pelletier gefunden haben. Doch wenn Körper von gleicher Form sich leichter vermischen, werden sie aus demselben Grunde einander auch stärker anziehen als andere. Darum werdet Ihr, wenn Ihr Euch eine Hand verbrannt habt, schmerzlindernde Kühlung empfinden, sobald Ihr sie ein wenig ans Feuer haltet.«

»Mein Hauslehrer hat einmal, als ein Bauer von einer Viper gebissen worden war, den Kopf der Viper über die Wunde gehalten.«

»Natürlich. Das Gift, das zum Herzen unterwegs war, ist umgekehrt und zurückgeflossen zu seiner Hauptquelle, wo es in größerer Menge vorhanden war. Wenn man in Pestzeiten ein Gefäß mit Krötenpulver oder auch eine lebende Kröte und eine lebende Spinne oder sogar Arsen mit sich herumträgt, werden diese giftigen Substanzen die Infektion der Luft an sich ziehen. Und trockene Zwiebeln grünen im

Kornspeicher, wenn die im Garten ausgesäten zu sprießen beginnen.«

»Und das erklärt auch die Gelüste der Kinder: Die Mutter begehrt sehr stark etwas, und ...«

»Da würde ich vorsichtiger sein. Manchmal haben gleiche Erscheinungen verschiedene Ursachen, und der Mann der Wissenschaft darf nicht jedem Aberglauben aufsitzen. Aber kommen wir zu meinem Pulver. Was ist geschehen, als ich das blutgetränkte Tuch unseres Freundes ein paar Tage lang der Einwirkung des Pulvers ausgesetzt habe? Zunächst haben Sonne und Mond aus großer Entfernung die Geister des Blutes, die sich auf dem Tuch befanden, dank der Wärme ihrer Umgebung angezogen, und die Geister des Vitriols, die sich im Blut befanden, konnten nicht umhin, den gleichen Weg zu gehen. Zugleich aber fuhr die Wunde fort, große Mengen von warmen und feurigen Geistern auszusenden, wodurch sie die Luft um sich her anzog. Diese Luft zog andere Luft an und diese wieder andere, und die Geister des Blutes und des Vitriols, die weiträumig in der Luft verstreut waren, verbanden sich schließlich mit jener Luft, die andere Atome desselben Blutes mit sich trug. Und als nun die Atome des Blutes vom Tuch und diejenigen aus der Wunde sich begegneten und die Luft vertrieben wie einen unnütz gewordenen Weggefährten und sich zu ihrem Hauptwohnsitz hingezogen fühlten, also zur Wunde, da sind zusammen mit ihnen die Geister des Vitriols in das Fleisch eingedrungen und haben die Wunde geheilt.«

»Aber hättet Ihr das Vitriol nicht auch direkt auf die Wunde tun können?«

»Das hätte ich, da ich die Wunde ja vor mir hatte. Aber wenn sie nun weit entfernt gewesen wäre? Und außerdem, wenn ich das Vitriol direkt auf die Wunde getan hätte, hätte seine ätzende Kraft sie noch sehr viel mehr schmerzen lassen, während es, wenn es durch die Luft transportiert wird, nur seinen sanften und balsamischen Teil abgibt, der die Blutung zu stillen vermag und auch in Augentropfen benutzt wird.«

Roberto horchte auf und beschloß, sich diesen Rat für die Zukunft zu merken, was sicherlich die Verschlimmerung seines Augenleidens erklärt.

»Allerdings«, fügte d'Igby hinzu, »darf man natürlich nicht das gemeine Vitriol verwenden, wie man es früher gewöhnlich tat, womit man mehr Unheil als Heilung bewirkte. Ich beschaffe mir Zyprisches Vitriol, und bevor ich es anwende, kalziniere ich es an der Sonne: Die Kalzinierung nimmt ihm die überflüssige Feuchtigkeit, ich koche es sozusagen zu einer Kraftbrühe ein. Außerdem mache ich dadurch die Geister dieser Substanz bereit, sich von der Luft transportieren zu lassen. Schließlich füge ich noch Tragantgummi hinzu, der die Wunde schneller vernarben läßt.«

Ich habe mich deshalb so lange bei dem aufgehalten, was Roberto alles von d'Igby gelernt hatte, weil diese Entdeckung sein weiteres Schicksal bestimmen sollte.

Gesagt werden muß aber auch zur Schande unseres Freundes – und er selbst gesteht es in seinen Briefen –, daß er nicht etwa aus Interesse an der Naturwissenschaft von diesen Enthüllungen so beeindruckt war, sondern immer noch und erneut nur aus Liebe. Mit anderen Worten, die Beschreibung eines Universums voller Geister, die sich gemäß ihren Affinitäten miteinander verbinden, erschien ihm als eine Allegorie der Verliebtheit, und er begann die Lesekabinette zu frequentieren, um alles zu verschlingen, was er über die Waffensalbe finden konnte, und das war damals schon viel und sollte in den folgenden Jahren noch wesentlich mehr werden. Beraten von Monsignor Gaffarel (halblaut, damit es die anderen Stammgäste im Kabinett Dupuy nicht hörten, die wenig von diesen Dingen hielten), las Roberto die *Ars Magnesia* von Kircher, den *Tractatus de magnetica vulnerum curatione* von Goclenius, die medizinischen Schriften von Fracastoro, den *Discursus de unguento armario* von Fludd und den *Hopolochrisma spongus* von Foster. Er machte sich wissend, um dann sein Wissen in Poesie umzusetzen und eines Tages als eloquenter

Redner, Bote der universalen Sympathie, dort brillieren zu können, wo er fortwährend durch die Eloquenz anderer gedemütigt wurde.

Viele Monate lang – so lange muß seine beharrliche Forschung gedauert haben, während er auf dem Weg der Eroberung keinen Schritt vorankam – lebte Roberto nach einem Prinzip der doppelten, ja der multiplen Wahrheit, das viele in Paris für kühn und klug zugleich hielten: Tagsüber diskutierte er über die mögliche Ewigkeit der Materie, und nachts verdarb er sich die Augen über Traktätchen, die ihm – sei's auch in Begriffen der Naturphilosophie – okkulte Mirakel verhießen.

Bei großen Vorhaben muß man danach trachten, nicht so sehr Gelegenheiten herbeizuführen als vielmehr jene zu nutzen, die sich einem bieten. Eines Abends bei Arthénice, nach einer angeregten Diskussion über den Schäferroman *Astrée* von d'Urfé, forderte die Gastgeberin ihre Gäste auf, sich in Reden über die Gemeinsamkeiten zwischen Liebe und Freundschaft zu ergehen. Daraufhin ergriff Roberto das Wort und bemerkte, seiner Ansicht nach sei das Prinzip der Liebe, ob zwischen Freunden oder zwischen Liebenden, nicht unähnlich dem, nach welchem das sympathetische Pulver funktioniere. Beim ersten Anzeichen von Interesse begann er, die Geschichten von d'Igby zu erzählen, unter Auslassung lediglich der Geschichte von der urinierenden Heiligen, alsdann hob er an, über das gestellte Thema zu diskurrieren, wobei er jedoch die Freundschaft vergaß und allein über die Liebe sprach.

»Die Liebe gehorcht denselben Gesetzen wie der Wind, und die Winde riechen stets nach den Orten, aus denen sie kommen, und wenn sie aus Kräuter- oder Blumengärten kommen, können sie nach Jasmin oder Minze oder Rosmarin riechen, und so machen sie die Seefahrer begierig auf das Land, das ihnen so viele Verheißungen schickt. Nicht anders betören die Liebesgeister die Nasen der verliebten Herzen«

(und verzeihen wir Roberto die gründlich verunglückte Trope). »Das geliebte Herz ist eine Laute, welche die Saiten einer anderen Laute mitklingen läßt, so wie der Klang der Glocken auf die Oberfläche der Gewässer einwirkt, vor allem bei Nacht, wenn mangels anderer Geräusche im Wasser die gleiche Bewegung entsteht, die zuvor in der Luft entstanden war. Dem liebenden Herzen geht es wie dem Weinstein, der manchmal nach Rosenwasser duftet, wenn man ihn im Dunkel eines Kellers sich hat auflösen lassen, während draußen die Rosen blühten, so daß die mit Rosen-Atomen geschwängerte Luft sich durch die Anziehung des Weinsteinsalzes in Wasser verwandelt und den Weinstein parfümiert hat. Daran kann auch die Grausamkeit der Geliebten nichts ändern. Wenn die Weinreben blühen, gärt der Wein im Faß und treibt an der Oberfläche eine eigene weiße Blüte hervor, die so lange bleibt, bis die Reben draußen verblüht sind. Das liebende Herz aber; das noch hartnäckiger ist als der Wein, wenn es Blüten treibt beim Blühen des geliebten Herzens, kultiviert sein Keimen auch dann, wenn die Quelle vertrocknet ist.«

Roberto glaubte, einen zärtlichen Blick von Lilia aufgefangen zu haben, und fuhr fort: »Lieben ist wie ein Bad im Mondlicht nehmen. Die Strahlen, die vom Mond kommen, sind diejenigen der Sonne, die zu uns reflektiert werden. Bündelt man die Strahlen der Sonne mit einem hohlen Spiegel, so vervielfacht sich ihre sengende Kraft. Fängt man dagegen die Strahlen des Mondes in einer silbernen Schale auf, so wird man sehen, daß ihr konkaver Boden seine Strahlen als kühlende reflektiert, und zwar kühlend durch den in ihnen enthaltenen Tau. Es scheint unsinnig, sich die Hände in einer leeren Schüssel zu waschen, doch wenn man es eine Zeitlang tut, wird man die Hände als naß empfinden; und das ist übrigens sogar ein unfehlbares Mittel gegen Warzen.«

»Monsieur de La Grive«, rief jemand dazwischen, »die Liebe ist doch keine Medizin gegen Warzen!«

»O nein, gewiß nicht«, versetzte Roberto, der nun nicht

mehr zu bremsen war, »aber ich habe absichtlich Beispiele aus der Welt der niederen Dinge gegeben, um daran zu erinnern, daß auch die Liebe von ein und demselben Korpuskelstaub abhängt. Womit ich nichts anderes sagen will, als daß die Liebe denselben Gesetzen gehorcht, die sowohl die irdischen wie die himmlischen Körper regieren, nur ist sie die edelste Erscheinungsform dieser Gesetze. Die Liebe entsteht durch den Blick, und es ist der erste Anblick, bei dem sie sich entzündet; und was ist Sehen anderes als der Zugang zu einem Licht, das vom betrachteten Körper zurückgestrahlt wird? Indem ich ihn sehe, wird mein Körper vom besten Teil des geliebten Körpers durchdrungen, von seinem luftigsten Teil, der durch den Kanal der Augen direkt zum Herzen gelangt. Und darum ist Liebe auf den ersten Blick soviel wie ein Trinken der Geister; die aus dem Herzen der Geliebten kommen. Als der große Baumeister der Natur unseren Körper schuf, setzte er innere Geister als Schildwachen hinein, auf daß sie ihre Entdeckungen ihrem General vermelden, das heißt der Einbildungskraft, welche gleichsam die Gebieterin der Körperfamilie ist. Wenn sie von einem Gegenstande betroffen ist, geschieht das gleiche, was vorgeht, wenn wir Geigen spielen hören, die uns ihre Melodien ins Gedächtnis träufeln, so daß wir sie selbst noch im Schlafe hören. Unsere Einbildungskraft erzeugt sich ein Abbild, das den Liebenden entzückt, mag es ihn auch nicht zerreißen, weil es eben nur ein Abbild ist. Daher kommt es, daß, wenn ein Mensch vom Anblick der liebenswerten Person überrascht ist, er die Farbe wechselt, errötet oder erblaßt, je nachdem, ob jene dienstbaren Geister, die seine inneren Schildwachen sind, geschwind oder langsam zu dem betreffenden Gegenstand gehen, um dann wieder zur Einbildungskraft zurückzukehren. Indes gehen diese Geister nicht nur zum Gehirn, sondern direkt zum Herzen durch jenen großen Gang, durch welchen die Lebensgeister vom Herzen zum Gehirn aufsteigen, wo sie zu animalischen Geistern werden; und durch ebendiesen Gang schickt die Einbildungskraft einen Teil der Atome, die sie von einem äußeren Gegenstande empfangen hat, zum Herzen, und ebendiese Atome sind es, die jenes Aufwallen der Lebensgeister erzeugen, welches manchmal das Herz erweitert und manchmal das Herz zerspringen läßt.«

»Ihr sagt uns, Monsieur, daß die Liebe wie eine physische Bewegung vorgeht, nicht anders als jene, die den Wein zum Blühen bringt. Aber Ihr sagt uns nicht, wie es kommt, daß die Liebe im Unterschied zu anderen Phänomenen der Materie eine selektive Kraft ist, die eine Wahl trifft. Aus welchem Grunde also macht uns die Liebe zu Sklaven des einen und nicht des anderen Geschöpfes?«

»Ebendeswegen habe ich die Kraft der Liebe auf dasselbe Prinzip zurückgeführt, nach welchem auch das sympathetische Pulver funktioniert, nämlich daß gleichartige Atome von gleicher Form einander anziehen! Würde ich dieses Pulver auf die Waffe streuen, die den Pylades verwundet hat, so würde ich des Orestes Wunde nicht heilen. Daher vereint die Liebe nur zwei Wesen, die bereits in gewisser Weise von gleicher Natur sind, einen edlen Geist mit einem ebenso edlen Geist und einen rohen Geist mit einem ebenso rohen Geist – denn auch die Bauern lieben, genau wie die Schäferinnen, und das lehrt uns gerade die wunderbare Geschichte des Herrn d'Urfé. Die Liebe offenbart einen Gleichklang zwischen zwei Geschöpfen, der schon seit Anbeginn der Zeiten vorgesehen war, so wie das Schicksal seit jeher beschlossen hatte, daß Pyramus und Thisbe vereint sein sollten in einem einzigen Maulbeerbaum.«

»Und die unglückliche Liebe?«

»Ich glaube nicht, daß es eine unglückliche Liebe wirklich gibt. Es gibt nur Liebe, die noch nicht zu vollkommener Reife gelangt ist, bei der die Geliebte aus irgendeinem Grunde noch nicht die Botschaft empfangen hat, die aus den Augen des Liebenden zu ihr kommt. Und doch weiß der Liebende so gut, welche Naturgleichheit ihm enthüllt worden ist, daß er kraft dieses Glaubens warten kann, wenn nötig auch das ganze Leben lang. Er weiß, daß die Enthüllung für beide – und damit auch die Vereinigung – selbst nach dem Tode noch eintreten kann, wenn die Atome der beiden Körper, die in der Erde verwesen, verdunstet sind und sich in einem Himmel wieder vereinigen. Und vielleicht – so wie ein Verwundeter sich einer unverhofften Heilung erfreut, auch ohne zu wissen, daß jemand Pulver auf die Waffe streut, die seine Wunde schlug –, vielleicht erfreuen sich jetzt wer weiß wie viele liebende Herzen einer unverhofften Gemütserleichterung, ohne zu wissen, daß ihr Glück das Werk des geliebten Herzens ist, welches, seinerseits liebend geworden, den Anstoß zur Vereinigung der Zwillings-Atome gegeben hat.«

Ich will nicht behaupten, daß dieses komplexe Allegoriengebäude in jedem Punkt stichhaltig war, und vielleicht hätte Pater Emanueles Metaphernmaschine seine Instabilität erwiesen. Doch an jenem Abend waren alle überzeugt von der Verwandtschaft zwischen dem Pulver, das Leiden heilt, und der Liebe, die außer Heilung viel öfter auch Leiden bringt.

Deshalb machte die Geschichte von Robertos Rede über das sympathetische Pulver und über die Sympathie der Liebe noch monatelang in Paris die Runde – mit den Folgen, die wir bald sehen werden.

Und deshalb warf Lilia dem Redner am Ende der Rede erneut ein Lächeln zu. Es war ein Lächeln der Anerkennung, ja beinahe der Bewunderung, aber nichts ist natürlicher als zu glauben, man werde geliebt. Roberto verstand das Lächeln als eine Annahme sämtlicher Briefe, die er ihr geschrieben hatte. Jedoch zu sehr an die Qualen der Abwesenheit gewöhnt, verließ er die Runde, befriedigt von seinem Sieg. Was ein Fehler war, und wir werden bald sehen, warum. Seit jenem Abend wagte er zwar hin und wieder, Lilia anzusprechen, aber jedesmal bekam er entgegengesetzte Antworten. Einmal raunte sie: »Genau wie neulich gesagt wurde«, einmal erwiderte sie: »Aber neulich habt Ihr etwas ganz anderes gesagt«, und einmal versprach sie auch, während sie verschwand: »Aber wir reden darüber noch einmal, habt Geduld.«

Roberto verstand nicht, ob sie ihm aus Zerstreutheit von Mal zu Mal die Worte und Taten eines anderen zuschrieb oder ob sie ihn aus Koketterie provozieren wollte.

Doch was ihm dann widerfahren sollte, muß ihn dazu getrieben haben, sich jene seltenen Episoden zu einer noch viel beunruhigenderen Geschichte zusammenzureimen.

17

Die begehrte Wissenschaft
von den Längengraden

Es war – endlich ein Datum, an das wir uns halten können – der Abend des 2. Dezember 1642. Sie kamen aus einem Theater, wo Roberto schweigend im Publikum seinen Part als Liebender gespielt hatte. Am Ausgang reichte ihm Lilia flüchtig die Hand und raunte ihm zu: »Monsieur de La Grive, Ihr seid so schüchtern geworden. An jenem Abend wart Ihr das nicht. Also morgen erneut, auf derselben Bühne.«

Er war zutiefst verwirrt hinausgegangen: eingeladen zu einem Treffen an einem Ort, den er nicht kennen konnte, und aufgefordert zu wiederholen, was er nie gewagt hatte. Dennoch konnte sie ihn nicht mit einem anderen verwechselt haben, denn sie hatte ihn ja mit seinem Namen angesprochen.

Oh – schreibt er, sich gesagt zu haben –, heute fließen die Bäche rückwärts zur Quelle, weiße Rösser erklimmen die Türme von Notre-Dame de Paris, ein Feuer lächelt glühend im Eis, denn nun ist es doch geschehen, daß sie mich eingeladen hat! Oder nein, heute fließt das Blut aus dem Stein, eine Natter paart sich mit einem Bären, die Sonne ist schwarz geworden, denn meine Geliebte hat mir einen Kelch dargeboten, aus dem ich niemals werde trinken können, da ich nicht weiß, wo das Gastmahl ist ...

Nur einen Schritt vom Glück entfernt, lief er verzweifelt nach Hause, dem einzigen Ort, an dem er sicher war, sie nicht anzutreffen.

Lilias Worte lassen sich in einem sehr viel weniger geheimnisvollen Sinn interpretieren: Sie wollte ihn einfach an seine Rede über das sympathetische Pulver erinnern und ihn auffordern, erneut eine zu halten, und zwar in demselben Salon, in dem er damals gesprochen hatte. Seit damals hatte sie ihn nur still und anbetend gesehen, und das entsprach nicht den Regeln des (sehr streng geregelten) Spiels der Verführung. Heute würden wir sagen, sie wollte ihn an seine gesellschaftlichen Verpflichtungen erinnern. »Nur Mut«, wollte sie sagen, »damals seid Ihr nicht so schüchtern gewesen, begebt Euch erneut auf jene Bühne, ich erwarte Euch an jenem Ort …« Und eine andere Herausforderung wäre von einer *Précieuse* auch nicht zu erwarten gewesen.

Er aber hatte verstanden: »Was seid Ihr so schüchtern, Ihr seid es doch neulich abend gar nicht gewesen und habt mich …« (ich stelle mir vor, daß ihn die Eifersucht hinderte und gleichzeitig ermunterte, sich die Fortsetzung des Satzes vorzustellen). »Also morgen erneut, auf derselben Bühne, am selben geheimen Ort.«

Es ist nur natürlich, daß er – nachdem seine Phantasie den dornigsten Weg genommen hatte – sofort an eine Personenverwechslung dachte, an jemanden, der sich für ihn ausgegeben und in seiner Gestalt von ihr das bekommen hatte, wofür er sein Leben gegeben hätte. So tauchte Ferrante wieder auf, und alle Fäden seiner Vergangenheit knüpften sich wieder zusammen. Ferrante, sein böses Alter Ego, hatte sich auch in diese Geschichte eingemischt, hatte sich seine Abwesenheiten, seine Verspätungen und seine verfrühten Aufbrüche zunutze gemacht und im richtigen Moment die Prämie für seine Rede über das sympathetische Pulver eingeheimst.

Und während Roberto sich dergestalt sorgte und grämte, klopfte es an seine Tür. Hoffnung, Traum wacher Menschen! Er stürzte hin, um zu öffnen, überzeugt, Lilia vor sich zu sehen. Statt dessen war es ein Offizier der Wache des Kardinals mit zwei Mann im Gefolge.

»Monsieur de La Grive, nehme ich an«, sagte der Offizier. Und nachdem er sich als Hauptmann de Bar vorgestellt hatte: »Es tut mir sehr leid, Euch das sagen zu müssen, Monsieur; aber Ihr seid verhaftet. Bitte übergebt mir Euren Degen.

Wenn Ihr mir gutwillig folgt, werden wir wie zwei gute Freunde in die Kutsche steigen, die auf uns wartet, und Ihr habt keine Veranlassung, Euch zu schämen.« Er gab zu verstehen, daß er den Grund der Verhaftung nicht kenne und sich wünsche, daß es ein Mißverständnis sei. Roberto folgte ihm wortlos, im stillen denselben Wunsch formulierend, und am Ende der Fahrt, nachdem er mit vielen erneuten Entschuldigungen einem verschlafenen Wächter übergeben worden war, fand er sich in einer Zelle der Bastille wieder.

Dort verbrachte er zwei eiskalte Nächte, nur besucht von ein paar Ratten (nützliche Vorbereitung auf die Reise mit der *Amarilli*) und von einem Wächter, der auf jede Frage antwortete, es seien schon so viele illustre Gäste an jenem Ort gewesen, daß er aufgehört habe, sich zu fragen, wieso sie kamen, und wenn da schon seit sieben Jahren ein so großer Herr wie der Marschall de Bassompierre einsitze, habe Roberto keine Veranlassung, sich schon nach ein paar Stunden zu beklagen.

Nachdem man ihn zwei Tage lang vom Schlimmsten hatte kosten lassen, erschien am dritten Abend wieder der Hauptmann de Bar, gab ihm Gelegenheit, sich zu waschen, und teilte ihm mit, daß er vor dem Kardinal erscheinen müsse. So begriff Roberto nun wenigstens, daß er ein Staatsgefangener war.

Der Abend war schon weit fortgeschritten, als sie den Palast erreichten, und schon die Bewegung am Portal ließ erraten, daß es ein besonderer Abend war. Auf den Stufen wimmelte es von Leuten jeden Standes, die hinauf- und hinabliefen; atemlos kamen Edel- und Kirchenmänner in einen Vorraum gestürzt, räusperten sich wohlerzogen vor den freskenbemalten Wänden, setzten leidende Mienen auf und traten in einen anderen Saal, aus welchem Amtsdiener kamen, die mit lauter Stimme nach unauffindbaren Knechten riefen und mit herrischen Gesten allseits Ruhe geboten.

Auch Roberto wurde in jenen Saal geführt, und er sah nur die Rücken von Leuten, die sich in der Tür eines weiteren

Raumes drängten, auf Zehenspitzen und lautlos, wie um ein trauriges Schauspiel zu sehen. Der Hauptmann blickte umher, als ob er jemanden suchte, dann bedeutete er Roberto, in einer Ecke zu warten, und ging hinaus.

Ein anderer Wachmann, der sich abmühte, viele der Anwesenden hinauszukomplimentieren, mit unterschiedlich respektvollen Gesten je nach ihrem Rang, sah Roberto mit seinen Bartstoppeln und seinen von der Haft mitgenommenen Kleidern und fragte ihn barsch, was er da mache.

Roberto sagte, er werde vom Kardinal erwartet, worauf der Wachmann erwiderte, zum Unglück aller werde der Kardinal von einem noch viel Höheren erwartet.

Dennoch ließ er Roberto stehen, wo er war, und Schritt für Schritt, da der Hauptmann (inzwischen das einzige vertraute Gesicht, das ihm geblieben war) nicht wiederkam, näherte sich Roberto dem Gedränge der Rücken, schob sich langsam hinein und erreichte, ein bißchen wartend, ein bißchen drängelnd, schließlich die Schwelle des letzten Raumes.

Dort, in einem Bett liegend, an einen Berg von Kissen gelehnt, sah und erkannte er den Schatten dessen, der von ganz Frankreich gefürchtet und von nur sehr wenigen geliebt wurde. Der große Kardinal war umgeben von schwarzgewandeten Ärzten, die sich mehr für ihre Debatte als für ihn zu interessieren schienen, ein Kleriker wischte ihm die Lippen ab, auf denen fiebriger Hustenauswurf einen rötlichen Schaum bildete, unter der Decke erriet man das mühsame Atmen eines verbrauchten Körpers, aus einem Hemdsärmel ragte eine Hand, die ein Kruzifix umklammert hielt. Plötzlich brach der Kleriker in ein Schluchzen aus. Richelieu drehte mühsam den Kopf, versuchte ein Lächeln und murmelte: »Ihr habt wohl geglaubt, ich sei unsterblich?«

Während Roberto sich noch fragte, wer in aller Welt ihn ans Bett eines Sterbenden gerufen haben mochte, hörte er plötzlich hinter sich ein Getümmel. Einige murmelten den

Namen des Pfarrers von Saint-Eustache, und während alle Spalier bildeten, kam ein Priester mit seinem Gefolge herein, um die Letzte Ölung vorzunehmen.

Roberto spürte eine Hand auf seinem Rücken, und es war Hauptmann de Bar. »Gehen wir«, sagte er, »der Kardinal erwartet Euch.« Ohne zu begreifen, folgte ihm Roberto durch einen Korridor. Der Hauptmann führte ihn in einen Saal, bedeutete ihm erneut zu warten und zog sich zurück.

Es war ein großer Saal mit einem Globus in der Mitte und einer Uhr auf einem zierlichen Möbelstück an einer Seite, vor einem roten Vorhang. Links des Vorhangs, unter einem überlebensgroßen Ganzfigurporträt von Richelieu, entdeckte Roberto schließlich einen Mann in Kardinalsrobe, der an einem Schreibpult stand und ihm den Rücken zukehrte. Nach einer Weile drehte der Purpurgewandte den Kopf ein wenig in seine Richtung und bedeutete ihm, näher zu treten, doch als Roberto auf ihn zuging, beugte er sich über die Schreibfläche und hielt die linke Hand schützend vor das Papier, obwohl Roberto aus der respektvollen Entfernung, in der er verharrte, nichts hätte lesen können.

Dann drehte der Robenträger sich mit großem Faltenwurf um und stand ein paar Sekunden lang aufgerichtet, fast in der Pose des großen Porträts über ihm, die Rechte auf das Schreibpult gelegt und die Linke in Brusthöhe, die Handfläche leicht affektiert nach oben gedreht. Danach setzte er sich auf einen Schemel neben der Uhr, strich sich kokett über Schnurr- und Spitzbart und sagte: »Monsieur de La Grive?«

Monsieur de La Grive war bis zu diesem Augenblick überzeugt gewesen, in einem Alptraum jenen selben Kardinal vor sich zu sehen, der wenige Schritte nebenan im Sterben lag, doch nun sah er ihn verjüngt, mit weniger eingefallenen Zügen, als hätte jemand auf dem aristokratisch bleichen Antlitz des Porträts den Teint aufgefrischt und die Lippen mit markanter geschwungenen Linien nachgezeichnet. Dann weckte die Stimme mit dem südländischen Akzent in ihm die Erinnerung an jenen Hauptmann, der zwölf Jahre zuvor in Casale mitten zwischen den feindlichen Schlachtreihen galoppiert war.

Roberto stand vor Kardinal Mazarin und begriff, daß der Mann dabei war, im Zuge der Agonie seines Förderers und Beschützers dessen Funktionen zu übernehmen, weshalb Hauptmann de Bar schon einfach »der Kardinal« gesagt hatte, als ob es den anderen gar nicht mehr gäbe.

Er schickte sich an, die erste Frage zu beantworten, mußte jedoch sehr bald bemerken, daß der Kardinal nur dem Anschein nach Fragen stellte, in Wahrheit aber Feststellungen traf und jedenfalls von der Annahme ausging, daß sein Gegenüber ihm nur zustimmen konnte.

»Roberto de La Grive«, bestätigte der Kardinal, »aus dem Geschlecht der Pozzo di San Patrizio. Wir kennen das Schloß, wie wir das Monferrat kennen. So fruchtbar, daß es Frankreich sein könnte. Euer Vater hat sich in den Tagen von Casale sehr ehrenhaft geschlagen und ist uns gegenüber loyaler gewesen als Eure anderen Landsleute.« Er sagte *uns*, als ob er schon damals ein Mann des Königs von Frankreich gewesen wäre. »Auch Ihr habt Euch bei jener Gelegenheit tapfer geschlagen, ist uns berichtet worden. Glaubt Ihr nicht, daß es uns daher um so mehr betrüben muß, wenn Ihr als Gast dieses Landes die Pflichten des Gastes nicht achtet? Wußtet Ihr nicht, daß in diesem Land die Gesetze auf die Gäste ebenso wie auf die Untertanen angewandt werden? Natürlich, natürlich vergessen wir nicht, daß ein Edelmann stets ein Edelmann bleibt, welches Delikt er auch begangen hat: Ihr werdet dasselbe Vorrecht genießen, das Cinq-Mars gewährt worden ist, dessen Andenken Ihr nicht so auszumerzen scheint, wie er es verdient. Auch Ihr werdet den Tod durch das Beil und nicht durch den Strick erleiden.«

Natürlich kannte Roberto die Geschichte, von der damals ganz Frankreich sprach. Der Marquis de Cinq-Mars hatte den König zu überreden versucht, Richelieu zu entlassen, worauf Richelieu dem König eingeredet hatte, Cinq-Mars konspiriere gegen die Krone. Bei der Hinrichtung in Lyon war der Verurteilte dem Henker mit kecker Würde gegenübergetreten, doch dieser hatte seinen Hals in so unwürdiger Weise zerstückelt, daß die aufgebrachte Menge dann *ihn* zerstükkelte.

Als Roberto bestürzt protestieren wollte, kam ihm der Kardinal mit einer Handbewegung zuvor. »Still, San Patrizio«, sagte er, und Roberto hatte den Eindruck, daß er diesen Namen benutzte, um ihn daran zu erinnern, daß er Ausländer war; zudem sprach er französisch, obwohl er ja italienisch mit ihm hätte sprechen können. »Ihr seid den Untugenden dieser Stadt und dieses Landes erlegen. Wie Seine Eminenz der Kardinal zu sagen pflegt, die übliche Leichtgewichtigkeit und Flatterhaftigkeit der Franzosen läßt sie die Veränderung herbeisehnen, weil sie am gegenwärtigen Stand der Dinge Überdruß empfinden. Einige dieser leichtgewichtigen Edelmänner, die der König jetzt auch um ihren Kopf hat erleichtern lassen, haben Euch mit ihren aufsässigen Reden verführt. Euer Fall ist so gelagert, daß er kein Gericht zu belästigen braucht. Die Staaten, deren Erhaltung uns überaus teuer sein muß, würden sehr bald Ruin erleiden, wenn man bei Verbrechen, die auf ihren Umsturz zielen, ebenso klare Beweise verlangen würde wie in gewöhnlichen Fällen. Vor drei Tagen seid Ihr im Gespräch mit Freunden von Cinq-Mars gesehen worden, die erneut hochverräterische Reden geführt haben. Der Euch bei ihnen gesehen hat, ist vertrauenswürdig, da er sich in unserem Auftrag dort eingeschlichen hat. Und das genügt uns. Still«, kam er Roberto gelangweilt zuvor, »wir haben Euch nicht herkommen lassen, um Unschuldsbeteuerungen von Euch zu hören, also beruhigt Euch und hört mir zu.«

Roberto beruhigte sich nicht, aber er zog einige Schlüsse: Zur selben Zeit, als Lilia seine Hand berührt hatte, war er anderswo beim Konspirieren gegen den Staat gesehen worden. Mazarin war so überzeugt davon, daß die Idee eine Tatsache wurde. Allenthalben tuschelte man, daß Richelieus Zorn sich noch nicht gelegt habe, und viele fürchteten, als Opfer eines erneut zu statuierenden Exempels ausgewählt zu werden. Wie immer es kam, daß gerade Roberto ausgewählt worden war, in jedem Fall war er verloren.

Er hätte darüber nachdenken können, daß er oftmals, nicht nur an jenem Abend vor drei Tagen, beim Verlassen des Salons Rambouillet sich noch ein Weilchen mit anderen unterhalten hatte, daß unter seinen Gesprächspartnern leicht ein Vertrauter von Cinq-Mars gewesen sein konnte, daß also, wenn Mazarin ihn aus irgendeinem Grunde verderben wollte, es genügt hätte, einen beliebigen Satz, der ihm von einem Spion hinterbracht worden war, böswillig zu interpretieren ... Aber natürlich waren Robertos Gedanken anderer Art und bestätigten seine Befürchtungen: Jemand hatte an einer aufrührerischen Versammlung teilgenommen und sich dabei sowohl seiner Gestalt wie auch seines Namens bedient.

Ein Grund mehr, eine Verteidigung erst gar nicht zu versuchen. Unerklärlich blieb nur, warum – wenn er schon verurteilt war – der Kardinal sich die Mühe machte, ihn über sein Schicksal aufzuklären. Er war hier offenbar nicht der Empfänger irgendeiner Botschaft, sondern die verschlüsselte Botschaft selbst, das Rätsel, das andere, die noch an der Entschlossenheit des Königs zweifelten, entschlüsseln sollten. Er wartete schweigend auf eine Erklärung.

»Seht Ihr, San Patrizio, wenn wir nicht Träger jener kirchlichen Würde wären, mit der uns der Papst und der Wunsch des Königs vor einem Jahr beehrt haben, würden wir sagen, es war die Vorsehung, die Eure Unklugheit gelenkt hat. Ihr seid schon seit einiger Zeit beobachtet worden, da wir uns gefragt haben, wie wir von Euch einen Dienst verlangen könnten, den Ihr bisher in keiner Weise verpflichtet wart, uns zu leisten. Wir haben Euren Fehltritt vor drei Tagen als eine einzigartige Gabe des Himmels betrachtet. Jetzt werdet Ihr uns etwas zu verdanken haben, und damit hat sich unsere Lage verändert, um nicht von der Euren zu reden.«

»Euch etwas zu verdanken?«

»Euer Leben. Natürlich liegt es nicht in unserer Macht,

Euch zu vergeben, aber wir können eingreifen. Sagen wir, Ihr könntet Euch der Schärfe des Gesetzes durch Flucht entziehen. Nach ein oder zwei Jahren wird die Erinnerung des Zeugen sicher nicht mehr so genau sein, und er wird schwören können, ohne seine Ehre zu beflecken, daß nicht Ihr der Mann wart, den er vor drei Tagen gesehen hat. Und es könnte sich herausstellen, daß Ihr zu jener Zeit ganz woanders Tricktrack gespielt habt mit Hauptmann de Bar. Und so könnte Euch – wohlgemerkt, wir entscheiden noch nichts, wir nehmen nur an, und es könnte auch das Gegenteil eintreten, doch wir vertrauen auf unsere richtige Sicht –, so könnte Euch volle Gerechtigkeit widerfahren und die uneingeschränkte Freiheit wiedergegeben werden. Aber setzt Euch doch bitte«, sagte der Kardinal. »Ich muß Euch eine Mission vorschlagen.«

Roberto setzte sich. »Eine Mission?«

»Eine delikate. In deren Verlauf, wir wollen es Euch nicht verhehlen, Ihr etliche Gelegenheiten haben werdet, Euer Leben zu verlieren. Aber dies ist ein Handel: Ihr entgeht der Gewißheit des Henkers und habt viele Gelegenheiten, heil und gesund zurückzukehren, wenn Ihr Euch klug anstellt. Ein Jahr voller Widrigkeiten für ein ganzes Leben.«

»Eminenz«, sagte Roberto, der nun wenigstens das Bild des Henkers verblassen sah, »soweit ich verstehe, ist es überflüssig, daß ich schwöre, bei meiner Ehre oder beim Kreuz, daß ...«

»Wir würden es an christlicher Barmherzigkeit fehlen lassen, wenn wir ausschlössen, daß Ihr unschuldig seid und wir das Opfer eines Mißverständnisses wären. Doch das Mißverständnis wäre in solcher Übereinstimmung mit unseren Plänen, daß wir keinen Grund sähen, es zu beheben. Und Ihr wollt ja wohl nicht insinuieren, wir hätten Euch einen unehrenhaften Vorschlag gemacht, wie wenn wir etwa gesagt hätten, entweder als Unschuldiger unterm Beil oder als falsch geständiger Delinquent in unseren Diensten ...«

»Nie käme ich auf etwas so Respektloses, Eminenz.«

»Nun denn. Wir bieten Euch einige mögliche Risiken, aber

sicheren Ruhm. Und seid versichert, wir hätten nie unser Auge auf Euch geworfen, wenn Eure Anwesenheit in Paris uns nicht vorher schon aufgefallen wäre. Die Stadt, müßt Ihr wissen, spricht viel von dem, was in ihren Salons geschieht, und ganz Paris hat vor einiger Zeit über einen Abend gesprochen, an dem Ihr in den Augen vieler Damen brilliert habt. Jawohl, ganz Paris, errötet nicht. Wir meinen jenen Abend, an dem Ihr mit großer Verve über die Kräfte eines sogenannten sympathetischen Pulvers gesprochen habt, und zwar dergestalt, daß – so will man es doch in Euren Kreisen, nicht wahr? – die Ironien dem Thema Würze gaben, die Paronomasien Anmut, die Sentenzen Feierlichkeit, die Hyperbeln Reichtum und die Vergleiche Anschaulichkeit ...«

»Ach, Eminenz, ich habe nur Angelerntes referiert ...«

»Ich weiß Eure Bescheidenheit zu schätzen, aber offenbar habt Ihr eine gute Kenntnis über einige Geheimnisse der Natur an den Tag gelegt. Wohlan denn, ich brauche einen Mann, der über ein solches Wissen verfügt, der kein Franzose ist und der sich, ohne die Krone zu kompromittieren, als Passagier auf ein Schiff begeben kann, das von Amsterdam aus in See stechen wird, um ein neues Geheimnis zu entdecken, welches in gewisser Weise mit dem Gebrauch jenes Pulvers zusammenhängt ...«

Erneut kam er einem Einwand Robertos zuvor: »Habt keine Angst, auch für uns ist es wichtig, daß Ihr wißt, was wir suchen, damit Ihr auch die ungewisseren Zeichen interpretieren könnt. Wir wollen, daß Ihr wohlunterrichtet über das Thema seid, da wir Euch jetzt so bereitwillig sehen, uns entgegenzukommen. Ihr werdet einen guten Lehrer haben, und laßt Euch nicht von seinem jugendlichen Alter täuschen.« Er streckte eine Hand aus und zog an einer Kordel. Nichts war zu hören, doch er mußte anderswo eine Glocke oder sonst ein Signal ausgelöst haben – so jedenfalls schloß Roberto in einer Epoche, in der die großen Herren noch in die Hände klatschten oder laut riefen, um ihre Diener herbeizuholen.

Tatsächlich erschien kurz darauf ehrerbietig ein junger Mann, der kaum älter als Anfang Zwanzig sein konnte.

»Willkommen, Colbert, dies ist der Mann, über den wir heute gesprochen haben«, sagte Mazarin zu ihm und dann zu Roberto: »Colbert, der sich auf vielversprechende Weise in die Geheimnisse der Staatsverwaltung einarbeitet, beschäftigt sich seit einiger Zeit mit einem Problem, das Kardinal Richelieu sehr am Herzen liegt und folglich auch mir. Ihr wißt vielleicht, daß die französische Flotte, bevor der Kardinal das Steuerruder dieses großen Schiffes übernahm, dessen Kapitän Ludwig XIII. ist, es in keiner Weise mit der unserer Feinde aufnehmen konnte, weder im Krieg noch im Frieden. Heute dagegen können wir stolz sein auf unsere Werften, auf die Flotte im Osten wie auf die im Westen, und Ihr werdet Euch erinnern, mit welchem Erfolg vor gerade erst sechs Monaten der Marquis de Brézé vierundvierzig Galeonen, vierzehn Galeeren und ich weiß nicht mehr wie viele andere Schiffe vor Barcelona auffahren lassen konnte. Wir haben unsere Eroberungen in Neufrankreich festigen können, wir haben uns die Herrschaft über Martinique und Guadeloupe gesichert und über viele jener ›Inseln von Peru‹, wie sie der Kardinal gerne nennt. Wir haben begonnen, Handelskompanien zu gründen, wenn auch noch nicht mit vollem Erfolg, denn leider gibt es in den Vereinigten Provinzen, in England, Portugal und Spanien keine Adelsfamilie, die nicht wenigstens einen der Ihren unter denen hat, die ihr Glück auf See versuchen, nicht jedoch in Frankreich. Und so kommt es, daß wir zwar vielleicht genügend über die Neue Welt wissen, aber nur wenig über die Allerneueste. Colbert, zeigt unserem Freund, wie leer an Land die andere Hälfte dieses Globus sich noch darstellt.«

Der junge Mann drehte den Globus, und Mazarin lächelte betrübt: »Leider ist dieser enorme Ozean nicht aufgrund einer stiefmütterlichen Natur so leer, sondern weil wir zu wenig von ihrer Großzügigkeit wissen. Doch nachdem eine westliche Route zu den Molukken entdeckt worden ist, geht es nun genau um dieses riesige unerforschte Gebiet zwischen der Westküste des amerikanischen Kontinents und den letzten östlichen Vorsprüngen Asiens. Ich spreche von dem Ozean, den die Portugiesen den Stillen genannt haben wollten, in welchem sicherlich jene Terra Incognita Australis liegt, von der wir nur einige wenige Inseln und einige vage Küsten kennen, aber genug, um zu wissen, daß sie märchenhafte Reichtümer beherbergen muß. Und in jenen Gewässern treiben sich jetzt und schon seit langem zu viele Abenteurer herum, die nicht unsere Sprache sprechen. Unser Freund Colbert liebäugelt mit der Idee einer französischen Präsenz in jenen Meeren, die wir nicht bloß für eine jugendliche Schrulle halten. Zumal wir annehmen, daß der erste, der seinen Fuß auf eine Terra Australis gesetzt hat, ein Franzose war, nämlich der Seigneur de Gonneville, und das sechzehn Jahre vor Magellans Unternehmung. Leider hat jener wackere Edel- oder Kirchenmann es versäumt, auf den Karten den Ort festzuhalten, den er betreten hat. Können wir annehmen, daß ein braver Franzose so nachlässig war? Nein, gewiß nicht, es lag daran, daß man in jener fernen Zeit nicht wußte, wie ein bestimmtes Problem zu lösen war. Aber dieses Problem – und Ihr werdet Euch wundern, wenn Ihr hört, welches – ist auch für uns noch ein Geheimnis geblieben.«

Er machte eine Pause, und Roberto begriff, daß sie, da Colbert ebenso wie der Kardinal wenn nicht die Lösung des Rätsels, so doch zumindest seinen Namen kannten, allein für ihn bestimmt war. Es schien ihm gut, den Part des atemlosen Zuhörers zu spielen, und so fragte er: »Und welches ist das Geheimnis, bitte sehr?«

Mazarin sah Colbert bedeutungsvoll an und sagte: »Es ist das Geheimnis der Längengrade.« Colbert nickte mit ernster Miene.

»Für die Lösung dieses Problems des *Punto Fijo* oder Fixen Punktes«, fuhr der Kardinal fort, »hat bereits Philipp II. von Spanien vor siebzig Jahren ein Vermögen geboten, und Philipp III. hat sechstausend Dukaten als Dauerrente und zweitausend auf Lebenszeit versprochen, und die Generalstaaten der Niederlande boten dreißigtausend Gulden. Auch wir haben nicht mit Geldern für tüchtige Astronomen gespart ... Apropos, Colbert, dieser Doktor Morin, den lassen wir jetzt schon acht Jahre lang warten ...«

»Eminenz, Ihr selbst wart doch überzeugt, daß diese Sache mit der Mondparallaxe eine Chimäre sei ...«

»Ja, aber um seine höchst zweifelhafte Hypothese aufzustellen, hat der Mann sehr gründlich alle anderen studiert und kritisiert. Lassen wir ihn an diesem neuen Projekt teilhaben, er könnte dem Signor di San Patrizio vieles erklären. Man biete ihm eine Rente an, es gibt nichts Besseres als Geld, um die guten Absichten zu stimulieren. Sollte seine Idee ein Körnchen Wahrheit enthalten, werden wir es leichter haben, uns ihrer zu versichern, und in der Zwischenzeit vermeiden wir, daß er im Gefühl, von seinem Vaterland abgewiesen worden zu sein, den Lockungen der Holländer nachgibt. Mir scheint, es sind gerade die Holländer, die, als sie die Spanier zögern sahen, mit diesem Galilei zu verhandeln begonnen haben, und wir täten gut daran, bei dieser Sache nicht draußen zu bleiben ...«

»Eminenz«, sagte Colbert zögernd, »wird sich zu erinnern belieben, daß Galilei Anfang dieses Jahres gestorben ist ...«

»Ach wirklich? Beten wir zu Gott, daß er jetzt glücklicher ist, als er's im Leben war.«

»Und auch seine Lösung erschien zwar lange Zeit als die endgültige, aber sie ist es nicht ...«

»Ihr seid uns glücklich zuvorgekommen, Colbert. Aber nehmen wir an, auch die Lösung von Morin ist keinen Pfifferling wert. Eh bien, unterstützen wir sie trotzdem, sorgen wir dafür, daß die Diskussion über seine Ideen wiederaufflammt, reizen wir die Neugier der Holländer: Geben wir ihnen etwas zu kosten, und wir haben die Gegner für einige Zeit auf eine falsche Fährte gelockt. In jedem Fall wird das Geld gut angelegt sein. Doch genug davon jetzt. Sprecht weiter, ich bitte Euch, damit, während San Patrizio lernt, auch ich etwas lerne.«

»Eure Eminenz hat mir alles beigebracht, was ich weiß«, sagte Colbert errötend, »aber Eure Güte ermutigt mich zu beginnen.« Und mit diesen Worten mußte er sich auf vertrautem Boden fühlen: Er hob den Kopf, den er bisher immer gesenkt gehalten hatte, und trat gelöst an den Globus. »Meine Herren, im Ozean, wo man, auch wenn man auf ein Land stößt, nicht weiß, welches es ist, und wo man, wenn man zu einem bekannten Land fährt, viele Tage lang übers offene Meer fahren muß, im Ozean hat der Seefahrer keine anderen Bezugspunkte als die Sterne. Mit Instrumenten, die bereits die antiken Astronomen berühmt gemacht haben, bestimmt man die Höhe eines Gestirns über dem Horizont, errechnet daraus den Abstand vom Zenit, und nachdem man nun seine Deklination kennt – denn der Abstand vom Zenit plus oder minus die Deklination ergibt die Breite –, weiß man sofort, auf welchem Breitengrad man sich befindet oder, anders gesagt, wie weit nördlich oder südlich von einem bekannten Punkt. Ich denke, das ist klar.«

»Einem Kind verständlich«, sagte Mazarin.

»Man sollte nun meinen«, fuhr Colbert fort, »daß sich auf ähnliche Weise auch bestimmen ließe, wie weit östlich oder westlich desselben Punktes man sich befindet, also auf welchem Längengrad oder Meridian. Wie Johannes de Sacrobosco sagt, ist der Meridian ein Kreis, der durch die Pole unserer Welt und durch den Zenit über unserem Kopf geht. Und Meridian heißt er deshalb, weil es für jeden Menschen, gleich wo er steht und in welcher Jahreszeit er sich befindet, wenn die Sonne durch seinen Meridian geht, Mittag ist. Doch leider, aufgrund eines Naturgeheimnisses, hat sich bisher jedes Mittel, das zur Bestimmung der Längengrade erdacht worden ist, als untauglich erwiesen. Was macht das schon, könnte der Laie fragen. Viel.«

Er gewann immer mehr Selbstvertrauen, drehte den Globus und zeigte die Umrisse von Europa: »Ungefähr fünfzehn Längengrade trennen Paris von Prag, etwas mehr als zwanzig trennen Paris von den Kanarischen Inseln. Was würdet Ihr von einem Heerführer sagen, dessen Heer am Weißen Berg zu kämpfen glaubte und, statt böhmische Protestanten niederzumetzeln, die Doktoren der Sorbonne an der Montagne Sainte-Geneviève erschlüge?«

Mazarin streckte lächelnd die Hände vor, wie um zu wünschen, daß solche Dinge nur auf dem richtigen Meridian geschehen.

»Das Drama ist jedoch«, fuhr Colbert fort, »daß Irrtümer von solcher Tragweite bei den Mitteln passieren, die wir nach wie vor benutzen, um die Längengrade zu bestimmen. Und so kam es zu dem, was vor bald einem Jahrhundert dem Spanier Mendaña passiert ist, der die Salomon-Inseln entdeckt hatte, eine vom Himmel mit reichen Früchten und Bodenschätzen gesegnete Inselgruppe. Dieser Mendaña hatte die Lage des von ihm entdeckten Landes festgehalten, war nach Hause zurückgekehrt, um das Ereignis zu vermelden, in weniger als zwanzig Jahren wurden ihm vier Schiffe bereitgestellt, um erneut hinzufahren und die Herrschaft Ihrer Allerchristlichsten Majestäten, wie man in Spanien sagt, endgültig dort zu errichten, und was passierte? Mendaña konnte die Inseln nicht mehr finden! Die Holländer blieben nicht untätig, zu Anfang dieses Jahrhunderts gründeten sie ihre Ostindische Kompanie, erbauten die Stadt Batavia als Ausgangspunkt für viele Expeditionen nach Osten und berührten ein Neuholland, und andere Küsten, vermutlich im Osten der Salomon-Inseln, entdeckten derweilen englische Freibeuter, denen der Hof von Saint James daraufhin unverzüglich Adelspatente ausstellte. Jedoch von den Salomon-Inseln ist weit und breit keine Spur mehr zu finden, so daß manche verständlicherweise schon dazu neigen, sie für eine Legende zu halten. Aber, ob legendär oder nicht, Mendaña hat sie betreten, er hat nur ihre geographische Länge nicht richtig bestimmt. Und selbst wenn er sie mit der Hilfe des Himmels richtig bestimmt haben sollte, wußten die anderen Seefahrer, die nach jener Länge suchten (und er selbst bei seiner zweiten Reise) nicht genau, auf welcher Länge sie selbst sich befanden. Und wie

Ihr Euch vorstellen könnt, Monsieur, auch wenn wir zwar wüßten, wo Paris liegt, aber nicht feststellen könnten, ob wir uns gerade in Spanien oder bei den Persern befinden, würden wir uns bewegen wie Blinde, die andere Blinde führen.«

»Tatsächlich«, wagte Roberto einzuwerfen, »fällt es mir schwer zu glauben, bei allem, was ich über den Fortschritt des Wissens in unserem Jahrhundert gehört habe, daß wir noch immer so wenig wissen.«

»Ich will Euch nicht die Methoden aufzählen, die zur Lösung des Problems vorgeschlagen worden sind, angefangen von der auf den Mondfinsternissen beruhenden bis zu der, die mit den Abweichungen der Magnetnadel operiert, für die sich noch kürzlich unser Landsmann Le Tellier erwärmt hat – um nicht von der Log-Methode zu sprechen, von der sich unser Landsmann Champlain soviel versprochen hat … Aber alle haben sich als unzureichend erwiesen, und sie werden es bleiben, solange Frankreich kein Observatorium hat, in dem es alle Hypothesen einer Prüfung unterziehen kann. Natürlich gäbe es ein sicheres Mittel: Wenn man an Bord eine Uhr hätte, die fehlerfrei die Pariser Uhrzeit anzeigte, bräuchte man unterwegs nur die gültige Ortszeit zu bestimmen und könnte dann an der Differenz den Längengrad errechnen. Dies hier ist die Erdkugel, auf der wir leben, Ihr seht, wie die Weisheit der Alten sie in dreihundertsechzig Längengrade eingeteilt hat, wobei man die Zählung gewöhnlich bei dem Meridian beginnt, der durch Hierro, die Insel des Eisens, die westlichste der Kanarischen Inseln geht. Auf ihrer himmlischen Bahn durchläuft die Sonne – wobei es auf dasselbe hinauskommt, ob sie sich bewegt oder die Erde, wie man es heute will – in einer Stunde fünfzehn Längengrade, und wenn es in Paris Mitternacht ist, wie in diesem Moment, dann ist es hundertachtzig Längengrade von Paris entfernt Mittag. Also wenn man mit Sicherheit weiß, daß in Paris die Uhren, sagen wir, zwölf Uhr Mittag anzeigen, und wenn man die Uhrzeit an dem Ort, wo man sich befindet, als sechs Uhr morgens bestimmt, so nimmt man die Differenz, rechnet für jede Stunde fünfzehn

Grade und weiß, daß man sich neunzig Grad westlich von Paris befindet, also mehr oder weniger hier.« Er drehte den Globus und deutete auf einen Punkt des amerikanischen Kontinents. »Doch wenn es auch nicht schwer ist, die jeweilige Ortszeit zu bestimmen, so ist es doch ziemlich schwierig, an Bord eine Uhr mitzuführen, die unbeirrt die genaue Uhrzeit angibt, auch nach monatelanger Seefahrt auf einem von Wind und Wellen geschüttelten Schiff, dessen Bewegungen selbst die besten unserer modernen Apparate aus dem Takt bringen, zu schweigen von Sand- oder Wasseruhren, die auf einer unbeweglichen Fläche stehen müssen, um zu funktionieren.«

Der Kardinal unterbrach ihn: »Wir denken, fürs erste hat Signor di San Patrizio genug erfahren, Colbert. Sorgt dafür, daß er auf der Fahrt nach Amsterdam weitere Belehrung erhält. Danach werden nicht mehr wir ihn belehren, sondern, wir vertrauen darauf, er uns. Denn, lieber San Patrizio, der Kardinal, dessen Auge weiter sah und immer noch sieht als das unsere – und wir hoffen, noch lange –, hat seit langem ein Netz von zuverlässigen Informanten aufgebaut, deren Aufgabe es ist, in die anderen Länder zu reisen und sich in den Häfen umzuhören und die Kapitäne zu befragen, die sich zu einer Reise anschicken oder von einer zurückkehren, um zu erfahren, was die anderen Regierungen tun und ob sie etwas wissen, was uns noch unbekannt ist, denn – und das scheint mir evident – derjenige Staat, der das Geheimnis der Längengrade entdecken würde und zu verhindern wüßte, daß es bekannt wird, würde einen großen Vorteil über alle anderen gewinnen. Nun« – hier machte Mazarin erneut eine Pause, strich sich den Schnurrbart glatt und legte die Hände zusammen, wie um sich zu konzentrieren und gleichzeitig die Hilfe des Himmels zu erflehen –, »nun haben wir erfahren, daß ein englischer Arzt, ein gewisser Doktor Byrd, ein neues und wunderbares Mittel zur Bestimmung des Meridians erdacht haben soll, das auf dem sympathetischen Pulver beruht. Fragt uns nicht, wie, lieber San Patrizio, ich kenne nur gerade den Namen dieser Teufelei. Wir wissen mit Sicherheit, daß es sich um dieses Pulver handelt, aber wir wissen nichts über die Methode, die Byrd zu befolgen gedenkt, und unser Informant versteht nichts von Naturmagie. Sicher ist jedoch, daß die britische Admiralität diesem Doktor Byrd ermöglicht hat, ein Schiff auszurüsten, um eine Expedition in den Stillen Ozean zu machen. Die Angelegenheit ist von so großer Bedeutung, daß die Engländer Wert darauf legen, das Schiff nicht als eines der ihren erscheinen zu lassen. Es gehört einem Holländer, der sich als kauziger Sonderling ausgibt und behauptet, er wolle die Entdeckungsreise zweier seiner Landsmänner wiederholen, die vor etwa fünfundzwanzig Jahren eine neue Passage vom Atlantik zum Pazifik entdeckt hatten, jenseits der Magellanstraße. Aber da die Kosten des Unternehmens den Verdacht wecken könnten, daß es von interessierter Seite unterstützt wird, nimmt der Holländer offiziell Waren an Bord und ist auf der Suche nach Passagieren wie einer, der sich um die Finanzierung seines Vorhabens selbst kümmern muß. Wie zufällig werden unter diesen Passagieren auch Doktor Byrd und drei seiner Assistenten sein, die sich als Sammler exotischer Pflanzen ausgeben. In Wahrheit werden sie die volle Kontrolle über das Unternehmen haben. Und auch Ihr werdet unter den Passagieren sein, San Patrizio, unser Agent in Amsterdam wird sich um alles kümmern. Ihr werdet ein savoyischer Edelmann sein, der überall von einem Bann verfolgt wird und es daher für klug hält, längere Zeit auf See zu verschwinden. Ihr seht, Ihr braucht nicht einmal zu lügen. Ihr werdet von sehr angegriffener Gesundheit sein – und daß Ihr wirklich ein Augenleiden habt, wie wir hören, ist ein weiterer Pinselstrich, der unseren Plan vervollkommnet. Ihr werdet ein Passagier sein, der die meiste Zeit unter Deck verbringt, mit einem Umschlag auf dem Gesicht, und der in seiner übrigen Zeit nicht weiter als bis zu seiner Nase sieht. Ihr werdet scheinbar zerstreut und ziellos umherlaufen, aber in Wahrheit die Augen offenhalten und die Ohren spitzen. Wir wissen, daß Ihr Englisch versteht, also tut so, als ob Ihr es nicht verstündet, damit die Feinde freimütig in Eurer Gegenwart reden. Wenn jemand an Bord Italienisch oder Französisch kann, stellt ihm Fragen und merkt Euch die Antworten gut. Verschmäht es nicht, vertraulich mit Dutzendmenschen zu plaudern, die sich für ein paar Münzen die Eingeweide herausziehen lassen. Aber es darf nicht viel Geld sein, damit es wie ein Geschenk aussieht und nicht wie eine Bezahlung, sonst schöpfen sie Verdacht. Fragt niemals direkt, und wenn Ihr heute etwas gefragt habt, stellt morgen die gleiche Frage noch einmal mit anderen Worten, so daß der Betreffende, wenn er beim erstenmal gelogen hat, sich in Widersprüchen verfängt; einfache Leute vergessen die Lügenmärchen, die sie erzählt haben, und erfinden am nächsten Tag entgegengesetzte. Im übrigen könnt Ihr die Lügner erkennen: Wenn sie lachen, bilden sich zwei Grübchen in ihren Wangen, und sie haben sehr kurze Fingernägel; hütet Euch auch vor den Kleinwüchsigen, die aus Aufgeblasenheit lügen. In jedem Fall seien Eure Gespräche mit ihnen kurz, und macht nicht den Eindruck, Ihr wäret mit ihnen zufrieden. Die Person, mit der Ihr wirklich sprechen müßt, ist der Doktor Byrd, und es wird nur natürlich sein, daß Ihr mit dem einzigen zu sprechen versucht, der Euch an Erziehung und Bildung gleichkommt. Er ist ein Gelehrter, er wird Französisch sprechen, vielleicht auch Italienisch, sicher Latein. Ihr seid krank, Ihr werdet ihn um Rat und Hilfe bitten. Tut es nicht jenen nach, die Maulbeeren essen oder rote Erde schlucken, um vorzutäuschen, sie spuckten Blut, aber laßt Euch nach dem Abendessen den Puls fühlen, denn um diese Zeit scheint es immer, als habe man Fieber, und sagt ihm, Ihr tätet die ganze Nacht lang kein Auge zu. Das wird die Tatsache rechtfertigen, daß Ihr mitten in der Nacht sehr wach irgendwo überrascht werden könnt, wenn sie ihre Experimente mit den Sternen machen. Dieser Byrd muß ein Besessener sein, wie ja übrigens alle Wissenschaftler: Setzt Euch irgendwelche Grillen in den Kopf und sprecht mit ihm darüber, als vertrautet Ihr ihm ein Geheimnis an, so daß er sich veranlaßt sieht, von jener Grille zu sprechen, die *sein* Geheimnis ist. Zeigt Euch interessiert, aber indem Ihr so tut, als verstündet Ihr wenig oder nichts, damit er es Euch noch ein zweites Mal besser erzählt. Wiederholt, was er gesagt hat, als hättet Ihr es verstanden, und macht dabei Fehler, damit er sich aus Eitelkeit veranlaßt sieht, Euch zu korrigieren und Euch lang und breit zu erklären, was er für sich behalten müßte. Behauptet nie etwas, spielt immer nur an: Anspielungen macht man, um die Seelen abzutasten und die Herzen zu erforschen. Ihr müßt ihm Vertrauen einflößen: wenn er oft lacht, so lacht mit ihm, wenn er cholerisch ist, verhaltet Euch wie ein Choleriker, aber bewundert immerzu sein Wissen. Wenn er aufbrausend und beleidigend ist, so ertragt die Beleidigung im Wissen, daß Ihr ihn schon zu bestrafen begonnen hattet, noch ehe er Euch beleidigte. Auf See sind die Tage lang und die Nächte endlos, und nichts tröstet einen Engländer besser über die Langeweile hinweg als viele Krüge voll jenen Bieres, das die Holländer stets im Laderaum vorrätig haben. Gebt Euch als ein Liebhaber jenes Getränks aus und ermuntert Euren neuen Freund, mehr davon zu trinken, als Ihr selber trinkt. Eines Tages könnte er Verdacht schöpfen und Eure Kajüte durchsuchen; darum dürft Ihr Eure Beobachtungen niemals schriftlich festhalten, aber Ihr könnt ein Tagebuch führen, in dem Ihr Euer schlimmes Los beklagt oder zur Madonna und den Heiligen betet oder Euch über die ferne Geliebte ergeht, die wiederzusehen Ihr keine Hoffnung mehr habt, und in diesem Tagebuch finden sich dann Bemerkungen über die Qualitäten des Doktors, den Ihr lobend erwähnt als den einzigen Freund, den Ihr an Bord gefunden habt. Notiert Euch keine Sätze von ihm, die irgend etwas mit unserem Projekt zu tun haben, sondern nur sentenziöse Bemerkungen, gleichgültig welche, denn so abgeschmackt sie auch sein mögen: wenn er sie gesagt hat, wird er sie nicht für abgeschmackt halten und wird Euch dankbar sein, daß Ihr sie im Kopf behalten habt. Kurzum, wir sind nicht hier, um Euch ein Breviarium des guten Geheimagenten an die Hand zu geben – in solchen Dingen kennt ein Kirchenmann sich nicht gut aus. Verlaßt Euch auf Euer Gespür, seid auf schlaue Weise umsichtig und auf umsichtige Weise schlau, laßt die Schärfe Eures Blickes umgekehrt proportional zu seinem Ruf und proportional zu Eurer Schnelligkeit sein.«

Mazarin erhob sich, um seinem Gesprächspartner zu bedeuten, daß die Unterredung beendet war, und um ihn für einen Moment zu überragen, bevor auch er sich erhob. »Folgt Colbert. Er wird Euch weitere Instruktionen geben und Euch denen anvertrauen, die Euch nach Amsterdam auf das Schiff bringen werden. Geht, und viel Glück.«

Sie wollten gerade hinausgehen, da rief ihn der Kardinal noch einmal zurück: »Ach, ich vergaß, San Patrizio. Ihr werdet verstanden haben, daß Ihr von hier bis zur Einschiffung in Amsterdam auf Schritt und Tritt bewacht sein werdet, aber Ihr werdet Euch fragen, wieso wir nicht fürchten, daß Ihr danach versucht sein könntet, beim ersten Halt das Weite zu suchen. Wir fürchten es nicht, weil es Euch nichts nützen würde. Ihr könntet nicht hierher zurück, wo Ihr stets ein Verbannter bliebet, und wenn Ihr in ein anderes Land fliehen würdet, müßtet Ihr ständig fürchten, daß unsere Agenten Euch aufspüren. In beiden Fällen müßtet Ihr überdies auf Euren Namen und Euren Rang verzichten. Es kommt uns auch nicht der Verdacht, daß ein Mann von Eurer Qualität sich an die Engländer verkaufen könnte. Was hättet Ihr schon zu verkaufen? Daß Ihr ein Spion seid, ist ein Geheimnis, das Ihr, um es zu verkaufen, erst lüften müßtet, und einmal gelüftet, wäre es nichts mehr wert außer einem Dolchstoß. Kehrt Ihr jedoch mit Indizien zurück, und seien sie noch so bescheiden, so habt Ihr ein Anrecht auf unsere Dankbarkeit. Wir täten schlecht daran, einen Mann zu entlassen, der sich in einer so diffizilen Mission bewährt hat. Der Rest hängt von Euch ab. Die Dankbarkeit der Großen, einmal erworben, muß man mit Eifersucht pflegen, um sie nicht zu verlieren, und mit weiteren Diensten nähren, damit sie fortdauert: Ihr werdet dann entscheiden, ob Eure Loyalität gegenüber Frankreich so groß ist, daß sie Euch rät, Eure Zukunft seinem König zu verschreiben. Es soll schon andern passiert sein, daß sie woanders geboren sind und in Paris ihr Glück gemacht haben.«

Mazarin empfahl sich selber als Vorbild an belohnter Loyalität. Doch für Roberto ging es in diesem Moment sicher nicht um Belohnungen. Der Kardinal hatte ihm die Aussicht auf ein Abenteuer, auf neue Horizonte eröffnet und hatte ihm eine Lektion in Lebensklugheit erteilt, deren Unkenntnis ihn vielleicht bisher der Wertschätzung anderer entzogen hatte. Vielleicht war es gut, diese Einladung anzunehmen, die ihn von seinen Leiden entfernte. Was die andere Einladung betraf, die er vor drei Tagen erhalten hatte, so war ihm bereits alles klargeworden, als der Kardinal seine Rede begonnen hatte. Wenn ein Anderer an einer Konspiration teilgenommen hatte und alle glaubten, es handle sich um Roberto, dann hatte ein Anderer sicher auch konspiriert, um Lilia jenen Satz einzugeben, der ihn mit Freude gefoltert und mit Eifersucht beglückt hatte. Zu viele Andere zwischen ihm und der Wirklichkeit. Um so besser also, sich auf hoher See zu isolieren, wo er die Geliebte auf die einzige Art würde besitzen können, die ihm vergönnt war. Schließlich besteht die höchste Vollendung der Liebe nicht darin, geliebt zu werden, sondern ein Liebender zu sein.

Er beugte ein Knie und sagte: »Eminenz, ich bin der Eure.«

Oder jedenfalls hätte ich es gerne so, da es mir unpassend erschiene, ihm einen Freibrief mitgeben zu lassen, der da lautete: »Träger dieses hat bei allem, was er getan hat, auf meinen Befehl und zum Wohle des Staates gehandelt.«

18

Unerhörte Kuriositäten

Wenn die *Daphne*, wie die *Amarilli*, auf der Suche nach dem *Punto Fijo* gewesen war, dann war der Eindringling gefährlich. Roberto wußte nun von dem lautlosen Kampf, den sich die Staaten Europas lieferten, um jenes Geheimnis in ihren Besitz zu bringen. Er mußte sich sehr gut vorbereiten und schlau zu Werk gehen. Offensichtlich war der Eindringling zu Beginn der Nacht tätig geworden, dann hatte er sich ins Freie begeben, als Roberto, wenn auch in der Kajüte, seine Tagwache begann. Sollte er seine Pläne umstürzen, ihm den Eindruck vermitteln, daß er tagsüber schlafe und nachts Wache halte? Wozu, der andere würde bloß seine Gewohnheiten ändern. Nein, er mußte ihm eher jede Voraussage unmöglich machen, ihn verunsichern, ihn glauben lassen, er schlafe, wenn er wachte, und schlafen, wenn der andere dachte, er wache ...

Er würde versuchen müssen, sich vorzustellen, was der andere dachte, daß *er* dachte, oder was der andere dachte, daß er dachte, daß der andere dachte ... Bis zu diesem Moment war der Eindringling sein Schatten gewesen, jetzt würde Roberto der Schatten des Eindringlings werden müssen, würde lernen müssen, die Spuren dessen zu verfolgen, der auf seiner Spur war. Aber würde dieses gegenseitige Belauern ewig so weitergehen können – der eine schleicht eine Treppe hinauf, während der andere die entgegengesetzte hinuntersteigt, der eine hockt unten im Kielraum, während der andere oben auf Deck Wache hält, der oben stürzt sich ins Unterdeck, während der unten womöglich außen an der Bordwand emporklettert?

Jeder besonnene Mensch hätte sofort beschlossen, die Erkundung des restlichen Schiffes vorzunehmen, aber vergessen wir nicht, daß Roberto nicht sehr besonnen war. Er griff erneut zum Branntwein und redete sich ein, er tue es, um sich zu stärken. Einen Mann, den die Liebe stets zum Warten angeregt hatte, konnte jenes Feuerwasser nicht zur Entscheidung anregen. Daher ging er langsam ans Werk und meinte, er wäre ein Blitz. Er glaubte zu springen und kroch auf allen vieren. Um so mehr, als er noch nicht wagte, bei Tag ins Freie zu treten, und sich nur in der Nacht stark fühlte. Aber in der Nacht trank er und wurde dann träge. Und genau das war's, was sein Feind gewollt hatte, sagte er sich am nächsten Morgen. Und machte sich, um sich Mut zu machen, erneut über den Zapfhahn her.

Jedenfalls beschloß er erst gegen Abend des fünften Tages, sich in jenen Teil des Kielraums hinunterzuwagen, den er noch nicht gesehen hatte: den vorderen Teil unter der Speisekammer. Er stellte fest, daß auf der *Daphne* jeder verfügbare Raum voll ausgenutzt war: zwischen Unterdeck und Kielboden hatte man Bretterwände und Zwischendecks eingezogen, um Verschläge zu gewinnen, die durch wacklige Treppen miteinander verbunden waren. Er gelangte in den Stauraum der Taue, stolperte über zusammengerollte Trossen und Seile aller Art, die noch feucht vom Meerwasser waren. Er stieg noch weiter hinunter und kam in die *secunda carina*, einen Laderaum voller Kisten und Bündel verschiedener Art.

Dort fand er weitere Lebensmittel und weitere Fässer mit Süßwasser. Das mußte ihn freuen, aber es freute ihn nur; weil es bedeutete, daß er seine Jagd noch lange fortsetzen konnte, mit der Lust, sie zu verzögern. Was nichts anderes ist als die Lust der Angst.

Hinter den Wasserfässern fand er vier weitere Branntweinfäßchen. Er stieg wieder in die Speisekammer hinauf und kontrollierte die dort vorhandenen Fäßchen. Sie waren alle voll Wasser, also mußte das Branntweinfäßchen, das er am Vortag dort gefunden hatte, von unten heraufgebracht worden sein, um ihn in Versuchung zu führen.

Anstatt sich über den Hinterhalt Sorgen zu machen, stieg er noch einmal hinunter, holte ein neues Branntweinfäßchen nach oben und trank noch etwas.

Dann stieg er erneut in den Kielraum hinunter, wir können uns vorstellen, in welchem Zustand, und machte erst halt, als er den faulen Geruch des Schwitzwassers in der Bilge roch. Tiefer hinunter ging es nicht.

Also mußte er zurück, in Richtung des Hecks, aber seine Lampe war am Erlöschen, er stolperte über etwas und begriff, daß er sich zwischen dem Ballast vorantastete, genau dort, wo Doktor Byrd auf der *Amarilli* seinen armen Hund untergebracht hatte.

Und genau dort im Kielraum, zwischen Wasserpfützen und verfaulten Speiseresten, entdeckte er eine Fußspur.

Er war jetzt so sicher, daß sich ein Eindringling an Bord befand, daß ihm nur *ein* Gedanke kam: endlich hatte er den Beweis, daß er nicht betrunken war – was genau der Beweis ist, nach dem alle Betrunkenen immer suchen. Auf jeden Fall war die Beweislage sonnenklar, wenn man das bei einer Suche zwischen Dunkelheit und flackerndem Lampenschein sagen konnte. In seiner Gewißheit, daß der Eindringling existierte, kam ihm nicht der Gedanke, daß die Fußspur nach all dem Hin und Her auch von ihm selbst stammen könnte. Er stieg wieder an Deck, entschlossen, den Kampf aufzunehmen.

Die Sonne ging gerade unter. Es war der erste Sonnenuntergang, den er sah, nachdem er fünf Tage lang nur Nächte, Dämmerungen und Morgenröten gesehen hatte. Wenige schwarze Wolken streiften fast parallel die Hänge der ferneren Insel, um sich zum Gipfel hin zu verdichten, und verflogen von dort wie Pfeile nach Süden. Die Küste hob sich dunkel gegen das Meer ab, das nun eine helle Tintenfarbe hatte, während der Rest des Himmels in einer blassen, kraftlosen Kamillenfarbe erschien, als zelebrierte die Sonne dort hinten nicht ihr Opfer, sondern döste eher langsam ein und hätte

Himmel und Meer gebeten, dieses ihr Wegdämmern sacht zu begleiten.

Roberto dagegen fühlte sich wieder kriegslüstern. Er beschloß, den Feind zu verwirren. Er ging in den Raum mit den Uhren, holte so viele von ihnen an Deck, wie er konnte, und verteilte sie wie die Figuren eines Brettspiels, eine an den Hauptmast, drei aufs Achterkastell, eine vor die Ankerwinde, andere rings um den Fockmast, eine vor jede Tür und an jede Luke, so daß, wer sie im Dunkeln passieren wollte, daranstoßen mußte.

Dann setzte er die mechanischen Uhren in Gang (ohne zu bedenken, daß er sie damit für den Feind, den er überraschen wollte, hörbar machte) und drehte die Sanduhren um. Zufrieden betrachtete er das mit Zeitmaschinen übersäte Deck, stolz auf ihre Geräusche und sicher, daß sie den Feind verwirren und sein Vordringen verzögern würden.

Nachdem er jene harmlosen Fallen aufgestellt hatte, fiel er ihnen selbst als erster zum Opfer. Während die Nacht sich über ein vollkommen ruhiges Meer senkte, ging er von einer dieser metallischen Mücken zur anderen, um auf das Ticken und Summen der toten Substanz zu hören, um jenes Rinnsal der Ewigkeit Tröpfchen für Tröpfchen fallen zu sehen, um sich zu fürchten vor jener Schar gefräßiger mundloser Motten (so schreibt er, wirklich), vor jenen gezähnten Rädern, die den Tag in Augenblicksfetzen zerrissen und das Leben in einer Totenmusik verzehrten.

Er erinnerte sich an einen Satz von Pater Emanuele: »Was für ein fröhliches Schauspiel wäre es, wenn man durch einen Kristall in der Brust die Bewegungen des Herzens sehen könnte wie bei den Uhren!« Im Licht der Sterne verfolgte er den langsam gemurmelten Rosenkranz der Körnchen in einer Sanduhr und philosophierte über jene Häufchen von Momenten, über jene sukzessiven Anatomien der Zeit, über jene Ritzen und Schlitze, durch welche die Stunden eine nach der anderen tröpfelten.

Doch im Rhythmus der vergehenden Zeit hörte er die Vorankündigung seines Todes, dem er sich Schritt für Schritt mit jeder Bewegung nahte, er hielt die kurzsichtigen Augen näher hin, um jenen Logogryph von Fluchten zu entziffern, mit bang bebender Metapher verwandelte er eine Wasseruhr in eine fließende Bahre, und am Ende schimpfte er auf jene Scharlatane von Astrologen, die ihm nichts anderes vorhersagen konnten als die bereits vergangenen Stunden.

Und wer weiß, was er noch alles geschrieben hätte, wenn er nicht das Bedürfnis verspürt hätte, seine poetischen Mirabilia gut sein zu lassen, so wie er zuvor von seinen chronometrischen Mirabilia abgelassen hatte – und nicht aus eigenem Willen, sondern weil er zugelassen hatte, daß ihm, der inzwischen mehr Lebenswasser als Leben in den Adern hatte, jenes Ticktack zu einem hüstelnden Schlaflied geworden war.

Am Morgen des sechsten Tages, geweckt von den letzten noch ächzenden Maschinen, sah er mitten zwischen den Uhren, die alle umgestellt worden waren, zwei kleine Kraniche scharren (waren es Kraniche?), die eine der schönsten Sanduhren umgestürzt und zerbrochen hatten.

Der Eindringling, der alles andere als erschrocken war (und warum sollte er es auch gewesen sein, wo er doch genau wußte, was und wer alles an Bord war?), hatte, absurder Streich für absurden Streich, die beiden Vögel aus dem Gewächshaus befreit. Um *mein* Schiff durcheinanderzubringen, klagte Roberto, um mir zu demonstrieren, daß er mächtiger ist als ich …

Aber wieso gerade Kraniche, fragte er sich, gewohnt, jedes Ereignis als ein Zeichen zu sehen und jedes Zeichen als eine Devise. Was hat er mir damit sagen wollen? Er versuchte sich an den symbolischen Sinn der Kraniche zu erinnern, wie er bei Picinelli oder bei Valeriano aufgeführt war, aber er fand keine Antwort. Nun wissen wir zwar sehr gut, daß es in jenem Serail der Überraschungen weder Zweck noch Sinn gab, der Eindringling war inzwischen genauso nervös und kopflos wie Roberto; aber das konnte Roberto nicht wissen, und so versuchte er zu entziffern, was nichts anderes war als ein ärgerliches Gekritzel.

Ich kriege dich, ich kriege dich, verfluchter Kerl, rief er. Und noch ganz schlafbenommen ergriff er das Schwert und stürzte sich erneut in den Kielraum, stolperte, purzelte kopfüber die Treppe hinunter und landete in einer noch unerforschten Zone, zwischen Reisigbündeln und Stapeln frisch geschnittener Rundhölzer. Aber im Fallen hatte er einen Stapel umgestoßen, und so fand er sich inmitten von Rundhölzern mit dem Gesicht nach unten auf einem Gitter liegen, wo er erneut den fauligen Gestank der Bilge roch. Und genau unter sich sah er Skorpione krabbeln.

Es kann gut sein, daß mit dem Holz auch Insekten in den Schiffsbauch gelangt waren, und ich weiß nicht, ob es wirklich Skorpione waren, aber Roberto sah sie als solche, und natürlich hatte der Eindringling sie hergebracht, um ihn zu vergiften. Um dieser Gefahr zu entfliehen, rappelte er sich auf und versuchte, die Treppe zu erreichen, aber auf diesen Rundhölzern kam er nicht von der Stelle, so schnell er auch lief, er verlor das Gleichgewicht und mußte sich an der Treppe festhalten. Als er endlich wieder hinaufgelangt war, entdeckte er, daß er eine Schnittwunde am Arm hatte.

Sicher hatte er sich mit dem eigenen Schwert verletzt. Und was macht nun Roberto? Anstatt sich um seine Wunde zu kümmern, eilt er in den Kielraum zurück und sucht keuchend zwischen dem Holz nach seiner Waffe. Er findet sie blutbefleckt, bringt sie ins Achterkastell und gießt Branntwein auf die Klinge. Dann, als er keinerlei angenehmes Gefühl verspürt, schwört er allen Prinzipien seiner Wissenschaft ab und gießt sich die Flüssigkeit direkt auf den Arm. Er ruft ein paar Heilige an, im Ton zu großer Vertraulichkeit, er rennt ins Freie hinaus, wo gerade ein heftiger Regen eingesetzt hat, unter dem die Kraniche im Fluge verschwinden. Der schöne Guß rüttelt ihn auf: Er kümmert sich um die Uhren, läuft dahin und dorthin, um sie in Sicherheit zu bringen, tut sich erneut weh, als er mit einem Fuß in einen der Lattenroste gerät, kehrt auf einem Bein hinkend wie ein Kranich in die Kajüte zurück, reißt sich die nassen Kleider vom Leib und macht sich, einzige Reaktion auf all diese sinnlosen Vorkommnisse, ans Schreiben, während draußen der Regen zuerst noch heftiger prasselt und dann nachläßt, worauf noch einmal die Sonne hervorkommt und ein paar Stunden lang scheint, bis schließlich die Nacht hereinbricht.

Und es ist gut für uns, daß Roberto schreibt, denn so haben wir Zeit zu begreifen, was ihm während seiner Reise auf der *Amarilli* widerfahren war und was er dabei entdeckt hatte.

19

DAS NARRENSCHIFF

Die *Amarilli* war von Amsterdam aufgebrochen und hatte einen kurzen Halt in London gemacht. Dort hatte sie heimlich in der Nacht etwas an Bord genommen, wozu die Matrosen eine Kette vom Deck bis zum Laderaum bildeten, und Roberto hatte nicht erkennen können, worum es sich handelte. Dann war sie in südwestlicher Richtung auf den Atlantik hinausgefahren.

Roberto beschreibt amüsiert die Gesellschaft, die er an Bord vorgefunden hatte. Es schien, als hätte der Kapitän mit größter Sorgfalt möglichst weltfremde und wunderliche Passagiere ausgewählt, um sie bei der Abfahrt als Vorwand nehmen zu können, aber sich nicht um sie kümmern zu müssen, falls er sie dann unterwegs verlor. Sie zerfielen in drei Gruppen: in diejenigen, die begriffen hatten, daß die *Amarilli* nach Westen fahren würde (wie ein Ehepaar aus Galizien, das seinen Sohn in Brasilien besuchen wollte, oder ein alter Jude, der ein Gelübde abgelegt hatte, eine Pilgerfahrt nach Jerusalem auf dem längstmöglichen Weg zu machen), in diejenigen, die noch keine klaren Vorstellungen von der Größe der Erdkugel hatten (wie einige Wirrköpfe, die ihr Glück auf den Molukken versuchen wollten und nicht wußten, daß sie schneller auf der Ostroute dorthin gelangen würden), und schließlich diejenigen, die schamlos getäuscht worden waren, wie eine Gruppe von Häretikern aus den piemontesischen Tälern, die sich mit englischen Puritanern an der Nordküste der Neuen Welt zusammentun wollten und nicht wußten, daß die *Amarilli* direkt nach Süden fuhr; um erst in Recife haltzumachen.

Als diese letzteren den Betrug bemerkten, waren sie gerade in der – damals holländischen – Kolonie eingetroffen und zogen es vor, in jenem protestantischen Hafen zu bleiben, um nicht unter die Portugiesen zu fallen, von denen sie Schlimmeres befürchteten. In Recife nahm die *Amarilli* einen Malteserritter an Bord, einen Mann mit Korsarengesicht, der es sich in den Kopf gesetzt hatte, eine Insel namens Escondida zu finden, von der ihm ein Venezianer erzählt hatte, deren Lage er jedoch nicht kannte und deren Namen niemand sonst auf dem Schiff je gehört hatte. Ein Zeichen dafür, daß der Kapitän seine Passagiere, wie man zu sagen pflegt, mit der Laterne gesucht haben mußte.

Er kümmerte sich dann auch nicht mehr um das Wohl der kleinen Schar, die sich im Unterdeck zusammendrängte: Solange sie den Atlantik überquerten, hatte es nicht an Nahrung gemangelt, und ein paarmal hatten sie an den amerikanischen Küsten Proviant aufgenommen. Aber nach einer Fahrt unter extrem langgezogenen flockigen Wolken vor einem stahlblauen Himmel, nachdem sie das Fretum Magellanicum passiert hatten, mußten alle außer den hochrangigen Gästen mindestens zwei Monate lang fauliges Wasser trinken, von dem man Bandwürmer bekam, und Zwieback essen, der nach Rattenpisse stank. Und einige Matrosen sowie zahlreiche Passagiere starben an Skorbut.

Auf der Suche nach Proviant fuhr das Schiff im Westen die Küste von Chili hinauf und legte an einer verlassenen Insel an, die auf den Karten als Más Afuera eingetragen war. Dort blieben sie drei Tage. Das Klima war gesund und die Vegetation üppig, so daß der Malteserritter meinte, es müßte ein schönes Los sein, eines Tages als Schiffbrüchiger an dieser Küste zu landen und hier glücklich zu leben, ohne je wieder in die Heimat zurück zu wollen und er versuchte sich einzureden, dies sei Escondida. Ob nun Escondida oder nicht, wenn ich dort geblieben wäre – sagte sich Roberto auf der *Daphne* –, wäre ich jetzt nicht hier und würde keinen Eindringling fürchten, bloß weil ich einen Fußabdruck im Kielraum gesehen habe.

Auf der Weiterfahrt gab es »widrige Winde«, wie der Kapitän sagte, und das Schiff nahm wider alle guten Gründe Kurs nach Norden. Roberto hatte nichts von widrigen Winden bemerkt, im Gegenteil, als die Kursänderung beschlossen wurde, fuhr das Schiff gerade mit geblähten Segeln, und um den Kurs zu ändern, mußte es eine gewagte Halse machen. Vermutlich hatte Doktor Byrd verlangt, daß sie auf demselben Meridian blieben, damit er seine Experimente fortsetzen konnte. Tatsache ist, daß sie dann auf die Galópegos-Inseln kamen, wo sie sich damit vergnügten, Riesenschildkröten auf den Rücken zu legen und sie in ihrer eigenen Schale zu kochen. Der Malteser brütete lange über seinen Karten und kam schließlich zu dem Ergebnis, daß dies nicht Escondida sei.

Von dort nahmen sie wieder Kurs nach Südwesten und gelangten, nachdem sie den 25. Grad südlicher Breite überquert hatten, zu einer Insel, die auf den Karten nicht eingezeichnet war. Sie bot keine anderen Attraktionen als die Einsamkeit, aber der Malteserritter – der das Essen an Bord nicht ertrug und eine starke Abneigung gegen den Kapitän hegte – sagte zu Roberto, es wäre doch schön, jetzt eine Handvoll mutiger und bedenkenloser Männer zu haben, um sich des Schiffes zu bemächtigen, den Kapitän und diejenigen, die ihm folgen wollten, in einer Schaluppe auszusetzen, sodann die *Amarilli* zu verbrennen und sich auf jener Insel niederzulassen, fern von aller bekannten Welt, um eine neue Gesellschaft zu errichten. Roberto fragte ihn, ob dies die Insel Escondida sei, und er schüttelte traurig den Kopf.

Von dort segelten sie mit günstigen Passatwinden in nordwestlicher Richtung weiter und kamen zu einer Gruppe von Inseln, auf denen bernsteinfarbene Wilde lebten, mit welchen sie Geschenke tauschten und fröhliche Feste feierten, wobei Mädchen tanzten, indem sie die Bewegungen gewisser Gräser nachahmten, die sich am Strand fast auf der Wasserlinie wiegten. Der Malteser, der offenbar kein Keuschheitsgelübde abgelegt hatte, fand sicherlich Gelegenheit, unter dem Vorwand, einige jener Geschöpfe zu zeichnen (was er mit einer gewissen Geschicklichkeit tat), sich mit einigen von ihnen fleischlich zu vereinigen. Die Mannschaft wollte es ihm nachtun, aber der Kapitän blies vorzeitig zum Aufbruch. Der Malteser schwankte, ob er nicht dableiben solle: Die Tage mit Zeichnen *alla grossa* zu verbringen schien ihm eine wunderschöne Art, sein Leben zu beschließen. Aber dann kam er zu dem Schluß, daß auch dies nicht Escondida sei.

Sie bogen noch etwas mehr nach Nordwesten und gelangten zu einer Insel mit sehr sanftmütigen Eingeborenen. Dort blieben sie zwei Tage und zwei Nächte, und der Malteserritter begann, den Insulanern Geschichten zu erzählen. Er erzählte sie in einem Dialekt, den nicht einmal Roberto verstand, um so weniger also die Eingeborenen, doch er behalf sich mit Zeichnungen im Sand und gestikulierte wie ein Schauspieler, womit er Begeisterungsstürme bei den Eingeborenen auslöste, die ihn hymnisch als »Tusitala, Tusitala« besangen. Er überlegte mit Roberto, wie schön es wäre, seine Tage bei diesen Leuten zu beschließen und ihnen alle Mythen der Welt zu erzählen. »Ist dies denn Escondida?« fragte Roberto. Der Malteser schüttelte den Kopf.

Er ist bei dem Schiffbruch ertrunken – dachte Roberto auf der *Daphne* –, und ich habe vielleicht seine Escondida gefunden, aber ich werde es ihm nie erzählen können und auch sonst niemandem … Vielleicht schrieb er deshalb an seine Signora. Um zu überleben, muß man Geschichten erzählen.

Sein letztes Luftschloß baute der Malteser eines Abends, wenige Tage vor dem Schiffbruch und nicht weit von der Stelle, wo sich das Unglück ereignen sollte. Sie fuhren an einem Archipel vorbei, den der Kapitän nicht aufzusuchen beschlossen hatte, da Doktor Byrd anscheinend Wert darauf legte, wieder in Richtung Äquator zu fahren. Im Laufe der Reise war es für Roberto evident geworden, daß der Kapitän sich nicht so verhielt, wie er es von anderen Seefahrern gehört hatte, die peinlich genau alle neuen Länder vermerkten, um ihre Karten zu vervollkommnen, indem sie die Form der Wolken einzeichneten, die Küstenlinien zogen, einheimische

Objekte sammelten und dergleichen mehr. Die *Amarilli* dagegen bewegte sich, als wäre sie die fahrende Höhle eines Alchimisten, der sich nur für sein Schwarzes Werk interessierte, gleichgültig für die große Welt, die sich vor ihm auftat.

Es war Sonnenuntergang, das Spiel der Wolken mit dem Himmel, gegen den Schatten einer Insel, zeichnete auf der einen Seite so etwas wie smaragdene Fische, die über dem Gipfel schwammen. Auf der anderen kamen wütende Feuerbälle. Darüber graue Wolken. Gleich darauf verschwand eine glühende Sonne hinter der Insel, aber ein breites Rosa spiegelte sich auf den Wolken, die am unteren Rande blutig erschienen. Wenige Sekunden später hatte sich die Feuersbrunst hinter der Insel so ausgebreitet, daß sie über dem Schiff loderte. Der Himmel war ein einziges Feuerbecken vor einem Hintergrund weniger blauer Streifen. Dann neuerlich überall Blut, als würden verstockte Sünder von einem Schwarm von Haien zerrissen.

»Vielleicht wäre es richtig, jetzt zu sterben«, sagte der Malteserritter. »Packt Euch nicht das Verlangen, Euch an die Mündung einer Kanone zu hängen und ins Meer gleiten zu lassen? Es würde schnell gehen, und in dem Augenblick würden wir alles wissen ...«

»Ja, aber kaum daß wir es wüßten, würden wir aufhören zu wissen«, sagte Roberto.

Und das Schiff hatte seine Reise fortgesetzt, weiter voran in sepiafarbenen Meeren.

Die Tage verliefen gleichförmig. Wie Mazarin vorausgesehen hatte, konnte Roberto sich nur mit den Leuten seines Standes unterhalten. Die Seeleute waren finstere Gesellen, bei denen man erschrak, wenn man einem von ihnen nachts an Deck begegnete. Die Reisenden waren hungrig und krank und beteten immerfort. Die drei Assistenten von Byrd hätten es nicht gewagt, sich an seinen Tisch zu setzen, und huschten nur leise umher, um seine Anweisungen auszuführen. Der Kapitän war, als wäre er nicht vorhanden: abends war er meist schon betrunken, und außerdem sprach er nur Flämisch.

Byrd war ein hagerer und trockener Brite mit einem gewaltigen Rotschopf, der als Seezeichen hätte dienen können. Roberto, der sich zu waschen versuchte, wann immer er konnte, und den Regen nutzte, um seine Kleider zu spülen, hatte ihn in all den Monaten ihrer Reise niemals sein Hemd wechseln sehen. Glücklicherweise ist, auch für einen an die Pariser Salons gewöhnten jungen Mann, der Gestank eines Schiffes derart, daß man den der eigenen Artgenossen nicht mehr bemerkt.

Byrd war ein robuster Biertrinker, und Roberto hatte bald gelernt, ihm standzuhalten, indem er zu trinken vorgab, aber den Pegel in seinem Glas immer mehr oder weniger auf demselben Stand ließ. Und da Byrd offenbar nur leere Gläser zu füllen gelernt hatte und das seine immerzu leer war, füllte er eben dieses und erhob es, um Trinksprüche auszubringen. Der Malteser trank nicht, er hörte nur zu und stellte Fragen.

Byrd sprach ein passables Französisch, wie alle Engländer, die zu jener Zeit außerhalb ihrer Insel reisen wollten, und er zeigte sich sehr interessiert an Robertos Berichten über den Weinbau im Monferrat. Roberto hörte sich wohlerzogen an, wie in London das Bier gebraut wurde. Danach unterhielten sie sich über das Meer. Roberto war zum erstenmal auf See, aber Byrd schien nicht allzuviel über seine Erfahrungen sagen zu wollen. Der Malteser stellte nur Fragen, die den Punkt betrafen, wo sich die Insel Escondida befinden könnte, aber da er keinerlei Spur anzugeben vermochte, erhielt er keine Antworten.

Angeblich machte Doktor Byrd jene Reise, um die exotische Flora zu studieren, und Roberto stellte ihm gelegentlich Fangfragen zu dem Thema. Byrd war durchaus nicht unbewandert in Pflanzenkunde, was ihn in die Lage versetzte, sich in langen Darlegungen zu ergehen, die Roberto mit Interesse anzuhören vorgab. Tatsächlich sammelten Byrd und seine Assistenten an jeder Küste allerlei Pflanzen, wenn auch nicht mit der Sorgfalt von Wissenschaftlern, die extra zu diesem Zweck unterwegs waren, und viele Abende vergingen mit dem Examinieren der Ausbeute.

In den ersten Tagen hatte Byrd versucht, Robertos Vergangenheit zu erfahren, auch die des Maltesers, als mißtraute er ihnen. Roberto hatte die in Paris vereinbarte Version gegeben: Als Savoyer habe er in Casale auf seiten der Kaiserlichen gekämpft, sei dann in Schwierigkeiten geraten, zuerst in Turin und danach in Paris mit einer Reihe von Duellen, habe schließlich das Pech gehabt, einen Schützling des Kardinals zu verletzen, und sei daraufhin in die Südsee gefahren, um möglichst viel Wasser zwischen sich und seine Verfolger zu bringen. Der Malteser erzählte viele verschiedene Geschichten, einige spielten in Venedig, andere in Irland, wieder andere in Mittelamerika, aber man verstand nicht recht, welche davon seine waren und welche die von anderen.

Schließlich entdeckte Roberto, daß es Byrd gefiel, über Frauen zu reden. So erfand er stürmische Liebesgeschichten mit stürmischen Kurtisanen, dem Doktor glänzten die Augen, und er nahm sich von neuem vor, eines Tages Paris zu besuchen. Dann faßte er sich wieder und sagte, die Papisten seien doch alle verdorben. Roberto gab zu bedenken, daß viele Savoyer quasi Hugenotten seien. Der Malteser bekreuzigte sich und fing erneut an, über Frauen zu reden.

Bis zur Landung auf Más Afuera schien das Leben des Doktors nach festen Regeln zu verlaufen, und wenn er an Bord Beobachtungen anstellte, dann nur, während die anderen an Land waren. Während der Fahrt hielt er sich tagsüber an Deck auf, saß abends lange mit seinen Zechkumpanen zusammen und schlief dann gewiß den Rest der Nacht. Seine Kajüte lag neben der von Roberto, es waren zwei enge Verschläge, getrennt durch eine dünne Wand, und Roberto blieb wach, um zu horchen.

Kaum waren sie in den Pazifik gelangt, hatten sich des Doktors Gewohnheiten jedoch verändert. Nach dem Halt in Más Afuera sah ihn Roberto jeden Morgen um sieben irgendwohin verschwinden und erst um acht wiederkommen, während sie vorher um diese Zeit miteinander zu frühstücken pflegten. Während der ganzen Zeit, in der das Schiff nach Norden fuhr, bis zur Insel der Riesenschildkröten, verschwand Byrd jedoch immer schon morgens um sechs. Kaum hatte das Schiff dann von neuem westlichen Kurs eingeschlagen, verlegte er sein Aufstehen auf fünf Uhr vor, und Roberto hörte, wie einer seiner Assistenten ihn wecken kam. Dann, je weiter sie nach Westen kamen, stand er um vier, um drei, um zwei Uhr auf.

Roberto war in der Lage, das zu kontrollieren, denn er hatte sich eine kleine Sanduhr mitgebracht. Bei Sonnenuntergang schaute er wie ein Müßiggänger im Ruderhaus vorbei, wo neben dem Kompaß, der in seinem Waltran schwamm, eine kleine Tafel hing, auf welcher der Steuermann, ausgehend von den letzten Messungen, die vermutliche Position und Uhrzeit vermerkte. Roberto notierte sie sich, ging dann seine Sanduhr umdrehen und ging erneut, wenn ihm schien, daß sie bald abgelaufen sein würde. Auf diese Weise konnte er immer einigermaßen genau berechnen, wie spät es war. Und so gelangte er zu der Überzeugung, daß Byrd jeden Morgen ein bißchen früher aufstand und folglich, wenn er so weitermachte, eines schönen Tages um Mitternacht aufstehen würde.

Nach dem, was Roberto von Mazarin und Colbert und dessen Leuten erfahren hatte, war es nicht schwer zu schließen, daß Byrds jeden Tag etwas früheres Verschwinden mit dem sukzessiven Überqueren der Meridiane zu tun haben mußte. Es sah ganz danach aus, als würde jemand aus Europa, jeden Tag zur Mittagsstunde auf der westlichsten der Kanarischen Inseln oder anderswo zu einer anderen festen Stunde, ein Signal aussenden, das Byrd irgendwo auf dem Schiff empfing. Durch Vergleich mit der Ortszeit an Bord der *Amarilli* wäre Byrd somit in der Lage, den jeweiligen Längengrad zu bestimmen!

Roberto brauchte ihm bloß zu folgen, wenn er verschwand. Aber das war gar nicht so leicht. Solange der Doktor in den Morgenstunden verschwand, war es nicht möglich, ihm ungesehen zu folgen. Als er dann in den Nachtstunden zu verschwinden begann, konnte Roberto zwar gut hören, wann er fortging, aber er konnte ihm nicht auf dem Fuße folgen. Er wartete also ein Weilchen und machte sich dann daran, seine Spur zu finden. Doch alle Bemühungen waren vergeblich. Ich spreche gar nicht von den vielen Malen, in denen Roberto, wenn er sich im Dunkeln vorantastete, zwischen den Hängematten der Mannschaft landete oder über schlafende Pilger stolperte; doch immer öfter stieß er auf jemanden, der um diese Zeit eigentlich hätte schlafen müssen. Es gab also immer jemanden, der wachte.

Wenn er einem dieser Spione begegnete, murmelte er etwas über seine übliche Schlaflosigkeit und ging an Deck, wodurch es ihm gelang, keinen Verdacht zu wecken. Seit einiger Zeit hatte er sich den Ruf erworben, ein Sonderling zu sein, der nachts mit offenen Augen träumte und die Tage mit geschlossenen Augen verbrachte. Doch wenn er an Deck dem wachhabenden Matrosen begegnete, mit dem er wohl oder übel ein paar Worte wechseln mußte, wenn sie sich zufällig verständigen konnten, war die Nacht für weitere Erkundungen verloren.

Das erklärt, wieso die Monate vergingen und Roberto dem Geheimnis der *Amarilli* zwar dicht auf der Spur war, aber es immer noch nicht hatte finden können.

Im übrigen hatte er von Anfang an versucht, Byrd irgendwelche Vertraulichkeiten zu entlocken. Und dazu hatte er sich eine Methode ausgedacht, die Mazarin ihm nicht hätte eingeben können: Scheinbar um seine Neugier zu befriedigen, stellte er dem Malteser tagsüber Fragen, die dieser nicht beantworten konnte. Dabei gab er ihm zu verstehen, daß es sich bei dem, was er ihn gefragt hatte, um etwas sehr Wichtiges handle, wenn er wirklich die Insel Escondida finden wolle. So stellte der Ritter dann abends dieselben Fragen dem Doktor.

Eines Nachts auf dem Oberdeck betrachteten sie die Sterne, und der Doktor meinte, jetzt müßte es Mitternacht sein. Darauf sagte der Malteser, der wenige Stunden zuvor von Roberto auf diese Spur gesetzt worden war: »Wer weiß, wie spät es jetzt wohl in Malta sein mag ...«

»Leicht zu wissen«, entfuhr es dem Doktor. Dann korrigierte er sich: »Das heißt, sehr schwierig, mein Freund.« Der Ritter wunderte sich, daß man es nicht aus der Berechnung der Meridiane erschließen könne: »Braucht die Sonne nicht eine Stunde, um fünfzehn Längengrade zu durchlaufen? Also braucht man doch bloß zu sagen, wie viele Längengrade wir vom Mittelmeer entfernt sind, die Zahl durch fünfzehn zu teilen, die eigene Ortszeit zu wissen, so wie wir jetzt die unsere kennen, und man weiß, wie spät es dort ist.«

»Ihr kommt mir vor wie einer von jenen Astronomen, die ihr Leben lang Karten studieren, ohne jemals zur See zu fahren. Sonst wüßtet Ihr, daß es unmöglich ist zu wissen, auf welchem Längengrad wir uns befinden.«

Byrd wiederholte mehr oder weniger, was Roberto schon wußte, nicht aber der Malteser. Und bei diesem Thema wurde der Doktor auf einmal sehr gesprächig: »Unsere Alten dachten, sie hätten eine unfehlbare Methode mit der Berechnung der Mondfinsternisse. Ihr wißt, was eine Mondfinsternis ist: ein Moment, in dem Sonne, Erde und Mond sich auf einer Linie befinden und der Schatten der Erde auf den Mond fällt. Nun lassen sich Tag und Stunde der künftigen Mondfinsternisse sehr genau voraussehen, und es genügt, die Tafeln des Regiomontanus mitzuführen; also angenommen, Ihr wißt, daß eine gegebene Mondfinsternis, die Ihr um zehn Uhr beobachtet, in Jerusalem um Mitternacht eintreten muß, so wißt Ihr, daß Euch zwei Stunden von Jerusalem trennen, daß also Euer Standpunkt dreißig Grad westlich von Jerusalem ist.«

»Perfekt«, sagte Roberto, »gelobt seien die Alten!«

»Ja schon, aber diese Berechnung funktioniert nur bis zu einem bestimmten Punkt. Der große Kolumbus hatte auf seiner zweiten Reise, als er vor Hispaniola vor Anker lag, seine Position mit Hilfe einer Mondfinsternis zu berechnen versucht und sich um dreiundzwanzig Grad geirrt, das heißt um anderthalb Stunden! Und auf seiner vierten Reise hatte er sich mit derselben Methode erneut verrechnet, diesmal sogar um zweieinhalb Stunden!«

»Hatte *er* sich verrechnet oder der Regiomontanus?« fragte der Malteser.

»Schwer zu sagen. Auf einem Schiff, das sich ständig bewegt, auch wenn es vor Anker liegt, ist es immer schwierig, genaue Messungen vorzunehmen. Und Ihr wißt vielleicht, daß Kolumbus um jeden Preis beweisen wollte, er sei nach Asien gelangt, und so könnte ihn sein Wunsch verleitet haben, den Fehler zu machen, um zu beweisen, daß er viel weiter im Westen angelangt sei, als er tatsächlich war ... Oder die Sache mit den Mond-Distanzen. Darüber ist viel gesprochen worden in den letzten hundert Jahren. Die Idee hatte, wenn ich so sagen darf, einen gewissen Witz. Während eines Monats vollführt der Mond einen kompletten Umlauf von West nach Ost entgegen dem Lauf der Sterne, und so ist er wie der Zeiger einer himmlischen Uhr, der durch das Zifferblatt des Zodiaks läuft. Die Sterne bewegen sich von Ost nach West über den Himmel mit einer Geschwindigkeit von ungefähr fünfzehn Graden pro Stunde, während der Mond in der gleichen Zeit nur vierzehneinhalb Grade durchläuft. Also weicht der Mond gegenüber den Sternen um einen halben Grad ab. Nun dachten die Alten, daß der Abstand vom Mond zu einem *Fixed Starre*, wie man sagt, einem festen Stern in einem bestimmten Augenblick, für jeden Beobachter auf der ganzen Welt derselbe sei. Es genüge also, ihn zu kennen, wozu es die üblichen Tafeln oder *Ephemerides* gab, und den Himmel zu beobachten mit *the Astronomers staffe, the Crosse ...*«

»Dem Kreuzstab?«

»Genau, mit diesem Kreuz berechnet Ihr den Abstand des Mondes von dem betreffenden Stern zu einer gegebenen Uhrzeit des Meridians, von dem Ihr aufgebrochen seid, und Ihr wißt, daß es zur Zeit Eurer Beobachtung auf dem Meer in der und der Stadt soundso spät ist. Kennt Ihr nun den Zeitunterschied zu Eurer Ortszeit, so habt Ihr die geographische Länge gefunden. Jedoch, jedoch ...«, und Byrd machte eine Pause, um seine Zuhörer noch mehr zu fesseln, »da gibt es die *Parallaxes*. Das ist etwas sehr Kompliziertes, das ich Euch nicht zu erklären wage, es hängt mit der unterschiedlichen Refraktion oder Lichtbrechung der Himmelskörper auf verschiedenen Höhen über dem Horizont zusammen. Und bei den Parallaxes wäre der hier gefundene Abstand nicht derselbe, den unsere Astronomen drüben in Europa finden würden.«

Roberto erinnerte sich, von Mazarin und Colbert etwas über Parallaxen und einen Monsieur Morin gehört zu haben, der eine Methode zu ihrer Berechnung gefunden zu haben glaubte. Um zu prüfen, wieviel Byrd darüber wußte, fragte er ihn, ob denn die Astronomen nicht diese Parallaxen berechnen könnten. Das könnten sie schon, erwiderte Byrd, aber es sei sehr schwierig und die Gefahr, sich zu irren, sehr groß. »Und im übrigen«, fügte er hinzu, »bin ich ein Laie und weiß über diese Dinge nur wenig.«

»Dann bleibt also nur, nach einer sichereren Methode zu suchen«, meinte Roberto.

»Wißt Ihr, was Euer Landsmann Vespucci darüber sagte? Er sagte: Die geographische Länge ist eine schwierige Sache, die nur wenige Menschen verstehen, außer denen, die ihre Nächte durchwachen, um die Konjunktion des Mondes und der Planeten zu beobachten. Und er sagte auch: Zur Bestimmung der Länge habe ich oft meinen Schlaf geopfert und mein Leben um zehn Jahre verkürzt ... Verlorene Zeit, sage ich. *But now behold the skie is overcast with cloudes; wherefore let us haste to our lodging, and ende our talke.*«

Einige Abende später hatte Roberto den Doktor gebeten, ihm den Polarstern zu zeigen. Der Doktor hatte gelächelt: Auf dieser Seite der Erde könne man ihn nicht sehen, hier müsse man sich an andere Fixsterne halten. »Eine weitere Niederlage für die Meridiansucher«, hatte er kommentiert. »So können sie nicht einmal auf die Abweichungen der Magnetnadel rekurrieren.«

Dann, von den Freunden gedrängt, hatte er ein weiteres Mal das Brot seines Wissens gebrochen.

»Die Kompaßnadel müßte eigentlich immer nach Norden zeigen, also in Richtung des Polarsterns. Doch überall außer auf dem Meridian der Insel des Eisens entfernt sie sich vom richtigen Nordpol, um sich bald nach Osten, bald nach Westen zu neigen, je nach dem Klima und der geographischen Länge. Wenn Ihr zum Beispiel von den Kanarischen Inseln nach Gibraltar fahrt, weiß jeder Seemann, daß die Nadel um mehr als sechs Strich nordwestlich abweicht, und von Malta nach Tripolis in Berberland gibt es eine Abweichung von zweidrittel Strich nach links – und Ihr wißt, daß ein Strich der vierte Teil eines Windes ist. Nun gehorchen diese Abweichungen, heißt es, bestimmten Gesetzen je nach den verschiedenen Längengraden. Mit einer guten Tafel der Abweichungen könntet Ihr also wissen, wo Ihr Euch befindet. Aber ...«

»Noch ein Aber?«

»Leider ja. Es gibt keine guten Tafeln der Magnetnadelabweichungen, alle Versuche sind gescheitert, und es gibt gute Gründe anzunehmen, daß die Nadel nicht gleichmäßig entsprechend der Länge abweicht. Außerdem vollziehen sich diese Abweichungen sehr langsam, und auf See sind sie schwer zu verfolgen, wenn das Schiff nicht ohnehin so stampft, daß die Nadel aus dem Gleichgewicht kommt. Wer sich auf die Kompaßnadel verläßt, ist ein Narr.«

Eines Abends beim Essen sagte der Malteser, dem eine Bemerkung durch den Kopf ging, die Roberto achtlos hatte fallenlassen, vielleicht sei die Escondida eine der Salomon- Inseln, und wollte wissen, ob sie in der Nähe seien.

Byrd zuckte die Achseln: »Die Salomon-Inseln? Die gibt es nicht!«

»Ist nicht der Capitano Draco dort hingekommen?« fragte der Malteser.

»Nonsens! Drake hat New Albion entdeckt, das ist ganz woanders!«

»Die Spanier in Casale sprachen von ihnen wie von etwas Bekanntem und sagten, *sie* hätten die Inseln entdeckt«, sagte Roberto.

»Das hat dieser Mendaña vor über siebzig Jahren behauptet. Er sagte, sie lägen zwischen dem siebten und elften Grad südlicher Breite. Was ungefähr so ist, wie wenn man sagt, zwischen London und Paris. Aber auf welcher Länge? Queirós meinte, sie seien tausendfünfhundert Meilen von Lima entfernt. Lächerlich. Dann könnte man ja geradezu von der Küste Perus aus hinüberspucken. Kürzlich sagte ein Spanier, es seien siebentausendfünfhundert Meilen von Peru. Zuviel vielleicht. Aber seht Euch einmal diese Karten an, einige sind kürzlich neu gemacht worden, doch sie reproduzieren die älteren, und andere werden uns als neueste Entdeckung angepriesen. Seht hier, einige tun die Salomon-Inseln auf den zweihundertzehnten Meridian, andere auf den zweihundertzwanzigsten und wieder andere auf den zweihundertdreißigsten, um nicht von denen zu sprechen, die sie auf dem hundertachtzigsten wähnen. Auch wenn eine von ihnen recht hätte, kämen andere dafür auf einen Fehler von fünfzig Graden, was ungefähr die Entfernung von London bis zum Reich der Königin von Saba ist!«

»Wirklich bewundernswert, was Ihr alles wißt, Doktor«, sagte der Malteser, womit er aufs schönste Robertos Wünsche erfüllte, der es gerade selbst sagen wollte, »als hättet Ihr Euer Leben lang nichts anderes getan, als nach den Längengraden gesucht.«

Das Gesicht Doktor Byrds, das mit weißlichen Sommersprossen gesprenkelt war, wurde plötzlich rot. Er füllte sich den Bierkrug neu und stürzte ihn in einem Zug hinunter, ohne Atem zu holen. »Ach, das ist nur die Neugier des Natur-forschers. Tatsächlich wüßte ich nicht, wo beginnen, wenn ich Euch sagen müßte, wo wir uns befinden.«

»Aber«, wagte Roberto jetzt einzuwenden, »neben der Ru-derpinne habe ich eine Tafel gesehen, auf der ...«

»Oh, ja«, faßte sich der Doktor sofort wieder, »natürlich fährt ein Schiff nicht einfach drauflos. *They pricke the Carde*. Sie registrieren den Tag, die Richtung der Nadel und ihre Ab-weichung, die Windrichtung, die Bordzeit, die zurückgeleg-ten Meilen, den Stand der Sonne und der Sterne und also die geographische Breite, und daraus schließen sie auf die ver-mutliche Länge. Ihr werdet manchmal am Heck einen Matro-sen gesehen haben, der eine Leine ins Wasser wirft, an deren Ende ein hölzernes Brettchen befestigt ist. Das ist das soge-nannte *Log* oder Klötzchen oder Schiffchen, wie einige sagen. Es treibt im Wasser, ohne sich von der Stelle zu rühren, man läßt die Leine abrollen, die Leine hat Knoten in regelmäßigen Abständen, die bestimmten Längenmaßen entsprechen, und so kann man mit Hilfe einer Sanduhr erfahren, in welcher Zeit eine gegebene Entfernung zurückgelegt worden ist. Auf diese Weise, wenn alles regulär vonstatten ginge, könnte man im-mer wissen, wie viele Meilen man vom letzten bekannten Me-ridian entfernt ist, und wieder könnte man mit entsprechen-den Berechnungen herausfinden, welchen man gerade über-quert.«

»Also gibt es doch ein Mittel!« triumphierte Roberto, der schon wußte, was ihm der Doktor antworten würde. Näm-lich, daß dieses Log etwas ist, was man benutzt, wenn man nichts Besseres hat, da es einem nur dann wirklich sagen könnte, wie viele Meilen man zurückgelegt hat, wenn das Schiff auf einer geraden Linie führe. Da aber ein Schiff so fährt, wie es die Winde wollen, muß es, wenn der Wind un-günstig ist, gegen den Wind kreuzen, das heißt bald nach steuerbord, bald nach backbord drehen.

»Sir Humphrey Gilbert«, sagte der Doktor, »der mehr oder weniger zur Zeit von Mendaña vor Neufundland segelte

241

und auf dem 47. Breitengrad bleiben wollte, *encountered winde always so scant*, Winde, die sozusagen so faul und knauserig waren, daß er lange zwischen dem 41. und dem 51. Grad kreuzen mußte, also in einem Zickzackkurs über ganze zehn Breitengrade, meine Herren, was ungefähr so ist, wie wenn eine riesige Schlange, die sich von Neapel nach Portugal schlängeln wollte, zuerst mit dem Kopf Le Havre und mit dem Schwanzende Rom berührte und sich dann mit dem Schwanzende in Paris und dem Kopf in Madrid wiederfände! Man muß also die Abweichungen kalkulieren, Berechnungen anstellen und sehr genau aufpassen, was ein Seemann nie tut, und er kann auch nicht den ganzen Tag lang einen Astronomen neben sich haben. Sicher kann man Vermutungen anstellen, besonders wenn man auf einer bekannten Route fährt, auf der man sich die von anderen gefundenen Ergebnisse zunutze machen kann. Deshalb geben die Karten zwischen den europäischen und den nordamerikanischen Küsten einigermaßen sichere Meridian-Entfernungen an. Und an Land können auch die Erhebungen über die Sterne einige gute Resultate erbringen, und so wissen wir, auf welcher Länge die Stadt Lima liegt. Aber auch in diesem Fall, meine Freunde«, sagte der Doktor fröhlich, »was meint Ihr, was passiert?« Und er sah die beiden anderen schlau an. »Es passiert, daß dieser Herr hier«, er pochte mit dem Finger auf eine Karte, »die Stadt Rom auf den dreißigsten Meridian östlich von dem der Kanarischen Inseln legt, während dieser andere hier«, und er bewegte den Finger, als wollte er den Zeichner der anderen Karte väterlich tadeln, »Rom auf den vierzigsten Längengrad legt! Und dieses Manuskript hier enthält den Bericht eines Flamen, der es faustdick hinter den Ohren hatte und den König von Spanien darauf hinwies, daß man sich über die Entfernung zwischen Rom und Toledo nie einig geworden sei, *por los errores tan enormes, como se conoce por esta línea, que muestra la diferencia de las distancias* et cetera et cetera, das heißt ›wegen der enormen Fehler, wie man aus dieser Linie ersieht, die den Unterschied der Entfernungen anzeigt‹. Seht diese Linie hier: Wenn man den ersten Meridian auf Toledo legt – die Spanier meinen ja immer, sie lebten in der Mitte der Welt –, dann wäre Rom für Mercator zwanzig Grad weiter östlich, aber zweiundzwanzig für Ticho Brahe, fast fünfundzwanzig für Regiomontanus, siebenundzwanzig für Clavius, achtundzwanzig für den guten Ptolemäus und für Origanus sogar dreißig. So viele Fehler allein bei der Entfernung von Rom nach Toledo. Und nun stellt Euch vor, was dann erst auf Routen wie dieser unseren passiert, wo wir manche Inseln vielleicht als erste entdeckt haben und jedenfalls die Berichte der anderen Reisenden sehr vage sind. Und nehmt hinzu, daß ein Holländer, wenn er korrekte Erhebungen gemacht hat, es den Engländern nicht mitteilen wird, ebensowenig wie diese den Spaniern. Auf diesen Meeren hier zählt nur die Nase des Kapitäns, der mit seinem kümmerlichen Log zu dem Schluß kommt, er befinde sich auf dem, sagen wir, zweihundertzwanzigsten Meridian, und dabei ist er womöglich dreißig Grad weiter westlich oder östlich.«

»Aber dann«, erkannte der Malteserritter, »wäre der, der ein sicheres Mittel zur Bestimmung der Meridiane erfände, der Herr der Meere!«

Byrd errötete von neuem, starrte ihn an, wie um herauszufinden, ob er mit seiner Rede eine Absicht verfolgte, und grinste dann breit, als ob er ihn beißen wollte: »Versucht Ihr's doch mal!«

»O je, ich geb's auf«, sagte Roberto und hob entsagungsvoll die Hände. Und für jenen Abend endete die Unterhaltung mit viel Gelächter.

Viele Tage lang hielt Roberto es für angebracht, das Gespräch nicht mehr auf die Längengrade zu bringen. Er wechselte das Thema, und um das zu können, traf er eine mutige Entscheidung. Er schnitt sich mit einem Messer in einen Handballen. Dann verband er die Hand mit den Resten eines Hemdes, das von Wind und Wasser zerfetzt worden war. Am Abend zeigte er die Wunde dem Doktor: »Ich bin wirklich ein Trottel, ich hatte das Messer blank in der Tasche, und da habe ich mich, als ich nach etwas suchte, geschnitten. Es tut sehr weh.«

Doktor Byrd untersuchte die Wunde mit Kennerblick, und Roberto betete: Herrgott, mach, daß er eine Schüssel auf den Tisch stellt und Vitriol darin auflöst! Statt dessen sagte Byrd nur, das scheine ihm nicht sehr schlimm zu sein, und riet ihm, die Wunde am nächsten Morgen gut auszuwaschen. Zum Glück kam jedoch der Malteserritter zu Hilfe: »Tjaja, jetzt bräuchte man das Unguentum armarium!«

»Und was bitte ist das?« fragte Roberto. Und der Malteser, als hätte er sämtliche Bücher gelesen, die Roberto unterdes kannte, hob an, die Wunderkräfte jener Substanz zu preisen. Byrd schwieg. Da warf Roberto, nach dem schönen Wurf des Maltesers, nun seinerseits die Würfel: »Das sind doch Ammenmärchen! Wie die Geschichte von der schwangeren Frau, die ihren Geliebten geköpft sah und daraufhin ein Kind mit abgetrenntem Kopf gebar. Oder die von den Bäuerinnen, die, um den Hund zu bestrafen, der in die Küche gekackt hat, ein brennendes Holzscheit nehmen und es in die Kacke stoßen, damit der Hund es an seinem Hinterteil brennen fühlt! Lieber Herr Ritter, ich bitte Euch, welcher vernünftige Mensch glaubt denn an solche Histörchen?«

Er hatte ins Schwarze getroffen, Byrd konnte nicht mehr länger schweigen. »O nein, mein Herr, die Geschichte mit dem Hund und seiner Kacke ist derart wahr, daß sogar jemand das gleiche mit einem Herrn gemacht hat, der ihm aus Verachtung vors Haus gekackt hatte, und ich versichere Euch, der Betreffende hat jenen Ort fürchten gelernt! Natürlich muß man die Operation viele Male wiederholen, und infolgedessen braucht man einen Freund oder Feind, der einem immer wieder vors Haus kackt!« Roberto lachte, als hätte der Doktor einen Scherz gemacht, womit er ihn dazu brachte, beleidigt einige Gründe zu nennen. Die dann ziemlich genau dieselben waren, die Roberto von d'Igby kannte. Aber nun war der Doktor in Fahrt gekommen: »O ja, mein Herr, der Ihr so gern den Philosophen spielt und das Wissen der Wundärzte verachtet. Ich sage Euch sogar, da wir schon von Kacke sprechen: Wenn einer Mundgeruch hat, bräuchte er bloß den offenen Mund eine Weile über die Kotgrube zu halten, und am Ende wäre er geheilt. Denn der Gestank des Kotes ist sehr viel stärker als der aus dem Mund, und das Stärkere zieht das Schwächere an und trägt es fort!«

»Ihr enthüllt mir Außerordentliches, Doktor Byrd, und ich bewundere Euer Wissen.«

»Ich könnte Euch noch mehr sagen. Wenn in England jemand von einem Hund gebissen wird, tötet man den Hund, auch wenn er nicht tollwütig ist. Denn er könnte es ja noch werden, und dann würden die Keime der Tollwut, die im Leib des Gebissenen zurückgeblieben sind, die Geister der Hydrophobia anziehen. Habt Ihr je gesehen, was die Bäuerinnen tun, wenn sie Milch überm Feuer vergießen? Sie werfen sofort eine Handvoll Salz hinterher. Große Weisheit des einfachen Volkes! Denn wenn die Milch auf die glühenden Kohlen kommt, wird sie zu Dampf, und durch die Wirkung des Lichts und der Luft verbreitet sich dieser Dampf, begleitet von Feuer-Atomen, bis zu dem Ort, wo sich die Kuh befindet, welche die Milch gegeben hat. Nun ist das Euter der Kuh ein glanduläres und sehr delikates Organ, und jene Feuer-Atome erhitzen es, lassen es hart werden, rufen Schwären darauf hervor, und da sich das Euter nahe der Blase befindet, wird auch sie in Mitleidenschaft gezogen, indem es zur Anastomose der Adern kommt, die dort zusammenfließen, so daß die Kuh am Ende Blut pißt.«

Darauf Roberto: »Der Ritter hatte von diesem Unguentum armarium als einem für die Medizin nützlichen Mittel gesprochen, aber Ihr gebt uns zu verstehen, daß es auch benutzt werden könnte, um jemandem weh zu tun.«

»Gewiß, und das ist der Grund, warum manches Geheimnis vor der großen Masse verhüllt bleiben muß, damit kein übler Gebrauch davon gemacht wird. O ja, mein Herr, der Disput über das Unguentum oder Pulver oder das, was wir Engländer *Weapon Salve* nennen, ist reich an Kontroversen.

Der Ritter hat von einer Waffe gesprochen, die, wenn sie richtig behandelt wird, beim Verwundeten Erleichterung bewirkt. Aber nehmt dieselbe Waffe und legt sie neben ein Feuer, und der Verwundete, auch wenn er meilenweit entfernt ist, wird aufheulen vor Schmerz. Und wenn Ihr die mit seinem Blut befleckte Klinge in Eiswasser taucht, wird der Verwundete erschauern.«

Dem Anschein nach hatte jene Unterhaltung nichts ergeben, was Roberto nicht schon wußte, einschließlich der Tatsache, daß Doktor Byrd über das sympathetische Pulver sehr gut im Bilde war. Aber die Ausführungen des Doktors hatten sich doch ein bißchen zuviel um die negativen Wirkungen des Pulvers gedreht, und das konnte kein Zufall sein. Was freilich das alles mit dem Meridianbogen zu tun haben sollte, blieb noch ein Rätsel.

Bis eines Morgens, den Umstand nutzend, daß ein Matrose von einer Rahe gefallen war und sich den Schädel gebrochen hatte, weshalb Tumult an Deck herrschte und der Doktor zu dem Verunglückten gerufen wurde, Roberto in den Kielraum geschlüpft war.

Tastend hatte er den richtigen Weg gefunden. Vielleicht war es Glück gewesen, vielleicht hatte das Tier an jenem Morgen lauter als sonst gewinselt: Roberto fand sich, mehr oder weniger da, wo er auf der *Daphne* später die Branntweinfäßchen entdecken sollte, vor einem gräßlichen Anblick.

Gut geschützt vor neugierigen Augen, in einer nach seinen Maßen gezimmerten Kiste, auf einer Schicht Lumpen, lag ein Hund.

Vielleicht war es einmal ein Rassehund gewesen, aber das Leiden und die Entbehrungen hatten ihn zu einer Kreatur aus Haut und Knochen reduziert. Dabei zeigten seine Peiniger sich bemüht, ihn am Leben zu halten: Sie hatten ihn reichlich mit Futter und Wasser versorgt, auch mit menschlicher Nahrung, die sie gewiß den Passagieren entzogen hatten.

Er lag auf der Seite, mit flach hingestrecktem Kopf und heraushängender Zunge. An seiner Flanke klaffte eine schreckliche Wunde. Frisch und brandig zugleich, wies sie zwei breite rosige Ränder auf und in der Mitte, über die ganze Länge des Schnittes, eine eiternde Seele, die Quark auszuscheiden schien. Und Roberto begriff, daß die Wunde sich deshalb so präsentierte, weil die Hand eines Wundarztes, anstatt ihre Ränder zu vernähen, dafür gesorgt hatte, daß sie offen und klaffend blieben, indem er sie an die Haut genäht hatte.

Ein Bastard der medizinischen Kunst, war diese Wunde also nicht nur geschlagen, sondern erbarmungslos so behandelt worden, daß sie nicht verheilen konnte und der Hund weiter an ihr litt – wer weiß, seit wann. Und damit nicht genug, Roberto entdeckte auch rings um die Wunde und in ihr Spuren einer kristallinen Substanz, als hätte ein Arzt (was für ein grausam geschickter Arzt!) jeden Tag ein Reizsalz hineingestreut.

Ohnmächtig streichelte Roberto das arme Tier, das jetzt leise wimmerte. Er überlegte, wie er ihm Erleichterung verschaffen könnte, aber als er es etwas fester anfaßte, zuckte es wieder zusammen. Außerdem wurde sein Mitleid allmählich von einem Siegesgefühl überlagert. Kein Zweifel, dies war das Geheimnis des Doktor Byrd, die mysteriöse Ladung, die in London an Bord genommen worden war.

Aus dem, was Roberto gesehen hatte, war es für einen mit seinem Wissen nicht schwer zu schließen, daß der Hund in England verletzt worden war und daß Byrd seither dafür sorgte, daß die Wunde offen blieb. Jemand in London stellte jeden Tag zur selben Zeit irgend etwas mit der Klinge an, mit der die Wunde geschlagen, oder mit einem Tuch, das mit dem Blut aus der Wunde getränkt worden war, um bei dem Tier eine Reaktion hervorzurufen – vielleicht ein Gefühl der Erleichterung, vielleicht auch einen noch größeren Schmerz, denn Doktor Byrd hatte ja gesagt, daß man mit der Waffensalbe auch weh tun könne.

Auf diese Weise konnte man dann auf der *Amarilli* zu einem gegebenen Zeitpunkt wissen, wie spät es zur selben Zeit in London war. Und durch den Vergleich mit der Ortszeit konnte man den Meridian berechnen!

Blieb nur noch, den Tatsachenbeweis zu erbringen. In jenen Tagen verschwand Byrd immer gegen elf Uhr abends; die *Amarilli* näherte sich also dem Meridian der Antipoden, dem Antimeridian. Roberto würde den Doktor, versteckt in der Nähe des Hundes, um diese Zeit erwarten.

Er hatte Glück, wenn man von Glück sprechen kann bei einem aufziehenden Sturm, der das Schiff und alle, die sich darin befanden, zum äußersten Unglück treiben sollte. Am Nachmittag war das Meer schon sehr bewegt gewesen, was Roberto Gelegenheit gab, über Seekrankheit und Magengrimmen zu klagen und sich ins Bett zu flüchten, ohne am Abendessen teilzunehmen. Bei Einbruch der Dunkelheit, als noch niemand daran dachte, auf Wache zu gehen, stieg er heimlich in den Kielraum hinunter, bewaffnet mit einem Feuerstahl und einer geteerten Schnur, um sich den Weg zu beleuchten. Er erreichte den Hund und fand über dessen Kiste eine erhöhte Fläche, auf der Strohballen gestapelt waren, die zur Erneuerung der verbrauchten Schlaflager der Passagiere dienten. Dort kroch er hinein und grub sich eine Nische, aus der er zwar den Hund nicht mehr sehen konnte, wohl aber zu erkennen vermochte, wer vor ihm stand, und mit Sicherheit jedes Wort hören würde.

Er mußte eine lange Stunde warten, die durch das Winseln des gequälten Tiers noch länger wurde, aber schließlich hörte er andere Geräusche und sah Lichter nahen.

Kurz darauf wurde er Zeuge eines Experiments, das wenige Schritte vor ihm stattfand, durchgeführt von Doktor Byrd und seinen drei Assistenten.

»Du schreibst mit, Cavendish?«

»Aye aye, Doktor.«

»Also warten wir. Er jammert heute zu sehr.«

»Er hört das Meer.«

»Brav, brav, Hakluyt«, sagte der Doktor, während er den Hund mit einem heuchlerischen Streicheln beruhigte. »Wir haben es leider versäumt, eine feste Abfolge der Aktionen zu fixieren. Es müßte immer mit der Linderung beginnen.«

»Nicht unbedingt, Doktor, manchmal schläft er, wenn es soweit ist, und dann muß man ihn mit einer aufreizenden Aktion wecken.«

»Achtung, mir scheint, er regt sich ... Brav, Hakluyt ... Ja, ja, er regt sich!« Der Hund gab jetzt ein unnatürlich jiependes Jaulen von sich. »Sie halten die Klinge ans Feuer. Schreib die Uhrzeit auf, Withrington!«

»Hier ist es etwa halb zwölf.«

»Kontrolliert die Uhren. Jetzt müßten etwa zehn Minuten vergehen.«

Der Hund jaulte weiter, es schien gar nicht mehr enden zu wollen. Dann gab er einen anderen Laut von sich, der in ein keuchendes »Arff, Arff« mündete, das immer schwächer wurde, bis es der Stille wich.

»Gut«, sagte Doktor Byrd. »Wie spät haben wir es, Withrington?«

»Es müßte stimmen: noch eine Viertelstunde bis Mitternacht.«

»Jubeln wir nicht zu früh. Warten wir die Kontrolle ab.«

Es folgte ein weiteres endloses Warten, der Hund war offenbar eingeschlafen, nachdem sein Schmerz etwas nachgelassen hatte, aber dann jaulte er plötzlich wieder auf, als hätte man ihm auf den Schwanz getreten.

»Uhrzeit, Withrington?«

»Die Stunde ist abgelaufen, es fehlen nur noch wenige Sandkörner.«

»Meine Uhr zeigt bereits Mitternacht«, sagte eine dritte Stimme.

»Mir scheint, das genügt«, sagte Doktor Byrd. »Jetzt hoffe ich nur, daß sie sofort mit der Reizung aufhören, der arme Hakluyt erträgt es nicht mehr. Rasch, Wasser und Salz, Hawlse, und das Läppchen. Brav, brav, Hakluyt, gleich wird's besser ... Schlaf jetzt, schlaf, jaja, hörst du, dein Herrchen ist da, es ist vorüber ... Hawlse, das Schlafmittel ins Wasser.«

»Aye aye, Doktor.«

»Da, trink, Hakluyt … Ja, brav, trink das gute Wasser …«
Noch ein leises Wimmern, dann wieder Stille.

»Exzellent«, sagte Doktor Byrd. »Wenn dieses verdammte
Schiff nicht so indezent schaukeln würde, könnten wir sagen,
wir haben einen guten Abend gehabt. Morgen früh, Hawlse,
das übliche Salz in die Wunde. Ziehen wir Bilanz: Im ent-
scheidenden Moment war es bei uns Mitternacht, und aus
London signalisierten sie uns, daß es dort Mittag war. Wir befinden uns auf dem Antimeridian von London, also auf dem
198. Meridian von den Kanarischen Inseln. Wenn die Salomon-Inseln, wie es die Tradition will, auf dem Antimeridian
der Insel des Eisens liegen und wenn wir auf der richtigen
Breite sind, müßten wir, wenn wir vor einem guten Wind
nach Westen segeln, auf San Cristobal landen, oder wie immer wir jene verdammte Insel umtaufen werden. Wir werden
gefunden haben, was die Spanier seit Jahrzehnten suchen, und
zugleich werden wir das Geheimnis des *Punto Fijo* entdeckt
haben. Bier her, Cavendish, wir müssen auf Seine Majestät
anstoßen, *God save the King!*«

»*God save the King!*« riefen die anderen drei im Chor – und
alle vier waren offensichtlich großherzige Männer, immer
noch treu einem König ergeben, der in jenen Tagen wenn
nicht schon seinen Kopf verloren hatte, so doch zumindest im
Begriff war, sein Reich zu verlieren.

Roberto strengte seinen Kopf an. Als er den Hund am
Morgen gesehen hatte, war ihm aufgefallen, daß er sich, wenn
man ihn streichelte, etwas beruhigte und daß er, wenn man
ihn an einer bestimmten Stelle etwas fester berührte, vor
Schmerzen winselte. Wenig genügte, zumal auf einem von
Wind und Wellen bewegten Schiff, um in einem kranken
Körper verschiedene Empfindungen zu wecken. Vielleicht
glaubten diese Unmenschen, eine Botschaft aus London zu
empfangen, während der Hund in Wahrheit litt oder Erleichterung empfand, je nachdem, ob die Wellen ihn heftig umher-
warfen oder sanft schaukelten. Oder vielleicht ließ Byrd,

wenn es dumpfe Begriffe gab, wie Saint-Savin gesagt hatte, durch die Bewegungen seiner Hände den Hund jeweils so reagieren, wie es seinen eigenen uneingestandenen Wünschen entsprach. Hatte er nicht selber gesagt, daß Kolumbus sich geirrt habe, weil er beweisen wollte, daß er viel weiter im Westen angelangt sei? Demnach hing das Schicksal der Welt davon ab, wie diese Irren die Sprache eines Hundes interpretierten? Ein Grummeln im Bauch jenes Ärmsten konnte diese elenden Narren zu der Überzeugung bringen, sie näherten oder entfernten sich von einem Ort, den ebenso elende Spanier, Franzosen, Holländer und Portugiesen sehnlichst suchten? Und er, Roberto, war in dieses Abenteuer verwickelt worden, um eines Tages dem Kardinal Mazarin oder dem jungen Colbert die Gelegenheit zu liefern, Frankreichs Schiffe mit gepeinigten Hunden zu bevölkern?

Die vier waren unterdessen wieder gegangen. Roberto kam aus seinem Versteck hervor und verweilte einen Moment, im Licht seines Teerdochts, vor dem schlafenden Hund. Er sah in diesem armen Tier das ganze Leiden der Welt, die rasende Rede eines Idioten. Seine langsame, lange Erziehung, von den Tagen in Casale bis zu diesem Moment, hatte ihn vor so viele Wahrheiten gestellt. Ach, wäre er doch als Schiffbrüchiger auf der verlassenen Insel geblieben, wie der Malteserritter es wollte, hätte er doch die *Amarilli* in Brand gesteckt, wie der Malteserritter es bei der anderen Insel wollte, hätte er doch seine Reise auf der dritten Insel bei den ambrafarbenen Eingeborenen beendet oder wäre auf der vierten zum Barden der dortigen Insulaner geworden! Hätte er doch die Escondida gefunden, um sich auf ihr vor allen Häschern einer erbarmungslosen Welt zu verstecken!

Er wußte noch nicht, daß ihm das Schicksal eine fünfte Insel reserviert hatte, vielleicht die Letzte.

Die *Amarilli* schien außer Rand und Band geraten, es gelang ihm nur hangelnd, in seine Kajüte zurückzufinden, die Übel der Welt vergessend, um am Übel des Meeres zu leiden. Dann kam der Schiffbruch, von dem wir schon sprachen. Roberto hatte seine Mission erfolgreich beendet: Als einziger Überlebender war er der einzige, der das Geheimnis des Doktor Byrd kannte. Doch er konnte es niemandem mehr enthüllen. Und vielleicht war es ein Geheimnis ohne Belang.

Hätte er nicht dankbar sein sollen, daß er nun, aus einer heillosen Welt ausgetreten, das wahre Heil gefunden hatte? Der Schiffbruch hatte ihm die höchste Gabe gewährt: das Exil und eine Signora, die ihm jetzt niemand mehr nehmen konnte ...

Aber die Insel gehörte ihm nicht und blieb ihm fern. Die *Daphne* gehörte ihm nicht, und ein Anderer beanspruchte ihren Besitz. Vielleicht, um auf ihr Forschungen fortzusetzen, die genauso brutal waren wie die des Doktor Byrd.

20

SCHARFSINN UND KUNST
DER ERFINDUNG

Roberto neigte noch immer dazu, sich Zeit zu lassen, den Eindringling spielen zu lassen, um dann sein Spiel aufzudecken. Er stellte die Uhren erneut aufs Deck, zog sie jeden Morgen auf, lief dann hinunter, um die Vögel zu versorgen, damit es der andere nicht tat, und richtete alle Räume und alle Dinge auf Deck so her, daß der andere nicht vorbeigehen konnte, ohne Spuren zu hinterlassen. Den Tag verbrachte er in der Kajüte, aber bei halbgeöffneter Tür, so daß er jedes Geräusch draußen oder im Unterdeck hören konnte, bei Nacht hielt er Wache, trank Branntwein und stieg erneut in den Kielraum der *Daphne* hinunter.

Einmal entdeckte er zwei weitere Abstellräume vorne im Bug, noch vor dem Raum mit den Tauen. Der eine war leer, der andere übervoll mit Objekten auf Regalen, deren Bretter mit Borden geschützt waren, damit ihre Last nicht bei Seegang hinunterfiel. Roberto sah Eidechsenhäute, die in der Sonne getrocknet waren, Kerne von Früchten unklarer Herkunft, verschiedenfarbige Steine, vom Meer glattgeschliffene Kiesel, Bruchstücke von Korallen, mit Nadeln auf Brettchen gespießte Insekten, eine Fliege und eine Spinne in einem Bernstein, ein ausgedörrtes Chamäleon, Gläser mit einer Flüssigkeit, in der kleine Schlangen oder Aale schwammen, riesige Fischgräten, die er für solche von Walen hielt, das Schwert eines Schwertfisches und ein langes, gedrehtes Horn, in dem er das Horn eines Einhorns sah, das aber sicher von einem Narwal stammte. Mit einem Wort, eine naturkundliche Wunderkammer, eine Sammlung botanischer und mineralischer Kuriositäten, wie sie in jener Epoche auf den Schiffen der Entdecker und Naturforscher zu finden sein mußte.

In der Mitte stand eine offene Kiste mit Stroh am Boden, sonst leer. Was sie enthalten haben mochte, begriff Roberto bei der Rückkehr in seine Kajüte, wo ihn, als er die Tür öffnete, ein aufgerichtetes Tier erwartete, das ihm bei jenem ersten Anblick schrecklicher erschien, als wenn es der Eindringling in Fleisch und Bein gewesen wäre.

Eine Ratte, eine große Wanderratte, was sage ich: eine Riesenratte, fast halb so groß wie ein Mensch, mit einem langen Schwanz, der auf dem Boden lag, die Augen starr, auf den Hinterbeinen stehend, die Vorderbeine wie zwei Ärmchen ihm entgegengestreckt. Mit einem kurzen Fell behaart, hatte sie auf dem Bauch eine Falte, eine Tasche, einen natürlichen Beutel, aus dem ein kleines Monstrum derselben Spezies hervorlugte. Wir wissen, was Roberto sich in den ersten Tagen alles über Ratten zusammenphantasiert hatte und daß er sie groß und wild erwartete, wie sie auf Schiffen sein konnten. Aber diese hier übertraf seine schlimmsten Erwartungen. Kein menschliches Auge, schreibt er, habe je eine solche Ratte gesehen – und damit hatte er nicht ganz unrecht, denn wie wir bald sehen werden, handelte es sich um ein Beuteltier.

Nach dem ersten Schreck wurde ihm angesichts der Reglosigkeit des Untiers klar, daß es sich um ein ausgestopftes Tier handelte, und zwar um ein schlecht ausgestopftes oder schlecht im Schiffsbauch erhaltenes: dem Fell entströmte ein Gestank von verwesten Organen, und aus dem Rücken wuchsen schon Haferbüschel.

Der Eindringling mußte, kurz bevor Roberto die Wunderkammer betreten hatte, das eindrucksvollste Stück daraus entnommen und es, während Roberto jenes Museum besichtigte, in seine Kajüte gestellt haben, vielleicht in der Hoffnung, daß sein Opfer den Verstand verlieren und sich ins Meer stürzen würde. Er will mich tot haben, er will mich verrückt machen, murmelte Roberto, aber ich werde ihm sein Rattenvieh in den Hals zurückstopfen, ich werde ihn selbst ausgestopft in jene Kammer stellen, wo versteckst du dich, du verfluchter Kerl, wo bist du, vielleicht beobachtest du mich gerade, um zu sehen, ob ich wahnsinnig werde, aber ich werde *dich* wahnsinnig machen, Elender!

Er stieß das Tier mit dem Büchsenkolben zur Tür hinaus, überwand seinen Ekel, packte es mit den Händen und warf es über Bord.

Entschlossen, das Versteck des Eindringlings jetzt zu finden, stieg er erneut in den Kielraum hinunter, direkt bis zum Holzlager, wo er achtgab, nicht wieder auf den Rundhölzern auszurutschen, die überall verstreut auf dem Boden lagen. Hinter dem Holzlager gelangte er zu einem Raum, den sie auf der *Amarilli* das Magazin (die *soute* oder *sota*) für den Zwieback genannt hatten; unter einem Segeltuch, gut verpackt und geschützt, fand er dort zunächst ein sehr großes Fernrohr, stärker als das in seiner Kajüte, vielleicht eine Hyperbel oder Prothese der Augen, die zur Erkundung des Himmels gedacht war. Aber dieses Teleskop lag in einer großen Schüssel aus leichtem Metall, und neben der Schüssel lagen, sorgfältig in andere Tücher gehüllt, verschiedene Instrumente ungewisser Natur, eiserne Stangen und Bögen, ein kreisrundes Segeltuch mit Ringen am Rand, eine Art Helm und schließlich drei bauchige Gefäße, die ein penetrant riechendes, dickflüssiges Öl enthielten. Wozu das Ganze dienen mochte, fragte Roberto sich nicht: Er wollte jetzt eine lebende Kreatur entdecken.

Darum kontrollierte er, ob es unter diesem Raum noch einen weiteren gab. Es gab einen, der jedoch so niedrig war, daß man darin nur auf allen vieren kriechen konnte. Roberto kroch hinein, wobei er die Lampe nach unten hielt, um eventuelle Skorpione zu sehen und aus Angst, die Decke in Brand zu stecken. Nach kurzem Kriechen war er ans Ende gelangt und stieß mit dem Kopf an das harte Lärchenholz der Schiffswand, das Ultima Thule der *Daphne*, hinter dem man das

Wasser gegen die Bordwand schwappen hörte. Also konnte hinter diesem blinden Gang nichts mehr sein.

Damit beendete er seine Suche, als ob ihm die *Daphne* keine weiteren Überraschungen mehr bereithalten könnte.

Wem es seltsam erscheinen mag, daß Roberto in mehr als einer Woche seines untätigen Aufenthalts auf dem Schiff nicht imstande war, alles zu sehen, der bedenke nur einmal, wie es einem Kind ergeht, das auf den Dachboden oder in den Keller eines großen alten Hauses mit unregelmäßigem Grundriß gelangt. Bei jedem Schritt stößt es auf Kisten mit alten Büchern, auf Truhen mit abgelegten Kleidern, auf leere Flaschen, kaputte Möbel, verstaubte und wacklige Schränke. Das Kind dringt vor, bleibt stehen, um einen Schatz zu entdecken, erblickt einen Gang, einen dunklen Korridor, stellt sich irgendeine bedrohliche Präsenz darin vor und verschiebt die Erkundung auf ein anderes Mal, und bei jedem Mal geht es nur zögernd vor, einerseits voller Angst, sich zu weit vorzuwagen, andererseits gelockt von der Aussicht auf künftige Entdeckungen und beeindruckt von den zuletzt gemachten, und so nimmt jener Dachboden oder Keller nie ein Ende und kann ihm während der ganzen Kindheit und darüber hinaus immer wieder Neues enthüllen.

Und wenn das Kind dann bei jeder Erkundung von neuen Geräuschen erschreckt würde oder man ihm, um es von jenen verschlungenen Gängen fernzuhalten, jeden Tag neue Schauermärchen erzählte – und wenn dieses Kind obendrein noch betrunken wäre –, dann versteht man, wie es kommt, daß der zu erkundende Raum sich mit jedem neuen Abenteuer erweitert. Nicht anders erlebte Roberto die Erkundung seines ihm noch feindlichen Territoriums.

Es war frühmorgens, und er träumte wieder. Er träumte von Holland. Er war dort gewesen, als ihn die Männer des Kardinals nach Amsterdam führten, um ihn auf die *Amarilli* zu bringen. Unterwegs hatten sie in einer Stadt haltgemacht, und

Roberto war in den Dom gegangen. Als erstes hatte ihn die Klarheit jenes hohen Kirchenraums überrascht, der so ganz anders war als in den italienischen und französischen Kirchen: frei von Dekorationen, nur einige Standarten an den nackten Säulen, die Fenster hell und bildlos, so daß die Sonne darin eine milchige Atmosphäre erzeugte, die nur unten von den wenigen schwarzen Gestalten der Andächtigen durchbrochen wurde. In dieser friedlichen Stille hörte man nur einen Laut, eine traurige Melodie, die in der elfenbeinernen Luft zu schweben schien, als käme sie aus den Kapitellen oder aus den Schlußsteinen der Gewölbe. Nach einer Weile hatte Roberto dann in einer Seitenkapelle hinter dem Chor einen weiteren Schwarzrock bemerkt, der allein in einer Ecke stand und auf einer Blockflöte spielte, wobei seine Augen weit aufgerissen ins Leere starrten.

Als der Musiker aufgehört hatte, war Roberto näher getreten und hatte ihn gefragt, ob er ihm eine kleine Spende geben dürfe. Ohne ihm ins Gesicht zu sehen, hatte der Mann ihm für sein Lob gedankt, und da hatte Roberto begriffen, daß er blind war. Er sei der Glockenspieler des Doms, *der Musicyn en Directeur van de Klokwercken, le carillonneur, il maestro delle campane*, hatte er zu erklären versucht, aber es gehöre auch zu seiner Arbeit, die Gläubigen, die sich abends auf dem Domplatz und dem Friedhof rings um die Kirche ergingen, mit Flötenspiel zu unterhalten. Er kenne viele Melodien, und auf jede von ihnen spiele er zwei, drei, manchmal auch fünf Variationen von zunehmender Komplexität. Noten brauche er keine zu lesen: Er sei blind geboren und könne sich in jenem schönen lichten Raum (so sagte er: lichten) seiner Kirche bewegen, da er die Sonne mit der Haut sehe. Er erklärte Roberto, daß sein Instrument etwas Lebendiges sei, es reagiere auf die Jahreszeiten und die unterschiedlichen Temperaturen am Morgen und am Abend, doch in der Kirche herrsche stets eine milde Wärme, die dem Holz eine gleichbleibende Perfektion sichere – was Roberto darüber nachdenken ließ, welche Vorstellung von milder Wärme die Bewohner des Nordens

haben mochten, während es ihn in jener lichten Klarheit frö-
stelte.

Der Musiker hatte ihm noch zweimal die erste Melodie
vorgespielt und gesagt, sie heiße ›Doen Daphne d'over
schoone Maeght‹. Er hatte jede Gabe abgelehnt, hatte Robertos Gesicht berührt und gesagt – oder jedenfalls hatte Roberto
ihn so verstanden –, »Daphne« sei etwas Süßes, das ihn sein
Leben lang begleitet habe.

Nun auf der *Daphne* schlug er die Augen auf, und zweifellos hörte er jetzt von unten, durch die Ritzen der Planken, die
Töne von ›Daphne‹, als ob sie von einem eher metallischen Instrument gespielt würden, das ohne Variationen zu wagen in
regelmäßigen Abständen die erste Phrase der Melodie wiederholte wie ein obstinates Ritornell.

Welch ingeniöses Sinnbild, sagte sich Roberto als erstes,
auf einer *Fleute* namens *Daphne* zu liegen und eine Flötenmu-
sik namens ›Daphne‹ zu hören! Zwecklos, sich vorzumachen,
es handle sich um einen Traum. Es war eine neue Botschaft
des Eindringlings.

Abermals griff er zu seinen Waffen, stärkte sich mit einem
Schluck aus dem Fäßchen und ging den Tönen nach. Sie schienen aus dem Raum zu kommen, in dem die Uhren gewesen
waren. Aber seit er die Uhren auf Deck verteilt hatte, war der
Abstellraum leer geblieben. Er besichtigte ihn erneut. Immer
noch leer, aber die Musik kam aus der Rückwand.

Beim ersten Besuch überrascht von den Uhren, beim zweiten beschäftigt mit ihrem Transport, hatte Roberto nie ge-
prüft, ob der Raum bis zur hinteren Schiffswand ging. Wenn
ja, müßte die Rückwand konkav gebogen sein. Aber war sie
das? Die große Leinwand mit dem gemalten Uhrenprospekt
erzeugte eine Täuschung der Augen, so daß man nicht gleich
begriff, ob die Rückwand flach oder konkav war.

Roberto wollte die Leinwand gerade zerreißen, da bemerkte er, daß sie ein Vorhang war, der sich zur Seite schieben
ließ. Dahinter befand sich eine weitere Tür, die mit einem
Riegel verschlossen war.

Mit dem Mute der Jünger des Bacchus und als ob er mit einem einzigen Schuß über eine Vielzahl von Feinden triumphieren könnte, legte er die Büchse an, schrie laut (und Gott weiß, warum) »Nevers et Saint-Denis!«, trat die Tür ein und warf sich todesmutig voran.

Das Objekt, das den neuen Raum okkupierte, war eine Orgel, die etwa zwanzig Pfeifen hatte, aus denen die Töne der Melodie kamen. Die Orgel war an der Wand befestigt und bestand aus einem hölzernen Kasten, der auf kleinen metallenen Säulen ruhte. Oben auf dem Kasten erhoben sich die Pfeifen, aber rechts und links von ihnen bewegten sich kleine Automaten. Links sah man eine Art runde Basis mit einem kleinen Amboß darauf, der offenbar innen hohl war wie eine Glocke, umgeben von vier Figuren, die rhythmisch die Arme bewegten, um mit verschieden großen Hämmerchen auf den Amboß zu schlagen, wodurch ein silbriges Klingen entstand, das mit der von den Pfeifen gespielten Melodie nicht disharmonierte, sondern sie im Gegenteil mit nicht unpassenden Akkorden begleitete. Roberto erinnerte sich an Gespräche in Paris mit einem Minimen-Pater, der ihm von seinen Forschungen über die universale Harmonie erzählt hatte, und er erkannte in den Figuren, mehr an ihrer musikalischen Aufgabe als an ihren Zügen, den Gott Vulkanus und die drei Zyklopen, auf die sich der Legende zufolge Pythagoras bezog, als er behauptete, die Differenz der musikalischen Intervalle sei von Zahl, Gewicht und Maß abhängig.

Rechts neben den Pfeifen saß eine Amorette, die mit einem Taktstock über einem hölzernen Buch, das sie in der Hand hielt, den Dreiertakt der Melodie von ›Daphne‹ schlug.

Zu Füßen der Pfeifen, ein wenig tiefer, war die Tastatur angebracht, deren Tasten sich den Tönen entsprechend senkten und hoben, als ob sie von unsichtbaren Fingern gedrückt würden. Unter der Tastatur, dort, wo gewöhnlich der Spieler den Blasebalg mit den Füßen betätigt, drehte sich eine horizontale Walze, auf der kleine Zähne oder Dornen staken in einer unvorhersehbar regelmäßigen oder regelmäßig unerwarteten Ordnung, die an die Art und Weise erinnerte, wie sich die Noten auf- und absteigend, mit plötzlichen Pausen, großen weißen Flecken und dann wieder dichten Zusammenballungen schwarzer Köpfe auf einem Notenpapier verteilen.

Unter der Walze verlief eine horizontale Stange mit vielen kleinen Hebeln, die, wenn die Walze sich drehte, nacheinander an ihre Dornen stießen und durch ein halb verborgenes Spiel von Stäben und Drähten die Tasten bewegten – die dann ihrerseits die Luft in die Pfeifen schickten.

Aber das erstaunlichste war der Grund, warum die Walze sich drehte und die Pfeifen Luft bekamen. Neben der Orgel befand sich eine Art Syphon, ein Glasbehälter, dessen Form an die eines Seidenraupenkokons erinnerte und in dessen Innerem zwei Siebe zu erkennen waren, eins über dem anderen, die ihn in drei unterschiedlich große Kammern teilten. In der unteren Kammer empfing der Behälter einen Wasserstrahl durch einen Schlauch, der aus der offenen Geschützpforte kam, durch die der Raum auch sein Licht erhielt; zweifellos wurde das Wasser mittels einer verborgenen Pumpe direkt aus dem Meer angesogen, aber so, daß es mit Luft vermischt in den Glasbehälter gelangte.

Das Wasser strömte sehr kraftvoll in die untere Kammer, als ob es kochte, drehte sich wirbelnd an den Wänden empor und drückte die Luft im Behälter durch die beiden Siebe nach oben. Durch eine Röhre, die vom Scheitel des Glasbehälters zu dem Kasten mit den Pfeifen ging, strömte die herausgedrückte Luft dann in diese und verwandelte sich durch kunstvoll spirituelle Lenkung in Töne. Das Wasser dagegen, das die untere Kammer gefüllt hatte, strömte von dort durch eine kurze Röhre hinaus auf die Schaufeln eines Wasserrads, wie es bei Mühlen benutzt wird, um darunter in eine metallene Wanne abzufließen und von dort durch einen weiteren Schlauch, der zum »Sabord« führte, zurück ins Meer.

Das Wasserrad drehte eine Stange, die über ein Zahnrad,

das mit dem Rand der Walze verzahnt war, ihre Bewegung auf diese übertrug.

Dem betrunkenen Roberto kam dies alles ganz natürlich vor, so daß er sich fast betrogen fühlte, als die Walze sich nun allmählich immer langsamer drehte und die Pfeifen ihre Melodie immer kläglicher pfiffen, bis sie schließlich ganz erstarben, während die Zyklopen und die Amorette ihre Schläge einstellten. Offenbar – obwohl man zu jener Zeit viel vom Perpetuum mobile sprach – konnte die verborgene Pumpe, die den Wasserkreislauf regelte, nach einem ersten Anstoß nur eine gewisse Zeitlang arbeiten, dann waren ihre Kräfte erschöpft.

Roberto wußte nicht, ob er sich mehr über die ausgeklügelte Technik wundern sollte – er hatte schon von ähnlichen Apparaten gehört, die Reigen von Totengerippen oder geflügelten Putten antrieben – oder darüber, daß der Eindringling – denn wer sonst sollte es gewesen sein? – sie gerade an jenem Morgen in Gang gesetzt hatte.

Was wollte der Eindringling ihm damit sagen? Vielleicht, daß Roberto von Anfang an unterlegen war? Daß ihm die *Daphne* noch so viele und so große Überraschungen bereithielt, daß er sein Leben lang versuchen könnte, sie in seine Gewalt zu bringen, ohne es je zu schaffen?

Er erinnerte sich, daß ein Philosoph ihm einmal gesagt hatte, Gott kenne die Welt besser als wir, da er sie geschaffen habe. Und um der Kenntnis Gottes wenigstens ein bißchen näher zu kommen, müsse man sich die Welt wie ein großes Gebäude vorstellen und versuchen, es nachzubauen. Das war's, was Roberto tun mußte: Um die *Daphne* kennenzulernen, mußte er sie in Gedanken nachbauen.

Er setzte sich also hin und zeichnete das Profil des Schiffes, wobei er sich sowohl am Bau der *Amarilli* orientierte wie an dem, was er bisher von der *Daphne* gesehen hatte. Also, da hätten wir, sagte er sich, hinten oben die Kajüten des Achterkastells und darunter den Raum des Steuermanns; hinter diesem, also noch auf der Höhe des Decks, den Aufenthaltsraum der Offiziere und darunter den Raum, durch den die Ruderpinne geht. Diese muß im Heck hinausgehen, und danach kann dort nichts mehr sein. Vorn haben wir im Vorderkastell die Kombüse, davor kommt der Bugspriet, der auf einem weiteren kleinen Aufbau ruht, in dem – wenn ich Robertos verlegene Umschreibungen richtig interpretiere – die Örtlichkeit sein mußte, in der man zu jener Zeit mit dem Hintern im Freien seine Notdurft verrichtete. Wenn man von der Kombüse hinunterstieg, gelangte man in die Speise- und Vorratskammer. Roberto hatte sie bis zum Vordersteven, bis zum Ansatz des Rammsporns untersucht, auch dort konnte nichts mehr sein. Darunter hatte er schon den Raum mit den Tauen und die Wunderkammer gefunden. Weiter ging es nicht.

Man mußte also zurück, und dann kam man ins Unterdeck, wo die Vögel und Pflanzen waren. Wenn der Eindringling nicht nach Belieben eine Tier- oder Pflanzenform annahm, konnte er sich dort nicht verstecken. Im Heck unter der Ruderpinne lag der Raum mit den Uhren und dahinter der mit der Orgel. Auch dort stieß man an die Schiffswand.

Wenn man noch weiter hinunterstieg, gelangte man in den Hauptteil des Lade- und Kielraums, wo die Vorräte, der Ballast und das Holz lagerten; Roberto hatte schon die Außenwände abgeklopft, um zu prüfen, ob es da nicht irgendwo einen Hohlraum gab. Die Bilge erlaubte keine weiteren Verstecke, wenn das Schiff normal gebaut war. Es sei denn, der Eindringling hockte außen am Kiel, unter Wasser, angeklebt wie ein Blutegel, und käme nachts an Bord gekrochen – aber von allen Erklärungen, und Roberto war bereit, viele zu erwägen, schien ihm diese die unwissenschaftlichste.

Im Heck, ungefähr unter dem Raum mit der Orgel, lag das »Zwiebackmagazin« mit dem Teleskop in der Schale und den anderen Instrumenten. Als er es untersucht hatte, überlegte Roberto, hatte er nicht kontrolliert, ob dieser Raum wirklich bis zum Achtersteven ging; aber nach der Zeichnung, die er machte, konnte dort kein weiterer Raum mehr sein – sofern er die Heckrundung richtig gezeichnet hatte. Darunter blieb nur noch der blinde Gang, und daß hinter dem nichts mehr sein konnte, war gesichert.

So hatte er nun das ganze Schiff zerlegt und wieder zusammengesetzt, und es blieb kein Platz mehr für noch ein Versteck. Schlußfolgerung: Der Eindringling hatte keinen festen Ort. Er bewegte sich umher, je nachdem, wie sich Roberto bewegte, er war wie die andere Seite des Mondes, von der wir zwar wissen, daß sie existiert, aber die wir nie zu sehen bekommen.

Wer könnte die andere Seite des Mondes sehen? Ein Bewohner der Fixsterne. Roberto hätte nur zu warten brauchen, ohne sich von der Stelle zu rühren, und hätte das verborgene Gesicht überrascht. Solange er sich mit dem Eindringling bewegte oder ihm gestattete, sich mit seinen Bewegungen nach ihm zu richten, würde er ihn nie zu sehen bekommen.

Also mußte er Fixstern werden und den Eindringling zwingen, sich zu bewegen. Und da der Eindringling offensichtlich auf Deck war, wenn Roberto sich unter Deck aufhielt, und umgekehrt, mußte er ihn glauben machen, er sei unter Deck, um ihn dann auf Deck zu überraschen.

Um ihn zu täuschen, ließ er ein Licht in der Kapitänskajüte brennen, so daß der Andere dachte, er wäre mit Schreiben beschäftigt. Dann versteckte er sich auf dem Vorderkastell, direkt hinter der Glocke, so daß er das Deck und das Achterkastell bis zur Hecklaterne vor sich sah und, wenn er sich umdrehte, das Vorschiff mit dem Bugspriet kontrollieren konnte. Er hatte die Büchse in Reichweite – und ich fürchte, auch das Branntweinfäßchen.

Er horchte die ganze Nacht lang auf jedes Geräusch, als müßte er immer noch Doktor Byrd ausspähen, und kniff sich in die Ohrläppchen, um wach zu bleiben bis zum Morgengrauen. Vergebens.

Dann kehrte er in seine Kammer zurück, wo das Licht inzwischen erloschen war. Und fand seine Papiere in Unordnung. Der Eindringling hatte die Nacht dort verbracht, er hatte womöglich die Briefe an die Signora gelesen, während ihr Verfasser sich der Nachtkälte und dem Morgentau hatte aussetzen müssen!

Der Feind war in seine Erinnerungen eingedrungen ... Roberto mußte an die Ermahnungen von Salazar denken: Er hatte seine Leidenschaften bekundet und damit einen Zugang zu seiner Seele geöffnet.

Wütend rannte er aufs Deck hinaus und schoß aufs Geratewohl eine Kugel in die Luft, die einen Mastbaum streifte, und schoß noch ein paarmal, bis er sich klarmachte, daß er niemanden niederstreckte. Im Gegenteil, in der Zeit, die man zum Nachladen einer Muskete brauchte, konnte der Feind gemütlich vorbeispazieren und sich eins ins Fäustchen lachen über diesen Hitzkopf, der nur den Vögeln Eindruck machte, die jetzt im Unterdeck lärmten.

Er lachte also irgendwo. Aber wo? Roberto kehrte zu seiner Zeichnung zurück und sagte sich, daß er aber auch wirklich gar nichts vom Bau eines Schiffes verstand. Die Zeichnung zeigte das Schiff im Profil, also nur in Höhe und Tiefe und Länge, nicht in der Breite. Im Längsschnitt gesehen, ließ das Schiff keinen Raum mehr für weitere Verstecke, aber wenn man es in der Breite bedachte, konnte es sehr wohl sein, daß sich noch Räume zwischen den schon entdeckten verbargen.

Roberto dachte erst jetzt darüber nach, aber auf diesem Schiff fehlten noch zu viele Dinge. Zum Beispiel hatte er keine weiteren Waffen gefunden. Sicher, die Matrosen konnten sie mitgenommen haben – wenn sie freiwillig von Bord gegangen waren. Aber auf der *Amarilli* war auch viel Bauholz im Kielraum gewesen, damit man im Falle von Sturmschäden Masten, Ruder und Planken reparieren konnte, während sich hier bloß Kleinholz befand, das erst vor kurzem getrocknet worden war, um das Herdfeuer in der Kombüse zu nähren, aber keinerlei gut abgelagertes Eichen-, Lärchen- oder Tannenholz. Und mit dem Bauholz fehlten auch die Zimmermannsgeräte, Sägen, verschieden geformte Äxte, Hämmer, auch Nägel ...

Gab es noch andere Kammern? Roberto machte die Zeichnung neu und versuchte sich vorzustellen, wie das Schiff nicht von der Seite betrachtet, sondern von oben aussah, vom Mastkorb aus gesehen. Und kam zu dem Schluß, daß sich im Heck, dessen Bau er sich erneut vor Augen hielt, noch ein Verschlag unter dem Raum mit der Orgel befinden könnte, aus dem man womöglich noch weiter hinunter in den blinden Gang schlüpfen konnte. Nicht groß genug, um alles das zu enthalten, was auf dem Schiff fehlte, aber immerhin ein Verschlag mehr. Wenn in der niedrigen Decke des blinden Ganges eine Falltür war, eine Öffnung, durch die man in diesen neuen Raum gelangte, dann konnte man von dort vielleicht auch zu den Uhren gelangen und weiter ins restliche Schiff.

Roberto war jetzt sicher, daß der Eindringling nirgendwo anders sein konnte als dort. Er rannte hinunter und kroch in den niedrigen Gang, aber diesmal hielt er das Licht nach oben. Und da *war* eine Falltür. Er widerstand dem ersten Impuls, sie zu öffnen. Wenn der Eindringling über ihm hockte, würde er ihn erwarten und ihn, wenn er den Kopf hinausstreckte, überwältigen können. Man mußte ihn von einer Seite überraschen, von wo er keinen Angriff erwartete, so wie man es in Casale gemacht hatte.

Wenn es da noch einen Raum gab, mußte er an das »Zwiebackmagazin« mit dem Teleskop angrenzen, also von dort aus erreichbar sein.

Roberto stieg wieder hinauf, trat in den Raum mit den Instrumenten, stieg über sie hinweg und fand sich vor einer Wand, die – wie er erst jetzt bemerkte – nicht aus dem harten Holz der Schiffswand war.

Es war eine dünne Wand: Wie bei seinem Eindringen in den Raum mit der Orgel schlug er einmal hart zu, und das Holz zersplitterte.

Der Raum lag in einem schwachen Dämmerlicht, das durch ein kleines Fenster in der konkav gebogenen Rückwand fiel. Und davor, auf einer Strohmatte kauernd, die Knie fast bis zum Kinn hochgezogen, in den vorgestreckten Händen eine Pistole, saß der Andere.

Es war ein alter Mann mit geweiteten Pupillen und einem faltigen Gesicht, umrahmt von einem pfeffer- und salzfarbenen Bärtchen, die spärlichen Haare senkrecht vom Kopf abstehend, der Mund fast zahnlos mit blaurotem Zahnfleisch, der Leib in ein Gewand gehüllt, das einmal schwarz gewesen sein mochte, aber nun mit verblichenen Flecken gespickt war.

Die Pistole vorstreckend, die er mit zitternden Händen umklammert hielt, als wollte er sich daran festhalten, rief er etwas mit schwacher Stimme. Das erste war etwas auf deutsch oder holländisch, das zweite – und sicher wiederholte er, was er sagen wollte – in einem ungelenken Italienisch, was darauf hindeutete, daß er die Herkunft seines Gegenübers durch die Lektüre seiner Papiere erraten hatte.

»Keine Bewegung, oder ich schieß'!«

Roberto war so überrascht von der Erscheinung, daß er zunächst gar nicht reagierte. Was gut war, denn so hatte er Gelegenheit zu bemerken, daß der Hahn der Pistole nicht gespannt war. Der Feind konnte also nicht sehr erfahren in den Kriegskünsten sein.

So trat Roberto langsam näher, ergriff die Pistole am Lauf und versuchte sie dem alten Mann zu entwinden, der in wütende teutonische Schreie ausbrach.

Schließlich hatte er ihm die Waffe entrissen, der Alte sank resigniert in sich zusammen, Roberto kniete sich neben ihn und hob seinen Kopf.

»Mein Herr«, sagte er, »ich will Euch nichts tun. Ich bin ein Freund. Versteht Ihr? Amicus!«

Der Alte klappte den Mund auf und zu, aber ohne etwas zu sagen; man sah nur das Weiß seiner Augen beziehungsweise das Rot, und Roberto fürchtete schon, er werde sterben. Er nahm ihn auf die Arme und trug ihn, leicht wie er war, hinauf in die Kapitänskajüte. Dort bot er ihm Wasser an, gab ihm auch einen Schluck Branntwein zu trinken, der Alte sagte: »*Gratias ago, domine*« und hob die Hand, wie um ihn zu segnen. Und da bemerkte Roberto, sein Gewand genauer betrachtend, daß er ein Ordensmann war.

266

21

Heilige Theorie der Erde

Wir werden nicht versuchen, den Dialog zu rekonstruieren, der in den beiden nächsten Tagen folgte. Auch weil Robertos Aufzeichnungen von nun an lakonischer werden. Nachdem seine privaten Briefe an die Signora vielleicht einem Fremden unter die Augen gekommen waren (er hatte nicht den Mut, seinen neuen Gefährten danach zu fragen), hörte er für viele Tage auf zu schreiben und notierte sich nur noch in Stichworten, was er Neues gelernt hatte und was geschah.

Wohlan denn: Roberto stand vor Pater Caspar Wanderdrossel aus dem Orden der Societas Jesu, *olim in Herbipolitano Franconiae Gymnasio, postea in Collegio Romano Matheseos Professor*, aber auch Astronom und Gelehrter in vielen anderen Disziplinen, zur Kurie des Ordensgenerals gehörig. Die *Daphne* hatte, befehligt von einem holländischen Kapitän, der diese Route schon für die *Vereenigte Oost-Indische Compagnie* ausprobiert hatte, viele Monate zuvor die mediterranen Küsten verlassen und Afrika umsegelt, um die Salomon-Inseln zu erreichen. Genauso wie es Doktor Byrd mit der *Amarilli* vorgehabt hatte, nur daß die *Amarilli* wie einst Kolumbus – »den Osten über den Westen suchen« wollte, während die *Daphne* es umgekehrt gemacht hatte, aber das kommt am Ende aufs selbe hinaus, denn die Antipoden erreicht man von beiden Seiten. Auf der Insel (und Pater Caspar deutete zu den grünen Hängen jenseits des Strandes hinüber) sollte ein Gerät namens Specula Melitensis installiert werden. Was für ein Gerät das war, wurde Roberto nicht klar, denn der Pater sprach darüber nur raunend, wie über ein derart berühmtes Geheimnis, daß die ganze Welt davon sprach.

Um dahin zu gelangen, wo sie war, hatte die *Daphne* beträchtliche Zeit gebraucht. Man weiß, wie damals jene Meere befahren wurden. Nachdem sie die Molukken verlassen hatte, um in südöstlicher Richtung zum Hafen Sankt Thomae auf Neuguinea zu segeln – denn sie mußte die Orte berühren, an denen die Gesellschaft Jesu ihre Missionen hatte –, war sie durch einen Sturm vom Kurs abgekommen, war in unbekannte Meere geraten und schließlich zu einer Insel gelangt, deren Bewohner kindsgroße Ratten mit überlangem Schwanz und einem Beutel am Bauch waren, von denen Roberto ein ausgestopftes Exemplar gesehen hatte (und Pater Caspar machte ihm Vorwürfe dafür, daß er »ein Wunder, kostbar wie ein gantzes Peru«, ins Meer geworfen hatte).

Es seien zutrauliche Tiere gewesen, erzählte Pater Caspar, sie hätten die Ankömmlinge umringt und ihnen kleine Händchen entgegengestreckt, wie um etwas Eßbares zu erbetteln, und hätten sie sogar an den Kleidern gezupft, aber dann hätten sie sich als Meisterdiebe erwiesen und einem Matrosen den Zwieback aus der Tasche gestohlen.

Es sei mir erlaubt, zur Bestärkung der Glaubwürdigkeit des Paters einzufügen: Eine solche Insel gibt es tatsächlich, und sie ist mit keiner anderen zu verwechseln. Die geschilderten Beuteltiere oder Pseudo-Känguruhs heißen Quokkas und leben nur dort, nämlich auf Rottnest Island, einer erst wenige Jahre zuvor von den Holländern entdeckten und eben dieser Tiere wegen »Rattennest« getauften Insel. Da diese Insel jedoch vor Perth an der australischen Westküste liegt, muß es die *Daphne* dorthin verschlagen haben. Wenn man bedenkt, daß sie demnach am 30. südlichen Breitengrad angelangt war, und zwar westlich der Molukken, während sie planmäßig hätte nach Osten fahren und sich nur wenige Grade südlich des Äquators halten müssen, kann man wohl sagen, daß die *Daphne* vom Kurs abgekommen war.

Und wenn es nur das gewesen wäre. Die Männer der

Daphne müssen eine Küste in geringer Entfernung von der Insel gesehen haben, aber wahrscheinlich dachten sie, es handle sich um eine weitere Insel mit weiteren Ratten. Was sie suchten, war etwas ganz anderes, und wer weiß, was die Bordinstrumente ihnen und Pater Caspar sagten. Mit Sicherheit waren sie nur ein paar Ruderschläge von jener Terra Incognita Australis entfernt, von der die Menschheit seit Jahrhunderten träumte. Schwer begreiflich ist allerdings, wie sie es angestellt hatten – wenn man bedenkt, daß sie am Ende (wie wir noch sehen werden) auf dem 17. südlichen Breitengrad angelangt waren –, mindestens zwei Viertel von Australien zu umsegeln, ohne es je zu Gesicht zu bekommen: Entweder sind sie nach Norden zurückgefahren, und dann müssen sie sich zwischen Australien und Neuguinea hindurchgezwängt haben, ohne an das eine noch das andere gestoßen zu sein; oder sie sind weiter nach Süden gesegelt und dann zwischen Australien und Neuseeland hindurch, ohne je etwas anderes gesehen zu haben als offenes Meer.

Man könnte meinen, ich erzählte hier einen Roman, wäre nicht ungefähr in jenen selben Monaten, in denen unsere Geschichte spielt, auch der Holländer Abel Tasman, von Batavia kommend, zu einer Insel gelangt, die er Van-Diemens-Land nannte und die wir heute als Tasmanien kennen; aber da auch er auf der Suche nach den Salomon-Inseln war, hatte er die Südküste jener Insel links liegengelassen, ohne zu ahnen, daß dahinter ein hundertmal größerer Kontinent lag, war im Südosten auf Neuseeland gestoßen, war nordöstlich an seiner Küste entlanggefahren und danach, in derselben Richtung weitersegelnd, auf die Tonga-Inseln gelangt; von dort muß er dann, denke ich, ungefähr dahin gekommen sein, wohin auch die *Daphne* gekommen war, doch er passierte die Korallenriffe und nahm Kurs auf Neuguinea. Was einer Zickzackfahrt nach Art einer Billardkugel gleichkam, aber wie es scheint, war es den Seefahrern noch viele Jahre lang beschieden, zwei Schritte vor Australien angelangt zu sein, ohne es jemals zu sehen.

Nehmen wir also Pater Caspars Erzählung als wahrheitsgemäßen Bericht. Den Launen der Passatwinde folgend, war die *Daphne* dann erneut in einen Sturm geraten und dermaßen zugerichtet worden, daß sie auf einer Insel Gott weiß wo anlegen mußte: auf einer baumlosen Insel, die nur aus einem Sandring um einen See in der Mitte bestand. Dort hatten sie das Schiff repariert, und so erklärt sich, warum es an Bord kein Bauholz mehr gab. Danach waren sie weitergefahren, bis sie in jener Bucht vor Anker gingen, in der die *Daphne* nun lag. Der Kapitän hatte das Beiboot mit einer Vorhut an Land geschickt, hatte den Eindruck gewonnen, daß die Insel unbewohnt sei, hatte für alle Fälle seine wenigen Kanonen laden und in Stellung bringen lassen, und dann hatten drei grundlegende Unternehmungen begonnen.

Erstens die Aufnahme von frischem Wasser und Lebensmitteln, die dem Ende entgegengingen; zweitens das Einfangen der Vögel und Sammeln der Pflanzen, die man zur Freude der Naturforscher des Ordens nach Hause mitbringen wollte; drittens das Fällen von Bäumen, um eine neue Reserve an Langholz und Planken und sonstigem Material zur Behebung künftiger Unbill anzulegen; und schließlich die Aufstellung der Specula Melitensis auf einer Anhöhe der Insel, und dies war die mühsamste Unternehmung gewesen. Sie hatten sämtliche Zimmermannsgeräte und die verschiedenen Teile der Specula aus dem Laderaum heraufschleppen und an Land bringen müssen, und diese Arbeit hatte viel Zeit erfordert, auch weil man nicht direkt in der Bucht anlegen konnte, da zwischen dem Schiff und dem Ufer, dicht unter der Wasserlinie und ohne passierbare Öffnung, eine Barriere, ein Bollwerk, ein Wall aus Korallen verlief – also das, was wir heute ein Korallenriff nennen würden. Nach vielen vergeblichen Versuchen hatten die Männer der *Daphne* schließlich entdeckt, daß sie um das Kap im Süden der Bucht herumfahren mußten, hinter dem es eine Stelle gab, wo man landen konnte. »Und eben darumb können wir das Boot, das verlassen ward von seinen Mannen, jetzo nit sehn, wiewol es gewißlich allweil noch dorten lieget, *heu me miserum!*« Aus der Art, wie Roberto die Reden von Pater Caspar wiedergibt, ist zu schließen, daß dieser deutsche Jesuit, der in Rom lebte und mit seinen Ordensbrüdern aus aller Herren Länder gewöhnlich lateinisch sprach, sich etwas eigenwillig ausdrückte.

Nachdem die Specula installiert worden war, begann der Pater mit seinen Untersuchungen, die er fast zwei Monate lang erfolgreich fortsetzte. Und was tat unterdessen die Mannschaft? Sie lag auf der faulen Haut, und die Disziplin an Bord ließ immer mehr nach. Der Kapitän hatte etliche Branntweinfäßchen geladen, die nur sehr sparsam zur Stärkung während der Stürme gebraucht werden sollten oder als Tauschware für die Eingeborenen; statt dessen fing die Mannschaft an, sie an Deck zu bringen, entgegen jedem Befehl, und alle begannen zu trinken, auch der Kapitän. Pater Caspar ging seiner Arbeit auf der Insel nach, die Männer ließen sich vollaufen, und ihr wüstes Gegröle war bis zur Specula zu hören.

Eines Tages, als es sehr heiß war, hatte sich Pater Caspar, während er allein an der Specula arbeitete, seine Kutte ausgezogen (er habe sich, sagte der gute Jesuit voller Scham, gegen die Modestia versündigt, was ihm Gott aber jetzo vergeben könne, nachdem er es ja sogleich bestraft habe!) und war von einem Insekt in die Brust gestochen worden. Zuerst hatte er nur einen Stich verspürt, aber kaum war er an jenem Abend an Bord zurückgekehrt, überfiel ihn ein heftiges Fieber. Er sagte niemandem etwas von dem Zwischenfall, in der Nacht bekam er Ohrensausen und heftige Kopfschmerzen, der Kapitän machte ihm die Kutte über der Brust auf, und was sah er? Eine Pustel, wie sie nach einem Wespenstich auftreten kann, was sage ich, sogar schon nach dem Stich einer etwas größeren Mücke. Doch sofort war jene leichte Schwellung in den Augen des Kapitäns zu einem Carbunculus, einer Schwäre, einer brandigen Beule geworden, also zum evidentesten Symptom jener Krankheit, »die man Beulenpest nennt«, *quae dicitur pestis bubonica*, wie er sofort im Logbuch vermerkte.

Panik verbreitete sich an Bord. Vergebens erzählte Pater Caspar von dem Insekt: Der Pestbefallene lügt immer, um nicht isoliert zu werden, das weiß man doch. Vergebens beteuerte er, daß er die Pest gut kenne und daß dies aus vielen Gründen keine Pest sein könne. Die Mannschaft hätte ihn am liebsten ins Meer geworfen, um die Ansteckungsgefahr zu beseitigen.

Er versuchte zu erklären, daß er während der großen Pest, die vor rund zwölf Jahren in Mailand und ganz Norditalien gewütet habe, zusammen mit anderen Ordensbrüdern in die Lazarette geschickt worden sei, um Hilfe zu leisten und das Phänomen aus der Nähe zu studieren; daß er also einiges über diese Seuche wisse. Es gebe Krankheiten, die nur einzelne Individuen an verschiedenen Orten und zu verschiedenen Zeiten befielen, wie der Sudor Angelicus, andere, die nur in einer bestimmten Region aufträten, wie die Dysenteria Melitensis in Malta oder die Elephantiasis Aegyptia am Nil, und schließlich andere wie die Pest, die während einer langen Zeit alle Einwohner vieler Regionen befielen. Aber die Pest werde im voraus angekündigt durch Sonnenflecken, Sonnenfinsternisse, Kometen, durch das Auftauchen unterirdischer Tiere, die aus ihren Löchern kämen, oder durch Pflanzen, die im Pesthauch verwelkten, und keines von diesen Vorzeichen sei in letzter Zeit aufgetreten, weder an Bord noch an Land, weder am Himmel noch im Meer.

Des weiteren werde die Pest mit Sicherheit durch üble Ausdünstungen hervorgerufen, die aus den Sümpfen stiegen, durch die Verwesung vieler Leichen während der Kriege oder sogar durch den Einfall von Heuschrecken, die scharenweise im Meer ertränken und dann in die Flüsse zurückflössen. Die Ansteckung komme durch diese Ausdünstungen zustande, die in den Mund gelangten und von dort in die Lunge und durch die Hohlvene schließlich ins Herz. Aber während der Reise hätten die Männer außer an der Fäulnis des Wassers und der Nahrung, die jedoch Skorbut und nicht Pest verursache, an keiner üblen Ausdünstung gelitten, sondern im Gegenteil reine Luft geatmet und gesunde Winde genossen.

Der Kapitän hatte darauf erwidert, daß die Spuren der Ausdünstung in den Kleidern und an vielen anderen Dingen haftenblieben, und vielleicht sei etwas an Bord, das die Ansteckung lange bewahrt und nun weitergegeben habe. Und ihm war die Geschichte mit den Büchern eingefallen.

Pater Caspar hatte sich einige gute Bücher über Navigation mitgebracht, wie die *Arte del navegar* von Medina, den *Typhis Batavus* von Snellius und die Abhandlung *De rebus oceanicis et orbe novo decades tres* von Pietro d'Anghiera, und eines Tages hatte er dem Kapitän erzählt, er habe sie für einen Pappenstiel in Mailand erworben, wo nach der Pest an den Bücherständen längs der Navigli eine ganze Bibliothek zum Verkauf angeboten worden sei, die einem frühverstorbenen Herrn gehört habe. Und dies sei seine kleine Privatsammlung, die er auch auf Reisen mitführe.

Für den Kapitän stand daraufhin fest, daß die Bücher einem Pestkranken gehört und die Ansteckung eingeschleppt hatten. Die Pest werde, wie jeder wisse, durch giftige Salben übertragen, und er habe von Leuten gelesen, die gestorben waren, weil sie sich den Finger mit Speichel benetzt hatten, während sie Bücher durchblätterten, deren Seiten mit einem Gift getränkt worden waren.

Pater Caspar beteuerte: Nein, in Mailand habe er das Blut der Pestkranken mit einer neuen Erfindung untersucht, einem starken Vergrößerungsglas, das *Microscopo* genannt werde, und er habe in jenem Blut etwas wie *vermiculi* schwimmen sehen, ein Gewimmel von winzigen Würmchen, und das seien genau die Elemente jenes *contagium animatum* gewesen, jener lebendigen Ansteckung, die durch *vis naturalis* bei jeder Verwesung entstünden und sich dann übertrügen, als *propagatores exigui*, durch die sudoriferen Poren oder durch den Mund oder manchmal sogar durch die Ohren. Aber dieses Gewimmel sei etwas Lebendiges und bedürfe des Blutes, um sich zu ernähren, es könne nicht zwölf

und mehr Jahre zwischen den toten Fasern des Papiers überleben.

Der Kapitän hatte jedoch auf kein Argument hören wollen,
und so war Pater Caspars schöne kleine Bibliothek im Meer
gelandet. Aber damit nicht genug: Obwohl der Pater wiederholt beteuerte, daß die Pest zwar von Hunden und Fliegen
übertragen werden könne, nicht aber, seines Wissens, von
Ratten und Mäusen, hatte sich die gesamte Mannschaft auf die
Jagd nach den Nagern gemacht und überall herumgeballert,
auch auf die Gefahr hin, Lecks im Schiffsrumpf zu verursachen. Und da Pater Caspars Fieber auch am nächsten Tag
noch anhielt und die Beule nicht abschwellen wollte, hatte der
Kapitän schließlich eine Entscheidung getroffen: Alle sollten
sich auf die Insel begeben und dort abwarten, bis der Pater
entweder gestorben oder genesen war, und dann würde das
Schiff von allen bösen Flüssen und Einflüssen gereinigt
werden.

Gesagt, getan, alle waren in die Schaluppe gestiegen, beladen mit Waffen und Werkzeug. Und da sie voraussahen, daß
es bis zu Pater Caspars Tod und der anschließenden Reini-
gung des Schiffes zwei oder drei Monate dauern konnte, hatten sie beschlossen, sich an Land Hütten zu bauen, und so war
alles, was die *Daphne* zu einer Werkstatt machen konnte, im
Schlepptau an Land mitgenommen worden.

Nicht mitgezählt der größere Teil der Branntweinfäßchen.

»Aber sie haben nit gut gethan«, kommentierte der Pater
mit Bitterkeit und mit Grausen über die Strafe, die ihnen der
Himmel dafür geschickt hatte, daß sie ihn wie eine verlorene
Seele zurückgelassen hatten.

Kaum nämlich gelandet, hatten die Männer der *Daphne* einige Tiere im Wald getötet und abends große Feuer am Strand
entzündet und ein lärmendes Fest gefeiert, das sich über drei
Tage und drei Nächte hinzog.

Vermutlich war es das Feuer, das die Wilden angelockt
hatte. Denn obwohl die Insel selbst unbewohnt war, lebten in
jenem Archipel doch Menschen, die schwarz wie Afrikaner

waren und gute Seefahrer sein mußten. Eines Morgens sah Pater Caspar ein Dutzend »Piraguen«, die von irgendwo hinter der großen Insel im Westen kamen und sich der Bucht näherten. Es waren Boote aus hohlen Baumstämmen ähnlich denen der Indianer der Neuen Welt, aber immer zwei miteinander verbunden: In dem einen saßen die Ruderer, und das andere glitt wie ein Schlitten übers Wasser.

Pater Caspar hatte zuerst gefürchtet, daß sie zur *Daphne* kämen, aber sie schienen das Schiff eher meiden zu wollen und hielten direkt auf die Landestelle hinter dem Kap zu. Er hatte zu schreien versucht, um die Männer auf der Insel zu warnen, aber die schliefen ihren Rausch aus. Kurzum, die Männer der *Daphne* fanden sich plötzlich umringt von Eingeborenen, die zwischen den Bäumen hervorlugten.

Sie waren aufgesprungen, die Eingeborenen hatten sofort kriegerische Absichten bekundet, aber niemand wußte, was tun, und schon gar nicht, wo sie ihre Waffen gelassen hatten. Nur der Kapitän war vorgetreten und hatte einen der Angreifer mit einem Pistolenschuß niedergestreckt. Als die Eingeborenen den Schuß hörten und ihren Gefährten tot umfallen sahen, ohne daß er berührt worden war, machten sie Unterwerfungsgesten, und einer von ihnen näherte sich dem Kapitän, um ihm eine Kette zu reichen, die er um den Hals getragen hatte. Der Kapitän beugte sich vor, um sie entgegenzunehmen, dann suchte er wohl nach einem passenden Tauschgeschenk und drehte sich zu seinen Leuten, um sie etwas zu fragen.

Damit hatte er den Eingeborenen den Rücken gekehrt.

Nach Pater Caspars Ansicht waren die Eingeborenen sofort, noch vor dem Pistolenschuß, beeindruckt gewesen von der Statur und Haltung des Kapitäns, der ein batavischer Hüne mit blondem Bart und blauen Augen war, Eigenschaften, die jene Insulaner vermutlich den Göttern zuschrieben. Doch kaum sahen sie dann von diesem Fremden den Rücken – denn offenbar glaubten jene wilden Völker nicht, daß Götter auch einen Rücken haben –, hob ihr Häuptling sofort seine Keule und schlug sie ihm auf den Schädel, und als der Fremde daraufhin vornüberstürzte und reglos liegenblieb, fielen die schwarzen Männer über die Seeleute her, die sich nicht zu wehren wußten, und metzelten sie allesamt nieder.

Dann bereiteten sie sich ein schreckliches Mahl, das drei Tage lang währte. Der kranke Pater hatte alles durchs Fernrohr beobachtet, ohne etwas unternehmen zu können. Aus den Männern der *Daphne* sei Kesselfleisch gemacht worden, sagte er. Zuerst seien die Toten entkleidet worden (unter dem Freudengeheul von Wilden, die sich Gegenstände und Kleider teilten), dann seien sie zerlegt, dann gekocht und schließlich in aller Ruhe verzehrt worden, begleitet von Schlucken aus einer dampfenden Schale und von Gesängen, die jeder für friedlich gehalten hätte, wären sie nicht auf einem so schaurigen Gelage erklungen.

Danach hatten die Eingeborenen, nun gesättigt, begonnen, einander das Schiff zu zeigen. Vermutlich hatten sie es nicht mit der Anwesenheit der getöteten Fremden in Verbindung gebracht: Majestätisch, wie es ihnen mit seinen Masten und Segeln erschienen sein mußte, unvergleichlich verschieden von ihren Einbäumen, hielten sie es nicht für Menschenwerk. Nach Ansicht von Pater Caspar (der behauptete, die Mentalität der Götzenanbeter in aller Welt gut zu kennen, da ihm seine reisenden Ordensbrüder bei ihrer Rückkehr nach Rom davon erzählt hatten) hielten sie das Schiff für ein Tier, und die Tatsache, daß es neutral geblieben war, als sie sich ihren kannibalischen Riten hingaben, habe sie überzeugt. Im übrigen habe bereits Magellan erzählt, versicherte Pater Caspar, daß manche Eingeborenen glaubten, die Schiffe kämen vom Himmel herabgeflogen und seien die natürlichen Mütter der Schaluppen, die sie säugten, wenn sie sie an den Bordwänden hängen ließen, und die sie dann entwöhnten, indem sie sie ins Wasser warfen.

Aber nun mußte wohl einer angeregt haben, es könnte sich vielleicht lohnen, wenn das Tier gutmütig war und sein Fleisch so saftig wie das der Fremden, sich seiner zu bemächtigen. Jedenfalls waren sie plötzlich in ihre Boote gesprungen und hatten sich der *Daphne* genähert. Daraufhin hatte der friedliche Jesuit, um sie fernzuhalten (sein Orden verlangte schließlich von ihm, daß er lebte *ad maiorem Dei gloriam*, und nicht, daß er starb zur Befriedigung einiger Heiden, *cuius Deus venter est*), Feuer an die Lunte einer Kanone gelegt, die schon geladen und auf die Insel gerichtet war, und eine Kugel abgeschossen. Welchselbige mit einem großen Krachen, indes die Flanke der *Daphne* sich mit einer Aureole von Rauch umgab, als ob das Tier vor Zorn schnaubte, mitten zwischen die Boote gefallen war und zwei von ihnen umgestürzt hatte.

Das Wunder war beredt gewesen. Eiligst waren die Wilden auf die Insel zurückgekehrt und im Gehölz verschwunden, und nach einer Weile waren sie mit Kränzen aus Blumen und Blättern wieder erschienen und hatten sie mit Gesten der Ehrfurcht ins Wasser geworfen, dann hatten sie Kurs nach Südwesten genommen und waren hinter der fernen Insel verschwunden. Sie hatten dem großen zornigen Tier entrichtet, was sie für einen ausreichenden Tribut hielten, und würden sich bestimmt nie wieder blicken lassen: Sie waren zu dem Schluß gekommen, daß die Gegend von einem leicht reizbaren und rachsüchtigen Wesen heimgesucht wurde.

Soweit die Geschichte von Pater Caspar Wanderdrossel. Noch über eine Woche lang, vor der Ankunft Robertos, hatte er sich krank gefühlt, aber dank einiger Medikamente eigener Rezeptur (»Spiritus, Olea, Flores, und andere dergleichen Vegetabilische, Animalische und Mineralische Medicamenten«) war er schon auf dem Wege der Besserung, als er eines Nachts auf dem Deck Schritte hörte.

Von da an war er wieder krank geworden, nun aus Angst, hatte seine Kajüte verlassen und sich in jenes enge Loch im Heck geflüchtet, unter Mitnahme seiner Medikamente sowie einer Pistole, von der er jedoch nicht einmal herauszufinden vermochte, ob sie geladen war. Und hatte sein Versteck nur verlassen, um sich Nahrung und Wasser zu holen. Zuerst hatte er die Eier gestohlen, um wieder zu Kräften zu kommen, dann hatte er sich mit Früchten begnügt. Allmählich war er zur Überzeugung gelangt, daß der Eindringling (in Pater Caspars Erzählung war der Eindringling natürlich Roberto) ein gebildeter Mensch sein mußte, der sich für das Schiff und seinen Inhalt interessierte, und hatte schon zu erwägen begonnen, daß er vielleicht gar kein Schiffbrüchiger war, sondern der Agent eines häretischen Landes, das die Geheimnisse der Specula Melitensis in Erfahrung bringen wollte. Deswegen hatte der gute Pater dann schließlich begonnen, sich so kindisch zu benehmen: in der Hoffnung, Roberto dadurch von diesem Gespensterschiff zu vergraulen.

Danach war es an Roberto, seine Geschichte zu erzählen, und da er nicht wußte, wieviel Pater Caspar von seinen Briefen gelesen hatte, erzählte er vor allem von seiner Mission und von der Reise der *Amarilli*. Das geschah am Abend jenes Tages, als sie sich ein Hähnchen gebraten und die letzte der Flaschen des Kapitäns entkorkt hatten. Pater Caspar mußte wieder zu Kräften kommen und seine Lebensgeister auffrischen, und so feierten sie, was ihnen beiden nun als eine Rückkehr in die menschliche Gesellschaft erschien.

»Ridiculus!« kommentierte Pater Caspar die unglaubliche Geschichte von Doktor Byrd. »Von solcherley Bestialitate hab ich noch niemahls gehört. Warumb haben sie der armen Creatura solch Leydes gethan? Alles dacht ich schon gehört zu haben über das Geheimnuß der Longitudines, aber noch nie, daß man es könnt finden durch den Gebrauch von Unguentum armarium! Wann das möglich wär, hätt es gewiß schon ein Jesuit erfunden! Das hat nix zu thun mit den Longitudines, ich will dir erklären, was vor ein Werck ich verrichte, dann siehest du, wie gantz anderst das ist ...«

»Aber in summa«, fragte Roberto, »wart Ihr auf der Suche nach den Salomon-Inseln, oder wolltet Ihr das Geheimnis der Längengrade finden?«

»Beydes, mein Sohn, beydes zugleich! Findstu die Insulae Salomonis, weißtu, wo der hundertundachtzigste Meridian ist, und findstu den hundertundachtzigsten Meridian, weißtu, wo des Salomonis Insulae sind.«

»Warum müssen denn diese Inseln unbedingt auf diesem Meridian liegen?«

»O mein Gott, der HErr im Himmel vergebe mir, daß ich Sein' Allerheyligsten Namen unnütz im Munde gefüret. Doch zum Ersten: Nachdem König Salomo seinen Tempel erbauet, hatte er auch eine große Flotte gebaut, wie berichtet im Buche der Könige, und diese Flotte ist zur Insel Ophir gelangt, von wo sie ihm vierhundertundzwanzig Talente Goldes gebracht, was ein sehr gewaltiger Reichthum ist: die Biblia sagt sehr Weniges, um sehr Vieles zu sagen, wie wann man saget *pars pro toto*. Und kein Land in Israels Nachbarschafft hatte solch grossen Reichthum, was bedeutet, daß diese Flotte muß angelanget gewesen seyn am Ultimo Confinio Mundi. Hier.«

»Wieso hier?«

»Weil hiero der hundertundachtzigste Meridian verlauffet, der justament selbiger ist, welcher die Erde zweyteilet, und auff der anderen Seite verlauffet der Erste Meridian: Du zehlst eins, zwey, drey, et cetera bis dreyhundertundsechzig Meridian-Grade, und wann du bist bey hundertundachtzig, ist hier Mittnacht und beym Ersten dorten ist Mittag. Verstehst du? Errätst du anjetzo, warumb man die Insulae Salomonis so geheißen? Salomo sprach: Schneidet das Kind entzwey, Salomo sprach: Schneidet in zwey die Erde.«

»Verstehe, wenn wir auf dem hundertachtzigsten Meridian sind, dann sind wir auf den Salomon-Inseln. Aber wer sagt uns, daß wir auf dem hundertachtzigsten Meridian sind?«

»Ei, die Specula Melitensis! Auch wann alle meine vorher gemachten Demonstrationes nit würden genügen: daß der hundertundachtzigste Meridian exactament hier durchgehet, das hat mir die Specula bewiesen.« Er zog Roberto aufs Deck hinaus und deutete auf die Insel: »Siehest du das Promontorium dorten im Norden, wo die großen Bäume stehn mit den großen Füßen, so im Wasser zu wanderen scheinen? Und nun sieh das andere Promontorium dorten im Süden. Ziehstu eine Linea zwischen den beyden Promontoria, so siehest du, daß sie durchgeht hiero zwischen Schiff und Ufer, ein bissel näher beym Ufer als beym Schiffe ... Wohlan, nun siehe, diese geistige Linie – eine Linea spiritualis, die man mit den Augen der Einbildungskrafft sieht –, das ist die Linie des Meridians!«

Am nächsten Tag sagte Pater Caspar, der nie aufgehört hatte, die Zeit zu messen, es sei Sonntag. Er feierte die heilige Messe in seiner Kajüte mit einem Stückchen der wenigen Hostien, die ihm noch verblieben waren. Dann nahm er seine Lektion wieder auf, zuerst in der Kajüte zwischen den Welt- und Seekarten, dann draußen auf Deck. Und als Roberto einwandte, er könne das Sonnenlicht nicht ertragen, holte er aus einer seiner diversen Laden eine Brille mit rußgeschwärzten Gläsern hervor, die er, wie er sagte, mit Erfolg benutzt habe, um den Krater eines Vulkans zu erkunden. So begann Roberto die Welt in zarteren Farben zu sehen, die ihm alles in allem sehr angenehm erschienen, und allmählich versöhnte er sich wieder mit der Strenge des Tages.

Zum Verständnis des Folgenden muß ich einen Exkurs machen, auch um mich selbst zurechtzufinden. Pater Caspar war überzeugt, daß die *Daphne* zwischen dem 16. und 17. Grad südlicher Breite und auf dem 180. Längengrad lag. Was die Breite betrifft, so können wir ihm wohl vertrauen. Aber stellen wir uns einmal vor, er hätte auch die Länge richtig getroffen. Aus Robertos wirren Aufzeichnungen ist zu entnehmen, daß Pater Caspars Zählung der dreihundertsechzig Meridiane bei der Insel Hierro, der westlichsten der Kanarischen Inseln, beginnt, das heißt beim 18. Grad westlicher Länge von Greenwich, wie es die Tradition seit den Zeiten des Ptolemäus wollte. Wenn er also auf seinem 180. Meridian zu sein meinte, mußte er nach unserer Zählung auf dem 162. Grad östlicher Länge von Greenwich gewesen sein. Nun gruppieren sich die Salomonen tatsächlich um den 160. Grad östlicher

Länge herum, allerdings zwischen dem 5. und 12. Grad südlicher Breite. Mithin hätte die *Daphne* sich zu weit im Süden befunden, irgendwo westlich der Neuen Hebriden, in einem Gebiet, in dem es nur Korallenbänke gibt, wie jene, die man später die Récifs d'Entrecasteaux genannt hat.

Konnte Pater Caspar von einem anderen Längengrad aus gezählt haben? Ohne Zweifel. Wie Ende jenes Jahrhunderts der Kosmograph und Minoritenpater Coronelli in seinem *Buch der Globen* schreiben wird, legten den ersten Meridian »Eratosthenes an die Säulen des Herkules, Marinos von Tyros an die Inseln der Seligen, Ptolemäus folgte in seiner Geographie derselben Ansicht, doch in seinen Astronomischen Büchern verschob er ihn nach Alexandria in Ägypten. Von den Modernen legt ihn Ismael Abulfeda nach Cadiz, Alfonso nach Toledo, Pigafetta und Herrera haben desgleichen getan. Kopernikus legt ihn nach Frauenburg, Reinhold nach Monte Reale oder Königsberg, Kepler nach Uranienborg, Longomontanus nach Kopenhagen, Lansbergius nach Goes, Riccioli nach Bologna. Die Atlanten von Iansonius und Blaeu nach Monte Pico. Um die Ordnung meiner Geographie fortzuführen, habe ich auf diesem Globus den Ersten Meridian auf den westlichsten Teil der Insel des Eisens gelegt, auch um dem Dekret Ludwigs XIII. zu folgen, welches ihn mit dem Rate der Geologen anno 1634 ebendort festgesetzt hat.«

Doch wenn Pater Caspar nun beschlossen hätte, das Dekret Ludwigs XIII. zu mißachten und seinen ersten Meridian, sagen wir, nach Bologna zu verlegen, dann wäre die *Daphne* irgendwo zwischen den östlichen Samoa-Inseln verankert gewesen. Aber dort haben die Eingeborenen keine dunkle Haut, wie er sie gesehen zu haben behauptet.

Aus welchem Grunde sollte man sich an die Tradition mit der Insel des Eisens halten? Man muß davon ausgehen, daß Pater Caspar den Ersten Meridian als eine Linie verstand, die durch göttlichen Ratschluß seit den Tagen der Schöpfung festgelegt war. Wo hätte Gott es für richtig befunden, sie durchgehen zu lassen? Durch jenen Ort ungewisser, aber sicher östlicher Lage, den wir als Garten Eden bezeichnen? Durch jenen, der Ultima Thule genannt wird? Durch Jerusalem? Niemand hatte es bisher gewagt, eine theologische Entscheidung zu treffen, und ganz zu Recht, denn Gott denkt nicht wie die Menschen. Adam war, um nur soviel zu sagen, in die Welt gekommen, als es bereits die Sonne, den Mond, den Tag und die Nacht und folglich auch schon die Meridiane gab.

Daher war die Lösung nicht in Begriffen der Geschichte zu suchen, sondern in solchen der Heiligen Astronomie. Das Wort der Bibel mußte in Einklang gebracht werden mit den Kenntnissen, die wir von den Gesetzen des Himmels haben. Nun steht am Anfang der Genesis, daß Gott als erstes Himmel und Erde schuf. In diesem Augenblick lag noch Finsternis über den Abgründen, und *spiritus Dei ferebatur super aquas*, der Geist Gottes schwebte über den Wassern, aber diese Wasser konnten nicht diejenigen sein, die wir kennen, denn erst am zweiten Tage schied Gott das Wasser, das über dem Firmament ist (von dem noch heute der Regen kommt), von dem Wasser darunter, also von dem der Flüsse und Meere.

Mithin war das erste Ergebnis der Schöpfung eine Materia Prima, formlos und ohne Dimensionen, Eigenschaften, Qualitäten, Neigungen, weder bewegt noch ruhig, reines primordiales Chaos, *Hyle*, die noch weder Licht noch Finsternis war. Es war eine schlecht verdaute Masse, in der sich die vier Elemente noch vermengten, dazu das Kalte und das Warme, das Trockene und das Feuchte, ein brodelndes Magma, das glühende Tropfen verspritzte wie ein Topf Bohnen, wie ein diarrhöischer Magen, eine verstopfte Röhre, ein Tümpel, auf dem sich Wasserkreise bilden und wieder vergehen durch das Auf- und Abtauchen blinder Larven. Dergestalt, daß die Häretiker schlossen, jene so dumpfe Materie, die so resistent gegen jeden schöpferischen Odem war, sei mindestens ebenso ewig und immerwährend wie Gott.

In jedem Fall aber bedurfte es eines göttlichen *Fiat*, damit aus ihr und in ihr und über ihr das Wechselspiel des Lichts und der Finsternis, des Tages und der Nacht begann. Dieses

Licht (und jener Tag), von dem im zweiten Stadium der Schöpfung die Rede ist, war noch nicht das Licht, das wir kennen, das der Sterne und der beiden großen Leuchten am Himmel, die erst am vierten Tage geschaffen wurden. Es war kreatives Licht, göttliche Energie im Reinzustand, wie bei der Explosion eines Pulverfasses, bei der das Pulver zuerst nur aus schwarzen Körnchen besteht, die zu einer undurchsichtigen Masse komprimiert sind, und dann mit einem Schlag ist es ein Umsichgreifen von lodernden Flammen, ein Konzentrat von gleißendem Leuchten, das sich bis zu seiner äußersten Peripherie ausdehnt, jenseits welcher sich als Gegensatz die Finsternis bildet (auch wenn bei uns die Explosion am Tage stattfände). Und wie wenn aus einem zurückgehaltenen Atem, aus einer Kohle, die sich durch einen inneren Hauch entzündet zu haben scheint, aus jener *güldenen Quelle des Universums* eine Skala von leuchtenden Vollkommenheiten entstanden wäre, die schrittweise abnähme bis zur hoffnungslosesten aller Unvollkommenheiten – so war der schöpferische Odem aus der unendlichen und konzentrierten Leuchtkraft der Gottheit gekommen, die dermaßen hell erglühet, daß sie uns wie dunkle Nacht erscheinet, und war hinabgeschossen durch die relative Vollkommenheit der Cherubim und Seraphim, hinab durch die Throne und Herrschaften, hinab bis zum niedersten Kehricht, wo der Regenwurm kriecht und gefühllos der Stein überlebt, hinab bis zur letzten Grenze des Nichts. »Und dieß war die Offenbarung Göttlicher Mayestat!«

Und wenn dann am dritten Tage die Gräser und Kräuter und Bäume entstehen, so spricht die Bibel noch nicht von der Landschaft, die unser Auge erfreut, sondern von einer dunklen vegetativen Potenz, von sich paarenden Samen, von einem Aufzucken leidender und gekrümmter Wurzeln, welche die Sonne suchen, die jedoch am dritten Tage noch nicht am Himmel erschienen ist.

Das Leben kommt erst am vierten Tage, wenn die Sonne, der Mond und die Sterne geschaffen werden, um der Erde Licht zu geben und den Tag von der Nacht zu scheiden, den

Tag und die Nacht in dem Sinne, wie wir sie heute verstehen, wenn wir den Lauf der Zeiten berechnen. An jenem Tage ordnen sich die Himmelskreise, vom Primum Mobile und den Fixsternen bis zum Mond, mit der Erde im Mittelpunkt, ein harter Stein, nur eben beschienen von den Strahlen der Leuchten am Himmel, und ringsum eine Girlande aus kostbaren Steinen.

Indem sie unseren Tag und unsere Nacht einrichteten, wurden Sonne und Mond das erste und unübertroffene Modell aller späteren Uhren, die als Imitationen des Firmaments die menschliche Zeit auf dem Rund des Tierkreises angeben, eine Zeit, die nichts zu tun hat mit der kosmischen Zeit; denn sie hat eine Richtung, einen unruhig drängenden Atem, der aus gestern, heute und morgen besteht, und nicht den ruhigen Atem der Ewigkeit.

Verweilen wir also nun bei diesem vierten Tag, sagte Pater Caspar. Gott schuf die Sonne, und als die Sonne geschaffen war – und nicht vorher natürlich –, begann sie sich zu bewegen. Wohlan, in dem Augenblick, in welchem die Sonne ihren Lauf begann, um nicht wieder stehenzubleiben, in jenem *Fulmen*, jenem Blitz oder Lichtstrich, bevor sie ihre erste Bewegung tat, stand sie am Anfang einer präzisen Linie, welche die Erde vertikal in zwei Hälften teilte.

»Und der Erste Meridian ist der, über dem es mit einemmal Mittag war!« kommentierte Roberto, der alles verstanden zu haben glaubte.

»Nein!« sagte sein Lehrer tadelnd. »Meinst du, Gott wär so dumm als wie du? Wie kann der Erste Schöpfungstag am Mittag beginnen?! Wilst du am Anfang des Heyls die Schöpfung mit einem mißrathenen Tage beginnen, mit einer Frühgeburt, einem Foetus von Tag, der nur zwölf Stunden hat?«

Nein, gewiß nicht. Auf dem Ersten Meridian hatte der Lauf der Sonne im Licht der Sterne beginnen müssen, im ersten Augenblick jener ersten Mitternacht, vor welcher die Nicht-Zeit gewesen war. Auf dem Ersten Meridian hatte der Erste Schöpfungstag *bei Nacht* seinen Anfang genommen.

Roberto wandte ein, daß dann aber, wenn es auf jenem Meridian Nacht war, doch ein mißlungener Tag auf der anderen Seite der Erde gewesen sein mußte, dort, wo plötzlich die Sonne aufging, ohne daß es vorher Nacht oder sonst irgendwas gewesen war außer finsterem und zeitlosem Chaos. Worauf Pater Caspar erwiderte, daß die Bibel ja nicht behaupte, die Sonne sei wie durch Zauber am Himmel erschienen, und daß es ihm gar nicht übel gefalle zu denken (wie es jede natürliche und göttliche Logik verlange), daß Gott die Sonne geschaffen habe, indem er sie während der ersten Stunden am Himmel vordringen ließ wie einen erloschenen Stern, der sich allmählich entzündet auf seinem Wege vom ersten Meridian bis zu dessen Antipoden. Vielleicht sei die Sonne erst nach und nach entflammt, wie junges Holz, das von den ersten Funken eines Feuerstahls berührt wird und zuerst nur eben schwelt und dann, von einem Lufthauch angeblasen, zu knistern beginnt, um schließlich aufzuflackern und zu einem hohen Brand aufzulodern. Sei es nicht schön, sich den Vater des Universums vorzustellen, wie er auf die noch grüne Kugel am Himmel blies, um sie aufglühen zu lassen, bis sie ihren Triumph feierte, zwölf Stunden nach der Geburt der Zeit und genau über dem Antipoden-Meridian, auf dem die beiden sich nun befänden?

Blieb zu bestimmen, welcher der Erste Meridian sein sollte. Und Pater Caspar anerkannte, daß derjenige der Insel des Eisens noch immer der beste Kandidat war, wenn man bedachte, daß dort – Roberto hatte es schon von Doktor Byrd erfahren – die Magnetnadel keine Abweichung aufweist und genau auf jenen Punkt dicht neben dem Pol zeigt, wo die Eisenberge am höchsten sind. Was zweifellos ein Zeichen für Stabilität ist.

Kurz und gut, wenn wir akzeptieren würden, daß Pater Caspar von jenem Meridian ausgegangen war und daß er die richtige Länge gefunden hatte, müßten wir annehmen, daß er, obwohl er als Navigator den Kurs richtig bestimmt hatte, als

Geograph gescheitert war; denn die *Daphne* wäre dann eben nicht bei unseren Salomon-Inseln angelangt, sondern irgendwo westlich der Neuen Hebriden und Amen. Aber es gefällt mir nicht, eine Geschichte zu erzählen, die, wie wir noch sehen werden, auf dem hundertachtzigsten Längengrad spielen *muß* – sonst verlöre sie jeden Reiz –, und statt dessen hinzunehmen, daß sie wer weiß wie viele Grade weiter hüben oder drüben spielt.

Ich erwäge daher eine Hypothese, die zu widerlegen ich jeden Leser herausfordere: Was, wenn Pater Caspar sich so sehr geirrt hätte, daß er, ohne es zu wissen, auf *unserem* hundertachtzigsten Längengrad angelangt war? Ich meine auf dem, den wir von Greenwich an zählen – dem letzten Punkt auf der Welt, an den er hätte denken können, lag er doch im Lande antipapistischer Schismatiker.

In diesem Fall hätte die *Daphne* sich bei den Fidschi- Inseln befunden (wo die Eingeborenen tatsächlich sehr dunkelhäutig sind), genau an der Stelle, wo heute unser hundertachtzigster Längengrad verläuft, also bei der Insel Taveuni.

So würde die Rechnung aufgehen. Die Silhouette von Taveuni zeigt eine vulkanische Bergkette wie die der großen Insel, die Roberto im Westen sah. Wenn Pater Caspar nur nicht gesagt hätte, daß der schicksalhafte Meridian genau vor der Insel im Osten verlief. Denn wenn wir uns westlich des Meridians befinden, sehen wir Taveuni im Osten und nicht im Westen liegen; und wenn man im Westen eine Insel sieht, die Robertos Beschreibungen zu entsprechen scheint, dann gäbe es zwar im Osten einige kleinere Inseln (ich würde für Qamea optieren), aber dann ginge der Meridian im Rükken dessen vorbei, der auf die Insel unserer Geschichte blickt.

Die Wahrheit ist, daß es sich mit den Angaben, die Roberto macht, unmöglich klären läßt, wo die *Daphne* lag. Im übrigen sind diese Inselchen alle wie die Japaner für die Europäer und umgekehrt: sie sehen sich alle gleich. Ich hab's nur mal erwägen wollen. Eines Tages würde ich gerne Robertos Reise wiederholen, auf der Suche nach seinen Spuren. Aber eine Sache ist meine Geographie und eine andere seine Geschichte.

Bleibt uns als einziger Trost, daß all diese Spitzfindigkeiten aus der Sicht unseres ungewissen Romans völlig irrelevant sind. Was Pater Caspar zu Roberto gesagt hatte, war, daß sie sich auf dem hundertachtzigsten Meridian befanden, dem Meridian der Antipoden, und auf diesem hundertachtzigsten Meridian liegen nicht unsere Salomon-Inseln, sondern seine Insulae Salomonis. Was spielt es dann für eine Rolle, ob sie wirklich dort liegen oder nicht? Diese Geschichte wird, wenn überhaupt, die Geschichte von zwei Personen, die dort zu sein *glauben*, nicht von zwei Personen, die dort *sind*, und wer Geschichten hören will – ein Dogma unter den Liberalsten –, der muß seine Ungläubigkeit suspendieren.

Deshalb sage ich: die *Daphne* befand sich am hundertachtzigsten Meridian, genau bei den Inseln Salomons, und unsere Insel war – unter den Inseln Salomons – die salomonischste, so salomonisch wie auch mein Schiedsspruch ist, und damit ein für allemal basta.

»Und was nun?« hatte Roberto am Ende von Pater Caspars Erklärung gefragt. »Meint Ihr wirklich, auf jener Insel alle Reichtümer zu finden, von denen Mendaña gesprochen hatte?«

»Ach, das sind doch Lügen der Spanischen Monarchy! Wir stehn vor dem allergrößten Wunder der gantzen Menschen- und Heylsgeschichte, das du noch immer nit zu begreiffen vermagst. In Paris hast du den Damen nachgaffet und die Ratio studiorum der Epikureer befolget, statt nachzudencken über die Grossen Miraculi unseres Universums, deß Schöpfers Allerheiligster Name fiat semper laudatum!«

Mithin hatten die Gründe, aus denen Pater Caspar auf die Reise gegangen war, wenig zu tun mit den räuberischen Absichten der verschiedenen Seefahrer anderer Länder. Alles hatte damit begonnen, daß Pater Caspar ein monumentales

Werk zu schreiben gedachte, das dauerhafter als Erz sein sollte und dessen Thema die Sintflut war.

Als Mann der Kirche wollte er darin beweisen, daß die Bibel nicht gelogen hatte, aber als Mann der Wissenschaft wollte er das Wort der Heiligen Schrift mit den Forschungsergebnissen seiner Zeit in Einklang bringen. Und zu diesem Zweck hatte er Fossilien gesammelt, hatte die Länder des Ostens erkundet, um Spuren auf dem Gipfel des Berges Ararat zu finden, und hatte genaueste Berechnungen über das angestellt, was die Dimensionen der Arche gewesen sein mußten, wenn sie so viele Tiere aufnehmen konnte (und wohlgemerkt: von den reinen Tieren je sieben Paare!) und wenn sie zugleich die richtige Proportion zwischen aufgetauchtem und untergetauchtem Teil hatte, um nicht unter dem ganzen Gewicht zu versinken oder umgestürzt zu werden von den Sturzwellen, die während der Sintflut nicht unbeträchtlich gewesen sein konnten.

Der Pater machte eine Skizze, um Roberto den Aufriß der Arche zu zeigen: ein riesiges kastenartiges Gebäude mit sechs Stockwerken, die Vögel oben, damit sie das Sonnenlicht abbekamen, die Säugetiere in Gattern, die nicht nur Kätzchen beherbergen konnten, sondern auch Elefanten, und die Reptilien in einer Art Bilge, wo zwischen Wasserpfützen auch die Amphibien Unterkunft fanden. Keinen Platz gab es für die Riesen, und darum ist diese Spezies auch ausgestorben. Und schließlich hatte Noah auch nicht das Problem mit den Fischen, den einzigen, die von der Sintflut nichts zu befürchten brauchten.

Jedoch beim Studium der Sintflut war Pater Caspar auf ein Problem physikalisch-hydrodynamischer Art gestoßen, das sich anscheinend nicht lösen ließ. Gott ließ es vierzig Tage und vierzig Nächte lang auf die Erde regnen, sagt die Bibel, und die Wasser stiegen auf der Erde, bis sie die höchsten Berge bedeckten, und sie gingen sogar noch fünfzehn Ellen über die höchsten Berge, und so bedeckten sie die Erde hundert und fünfzig Tage lang. So weit, so gut.

»Aber hastu einmal versucht, den Regen aufzufangen? Es regnet den gantzen Tag, und am Abend hastu grad eine Handbreyt am Boden der Tonne! Und thäts auch eine gantze Woche lang regnen, hättst du die Tonne kaum voll! Und nun stell dir vor ein Ungeheuerlich Grossen Regen, dem du würcklich nicht kanst standhalten, der gantze Himmel ergeußet sich über dein armes Hauppt, ein Regen, schlimmer als das Unwetter, in dem du Schiffpruch erlitten ... Und doch, in vierzig Tagen *non est possibilis*, ohnmöglich kanstu die gantze Erden bis zu den höchsten Bergen vollregnen!«

»Soll das heißen, daß die Bibel gelogen hat?«

»Nein! Gewiß nicht! Aber ich muß demonstriren, woher Gott all das Wasser genommen, das unmöglich hat bloß vom Regen kommen können! Das genüget nit als Erklärung!«

»Also was dann?«

»Also dumm bin ich nicht, *stultus non sum*. Pater Caspar hat gehabt einen Gedancken, den noch nie nicht kein menschlich Wesen gedacht. Erstlich hat er die Bibel gründlich gelesen, und die Bibel sagt, daß Gott zwar alle Katarakte des Himmels hat auffgethan, aber auch auffbrechen lassen alle Brunnen der Tieffe, die *Fontes Abyssi Magnae*, Genesis sieben, elf. Nachdem die Sintflut vorbey war, hat er die Brunnen der Tieffe wieder verstopffet, Genesis acht, zwei. Was aber sind nun diese Brunnen der Tieffe?«

»Was sind sie?«

»Die Wasser in der Tieffe des Meeres! Gott hat nicht nur den Regen genommen, sondern auch die Wasser der tieffsten Meerestieffen und hat sie auf die Erde geschüttet! Und er hat sie *hier* fortgenommen, denn wann die höchsten Berge der Erden umb den Ersten Meridian herumbliegen, zwischen Jerusalem und der Insel des Eisens, so müssen die tieffsten Abyssi des Meeres gewißlich hiero seyn, wegen der Symmetria.«

»Ja schon, aber die Wasser aller Meere des Planeten genügen nicht, um die höchsten Berge zu bedecken, sonst würden sie es ja immer tun. Und wenn Gott die Wasser des Meeres auf die Erde gegossen hat, hat er zwar die Erde bedeckt, aber das Meer ausgeleert, und das Meer ist ein großes leeres Loch geworden, und Noah ist mit der ganzen Arche hineingefallen ...«

»Da sagst du etwas sehr Richtiges. Mehr noch: wann Gott hätt genommen das gantze Wasser der Terra Incognita und hätt es auf die Terra Cognita gossen, ohne daß darvon etwas wär zuruckblieben in dieser Hälften der Erde, dann hätt sich der Erden gesammtes Centrum Gravitatis verschoben, und sie war villeicht in den Himmel gesprungen wie ein Ball, dem du einen Fußtritt versetzest.«

»Also was dann?«

»Also versuch du einmal zu dencken, was du würdest thun, wann du wärest Gott.«

Roberto erwärmte sich für das Spiel. »Wann ich wär Gott«, sagte er (denn ich nehme an, daß Pater Caspars eigenwillige Sprache allmählich auf ihn abzufärben begann), »erschüfe ich mir ein neues Wasser.«

»Du villeicht, aber nicht Gott. Gewiß kann Gott *creare aquam ex nihilo*, aber wann er das Wasser geschaffen hat, wohin thut ers dann nach der Sintflut?«

»Nun, dann hatte Gott eben seit Anbeginn der Zeiten eine große Wasserreserve unter dem Abgrund der Tiefe, verborgen im Innern der Erde, und die hat er bei der Gelegenheit hervorgeholt, beziehungsweise hat sie aus den Vulkanen hervorsprudeln lassen. Sicher ist das gemeint, wenn wir in der Bibel lesen, daß er die Brunnen der Tiefe geöffnet hat.«

»Glaubstu? Aber aus den Vulcanes kömmt Feuer hervorgesprudelt. Das gantze Erd-Innerste, das Hertz des Mundus Subterraneus ist eine grosse Feuermasse! Wann aber innen Feuer ist, kann innen kein Wasser nit seyn! Wann dorten Wasser wär, müßten die Vulcanes Fontanen seyn.«

Roberto ließ nicht locker: »Also, wenn ich Gott wär, ich würde das Wasser aus einer andern Welt nehmen, wo es doch so unendlich viele davon gibt, und würde es auf die Erde kippen.«

»Du hast wol in Paris jene Atheisten gehört, die von unendlich vielen Welten faseln. Aber Gott hat geschaffen nur eine eintzige Welt, und die genüget zu Seinem Ruhme. Nein, denck besser nach: Wann du keine unendlich vielen Welten hast und keine Zeit, sie extra wegen der Sintflut zu machen und sie dann hinterher wieder ins Nichts zu werffen, was thust du dann?«

»Also dann weiß ich wirklich nicht …«

»Dieweil du ein kleynes Dencken hast.«

»Dann habe ich eben ein kleynes Dencken.«

»Jawohl, ein sehr kleynes. Aber nun denck mal. Wann Gott das Wasser nehmen könnt, das gestern ist auff der gantzen Erde gewesen, und es heut auf sie thät, und morgen das gantze Wasser, das heute war, und das ist schon das Doppelte, und es übermorgen draufthät, und so weyter ad infinitum, kömmt dann nit irgendwann der Tag, da unsere ganze Kugel ist vollgepackt bis über die höchsten Berge?«

»Ich bin nicht gut im Rechnen, aber ich würde sagen, irgendwann ja.«

»Jawohl! In vierzig Tagen füllet Er die Erde mit vierzigmal allem Wasser, das sich in den Meeren befindet, und wann du vierzigmal die Tieffe der Meere nimst, bedeckst du gewißlich die Berge, denn die Abyssi sind viel tieffer oder zuminndest ebenso tieff als die Berge hoch sind.«

»Aber woher nimmt Gott das Wasser von gestern, wenn gestern schon vorbei ist?«

»Nun, von hiero! Paß auf. Denck dir, du wärst auf dem Ersten Meridian. Kanstu das?«

»Ich denke schon.«

»Nun denck, daß dort Mittag sey, und sagen wir: des Gründonnerstags Mittag. Wie spät ist es dann in Jerusalem?«

»Nach allem, was ich gelernt habe über den Lauf der Sonne und die Meridiane, ist die Sonne dann in Jerusalem schon um einiges weiter, es wird also schon Nachmittag sein. Ich verstehe, worauf Ihr hinauswollt. Also gut: auf dem Ersten Meridian ist es Mittag, und auf dem Hundertundachtzigsten Meridian ist es Mitternacht, weil die Sonne hier schon zwölf Stunden weiter ist.«

»Gut. Also hiero ist Mitternacht, also Gründonnerstag ist zu Ende. Was geschieht dann hier alsogleich?«

»Die ersten Stunden von Karfreitag beginnen.«

»Und nicht auf dem Ersten Meridiane?«

»Nein, dort beginnt erst der Nachmittag des Gründonnerstags.«

»Wunderbar. Mithin ist hier schon Karfreytag und dorten noch Gründonnerstag, habe ich recht? Aber wann es dorten noch Karfreytag ist, dann ist hier schon Karsamstag. Und also wird hiero der HErr auferstehen, wann er dorten noch tot ist, oder?«

»Ja schon, aber ich verstehe nicht ...«

»Gleich wirst du verstehn. Wann es hiero Mitternacht und eine Minute ist, ein winzig Theilchen von einer Minute, dann sagst du doch, daß es hiero schon Freytag ist, ja?«

»Ja sicher.«

»Aber denck dir, du wärest im selben Augenblicke nicht hier auf dem Schiffe, sondern auf jener Insel da drüben, östlich der Linie des Meridians. Sagst du dann vielleicht, daß dorten auch schon Freytag sey?«

»Nein, dorten ist noch Donnerstag. Es ist eine Minute vor Mitternacht, eine Sekunde vor Mitternacht, aber noch Donnerstag.«

»Gut. Im selben Augenblicke ist also hiero Freytag und dorten Donnerstag!«

»Sicher, und ...« Roberto kam plötzlich ein Gedanke. »Und mehr noch! Ihr gebt mir zu verstehen, wenn ich im selben Augenblick auf der Linie des Meridians wäre, dann wäre es Punkt Mitternacht, aber wenn ich nach Westen blickte, sähe ich die Mitternacht vom Freitag, und wenn ich nach Osten blickte, sähe ich die Mitternacht vom Donnerstag. Herrgott!«

»Sag nicht Herrgott, bitte.«

»Verzeiht, Pater, aber das ist wirklich wunderbar!«

292

»Und im Angesicht eines Wunnders solstu den Namen Gottes nicht unnütz im Munde füren! Sag lieber Sacrobosco, so du unbedingt etwas sagen musst. Aber das grösste Wunnder ist, daß es gar kein Wunnder nit ist! Alles war vorgesehn *ab initio!* Wann die Sonne vierundzwanzig Stunden braucht, um die Erde zu umkreysen, beginnt im Westen des hundertundachtzigsten Meridians ein Neuer Tag, und im Osten des Meridians haben wir noch den Tag darvor. Freytag Mitternacht hier bey uns auf dem Schiffe ist Donnerstag Mitternacht dorten auf der Insel. Weißt du nicht, was Herrn Magellani Mannen passiret ist, als sie ihre Weltumseglung beendiget hatten, wie Petrus Martyr berichtet? Sie sind zurückgekehret und dachten, es wäre einen Tag früher, und darbey wars einen Tag später, und sie dachten, Gott hätt ihnen einen Tag wegnemen wollen zur Strafen darfür, daß sie am Karfreytag nit hatten gefaßtet. Darbey war alles gantz naturaliter zugegangen: Sie waren nach Westen gefahren. Wann du von Amerika der Sonne entgegen nach Asien reisest, verlierest du einen Tag, und wann du die Reise umbgekehrt machest, gewinnst du einen darzu. Darumb hat die *Daphne* den Weg über Asien genommen, indes ihr Esel seyd gefahren über Amerika. Jetzt bist du umb einen Tag älter als ich! Macht dich der Casus nit lachen?«

»Aber wenn ich auf die Insel hinüberginge, wäre ich umb einen Tag jünger!« sagte Roberto.

»Ebendieß war ja mein kleiner Jokus. Aber mir gehts nit darumb, ob du jünger bist oder älter. Mir gehts darumb, daß an dieser Stelle der Erden eine Linea ist, auf welcher hüben der Tag *darnach* ist und drüben der Tag *darvor*. Und das nicht nur umb Mitternacht, sondern auch umb sieben, umb zehen Uhr und zu jedweder Stunde! Ergo nahm Gott aus diesem Abgrund das Wasser von gestern (das du dort siehest) und goss es auf die Welt von heute, und am nächsten Tage selbiges abermals und so fort! *Sine miraculo, naturaliter!* Gott hatte die Natur praedisponiret wie eine Grosse Uhr! Es ist, wie wenn ich hätt eine Uhr, die nit zwölf, sondern vierundzwanzig Stunden anzeigt. Auf dieser Uhr gienge der Zeiger zur Vierundzwanzig, und rechts von der Vierundzwanzig wär gestern und links morgen!«

»Aber wie hat es die Erde von gestern gemacht, daß sie am Himmel feststehen blieb, wenn sie doch kein Wasser mehr in dieser Hemisphäre hatte? Hatte sie nicht ihr Centrum Gravitatis verloren?«

»Du denckst in den Conceptiones humanae der Zeit. Für uns Homines existiert das Gestern nicht mehr und das Morgen noch nicht. *Tempus Dei, quod dicitur Aevum*, Gottes Zeit, die man nennt Ewigkeit, ist gantz anderst geartet.«

Roberto überlegte: Wenn Gott das Wasser von gestern nahm und es ins Heute goß, hatte vielleicht die Erde von gestern eine Erschütterung wegen dieses verflixten Gravitationszentrums, aber den Menschen konnte das egal sein. In ihrem Gestern hatte die Erschütterung ja nicht stattgefunden, sie geschah nur in einem Gestern von Gott, der selbstverständlich in der Lage war, mit verschiedenen Zeiten und verschiedenen Geschichten zu hantieren wie ein Erzähler, der verschiedene Romane schreibt, alle mit denselben Personen, die er jedoch von einer Geschichte zur anderen verschiedene Dinge erleben läßt. Wie wenn es ein Rolandslied gegeben hätte, in dem Roland unter einer Kiefer stirbt, und ein anderes, in dem er nach dem Tod Karls des Großen König von Frankreich wird und Ganelons Haut als Bettvorleger nimmt. Ein Gedanke, der Roberto, wie wir sehen werden, noch lange beschäftigen und schließlich davon überzeugen sollte, daß die Welten nicht nur unendlich viele im Raum sein können, sondern auch parallel in der Zeit. Doch darüber wollte er nicht mit Pater Caspar sprechen, der schon den Gedanken unendlich vieler Welten im Raum als äußerst häretisch ansah und zu dieser Spekulation wer weiß was gesagt hätte. So begnügte er sich damit, ihn zu fragen, wie Gott es angestellt habe, das ganze Wasser von gestern ins Heute zu kriegen.

»Nun, einfach indem Er die Vulkane unter den Meeren hat außbrechen lassen! Denck nur einmal: Sie stossen feurige

Winde auß, und was geschiehet, wenn ein Topf Milch erwermet wird? Die Milch blähet sich, steiget empor, fliesset über den Rand und ergeusset sich auf den Herd! Aber damahlen wars nit Milch, sondern aufkochend Wasser. Grosse Katastrophe! «

»Und wie hat Gott all das Wasser nach vierzig Tagen wieder weggekriegt?«

»Als es nit mehr regnete, schien die Sonne, und ergo ist das Wasser mählich verdampffet. Die Bibel sagt, hundertundfünfzig Tage hat es gedauret. Wann du kanst dein Hemmed an einem Tage waschen und trocknen, kan die Erde in hundertundfünfzig Tagen trocknen. Außerdem ist viel Wasser auch zurückgeflossen in riesige unterirdische Seen, die sich noch heute zwischen der Erdkrusten und dem Feuer in der Erdmitten befinden.«

»Ihr habt mich fast überzeugt«, sagte Roberto, dem weniger daran lag zu wissen, wie jenes Wasser entfernt worden war, als daß er sich zwei Schritte vom Gestern entfernt befand. »Aber was habt Ihr durch Eure Reise hierher bewiesen, was Ihr nicht schon vorher im Licht der Vernunft bewiesen hattet?«

»Das Licht der Vernunfft überlaß ich der alten Theologie. Heutzutage verlangt die Wissenschafft den Beweis durch Experimenta. Und den Beweis durch Experimenta hab ich dardurch erbracht, daß ich hiero herkommen bin. Und bevor ich hiero angekommen, habe ich viele Tieffenmessungen vorgenommen, und darumb weiß ich, wie tieff das Meer da drüben ist.«

Danach hatte Pater Caspar von seinen geo-astronomischen Darlegungen abgelassen und sich auf die Beschreibung der Sintflut verlegt. Er sprach jetzt in seinem Gelehrtenlatein, bewegte die Arme, wie um die verschiedenen Erscheinungen am Himmel und im Erdinneren zu beschwören, und ging mit großen Schritten auf dem Deck hin und her. Gerade hatte er angefangen, da bezog sich der Himmel über der Bucht, und ein Gewitter brach los, wie es so plötzlich nur in den Tropen losbrechen kann. Und nun, da sich alle Brunnen der Tiefe auftaten und die Katarakte des Himmels sich öffneten, ließ sich ermessen, welch ein *horrendum et formidandum spectaculum* sich den Augen Noahs und seiner Familie dargeboten haben mußte!

Zuerst flüchteten sich die Menschen unter die Dächer, doch ihre Häuser wurden hinweggefegt von den Fluten, die aus den Antipoden eintrafen mit der Wucht des göttlichen Windes, der sie emporgehoben und hergetrieben hatte. Die Menschen klammerten sich an die Bäume, aber diese wurden umgeknickt wie Strohhalme; sie erblickten die Wipfel der ältesten Eichen und klammerten sich daran, aber die Winde schüttelten sie mit solcher Gewalt, daß niemand sich festhalten konnte. Unterdessen sah man im Meer, das Täler und Berge bedeckte, aufgedunsene Leichname treiben, auf denen die letzten erschrockenen Vögel sich niederzulassen versuchten wie auf einem grausigen Nest, doch als sie selbst diese Zuflucht noch verloren, überließen auch sie sich erschöpft dem Sturm, die Federn schwer, die Flügel kraftlos. »*Oh, horrenda justitiae divinae spectacula!*« rief Pater Caspar, und das sei noch gar nichts, versicherte er, im Vergleich zu dem, was man dereinst sehen werde an jenem Tage, da Christus zurückkehren werde, zu richten die Lebendigen und die Toten …

Und dem großen Aufruhr der Natur antworteten die Tiere in der Arche, dem Heulen des Windes respondierten die Wölfe, dem Brüllen des Donners die Löwen, beim Zucken der Blitze trompeteten die Elefanten, die Hunde bellten zum Gejaule ihrer sterbenden Artgenossen, die Schafe blökten zum Geschrei der Kinder, die Krähen krächzten zum Krachen des Regens, die Kühe muhten zum Tosen der Wellen, und alle Geschöpfe der Erde und der Luft mit ihrem angstvollen Piepsen oder klagenden Maunzen nahmen teil am Trauergesang des Planeten.

Doch bei dieser Gelegenheit sei es gewesen, versicherte Pater Caspar, daß Noah und seine Familie die Sprache wiederentdeckten, die Adam im Paradiese gesprochen und die seine Kinder nach der Vertreibung aus demselben vergessen hatten und die auch die Nachkommen Noahs fast alle wieder verlieren sollten am Tage der großen Verwirrung zu Babel, bis auf die Erben Gomers, die sie in die Wälder des Nordens tragen sollten, wo das Volk der Teutschen ihr treuer Hüter sein würde. »Einzig die teutsche Sprach« – schrie jetzt Pater Caspar in seiner Muttersprache wie ein Besessener – »redet mit der Zungen der Natur, indem sie alles Getön und was nur einen Laut, Hall oder Schall von sich giebet, wol vernehmlich ausdrucket«, denn, wie er immer enthusiastischer und verzückter fortfuhr, »sie donnert mit dem Himmel, blitzet mit den schnellen Wolken, stralet mit dem Hagel, sauset mit den Winden, brauset mit den Wellen, brüllet wie der Löw, plerret wie der Ochs, brummet wie der Beer, beeket wie der Hirsch, blecket wie das Schaf, gruntzet wie das Schwein, muffet wie der Hund, rintschet wie das Pferd, zischet wie die Schlange, mauet wie die Katz, schnattert wie die Gans, qwaket wie die Ente, summet wie die Hummel, gacket wie das Huhn, klappert wie der Storch, kracket wie der Rab, schwieret wie die Schwalbe, silket wie der Sperling ….« Und heiser vor babelischem Schreien verstummte er, und Roberto war überzeugt, daß die wahre Sprache Adams, wiedergefunden während der Sintflut, nirgendwo anders gedieh als in den Landen des Heiligen Römischen Reiches Deutscher Nation.

Schweißüberströmt brach der Ordensmann seine Beschwörungen ab. Und als sei er erschrocken über die Konsequenzen jeder Sintflut, rief der Himmel das Unwetter zurück wie ein Niesen, das zu einem gewaltigen Ha-Ha-Hatschiii angesetzt hat, aber dann mit einem Grunzen zurückgehalten wird.

22

DIE FLAMMENFARBENE TAUBE

In den folgenden Tagen wurde klar, daß die Specula Melitensis unerreichbar geworden war, da auch der Pater nicht schwimmen konnte. Das Boot lag noch an der Landestelle hinter dem Kap, und damit war es so gut wie nicht vorhanden.

Jetzt, da ihm ein kräftiger junger Mann zur Verfügung stand, hätte Pater Caspar ihm beibringen können, wie man ein Floß mit einem großen Ruder baut, aber das Material und die Werkzeuge waren, wie er erklärt hatte, auf der Insel geblieben. Ohne wenigstens eine Axt konnte man die Masten oder Rahen nicht umlegen, ohne Hämmer ließen sich die Türen nicht aus den Angeln heben und miteinander vernageln.

Andererseits schien Pater Caspar nicht allzu besorgt wegen des verlängerten Schiffbruchs, er freute sich sogar, daß er nun wieder von seiner Kajüte, dem Deck und einigen Instrumenten Gebrauch machen konnte, um seine Studien und Beobachtungen fortzusetzen.

Roberto hatte noch nicht begriffen, was für ein Mensch Pater Caspar Wanderdrossel war. Ein Weiser? Sicher, oder jedenfalls ein Gelehrter, wißbegierig auf die Natur- ebenso wie auf die Gotteswissenschaften. Ein Schwärmer? Zweifellos. Einmal hatte er durchblicken lassen, dieses Schiff sei nicht auf Kosten des Ordens ausgerüstet worden, sondern auf seine eigenen, beziehungsweise auf die eines leiblichen Bruders von ihm, der als Kaufmann reich geworden und ebenso verrückt sei wie er. Bei einer anderen Gelegenheit hatte er sich in Klagen über einige seiner Mitbrüder ergangen, die ihm »so viele fruchtbare Ideen gestohlen« hätten, nachdem sie zuerst so getan hätten, als seien es nur Phantastereien. Was vermuten ließ, daß jene ehrwürdigen Patres in Rom die Abreise ihres sophistischen Mitbruders nicht ungern gesehen hatten, ja ihn dazu ermuntert hatten in der Erwägung, daß er die Reise auf eigene Kosten unternahm und daß gute Aussichten bestanden, daß er auf jenen ungewissen Routen verlorenging.

Was Roberto in Aix-en-Provence und in Paris gelernt hatte, war geeignet, ihn skeptisch gegenüber den physikalischen und naturphilosophischen Behauptungen des Paters zu machen. Aber wie wir gesehen haben, hatte Roberto das Wissen, dem er begegnete, wie ein Schwamm in sich aufgesogen, ohne allzusehr darauf bedacht zu sein, keine widersprüchlichen Wahrheiten zu glauben. Und vielleicht nicht aus mangelndem Sinn für Systematik, sondern weil er es so wollte.

In Paris war ihm die Welt wie eine Bühne erschienen, auf der sich täuschende Figuren tummelten und auf der jeder Zuschauer jeden Abend etwas anderes sehen und bewundern wollte, als ob die gewöhnlichen Dinge, auch wenn sie wunderbar waren, niemanden mehr erleuchteten und nur noch die ungewöhnlich ungewissen oder ungewiß ungewöhnlichen das Publikum zu erregen vermochten. Während die Alten gemeint hatten, auf eine Frage dürfe es immer nur eine Antwort geben, bot ihm das große Theater von Paris das Spektakel einer Frage, auf die man in den unterschiedlichsten Weisen antworten konnte. So hatte Roberto beschlossen, nur die Hälfte seines Geistes den Dingen zu widmen, die er glaubte (oder zu glauben glaubte), um die andere Hälfte frei zu haben für den Fall, daß sich das Gegenteil als richtig erweisen sollte.

Wenn aber dies seine geistige Disposition war, können wir verstehen, warum er sich auch bei den unglaubwürdigsten Offenbarungen Pater Caspars nicht sehr gedrängt fühlte, sie zu negieren. Von allen Erzählungen, die er gehört hatte, war die des Jesuiten zweifelsohne die außergewöhnlichste. Warum also sollte er sie als falsch betrachten?

Ich fordere jeden heraus, sich einsam auf einem verlassenen Schiff zu befinden, zwischen Himmel und Meer in einem fernen, entlegenen Raum, und dann *nicht* davon zu träumen, daß es ihm in diesem großen Unglück nicht wenigstens beschieden sei, ins Zentrum der Zeit zu geraten.

Roberto konnte sich also durchaus damit vergnügen, den Erzählungen des Paters allerlei Einwände entgegenzuhalten, aber oft benahm er sich dabei wie die Schüler des Sokrates, die ihre Niederlage geradezu herbeiflehten.

Im übrigen, wie konnte er das Wissen einer Person zurückweisen, die ihm schon bald zu einer Vaterfigur geworden war und die ihn mit einem Schlag aus der Situation eines hilflosen Schiffbrüchigen in die eines Passagiers auf einem sachkundig geführten Schiff gebracht hatte? Sei's wegen der Autorität des Ordensgewands, sei's wegen der Rolle als angestammter Herr dieses schwimmenden Schlosses, jedenfalls repräsentierte Pater Caspar in Robertos Augen die Macht, und Roberto hatte genug von den Vorstellungen seines Jahrhunderts gelernt, um zu wissen, daß man der Obrigkeit beipflichten mußte, zumindest dem Anschein nach.

Und wenn er dann doch einmal anfing, an seinem Gastgeber und Lehrer zu zweifeln, gab dieser ihm, indem er ihn zu einer erneuten Erkundung des Schiffes anhielt und ihm Gerätschaften zeigte, die seiner Aufmerksamkeit bisher entgangen waren, gleich wieder so viele neue Dinge zu lernen, daß er sich das Vertrauen Robertos rasch wieder zurückgewann.

So hatte er ihn zum Beispiel Netze und Angelhaken entdecken lassen. Die *Daphne* lag in sehr fischreichen Gewässern, und es war nicht nötig, die Bordvorräte zu verzehren, wenn man frischen Fisch bekommen konnte. Roberto, der sich jetzt tagsüber mit seinen verdunkelten Augengläsern im Freien bewegte, hatte rasch gelernt, die Netze auszuwerfen und den Angelhaken ins Wasser zu schleudern, und mühelos fing er Fische von solch überdimensionaler Größe, daß er mehr als einmal beinahe über Bord gerissen worden wäre durch den heftigen Ruck, wenn sie anbissen.

Er legte sie aufs Deck, und Pater Caspar schien von jedem die Natur und sogar den Namen zu kennen. Ob er sie freilich gemäß ihrer Natur benannte oder nach seinem Belieben, konnte Roberto nicht sagen.

Wenn die Fische seiner Hemisphäre grau waren, höchstens silbrig glänzend, erschienen diese hier azurblau mit sauerkirschfarbenen Flossen, hatten safrangelbe Bärte oder scharlachrote Mäuler. Er hatte einen großen Aal gefangen, der zwei Köpfe mit Augen zu haben schien, an jedem Ende einen, aber Pater Caspar wies ihn darauf hin, daß der zweite Kopf in Wahrheit ein Schwanz war, den die Natur als Kopf dekoriert hatte, damit das Tier seine Feinde auch hinten abschrecken konnte. Ein anderer Fisch hatte einen gefleckten Bauch und Tintenstreifen auf dem Rücken und alle Farben des Regenbogens rings um die Augen und ein Maul wie eine Ziege, aber Pater Caspar ließ ihn sofort ins Meer zurückwerfen, da er wußte (aus Berichten der Mitbrüder, Reiseerfahrungen, Erzählungen der Seeleute?), daß er giftiger sei als ein Satanspilz.

Bei einem anderen mit gelben Augen, wulstigem Maul und Zähnen wie Nägeln sagte Pater Caspar sogleich, daß er eine Kreatur Beelzebubs sei. Man müsse ihn auf Deck ersticken lassen, bis der Tod eingetreten sei, und dann nix wie zurück mit ihm, woher er gekommen. Sagte er das aufgrund erworbenen Wissens, oder urteilte er nach dem Anblick? Jedenfalls erwiesen sich alle Fische, die er als eßbar bezeichnete, als ganz hervorragend und bei einem hatte er sogar gewußt, daß er besser gekocht als gebraten schmeckte.

Während er Roberto derart in die Geheimnisse jenes salomonischen Meeres einführte, konnte er ihm auch Genaueres über die Insel sagen, die sie bei ihrer Ankunft einmal ganz umkreist hatten. An der Ostküste gab es einige kleine Strände, die aber zu sehr den Winden ausgesetzt waren. Gleich hinter dem südlichen Promontorium, wo die Männer dann später mit dem Boot angelegt hatten, gab es eine ruhige Bucht, nur war das Wasser dort zu seicht für die *Daphne*. Die Stelle, wo sie jetzt vor Anker lag, war die am besten geeignete: näher an der Insel wäre sie auf eine Untiefe aufgelaufen, und weiter draußen wäre sie in eine starke Strömung geraten, die von Südwesten nach Nordosten durch die Meerenge zwischen den beiden Inseln lief. Was leicht zu beweisen war: Pater Caspar forderte Roberto auf, den toten Balg des Beelzebub-Fisches so weit wie möglich nach Westen ins Meer zu werfen, und tatsächlich wurde der Kadaver des Ungeheuers, solange man ihn treiben sah, rasch fortgerissen von jenem unsichtbaren Fluß.

Sowohl der Pater wie auch die Seeleute hatten die Insel erkundet, wenn nicht ganz, so doch zu einem großen Teil; genug jedenfalls, um entscheiden zu können, daß die Anhöhe, die sie zur Installation der Specula gewählt hatten, den besten Überblick über jenes Eiland bot, das vielleicht so groß sei, sagte er, wie die Stadt Rom.

Im Innern gebe es einen Wasserfall und eine wunderschöne Vegetation: nicht nur Kokosnüsse und Bananen, sondern auch einige Bäume mit Stämmen in Form von Sternen, deren Spitzen sich nach oben wie Klingen verdünnten.

Von den Tieren habe Roberto ja einige schon im Unterdeck gesehen: Die Insel sei ein Vogelparadies, und es gebe sogar fliegende Füchse. Im Unterholz hätten sie Schweine gesehen, aber es sei ihnen nicht gelungen, welche zu fangen. Es gebe Schlangen, aber keine habe sich als giftig oder böse erwiesen, während die Vielfalt der Eidechsen grenzenlos sei.

Doch die reichste Fauna finde sich längs des Korallenriffs. Schildkröten, Krebse, Austern in jeder Form, nicht zu vergleichen mit denen, die man in unseren Meeren finde, groß wie Körbe, wie Töpfe, wie Schüsseln, oft schwer zu öffnen, aber wenn man sie einmal aufbekommen habe, böten sie Massen von weißem Fleisch, weich und fett, echte Leckerbissen. Leider habe man sie nicht an Bord bringen können: kaum aus dem Wasser geholt, seien sie in der Sonne verdorben.

Von den großen wilden Tieren, die es in anderen Gegenden Asiens so zahlreich gebe, hätten sie keines gesehen, weder Elefanten noch Tiger, noch Krokodile. Und es habe auch nichts gegeben, was einem Ochsen, einem Stier, einem Pferd oder einem Hund gliche. Als wären auf jener Insel alle Formen des Lebens nicht von einem Baumeister oder Bildhauer gestaltet worden, sondern von einem Goldschmied: die Vögel wie bunte Kristalle, die Tiere des Waldes klein, die Fische flach und fast durchsichtig.

Weder Pater Caspar noch der Kapitän oder die Matrosen hatten den Eindruck gewonnen, daß es in jenen Gewässern Haifische gab, die man schon von weitem an ihrer messerscharfen Heckflosse erkennen würde. Dabei gibt es sie in jenen Meeren praktisch überall. Mir scheint dieser Eindruck, daß es vor der Insel und rings um sie keine Haie gegeben habe, eine Illusion jenes skurrilen Forschers gewesen zu sein, oder vielleicht hatte er recht mit seiner Annahme, daß diese Tiere sich lieber in einer etwas weiter westlich befindlichen großen Strömung aufhielten, wo sie sicher waren, Nahrung im Überfluß zu finden. Doch wie dem auch sein mochte, es ist gut für den Fortgang unserer Geschichte, daß weder Caspar noch Roberto die Anwesenheit von Haien fürchteten, andernfalls hätten sie nicht den Mut gehabt, ins Wasser zu steigen, und ich wüßte nicht, was ich erzählen soll.

Roberto lauschte all diesen Beschreibungen hingerissen und verliebte sich immer mehr in die Insel, versuchte sich die Formen, die Farben, die Bewegungen der Geschöpfe vorzustellen, von denen ihm der Pater erzählte. Und die Korallen, wie waren diese Korallen, die er nur als Schmuckstücke kannte, die einer poetischen Definition zufolge die Farbe der Lippen einer schönen Frau hatten?

Über die Korallen fand Pater Caspar keine Worte und hob nur die Augen mit einem Ausdruck der Seligkeit zum Himmel. Diejenigen, von denen Roberto spreche, sagte er dann, seien tote Korallen, so tot wie die Tugend jener Kurtisanen, auf welche die Libertins jenen abgedroschenen Vergleich gemünzt hätten. Und auf dem Riff gebe es auch tote Korallen, und das seien diejenigen, an denen man sich verletze, wenn man jene Steine berühre. Aber in nichts könnten sie sich mit den lebendigen Korallen messen, die sozusagen unterseeische Blumen seien, Anemonen, Hyazinthen, Hahnenfüße, Liguster, Levkojen – ach was, das sage noch gar nichts, sie seien ein Fest von Löckchen, Kringeln, Bläschen, Beeren, Knospen, Kletten, Trieben, Schößlingen, Herzchen, oder nein, noch anders seien sie: beweglich, buntfarben wie der Garten Armidas, und sie imitierten alle Früchte des Feldes, des Waldes und des Gartens, von der Gurke über den Kaiserling bis zum Kohlkopf …

Er habe schon anderswo welche gesehen, vermittels eines Instrumentes, das einer seiner Mitbrüder konstruiert habe (und nach einigem Suchen förderte er das Instrument aus einer Kiste in seiner Kajüte zutage). Es sei wie eine Maske aus Leder mit einem kurzen dicken Fernrohr in der Mitte und die Ränder gesäumt und verstärkt, das Ganze mit zwei Bändern versehen, die man im Nacken zusammenbinde, so daß die Maske fest auf dem Gesicht anliege, von der Stirn bis zum Kinn. Man müsse auf einem Boot mit geringem Tiefgang fahren, um nicht an die Klippen unter Wasser zu stoßen, müsse den Kopf hinunterbeugen, bis er ins Wasser tauche, und dann könne man auf den Grund sehen – während man, wenn man den Kopf unbewehrt ins Wasser tunken würde, ganz abgesehen von dem Brennen der Augen, überhaupt nichts sähe.

Pater Caspar meinte, daß dieses Gerät – er nannte es *Perspicillium*, »Durchsehgerät«, oder *Persona Vitrea*, »Gläserne Maske« (eine Maske, die nicht verbirgt, sondern im Gegenteil enthüllt) – auch von jemandem getragen werden könnte, der gelernt hätte, zwischen den Korallenfelsen zu schwimmen. Zwar würde das Wasser nach einer Weile eindringen, aber eine Zeitlang würde man, wenn man den Atem anhalte, schon sehen können. Danach müßte man wieder auftauchen, das eingedrungene Wasser ausleeren und von vorn beginnen.

»Wann du würdst schwimmen lernen, köntstu diese Sachen dort unten sehn«, sagte Pater Caspar. Und Roberto, ihn nachäffend: »Wann ich würd schwimmen können, wär meine Brust eine Flasche!« Und doch bedauerte er, diese Sachen dort unten nicht sehen zu können.

Und dann, und dann, fügte Pater Caspar hinzu, dann gebe es auf der Insel auch noch die Flammende Taube.

»Die Flammende Taube? Was ist das?« fragte Roberto, und die bange Unruhe, mit der er es fragte, kommt uns übertrieben vor. Als hätte ihm die Insel schon seit einiger Zeit ein dunkles Emblem versprochen, das nun auf einmal hell aufleuchtete.

Pater Caspar erklärte, daß es sehr schwierig sei, die Schönheit dieser Taube zu beschreiben, man müsse sie sehen, um von ihr sprechen zu können. Er habe sie mit dem Fernrohr am Tag ihrer Ankunft entdeckt. Und von weitem sei es gewesen, wie wenn man eine feurige Kugel aus Gold sehe, oder aus güldenem Feuer, die vom Wipfel der höchsten Bäume zum Himmel auffliege wie ein Pfeil. Sobald er an Land gegangen sei, habe er mehr darüber wissen wollen und habe den Matrosen gesagt, sie sollten die Taube suchen.

Es sei eine ziemlich lange Suche gewesen, bis sie begriffen hätten, in welchen Bäumen die Taube lebte. Sie habe einen ganz besonderen Laut von sich gegeben, eine Art »Klock klock«, wie man es erhält, wenn man die Zunge gegen den Gaumen schnalzen lasse. Er habe herausgefunden, daß sie antworte, wenn man diesen Schnalzlaut mit dem Mund oder mit den Fingern mache, und manchmal sei sie zu sehen gewesen, wie sie von Ast zu Ast flog.

Er sei dann noch mehrmals zurückgekehrt und habe sich auf die Lauer gelegt, diesmal mit einem Fernrohr, und zumindest einmal habe er die Taube gut sehen können, wie sie fast reglos dasaß: der Kopf ein dunkles Olivgrün oder nein, eher Spargelgrün, wie die Füße – und der Schnabel ein Hellgrün, das sich nach hinten fortsetzte, um sich gleich einer Maske ums Auge zu legen, das wie ein Maiskorn ausgesehen habe, mit der Pupille in einem glänzenden Schwarz. An der Kehle ein Streifen Gold, ebenso wie an den Spitzen der Flügel, aber der ganze Rumpf, von der Brust bis zu den Schwanzfedern, deren feiner Flaum dem Haar einer Frau gliche, sei – wie solle er sagen? – nein, einfach rot sei nicht das richtige Wort …

Purpurrot, rubinrot, rosenrot, blutrot, lippenrot, lachsrot, krebsrot, ziegelrot, schlug Roberto vor. Nein, nein, rief der Pater ärgerlich. Und Roberto: erdbeerrot, himbeerrot, kirschrot, geranienrot, radieschenrot, tomatenrot, vogelbeerenrot, stechpalmenbeerenrot, rotkehlchenkehlenrot, rotdrosselbauchrot, gartenrotschwanzschwanzrot ... Nein, nein, insistierte Pater Caspar, im Kampf mit seiner und allen Sprachen, um das passende Wort zu finden. Und anscheinend handelte es sich – nach der Synthese zu urteilen, die Roberto schließlich gibt, wobei man nicht recht begreift, ob die Emphase die des Informanten oder des Informierten ist – um die prangende Farbe einer Pomeranze, einer Apfelsine oder Orange, um ein Glut- oder eben ein Flammenrot, ja, es handle sich um eine geflügelte Sonne: Wenn man sie am weißen Himmel sah, war's, als würfe die Morgenröte einen Granatapfel in den Schnee. Und wenn sie sich in die Sonne katapultierte, war sie gleißender als die Cherubim!

Diese orange- oder flammenfarbene Taube, sagte Pater Caspar, konnte gewißlich nur auf der Insula Salomonis leben, denn im Canticum jenes großen Königs sei die Rede von einer Taube, die sich wie die Morgenröte erhebe, glänzend wie die Sonne, *terribilis ut castrorum acies ordinata* – schrecklich wie eine waffenstarrende Heerschar. Und in einem anderen Psalm heiße es, ihre Flügel seien bedeckt mit Silber und die Federn mit dem Schimmer des Goldes.

Zugleich mit diesem Vogel hatte Pater Caspar noch einen anderen gesehen, der ganz ähnlich aussah, nur daß bei ihm die Federn nicht flammenrot, sondern grünblau waren, und aus der Art, wie die beiden nebeneinander auf demselben Zweig hockten, war zu schließen, daß sie Männchen und Weibchen waren. Daß sie Tauben sein mußten, war aus ihrer Gestalt und ihrem häufigen Gurren zu schließen. Welche der beiden das Männchen und welche das Weibchen war, ließ sich schwer sagen, und im übrigen hatte Pater Caspar den Matrosen gesagt, sie sollten sie nicht töten.

Roberto fragte, wie viele solcher Tauben es auf der Insel geben mochte. Soweit Pater Caspar wußte, der jedesmal nur eine einzige flammenfarbene Kugel zum Himmel hatte emporschießen sehen oder immer nur ein Pärchen zwischen den hohen Blättern, konnte es durchaus sein, daß es auf der Insel nur zwei solcher Tauben gab und daß nur eine davon flammenfarben war. Die Vorstellung machte Roberto rasend vor Verlangen nach jener einmaligen Schönheit – die, wenn sie auf ihn wartete, immer schon seit dem vorigen Tag auf ihn wartete.

Im übrigen, wenn er bereit sei, stundenlang mit dem Fernrohr hinüberzustarren, sagte Pater Caspar, könne er sie auch vom Schiff aus sehen. Vorausgesetzt, daß er sich diese rußgeschwärzten Augengläser abnehme. Als Roberto erwiderte, daß seine Augen ihm das nicht erlaubten, machte der Pater ein paar abfällige Bemerkungen über jene alberne Weiberkrankheit und empfahl die Tinktur, mit der er seine Beule kuriert habe (Spiritus, Olea, Flores).

Es wird nicht recht klar, ob Roberto die Tinktur benutzt hat, ob er sich allmählich daran gewöhnte, ohne Augengläser zu sehen, zuerst in der Dämmerung und dann auch tagsüber, oder ob er sie noch trug, als er, wie noch zu berichten sein wird, schwimmen zu lernen versuchte. Tatsache ist, daß er seine Augen von diesem Moment an nicht mehr erwähnt, um irgendeine Flucht oder Abwesenheit zu rechtfertigen. So daß wir annehmen dürfen, daß er nach und nach, vielleicht durch die heilende Wirkung jener balsamischen Lüfte oder des Meerwassers, von seinem Leiden genesen war – einem Leiden, das ihn, ob echt oder vorgetäuscht, seit über zehn Jahren zu einem quasi lykomanen Nachttier gemacht hatte (wenn der Leser nicht geradezu insinuieren will, daß ich ihn von jetzt an *fulltime* auf Deck haben will und, da ich in seinen Papieren keine Dementis finde, ihn mit auktorialer Arroganz von seinem Übel befreie).

Aber vielleicht wollte Roberto genesen, um, koste es, was

es wolle, die Taube zu sehen. Und sicher hätte er sich auch sofort mit dem Fernglas an die Bordwand gestürzt, um den ganzen Tag lang die Baumwipfel abzusuchen, wäre er nicht durch ein anderes ungelöstes Problem abgelenkt worden.

Am Ende seiner Beschreibung der Insel und ihrer Reichtümer hatte Pater Caspar abschließend bemerkt, so viele höchst ergötzliche Dinge könnten nirgendwo anders als auf dem Meridian der Antipoden zu finden sein. Worauf ihn Roberto gefragt hatte: »Aber hochwürdiger Vater, Ihr sagtet, die Specula Melitensis habe Euch bestätigt, daß wir uns auf dem Meridian der Antipoden befinden, und ich will es Euch glauben. Aber Ihr seid nicht hingegangen, um diese Specula auf jeder Insel zu installieren, der Ihr im Verlauf Eurer Reise begegnet seid, sondern nur auf dieser hier. Also mußtet Ihr doch schon irgendwie sicher sein, noch bevor die Specula es Euch sagte, daß Ihr auf dem gesuchten Meridian angelangt wart!«

»Da denckst du sehr richtig. Wann ich hier angelangt wär, ohne zu wissen, daß hier *hier* war, hätt ich nit wissen können, daß ich *angelangt* war ... Schon gut, ich erklärs dir: Sintemal ich wußte, daß die Specula das einzig richtige Instrumentum war, mußte ich, um dahinn zu gelangen, wo man die Specula prüfen kann, falsche Methoden gebrauchen. Und das habe ich gethan.«

23

Allerley kunstreiche Maschinen

Als Roberto ungläubig dreinschaute und behauptete, er wisse, wie viele Methoden zur Berechnung der Längengrade es gebe und daß sie alle nutzlos seien, erwiderte Pater Caspar, sie seien zwar alle falsch, wenn man sie jeweils einzeln nehme, aber alle zusammengenommen, könne man ihre verschiedenen Ergebnisse bilanzieren und ihre jeweiligen Mängel kompensieren. »Und das ist Mathematica!«

Gewiß, eine Uhr zeige nach Tausenden von Meilen nicht mehr zuverlässig die Zeit des Ausgangspunktes. Aber viele verschiedene Uhren, einige von spezieller und akkurater Bauart, wie sie Roberto auf der *Daphne* entdeckt hatte? Du vergleichst die ungenauen Zeitangaben, kontrollierst jeden Tag die Antworten der einen auf die Behauptungen der anderen, und eine gewisse Sicherheit kriegstu schon.

Das Log oder Schiffchen oder wie immer das heiße? Die gewöhnlichen funktionierten nicht, aber Pater Caspar hatte ein besonderes konstruiert: ein Kästchen mit zwei senkrechten Drehstäben, von denen einer eine Schnur auf- und der andere abwickelte, deren Länge einer bestimmten Anzahl von Meilen entsprach; und der aufwickelnde Stab hatte oben viele Schäufelchen, die sich wie bei einer Mühle drehten unter dem Impuls derselben Winde, die auch die Segel blähten, und seine Drehung beschleunigten oder verlangsamten – also je nachdem mehr oder weniger Schnur aufwickelten – je nach der Kraft und der geraden oder schrägen Richtung des Windes, so daß sie auch die Abweichungen registrierten, die durch das Kreuzen gegen den Wind entstanden. Eine Methode, die zwar nicht absolut sicher war, aber doch sehr trefflich, wenn man ihre Resultate mit denen anderer Messungen verglich.

Und die Mondfinsternisse? Gewiß, wenn man sie unterwegs beobachte, ergäben sich endlose Fehlermöglichkeiten. Aber wie stehe es mit denen, die man vom Land aus beobachte?

»Wir brauchen viele Observatores an vielerley Orten der Welt, die bereitwillig cooperiren zum Höheren Ruhme Gottes, ohne einander gegenseitig auß Neyd und Missgunst zu behindern. Hör zu: Anno Domini 1612, am 8. November, registriret der hochwürdigste Pater Iulius de Alessis in Macao eine Mondfinsternuß von Acht Uhr Dreißig des Abends biß Elf Uhr Dreissig bey Nacht. Er teilt es dem hochwürdigsten Pater Carolus Spinola mit, der selbigen Abends in Nangasaki, Iaponia, selbige Finsternuß hat umb Neun Uhr Dreissig gesehen. Und zu Ingolstadt hatte Pater Christophorus Schneider ebendieselbige Finsternuß schon des Nachmittags umb Fünfe gesehen. Die Differentia von einer Stunden macht fünfzehn Meridian-Grade, und folglich ist dieß die Distantia von Macao nach Nangasaki, nicht sechzehn Grade und zwanzig Strich, wie Blaeu sagt. Verstanden? Freylich, bey diesen Erhebungen muß man sich hüten vor Nebel und Dunnst, man braucht gute Horologia, man darf nicht den genauen Initium totalis Immersionis verpassen, und man muß die richtige Mitten einhalten zwischen Initium und Finis Eclipsis, man muß observiren die Momentes intermedies, darinnen die Flecken sich verdunckeln, et cetera. Wann die Orte weyt voneinander entfernet liegen, macht ein kleyner Fehler kein grossen Unterschied, doch wann die Orte nahe beyeinander liegen, macht ein Irrthum von wenigen Minuten eine gewaltige Differentia.«

Abgesehen davon, daß in der Frage, wie weit es von Macao bis Nagasaki ist, Blaeu mehr recht haben dürfte als Pater Caspar (woran man sieht, was für ein wirklich verzwicktes Problem die Längengrade damals waren), war dies die Methode, mit der die Jesuiten, indem sie die Beobachtungen ihrer Mitbrüder in den Missionsstationen sammelten und verglichen, ein »Horologium Catholicum« erstellten, womit nicht eine »katholische Uhr« gemeint war, sondern eine universale. Es war tatsächlich eine Art Weltkarte, die alle Niederlassungen der Gesellschaft Jesu zeigte, von Rom bis an die Grenzen der bekannten Welt, wobei für jede Niederlassung die Ortszeit angegeben war. Infolgedessen, erklärte Pater Caspar, brauchte er nicht die ganze Zeit seit Beginn der Reise zu messen, sondern nur die Zeit seit dem letzten Außenposten der christlichen Welt, dessen geographische Lage unumstritten war. Dadurch verringerten sich die Fehlermöglichkeiten beträchtlich, und zwischen einer Station und der nächsten konnte man auch Methoden benutzen, die für sich allein genommen keine Gewißheit boten, wie die Abweichungen der Magnetnadel oder die Berechnung der Mondfinsternisse.

Zum Glück gab es seine Mitbrüder aber so gut wie überall in der Welt, von Pernambuco bis Goa, von Mindanao bis zum Portus Sancti Thomae, und wenn die Winde ihm nicht erlaubten, in einem bestimmten Hafen anzulegen, gab es sofort einen anderen. Zum Beispiel Macao, ah, Macao, beim bloßen Gedanken an dieses Abenteuer verdüsterte sich Pater Caspars Gesicht. Macao war damals eine portugiesische Besitzung (die Chinesen nannten die Europäer eben deswegen Langnasen, weil die ersten, die sie zu Gesicht bekommen hatten, Portugiesen waren, die tatsächlich sehr lange Nasen haben, wie auch die Jesuiten, die mit ihnen gekommen waren). Macao war also ein einziger Kranz von weißblauen Festungen auf dem Hügel, kontrolliert von den Patres des Ordens, die sich auch mit militärischen Fragen beschäftigen mußten, da die Stadt von den ketzerischen Holländern bedroht wurde.

Pater Caspar hatte beschlossen, nach Macao zu fahren, wo er einen Mitbruder kannte, der sehr beschlagen in den astronomischen Wissenschaften war, aber er hatte vergessen, daß er auf einer Fleute segelte.

Was machten die guten Patres in Macao? Als sie ein holländisches Schiff kommen sahen, beschossen sie es mit Kanonen und Feldschlangen! Vergebens hatte sich Pater Caspar vorn an den Bug gestellt und mit den Armen gewinkt und sofort die Ordensflagge hissen lassen, diese verflixten Langnasen von portugiesischen Mitbrüdern, in kriegerischen Rauch eingehüllt, der sie zu einem heiligen Gemetzel einlud, hatten es gar nicht gemerkt, und die Kugeln hagelten nur so rings um die *Daphne* ins Meer. Reine Gnade Gottes, daß sie sofort die Segel streichen, umkehren und gerade noch heil entkommen konnte, während der Kapitän jenen unbesonnenen Patres wüste Beschimpfungen in seiner lutheranischen Sprache zurief. Und diesmal hatte er recht: Die Holländer gehören versenkt, aber nicht, wenn ein Jesuit an Bord ist.

Zum Glück war es nicht schwer, andere Missionen in nicht allzu weiter Ferne zu finden, und so hatten sie Kurs auf das gastlichere Mindanao genommen. Und auf diese Weise hatten sie von Etappe zu Etappe die Länge unter Kontrolle behalten (und Gott weiß wie, füge ich hinzu, wenn ich bedenke, daß sie schließlich fast nach Südwest-Australien gelangt waren, also jede Orientierung verloren haben mußten).

»Und jetzo müssen wir Novissima Experimenta machen, umb darissime et evidenter zu beweisen, daß wir würcklich und wahrhafftig am hundertundachtzigsten Meridian sind. Andernfalls dencken meine Mitbrüder am Collegio Romano, ich sey ein Wirrkopf.«

»Neue Experimente?« fragte Roberto. »Sagtet Ihr nicht, die Specula habe Euch endlich Gewißheit gegeben, daß Ihr am hundertachtzigsten Meridian angelangt und vor der Insel Salomons seid?«

Ja schon, antwortete der Jesuit, er sei dessen sicher: Er habe die verschiedenen unvollkommenen Methoden der anderen miteinander konfrontiert, und die Übereinstimmung so vieler schwacher Methoden könne nur eine ziemlich starke Gewißheit ergeben, wie beim Gottesbeweis durch den *consensus gentium*, der davon ausgeht, daß im Glauben an Gott zwar viele Menschen zum Irrtum neigen, aber sich unmöglich alle irren könnten, von den Urwäldern Afrikas bis zu den Wüsten

Chinas. So füge es sich auch, daß wir an die Bewegung der Sonne und des Mondes und der anderen Planeten glauben, oder an die verborgene Kraft des Schellkrauts, oder an ein Feuer im Innern der Erde: Seit Tausenden von Jahren hätten die Menschen dies alles geglaubt, und in solchem Glauben sei es ihnen gelungen, auf diesem Planeten zu leben und viele nützliche Wirkungen aus der Art und Weise zu ziehen, wie sie das Große Buch der Natur lasen. Doch eine so große Entdeckung wie diese hier müsse durch viele andere Beweise bestätigt werden, damit auch die Skeptiker sich der Evidenz beugten.

Außerdem dürfe man ja die Wissenschaft nicht nur aus Liebe zum Wissen betreiben, sondern müsse auch die Mitmenschen daran teilhaben lassen. Und deswegen, in Anbetracht, daß es ihn soviel Mühe gekostet habe, die richtige Longitudo zu finden, müsse er jetzt Bestätigung durch einfachere Methoden suchen, auf daß dieses Wissen gemeinsamer Besitz aller Menschen auf Erden werde, »oder zumindest doch aller christlichen Menschen oder genauer aller katholischen, denn die häretischen Holländer oder Engelländer, oder gar die Böhmen und Mähren, die sollten besser niemahls nit in Kenntnuß dieser Secreti gelangen«.

Nun halte er von allen Methoden zur Messung der Longitudo zwei mittlerweile für sicher. Die eine sei gut für das feste Land, nämlich eben jener Schatz aller Methoden, den die Specula Melitensis darstelle; die andere sei gut für Beobachtungen auf See, nämlich jenes *Instrumentum Arcetricum*, das sich noch unter Deck befinde und noch nicht in Betrieb gesetzt worden sei, denn zuerst müsse man sich durch die Specula Gewißheit über die eigene Position verschaffen und dann sehen, ob jenes Instrument sie bestätige, um sie dann als doppelt gesichert betrachten zu können.

Er habe dieses Experiment schon viel früher machen wollen, wenn nicht all das geschehen wäre, was dann geschehen war. Doch nun sei der Moment gekommen, und es werde genau in dieser Nacht soweit sein: sowohl der Himmel wie die Ephemeriden sagten, es sei die richtige Nacht.

Was aber sei nun das Instrumentum Arcetricum? Es sei eine Vorrichtung, die schon viele Jahre zuvor Galilei erdacht habe – aber eben erdacht, beschrieben, versprochen, nie verwirklicht, bevor dann Pater Caspar darangegangen sei. Und als Roberto fragte, ob jener Galilei derselbe sei, der eine hochoffiziell verurteilte Hypothese über die Bewegung der Erde aufgestellt habe, antwortete Pater Caspar, jawohl, als er sich mit Metaphysik und den Heiligen Schriften beschäftigte, habe jener Galilei schlimme Sachen gesagt, aber als Mechanikus sei er ein Genie gewesen. Und auf die Frage, ob es denn nicht von Übel sei, die Ideen eines Mannes zu benutzen, den die Kirche getadelt habe, antwortete der Jesuit, zum höheren Ruhme Gottes könnten auch die Ideen eines Häretikers beitragen, wenn sie in sich nicht häretisch seien. Und warum hätte schließlich Pater Caspar, der alle existierenden Methoden begrüßte, auf keine von ihnen schwor, aber aus ihrer rauflustigen Versammlung Nutzen zog, nicht auch aus Galileis Methode Nutzen ziehen sollen!

Im Gegenteil, sagte er, es sei sogar überaus nützlich, für die Wissenschaft wie für den Glauben, so rasch wie möglich von Galileis Idee zu profitieren; habe er doch schon versucht, sie an die Holländer zu verkaufen, und man könne von Glück sagen, daß diese, wie schon die Spanier vor einigen Jahren, ihr mißtraut hätten.

Galilei habe verstiegene Schlüsse aus einem an sich ganz vernünftigen Grundgedanken gezogen, nämlich den Holländern die Idee des Fernrohrs zu stehlen (die es nur benutzten, um die Schiffe im Hafen zu beobachten) und es auf den Himmel zu richten. Und dort habe er unter vielen anderen Dingen, die in Zweifel zu ziehen Pater Caspar sich nicht träumen lassen würde, entdeckt, daß Jupiter oder Jovis, wie Galilei ihn nannte, vier Satelliten habe, also sozusagen vier Monde, die man seit Anbeginn der Welt bis zu jenem Tage noch niemals gesehen habe. Vier kleine Sterne, die ihn umkreisten, während er selbst um die Sonne kreise –

und daß Jupiter um die Sonne kreist, war, wie wir sehen werden, für Pater Caspar akzeptabel, solange es nicht die Erde tangierte.

Nun sei die Tatsache, daß unser Mond sich bisweilen verfinstere, wenn er in den Schatten der Erde eintrete, sehr wohl bekannt, so wie auch allen Astronomen bekannt sei, wann diese Mondfinsternisse einträten, und es sei in den Sterntafeln oder Ephemeriden vermerkt. Kein Wunder also, wenn auch die Jupitermonde ihre Finsternisse hatten. Ja, sie hätten sogar, jedenfalls für uns, eine richtige Eclipsis und eine sogenannte Occultatio.

Denn unser Mond verschwinde vor unseren Augen, wenn die Erde sich zwischen ihn und die Sonne schiebe, aber die Jupitermonde verschwänden zweimal vor unseren Augen: einmal, wenn sie hinter, und einmal, wenn sie vor ihm vorbeizögen und dann ganz eins würden mit seinem Licht, und mit einem guten Fernrohr könne man ihr Auftauchen und Verschwinden sehr gut verfolgen. Mit dem unschätzbaren Vorteil, daß, während die Finsternisse unseres Mondes nur bei jedem Tod eines Bischofs erfolgten und lange dauerten, diejenigen der Jupitermonde recht häufig einträten und ziemlich rasch verliefen.

Nehmen wir nun an, daß die genauen Uhrzeiten der Finsternisse eines jeden Jupitersatelliten (die jeder auf einer anderen Umlaufbahn um den Planeten kreisten) für einen gegebenen Meridian exakt berechnet und in verläßlichen Tafeln festgehalten wären: Man brauche dann nur noch die genaue Uhrzeit zu bestimmen, zu der die jeweilige Jupitermondfinsternis auf dem unbekannten Meridian zu sehen sei, auf welchem man sich gerade befinde – und die sei leicht zu ermitteln –, und dann könne man unschwer aus der Differenz die geographische Länge des Beobachterstandpunktes errechnen.

Gewiß, es habe kleinere Mißlichkeiten gegeben, über die es nicht lohne, mit einem Laien zu sprechen, doch einem guten Rechner würde die Unternehmung gelingen, wenn er über eine zuverlässige Uhr verfügte, über ein Perpendiculum oder

Horologium oscillatorium, also eine Pendeluhr, die mit absoluter Genauigkeit selbst noch die Differenz von nur einer Sekunde zu messen vermöchte; wenn er *item* zwei normale Uhren hätte, die ihm zuverlässig anzeigten, von wann bis wann das Phänomen erstens auf dem Meridian des Beobachters und zweitens auf dem der Insel des Eisens zu beobachten ist; wenn er *item* mit Hilfe der Sinustafel die Größe des Winkels bestimmen könnte, der von den beobachteten Körpern im Auge gebildet wird – ein Winkel, der, wenn er durch die Stellung der Zeiger einer Uhr ausgedrückt würde, die Distanz zweier Körper und ihre Veränderung in Minuten und Sekunden angäbe.

Immer vorausgesetzt, um es nochmals zu sagen, man hätte jene verläßlichen Ephemeriden, die der alte und kranke Galilei nicht mehr fertigzustellen vermochte, aber die Pater Caspars Mitbrüder, die schon so gut im Berechnen der Mondfinsternisse gewesen waren, inzwischen vervollständigt hatten.

Und was seien nun die größten Mißlichkeiten, über die sich die Gegner Galileis so erbost hätten? Daß es sich um Beobachtungen handle, die man nicht mit bloßem Auge machen könne, sondern nur mit einem guten Fernrohr oder Teleskop, wie man inzwischen gern sage? Nun, Pater Caspar habe eines von hervorragender Qualität, wie es nicht einmal Galilei jemals sich hätte träumen lassen. Daß die Messungen und Berechnungen für einen Seemann zu schwierig seien? Wo doch alle anderen Methoden zur Bestimmung der Längengrade, vielleicht mit Ausnahme der des Log, sogar einen richtigen Astronomen erforderten! Wenn die Kapitäne gelernt hätten, das Astrolabium zu benutzen, das auch nicht gerade in jedermanns Reichweite sei, würden sie auch lernen, das Fernrohr zu benutzen.

Aber, hätten die Pedanten gesagt, so genaue Beobachtungen, die solche Präzision erforderten, könne man vielleicht auf dem Lande machen, aber nicht auf einem schwankenden Schiff, auf dem niemand imstande sei, ein Fernrohr starr auf einen Himmelskörper zu richten, den man mit bloßem Auge nicht sehen kann ... Wohlan, Pater Caspar sei dabei, zu zeigen, daß man solche Beobachtungen mit ein wenig Geschick auch auf einem schwankenden Schiff anstellen könne.

Schließlich hätten einige Spanier noch eingewandt, daß die Jupitersatellitenfinsternisse nicht am Tage zu sehen seien und auch nicht in stürmischen Nächten. »Die meynen wol, daß einer in die Hände klatschet, und schwuppdiwupp, illico et immediate hat er eine Mond-Eclipsis zur Stelle?« erboste sich Pater Caspar. Und wer habe denn je gesagt, daß die Observatio zu jeder Zeit und in jedem Augenblicke gemacht werden können müsse? Wer je die Meere befahren habe vom einen zum anderen Indien, der wisse, daß die Bestimmung der Länge nicht häufiger müsse gemacht werden als die der Breite, und auch die könne man, sei's mit dem Astrolabium, sei's mit dem Kreuz- oder Jakobsstab, nicht bei starkem Seegang vornehmen. Es genüge durchaus, wenn diese gebenedeite Länge alle zwei bis drei Tage bestimmt werde, und dazwischen könne man eine Berechnung der verflossenen Zeit und des durchfahrenen Raumes anstellen, wie man sie schon mit dem Log gemacht habe. Nur daß man sich bisher damit begnügt habe, monatelang bloß eben diese allein zu machen. »Diese Leute kommen mir vor«, sagte der gute Pater verächtlich, »wie Jemand, dem du in einer grossen Hungersnoth mit einem Brodkorb zu Hülffe eylest, und anstatt daß er dir dafür Danck saget, beklagt er sich, daß du ihm nit auch noch ein gebraaten Schweinderl oder ein Karnickel auff den Tisch hast hingestellet. O Sacrobosco! Würdest du vielleicht die Kanonen dieses Schiffes hier einfach ins Meer werffen, nur weil du wüßtest, daß neunzig von hundert Schüssen bloss Pluff ins Wasser machen?«

Und somit gelte es nun, ein Experiment vorzubereiten, das an einem Abend wie dem bevorstehenden gemacht werden müsse: einem Abend, der astronomisch passend sei, mit klarem Himmel, aber leicht bewegtem Meer. Würde das Experiment nämlich an einem windstillen Abend gemacht, erklärte

Pater Caspar, so wäre es, als ob man es auf dem Lande machte, wo man ja schon im voraus wüßte, daß es gelingen würde. Allerdings müsse das Experiment dem Beobachter einen Anschein von Windstille auf einem in Längs- und Querrichtung schwankenden Schiffe gewähren.

Zunächst gelte es, unter den Uhren, die in den letzten Tagen so malträtiert worden seien, eine zu finden, die noch funktionierte. Nur eine in diesem glücklichen Falle, nicht zwei; die müsse dann auf die Ortszeit eingestellt werden mit Hilfe einer guten Messung der Tageszeit (was geschah), und da man ja sicher sei, daß man sich auf dem Antipoden-Meridian befinde, brauche man keine zweite Uhr, welche die Zeit auf der Insel des Eisens anzeigte. Es genüge zu wissen, daß die Differenz genau zwölf Stunden betrage. Mitternacht hier, Mittag dort.

Genau bedacht schien diese Entscheidung auf einem Zirkelschluß zu beruhen. Daß man sich auf dem Antipoden-Meridian befand, sollte das Experiment ja beweisen und nicht als gegeben voraussetzen. Aber Pater Caspar war seiner vorangegangenen Beobachtungen so sicher, daß er sie nur noch bestätigen wollte, und außerdem gab es vermutlich nach all dem Hin und Her auf dem Schiff keine einzige Uhr mehr, die noch die Zeit auf der anderen Seite der Erdkugel anzeigte, und dieses Hindernis mußte er überwinden. Im übrigen war Roberto nicht so aufmerksam, daß er den versteckten Pferdefuß dieser Vorgehensweise bemerkte.

»Wann ich sage *Los*, schaust du auf die Uhr und schreibst. Und allsogleich gibst du dem Perpendiculo einen Stoss.«

Das Perpendiculum bestand aus einem kleinen metallenen Schlößchen, in dem ein Kupferstab hing, der in einem Pendel mit runder Scheibe endete. Unter dem niedrigsten Punkt, durch den das Pendel schwang, befand sich ein horizontales Rad, auf dem Zähne befestigt waren, und zwar so, daß eine Seite des Zahns aufrecht im rechten Winkel auf dem Rad stand und die andere schräg. Abwechselnd von der einen und von der anderen Seite kommend, stieß das Pendel, einmal angestoßen, mit einer Spitze, die unten aus der Scheibe ragte, an eine Borste, die ihrerseits einen Zahn an der aufrechten Seite berührte und somit das Rad in Bewegung setzte; wenn aber das Pendel zurückkam, berührte die kleine Borste nur leicht die schräge Seite des Zahns, und das Rad blieb stehen. Da die Zähne numeriert waren, konnte man, wenn das Pendel stehenblieb, die Anzahl der weitergeschobenen Zähne ablesen und hatte damit die Anzahl der seit dem Anstoß vergangenen Zeiteinheiten.

»So brauchst du nicht jedesmal eins zwey drey et cetera zu zählen, sondern am Ende, wann ich sage *Basta*, hältst du das Perpendiculum an und zählst die Zähne, *capito?* Und schreib, wieviel Zähne es sind. Dann schau auff die Uhr und schreib, welche Zeit es ist. Und wann ich von neuem *Los* sage, gibst du dem Ding wiederumb einen fröhlichen Stoss, und es beginnt auffs neue zu schwingen. Simpel, nicht? Könnt auch ein Kind begreiffen.«

Es war noch keine richtige Pendeluhr, das wußte Pater Caspar sehr wohl; doch man begann damals gerade über dieses Thema zu diskutieren, und eines Tages würde man perfektere bauen können.

»Schwierige Sach, und wir müssen noch Vieles lernen, aber wann Gott nit hätt verboten zu wetten … also ich würd ohnzögerlich wetten, daß in Zukunfft alle mit Perpendicula auf die Suche nach Longitudines und andern Phänomena gehen. Allerdings, auff einem Schiffe ist es sehr difficil, du mußt sehr auffmercksam Acht geben.«

Pater Caspar ließ Roberto die beiden Apparate, zusammen mit dem nötigen Schreibzeug, aufs Achterkastell bringen, das die höchste Stelle auf der *Daphne* war, wo sie das Instrumentum Arcetricum aufbauen konnten. Dann holten sie jene Geräte herauf, die Roberto im »Magazin« gesehen hatte, als er noch auf der Jagd nach dem Eindringling gewesen war. Sie ließen sich leicht transportieren, bis auf die große metallene Schüssel, die nur unter Verwünschungen und erst nach mehreren vergeblichen Versuchen aufs Deck gelangte, denn sie verklemmte sich in den engen Treppen und wollte nicht hinauf. Aber Pater Caspar, so schmächtig er war, zeigte jetzt, da es seinen Plan zu verwirklichen galt, eine physische Energie, die seinem Willen durchaus ebenbürtig war.

Er schleppte fast allein ein Gestell nach oben, das aus eisernen Stangen und Halbkreisen bestand und, als es aufgeklappt wurde, sich als eine kreisrunde Form erwies, an der das kreisrunde Segeltuch mit den Ringen am Rand so befestigt wurde, daß am Ende so etwas wie ein großes rundes Becken entstand, annähernd halbkugelförmig mit einem Durchmesser von ungefähr zwei Metern. Es mußte sorgfältig ausgeteert werden, damit es das ranzig riechende Öl aus den bauchigen Gefäßen nicht durchsickern ließ, das Roberto anschließend einfüllte, nicht ohne sich über den penetranten Gestank zu beklagen. Doch Pater Caspar erinnerte ihn daran, seraphisch wie ein Kapuziner, daß es ja nicht zum Zwiebelrösten dienen sollte.

»Und wozu soll es dienen?«

»Versuchen wir, in dieß kleyne Meer ein noch kleyneres Schiffchen zu setzen«, sagte der Pater und ließ sich dabei helfen, die flache Metallschüssel in das Öl zu setzen, deren Durchmesser etwas kleiner als der des Segeltuchbeckens war. »Hast du noch nie sagen hören, das Meer sey glatt wie Öl? Da, nun siehest dus selbst, das Schiff legt sich nach links, und das Öl in der Wannen legt sich nach rechts, et vice versa, oder jedenfalls scheynt es dir so; in Würcklichkeit bleibt das Öl immer gleichermassen eben und parallel dem Horizonte. Das bliebe es auch, wann es Wasser wäre, aber auf Öl schwimmt die Schüssel wie auf einem Meer bei Windstille. Ich habe auch schon ein kleynes Experimentum in Rom gemacht, mit zween kleynen Schüsseln, die größere mit Wasser gefüllt und die kleynere voller Sandes, und in den Sand eingestecket ein Stift, und dann hab ich die kleynere in die größere gesetzt und diese bewegt, und du kontest den Stift kerzengerade stehn sehn wie ein Campanile, nicht schief wie die Türme zu Bononia!«

»Wunderbar!« sagte Roberto. »Und jetzo?«

»Jetzo nehmen wir die Schüssel wieder herauß, denn wir müssen eine gantze Maschinen darauff montiren.«

Am Boden der Metallschüssel waren kleine metallene Federn befestigt, damit sie, erklärte der Pater, wenn sie mit ihrer Last im Öl schwamm, immer wenigstens einen Fingerbreit vom Boden des Ölbehälters entfernt blieb; und wenn die übermäßige Bewegung ihres Insassen sie zu tief hinabdrücke (welches Insassen, fragte Roberto; du wirst gleich sehen, antwortete der Pater), dann sollten die Federn sie ohne Erschütterungen wieder nach oben drücken. Auf der Innenseite der flachen Schüssel müsse nun ein Sitz mit weit zurückgelehnter Rückenlehne installiert werden, der einem Menschen erlauben solle, fast im Liegen nach oben zu sehen, die Füße auf eine Eisenplatte gestellt, die als Gegengewicht diene.

Nachdem er die Schale aufs Deck gestellt und mit ein paar Keilen stabilisiert hatte, setzte Pater Caspar sich auf den Sitz und erklärte Roberto, wie er ihm ein Gestell mit Gurten und Bändern aus Segeltuch und Leder auf die Schultern setzen und um die Hüften festbinden sollte, an dem dann eine Art Helm in Form einer Sturmhaube befestigt werden mußte. Diese Sturmhaube hatte vorne ein Loch für ein Auge, während auf der Höhe des Nasenbeins eine Stange mit einem Ring am Ende vorsprang. Durch den Ring wurde das Fernrohr geschoben, von dem ein Metallstab herabhing, der in einem Haken endete. Die Prothese der Augen konnte frei bewegt werden, bis man den gesuchten Himmelskörper erfaßte; hatte man ihn aber einmal im Zentrum der Linse, so konnte man den Metallstab an den Brustgurten festhaken, und von diesem Moment an war eine stabile, gleichbleibend gute Sicht garantiert, ungestört von eventuellen Bewegungen jenes Zyklopen.

»Perfecto!« jubelte der Jesuit. Wenn die Schale jetzt in die Windstille des Öls gesetzt werde, könne man auch die flüchtigsten Himmelskörper fixieren, ohne daß irgendeine Erregung des aufgewühlten Meeres das Beobachterauge von dem beobachteten Körper abzubringen vermöchte! »Und das hat der Signor Galilei beschrieben, und ich habs gebaut!«

»Sehr schön«, sagte Roberto. »Aber wer setzt das Ganze jetzt in die Ölwanne?«

»Ich binde mich los und steig auß, dann thun wir die Schüssel ins Öl, und ich steig wieder ein.«

»Das wird nicht leicht sein.«

»Viel leichter, als wann ich drinnen sitze.«

Gemeinsam schafften sie es, die Schale mit dem Sitz hochzuheben und ins Öl zu setzen. Dann versuchte Pater Caspar, mit Rüstung und Helm und dem vors Auge montierten Fernrohr in die Schale zu steigen, wobei ihn Roberto mit der einen Hand am Arm hielt und mit der anderen am Gesäß stützte. Der Versuch wurde mehrere Male wiederholt, mit wenig Erfolg.

Nicht, daß die Metallkonstruktion, die das Ölbecken trug, nicht auch einen Insassen hätte tragen können, aber sie bot ihm keinen vernünftigen Standpunkt. Und wenn Pater Caspar versuchte, was er wiederholt tat, nur einen Fuß auf den Rand des Beckens zu setzen und den anderen sofort in die schwimmende Schale, neigte sich diese durch den ungestümen Einstiegsversuch zur entgegengesetzten Seite des Beckens, so daß die Beine des Paters sich wie ein Zirkel spreizten und er Alarmschreie ausstieß, bis Roberto ihn um die Hüfte faßte und ans sichere Ufer zurückzog, sozusagen ans feste Land der *Daphne* – nicht ohne Galilei zur Hölle zu wünschen und seine Bluthunde von Verfolgern zu loben. Da aber griff Pater Caspar ein und versicherte, während er in den Armen seines Retters lag, daß jene Verfolger keine Bluthunde gewesen seien, sondern hochwürdige Kirchenmänner, denen es nur um die Erhaltung der Wahrheit gegangen sei und die sich zu Galilei durchaus väterlich und barmherzig verhalten hätten. Alsdann, noch immer gegürtet, behelmt und im Liegen, den Blick zum Himmel gerichtet, das Fernrohr lotrecht auf dem Gesicht wie Pulcinella seine Vogelnase, erinnerte er Roberto daran, daß Galilei sich wenigstens mit dieser Erfindung nicht geirrt habe und daß man es eben nur immer wieder erneut versuchen müsse. »Und darumb, mein lieber Robertus«, schloß er, »hast du mich vielleicht vergessen und meinst, ich sey eine Schildkrotten, die man fangt, indem man sie auff den Rücken legt mit dem Bauch in die Lufft? Los, halt mich abermals, hilff mir auff diesen Rand hinauff, ja, so ists recht, dem Menschen gebührt eine auffrechte Haltung.«

Bei all diesen unglücklichen Operationen war es nun nicht etwa so, daß das Öl glatt wie Öl liegengeblieben wäre, und daher waren die beiden Experimentatoren nach einer Weile nicht nur glitschig verklebt, sondern geradezu öltriefend, um nicht zu sagen *oleabundus* – wenn der Kontext dem Chronisten diese Wortschöpfung erlaubt, ohne daß er als ihre Quelle angeklagt werden muß.

Als Pater Caspar schon fast verzweifeln wollte, meinte Roberto, es sei vielleicht besser, erst das Ölbecken wieder zu leeren, dann die Schale hineinzusetzen, dann dem Pater auf den Sitz zu helfen und schließlich das Öl wieder einzufüllen, mit dessen steigendem Spiegel auch die Schale steigen würde samt dem in ihr sitzenden Sterngucker, um schließlich in der richtigen Höhe zu schwimmen.

Gesagt, getan, so machten sie es, unter großem Lob des Meisters für den Scharfsinn des Schülers, während Mitternacht nahte. Das Ganze sah zwar nicht gerade sehr stabil aus, aber wenn Pater Caspar keine unbedachte Bewegung machte, konnte man hoffen.

Nach einer Weile rief der Pater triumphierend: »Itzo sehe ich sie!« Dabei zuckte sein Kopf unwillkürlich nach oben, und das ziemlich schwere Fernrohr drohte aus seiner Halterung zu rutschen, er hob rasch die Hand, um es festzuhalten, durch die Armbewegung geriet die Schulter aus der Balance, und die Schale legte sich bedenklich zur Seite. Roberto ließ Schreibzeug und Uhren fahren, hielt den Pater fest, brachte die Schale langsam wieder ins Gleichgewicht und empfahl dem Astronomen, sich nicht zu rühren, sein Fernrohr nur ganz vorsichtig zu bewegen und vor allem keine Emotionen zu äußern.

Die nächste Meldung kam in einem Flüsterton, der, verstärkt durch die Sturmhaube, dumpf wie eine Posaune aus der Unterwelt klang: »Ich sehe sie auffs neue.« Und mit einer gemessenen Bewegung sicherte der Seher das Fernrohr an seinem Brustgurt. »Oh, wunderbar! Drey Sternchen im Osten von Jupiter, eines alleyne im Westen … Das naheste erscheinet am kleynsten, und … warte … ja, null Minuten und dreyssig Sekunden von Jupiter. Schreib. Itzo berührt es den Jupiter, gleich verschwindet es, halt dich bereyt, die Uhrzeit zu schreiben, wann es verschwindet …«

Roberto, der seinen Platz verlassen hatte, um seinem Meister zu Hilfe zu eilen, hatte die Tafel wieder zur Hand genommen, auf der er die Zeiten notieren sollte, aber er hatte sich mit dem Rücken zu den Uhren gesetzt. Er drehte sich zu rasch um, wodurch er die Pendeluhr umstieß. Der Kupferstab rutschte aus seiner Halterung, Roberto ergriff ihn und versuchte ihn wieder einzufügen, aber es gelang ihm nicht. Pater Caspar rief, er solle die Uhrzeit notieren, Roberto drehte sich zu der Uhr, und dabei stieß er mit der Feder das Tintenfaß um. Rasch stellte er es wieder auf, um nicht alle Flüssigkeit zu verlieren, aber dabei warf er die Uhr um.

»Hast du die Uhrzeit notiert? Los mit dem Perpendiculum!« rief Pater Caspar, und Roberto antwortete: »Ich kann nicht, ich kann nicht.«

»Wieso kanstu nit, Stümper?!« Und da er keine Antwort bekam, schrie er weiter: »Wieso kanstu nit, Pfeiffenkopf?! Hastu notiert? Hastu geschrieben? Hastu angestossen? Itzo verschwindets! Los! Looos!«

»Ich hab's verpaßt, nein, nicht verpaßt, ich hab alles kaputt gemacht«, sagte Roberto. Pater Caspar nahm das Fernrohr vom Auge, spähte zur Seite, sah das Pendel zerbrochen, die Uhr umgestürzt, seinen Adlatus mit tintenbeschmierten Händen, konnte sich nicht mehr beherrschen und explodierte in ein POTZBLITZHIMMELHERRGOTTSAKRAMENT, das seinen ganzen Körper erschütterte. Mit dieser unbedachten Bewegung brachte er die Schale zum Kippen und fiel ins Öl der Segeltuchwanne. Das Fernrohr glitt ihm aus der Hand und aus der Halterung und kullerte, begünstigt durch das Stampfen des Schiffes, holterdipolter über das ganze Achterdeck, rumpelte die Stufen zum Mitteldeck hinunter, schepperte auf die Planken und krachte gegen die Lafette einer Kanone.

Roberto wußte nicht, wen oder was er zuerst retten sollte: den Pater oder das Fernrohr, der Pater rief ihm selbstloserweise aus jener ranzigen Schwärze zu, er solle auf das Fernrohr achten, Roberto stürzte sich in die Verfolgung der flüchtigen Augenprothese und fand sie schließlich verbeult und beide Linsen zerbrochen.

Als er den Pater dann endlich aus dem Öl gezogen hatte, der aussah wie ein bratfertiges Stück Schweinefleisch, sagte dieser bloß mit heroischer Dickköpfigkeit, es sei noch nicht alles verloren. Ein ebenso starkes Teleskop befinde sich auf der Specula Melitensis. Man brauche nur auf die Insel hinüberzugehen und es zu holen.

»Aber wie?« fragte Roberto.

»Durch Schwimmen.«

»Aber Ihr sagtet doch, Ihr könntet nicht schwimmen, und in Eurem Alter könntet Ihr's auch nicht mehr lernen ...«

»Ich nicht. Du schon.«

»Aber ich kann's auch nicht, dieses verflixte Schwimmen.«

»Lern es!«

24

DIALOG ÜBER DIE HAUPTSÄCHLICHSTEN
WELTSYSTEME

Was folgt, ist von ungewisser Natur: Ich begreife nicht recht, ob es sich um Wiedergaben der Dialoge handelt, die zwischen den beiden geführt worden waren, oder um Aufzeichnungen, die sich Roberto bei Nacht gemacht hatte, um dann bei Tage dem Pater widersprechen zu können. Wie dem auch sei, klar ist jedenfalls, daß Roberto während der ganzen Zeit, die er mit Pater Caspar an Bord verbrachte, keine Briefe mehr an die Signora schrieb. Und daß er allmählich vom Nacht- zum Tagleben überging.

So hatte er zum Beispiel die Insel bisher nur frühmorgens betrachtet, und dann nur sehr kurz, oder am Abend, wenn sich der Sinn für die Grenzen und Entfernungen verlor. Erst jetzt entdeckte er, daß die Auf- und Abbewegung des Meeres im Wechselspiel der Gezeiten das Wasser während eines Teils des Tages bis fast auf jenen Sandstreifen hinauftrieb, der es vom Wald trennte, und es dann während des anderen Teils so weit zurückfließen ließ, daß es eine klippenreiche Zone freilegte, die, wie Pater Caspar erklärte, den letzten Ausläufer des Korallenriffs darstellte.

Zwischen dem Steigen und dem Fallen des Meeres, *fluxus et refluxus* oder Ebbe und Flut genannt, erklärte der Pater, vergingen sechs Stunden, und dieser Rhythmus bestimme den Atem des Meeres unter dem Einfluß des Mondes. Mitnichten ginge diese Bewegung der Wassermassen etwa auf den Atem eines Ungeheuers in der Tiefe zurück, wie manche in früheren Zeiten gewähnt hätten – um nicht von jenem Franzosen zu sprechen, der behauptet habe, auch wenn die Erde sich nicht von West nach Ost bewege, stampfe sie doch sozusagen wie ein Schiff von Norden nach Süden und umgekehrt, und bei dieser periodischen Bewegung sei es ganz natürlich, daß der Meeresspiegel sich hebe und senke, wie wenn jemand die Achseln zucke und ihm dabei das Hemd am Hals auf- und abrutsche.

Eine geheimnisvolle Sache seien diese Gezeiten, denn sie variierten je nach Ländern und Meeren und nach der Position der Küsten zu den Meridianen. Als allgemeine Regel habe man bei Neumond den höchsten Wasserstand am Mittag und um Mitternacht, aber dann verzögere sich das Phänomen jeden Tag um vier Fünftelstunden, und wer das nicht wisse und sich, weil er gesehen hat, daß eine bestimmte Wasserstraße zu der und der Tageszeit schiffbar war, zur selben Zeit am nächsten Tage dort hinwage, der lande auf dem Trocknen. Nicht zu reden von den Strömungen, die durch die Gezeiten verursacht würden und von denen manche so stark seien, daß es einem Schiff bei Ebbe unmöglich sei, ans Land zu gelangen.

Und außerdem, sagte der Pater, müsse man für jeden Ort, an dem man sich befinde, eine andere Berechnung anstellen, wozu man die Astronomischen Tafeln brauche. Er machte sogar einen Versuch, Roberto diese Berechnungen zu erklären – daß man die Verzögerung des Mondes beobachten müsse, um dann die Mondtage mit vier zu multiplizieren und das Ergebnis durch fünf zu teilen, oder auch umgekehrt. Tatsache ist, daß Roberto nichts davon begriff, weil er gar nicht recht zugehört hatte, und wie wir sehen werden, sollte ihn dieser Leichtsinn später in arge Nöte bringen. Er begnügte sich damit, jedesmal von neuem seine Verwunderung darüber zu äußern, daß die Meridianlinie, die quer durch die Bucht von einem Kap der Insel zum andern hätte verlaufen müssen, manchmal durchs Wasser und manchmal über die Klippen ging, und er machte sich nie im voraus klar, wann welcher Fall eintreten würde. Auch weil ihm, Ebbe und Flut in Ehren, das große Geheimnis der Gezeiten weit weniger bedeutete als das große Geheimnis jener Linie, hinter der die Zeit rückwärts ging.

Wir sagten, daß er keine besondere Neigung hatte, den Erzählungen des Jesuiten nicht zu glauben. Aber oft vergnügte er sich damit, ihn zu provozieren, um ihn noch mehr erzählen zu lassen, und dann griff er auf das ganze Repertoire der Argumentationen zurück, die er in den Versammlungen jener Pariser *honnêtes hommes* gehört hatte, welche der Jesuit wenn nicht als Sendboten Satans, so doch als Zecher und Prasser betrachtete, die aus der Schenke ihre Schule gemacht hätten. Letzten Endes fiel es Roberto jedoch schwer, die Physik eines Lehrers abzulehnen, der sich ausgehend von den Prinzipien ebendieser Physik nun daranmachte, ihm das Schwimmen beizubringen.

Im ersten Moment hatte er behauptet, da ihm sein Schiffbruch noch sehr lebhaft in Erinnerung war, daß er um nichts in der Welt noch einmal ins Wasser gehen werde. Worauf ihm Pater Caspar zu bedenken gegeben hatte, daß er doch gerade während jenes Schiffbruchs vom Wasser getragen worden sei, woran man sehen könne, daß es ein freundliches Element sei und kein feindliches. Roberto hatte erwidert, das Wasser habe ja nicht ihn getragen, sondern das Holz, an das er sich gebunden hatte, und da hatte Pater Caspar leichtes Spiel, ihn darauf hinzuweisen, daß das Wasser, wenn es ein Stück Holz getragen hatte, also eine unbeseelte Kreatur, die sich nach dem Absturz sehne, wie jeder wisse, der einmal ein Stück Holz von einer Höhe hinabgeworfen habe, dann doch um so eher geeignet sei, ein lebendes Wesen zu tragen, das sich dem natürlichen Streben der Flüssigkeiten anzupassen verstehe. Roberto müsse doch wissen, daß, wenn er je ein Hündchen ins Wasser geworfen hätte, das Tier durch Strampeln mit den Beinen nicht nur imstande gewesen wäre, sich über Wasser zu halten, sondern auch rasch ans Ufer zurückzukehren. Und – fügte der Pater hinzu – Roberto wisse vielleicht nicht, daß auch wenige Monate alte Säuglinge, wenn man sie ins Wasser tauche, schwimmen könnten, denn die Natur habe sie wie jedes andere Tier schwimmfähig gemacht. Unglücklicherweise seien jedoch wir Menschen mehr als die Tiere dem Vorurteil und dem Irrtum zugeneigt, und daher erwürben wir uns, wenn wir älter würden, falsche Vorstellungen von den Kräften der Flüssigkeiten, so daß wir aus Angst und Vertrauensmangel jene angeborene Gabe verlören.

Daraufhin fragte Roberto, ob denn er, der hochwürdige Pater, schwimmen gelernt habe, und der hochwürdige Pater antwortete, er habe ja nicht behauptet, daß er besser sei als so viele andere, die es vermieden hatten, gute Dinge zu tun. Er sei an einem Ort weitab vom Meer geboren worden und habe den Fuß erst in vorgerücktem Alter auf ein Schiff gesetzt, als sein Leib nur noch sei gewesen – so sagte er – eine Versteifung des Nackens, eine Trübung der Augen, ein Triefen der Nase, ein Verstöpseln der Ohren, ein Vergilben der Zähne, ein Erstarren des Rückens, ein Verkollern der Gurgel, Vergichten der Fersen, Verschrumpeln der Haut, Verblassen der Haare, Verwittern der Schienbeine, Zittern der Finger und Stolpern der Füße und seine Brust ein einziges Räuspern und Husten mit Schleimauswurf und Gesabber am Kinn.

Da aber sein Geist, wie er sogleich präzisierte, noch sehr viel agiler sei als sein Korpus, wisse er, was schon die Weisen im alten Griechenland wußten, nämlich, daß ein Körper, wenn man ihn in eine Flüssigkeit tauche, von dieser Flüssigkeit getragen werde und einen Druck nach oben verspüre, das heißt einen Auftrieb, der dem von ihm verdrängten Wasser entspreche, denn das Wasser strebe immer danach, zurückzukehren und den Raum, aus dem es verdrängt worden sei, wieder einzunehmen. Und es stimme auch nicht, daß der Körper nur dann schwimmen könne, wenn er die richtige Form habe, in diesem Punkt hätten die Alten sich geirrt, als sie meinten, nur eine flache Form bleibe oben und eine spitze versinke; wenn Roberto zum Beispiel versuchen würde, eine Flasche (die ja nicht flach ist) ins Wasser hinunterzudrücken, so würde er genausoviel Widerstand verspüren, wie wenn er eine Schüssel hineinzudrücken versuchte.

Es gelte also, sich mit dem Element vertraut zu machen, und dann werde alles ganz wie von selbst gehen. Am besten, Roberto lasse sich an der Strickleiter hinunter, die vorn am Bug neben der Ankerkette hänge und auch Jakobsleiter genannt werde, aber gesichert mit einem langen und starken Seil, das an der Bordwand befestigt sei. So daß er, wenn er unterzugehen fürchte, nur an dem Seil zu ziehen brauche.

Müßig zu sagen, daß dieser Lehrmeister einer Kunst, die er nie praktiziert hatte, eine Unzahl von Begleitumständen nicht mitbedacht hatte, die auch von den alten Griechen vernachlässigt worden waren. So hatte er zum Beispiel, um seinem Schüler Bewegungsfreiheit zu lassen, ein ziemlich langes Seil ausgesucht, weshalb Roberto, als er beim ersten Versuch wie jeder Anfänger unterging, erst einmal vergeblich zog und, bis er dann endlich wieder auftauchte, schon soviel Salzwasser geschluckt hatte, daß er für diesen ersten Tag auf jeden weiteren Versuch verzichten wollte.

Der Anfang war jedoch ermutigend gewesen. Kaum war Roberto die Leiter hinuntergestiegen und hatte den großen Zeh ins Wasser getaucht, hatte er das Naß als angenehm empfunden. Vom Schiffbruch war ihm das Element als eisig und gewalttätig in Erinnerung, und die Entdeckung eines lauwarmen Meeres ermutigte ihn, das Eintauchen vorsichtig fortzusetzen, immer an die Leiter geklammert, bis ihm das Wasser bis zum Kinn ging. Im Glauben, dies sei Schwimmen, hatte er sich dann hin und her bewegt und dabei an die Pariser Kommoditäten gedacht.

Seit er auf das Schiff gelangt war, hatte er, wie wir sahen, zwar ab und zu eine Waschung vorgenommen, aber stets nur wie eine Katze, die sich das Fell leckt und sich auf die Pflege des Kopfes und der Scham beschränkt. Im übrigen – und im selben Maße, wie er auf der Jagd nach dem Eindringling immer mehr vertierte – hatten sich seine Füße mit dem Schmodder des Kielraums beschmiert und seine Kleider mit seinem

Schweiß durchtränkt. Jetzt, im Kontakt mit dem lauwarmen Wasser, das ihm zugleich den Leib und die Kleider wusch, erinnerte sich Roberto daran, wie er einmal im Hôtel de Rambouillet zwei ganze Waschzuber entdeckt hatte, die der Marquise zur Verfügung standen, deren Sorge um die Pflege des Körpers ein Gesprächsthema war in einer Gesellschaft, in der man sich nicht gerade häufig zu waschen pflegte. Auch die Feinsten unter ihren Gästen waren der Ansicht, daß Sauberkeit sich in der Frische der Wäsche manifestierte, die häufig zu wechseln ein Merkmal der Eleganz war, nicht im Gebrauch von Wasser. Und die vielen wohlriechenden Essenzen, mit denen die Marquise sich umgab, waren kein Luxus, sondern – für sie – eine Notwendigkeit, um eine Barriere zwischen ihrer Nase und den Körpergerüchen ihrer Gäste zu haben.

Sich feiner vorkommend als in Paris, nahm Roberto eine Hand von der Leiter, rieb sich Hemd und Hose an seinem verschwitzten Leib und kratzte sich mit den Zehen des einen Fußes die Ferse des anderen.

Pater Caspar sah ihm neugierig zu, sagte jedoch nichts, da er wollte, daß Roberto sich mit dem Meer anfreundete. Da er zugleich aber fürchtete, daß Roberto sich in eine zu große Sorge um den eigenen Körper verlieren könnte, versuchte er ihn abzulenken. Und so begann er, von den Gezeiten und von der Anziehungskraft des Mondes zu sprechen.

Er wollte ihm die Außergewöhnlichkeit eines Ereignisses klarmachen, das etwas geradezu Unglaubliches an sich hatte: Daß die Gezeiten auf den Appell des Mondes antworteten, dürfte eigentlich nur geschehen, wenn der Mond zu sehen sei, und nicht, wenn er über der anderen Seite unseres Planeten stehe. Tatsächlich aber setzten sich Ebbe und Flut ohne Unterbrechung auf beiden Seiten der Erdkugel fort, indem sie einander sozusagen im Sechs-Stunden-Rhythmus verfolgten. Roberto lauschte den Ausführungen über die Gezeiten und dachte dabei an den Mond – an den er in all jenen Nächten viel mehr gedacht hatte als an die Gezeiten.

Er fragte den Pater, wie es eigentlich komme, daß wir vom Mond immer nur eine Seite sehen, und der Pater erklärte ihm, daß der Mond die Erde umkreise wie ein Ball, den ein Athlet an einer Leine um sich rotieren lasse, wobei er ja auch immer nur die ihm zugewandte Seite sehen könne.

»Aber«, forderte ihn Roberto heraus, »diese Seite sehen sowohl die Indianer wie auch die Spanier. Für die Bewohner des Mondes dagegen verhält es sich anders mit ihrem Mond, den sie Volva, ›Die Drehende‹, nennen und der ja dann unsere Erde ist. Die ›Subvolvaner‹, die auf der uns zugewandten Seite leben, sehen sie immer, während die ›Privolvaner‹, die auf der anderen Seite leben, sie überhaupt nicht kennen. Stellt Euch vor, wenn sie auf diese Seite herüberkommen: Wer weiß, was sie empfinden, wenn sie in der Nacht einen so großen Kreis am Himmel glänzen sehen, fünfzehnmal größer als unser Mond! Sie werden denken, er müßte ihnen jeden Moment auf den Kopf fallen, so wie die alten Griechen immer fürchteten, daß ihnen der Himmel auf den Kopf fiele! Nicht zu reden von denen, die genau auf der Grenze zwischen den beiden Hemisphären leben und Volva immer halb überm Horizont stehen sehen!«

Pater Caspar erging sich spöttisch und abfällig über das Märchen von den Mondbewohnern: Die Himmelskörper seien nicht von der gleichen Beschaffenheit wie unsere Erde und darum nicht geeignet, lebende Kreaturen zu beherbergen, es sei besser, sie den himmlischen Heerscharen zu überlassen, die sich spirituell durch den Kristall der Himmel bewegten.

»Aber wie können die Himmel denn aus Kristall sein? Wenn sie es wären, müßten die Kometen sie doch beim Durchfliegen zerbrechen!«

»Wer hat denn gesagt, daß die Kometen durch die ätherischen Regionen fliegen? Die Kometen fliegen durch die sublunare Region, *id est* die Region zwischen Mond und Erde, und die ist voll Lufft, wie du selber siehest.«

»Nichts bewegt sich, was nicht Körper wäre. Aber die Himmel drehen sich. Also sind sie Körper.«

»Umb Lügenmärchen erzelen zu können, wirstu sogar zum Aristoteliker. Aber ich weiß, warumb du so redst. Du willst, daß auch in den Himmeln Lufft sey, damit kein Unterschied sey zwischen Oben und Unten und alles rundgehe und die Erde sich drehe wie ein eitel Frauenzimmer im Tanze!«

»Aber wir sehen doch die Sterne jede Nacht in einer anderen Position ...«

»Richtig. De facto bewegen sie sich.«

»Wartet, ich bin noch nicht fertig. Wollt Ihr, daß die Sonne und alle Gestirne, die lauter riesige Körper sind, sich alle vierundzwanzig Stunden einmal um die Erde drehen und daß die Fixsterne beziehungsweise der große Ring, in den sie eingefaßt sind, in dieser Zeit mehr als siebenundzwanzigtausendmal zweihundert Millionen Meilen zurücklegen? Genau das aber müßte geschehen, wenn sich die Erde *nicht* in vierundzwanzig Stunden einmal um sich selbst drehen würde. Wie machen es die Fixsterne, daß sie so rasen? Wer auf ihnen lebt, dem muß ja der Kopf schwirren!«

»So denn würcklich dorten jemand lebt. Aber das ist eine Petitio Prinkipii.«

Und Pater Caspar gab zu bedenken, daß es leicht sei, ein einziges Argument zugunsten der Bewegung der Sonne zu erfinden, während es sehr viel mehr Argumente gegen die Bewegung der Erde gebe.

»Ich weiß wohl«, erwiderte Roberto, »daß der Prediger Salomo sagt: *terra autem in aeternum stat, sol oritur*, die Erde stehet in Ewigkeit, die Sonne aber erhebt sich, und daß Josua die Sonne angehalten hat und nicht die Erde. Aber gerade Ihr habt mich gelehrt, wenn wir die Bibel wörtlich nähmen, dann hätten wir das Licht vor der Erschaffung der Sonne. Also muß die Heilige Schrift *cum grano salis* gelesen werden, und auch der heilige Augustinus wußte, daß sie oftmals *more allegorico* spricht ...«

Pater Caspar lächelte und erinnerte daran, daß die Jesuiten schon längst nicht mehr ihre Gegner mit Spitzfindigkeiten aus der Heiligen Schrift besiegten, sondern mit unschlagbaren

Argumenten aus den Gebieten der Astronomie, der Vernunft, der Mathematik und Physik.

»Mit welchen Argumenten, zum Beispiel?« fragte Roberto, während er sich ein wenig Dreck vom Bauch kratzte.

Zum Beispiel, antwortete Pater Caspar leicht pikiert, mit dem machtvollen Argument des Rades: »Hör zu. Denck dir ein Rad, ja?«

»Ich denck mir ein Rad.«

»Bravo, so denckst du auch einmal was, anstatt den Affen zu machen und bloss nachzuplappern, was du in Paris vernommen. Also denck nun, dass dieses Rad auf einem Zapffen sitzet wie eines Töpfers Scheibe, und dass du dieses Rad drehen wilst. Was thust du?«

»Ich fasse es mit den Händen, lege vielleicht einen Finger an den Rand des Rades, bewege den Finger, und das Rad beginnt sich zu drehen.«

»Meinstu nicht, es wär besser, den Zapffen zu fassen, im Centro des Rades, und ihn zu drehen?«

»Nein, das wäre unmöglich …«

»Siehst du! Und deine Galileer und Kopernikaner wollen die Sonne ins Centro des Universums setzen gleichwie einen Zapffen, umb den sich der gantze grosse Planetenkreis drehet, anstatt zu dencken, daß die Bewegung im Gegentheil vom grossen Himmelskreis kömmt, indeß die Erde reglos im Centro stehet. Wie hätte Gott der HErr die Sonne an den tieffuntersten Punckt des Universums setzen können und die Erde verderblich und dunckel mitten zwischen die ewiglich strahlenden Sterne? Verstehst du nun deinen Irrthum?«

»Aber die Sonne *muß* doch im Mittelpunkt des Universums sein! Die Körper in der Natur brauchen dieses Urfeuer und sind darauf angewiesen, daß es im Herzen des Reiches brennt, um die Bedürfnisse aller zu befriedigen. Muß die Quelle der Zeugung nicht im Zentrum des Ganzen sein? Hat die Natur nicht den Samen in die Genitalien getan, auf halbem Weg zwischen Kopf und Füßen? Und sind nicht die Samenkerne im Zentrum des Apfels? Und steckt nicht der Kern inmitten des Pfirsichs? Und darum muß die Erde, die das Licht und die Wärme jenes Feuers braucht, um die Sonne kreisen, damit sie deren wohltuende Kräfte von allen Seiten empfängt. Es wäre doch lächerlich zu glauben, daß die Sonne um einen Punkt kreise, von dem sie nicht weiß, was sie mit ihm anfangen soll! Das wäre ja, als ob man angesichts einer gebratenen Wachtel sagte, das Feuer habe sich um sie drehen müssen ...«

»Ach ja? Also wann der Bischoff umb die Kirche gehet, sie zu weihen mit dem Turibulo, würdest du wollen, daß die Kirche umb den Herrn Bischoff herumb gienge? Die Sonne kann sich bewegen, weil sie aus Feuer ist. Und du weißt sehr wol, dass das Feuer flieget und sich beweget und niemals stille steht. Hast du jemahls gesehn, dass die Berge sich bewegen? Also wie soll dann die Erde sich bewegen?«

»Die Strahlen der Sonne, die auf sie treffen, setzen sie in Bewegung und drehen sie, so wie man einen Ball in Bewegung setzen und drehen kann, wenn man ihn mit der Hand berührt, und wenn der Ball klein ist, kann man ihn sogar mit einem Lufthauch bewegen ... Und schließlich, würdet Ihr wollen, daß Gott die Sonne über den Himmel laufen läßt, die ja immerhin vierhundertvierunddreißigmal größer ist als die Erde, bloß um unseren Kohl reifen zu lassen?«

Um diesem letzten Argument größtmöglichen Nachdruck zu geben, wollte Roberto mit dem Finger auf Pater Caspar zeigen, wozu er den Arm ausstreckte und mit den Füßen einen Schlag vollführte, um sich in eine bessere Lage etwas weiter weg von der Schiffswand zu bringen. Dabei ließ er unwillkürlich auch mit der anderen Hand die Leiter los, sein Kopf fiel nach hinten, und er ging unter, ohne daß es ihm, wie schon gesagt, gleich gelang, sich mit dem viel zu locker gespannten Seil wieder nach oben zu ziehen. Er verhielt sich genauso wie alle, die dann gewöhnlich ertrinken: Er zappelte panisch umher und schluckte noch mehr Wasser, bis Pater Caspar das Seil endlich wieder gestrafft und ihn zur Leiter zurückgezogen hatte. Japsend und keuchend kletterte er hinauf und schwor, nie wieder da runterzugehen.

»Morgen versuchst dus auffs neue. Das Saltzwasser ist wie eine Medicin, du musst nit meinen, es sey ein schlimmes Übel«, tröstete ihn Pater Caspar. Und während sich Roberto langsam wieder beruhigte und sich angelnd mit dem Meer versöhnte, erklärte ihm der Pater, wie vorteilhaft es für sie beide wäre, wenn er die Insel erreichen würde. Er brauche nur an die Wiedergewinnung des Bootes zu denken, mit dem sie sich frei vom Schiff zum Land bewegen könnten und Zugang zur Specula Melitensis hätten.

Aus der Art, wie Roberto über die Specula spricht, muß man schließen, daß diese Erfindung des Paters seinen Verstand überstieg – oder daß Pater Caspar über sie, wie über manches andere auch, immer nur in Andeutungen sprach, die bald ihre Form, bald ihre Funktion und bald die ihr zugrunde liegende Idee betrafen.

Die Idee sei gar nicht von ihm gewesen, hatte der Pater gesagt. Von der Specula habe er aus den Papieren eines verstorbenen Mitbruders erfahren, der seinerseits durch einen anderen Mitbruder von ihr gehört habe, der während einer Reise auf die hochedle Insel Malta, auch Melita genannt, dieses Instrument habe rühmen hören, das konstruiert worden sei auf Befehl des Erlauchtigsten Fürsten Johannes Paulus Lascaris, Großmeister des berühmten, dort ansässigen Ritterordens.

Wie die Specula aussah, habe keiner nie nit gesehen: Von jenem ersten Mitbruder sei nur ein Heft mit Skizzen und Notizen geblieben, das aber mittlerweile auch schon verschollen sei. Und obendrein, klagte Pater Caspar, sei dieses Opusculum sehr knapp abgefaßt gewesen, »brevissime conscriptum, mit keinerley Schema visualiter auffbereytet, keine Tabula oder Rotula und keine Instructio apposita.«

Anhand dieser kargen Notizen habe er dann während der langen Reise der *Daphne* die verschiedenen Elemente der Apparatur, so gut er konnte, rekonstruiert, sie von den Schiffszimmerleuten nachbauen lassen, sie dann auf der Insel zusammengesetzt und schließlich in loco ihre zahllosen Tugenden ermessen – und die Specula mußte tatsächlich eine Ars Magna in Fleisch und Blut gewesen sein, soll heißen in Holz, Eisen, Leinwand und anderen Materialien, eine Art Mega-Horologium, ein Liber Animatum oder Beseeltes Buch, das alle Geheimnisse des Universums aufzunehmen vermochte.

Die Specula sei – schwärmte Pater Caspar, während seine Augen wie Karbunkel glühten – ein Einziges Syntagma Neuester Physikalischer und Mathematischer Instrumente »mit kunstvoll disponirten Rädern und Kreysen«. Dann zeichnete er mit dem Finger einen Kreis aufs Deck oder in die Luft und sagte, Roberto solle an einen ersten runden Teil denken, der die Basis oder Grundlage darstelle, die den Immobilen Horizont anzeige mit dem Rhombus der zweiunddreißig Winde sowie die ganze Kunst der Navigation mit den Prognosen aller Stürme. »Den Mittleren Teil«, fügte er dann hinzu, »der auff dieser Basis ruhet, stell dir vor wie einen Cubus mit fünf Seiten – nein, nit mit sechs, die sechste ruht auf der Basis, und darumb siehst du sie nit. Auff der ersten Seite des Cubus, id est das Chronoscopium Universalis, siehstu acht Räder in ewiglich akkomodirten Zyklen, die den Julianischen und den Gregorianischen Kalender darstellen und anzeigen, wann die Sonntage wiederkommen, & die Epakte & den Circulum Solaris, & die Mobilen Feste wie Ostern, & die Mondphasen sowie die Quadratura von Sonne und Mond. Auff der zweiten Cubusseite, id est das Cosmigraphicum Speculum, kommt in primo loco ein Horoscopium, mit welchem man, so man hat die kurrente Zeit von Melita, jede andere Zeit auff der Erdkugel finden kann. Des weiteren findest du ein Rad mit zwei Planisphären, deren eine zeiget und lehret die gantze Wissenschafft vom Primum Mobile, die zweyte die Lehre von der Achten Sphaera und den Fixen Sternen sowie dero Bewegung. Sodann den Fluxus et Refluxus Maris oder das Auff- und Abschwellen des Meeres, so durch des Mondes Bewegung auffgewühlt wird in der gantzen Welt ...«

Dies sei die interessanteste Seite des Kubus. Durch sie könne man jenes Horologium Catholicum kennenlernen, von dem schon die Rede war, die Weltuhr mit den Angaben der Ortszeit in den jesuitischen Missionen auf allen Meridianen; und sie erfülle auch die Funktion eines guten Astrolabiums, da sie die Anzahl der Tage und Nächte angebe, die Höhe des Sonnenstandes mit den Proportionen der Geraden Schatten sowie die geraden und ungeraden Aufgänge, dazu die Anzahl der Dämmerungen, die Kulminationen der Fixsterne in den einzelnen Jahren, Monaten und Tagen. Und durch Proben und Gegenproben auf ebendieser Seite habe Pater Caspar die Gewißheit erhalten, daß er sich tatsächlich auf dem Antipoden-Meridian befand.

Alsdann gab es eine dritte Seite, die in sieben Rädern die Gesamtheit der Astrologie enthielt, sämtliche künftigen Eklipsen der Sonne und des Mondes, alle astrologischen Figuren für die Zeiten der Agrikultur, der Medizin, der Navigationskunst, zusammen mit den zwölf Zeichen der zwölf Himmelshäuser, dazu die Physiognomie der natürlichen Dinge, die von jedem Zeichen abhängen, und das korrespondierende Haus.

Ich habe nicht den Mut, Robertos ganze Inhaltsangabe wiederzugeben, und erwähne nur noch die vierte Seite, die alle Wunder der Medizin botanischer, spagirischer, chemischer und hermetischer Art anzeigte, mit den einfachen und den zusammengesetzten Medikamenten, gewonnen aus mineralischen oder tierischen Substanzen, sowie die »Alexipharmaka attractiva, lenitiva, purgativa, mollificativa, digestiva, corrosiva, conglutinativa, aperitiva, calefactiva, infrigidativa, mundificativa, attenuativa, incisiva, soporativa, diuretica, narcotica, caustica et confortativa«.

Ich kann nicht erklären und erfinde ein bißchen, was es mit der fünften Seite auf sich hatte, die gewissermaßen das Dach des Kubus war, parallel zur Horizontlinie und anscheinend wie ein Himmelsgewölbe gebreitet. Doch erwähnt wird auch eine Pyramide, deren Basis nicht gleich der des Kubus gewesen sein kann, da sie sonst dessen fünfte Seite bedeckt hätte, und die vermutlich eher den ganzen Kubus wie ein Zelt überspannte, wobei sie dann freilich aus durchsichtigem Material hatte sein müssen. Sicher ist, daß ihre vier Seiten die vier Weltgegenden darstellen sollten und für jede von ihnen die Schriften und Sprachen der dort lebenden Völker enthielten, einschließlich der Adamitischen Ursprache, der ägyptischen Hieroglyphen, der chinesischen Schriftzeichen sowie der alt-mexikanischen, und Pater Caspar beschreibt sie als »eine Sphynx Mystagoga, einen Oedipus Aegyptiacus, eine Monas Hieroglyphica, eine Clavis Convenientia Linguarum, ein Theatrum Cosmographicum Historicum, eine Sylva Sylvarum aller natürlichen & künstlichen Alphabete, eine Architectura Curiosa Nova, eine Lampas Combinatoria, eine Mensa Isiaca, ein Metametricon, eine Synopsis Anthropoglottogonica, eine Basilica Cryptographica, ein Amphitheatrum Sapientiae, eine Cryptomensis Patefacta, ein Catoptron Polygraphicum, ein Gazophylacium Verborum, ein Mysterium Artis Steganographicae, eine Arca Arithmologica, ein Archetypon Polyglotta, eine Eisagoge Horapollinea, ein Congestorium Artificiosae Memoriae, ein Pantometron de Furtivis Literarum Notis, einen Mercurius Redivivus und ein Etymologicon Lustgärtlein!«

Daß diesem ganzen versammelten Wissen beschieden sein könnte, seine private Erbschaft zu bleiben, da er vielleicht nie wieder nach Hause zurückfinden würde, bekümmerte den alten Jesuiten nicht weiter, ich weiß nicht, ob aus Vertrauen in die Vorsehung oder aus Liebe zur Erkenntnis um ihrer selbst willen. Was mich indes überrascht, ist, daß an diesem Punkt auch Roberto keinen einzigen realistischen Gedanken mehr faßte und anfing, die Landung auf der Insel als das Ereignis zu sehen, das seinem Leben für immer einen Sinn geben würde.

Was ihn vor allem anderen an der Specula interessierte, war der Gedanke, daß dieses Orakel ihm auch würde sagen können, wo sich im selben Augenblick seine Signora befand und was sie gerade tat. Woran man sieht, daß es keinen Zweck hat, einem Verliebten, mag er auch abgelenkt sein durch nützliche Leibesübungen, Nachrichten von neuen

Sternen zu bringen, er wird immer nur auf Nachrichten von seinem schönen Leid und seiner lieben Qual erpicht sein.

Überdies, was immer sein Schwimmlehrer ihm auch sagen mochte, träumte er von einer Insel, die sich ihm nicht in der Gegenwart präsentierte, in welcher er sich befand, sondern die durch göttlichen Ratschluß in der Unwirklichkeit – oder im Nichtsein – des vergangenen Tages lag.

Was ihm durch den Kopf ging, wenn er in die Wellen eintauchte, war die Hoffnung, zu einer Insel zu gelangen, die gestern gewesen war und als deren Symbol ihm die Flammenfarbene Taube erschien, die ungreifbar war, als wäre sie in die Vergangenheit entflogen.

Es waren noch unklare Vorstellungen, die ihn bewegten, er ahnte dunkel, daß er etwas anderes wollte als Pater Caspar, aber er wußte nicht, was. Und man muß seine Ungewißheit verstehen, schließlich war er der erste Mensch in der Geschichte der menschlichen Gattung, dem sich die Möglichkeit bot, in den vorigen Tag zurückzuschwimmen.

Auf jeden Fall hatte er sich nun davon überzeugt, daß er wirklich schwimmen lernen mußte, und wie jeder weiß, hilft ein gutes Motiv tausend Ängste überwinden. Darum finden wir ihn am nächsten Tag bei einem erneuten Versuch im Wasser.

Diesmal erklärte ihm Pater Caspar, wenn er die Strickleiter loslasse und die Hände paddelnd bewege, als ob er dem Rhythmus einer Musikkapelle folge, und wenn er dazu ganz unverkrampft mit den Beinen strampele, würde das Meer ihn tragen. Er ermutigte ihn, es zu probieren, zunächst mit straff gespanntem Seil, dann ließ er das Seil etwas lockerer, ohne es ihm zu sagen, beziehungsweise er teilte es ihm erst mit, als der Schüler eine gewisse Sicherheit erreicht hatte. Bei dieser Mitteilung glaubte Roberto zwar, sofort auf den Grund zu sinken, aber während er aufschrie, machte er instinktiv einen Schlag mit den Beinen und kam wieder hoch.

Eine gute halbe Stunde lang setzten sie diese Versuche fort, und allmählich lernte Roberto, sich über Wasser zu halten. Doch sobald er versuchte, sich mit größerem Schwung zu bewegen, warf er unwillkürlich den Kopf nach hinten. Daraufhin ermunterte ihn Pater Caspar, sich dieser Neigung anzuvertrauen und sich so lange wie möglich mit zurückgelegtem Kopf treiben zu lassen, den Körper gestreckt und leicht gebogen, die Arme und Beine weit auseinander, als müsse er den Umfang eines Kreises berühren; er würde sich wie in einer Hängematte fühlen und würde Stunden um Stunden so verharren, ja sogar schlafen können, geküßt von den Wellen und von den schrägen Strahlen der untergehenden Sonne. Woher Pater Caspar das alles wußte, obwohl er doch nie geschwommen war? Durch physico-hydrostatische Theorie, sagte er.

Es war nicht einfach, die richtige Lage zu finden, Roberto glaubte ein paarmal, sich hustend und schnaubend mit dem Seil zu erwürgen, aber nach einer Weile schien er das Gleichgewicht gefunden zu haben.

Zum erstenmal empfand er das Meer als freundlich. Den Anweisungen Pater Caspars folgend, breitete er Arme und Beine aus, hob den Kopf und legte ihn in den Nacken, gewöhnte sich daran, Wasser in den Ohren zu haben und den Druck zu ertragen. Er konnte sogar sprechen und laut genug rufen, um an Bord gehört zu werden.

»Wann du willst, kanstu dich jetzo auch umbdrehen«, sagte der Pater nach einer Weile. »Senck den rechten Arm, als ob er dir unter dem Leibe hinge, heb ein wenig die linke Schulter, und du wirst sehn, gleich liegstu bauchunten.«

Er hatte nicht hinzugefügt, daß man bei dieser Bewegung die Luft anhalten muß, weil man mit dem Gesicht unter Wasser kommt, und zwar unter ein Wasser, das nichts anderes will, als die Nasenlöcher des Eindringlings zu erkunden. In den Büchern der Hydraulisch-Pneumatischen Mechanik hatte das nicht gestanden. Und so mußte Roberto wegen Pater Caspars *ignoratio elenchi* eine weitere Portion Salzwasser schlucken.

Doch inzwischen hatte er gelernt zu lernen. Er probierte

ein paarmal, sich um die eigene Achse zu drehen, und begriff ein für jeden Schwimmer elementares Prinzip, nämlich daß man, wenn man den Kopf unter Wasser hat, nicht atmen darf, nicht einmal durch die Nase, sondern daß man im Gegenteil kräftig blasen muß, als wollte man genau das bißchen Luft, das man so dringend braucht, aus den Lungen vertreiben. Das scheint eine instinktive Reaktion zu sein, ist aber keine, wie man aus dieser Geschichte lernt.

Immerhin hatte er nun auch begriffen, daß es ihm leichter fiel, auf dem Rücken zu liegen, mit dem Gesicht in der Luft, als auf dem Bauch. Mir scheint es umgekehrt zu sein, aber Roberto hatte es zuerst so gelernt, und so übte er sich ein bis zwei Tage darin. Und dabei diskutierten sie über die hauptsächlichsten Weltsysteme.

Sie kamen erneut auf die Frage der Erdbewegung zurück, und Pater Caspar hielt Roberto das Argument der Eklipsen entgegen: Wenn man die Erde aus dem Zentrum des Universums herausnehme und statt ihrer die Sonne hineinversetze, müsse man die Erde entweder unter oder über den Mond setzen. Wenn man die Erde unter ihn setze, könne es nie eine Sonnenfinsternis geben, denn wenn der Mond über der Sonne oder über der Erde stehe, könne er sich nicht zwischen die Erde und die Sonne schieben. Und wenn man die Erde über ihn setze, könne es nie eine Mondfinsternis geben, denn wenn die Erde über dem Mond stehe, könne sie sich nicht zwischen ihn und die Sonne schieben. Außerdem könne die Astronomie dann nicht mehr, wie sie es bisher immer sehr gut gekonnt habe, die Sonnen- und Mondfinsternisse vorausberechnen, denn sie sei bei ihren Berechnungen von einer Bewegung der Sonne ausgegangen, und wenn die Sonne sich nicht mehr bewegte, wäre ihr Unternehmen vergebens.

Man bedenke ferner das Argument des Bogenschützen: Wenn die Erde sich in vierundzwanzig Stunden einmal um sich selbst drehen würde, müßte ein Pfeil, der von einem Bogenschützen senkrecht in die Höhe geschossen würde, viele Meilen weiter westlich wieder zur Erde fallen. Was dasselbe

besage wie das Argument des Turms: Wenn man an der Westseite eines Turms ein Gewicht fallen lasse, dürfte es nicht zu
Füßen des Turms landen, sondern erst ein gutes Stück weiter
westlich, es dürfte also nicht senkrecht fallen, sondern nur
schräg, denn in der Zwischenzeit müßte sich ja der Turm (mit
der Erde) nach Osten weitergedreht haben. Da jedoch jedermann aus Erfahrung wisse, daß ein Gewicht senkrecht zu Boden falle, sei die Bewegung der Erde nachweislich ein Ammenmärchen.

Zu schweigen vom Argument der Vögel, die ja, wenn die
Erde sich innerhalb eines Tages einmal um sich selbst drehen
würde, niemals im Fluge mit ihrer Drehung schritthalten
könnten, auch wenn sie noch so unermüdlich wären. Während wir doch ganz klar sehen könnten, daß selbst wenn wir
im Galopp der Sonne entgegenreiten, jeder Vogel uns unschwer erreicht und sogar überholt.

»Na gut. Ich weiß nicht, was ich darauf erwidern soll. Aber
ich habe sagen hören, daß sich, wenn man die Erde und alle
Planeten rotieren und die Sonne feststehen läßt, sehr viele Erscheinungen erklären, während Ptolemäus sowohl die epizy-
klische als auch die deferierende Bewegung erfinden mußte
und noch eine Menge andrer Flausen, die keinen Bestand nit
haben, weder im Himmel noch auf Erden.«

»Ich verzeihe dir, wann du darmit einen Witz hast machen
woln. Aber wann du ernstlich redest, sage ich dir, ich bin kein
Heyde wie Ptolemaeus und weiß sehr wol, daß er viele Errores hat begangen. Und darumb glaube ich, daß der grosse Tycho von Uranienborg eine sehr richtige Idee gehabt hat: Er
hat gemeynet, daß die Planeten, die wir kennen, also Jupiter,
Mars, Venus, Mercurius und Saturnus, sich umb die Sonne
drehen, indeß jedoch die Sonne mitsambt ihrer Umbgebung
sich umb die Erde drehet und auch der Mond sich umb die
Erde drehet und die Erde selbst stille stehet im Mittelpunckte
des Kreyses der Fixsterne. So erklärest du die Errores Ptole-
maei, ohne daß du Ketzereyen sagst, während Ptolemaeus
eben Errores begangen und Galilei Ketzereyen gesagt hat.

Und du bist nit gezwungen zu erklären, wie die schwere Erde mit ihrem ganzen Gewicht am Himmel herumbfliegen kann.«

»Und wie können das die Sonne und die Fixsterne?«

»Wer sagt, daß die schwer sind? Ich nicht. Sie sind himmlische Körper, nicht irdische! Die Erde ja, die ist schwer.«

»Also dann: wie kann ein schweres großes Schiff mit hundert Kanonen auf dem Meer herumfahren?«

»Das Meer trägt es, der Wind treibt es.«

»Also, wenn man etwas Neues sagen will, ohne die Kardinäle in Rom zu ärgern: in Paris habe ich einen Philosophen sagen hören, die Himmel seien ein flüssiger Stoff, so ähnlich wie ein Meer, und sie drehten sich rings um die Erde, und dabei bildeten sich sozusagen ... *tourbillons* ...«

»Was ist das?«

»Wirbel, Vortices.«

»Ach so, Vortices, ja. Und was machen diese Wirbel?«

»Nun, sie wirbeln die Planeten mit, und ein Wirbel wirbelt die Erde um die Sonne, aber es ist der Wirbel, der sich bewegt, nicht die Erde, die wird nur mitgerissen.«

»Bravo, Meister Robertus! Vorhinn hast du nit wollen, dass die Himmel aus Krystall seyen, dieweil du förchtest, dass die Kometen sie sonst zerbrächen, und jetzo möchtest du, dass sie flüssig seyen, so daß die Vögel darinnen ertrincken! Im übrigen würde diese Idee mit den Wirbeln nur erklären, wie die Erde sich umb die Sonne drehet, nicht aber, wie die Erde sich umb sich selber drehet gleichwie ein Kinder-Kreysel.«

»Ja, aber dieser Philosoph hat auch gesagt, was sich drehe, sei nur die Oberfläche der Meere und die Erdkruste unseres Planeten, während der Kern des Erdinnern stillstehe. Glaube ich wenigstens.«

»Das ist ja noch dümmer als vorhinn. Wo hat dieser Herr Philosoph das geschrieben?«

»Ich weiß nicht, ich glaube, er hat darauf verzichtet, es zu schreiben oder das Buch zu veröffentlichen. Er wollte die Jesuiten nicht ärgern, die ihm sehr lieb sind.«

»Also da ziehe ich den Signor Galilei vor. Der hatte ketzerische Gedancken, aber er hat sie überaus liebevollen Kardinälen gestanden, und niemand hat ihn verbrannt. Mir gefällt dieser andere nicht, der noch viel ketzerischere Gedancken hat, aber sie nit gestehet, nicht einmal seinen Freunden, den Jesuiten. Vielleicht wird Gott dem Galilei eines Tages vergeben, aber nit jenem.«

»Wie auch immer, ich glaube, er hat diese erste Idee dann später korrigiert. Ich glaube, er hat dann gesagt, daß der ganze große Haufen Materie, der von der Sonne bis zu den Fixsternen geht, sich in einem großen Kreise dreht, getrieben von diesem Wind ...«

»Sagtest du nit, die Himmel seyen flüssig?«

»Vielleicht doch nicht, vielleicht sind sie eher ein großer Wind ...«

»Siehst du! Auch du weißt nit ...«

»Je nun, also dieser Wind läßt alle Planeten um die Sonne kreisen, und zugleich läßt er die Sonne um sich selbst kreisen. So kommt es zu einem kleineren Wirbel, der den Mond um die Erde und die Erde um sich selbst kreisen läßt. Trotzdem kann man nicht sagen, daß die Erde sich bewegt, denn sie wird ja vom Wind bewegt. Es ist, wie wenn ich auf der *Daphne* schliefe und die *Daphne* würde derweil zu jener Insel dort im Westen fahren: dann würde ich zwar von einem Ort zu einem anderen wechseln, aber trotzdem könnte niemand sagen, daß mein Körper sich bewegt habe. Und was die Tagesumdrehung betrifft, die ist so, wie wenn ich auf einer großen Töpferscheibe säße, die sich drehte, wobei ich Euch natürlich abwechselnd das Gesicht und den Rücken zukehren würde, aber nicht ich wäre es, der sich bewegt, sondern eben die Scheibe.«

»Das ist die Hypothesis eines Schlaumeiers, der ketzerisch seyn, aber nit scheynen will. Doch nun sag mir, wo sollen dann bitte die Sterne seyn? Drehen sich auch Perseus und der gantze Grosse Bär in diesem Wirbel?«

»Die Sterne, die wir sehen, sind lauter Sonnen, jede im Zentrum eines eigenen Wirbels, und das ganze Universum ist ein großer Tanz von Wirbeln mit unendlich vielen Sonnen und noch unendlicher vielen Planeten, auch jenseits der Grenze, bis zu der unsere Augen sehen können, und jeder Planet hat seine Bewohner!«

»Ah! Hab ichs mir doch gedacht! Das ist es, was ihr wollt, du und deine schlimmketzerischen Freunde: unendlich viele Welten! «

»Gestattet mir wenigstens mehr als eine. Wo hätte Gott sonst die Hölle hintun sollen? Nicht ins Erdinnere.«

»Warumb nit ins Erdinnere?«

»Aus folgendem Grunde«, und hier gab Roberto in groben Zügen ein Argument wieder, das er in Paris gehört hatte, und ich kann mich nicht für die Exaktheit seiner Rechnung verbürgen. »Der Durchmesser des Erdinneren beträgt zweihundert italienische Meilen, und wenn wir das ins Kubik setzen, haben wir acht Millionen Kubikmeilen. Rechnet man, daß eine italienische Kubikmeile zweihundertvierzigtausend englische Kubikfuß enthält und daß der Herr einem jeden Verdammten wenigstens sechs Kubikfuß zugewiesen haben muß, dann könnte die Hölle alles in allem nicht mehr als vierzig Millionen Verdammte aufnehmen, was mir recht wenig vorkommt, wenn man bedenkt, wie viele böse Menschen von Adam bis zum heutigen Tage in dieser unserer Welt gelebt haben.«

»Das würde so seyn«, antwortete Pater Caspar, ohne sich zu einem Nachrechnen herabzulassen, »wann die verdammten Seelen mitsambt ihren Leibern in der Hölle säßen. Aber das geschieht erst nach der Auferstehung des Fleisches und dem Jüngsten Gericht! Und dann wird es weder die Erde noch die Planeten mehr geben, sondern andere Himmel und neue Erden!«

»Einverstanden, wenn es nur verdammte Seelen sind, können auch tausend Millionen auf einer Nadelspitze sitzen. Aber es gibt Sterne, die wir mit bloßem Auge nicht sehen können, jedoch mit Eurem Fernrohr. Nun sagt mir, meint Ihr nicht, daß Ihr mit einem hundertmal stärkeren Fernrohr noch andere Sterne sehen könntet, und mit einem tausendmal stärkeren noch viel weiter entfernte, und so *ad infinitum?* Wollt Ihr der Schöpfung eine Grenze setzen?«

»In der Bibel ist davon keine Rede.«

»In der Bibel ist auch keine Rede von Jupiter, und doch habt Ihr ihn vorgestern abend mit Eurem verflixten Fernrohr betrachtet.«

Aber Roberto wußte schon, was der wirkliche Einwand des Jesuiten sein würde. Nämlich derselbe, der den Abbé an jenem Abend in Casale dazu gebracht hatte, sich mit Saint-Savin zu duellieren: daß es bei unendlich vielen Welten nicht mehr möglich ist, der Erlösung durch Christus noch einen Sinn zu geben, da man dann gezwungen wäre, sich entweder unendlich viele Golgathas vorzustellen oder unsere irdische Bleibe als einen privilegierten Ort im Kosmos zu betrachten, zu dem Gott seinen Sohn herabgesandt hätte, uns von der Sünde zu erlösen, während er den Bewohnern anderer Welten diese Gnade verweigert hätte, was im Widerspruch zu seiner unendlichen Güte stünde. Tatsächlich war dies die Antwort von Pater Caspar, was Roberto Gelegenheit gab, ihn erneut anzugreifen.

»Wann hat sich Adams Sündenfall ereignet?«

»Meine Mitbrüder haben anhand der Heyligen Schrifft perfecte mathematische Berechnungen angestellt: Adam sündigte dreytausend neunhundert und vierundachtzig Jahre vor der Ankunfft Unseres HErrn.«

»Nun gut, vielleicht wißt Ihr nicht, daß die Reisenden, die nach China gelangt sind, darunter viele Eurer Mitbrüder, dort Listen der chinesischen Kaiser und Dynastien gefunden haben, aus denen hervorgeht, daß jenes Reich schon vor sechstausend Jahren existiert hatte, also vor Adams Sündenfall, und wenn das für China gilt, wer weiß für wie viele andere Völker auch. Somit betreffen der Sündenfall und die Erlösung am Kreuz und die schönen Wahrheiten unserer Heiligen Römischen Kirche, die sich daraus ergeben, nur einen Teil der

Menschheit. Und es gibt einen anderen Teil, der nicht vom Sündenfall berührt worden ist. Das mindert keineswegs die unendliche Güte Gottes, der sich zu den Adamiten so gütig verhalten hat wie der Vater im Gleichnis vom Verlorenen Sohn zu ebendiesem, indem er seinen Eingeborenen Sohn allein für sie geopfert hat. Denn so wie jener Vater im Gleichnis das fette Kalb für seinen heimgekehrten sündigen Sohn schlachten ließ, aber deswegen seine guten und tugendhaften anderen Söhne nicht weniger liebte, so liebt auch unser Schöpfer ebenso zärtlich die Chinesen und alle anderen Völker, die vor Adam geboren sind, und freut sich, daß sie nicht in die Erbsünde gefallen sind. Und wenn dies so auf der Erde geschehen ist, warum sollte es dann nicht auch auf den Sternen so geschehen sein können?«

»Wer hat dir denn dieß dumme Zeug erzählt?« erboste sich Pater Caspar.

»Viele sprechen davon. Ein arabischer Weiser hat gesagt, man könne es sogar aus einer Stelle im Koran ableiten.«

»Und du wilst mir sagen, der Koran beweise die Wahrheit von irgendeiner Sach? Oh, Allmächtiger HErr, ich bitt dich, laß deinen Blitz herniederfahren auf diesen eitlen, windigen, auffgeblasenen, auffmüpffigen, anmassenden und renitenten Burschen, diesen Nichtsnutz, faulen Hund, eingebildeten Laffen und widerspenstigen Bockel, auff dass er nie wieder seinen Fuss auff dieses Schiff setze!«

Sprach's und ließ das Seil, an dem Roberto hing, wie eine Peitsche knallen, schlug es ihm einmal kurz ins Gesicht und ließ es dann los. Roberto drehte sich auf den Bauch und strampelte hustend und spuckend, es gelang ihm nicht, das Seil straff zu ziehen, er schrie um Hilfe und schluckte Wasser, und Pater Caspar schrie zurück, er solle nur recht schön zappeln und nach Luft schnappen, bevor er zur Hölle fahre, wie es sich für eine Mißgeburt seines Schlages gehöre.

Dann, als seine christliche Seele sich wieder meldete und ihm schien, daß Roberto genug bestraft worden war, zog er ihn hoch. Und für diesen Tag war sowohl der Schwimmunterricht wie der in Astronomie beendet, und die beiden legten sich jeder in seine Ecke schlafen, ohne ein weiteres Wort zu sagen.

Am nächsten Tag versöhnten sie sich wieder. Roberto gestand, daß er an die Hypothese mit den Wirbeln nicht wirklich glaubte und eher der Ansicht war, daß die unendlich vielen Welten aus einem Umherwirbeln von Atomen im leeren Raum entstanden seien, was keineswegs die Existenz eines fürsorglichen Gottes ausschließe, der den Atomen Befehle gab und sie nach seinen Ratschlüssen organisierte, wie der Kanonikus von Digne es ihn gelehrt hatte. Doch Pater Caspar lehnte auch diesen Gedanken ab, da er eine Leere voraussetzte, in welcher sich die Atome bewegten, und Roberto hatte keine Lust mehr zu weiterer Diskussion mit einer so generösen Parze, die, statt das Seil abzuschneiden, an dem sein Leben hing, es zu lang werden ließ.

Nachdem er sich hatte versprechen lassen, nicht mehr mit dem Tode bedroht zu werden, nahm er seine Schwimmübungen wieder auf. Pater Caspar versuchte ihn zu überzeugen, daß er sich im Wasser bewegen müsse, dies sei das Grundprinzip jeder Kunst des Schwimmens, und er empfahl ihm langsame Ruderbewegungen mit den Armen und Beinen, aber Roberto zog es vor, reglos zu dümpeln.

Pater Caspar ließ ihn dümpeln und nutzte die Gelegenheit, ihm seine übrigen Argumente gegen eine Bewegung der Erde aufzuzählen. Erstens das Argument der Sonne. Wenn nämlich die Sonne unbewegt wäre und wir sie genau am Mittag aus der Tiefe eines Zimmers durchs Fenster sähen – und wenn die Erde sich so schnell drehen würde, wie behauptet wird, und das müßte ja ziemlich schnell sein, wenn sie sich in vierundzwanzig Stunden einmal um sich selbst drehen soll –, dann müßte die Sonne im nächsten Moment aus unserem Blickfeld verschwunden sein.

Sodann das Argument des Hagels. Manchmal hagelt es eine ganze Stunde lang, aber ob nun die Wolken nach Osten oder nach Westen ziehen, nach Norden oder nach Süden, nie hagelt es auf mehr als höchstens vierundzwanzig bis dreißig Meilen Landes im Umkreis. Wenn aber die Erde sich drehen würde und wenn die Hagelwolken vom Wind gegen die Drehrichtung der Erde getrieben würden, müßte der Hagel mindestens drei- bis vierhundert Meilen Landes bestreichen.

Des weiteren das Argument der Weißen Wölkchen, die bei gutem Wetter am Himmel ziehen und immer mit gleicher Langsamkeit ihres Weges zu ziehen scheinen; während die westwärts ziehenden, wenn die Erde sich drehen würde, unheimlich schnell über den Himmel rasen müßten.

Schließlich das Argument der Landtiere, die sich instinktiv immer nach Osten bewegen müßten, um sich in die Bewegung der sie beherrschenden Erde einzufügen; während sie große Aversion gegen eine Bewegung nach Westen bekunden müßten, da sie ihnen widernatürlich vorkäme.

Roberto hörte sich all diese Argumente eine Zeitlang an, dann wurde es ihm zu dumm, und er setzte dieser ganzen Wissenschaft sein Argument des Begehrens entgegen:

»Aber schlußendlich«, sagte er, »nehmt mir doch nicht die Freude zu denken, daß ich mich zum Fluge erheben könnte und die Erde unter mir kreisen sähe, und daß ich in vierundzwanzig Stunden die unterschiedlichsten Gesichter unter mir sähe, weiße, schwarze, braune, gelbe, mit Hut oder Turban, und Städte mit Kirchtürmen, bald spitz, bald gerundet, mit dem Kreuz darauf oder mit dem Halbmond, und Städte mit Türmen aus Porzellan und Dörfer mit Hütten, und Irokesen, die sich anschicken, einen Kriegsgefangenen lebendig zu verspeisen, und Frauen im Lande Tesso, die sich die Lippen blau anmalen, um den häßlichsten Männern der Welt zu gefallen, und solche aus dem Lande Camul, die von ihren Ehemännern dem erstbesten überlassen werden, wie berichtet im Buche des Messer Milione …«

»Siehst du? Wie ich sage: Wann ihr eure Philosophia in der Taverne betreibet, sind eure Gedancken immer nur solche der Libido! Und übrigens, hättest du dir nicht diese Gedancken in den Kopf gesetzet, so köntest du ebendieselbichte Reise auch machen, wann Gott dir die Gnade gewährte, dich umb die Erde kreysen zu lassen, was keine mindere Gnade wär; als dich am Himmel schweben zu lassen.«

Roberto war nicht überzeugt, aber er wußte nichts mehr zu erwidern. Darauf nahm er den längsten Umweg, ausgehend von anderen irgendwo aufgeschnappten Argumenten, die ihm ebenfalls nicht im Gegensatz zur Idee eines fürsorglichen Gottes zu stehen schienen, und fragte Pater Caspar, ob er einverstanden sei mit der Ansicht, daß die Natur als großes Theater genommen werden könnte, in welchem wir immer nur das sehen, was der Autor inszeniert hat. Von unserem Standpunkt aus sehen wir das Theater nicht so, wie es wirklich ist: Die Dekorationen und Maschinen sind so hergerichtet, daß sie von weitem einen schönen Effekt ergeben, während die Räder und Seile und Gegengewichte, mit denen die Bewegungen erzeugt werden, unseren Blicken verborgen sind. Wenn aber im Parkett ein Fachmann säße, könnte er erraten, wie man es bewerkstelligt hat, daß ein mechanischer Vogel sich plötzlich zum Fluge erhebt. Und so müßte es auch ein Philosoph vor dem Schauspiel des Universums können. Gewiß ist die Schwierigkeit für den Philosophen größer, da in der Natur die Räder und Seile so gut verborgen sind, daß man sich lange gefragt hat, wer sie bewegt. Und doch ist es auch in diesem unserem großen Theater so, daß Phaeton, wenn er zur Sonne aufsteigt, nur deshalb fliegen kann, weil er an Seilen emporgezogen wird, indes ein Gegengewicht nach unten sinkt.

Ergo (triumphierte Roberto schließlich, als er den Grund wiederfand, aus dem er diese ganze lange Abschweifung begonnen hatte), ergo sehen wir auf der Bühne die Sonne, die sich dreht, aber die Maschinerie ist von ganz anderer Natur, und das können wir auf den ersten Blick gar nicht erkennen. Wir sehen das Schauspiel, aber nicht den Flaschenzug, der Phoebus bewegt, denn eigentlich leben wir ja sogar auf dem Rad dieses Flaschenzugs – und hier verheddert sich Roberto, denn wenn man die Metapher des Flaschenzugs akzeptiert, entgleitet einem die des Theaters und die ganze Argumentation wird so überspitzt oder *pointu*, wie Saint-Savin gesagt hätte, daß sie alle Schärfe verliert.

Pater Caspar erwiderte, wenn der Mensch eine Maschinerie zum Singen bringen wolle, müsse er Holz oder Metall in geeigneter Weise bearbeiten und Löcher hineinbohren oder Saiten daraufspannen und sie mit Bögen reiben oder sogar – wie er es auf der *Daphne* getan habe – eine wassergetriebene Apparatur erfinden, während wir, wenn wir die Kehle einer Nachtigall untersuchen, keinerlei Maschinerie darin finden, woran man sehen könne, daß Gott eben andere Wege gehe als wir.

Dann fragte er, ob Roberto, wenn er so gern unendlich viele Sonnensysteme am Himmel rotieren sehe, nicht auch hätte annehmen können, daß jedes dieser Systeme Teil eines größeren Systems sei, das seinerseits innerhalb eines noch viel größeren Systems rotiere, et cetera, et cetera – denn wenn man von solchen Prämissen ausginge, ergehe es einem wie der Jungfrau, die einem Verführer erliege: zuerst mache sie ihm ein kleines Zugeständnis, doch bald müsse sie ihm mehr gestatten und dann immer mehr, und so wisse man nie, bis zu welchen Extremen man auf diesem Weg noch gelange.

Sicher, versetzte Roberto, man könne an alles denken. An Wirbel ohne Planeten, an Wirbel, die aneinanderstoßen, an Wirbel, die nicht rund, sondern sechseckig sind, so daß sich an jeder Seite ein weiterer Wirbel bildet und alle zusammen sich wie die Waben eines Bienenstocks fügen, oder an Wirbel wie Polygone, die einander stützen und dabei Leerstellen lassen, welche die Natur mit kleineren Wirbeln füllt, die alle miteinander verzahnt sind wie die Zahnräder eines Uhrwerks – wobei sich das Ganze am Himmel des Universums wie ein riesiges Rad dreht, in dessen Innern sich andere Räder drehen, jedes mit noch kleineren Rädern, die sich in ihrem Innern drehen, und dieses ganze große Gebilde bewegt sich am Himmel auf einer riesigen Umlaufbahn, die Jahrtausende dauert, vielleicht kreisend um einen anderen Wirbel von Wirbeln von Wirbeln ... Und hier überkam Roberto ein solches Schwindelgefühl, daß er beinahe untergegangen wäre.

Das aber war der Moment, da Pater Caspar seinen Triumph erzielte. Also gut, sagte er, wenn die Erde sich um die Sonne drehe, aber die Sonne sich ihrerseits um etwas anderes drehe (und lassen wir hier beiseite, ob dieses andere sich wiederumb umb etwas anderes drehet), dann ergebe sich das Problem der *roulette* – von der Roberto doch sicherlich in Paris gehört habe, da sie von dort nach Italien zu den Anhängern Galileis gelangt sei, die wirklich *alles* aufgriffen und sich zunutze machten, solange es nur die Welt in Unordnung bringe.

»Was ist die *roulette*?« fragte Roberto.

»Eine Kurve, du kannst sie auch Trochoide oder Zykloide nennen, das ändert nit viel. Stell dir ein Rad vor.«

»Dasselbe wie vorhin?«

»Nein, dißmal ein Wagenrad. Und stell dir vor, auf diesem Wagenrad sey ein Nagel. Nun stell dir vor, das Rad stehe stille, und der Nagel sey dicht über dem Boden. Nun stell dir vor, der Wagen fahre und das Rad drehe sich. Was, meinst du, geschieht mit dem Nagel?«

»Nun ja, wenn das Rad sich dreht, wird er nach einer Weile oben sein, und wenn das Rad seine Umdrehung beendet hat, ist er wieder dicht überm Boden.«

»So meinstu also, dieser Nagel hat eine Bewegung in Form eines Kreyses gemacht.«

»Na klar. Bestimmt nicht in Form eines Quadrats.«

»Itzo paß einmal auff, du Witzbold. Sagst du, daß der Nagel sich an derselben Stelle überm Boden befindet, wo er zuvor gewesen?«

»Moment ... Nein, wenn der Wagen vorwärtsgefahren ist, befindet sich der Nagel ein Stück weiter vorn am Boden.«

»Also hat er keine kreisförmige Bewegung gemacht.«

»Nein, bei allen Heiligen des Paradieses.«

»Du sollst nit sagen Beiallenheyligendesparadieses!«

»Verzeihung. Aber was für eine Bewegung hat er denn gemacht?«

»Er hat eine Trochoide vollführt, und damit du begreiffst, was das ist, sage ich dir, das ist, wie wenn du einen Ball vor dich hin wirffst: ein Stück weiter vorn berührt er den Boden, dann springt er ab und macht einen weiteren Bogen, dann noch einen und so weiter – nur mit dem Unterschied, daß während der Ball immer kleinere Bögen macht, die Bögen des Nagels immer gleich gross bleiben, wann das Rad mit gleichbleibender Geschwindigkeit fahrt.«

»Und was heißt das?« fragte Roberto, der seine Niederlage ahnte.

»Das heisset, du wilst so viele Wirbel und zahllose Welten beweisen und daß die Erde sich um die Sonnen drehe, und darbey dreht deine Erde sich gar nicht würcklich, sondern hüpft durch den endlosen Himmel wie ein Ball, tumpf tumpf tumpf – hach, welch schöne Bewegung für diesen hochedlen Planeten! Und wann deine Theoria der Wirbel gut ist, machen alle Himmelskörper tumpf tumpf tumpf – haha, itzo lass mich lachen, das ist würcklich der größte Witz meines Lebens!«

Was sagt man gegen ein so raffiniertes und geometrisch perfekt ausgetüfteltes Argument? Noch dazu, wenn es in so perfekter Scheinheiligkeit wider besseres Wissen vorgetragen wird, denn Pater Caspar hätte ja wissen müssen, daß etwas ganz Ähnliches auch der Fall wäre, wenn die Planeten sich so bewegten, wie Tycho Brahe es wollte. Roberto ging wie ein begossener Pudel zu Bett. In der Nacht überlegte er, ob es nicht am besten wäre, all seine Ideen über eine Bewegung der Erde über Bord zu werfen. Würde denn, überlegte er, wenn Pater Caspar recht hätte und die Erde sich nicht bewegte – und andernfalls würde sie sich über Gebühr bewegen, und niemand könnte sie mehr aufhalten –, würde das denn irgend etwas an seiner Entdeckung des Antipoden-Meridians ändern? Oder an seiner Theorie der Sintflut? Oder gar an der Tatsache, daß die Insel dort drüben lag, einen Tag vor dem Tag, der diesseits des Meridians war? Nicht das geringste.

Mithin, sagte sich Roberto, sollte ich vielleicht aufhören, die astronomischen Ansichten meines neuen Lehrers in Frage zu stellen, und mich lieber anstrengen, endlich schwimmen zu lernen, um eines Tages das zu erreichen, was mich wirklich interessiert, und das ist nicht die Frage, ob nun Kopernikus und Galilei recht hatten oder dieser Tycho von Uranienborg, sondern die Flammenfarbene Taube zu sehen und den Fuß in den vorigen Tag zu setzen – was sich weder Galilei noch Kopernikus, weder Tycho noch meine Lehrer und Freunde in Paris je hätten träumen lassen.

So präsentierte er sich am nächsten Tag seinem Lehrer als gehorsamer Schüler, gehorsam in Sachen Schwimmen ebenso wie in Sachen Astronomie.

Doch Pater Caspar verwies ihn auf das bewegte Meer und auf weitere Berechnungen, die er machen müsse, und verschob die Schwimmstunde auf später. Gegen Abend erklärte er dann, zum Schwimmenlernen brauche man Konzentration und Ruhe, man dürfe den Kopf nicht in den Wolken haben. Und da er gesehen habe, daß Roberto genau zum Gegenteil neige, sei er zu dem Schluß gekommen, daß sein Schüler nicht die richtige Einstellung habe.

Roberto fragte sich verwundert, wieso sein Lehrer, der so stolz auf sein Können war, seinen Plan so plötzlich aufgab. Und ich glaube, daß er zum richtigen Ergebnis kam. Pater Caspar hatte sich in den Kopf gesetzt, daß Roberto durch das entspannte Liegen und Herumplätschern im lauwarmen Wasser, zumal in der warmen Sonne, eine Art Hirnaufwallung bekommen habe, die ihn zu gefährlichen Gedanken verführe. Das Gefühl, mit dem eigenen Körper auf du und du zu sein, das Eintauchen in die Flüssigkeit, die ja doch Materie war, lasse ihn in gewisser Weise vertieren und wecke jene Gedanken in ihm, die nichtmenschlichen und verrückten Naturen eigen sind.

Daher mußte Pater Caspar Wanderdrossel sich etwas anderes einfallen lassen, um die Insel zu erreichen: etwas, das nicht Robertos Seelenheil kostete.

25

TECHNICA CURIOSA

Als Pater Caspar sagte, es sei wieder Sonntag, machte Roberto sich bewußt, daß schon mehr als eine Woche seit dem Tag ihrer Begegnung vergangen war. Der Pater zelebrierte die Messe, dann sah er ihn mit entschlossener Miene an.

»Ich kann nit warten, bis du schwimmen gelernt hast«, sagte er.

Roberto antwortete, es sei nicht seine Schuld, daß er es noch nicht gelernt habe. Der Jesuit räumte ein, daß es vielleicht nicht seine Schuld war, aber inzwischen seien die Unbilden des Wetters und die wilden Tiere dabei, seine Specula zu ruinieren, die eigentlich jeden Tag gepflegt werden müsse. Darum bleibe als Ultima Ratio nur eine Lösung: Er selbst werde sich auf die Insel begeben. Und auf die Frage, wie er das anstellen wolle, antwortete der Pater, er werde es mit der Wasserglocke versuchen.

Schon lange habe er studiert, erklärte er, wie man unter Wasser fahren könnte. Er habe sogar schon ein passendes Fahrzeug entworfen, ein Boot aus Holz, mit Eisen verstärkt und mit einem zweiten Rumpf, der es nach oben verschloß, so wie ein Deckel eine Schachtel verschließt. Das Boot wäre zweiundsiebzig Fuß lang, zweiunddreißig hoch und acht breit gewesen, und es wäre durch sein Gewicht unter die Oberfläche gesunken. Es wäre durch ein Schaufelrad angetrieben worden, das von zwei Männern im Innern gedreht worden wäre, so wie die Esel ein Mühlrad drehen. Und um zu sehen, wo man sich befand, hätte man ein *Tubospicillum* hinausgeschoben, eine Art Fernrohr, das durch entsprechend montierte Spiegel erlaubt hätte, von innen zu erkunden, was draußen im Freien geschah.

Warum er es nicht gebaut habe? Weil die Natur nun einmal so beschaffen sei – sagte er – zur Demütigung unserer Wenigkeit: Es gebe Ideen, die auf dem Papier ganz perfekt erschienen, aber in der Wirklichkeit seien sie dann alles andere als perfekt, und niemand wisse, warum.

Statt dessen habe er aber die *Campana Aquatica* oder Wasserglocke gebaut. »Und die dummen Leut, so sie hörten, dass einer auff des Rheines Grund hinabsteigen kann, ohne darbey nass zu werden, und sogar mit einem Feuerbecken in der Hand, hätten sie's eine Verruckheit geheißen. Doch der Beweis per experimentum ist erbracht worden, und zwar schon beynah vor einem Säkulum in der Festung zu Toleto in Hispanien. Also werde ich die Insel mit meiner Wasserglocken erreichen, indem ich unter dem Wasser marschire, wie du mich hier marschiren siehst.«

Er stieg in das »Zwiebackmagazin« hinunter, das offenbar ein unerschöpfliches Lager war: außer den astronomischen Gerätschaften enthielt es noch anderes. Roberto mußte weitere Stangen und eiserne Halbkreise an Deck tragen, dazu eine große, zu einem Bündel geschnürte Tierhaut, die noch nach ihrem gehörnten Spender roch. Vergeblich erinnerte er daran, daß man doch, wenn heute Sonntag war, am Tag des Herrn nicht arbeiten dürfe: Pater Caspar erwiderte, das sei keine Arbeit, schon gar keine niedrige, sondern Ausübung einer der edelsten Künste, und ihre Mühsal werde dem Wachstum der Kenntnis des großen Buchs der Natur zugute kommen. Mithin sei sie wie das Meditieren über den heiligen Texten, von denen sich das Buch der Natur nicht entferne.

Roberto mußte sich also an die Arbeit machen, angespornt von Pater Caspar, der in den heikelsten Momenten selber eingriff, wenn es galt, die Eisenteile an den vorgesehenen Stellen zusammenzufügen. Den ganzen Vormittag lang arbeiteten sie so, und das Ergebnis war ein Käfig in Form eines Kegelstumpfes, etwas mehr als mannshoch und bestehend aus drei horizontalen, nach unten zu größer werdenden Ringen, die durch vier vertikale, leicht schräg gestellte Stangen parallel zueinander gehalten wurden.

An den beiden oberen Ringen war eine sackähnliche Konstruktion aus Segeltuch und Riemen befestigt, in die sich ein Mensch so einschnallen konnte, daß er nicht nur an der Hüfte, sondern auch an Brust und Hals vor einem Abrutschen gesichert war und mit dem Kopf nicht an den oberen Ring stieß.

Während Roberto sich noch fragte, wozu das Ganze dienen sollte, schnürte Pater Caspar die Tierhaut auf, die sich als ein idealer Bezug oder Handschuh oder Fingerhut für den Eisenkäfig entpuppte, dem sie sich leicht überziehen ließ, wonach sie innen festgehakt wurde, so daß sie, als das Ganze fertig war, von außen nicht mehr abgezogen werden konnte. Und tatsächlich war das Ganze ein oben geschlossener und unten offener Kegelstumpf – oder eben, wenn man so wollte, eine Art Glocke. Zwischen dem oberen und dem mittleren Ring öffnete sich ein kleines Fenster, und oben auf dem Glockendach befand sich ein robuster Eisenring.

Als alles fertig war, wurde die Glocke zur Ankerwinde gebracht und mit dem Ring an den Haken eines Auslegers gehängt, der es erlaubte, sie durch ein System von Rollen- und Flaschenzügen anzuheben, über Bord zu schwenken, ins Wasser zu senken und wieder hochzuziehen, wie man es beim Be- und Entladen eines Schiffes mit Kisten, Ballen und anderen Lasten macht.

Die Winde war nach der langen Untätigkeit ein bißchen verrostet, aber schließlich gelang es Roberto, sie in Gang zu bringen und die Glocke so weit anzuheben, daß man von unten in sie hineinsehen konnte.

Sie wartete nur noch auf einen Passagier, der in sie hineinschlüpfte und sich in ihr festband, um dann wie ein Klöppel in ihr zu hängen.

Es konnte ein Mensch von jeder beliebigen Statur sein, er brauchte nur die Riemen durch Schnallen und Knoten ent-

sprechend zu erweitern oder zu verengen. Einmal gut festge-
schnallt, würde er mit seinem Gehäuse spazierengehen können, und die Riemen würden dafür sorgen, daß sein Kopf auf
der Höhe des Fensters blieb und der untere Rand bis etwa zu
seinen Waden reichte.

Roberto brauche sich jetzt bloß noch vorzustellen, erklärte
Pater Caspar triumphierend, was passieren würde, wenn die
Glocke mit der Winde ins Meer gesenkt würde.

»Na, der Passagier würde ertrinken«, meinte Roberto, wie
es wohl jeder getan hätte. Worauf Pater Caspar ihm vorwarf,
er habe sehr wenig Ahnung vom »Äquilibrium der Flüssigkeiten«.

»Du magst vielleicht dencken«, sagte er, »daß es irgendwo
ein Vakuum gibt, wie jene Schmuckstücke der Synagoge Satans behaupten, mit denen du in Paris gesprochen hast. Aber
du wirst zugeben, daß in der Glocke kein Vakuum ist, sondern Lufft. Und wann du eine Glocke voll Lufft ins Wasser
senkest, dringt kein Wasser nit ein. Entweder Wasser oder
Lufft.«

Das sei wahr, gab Roberto zu. Eben, und folglich, fuhr der
Pater fort, könne der Mensch, so tief das Meer auch sein
möge, mit der Glocke auf dem Grunde spazierengehen, ohne
daß Wasser in sie eindringe, jedenfalls so lange, bis die ganze
in der Glocke enthaltene Luft durch sein Atmen in Wasser-
dampf umgewandelt sein würde (wie man ihn sehe, wenn man
auf einen Spiegel hauche), wobei dann dieser Dampf, da er
weniger dicht als das Wasser sei, endlich diesem Platz machen
würde – was definitiv beweise, kommentierte der Pater triumphierend, daß die Natur einen Horror vacui habe. Doch in
einer Glocke von dieser Größe könne ein Mensch, so habe er
ausgerechnet, mindestens dreißig Minuten lang atmen. Die
Küste erscheine zwar recht weit entfernt, wenn man sie
schwimmend erreichen wolle, doch wenn man über den Meeresgrund zu ihr gehe, sei es bloß ein Spaziergang, denn etwa
auf halbem Weg zwischen Schiff und Küste beginne das Korallenriff (weshalb das Boot nicht diesen Weg habe nehmen

können, sondern den viel längeren um das südliche Kap herum nehmen mußte). An manchen Stellen seien die Korallen auch ganz dicht unter dem Wasserspiegel. Wenn man die Expedition überdies bei Ebbe beginne, würde sich der Gang unter Wasser noch mehr verkürzen. Man brauche dann nur bis zu den Klippen zu gehen, und kaum sei man auch nur bis zu den Knien aufgetaucht, werde die Glocke sich wieder mit frischer Luft füllen.

Aber wie könne man, fragte Roberto, auf dem Meeresgrund gehen, der doch sicherlich voller Gefahren sei, und wie auf das Riff steigen, das doch sicher aus spitzen Steinen und noch schärferen Korallen bestehe? Und wie werde die Glocke auf den Grund sinken, ohne im Wasser umzukippen oder wieder nach oben gedrückt zu werden aus denselben Gründen, aus denen ein Untergetauchter an die Oberfläche zurückkehrt?

Mit einem listigen Lächeln erwiderte Pater Caspar, den wichtigsten Einwand habe Roberto sogar noch vergessen: Wenn man die mit Luft gefüllte Glocke allein ins Wasser senkte, würde sie soviel Wasser verdrängen, wie ihre Masse betrage, und dieses Wasser würde sehr viel schwerer sein als der Körper, der in es einzutauchen versuche, und darum würde es ihm erheblichen Widerstand entgegensetzen. Jedoch in der Glocke wären ja auch noch etliche Pfunde Mensch, und außerdem gäbe es noch die Eisernen Kothurne. Und mit der Miene dessen, der an alles gedacht hat, holte er aus dem unerschöpflichen Magazin ein Paar Stiefel mit mehr als fünf Finger dicken Eisensohlen, die am Knie festgebunden werden konnten. Das Eisen würde als Ballast dienen und gleichzeitig die Füße des Wanderers schützen. Es würde zwar seinen Gang verlangsamen, aber ihm auch die Angst vor einem zerklüfteten Boden nehmen, die ihn sonst nur zögernd gehen ließe.

»Aber wenn Ihr von dem Schräghang, der hier unter uns sein muß, zur Küste hinaufgehen müßt, wird es ein einziger Anstieg sein!«

»Du warst nit dabei, als wir den Ancker geworffen haben. Ich habe vorher die Tieffe gelotet. Kein Abgrund! Wäre die *Daphne* noch ein bissel weitergefahren, wär sie auff Grund gelauffen! «

»Aber wie werdet Ihr das Gewicht der Glocke tragen können, die Euch doch schwer auf dem Kopf liegen wird?« fragte Roberto. Worauf Pater Caspar daran erinnerte, daß man dieses Gewicht im Wasser nicht spüre, was Roberto wüßte, wenn er je versucht hätte, ein Boot zu schieben oder auch nur eine Eisenkugel aus einer Wanne zu fischen, was erst anstrengend werde, wenn man sie aus dem Wasser gezogen habe, nicht aber, solange sie noch untergetaucht sei.

Angesichts der Halsstarrigkeit des Alten versuchte Roberto, den Zeitpunkt seines Verderbens hinauszuzögern. »Aber wenn man die Glocke mit der Winde hinunterläßt, wie hakt man dann das Seil aus?« fragte er. »Andernfalls hält es Euch doch zurück, und Ihr könnt Euch nicht vom Schiff entfernen.«

Pater Caspar antwortete, wenn er am Boden angelangt sei, werde Roberto das daran bemerken, daß sich das Seil dann ja lockern werde, und dann müsse er es eben kappen. Ob er etwa glaube, der Pater wolle auf demselben Wege zurückkehren? Einmal auf der Insel angelangt, werde er das Boot holen gehen und mit ihm zurückkehren, so Gott wolle.

Aber sobald er an Land angelangt sei und sich aus den Riemen gelöst habe, werde die Glocke doch, wenn sie nicht von einer anderen Winde hochgehoben werde, auf den Boden sinken und ihn gefangensetzen. »Wollt Ihr den Rest Eures Lebens auf einer Insel in einer Glocke eingeschlossen verbringen?« Worauf der Alte erwiderte, sobald er sich aus jenen Leibchen befreit habe, brauche er nur die Außenhaut mit seinem Messer aufzuschneiden und werde ihr entsteigen wie Minerva dem Schenkel des Jupiter.

Und wenn er unter Wasser einem großen Fisch begegnete, einem von denen, die Menschen verschlingen? Worauf der Pater lachte: Auch der grimmigste Fisch würde, wenn er auf seinem Weg einer wandelnden Glocke begegnete, was ja auch einem Menschen angst machen würde, heftig genug erschrekken, um sofort die Flucht zu ergreifen.

»Also gut«, schloß Roberto, nun ernstlich besorgt um seinen Freund, »Ihr seid alt und schmächtig, wenn wirklich jemand gehen muß, werde ich es versuchen!« Pater Caspar dankte ihm, erklärte aber, daß Roberto sich schon mehrfach als Bruder Leichtfuß erwiesen habe, so daß man nicht wisse, was er diesmal anstellen werde; dagegen habe er, Pater Caspar, schon eine gewisse Kenntnis dieses Meeresarms und des Korallenriffs und habe ähnliche schon anderswo mit einem flachen Boot erkundet; außerdem habe er diese Glocke selbst konstruiert und kenne daher ihre Vorzüge und Schwächen; ferner habe er gute Kenntnisse in der hydrostatischen Physik und werde schon wissen, was bei unvorhergesehenen Schwierigkeiten zu tun sei. Und schließlich, fügte er hinzu, als handle es sich um den letzten Grund, der für ihn sprach, »und schließlich habe ich den Glauben und du nicht«.

Und Roberto begriff, daß dies keineswegs der letzte Grund, sondern vielmehr der erste und ohne Zweifel der schönste war. Pater Caspar Wanderdrossel glaubte an seine Glocke, so wie er an seine Specula glaubte, und er glaubte, daß er die Glocke benutzen mußte, um zur Specula zu gelangen, und er glaubte, daß alles, was er tat, zum höheren Ruhme Gottes sei. Und wie der Glaube Berge versetzen kann, so erlaubte er sicher auch, den Meeresgrund zu bezwingen.

Es blieb also nichts anderes übrig, als die Glocke wieder aufs Deck zu lassen und sie für die Unternehmung herzurichten. Eine Arbeit, mit der die beiden bis zum Abend beschäftigt waren. Um die Lederhaut so abzudichten, daß weder Wasser eindringen noch Luft austreten konnte, mußte sie mit einer Masse bestrichen werden, die es auf schwachem Feuer zuzubereiten galt unter Verwendung von drei Pfund Wachs, einem Pfund venezianischen Terpentins und vier Unzen einer anderen Glasur, die von Möbeltischlern benutzt wird. Dann galt es, diese Substanz auf die Haut zu streichen, um sie bis zum nächsten Morgen hart werden zu lassen. Schließlich mußten mit einer anderen Masse aus Pech und Wachs alle Ritzen an den Rändern des kleinen Fensters abgedichtet werden, nachdem die Glasscheibe mit geteertem Kitt befestigt worden war.

Nachdem alle Ritzen sorgfältig verstopft worden waren – *omnibus rimis diligenter repletis*, wie er sagte –, verbrachte der Pater die Nacht im Gebet. Beim Morgengrauen kontrollierten sie noch einmal die Glocke, die Verbindungsstücke und die Haken. Pater Caspar wartete den richtigen Zeitpunkt ab, an dem er die Ebbe am besten würde ausnützen können, während zugleich die Sonne schon hoch genug stand, um das Meer vor ihm zu erhellen und alle Schatten hinter ihn zu werfen. Dann umarmten sie sich.

Pater Caspar wiederholte, daß es sich um eine vergnügliche Unternehmung handle, bei der er ganz erstaunliche Dinge zu sehen bekommen werde, die weder Adam noch Noah je gekannt hätten, ja er fürchte geradezu, die Sünde der Hoffart zu begehen, so stolz sei er darauf, als erster Mensch in die Meereswelt hinunterzusteigen. »Freilich«, fügte er hinzu, »ist diß auch eine Probe der Demut und Mortificatio: Während Unser HErr Jesus ist auff dem Wasser gegangen, werde ich unter ihm gehn, wie es sich für einen Sünder gehört.«

Blieb nur, die Glocke neuerlich anzuheben, sie dem Pater anzulegen und zu prüfen, ob er sich auch gut darin bewegen konnte.

Ein paar Minuten lang wohnte Roberto dem Schauspiel eines wandernden Schneckenhauses bei, was sage ich, eines wandernden Bovists, eines Blätterpilzes, der sich mit langsamen, staksigen Schritten vorwärtsbewegte, wobei er oft stehenblieb und eine halbe Drehung um sich selbst vollführte, wenn der Pater nach rechts oder links sehen wollte. Mehr als einen Marsch schien diese ambulante Kapuze eine Gavotte im Sinne zu haben, eine Bourrée, die durch das Fehlen der Musik noch grotesker wirkte.

Schließlich schien Pater Caspar zufrieden zu sein und sagte

mit einer Stimme, die aus seinen Stiefeln zu kommen schien, es könne nun losgehen.

Er begab sich zur Ankerwinde, Roberto hakte die Glocke ein, begann die Winde zu drehen und kontrollierte noch einmal, als die Glocke in der Luft hing, ob die Füße des Alten frei baumelten und er nicht nach unten herausrutschte oder die Glocke sich über ihm hob. Pater Caspar schüttelte sich und rief mit hohler Stimme, daß alles zum besten stehe, aber daß Roberto schnell machen solle: »Diese Kothurne ziehn mir die Beine lang und reißen sie mir beynah aus dem Leib. Rasch, lass mich ins Wasser!«

Roberto rief noch ein paar aufmunternde Sätze und ließ das Vehikel mit seinem menschlichen Motor langsam hinunter. Was keine leichte Sache war, denn er mußte allein an der Ankerwinde die Arbeit vieler Matrosen verrichten. So kam ihm jener Abstieg endlos vor, als ob das Meer immer tiefer sinke, während er seine Anstrengungen vervielfachte. Endlich aber hörte er ein Geräusch auf dem Wasser, spürte das Gewicht leichter werden, und nach wenigen Augenblicken (die ihm wie Jahre vorkamen) merkte er, daß sich die Winde leer drehte. Die Glocke war am Grund angelangt. Er kappte das Seil und stürzte zur Bordwand, um hinunterzuspähen. Und sah nichts.

Von Pater Caspar und der Glocke war keine Spur mehr geblieben.

Was für ein Teufelskerl von Jesuit, dachte Roberto bewundernd. Er hat es geschafft! Denk nur, da unten marschiert ein Jesuit, und niemand könnte es erraten. Die Täler aller Ozeane könnten von Jesuiten bevölkert sein, und niemand würde es wissen!

Dann ging er zu vorsichtigeren Gedanken über. Daß Pater Caspar da unten sein mußte, war unsichtbarerweise evident. Aber daß er wieder heraufkommen würde, war noch nicht gesagt.

Das Meer schien ihm etwas unruhiger zu werden. Sie hatten den Tag extra gewählt, weil er heiter war, doch während sie die letzten Vorbereitungen trafen, hatte sich ein leichter Wind erhoben, der hier draußen die Wasserfläche nur kräuselte, aber am Ufer schon einige Wellen erzeugte, die zwischen den nun aufgetauchten Klippen die Landung erschweren konnten.

Vor der Nordspitze der Insel, wo sich eine fast glatte und senkrechte Wand erhob, entdeckte er aufsprühende Gischtfontänen, die an den Felsen schlugen und in der Luft zerstoben wie ebenso viele weiße Nönnchen. Sicher waren sie das Ergebnis von Wellen, die auf eine Reihe kleiner Felszacken schlugen, die er nicht sehen konnte, aber vom Schiff aus schien es, als bliese eine Seeschlange jene kristallenen Flammen aus der Tiefe empor.

Am Strand schien es jedoch ruhiger zu sein, die Schaumkronen waren nur weiter draußen zu sehen, und das war für Roberto ein gutes Zeichen: Es zeigte an, wo das Riff aus dem Wasser ragte, und markierte die Grenze, hinter der Pater Caspar keine Gefahr mehr laufen würde.

Wo mochte er jetzt sein? Wenn er sich gleich in Marsch gesetzt hatte, müßte er schon … Aber wieviel Zeit war seitdem vergangen? Roberto hatte das Gefühl für das Verstreichen der Augenblicke verloren, jeder zählte für ihn eine Ewigkeit, und so neigte er dazu, das vermeintliche Resultat zu verringern, und redete sich ein, der Pater sei gerade eben erst eingetaucht, vielleicht befinde er sich noch unter dem Kiel und versuche gerade, sich zu orientieren. Dann aber kam ihm der Verdacht, das Seil könnte sich beim Hinunterlassen der Glocke verdreht haben, so daß die Glocke eine halbe Drehung um sich selbst gemacht hatte und Pater Caspar, ohne es zu wissen, mit dem Fenster nach Westen gelandet war und jetzt womöglich ins offene Meer hinausmarschierte.

Ach was, sagte sich Roberto, wer ins offene Meer hinausmarschierte, würde ja wohl bemerken, daß es abwärts und nicht aufwärts ging, und würde umkehren. Wenn allerdings an dieser Stelle ein kleiner Anstieg nach Westen wäre und der in westlicher Richtung aufwärts Gehende glauben würde, er ginge nach Osten? Immerhin müßten die Sonnenreflexe ihm zeigen, in welcher Richtung sich das Tagesgestirn bewegte ... Aber sieht man von dort unten die Sonne? Dringen ihre Strahlen wie durch ein Kirchenfenster in kompakten Bündeln so weit hinab, oder zerstreuen sie sich in alle Richtungen wie Tropfen, so daß, wer sich dort unten befindet, das Licht nur wie ein diffuses Leuchten wahrnimmt?

Nein, sagte sich Roberto, der Alte weiß sehr genau, in welche Richtung er gehen muß, vielleicht ist er schon auf halbem Weg zwischen Schiff und Riff, vielleicht ist er schon beim Riff angelangt und steigt schon hinauf mit seinen dicken Sohlen aus Eisen, gleich werde ich ihn auftauchen sehen ...

Anderer Gedanke: In Wirklichkeit ist noch niemand vor dem heutigen Tage am Grunde des Meeres gewesen. Wer sagt mir, daß man da unten nicht schon nach wenigen Armeslängen ins absolut Schwarze eintaucht, wo nur Kreaturen leben, deren Augen ein vages Schimmern ausstrahlen? Und wer sagt, daß man sich am Grunde des Meeres noch orientieren kann? Vielleicht dreht sich der arme Pater im Kreise, geht immer denselben Weg, bis sich die Luft aus seiner Brust in bloße Feuchtigkeit verwandelt hat, die sich auf der Glasscheibe niederschlägt und das befreundete Wasser in die Glocke einlädt ...

Roberto machte sich Vorwürfe, daß er nicht wenigstens eine Sanduhr aufs Deck gestellt hatte: Wieviel Zeit war seit dem Eintauchen vergangen? Vielleicht schon mehr als eine halbe Stunde, also zuviel, und bei diesem Gedanken war er es, der zu ersticken vermeinte. Er atmete tief durch, kam wieder zu sich und glaubte, dies sei der Beweis dafür, daß nur ganz wenige Augenblicke vergangen sein konnten und daß Pater Caspar sich noch der reinsten Luft erfreute.

Aber vielleicht war der Pater ja schräg gegangen und es war zwecklos, nach vorn zu schauen, als müsse er in der Schußlinie einer Muskete auftauchen. Er konnte viele Umwege gemacht haben, um den besten Durchgang durch das Korallenriff zu finden. Hatte er nicht gesagt, als sie die Glocke zusammenbauten, daß es ein Glück sei, daß die Winde ihn genau an dieser Stelle absetzen werde? Zehn Schritte weiter nördlich falle der Boden jäh ab, um einen Steilhang zu bilden, gegen den er einmal mit dem Bootskiel gestoßen sei, während an Steuerbord vor der Ankerwinde eine Passage sei, durch die auch das Boot damals gefahren sei, bevor es dann dort aufgelaufen war, wo sich jetzt die Klippen allmählich erhoben.

Freilich konnte er sich auch in der Richtung geirrt haben, er fand sich vor einer Mauer und suchte sie in südlicher Richtung nach einem Durchgang ab. Oder er suchte sie in nördlicher Richtung ab. Roberto mußte also die ganze Küste absuchen, von einem Kap zum anderen, vielleicht würde der Pater dort unten auftauchen, die Stirn bekränzt mit unterseeischem Efeu ... Roberto schaute von einem Ende der Bucht zum andern, stets in der Angst, daß Pater Caspar, während er nach links schaute, rechts auftauchen könnte, und umgekehrt. Dabei konnte man auch auf diese Entfernung sofort erkennen, wenn irgendwo ein Mensch auftauchte, um wieviel eher also eine Glocke aus glänzendem Leder, die in der Sonne funkelte wie ein frisch polierter Kupferkessel ...

Der Fisch! Vielleicht gab es in der Bucht ja wirklich einen menschenfressenden Fisch, der sich von der Glocke nicht abschrecken ließ und sie mitsamt dem Jesuiten einfach verschlungen hatte. Nein, von einem solchen Fisch hätte man zumindest den Schatten sehen müssen: Wenn es ihn gab, hätte er zwischen dem Schiff und dem Beginn der Korallenfelsen herumschwimmen müssen, nicht dahinter. Aber vielleicht war der Pater ja schon an die Felsen gelangt, und tierische oder mineralische Dornen hatten die Glocke durchlöchert und das bißchen Luft, das sich noch darin befand, herausgelassen ...

Anderer Gedanke: Wer sagt mir denn, daß die Luft in der Glocke tatsächlich so lange reicht? Der Pater hatte es gesagt, aber der Pater hatte sich auch getäuscht, als er so sicher war, daß seine Schüssel in der Ölwanne funktionieren würde. Letzten Endes hat sich dieser gute Pater doch als ein ziemlicher Phantast erwiesen, und vielleicht ist auch diese ganze

Geschichte mit der Sintflut und dem Antipoden-Meridian und der Insula Salomonis ein einziger Haufen Märchen. Und selbst wenn er mit der Insel recht hätte, könnte er doch die Luftmenge, die ein Mensch zum Atmen braucht, falsch berechnet haben. Und wer sagt schließlich, daß diese Öle und andern Essenzen wirklich alle Ritzen verstopft haben? Vielleicht ist in diesem Moment das Innere der Glocke wie eine von jenen Grotten, in denen das Wasser überall aus der Wand quillt, vielleicht läßt die ganze Glocke überall Wasser durch wie ein Schwamm, und ist nicht auch unsere Haut ein einziges Sieb aus lauter unsichtbaren Poren, die aber doch existieren, wenn der Schweiß durch sie austritt? Und wenn das bei der Haut eines Menschen so ist, kann es dann nicht auch bei der eines Ochsen so sein? Oder schwitzen die Ochsen nicht? Und wenn es regnet, fühlt sich ein Ochse dann nicht auch innerlich naß?

Roberto rang die Hände und verfluchte seine überstürzte Eile. Es war klar, er hatte gemeint, daß Stunden vergangen seien, und dabei waren nur wenige Pulsschläge vergangen. Er sagte sich, daß er keinerlei Grund zum Zittern habe, viel mehr Gründe hätte der mutige Alte gehabt. Vielleicht sollte er lieber das Unternehmen mit dem Gebet begleiten, oder wenigstens mit der Hoffnung und dem Wunsch auf gutes Gelingen.

Und außerdem, sagte er sich, habe ich mir zu viele Gründe für eine Tragödie ausgedacht, und es ist typisch für Melancholiker, daß sie Gespenster sehen, die sich die Wirklichkeit gar nicht auszudenken vermag. Pater Caspar kennt die Gesetze der Hydrostatik, er hat dieses Meer ausgelotet und die Sintflut studiert, auch anhand der Fossilien, die sich in allen Meeren finden. Also Ruhe, es genügt zu begreifen, daß noch gar nicht viel Zeit vergangen ist, und warten zu können.

Roberto wurde bewußt, daß er den, der noch vor kurzem für ihn der Eindringling gewesen war, inzwischen liebte und daß ihm schon die Tränen kamen beim bloßen Gedanken, es könnte ihm etwas zugestoßen sein. Komm, Alter, murmelte er, komm wieder, komm wieder ins Leben, werde um Gottes willen wieder lebendig, daß wir zur Feier deiner Auferstehung die fetteste Henne schlachten, du wirst doch nicht deine Specula Melitensis alleine lassen!

Und plötzlich merkte er, daß er die Klippen in der Nähe des Ufers nicht mehr sah, was bedeutete, daß die Flut eingesetzt hatte. Und während er die Sonne vorher sehen konnte, ohne den Kopf heben zu müssen, stand sie jetzt hoch über ihm. Also waren seit dem Eintauchen der Glocke nicht Minuten, sondern Stunden vergangen.

Er mußte sich diese Wahrheit laut wiederholen, um sie glauben zu können. Er hatte als Sekunden gezählt, was Minuten gewesen waren, er hatte geglaubt, eine verrückt gewordene Uhr in der Brust zu haben, die zu rasen begonnen hatte, und dabei hatte seine innere Uhr ihren Lauf verlangsamt. Seit wer weiß wann wartete er, immer im Glauben, Pater Caspar sei eben erst eingetaucht, auf eine Kreatur, der längst die Luft ausgegangen war. Seit wer weiß wann wartete er auf einen Körper, der leblos irgendwo in der Bucht lag.

Was konnte passiert sein? Alles, alles, was er sich gedacht hatte – und was er vielleicht durch seine unglückbringende Angst selbst herbeigeführt hatte. Die hydrostatischen Prinzipien des Paters konnten illusorisch gewesen sein, vielleicht kommt das Wasser in eine Glocke genau von unten herein, zumal wenn der darin Befindliche die Luft mit den Füßen hinaustritt, was wußte Roberto schon wirklich vom Äquilibrium der Flüssigkeiten? Oder vielleicht war der Aufprall zu heftig gewesen und die Glocke war umgekippt. Oder Pater Caspar war gestolpert. Oder er hatte sich verirrt. Oder sein über siebzigjähriges Herz hatte, ungleich seinem Eifer, versagt. Und schließlich, wer weiß, ob nicht in jener Tiefe das Gewicht der Wassermassen die lederne Glocke zusammendrückt, wie man eine Zitrone auspreßt oder eine Bohne aus der Hülse quetscht?

Aber wenn er tot wäre, müßte dann nicht sein Körper nach oben kommen? Nein, er war ja noch an den Eisensohlen verankert, von denen sich seine schmächtigen Beine erst lösen würden, wenn die vereinte Wirkung des Wassers und vieler gefräßiger kleiner Fische ihn zu einem Skelett reduziert haben würde …

Dann plötzlich hatte Roberto eine strahlende Intuition. Was zermarterte er sich das Hirn? Natürlich, Pater Caspar hatte es ihm doch gesagt, die Insel, die er da vor sich liegen sah, war nicht die Insel von heute, sondern die von gestern. Jenseits des Meridians war noch der vorige Tag! Konnte man erwarten, auf jenem Strand dort, der ja noch gestern war, jemanden auftauchen zu sehen, der heute ins Wasser gestiegen war? Natürlich nicht! Der Alte war am Montag morgen eingetaucht, aber wenn es auf der *Daphne* Montag war, dann war es auf der Insel dort drüben noch Sonntag, und folglich würde Roberto den Alten erst am Morgen *seines* Morgen dort auftauchen sehen, wenn es auf der Insel Montag geworden sein würde …

Ich muß bis morgen warten, sagte er sich. Und dann: Aber der Pater kann nicht einen Tag warten, die Luft reicht nicht aus! Und dann wieder: Aber nur ich bin es, der einen Tag warten muß, der Pater ist einfach in den Sonntag zurückgegangen, als er die Meridianlinie überschritten hatte. Mein Gott, aber dann ist die Insel, die ich sehe, die von Sonntag, und wenn er am Sonntag dort angelangt ist, müßte ich ihn doch schon sehen! Nein, alles falsch. Die Insel, die ich sehe, ist die von heute, es ist unmöglich, daß ich die Vergangenheit sehe wie in einer magischen Kugel. Nur dort auf der Insel ist es gestern, nur dort. Aber wenn ich die Insel von heute sehe, müßte ich ihn dort sehen, ihn, der im Gestern der Insel angelangt ist und nun einen zweiten Sonntag lebt … Und der übrigens, ob nun gestern oder heute, seine aufgeschlitzte Glocke am Strand hätte zurücklassen müssen, aber ich sehe sie nicht. Aber könnte er sie nicht auch in den Wald mitgenommen haben? Wann? Gestern. Also noch einmal: Was ich sehe, ist die Insel von Sonntag. Also muß ich bis morgen warten, um ihn zu sehen, wie er am Montag dort ankommt …

Wir könnten sagen, daß Roberto endgültig den Verstand verloren hatte, und nicht ohne Grund, denn wie er auch rechnen mochte, es wäre nicht aufgegangen. Die Paradoxe der Zeit bringen auch uns um den Verstand. Daher war es normal, daß er nicht mehr wußte, was er tun sollte – und so begnügte er sich damit, zu tun, was jeder, zumindest als Opfer der eigenen Hoffnung, getan hätte: Ehe man sich der Verzweiflung anheimgibt, wartet man lieber erst noch auf den folgenden Tag.

Wie er das tat, läßt sich schwer rekonstruieren. Indem er auf Deck hin und her ging, indem er keine Speise anrührte, indem er mit sich selbst redete, mit Pater Caspar und mit den Sternen, und vielleicht auch, indem er wieder zum Branntwein griff. Tatsache ist, daß wir ihn am nächsten Tag frühmorgens wiederfinden, während die Nacht verblaßt und der Himmel sich rötet, und dann nach Sonnenaufgang, immer erregter, während die Stunden vorrücken, schon verstört zwischen elf und zwölf, dann völlig fassungslos zwischen Mittag und Abend, bis er sich der Realität ergeben muß – und diesmal ohne jeden Zweifel. Gestern, ganz sicher gestern war Pater Caspar ins Wasser der Südsee eingetaucht, und weder gestern noch heute war er wieder aufgetaucht. Und da das ganze Wunder des Antipoden-Meridians sich zwischen gestern und morgen abspielt, nicht zwischen gestern und übermorgen oder morgen und vorgestern, war es nun sicher, daß Pater Caspar nie mehr aus diesem Ozean auftauchen würde.

Mit mathematischer, ja kosmographischer und astronomischer Sicherheit war Robertos armer Freund tot. Und Roberto konnte nicht einmal sagen, wo sein Körper war. Irgendwo da unten. Vielleicht gab es kräftige Strömungen unter der Oberfläche, und der Körper war schon im offenen Meer. Oder vielleicht gab es unter der *Daphne* einen Graben, eine Schlucht, die Glocke hatte sich hineingesenkt, der Alte hatte von dort nicht heraussteigen können und hatte den wenigen Atem, der immer wäßriger wurde, zum Hilferufen verbraucht.

Vielleicht hatte er sich, um zu fliehen, aus seinen Riemen gelöst, die noch luftgefüllte Glocke war mit einem Satz nach oben gesprungen, aber ihre Eisenteile hatten den ersten Impuls gebremst und sie auf halber Höhe festgehalten, wer weiß wo. Pater Caspar hatte versucht, sich von seinen Stiefeln zu befreien, aber es war ihm nicht gelungen. Jetzt hing sein lebloser Körper in jener Spalte, eingeklemmt zwischen Felsen, hin- und herschwankend wie eine Alge.

Und während Roberto das alles dachte, stand die Sonne des Dienstags schon in seinem Rücken, und der Zeitpunkt des Todes von Pater Caspar Wanderdrossel rückte immer mehr in die Ferne.

Der Sonnenuntergang erzeugte einen gelbsüchtigen Himmel hinter dem dunklen Grün der Insel im Westen und davor ein stygisches Meer. Roberto begriff, daß die Natur mit ihm trauerte, und wie es vorkommt, wenn man eine teure Person verloren hat, beweinte er nach und nach nicht mehr ihren Tod, sondern das eigene Unglück und die eigene wiedergefundene Einsamkeit.

Erst vor so wenigen Tagen war er ihr entronnen, und in diesen wenigen Tagen war ihm Pater Caspar der Freund, der Vater, der Bruder, die Familie und die Heimat geworden. Jetzt machte er sich bewußt, daß er wieder allein war. Und diesmal für immer.

Doch in dieser Niedergeschlagenheit entwickelte sich eine andere Illusion: Er war jetzt sicher, daß der einzige Weg, aus dieser Einsamkeit auszubrechen, nicht im unüberwindlichen Raum zu suchen war, sondern in der Zeit.

Er mußte jetzt wirklich schwimmen lernen, um die Insel zu erreichen. Nicht um einen Rest von Pater Caspar wiederzufinden, der sich in den Falten der Vergangenheit verloren hatte, sondern um den schrecklichen Vormarsch der Zukunft aufzuhalten.

26

EMBLEMATISCHES LUST-CABINET

Drei Tage lang starrte Roberto durch das Bordfernrohr (das andere, stärkere, war ja nun leider nicht mehr brauchbar) auf die Wipfel der Bäume am Ufer. Er wartete auf das Erscheinen der Flammenfarbenen Taube.

Am dritten Tag schüttelte er sich. Er hatte seinen einzigen Freund verloren, saß mutterseelenallein am fernsten aller Meridiane und hätte sich getröstet gefühlt, wenn ihm ein Vogel erschienen wäre, der vielleicht nur durch Pater Caspars Kopf geschwirrt war!

Er beschloß, sein Refugium noch einmal zu untersuchen, um zu sehen, wie lange er noch auf dem Schiff würde leben können. Die Hühner legten weiterhin Eier, und es gab jetzt auch ein Nest mit Küken. Von den auf der Insel gesammelten Früchten war nicht mehr viel übrig, sie waren inzwischen zu trocken und taugten nur noch als Vogelfutter. Es gab noch ein paar Wasserfässer, aber wenn er das Regenwasser auffing, würde er sie sogar unberührt lassen können. Und schließlich fehlte es nicht an Fischen.

Dann überlegte er, daß er ohne frische pflanzliche Nahrung an Skorbut sterben würde. Es gab zwar die Pflanzen im Unterdeck, aber die würden nur bei Regen auf natürlichem Wege gewässert; sollte es jedoch längere Zeit nicht regnen, würde er sie mit dem Trinkwasser gießen müssen. Und sollte es tagelang stürmen, würde er zwar genug Wasser haben, aber nicht fischen können.

Um sich von seinen Sorgen abzulenken, ging er hinunter in

den Raum mit der Wasserorgel, die Pater Caspar ihn anzustellen gelehrt hatte. Er hörte immer nur »Daphne«, weil er nicht gelernt hatte, die Walze auszuwechseln, aber es wurde ihm nicht leid, stundenlang immer dieselbe Melodie zu hören. Eines Tages hatte er die *Daphne*, das Schiff, mit dem Leib der geliebten Frau gleichgesetzt. War Daphne nicht eine Nymphe gewesen, die sich in einen Lorbeerbaum verwandelt hatte, also in eine Substanz ähnlich jener, aus der das Schiff gemacht war? Also sang die Melodie von Lilia. – Wie man sieht, war die Gedankenverkettung ganz sprunghaft, aber so dachte Roberto.

Er warf sich vor, daß er sich durch die Ankunft Pater Caspars von seiner Signora hatte ablenken lassen, daß er ihm in seine technischen Abenteuer gefolgt war und darüber sein Liebesgelöbnis vergessen hatte. Jenes einzige Lied, dessen Text er nicht kannte, wenn es je einen gehabt hatte, verwandelte sich in das Gebet, das er nun beschloß, die Maschine jeden Morgen murmeln zu lassen: »Daphne«, gespielt von Wasser und Wind in den Innereien der *Daphne*, die an die antike Metamorphose einer göttlichen Daphne gemahnte. Jeden Abend, wenn er den Himmel betrachtete, summte er die Melodie vor sich hin wie eine Litanei.

Dann kehrte er in seine Kajüte zurück und schrieb wieder an Lilia.

Dabei machte er sich bewußt, daß er die vergangenen Tage im Freien und Hellen verbracht hatte und sich nun wieder in jenes Halbdunkel flüchtete, das vor der Begegnung mit Pater Caspar sein natürlicher Lebensraum gewesen war, nicht nur auf der *Daphne*, sondern schon seit mehr als zehn Jahren, seit seiner Verwundung in Casale.

In Wahrheit glaube ich nicht, daß Roberto in all jenen Jahren, wie er wiederholt glauben läßt, immer nur nachts gelebt hatte. Daß er die grelle Sonne gemieden hatte, können wir annehmen, aber als er Lilia verfolgte, tat er es bei Tage. Ich denke, daß seine Krankheit mehr ein Ausdruck düsterer Stimmung als eine wirkliche Sehstörung war: Daß ihm das Licht weh tat, merkte er nur in seinen trübsinnigsten Momenten, und sobald sein Geist durch fröhlichere Gedanken abgelenkt war, achtete er gar nicht darauf.

Wie immer dem auch gewesen sein mag, an jenem Abend ertappte er sich dabei, daß er zum erstenmal über den Reiz des Schattens nachdachte. Während er schrieb oder wenn er die Feder hob, um sie ins Tintenfaß einzutauchen, sah er das Licht entweder als goldenen Hof auf dem Papier oder als wächsernen und fast durchscheinenden Umriß seiner im Dunkeln liegenden Finger. Als wohnte es im Innern seiner Hand und zeigte sich nur an den Rändern. Ringsum war er in die freundliche Kutte eines Kapuziners gehüllt, beziehungsweise in ich weiß nicht was für ein nußbraunes Schimmern, das, wo es ans Dunkel grenzte, erlosch.

Er betrachtete die Flamme der Lampe und entdeckte, daß sie aus zwei Feuern bestand: Wo sie sich an der vergänglichen Materie nährte, war sie rot, aber aufsteigend brachte sie eine blendendweiße Zunge hervor, die an der Spitze ins Himmelblau ihrer Wurzel auslief. Genauso, sagte er sich, brachte seine von einem sterblichen Körper genährte Liebe die himmlische Larve der Geliebten hervor.

Er wollte diese seine Wiederversöhnung mit dem Schatten feiern, nachdem er ihn einige Tage lang verraten hatte, und ging erst wieder aufs Deck hinaus, als die Dunkelheit sich über alles senkte, über das Schiff, das Meer und die Insel, wo man jetzt nur noch das rasche Braunwerden der Hügel sah. Eingedenk seines heimatlichen Landes versuchte er, am Strand die Leuchtspuren der Glühwürmchen zu entdecken, lebende Funken mit Flügeln, die durchs Dunkel des Waldes segeln. Er sah keine und dachte über die Paradoxe der Antipoden nach, wo die Glühwürmchen vielleicht nur am Mittag leuchten.

Dann legte er sich aufs Achterkastell, betrachtete den Mond und ließ sich vom Schiff schaukeln, während von der Insel das Rauschen der Brandung herübertönte, vermischt mit dem Zirpen von Grillen oder ihren Verwandten in jener Hemisphäre.

Er überlegte, daß die Schönheit des Tages wie eine blonde Schönheit ist und die der Nacht wie eine dunkelhaarige. Er genoß die Kontrastwirkung seiner im Dunkel der Nächte gelebten Liebe zu einer blonden Göttin. Im Gedenken an jenes Haar in der Farbe des reifen Korns, das alle anderen Lichter im Salon der Arthénice überstrahlte, wollte er den Mond schön haben, da er bei seinem Ermatten die Strahlen einer latenten Sonne verdünnte. Er nahm sich vor, den wiedergewonnenen Tag zu einer neuen Gelegenheit zu machen, in den Reflexen des Sonnenlichts auf den Wellen das Loblied auf das Gold jener Haare und das Blau jener Augen zu lesen.

Doch zugleich genoß er die Schönheit der Nacht, in welcher alles zu ruhen scheint, die Sterne sich stiller als die Sonne bewegen und man fast meinen möchte, der einzige träumende Mensch in der ganzen Natur zu sein.

In jener Nacht war er kurz davor, zu beschließen, daß er für alle noch kommenden Tage auf dem Schiff bleiben würde. Doch als er die Augen zum Himmel hob, sah er eine Gruppe von Sternen, die ihm auf einmal das Profil einer Taube mit ausgebreiteten Flügeln und einem Ölzweig im Schnabel zu zeigen schienen. Nun stimmt es zwar, daß am südlichen Himmel, nicht weit vom Großen Hund, schon mindestens vierzig Jahre zuvor ein Sternbild der Taube entdeckt worden war. Aber ich bin mir keineswegs sicher, ob Roberto von dort, wo er sich befand, zu jener Tages- und Jahreszeit dieses Sternbild wirklich sehen konnte. Da jedoch diejenigen, die dort eine Taube gesehen hatten (wie Johannes Bayer in *Uranometria Nova* und dann später Coronelli in seinem *Buch der Globen*), noch mehr Phantasie bewiesen hatten als Roberto, würde ich sagen, daß für ihn in jenem Augenblick jede beliebige Gruppe von Sternen eine Taube sein konnte, eine Haustaube oder Felsentaube oder Ringeltaube oder Turteltaube, was immer man will. Denn mochte er auch an jenem Morgen noch an ihrer Existenz gezweifelt haben, die Flammenfarbene Taube hatte sich in seinem Kopf festgesetzt wie ein Nagel – oder besser noch, wie wir sehen werden, wie ein Goldbeschlag.

Wir müssen uns in der Tat fragen, warum Roberto sich bei der ersten Andeutung von Pater Caspar unter all den Wundern, die ihm die Insel versprechen konnte, gerade für die Taube so sehr interessierte.

Wir werden sehen, je weiter wir diese Geschichte verfolgen, daß in Robertos Kopf – den seine Einsamkeit nun von Tag zu Tag heißer entflammen lassen sollte – jene gerade nur eben angedeutete Taube um so lebendiger wurde, je weniger es ihm gelang, sie zu sehen, ja sie wurde geradezu ein unsichtbares Kompendium aller Passionen seiner liebenden Seele: Bewunderung, Achtung, Verehrung, Hoffnung, Eifersucht, Neid, Erstaunen und Fröhlichkeit. Es war ihm nicht klar (und kann es daher auch uns nicht sein), ob sie für ihn nun Die Insel geworden war oder Lilia oder beides oder das Gestern, in das alle drei verbannt waren für einen, der in ein endloses Heute exiliert war und dessen einzige Zukunft darin bestand, eines Morgens am vorigen Tag anzukommen.

Wir könnten sagen, Pater Caspar hatte ihm das Hohelied der Liebe in Erinnerung gerufen, das ihm sein karmelitischer Hauslehrer einst so oft vorgelesen hatte, daß er es beinahe auswendig konnte – und schon damals litt er honigsüße Qualen der Sehnsucht nach einem Wesen mit Taubenaugen, nach einer Taube, deren Gesicht und Stimme er zwischen den Felsspalten zu entdecken suchte ... Aber solch eine Deutung befriedigt mich nur bis zu einem gewissen Grade. Ich glaube, daß es nötig ist, uns auf eine »Explikation der Taube« einzulassen, Material für einen späteren Aufsatz zu sammeln, der den Titel *Columba Patefacta* haben könnte, ein Projekt, das mir keineswegs müßig erscheint, wenn ich bedenke, daß ein anderer ein ganzes Kapitel darauf verwandt hat, sich Gedanken über die Bedeutung des Wals zu machen – und der Wal ist schließlich bloß ein häßliches schwarzes oder graues (oder bestenfalls einmal weißes) Meeresungetüm, während wir es mit einem seltenen Vogel von noch seltenerer Farbe zu tun haben, über den sich die Menschheit viel mehr Gedanken gemacht hat als über Wale.

Dies ist tatsächlich der springende Punkt. Ob er mit seinem karmelitischen Hauslehrer darüber gesprochen oder mit Pater Emanuele diskutiert hatte, ob er in seinerzeit sehr beliebten Büchern geblättert oder in Paris Vorträge gehört hatte über das, was man damals Impresen, Devisen, Änigmen oder Rätselbilder nannte – auf jeden Fall muß Roberto etwas über Tauben gewußt haben.

Erinnern wir uns daran, daß er in einer Zeit lebte, in der man ständig Bilder aller Art erfand oder neu erfand, um in ihnen verborgene und enthüllende Bedeutungen zu entdecken. Man brauchte bloß, ich sage gar nicht: eine schöne Blume zu sehen oder ein Krokodil, es genügte ein Körbchen, eine Treppe, ein Sieb oder eine Säule, und schon versuchte man, ein Netz von Dingen rings um sie zu knüpfen, die auf den ersten Blick niemand dort gesehen hätte. Ich will mich hier nicht daranmachen, zwischen Emblem und Imprese zu unterscheiden und zu analysieren, wie vielfältig man diesen Wappensymbolen Verse oder Wahlsprüche beigeben konnte (oder höchstens, indem ich sage, das Emblem gewann aus der Beschreibung eines besonderen Faktums, das nicht notwendigerweise durch Figuren ausgedrückt werden mußte, ein allgemeingültiges Konzept, während die Imprese vom konkreten Bild eines besonderen Gegenstands ausgehend zu einer Eigenschaft oder Aussage eines Individuums gelangte, wie wenn man sagt »ich werde reiner als der Schnee sein« oder »klüger als die Schlangen« oder auch »ich würde lieber sterben als ein Verräter werden«, bis hin zu so berühmten Devisen wie *Frangar non flectar*, »Ich zerbreche eher, als daß ich mich beuge«, und *Spiritus durissima coquit*, »Der Geist kocht das Härteste weich«), aber die Menschen jener Zeit hielten es für unverzichtbar, die ganze Welt in einen Wald von Symbolen zu übersetzen, von Fingerzeigen und Sinnfiguren in Reiterspielen, Maskeraden, Gemälden, Adelswaffen, Trophäen, Ehrenzeichen, Ironischen Bildern, Münzenrückseiten, Fabeln, Lehrstücken, Allegorien, Epigrammen, Sentenzen, Wortspielen, Sprichwörtern, Namenskarten, Lakonischen

Briefen, Epitaphen, Parerga, Grabschriften, Schilden, Glyphen – und hier mache ich Schluß, wenn's erlaubt ist, aber sie machten hier noch lange nicht Schluß. Und jede gute Imprese mußte metaphorisch und poetisch sein, bestehend aus einer Seele, die es ganz zu enthüllen galt, vor allem aber aus einem sensiblen Körper, der auf ein Objekt der Welt verwies, und sie mußte edel sein, neu und doch erkennbar, augenfällig und doch wirksam, einzigartig, proportional zum Raum, scharfsinnig und knapp, mehrdeutig und lauter, auf volksnahe Weise rätselhaft, treffend, originell, geistvoll und heroisch.

Kurzum, eine Imprese war eine geheimnisvolle Abwägung, Ausdruck einer Entsprechung, eine Dichtung, die nicht sang, aber sich zusammensetzte aus einer stummen Figur und einem Motto, das beim Anblick für sie sprach. Kostbar nur, solange sie unsichtbar war, verbarg sich ihr Glanz in den Perlen und Diamanten, die sie nur nach und nach zeigte. Sie besagte um so mehr, je weniger Lärm sie machte, und wo das Epische Gedicht nach Fabeln und Episoden verlangte oder die Geschichte große Beschlüsse und Reden brauchte, kam die Imprese mit zwei Strichen und einer Silbe aus: Ihre Düfte verströmte sie nur in ungreifbaren Tropfen, und nur dann konnte man die Dinge unter einem überraschenden Kleid erkennen, wie es bei Fremden und bei Masken vorkommt. Der Sinnspruch verhüllte mehr, als er preisgab. Er belud den Geist nicht mit Materie, sondern nährte ihn mit dem Wesentlichen. Er mußte ausgefallen und erlesen sein, *peregrino*, wie man damals gern sagte, aber *peregrino* hieß auch *straniero*, fremdartig, ausländisch, und *straniero* hieß auch *strano*, sonderbar, seltsam.

Was ist ungewöhnlicher als eine Flammenfarbene Taube? Ja, was ist mehr *peregrino* – in jedem Sinne – als das Bild der Taube? Seit jeher war dieses Bild sehr reich an Bedeutungen, und seine Bedeutungen traten um so schärfer hervor, als sie einander widersprachen.

Als erste von der Taube gesprochen hatten, wie nicht anders zu erwarten, die alten Ägypter, und zwar bereits in den uralten *Hieroglyphica* des Horus Apollo, und unter vielem anderen war dieser Vogel dort als das reinste aller Tiere betrachtet worden, so daß, wenn eine Pest herrschte, welche die Menschen und Dinge vergiftete, nur jene von ihr unberührt blieben, die nichts anderes als Tauben aßen. Was uns nicht wundernehmen darf, sind diese Vögel doch die einzigen Tiere, die keine Galle haben (also auch nicht das Gift, das den anderen Tieren an der Leber haftet), und schon Plinius sagte, wenn eine Taube krank werde, pflücke sie sich ein Lorbeerblatt, und schon werde sie wieder gesund. Und wenn wir bedenken, daß sich die Nymphe Daphne in einen Lorbeerbaum verwandelt hatte, haben wir uns verstanden.

Doch so rein sie auch sein mögen, die Tauben sind auch ein recht tückisches Symbol, denn sie verzehren sich vor lauter Wollust: Sie verbringen den ganzen Tag damit, sich schnäbelnd zu küssen (wobei sie ihre Küsse verdoppeln, um sich gegenseitig zum Schweigen zu bringen), und dabei überkreuzen sie ihre Zungen, woher viele anzügliche Ausdrücke kommen, solche wie »turteln« und »sich Taubenküsse geben«, um es nach Art der Kasuisten zu sagen. Und »täubeln« sagen die Dichter, wenn sie das Liebemachen nach Art und Häufigkeit der Tauben ausdrücken wollen. Vergessen wir nicht, daß Roberto jene Verse gekannt haben müßte, die sinngemäß lauten: »Wenn im Bett, allwo in den ersten Gluten / weiße und wilde Gelüste schon ausbrechen müssen, / täubelnd einander zwei geile Herzen umfluten, / vereinen sie sich zwischen Küssen und Küssen.« Man bedenke, daß, während alle anderen Tiere eine Brunstzeit haben, es keine Zeit im Jahr gibt, in welcher der Täuberich nicht auf die Taube steigt.

Um einen Anfang zu machen: die Tauben kommen aus Zypern, der Insel, die der Venus heilig war. Apuleius erzählt, aber nicht als erster, daß der Wagen der Venus von schneeweißen Tauben gezogen wird, die wegen ihrer maßlosen Geilheit auch Venus-Vögel genannt werden. Andere erinnern daran, daß die Griechen die Taube *peristera* nannten, weil der neidische Eros die Nymphe Peristera in eine Taube verwandelt hatte, nachdem sie – von Venus heiß geliebt – dieser geholfen hatte, ihn bei einem Wettstreit im Blumenpflücken zu besiegen. Doch was soll es heißen, daß Venus die Peristera »liebte«?

Aelianus sagt, daß die Tauben der Venus geweiht waren, weil auf dem Berg Erice in Sizilien ein Fest gefeiert wurde, wenn die Göttin nach Libyen hinüberzog; an jenem Tag sah man in ganz Sizilien keine Tauben mehr, weil alle übers Meer geflogen waren, um die Göttin zu begleiten. Aber nach neun Tagen traf in Trinacria, aus Libyen kommend, eine Taube ein, die rot wie das Feuer war, wie Anakreon sagt (und ich bitte diese Farbe zu beachten), und das war Venus persönlich, die eben darum auch »die Purpurne« hieß, und hinter ihr kam die Schar der anderen Tauben geflogen. Aelianus erzählt auch von einem Mädchen, Phytia geheißen, das von Jupiter geliebt und in eine Taube verwandelt worden war.

Die Assyrer stellten Semiramis in Gestalt einer Taube dar, denn Semiramis war von Tauben großgezogen und dann selbst in eine Taube verwandelt worden. Wie jeder weiß, war sie eine Frau von nicht untadeligem Lebenswandel, aber so schön, daß Skaurobates, der König von Indien, in einer verzweifelten Liebe zu ihr entbrannte, die eine Konkubine des Königs von Assyrien war, und es verging kein Tag, an dem sie ihm nicht untreu wurde, und der Historiker Iuba sagte, sie habe sich sogar in ein Pferd verliebt.

Jedoch einem Liebessymbol verzeiht man vieles, ohne daß es aufhört, die Dichter zu faszinieren, weshalb Petrarca sich fragte (und selbstverständlich hatte Roberto das gewußt): »welche Gnade, welche Liebe, welches Schicksal / gibt mir Federn nach Art der Taube?« Oder Bandello: »Dieser Täuberich, hitzig wie ich, / brennt glühend Amor in grausamem Feuer; / überall sucht er nach seiner Taube / und stirbt vor Verlangen nach ihr.«

Aber die Tauben sind noch etwas mehr als eine Semiramis, man verliebt sich in sie auch, weil sie diese andere liebreizende

Eigenschaft haben, daß sie schluchzen oder seufzen anstatt zu singen, als ob sie trotz aller befriedigten Leidenschaft niemals genug kriegen könnten. *Idem cantus gemitusque*, »Gesang und Seufzen sind dasselbe«, lautete eine Devise von Camerarius, *Gemitibus Gaudet*, »Durch Seufzer froh«, eine andere, noch raffinierter erotische. Zum Verrücktwerden.

Und doch ist die Tatsache, daß diese Vögel sich küssen und so lüstern sind – und dies ist ein schöner Widerspruch, der die Tauben kennzeichnet –, auch ein Beweis dafür, daß sie sehr treu sind, und deswegen sind sie gleichzeitig auch ein Symbol der Keuschheit, jedenfalls im Sinne der ehelichen Treue. Und das sagte bereits Plinius: Obgleich sehr auf Liebe erpicht, sind die Tauben auch sehr schamvoll und kennen keinen Ehebruch. Ihre eheliche Treue bezeugen sowohl der Heide Properz wie Tertullian. Es heißt zwar, daß in den seltenen Fällen, in denen sie ihre Gefährtin des Ehebruchs verdächtigen, der Täuberich gewalttätig wird, daß seine Stimme dann voller Klagen ist und er grausame Hiebe mit dem Schnabel austeilt. Aber gleich darauf macht er, um sein Unrecht wiedergutzumachen, der Taube wieder den Hof und umschmeichelt sie, indem er sie mehrfach umkreist. Eine Vorstellung dies – daß rasende Eifersucht die Liebe schürt und daß diese dann zu erneuerter Treue führt, und weiter geht's mit der endlosen Küsserei zu jeder Jahreszeit –, die mir sehr schön erscheint und die Roberto, wie wir noch sehen werden, geradezu wunderschön fand.

Wie kann man ein Bild nicht lieben, das einem Treue verspricht? Sogar Treue über den Tod hinaus, denn hat eine Taube einmal ihren Gefährten verloren, tut sie sich nicht mehr mit einem anderen zusammen. Daher ist die Taube zum Symbol der keuschen Witwenschaft erkoren worden – auch wenn Giovanni Ferro an die Geschichte jener Witwe erinnert, die sich, obwohl in tiefster Trauer über den Tod ihres Gatten, eine weiße Taube hielt und, als sie darob getadelt wurde, erwiderte: *Dolor non color*, der Schmerz zählt, nicht die Farbe.

Mit einem Wort, ob lasziv oder nicht, diese Hingabe an die

Liebe läßt Origenes sagen, die Tauben seien das Symbol der Barmherzigkeit. Und deswegen, sagt der heilige Cyprianus, kommt der Heilige Geist zu uns in Gestalt einer Taube, auch weil dieses Tier nicht nur keine Galle hat, sondern auch nicht kratzt oder beißt, es ist ihm natürlich, die Wohnungen der Menschen zu lieben, es kennt nur ein einziges Haus, es nährt seine Jungen und verbringt sein Leben im trauten Gespräch, mit seinem Gefährten plaudernd in der Eintracht – hier wirklich eine *concordia probatissima* – des Kusses. Woran man sieht, daß das Küssen auch ein Zeichen für große Nächstenliebe sein kann, wie ja auch die Kirche den Brauch des Friedenskusses pflegt. Schon die Römer begrüßten einander mit Küssen, auch zwischen Männern und Frauen. Boshafte Kommentatoren behaupten zwar, daß sie es taten, weil die Frauen keinen Wein trinken durften und man, wenn man sie küßte, ihren Atem kontrollieren konnte, aber immerhin galten die Numidier bei den Römern als Rohlinge, weil sie nur ihre eigenen Kinder küßten.

Da alle Völker die Luft als überaus edel erachteten, verehrten sie die Taube auch deshalb, weil sie höher als andere Vögel fliegt und doch immer treu in ihr Nest zurückkehrt. Das tut zwar auch die Schwalbe, aber niemandem ist es jemals gelungen, die Schwalbe mit unserer Gattung anzufreunden und sie zu zähmen, die Taube dagegen sehr wohl. So berichtet zum Beispiel der heilige Basilius, daß die Taubenfänger eine Taube mit wohlriechendem Balsam besprühten, woraufhin die anderen Tauben, von dieser angezogen, ihr in großen Scharen folgten. *Odore trahit*, sie lockt mit dem Geruch. Wobei ich zwar nicht weiß, ob das viel mit dem oben Gesagten zu tun hat, aber mich rührt dieses duftende Wohlwollen, diese lockende Gerüche ausströmende Reinheit, diese verführerische Keuschheit.

Aber die Taube ist nicht nur keusch und treu, sondern auch schlicht (*columbina simplicitas*: seid klug wie die Schlangen und schlicht wie die Tauben, sagt die Bibel), und darum ist sie bisweilen auch das Symbol des mönchischen und einsiedlerischen Lebens – und was das mit all den Küssen zu tun hat, fragt mich bitte nicht.

Ein weiterer Grund ihres Zaubers ist die *trepiditas* der Taube, ihre Furchtsamkeit. Ihr griechischer Name *treron* kommt sicher von *treo*, »ich fliehe zitternd«. Davon ist die Rede sowohl bei Homer wie auch bei Ovid und Vergil (»furchtsam wie Tauben während eines schwarzen Gewitters«), und vergessen wir nicht, daß die Tauben stets in der Angst vor dem Adler leben oder, schlimmer noch, vor den Geiern. Bei Valeriano kann man nachlesen, wie sie genau deswegen an unzugänglichen Orten nisten, um sich zu schützen (daher die Devise *Secura nidificat:* »Sicher genistet«). Woran bereits Jeremias erinnert, während es im 55. Psalm heißt: »Hätte ich Flügel wie die Taube, ich würde fliegend entfliehen.«

Die Juden sagten, die Tauben seien die am meisten verfolgten Vögel und daher würdig, auf den Altar zu kommen, denn es sei besser, verfolgt zu sein, als zu verfolgen. Für Aretino dagegen, der nicht so sanftmütig wie die Juden war, wird, wer sich zur Taube macht, vom Falken gefressen. Doch Epiphanius sagt, daß die Taube sich nie vor Gefahren schützt, und Augustinus fügt hinzu, daß sie es nicht nur bei großen Tieren nicht tut, gegen die sie ohnehin nichts vermag, sondern nicht einmal bei den Spatzen.

Einer Legende zufolge gibt es in Indien einen dichtbelaubten grünen Baum, der auf griechisch *Paradision* heißt. Auf seiner rechten Seite wohnen die Tauben und entfernen sich nie aus dem Schatten, den er spendet; würden sie sich von dem Baum entfernen, fielen sie einem Drachen zur Beute, der ihnen feindlich gesinnt ist. Aber dem Drachen ist der Schatten des Baumes feindlich gesinnt, und wenn der Schatten rechts ist, liegt der Drache links auf der Lauer, und umgekehrt.

Gleichwohl, so furchtsam sie ist, hat die Taube auch etwas von der Klugheit der Schlange, und wenn es auf der Insel einen Drachen gäbe, wüßte die Flammenfarbene Taube gewiß, was sie zu tun hätte – heißt es doch, daß die Tauben stets über dem Wasser fliegen, weil sie dann, wenn der Sperber über sie kommt, rechtzeitig sein Spiegelbild im Wasser sehen können. Also wie nun, schützt sich die Taube vor Gefahren oder tut sie es nicht?

Mit all diesen so verschiedenen Eigenschaften ist es der Taube schließlich auch widerfahren, ein mystisches Symbol zu werden, und ich brauche den Leser nicht mit der Geschichte der Sintflut zu langweilen, in der dieser Vogel die Rolle des Boten spielt, der den Frieden und die Ruhe und das Auftauchen neuen Landes vermeldet. Für viele fromme Autoren ist die Taube jedoch auch das Emblem der Schmerzensmutter und ihrer wehrlosen Klagen. Darum sagt man von ihr *Intus et extra*, weil sie innen und außen rein ist. Manchmal wird sie auch dargestellt, wie sie einen Strick zerreißt, der sie gefangengehalten hatte, mit der Devise *Effracto libera vinculo*, »Frei aus gesprengten Fesseln«, und dann wird sie zu einer Figur des auferstandenen Christus. Außerdem kommt sie, soviel scheint sicher, zur Abendstunde, um nicht von der Nacht überrascht zu werden, das heißt, um nicht vom Tod geholt zu werden, bevor sie die Flecken der Sünde getrocknet hat. Nicht zu sprechen von dem (und wir haben es ja schon erwähnt), was man bei Johannes lernt: »Ich sah, daß der Himmel sich auftat und der Heilige Geist herabkam wie eine Taube.«

Was andere schöne Tauben-Devisen betrifft, wer weiß, wie viele Roberto davon gekannt haben mag; solche wie *Mollius ut cubant*, »Damit sie weicher liegen«, denn die Taube rupft sich Federn aus, um das Nest ihrer Jungen weicher zu machen; *Luce lucidior*, »Im Lichte leuchtender«, denn sie glänzt, wenn sie sich zur Sonne erhebt; *Quiescit in motu*, »Ruhend in Bewegung«, weil sie stets mit einem angelegten Flügel fliegt, um sich nicht zu sehr anzustrengen. Es gab sogar einen Soldaten, der, um seine maßlose Liebeslust zu entschuldigen, sich als Wappen eine Sturmhaube nahm, in der zwei Tauben ihr Nest gebaut hatten, mit der Devise *Amica Venus*.

Kurz, dem Leser wird scheinen, daß die Taube fast schon zu viele Bedeutungen hat. Doch wenn man sich ein Symbol oder Rätselbild wählen muß, um dann darüber zu sterben, sollten seine Bedeutungen viele sein, sonst kann man auch gleich Brot zum Brot und Wein zum Wein sagen, oder Atom zum Atom und Leere zur Leere. Das mag zwar den Naturphilosophen gefallen haben, die Roberto im Salon der Dupuys getroffen hatte, nicht aber einem wie Pater Emanuele – und wir wissen ja, daß unser Schiffbrüchiger bald zu der einen und bald zu der anderen Richtung neige. Schließlich war ja das Schöne an der Taube, wenigstens für Roberto (denke ich), daß sie nicht einfach nur eine Botschaft wie jedes andere Emblem war, sondern eine Botschaft, deren Botschaft die Unergründlichkeit aller geistvollen Botschaften war.

Als Aeneas in die Unterwelt hinab muß – um den Schatten des Vaters wiederzufinden, also auch er in gewisser Weise den oder die vergangenen Tage –, was tut da die Sibylle? Sie sagt ihm zwar, er solle den Misenus begraben gehen und verschiedene Opfer von Stieren und anderem Getier darbringen, aber wenn er wirklich ein Unternehmen durchführen wolle, das zu versuchen noch niemand den Mut gehabt habe, beziehungsweise vom Schicksal berufen worden sei, dann müsse er zuerst einen dichtbelaubten schattigen Baum finden, an dem es einen goldenen Zweig gebe. Der Wald verberge ihn und im dunklen Tal umschlössen ihn Schatten, doch ohne diesen *ramus auricomus* dringe man nicht in die Geheimnisse der Erde ein. Und wer ermöglicht Aeneas, diesen Zweig zu finden? Zwei Tauben, die übrigens – inzwischen sollten wir es wissen – mütterliche Vögel sind. Der Rest ist allgemein bekannt. Mit einem Wort, Vergil wußte nichts von Noah, aber die Taube bringt stets eine Kunde oder führt irgendwohin.

Im übrigen heißt es, daß die Tauben als Orakel im Tempel des Jupiter dienten, wo er durch ihren Mund antwortete. Danach sei eine von ihnen zum Tempel des Ammon geflogen und die andere zu dem von Delphi, und so erkläre sich, warum sowohl die Ägypter wie auch die Griechen dieselben

Wahrheiten erzählten, wenn auch verhüllt unter dunklen Schleiern. Ohne Taube keine Offenbarung.

Aber wir fragen uns noch heute, was der Goldene Zweig bedeuten sollte. Woran man sieht, daß die Tauben zwar Botschaften bringen, aber solche, die verschlüsselt sind.

Ich weiß nicht, wieviel Roberto von der jüdischen Kabbala wußte, die zu seiner Zeit sehr in Mode war, aber wenn er den Monsignor Gaffarel frequentierte, muß er davon gehört haben. Tatsache ist, daß die Juden auf der Taube ganze Schlösser erbauten. Wir haben daran erinnert, beziehungsweise Pater Caspar hat es getan: Im 68. Psalm ist die Rede von den Flügeln der Taube, die sich mit Silber beziehen, und von ihren Federn, die golden schimmern. Warum? Und warum taucht in den Sprüchen Salomonis ein ganz ähnliches Bild auf, nämlich »goldene Äpfel in einem ziselierten Netz aus Silber«, mit dem Kommentar »dies ist das passend gesprochene Wort«? Und warum heißt es im Hohenlied, an das Mädchen gewandt, dessen Augen »wie Taubenaugen« sind, »O meine Geliebte, wir wollen dir goldene Ohrringe machen mit silbernen Kugeln«?

Die jüdischen Kommentatoren sagten, das Gold sei das der Schrift und das Silber der weiße Zwischenraum zwischen den Buchstaben oder den Wörtern. Und einer von ihnen, den Roberto vielleicht nicht kannte, aber der noch viele Rabbiner inspirieren sollte, hat gesagt, die goldenen Äpfel in einem feinziselierten silbernen Netz bedeuteten, daß es in jedem Satz der Schriften (gewiß aber in jedem Gegenstand oder Ereignis der Welt) zwei Seiten gibt, eine offenkundige und eine verborgene; die offenkundige ist aus Silber, doch wertvoller, weil aus Gold, ist die verborgene. Und wer das Netz von weitem betrachtet, mit den Äpfeln in seinen silbernen Fäden, der glaubt zunächst, daß die Äpfel aus Silber seien, wenn er aber genauer hinsieht, entdeckt er den Glanz des Goldes.

Alles, was die Heiligen Schriften *prima facie* enthalten, schimmert wie Silber, doch ihr verborgener Sinn glänzt wie Gold. Die unverletzbare Keuschheit des Wortes Gottes, verborgen dem Blick der Profanen, ist wie bedeckt von einem

Schleier der Schamhaftigkeit und liegt im Schatten des Mysteriums. Sie besagt, daß man die Perlen nicht vor die Säue werfen soll. Taubenaugen zu haben heißt, daß man nicht beim wörtlichen Sinn der Worte stehenbleibt, sondern in ihren mystischen Sinn einzudringen weiß.

Aber dieser Sinn entzieht sich immerfort, wie die Taube, und man weiß nie, wo man ihn zu fassen bekommt. Die Taube bedeutet, daß die Welt durch Hieroglyphen spricht, und somit ist sie selber die Hieroglyphe, welche die Hieroglyphen bedeutet. Und eine Hieroglyphe redet nicht und verbirgt nicht, sie zeigt nur.

Andere Juden hatten gesagt, daß die Welt ein Orakel sei, und es ist kein Zufall, daß die Taube im Hebräischen *tore* heißt, was an *Torah* gemahnt, also an ihre Bibel, das Heilige Buch, die Quelle jeglicher Offenbarung.

Wenn die Taube in die Sonne fliegt, scheint sie zunächst bloß wie Silber zu schimmern, und nur, wer lange genug zu warten vermag, um ihre verborgene Seite zu entdecken, wird ihr wahres Gold erblicken, das heißt die Farbe der lodernden Flamme.

Seit dem venerablen Isidor haben auch die Christen daran erinnert, daß die Taube, wenn sie bei ihrem Flug die Strahlen der Sonne reflektiert, uns in verschiedenen Farben erscheint. Sie bedarf der Sonne, und daher rühren Devisen wie *Aus deinem Licht meine Pfeile* oder *für dich schmücke ich mich und strahle*. Ihr Hals umgibt sich im Licht mit verschiedenen Farben und bleibt doch immer derselbe. Weshalb man gut daran tut, sich nicht nur an die Erscheinungen zu halten, sondern auch die wahre Erscheinung unter den falschen zu finden.

Wie viele Farben hat die Taube? In einem alten Bestiarium heißt es:

> *Uncor m'estuet que vos devis*
> *des columps, qui sunt blans et bis:*
> *li un ont color aierine,*
> *et li autre l'ont stephanine:*

li un sont neir, li autre rous,
li un vermel, l'autre cendrous,
et des columps i a plusors
qui ont trestotes les colors.

Und was wäre dann eine Flammenfarbene Taube?

Zu guter Letzt, immer angenommen, Roberto wußte etwas davon, finde ich im Talmud folgende Geschichte: Die Mächtigen von Edom dekretierten gegen Israel, daß sie einem jeden, der den Gebetsriemen trug, das Gehirn herausreißen würden. Nun hatte Elisäus den Riemen angelegt und war unterwegs auf der Straße. Ein Gesetzeshüter erblickte ihn und verfolgte ihn, als er floh. Als Elisäus eingeholt wurde, nahm er sich den Gebetsriemen ab und verbarg ihn in den Händen. Der Verfolger fragte ihn: »Was hast du da in den Händen?« Und Elisäus antwortete: »Die Flügel einer Taube.« Der andere öffnete ihm die Hände. Und es waren die Flügel einer Taube.

Ich weiß nicht, was diese Geschichte bedeutet, aber ich finde sie sehr schön. Und so hätte sie auch Roberto gefunden.

Amabilis columba,
unde, unde ades volando?
Quid est rei, quod altum
coelum cito secando
tam copia benigna
spires liquentem odorem?
Tam copia benigna
unguenta grata stilles?

Soll heißen, die Taube ist ein wichtiges Zeichen, und wir können verstehen, warum einer, der sich an die Antipoden verirrt hat, genau hinzusehen beschließt, um zu begreifen, was sie für ihn bedeutet.

Unerreichbar die Insel, Lilia verloren, all seine Hoffnungen gegeißelt – warum sollte sich da die unsichtbare Flammenfarbene Taube nicht in die *medulla aurea* verwandeln, in den Stein der Weisen, das Ziel aller Ziele, flüchtig wie alle Dinge, die man leidenschaftlich begehrt? Etwas erstreben, was man niemals bekommen wird, ist das nicht der Gipfel des generösesten aller Begehren?

Die Sache scheint mir so klar *(luce lucidior)*, daß ich hiermit beschließe, meine Explikation der Taube nicht weiter fortzuführen.

Kehren wir zurück zu unserer Geschichte.

27

DIE GEHEIMNISSE DES MEERES-FLUSSES

Am nächsten Tag beim ersten Licht der Sonne zog Roberto sich vollständig aus. In Anwesenheit von Pater Caspar war er aus Schamhaftigkeit mit Hemd und Hose ins Wasser gestiegen, aber dabei hatte er bemerkt, daß die Kleider ihn schwer machten und behinderten. Jetzt war er nackt. Er band sich das Seil um die Hüfte, stieg die Jakobsleiter hinunter und tauchte erneut ins Meer.

Er trieb an der Oberfläche, das hatte er inzwischen gelernt. Jetzt mußte er lernen, Arme und Beine zu bewegen, wie es die Hunde tun. Er probierte es vorsichtig, strampelte und paddelte einige Minuten und stellte fest, daß er sich nur um wenige Armeslängen von der Leiter entfernt hatte. Außerdem war er bereits erschöpft.

Aber er wußte nun, wie man sich ausruht: Er legte sich auf den Rücken und ließ sich eine Weile vom Wasser und von der Sonne streicheln.

Langsam kam er wieder zu Kräften. Also mußte er so lange paddeln, bis er müde wurde, dann ein paar Minuten lang Toter Mann spielen und dann weiterpaddeln. Er würde nur ganz langsam vom Fleck kommen, und es würde sehr lange dauern, aber so mußte er's machen.

Nach ein paar Versuchen traf er eine mutige Entscheidung. Die Leiter hing an Steuerbord, also rechts neben dem Bugspriet, auf der Seite der Insel. Jetzt würde er versuchen, zur linken Seite des Schiffs hinüberzuschwimmen. Dann würde er sich ausruhen und schließlich zurückkommen.

Das Unterqueren des Bugspriets war nicht schwer, und der

Blick auf die Backbordseite der *Daphne* war ein Sieg. Roberto legte sich auf den Rücken, streckte Arme und Beine aus und hatte den Eindruck, daß die Wellen ihn auf dieser Seite besser wiegten als auf der anderen.

Plötzlich spürte er einen Ruck an der Hüfte. Das Seil hatte sich straff gespannt. Er drehte sich wieder in Hundepaddelstellung und begriff: Das Meer hatte ihn links der *Daphne* nach Norden getrieben, viele Armeslängen über die Spitze des Bugspriets hinaus. Mit anderen Worten, die in nordöstlicher Richtung verlaufende Strömung, die etwas weiter im Westen stärker wurde, machte sich auch schon hier in der Bucht bemerkbar. Als er an Steuerbord ins Wasser gegangen war, hatte er sie nicht bemerkt, weil ihn der Schiffsrumpf vor ihr geschützt hatte, aber als er nach Backbord hinübergewechselt war, hatte sie ihn erfaßt, und wenn ihn das Seil nicht gehalten hätte, wäre er davongetrieben worden. Er hatte geglaubt, daß er ruhig dalag, und in Wirklichkeit hatte er sich bewegt wie die Erde in ihrem kosmischen Wirbel. Deshalb war es ihm auch so leichtgefallen, den Bug zu umrunden: Seine Geschicklichkeit war nicht größer geworden, das Meer hatte ihm geholfen.

Beunruhigt wollte er sehen, ob er aus eigener Kraft zur *Daphne* zurückschwimmen konnte, und mußte feststellen, daß, kaum hatte er sich ihr paddelnd um ein paar Handbreiten genähert und hielt einen Augenblick inne, um Atem zu schöpfen, das Seil sich im selben Moment wieder straffte, woran er sah, daß er wieder zurückgefallen war.

Er faßte das Seil mit beiden Händen, zog es an sich und drehte sich, um es sich um die Hüften zu wickeln, und so erreichte er bald wieder die Leiter. An Bord zurück, kam er zu dem Schluß, daß es zu gefährlich sein würde, die Insel schwimmend erreichen zu wollen. Er mußte sich ein Floß bauen. Er inspizierte das Holzlager, das die *Daphne* darstellte, und machte sich bewußt, daß er nichts hatte, womit er ihm auch nur das kleinste Stämmchen entnehmen konnte, es sei denn, er wollte Jahre damit verbringen, einen Mast mit dem Messer abzusägen.

Aber war er nicht auf einem Türblatt zur *Daphne* gelangt? Nun, dann mußte er eben eine Tür aus den Angeln heben und sie als Vehikel benutzen, indem er sich darauflegte und mit den Händen ruderte. Mit dem Knauf des Schwertes als Hammer und der Klinge als Hebel gelang es ihm schließlich, eine der Türen des Achterkastells aus den Angeln zu heben. Dabei war zwar am Ende die Klinge zerbrochen, aber das machte nichts, er mußte ja nicht mehr mit menschlichen Wesen kämpfen, sondern mit dem Meer.

Doch wenn er auf dem Türblatt im Meer schwamm, wohin würde ihn dann die Strömung treiben? Er schleppte die Tür an die rechte Bordwand und warf sie ins Meer.

Die Tür schwamm zuerst träge auf dem Wasser, aber nach weniger als einer Minute hatte sie sich schon von der Bordwand entfernt und trieb zuerst unter dem Bugspriet hindurch auf die linke Seite des Schiffes, mehr oder weniger in derselben Richtung, wie er gepaddelt war, und dann nach Nordosten. Je weiter sie sich vom Bug entfernte, desto schneller wurde sie, bis sie nach einer Weile – etwa auf der Höhe des nördlichen Kaps der Insel – rasch nach Norden einschwenkte.

Die Tür schwamm jetzt so, wie die *Daphne* es täte, wenn er den Anker einholen würde. Er konnte sie mit bloßem Auge verfolgen, bis sie am Kap vorbei war, dann mußte er das Fernrohr holen, durch das er sie noch bis weit jenseits des Kaps mit hoher Geschwindigkeit davonziehen sah. Die Tür trieb also in einer starken Strömung, die wie ein breiter Fluß mit Ufern und Böschungen mitten durch ein sonst ruhiges Meer floß.

Roberto überlegte: Wenn der hundertachtzigste Meridian auf einer gedachten Linie durch die Bucht ging, die – wie Pater Caspar gesagt hatte – die beiden Kaps der Insel miteinander verband, und wenn die Strömung sich gleich hinter dem nördlichen Kap genau nach Norden ausrichtete, dann mußte sie von dort an genau auf der Linie des Antipoden-Meridians fließen!

Wenn er also auf jenem Türblatt wäre, würde er sich auf der Linie bewegen, die das Gestern vom Morgen trennte – oder das Gestern von dessen Morgen ...

Aber in jenem Augenblick dachte er etwas anderes. Wenn er auf dem Türblatt gewesen wäre, hätte er sich der Strömung nicht anders widersetzen können als mit den Händen. Es war schon schwierig genug, den eigenen Körper im Wasser zu lenken, wie dann erst ein Türblatt ohne Bug und Heck und ohne Steuerruder!

In der Nacht seiner Ankunft hatte ihn sein Türblatt nur dank besonderer Winde oder Nebenströmungen unter den Bugspriet gebracht. Um ein neues Ereignis dieser Art voraussehen zu können, müßte er die Bewegungen des Meeres sehr aufmerksam über Wochen und Wochen studieren, vielleicht über Monate, indem er Dutzende von Türblättern ins Meer warf und wer weiß, was noch alles.

Unmöglich, zumindest beim Stand seiner hydrostatischen oder besser hydrodynamischen Kenntnisse. Da verließ er sich doch lieber aufs Schwimmen. Ein Hund, der paddelt, gelangt aus der Mitte eines Flusses leichter ans Ufer als ein Hund, der in einem Korb sitzt.

Folglich mußte er seine Übungen fortsetzen. Und es würde auch nicht genügen, bloß die Strecke von der *Daphne* bis zum Ufer schwimmen zu können. Auch in der Bucht gab es zu verschiedenen Tageszeiten, je nach dem Stand von Ebbe und Flut, kleinere Strömungen, und leicht könnte ihn, während er guten Mutes nach Osten schwamm, eine solche Strömung zuerst nach Westen ziehen und dann geradewegs zum nördlichen Kap. Also mußte er auch lernen, gegen den Strom zu schwimmen. Durch das Seil gesichert, mußte er sich auch in die Gewässer auf der linken Seite des Schiffes wagen.

In den nächsten Tagen, als er noch auf der rechten Seite unter der Leiter übte, entsann er sich, daß er in La Griva nicht nur Hunde hatte schwimmen sehen, sondern auch Frösche. Und da ein menschlicher Körper, der mit ausgestreckten Armen und Beinen im Wasser liegt, mehr an die Form eines Frosches als an die eines Hundes erinnert, sagte er sich, daß er vielleicht einmal versuchen sollte, wie ein Frosch zu schwimmen. Gesagt, getan, er nahm sogar die Stimme zu Hilfe, schrie laut »Korax, korax« und warf sich, ruckartig Arme und Beine spreizend, nach vorn. Dann verzichtete er auf das Quaken, da dieses Hervorstoßen tierischer Laute nur dazu geführt hatte, daß er zu heftig losgesprungen war und den Mund aufgemacht hatte, mit Ergebnissen, die ein erfahrener Schwimmer vorausgesehen hätte.

Er verwandelte sich in einen älteren und gesetzten Frosch von majestätischer Ruhe. Wenn er spürte, daß ihm die Arme ermüdeten von dieser kontinuierlichen Ruderbewegung der auswärtsgekehrten Hände, paddelte er wieder nach Art der Hunde. Einmal, als er die weißen Vögel betrachtete, die seine Übungen kreischend verfolgten, wobei sie manchmal wenige Armeslängen neben ihm senkrecht herabschossen, um sich einen Fisch aus dem Wasser zu greifen (der Möwenstoß!), versuchte er, so zu schwimmen, wie sie flogen, indem er mit den Armen eine weitausholende Flügelbewegung machte; doch er merkte, daß es schwieriger ist, den Mund und die Nase geschlossen zu halten als einen Schnabel, und verzichtete auf weitere Versuche dieser Art. Inzwischen wußte er nicht mehr, was für ein Tier er war, ob Hund oder Frosch – oder vielleicht ein haariger Kröterich, ein amphibischer Vierfüßler, ein Zentaur der Meere, eine männliche Sirene.

Immerhin stellte er bei all diesen Versuchen irgendwann fest, daß er, wenn auch eher schlecht als recht, ein Stückchen vorangekommen war: Er war am Bug ins Wasser gestiegen und befand sich schon hinter der Mitte des Schiffes. Doch als er dann umkehren und zur Leiter zurückschwimmen wollte, merkte er, daß er keine Kraft mehr hatte, und mußte sich wieder am Seil zurückziehen.

Was ihm fehlte, war das richtige Atmen. Er kam voran und konnte dann nicht mehr zurück … Er war ein Schwimmer geworden, aber wie jener Pilger, von dem er hatte reden hören, der die ganze Pilgerfahrt von Rom nach Jerusalem in seinem Garten zurückgelegt hatte, jeden Tag eine halbe Meile, immer vor und zurück. Roberto war nie ein Athlet gewesen, aber die Monate auf der *Amarilli*, immer in der Kajüte, die Strapazen des Schiffbruchs, die Untätigkeit auf der *Daphne* – bis auf die wenigen Übungen, die Pater Caspar ihm auferlegt hatte –, das alles hatte ihn ganz entkräftet.

Er wußte offenbar nicht, daß man sich durch Schwimmen stärken kann, und dachte eher daran, sich stärken zu müssen, um schwimmen zu können. Jedenfalls sehen wir ihn nun zwei, drei, vier Eier auf einmal austrinken und ein ganzes Huhn vertilgen, bevor er den nächsten Versuch macht. Zum Glück gab's das Seil. Denn kaum war er im Wasser, überfiel ihn ein solcher Krampf, daß er fast nicht mehr die Leiter hinaufkam.

So saß er dann abends da und sann über diesen neuen Widerspruch nach: Zuerst, als er nicht einmal hoffte, die Insel erreichen zu können, war sie ihm ganz nahe vorgekommen. Und nun, seit er die Kunst erlernte, die ihn hinüberbringen sollte, rückte die Insel immer mehr in die Ferne.

Mehr noch, da er sie nicht nur im Raum sah, sondern auch (und zurückblickend) in der Zeit, scheint Roberto von diesem Moment an jedesmal, wenn er ihr Fernsein erwähnt, Raum und Zeit zu verwechseln, schreibt er doch: »die Bucht ist leider zu gestern«, und: »wie schwierig es ist, an jene Küste zu gelangen, die doch so bald ist«; oder auch: »wieviel Meer mich trennt vom gerade vergangenen Tag«, und sogar: »von der Insel kommen drohende Gewitterwolken herüber, während es hier schon heiter ist ...«

Doch wenn die Insel immer mehr in die Ferne rückte, lohnte es sich dann überhaupt noch zu lernen, zu ihr hinzugelangen? In den nächsten Tagen verzichtet Roberto auf seine Schwimmübungen, um sich wieder daranzumachen, mit dem Fernrohr nach der Flammenfarbenen Taube zu suchen.

Er sieht Papageien in den Bäumen sitzen, erkennt Früchte,

verfolgt vom Morgengrauen bis zur Abenddämmerung das Aufleuchten und Erlöschen verschiedener Farben im Blättergrün, aber die Taube sieht er nicht. Er fängt wieder an zu denken, daß Pater Caspar sie nur erfunden hatte oder daß er einer Sinnestäuschung zum Opfer gefallen war. Zeitweise ist er sogar überzeugt, daß auch Pater Caspar nie existiert hat – und findet keine Spur mehr von ihm auf dem Schiff. Er glaubt nicht mehr an die Taube, er glaubt inzwischen auch nicht mehr, daß die Specula auf der Insel steht. Daraus zieht er sogar einen Trost, insofern es – sagt er sich – ja respektlos gewesen wäre, die Reinheit jenes Ortes durch eine Maschine zu beflecken. Und er beginnt wieder, an eine Insel nach seinem Maß zu denken, oder besser gesagt nach dem Maß seiner Träume.

Wenn die Insel in der Vergangenheit lag, war sie der Ort, den er um jeden Preis erreichen mußte. In jener aus den Fugen gegangenen Zeit mußte er zum Dasein des ersten Menschen nicht zurückfinden, sondern es sich neu erfinden. Nicht Wohnstatt einer Quelle ewiger Jugend, sondern selber die Quelle, konnte die Insel der Ort sein, wo jeder Mensch sein verdorbenes Wissen vergessen würde, um wie ein im Wald ausgesetztes Kind eine neue Sprache zu finden, die sich aus einem neuen Kontakt mit den Dingen ergab. Und mit ihr würde die einzige wahre und neue Wissenschaft entstehen, aus der unmittelbaren Naturerfahrung, ohne daß irgendeine Philosophie sie verfälschte (als wäre die Insel nicht der Vater, der dem Sohn die Worte des Gesetzes weitergibt, sondern die Mutter, die ihn die ersten Namen zu stammeln lehrt).

Nur so würde ein wiedergeborener Schiffbrüchiger die Gebote entdecken können, die den Lauf der Himmelskörper lenken, und den Sinn der Akrosticha, die sie in den Himmel zeichnen: nicht indem er über Almagesten und Astrologiebüchern grübelt, sondern indem er direkt das Vorkommen der Eklipsen, den Durchzug der silberhaarigen Meteore und die Sternphasen liest. Nur durch das Nasenbluten wegen einer heruntergefallenen Frucht würde er mit einem Schlag die Gesetze sowohl der Schwerkraft wie auch die der Regungen des Herzens und des Blutes in den Lebewesen begreifen. Nur durch die Beobachtung der Oberfläche eines Teiches, in den er einen Zweig eintaucht, ein Rohr, eines jener langen starren Metallblätter, würde der neue Narziß – ohne irgendwelche Grübeleien über Dioptrik und Skiaterik – den ewigen Zweikampf von Licht und Schatten erfassen. Und vielleicht würde er auch begreifen, warum die Erde ein trüber Spiegel ist, der mit Tinte bepinselt, was er reflektiert, und das Wasser eine Wand, die den Schatten, der auf sie fällt, durchsichtig macht, während in der Luft die Bilder nie eine Fläche finden, von der sie abprallen können, und daher ungehindert immer weiter fliehen, bis zu den äußersten Grenzen des Äthers, es sei denn, sie kehren in Form von Luftspiegelungen und anderem Blendwerk zurück.

Aber hieß die Insel besitzen nicht Lilia besitzen? Also wie nun? Robertos Logik war nicht die jener in den Vorhof der Schule eingedrungenen sturköpfigen und verbohrten Philosophen, die wollten, daß etwas, wenn es soundso ist, nicht zur gleichen Zeit auch genau umgekehrt sein kann. Durch einen Irrtum, will sagen ein Umherirren der Phantasie, wie es gerade für Liebende charakteristisch ist, wußte Roberto bereits, daß der Besitz der Geliebten zugleich die Quelle jeglicher Offenbarung sein würde. Die Gesetze des Universums durch ein Fernrohr zu entdecken schien ihm nur der längere Weg zu einer Wahrheit, die sich ihm im blendenden Licht der Lust offenbaren würde, wenn er den Kopf in den Schoß der Geliebten legte, in einem Garten, in dem jeder Strauch ein Baum der Erkenntnis wäre.

Nun beschwört jedoch – wie auch wir wissen müßten – das Verlangen nach etwas, das fern ist, immer auch das Gespenst eines Jemand herauf, der es uns wegnimmt, und deshalb mußte Roberto befürchten, daß sich in die Wonnen jenes Paradieses eine Schlange eingenistet hatte. So wurde er von dem Gedanken gepackt, auf der Insel erwarte ihn, ein schnellerer Usurpator, Ferrante.

28

Vom Ursprung der Romane

Liebende lieben ihre Leiden mehr als ihre Freuden. Roberto konnte sich nur als einen vorstellen, der für immer von der geliebten Person getrennt war, doch je mehr er sich von ihr getrennt fühlte, desto mehr quälte ihn der Gedanke, daß ein anderer es womöglich nicht war.

Wir haben gesehen, daß er, als er von Mazarin beschuldigt wurde, an einem Ort gewesen zu sein, wo er nie gewesen war, sich in den Kopf gesetzt hatte, Ferrante müsse in Paris sein und bei mehreren Gelegenheiten seinen Platz eingenommen haben. Wenn das stimmte, dann war Roberto verhaftet und auf die *Amarilli* geschickt worden, aber Ferrante war noch in Paris und war für alle (auch für Lilia!) Roberto. Mithin blieb Roberto nichts anderes übrig, als sich Lilia an der Seite Ferrantes vorzustellen, und so verwandelte sich ihm sein südseeisches Fegefeuer in eine Hölle.

Er wußte, daß die Eifersucht unabhängig von der Realität entsteht, ohne jede Rücksicht auf das, was wirklich der Fall ist oder es nicht ist oder es vielleicht nie sein wird; daß sie eine Anwandlung ist, die aus einem eingebildeten Übel einen realen Schmerz zieht; daß der Eifersüchtige wie ein Hypochonder ist, der krank wird aus Angst, es zu sein. Also hüte dich, sagte er sich, dich von dieser schmerzerregenden Wahnidee packen zu lassen, die dich zwingt, dir die Andere mit einem Anderen vorzustellen, nichts weckt den Zweifel so sehr wie die Einsamkeit, und nichts verwandelt den Zweifel so sehr in Gewißheit wie die Phantasterei. Und doch, setzte er hinzu, da ich nicht umhinkann zu lieben, kann ich auch nicht umhin, eifersüchtig zu werden, und da ich nicht umhinkann, eifersüchtig zu werden, kann ich auch nicht umhin, zu phantasieren.

Tatsächlich ist die Eifersucht unter allen Befürchtungen die undankbarste: Wenn man den Tod fürchtet, erleichtert es einen, zu denken, daß man im Gegenteil ein langes Leben genießen oder auf einer Reise die Quelle ewiger Jugend finden könnte; und wenn man arm ist, tröstet einen der Gedanke, daß man einen Schatz finden könnte. Für jedes gefürchtete Übel gibt es eine entgegengesetzte Hoffnung, die uns anspornt. Nur nicht für die Liebe in Abwesenheit der geliebten Person. Abwesenheit ist für die Liebe wie der Wind für das Feuer: Sie läßt die kleinen erlöschen und facht die großen an.

Wenn Eifersucht aus inniger Liebe erwächst, dann ist, wer keine Eifersucht um die geliebte Person empfindet, kein wirklich Liebender, oder er liebt nur mit halbem Herzen; weiß man doch von Liebenden, die aus Angst, daß ihre Liebe erlöschen könnte, sie dadurch am Leben erhalten, daß sie um jeden Preis Gründe zur Eifersucht finden.

Daher will der Eifersüchtige die Geliebte (die er gleichwohl keusch und treu haben will oder wollen würde) nicht anders haben – und kann sie sich auch nicht anders vorstellen – als seiner Eifersucht würdig, also der Untreue schuldig, derart im anwesenden Leiden die Lust der abwesenden Liebe neu entfachend. Auch weil der Gedanke, daß man die ferne Geliebte besitze – wohl wissend, daß es nicht stimmt –, den Gedanken an sie, an ihre Wärme, ihr Erröten, ihren Duft, nicht so lebendig machen kann wie der Gedanke, daß ein Anderer gerade dabei ist, diese selben Gaben zu genießen: Während man sich der eigenen Abwesenheit sicher ist, ist man sich der Anwesenheit jenes Feindes wenn nicht gewiß, so doch zumindest nicht zwangsläufig ungewiß. Die Liebesbegegnung, die der Eifersüchtige sich vorstellt, ist die einzige Form, in der er sich mit einer gewissen Wahrscheinlichkeit das Beilager eines anderen vorstellen kann, das wenn nicht unbezweifelbar, so doch zumindest möglich ist, während das eigene unmöglich ist.

Darum ist der Eifersüchtige nicht fähig und auch nicht wil-

400

lens, sich das Gegenteil dessen vorzustellen, was er fürchtet, ja, er kann sogar nur genießen, indem er den eigenen Schmerz noch vergrößert, und dann leidet er an diesem vergrößerten Genuß, von dem er sich ausgeschlossen weiß. Die Freuden der Liebe sind Qualen, die als begehrenswert erscheinen, in denen Süße und Folter zusammenfallen, und die Liebe ist freiwillige Verrücktheit, höllisches Paradies und paradiesische Hölle – kurz: Eintracht ersehnter Gegensätze, schmerzliches Lachen und brüchiger Diamant.

Und während Roberto so litt, aber sich der unendlichen Zahl von Welten entsann, über die er mit Pater Caspar diskutiert hatte, kam ihm eine Idee, eine große Idee, ja ein wahrhaft grandioser Geistesblitz.

Er könnte sich eine Geschichte ausdenken, überlegte er, eine Geschichte, in der bestimmt nicht er der Held sein würde, denn sie würde sich nicht in dieser Welt abspielen, sondern in einer Welt der Romane, und ihre Geschehnisse würden sich parallel zu denen der Welt ereignen, in welcher er sich befand, ohne daß die beiden Ereignisabfolgen sich jemals berühren oder überschneiden könnten.

Was würde er dadurch gewinnen? Viel. Indem er beschloß, die Geschichte einer anderen Welt zu erfinden, die nur in seinem Denken existierte, würde er sich zum Herrn jener Welt machen und dafür sorgen können, daß die Dinge, die dort geschahen, nicht über das hinausgingen, was er zu ertragen vermochte. Auf der anderen Seite konnte er, wenn er zum Leser des Romans wurde, dessen Autor er war, am Herzeleid der Personen teilhaben. Passiert es Romanlesern nicht, daß sie Thisbe lieben, ohne Eifersucht zu empfinden, indem sie Pyramus als Stellvertreter benutzen, oder daß sie durch Celadon um Astrea bangen?

Im Land der Romane zu lieben heißt nicht, keinerlei Eifersucht zu empfinden: In jenem Lande ist das, was nicht unser ist, in gewisser Weise doch unser, und was in unserer Welt unser war und uns genommen worden ist, existiert dort nicht – auch wenn das, was dort existiert, dem ähnlich sieht, was wir an Existierendem nicht haben oder verloren haben ...

So würde Roberto nun also den Roman von Ferrante und dessen Liebesbeziehung mit Lilia schreiben (oder sich ausdenken) müssen, und erst indem er jene Romanwelt erfand, würde er den beißenden Schmerz vergessen, den ihm die Eifersucht in der wirklichen Welt verursachte.

Mehr noch, überlegte Roberto: Um zu begreifen, was mir geschehen ist und wie ich in die Falle geraten bin, die Mazarin mir gestellt hat, müßte ich die Chronik jener Geschehnisse rekonstruieren, um ihre Gründe und geheimen Motive zu finden. Aber gibt es etwas Ungewisseres als die Chroniken, die wir lesen, in denen, wenn zwei Autoren von derselben Schlacht berichten, die Unstimmigkeiten so groß sind, daß wir fast meinen, es mit zwei verschiedenen Schlachten zu tun zu haben? Und gibt es andererseits etwas Gewisseres als einen Roman, an dessen Ende jedes Rätsel seine Erklärung nach den Gesetzen der Wahrscheinlichkeit findet? Der Roman erzählt Dinge, die vielleicht nicht wirklich geschehen sind, aber sehr gut hätten geschehen können. Mir meine Mißgeschicke in Form eines Romans zu erklären heißt, mich zu vergewissern, daß es in diesem Wirrwarr zumindest *eine* Möglichkeit gibt, das Knäuel aufzudröseln, und daß ich also nicht einem Alptraum erlegen bin. Eine Idee, die auf hinterlistige Weise antithetisch zur ersten ist, denn auf diese Art würde sich die Romangeschichte meiner Mißgeschicke über deren reale Geschichte legen müssen.

Und schließlich, überlegte Roberto weiter, ist meine Geschichte die einer Liebe zu einer Frau; und nur der Roman, gewiß nicht die Chronik, befaßt sich mit Liebesgeschichten, und nur der Roman (niemals die Chronik) bemüht sich zu erklären, was jene Töchter Evas denken und fühlen, die doch von den Tagen des Irdischen Paradieses bis zur Hölle der Höfe unserer Tage soviel Einfluß auf das Schicksal unserer Gattung hatten und haben.

Lauter vernünftige Argumente, wenn man jedes für sich

betrachtet, aber nicht, wenn man sie alle zusammennimmt. Denn es gibt einen Unterschied zwischen dem, der handelt, indem er einen Roman schreibt, und dem, der unter der Eifersucht leidet. Ein Eifersüchtiger genießt es, sich auszumalen, was er befürchtet, es könnte geschehen sein – wobei er sich aber doch weigert zu glauben, daß es wirklich geschehen ist –, während ein Romanverfasser zu jedem Kunstmittel greift, um zu erreichen, daß der Leser es nicht nur genießt, sich etwas vorzustellen, was nicht wirklich geschehen ist, sondern irgendwann auch vergißt, daß er einen Roman liest, und glaubt, es sei alles wirklich geschehen. Es ist schon schmerzlich genug für einen Eifersüchtigen, einen von einem anderen geschriebenen Roman zu lesen, in dem ihm scheint, daß alles, was passiert und gesagt wird, sich auf seine Geschichte bezieht. Wie also erst für einen Eifersüchtigen, der seine Geschichte selbst zu erfinden vorgibt! Sagt nicht ein Sprichwort, daß der Eifersüchtige den Schatten Körper verleiht? So schattenhaft also die Figuren eines Romans auch sein mögen, da der Roman ein leiblicher Bruder der Chronik ist, erscheinen diese Schatten dem Eifersüchtigen immer zu körperhaft, besonders wenn sie, anstatt die Schatten eines andern zu sein, seine eigenen sind.

Daß übrigens die Romane trotz aller Vorzüge auch ihre Mängel haben, hätte Roberto wissen müssen. Wie die Medizin auch die Lehre der Gifte umfaßt, wie die Metaphysik mit unangebrachten Subtilitäten die Dogmen der Religion verwirrt, wie die Ethik die Großartigkeit befördert (die nicht jedem guttut), die Astrologie den Aberglauben begünstigt, die Optik täuscht, die Musik das Liebesbegehren anstachelt, die Geometrie das ungerechte Herrschen ermuntert und die Mathematik den Geiz – so öffnet die Kunst des Romans, obwohl sie uns warnt, daß sie uns Fiktionen vorsetzt, eine Tür im Palast der Absurdität, die sich, hat man sie einmal leichtsinnigerweise durchschritten, hinter uns schließt.

Doch es steht nicht in unserer Macht, Roberto davon abzuhalten, diesen Schritt zu tun, denn wir wissen mit Sicherheit, daß er ihn getan hat.

29

Die Seele Ferrantes

Von welchem Punkt an sollte er die Geschichte Ferrantes aufnehmen? Roberto hielt es für am besten, von jenem Tag auszugehen, an dem Ferrante nach seinem Verrat der Franzosen, auf deren Seite er in Casale zu kämpfen vorgetäuscht hatte, wobei er sich als Hauptmann Gambero ausgab, ins spanische Lager geflohen war.

Vielleicht war er begeistert von einem großen Herrn empfangen worden, der ihm versprochen hatte, ihn am Ende jenes Krieges nach Madrid mitzunehmen. Und dort hatte dann sein Aufstieg zu den äußeren Kreisen des spanischen Hofes begonnen, bei dem er lernte, daß die Tugend der Herrscher ihre Willkür ist, daß die Macht ein unersättliches Monstrum ist und daß man ihr als unterwürfiger Sklave dienen mußte, um von jedem Krümel zu profitieren, der von ihren Tischen fiel, und ihn als Gelegenheit zu einem langsamen und gewundenen Aufstieg zu nutzen – zuerst als Scherge, gedungener Mörder und Spitzel, dann als angeblicher Edelmann.

Ferrante konnte nur von einer wachen, wenngleich stets aufs Böse gerichteten Intelligenz sein, und so hatte er in jenem Milieu sehr rasch gelernt, wie man sich verhalten mußte – soll heißen, er hatte sich jene Prinzipien der höfischen Weltklugheit angeeignet, mit denen Roberto in Casale von Herrn de Salazar traktiert worden war.

Er hatte die eigene Mittelmäßigkeit kultiviert (die Niedrigkeit seiner unehelichen Geburt), ohne sich davor zu fürchten, in den mittelmäßigen Dingen hervorragend zu sein, um zu vermeiden, daß er eines Tages in den hervorragenden Dingen mittelmäßig war.

Er hatte begriffen, daß man, wenn man nicht das Fell des Löwen anlegen kann, in das des Fuchses schlüpfen muß, denn vor der Sintflut haben sich mehr Füchse als Löwen gerettet. Jede Kreatur hat ihre eigene Weisheit, und vom Fuchs hatte er gelernt, daß ein Spiel mit offenen Karten weder Nutzen bringt noch Vergnügen bereitet.

Wenn er aufgefordert wurde, eine Verleumdung unter der Dienerschaft zu verbreiten, auf daß sie nach und nach an die Ohren der Herrschaft dringe, und er wußte sich der Gewogenheit einer Kammerzofe sicher, so beeilte er sich zu sagen, er werde es in der Taverne beim Kutscher versuchen; und wenn der Kutscher sein Zechgenosse in der Taverne war, behauptete er mit einverständigem Lächeln, er wisse schon, wie er sich bei der und der klatschsüchtigen Stubenmagd Gehör verschaffen könne. Da seine Auftraggeber nicht wußten, wie er vorging und wie er den Auftrag ausführen würde, waren sie ihm gegenüber stets ein wenig im Nachteil, und Ferrante wußte, daß, wer seine Karten nicht sofort aufdeckt, die anderen in Spannung hält. Auf diese Weise umgibt man sich mit einer geheimnisvollen Aura, und genau diese Undurchschaubarkeit ruft bei den anderen Respekt hervor.

Beim Liquidieren seiner Feinde, die anfangs Pagen und Diener waren, dann Edelmänner, die ihn für ihresgleichen hielten, hatte er sich zur Regel gemacht, immer seitwärts zu blicken und nie nach vorn. Der Umsichtige kämpft mit gut einstudierten Kniffen und Winkelzügen und handelt nie in der vorausgesehenen Weise. Wenn er zu einer Bewegung ansetzte, tat er es nur, um zu täuschen, wenn er gewandt eine Geste in die Luft zeichnete, operierte er anschließend in einer unvermuteten Weise, immer darauf bedacht, die gezeigte Absicht zu dementieren. Er griff nie an, wenn der Gegner im Vollbesitz seiner Kräfte war (dann bezeugte er ihm vielmehr Freundschaft und Achtung), sondern nur, wenn der andere sich wehrlos zeigte, und dann brachte er ihn zu Fall mit der Miene dessen, der zu Hilfe eilt.

Er log oft, aber nicht unüberlegt. Er wußte, daß er, um glaubhaft zu sein, allen vorführen mußte, daß er manchmal die Wahrheit sagte, wenn sie ihm schadete, und sie manchmal verschwieg, wenn sie ihm Lob hätte einbringen können. Andererseits war er bemüht, bei den einfachen Leuten den Ruf eines ehrlichen Mannes zu erlangen, so daß die Kunde davon an die Ohren der Mächtigen drang. Er war überzeugt, daß es falsch wäre, gegenüber Gleichrangigen zu simulieren, aber daß es tollkühn wäre, es gegenüber Höherrangigen *nicht* zu tun.

Dennoch handelte er auch nicht zu aufrichtig und jedenfalls nicht immer, da er fürchtete, daß man diese seine Gleichförmigkeit sonst bemerken und eines Tages seine Handlungsweise voraussehen könnte. Doch er übertrieb es auch nicht mit der Doppelzüngigkeit, da er fürchtete, daß man seine Täuschung nach dem zweiten Mal entdecken würde.

Um klug zu werden, übte er sich darin, die Törichten zu ertragen, mit denen er sich umgab. Er war nicht so unbesonnen, ihnen jeden Fehler, den er gemacht hatte, aufzubürden, aber wenn der Einsatz hoch war, sorgte er stets dafür, daß er einen Dummkopf neben sich hatte (den seine Eitelkeit dazu verführte, sich in vorderster Linie zu zeigen, während er selbst im Hintergrund blieb), dem dann für den Fall, daß die Sache schiefging, zwar nicht er, aber die anderen die Schuld geben würden.

Kurzum, alles, was ihm irgendwie zum Vorteil gereichen konnte, machte er demonstrativ selbst, und was ihm Nachteile einbringen konnte, ließ er von anderen machen.

Beim Vorzeigen seiner Tugenden (die wir besser verfluchte Geschicklichkeiten nennen sollten) wußte er, daß es besser ist, nur eine Hälfte zu zeigen und die andere bloß anzudeuten, als das Ganze offenzulegen. Manchmal ließ er das Vorzeigen auch bloß in einem beredten Schweigen bestehen, in einer beiläufigen Demonstration seiner Fähigkeiten, und er war geschickt genug, nie alles mit einem Mal aufzudecken.

Je weiter er aufstieg und sich mit Leuten höheren Standes maß, desto geschickter wurde er im Nachahmen ihrer Gesten und ihrer Sprache, doch er benutzte diese Geschicklichkeit nur bei Leuten in niedrigerer Position, die er für irgendeinen illegalen Zweck gewinnen wollte; bei Höhergestellten achtete er stets darauf, so zu tun, als ob er nicht Bescheid wüßte, und an ihnen demonstrativ zu bewundern, was er längst wußte.

Er erledigte jeden schmutzigen Auftrag, den seine Auftraggeber ihm gaben, aber nur, wenn das Böse, das er dabei tun mußte, nicht von so großer Scheußlichkeit war, daß sie Abscheu davor bekommen konnten. Wenn sie Untaten solchen Ausmaßes von ihm verlangten, lehnte er ab; erstens, damit sie nicht meinten, eines Tages werde er fähig sein, das gleiche mit ihnen zu tun, und zweitens – wenn die Ruchlosigkeit nach Rache im Angesicht Gottes schrie –, um nicht zum unerwünschten Zeugen ihrer Reue zu werden.

Nach außen gab er sich fromm, aber in Wahrheit schätzte er nur den gebrochenen Glauben, die zertretene Tugend, die Eigenliebe, die Undankbarkeit und die Verachtung alles Heiligen. Er fluchte Gott in seinem Herzen und glaubte, daß die Welt durch Zufall entstanden sei, und dennoch vertraute er auf ein Schicksal, das bereit war, seinen Lauf zugunsten dessen zu ändern, der es zu seinem Vorteil zu wenden weiß.

Zur Aufheiterung seiner seltenen Ruhestunden verkehrte er nur mit käuflichen Hausfrauen, zügellosen Witwen und liederlichen Mädchen. Aber niemals ausschweifend, denn bei seinen Machenschaften verzichtete er oft auf unmittelbare Belohnung, um sich gleich in die nächste Machenschaft zu stürzen, als gönnte ihm seine Ruchlosigkeit keine Ruhe.

Mit einem Wort, er lebte Tag für Tag wie ein Mörder, der reglos hinter einem Vorhang lauert, wo die Klingen seiner Dolche nicht schimmern. Er wußte, daß die erste Erfolgsregel hieß, die Gelegenheit abzuwarten, aber er litt, weil ihm die Gelegenheit noch so fern schien.

Dieser finstere und verbissene Ehrgeiz raubte ihm allen Seelenfrieden. Da er überzeugt war, daß Roberto den Platz usurpiert hatte, der eigentlich ihm zustand, ließ ihn jede Belohnung unbefriedigt, und die einzige Form, die das Gute und das Glück in den Augen seiner Seele annehmen konnten, war das Unglück seines Bruders und der Tag, an dem er es würde herbeiführen können. Im übrigen ließ er in seinem Kopf nebulöse Riesen gegeneinander kämpfen, und es gab kein Meer, kein Land und keinen Himmel, in denen er Zuflucht und Ruhe fand. Was er hatte, beleidigte ihn, und was er haben wollte, bereitete ihm Folterqualen.

Er lachte nie, es sei denn in der Taverne, um einen seiner ahnungslosen Spitzel betrunken zu machen. Doch in der Abgeschiedenheit seines Zimmers kontrollierte er sich jeden Morgen vor dem Spiegel, um zu sehen, ob die Art, wie er sich bewegte, nicht seine Unrast verraten könnte, ob sein Blick nicht zu unverschämt war, ob der zu tief geneigte Kopf nicht Zögern signalisierte oder ob die zu tiefen Furchen auf seiner Stirn ihn nicht verbittert erscheinen ließen.

Wenn er seine Exerzitien unterbrach und sich müde in später Nacht seine Masken abnahm, sah er sich, wie er wirklich war – ha, und hier konnte Roberto sich nicht enthalten, Verse eines großen Landsmannes zu zitieren, die er vor einigen Jahren gelesen hatte:

In seinen Augen, wo Traurigkeit wohnt und Tod,
flammt trübe ein rötliches Licht,
die schrägen Blicke und die verdrehten Pupillen
muten an wie Kometen, wie Leuchten die Brauen,
zornige, hochfahrende und verzweifelte
Donnerschläge sind seine Seufzer, Blitze die Atemzüge.

Aber da niemand vollkommen ist, auch nicht im Bösen, und da Ferrante nicht imstande war, das Übermaß seiner Ruchlosigkeit zu zügeln, hatte er nicht vermeiden können, einen Fehltritt zu tun. Von seinem Brotherrn beauftragt, die Entführung einer hochwohlgeborenen keuschen Maid zu organisieren, die schon zur Ehe mit einem tugendhaften Edelmann ausersehen war, hatte er begonnen, ihr Liebesbriefe zu schreiben, die er mit dem Namen seines Herrn unterschrieb. Dann war er, während sie zurückwich, in ihren Alkoven eingedrungen und hatte sich, sie zum Opfer einer Vergewaltigung machend, an ihr vergangen. Womit er auf einen Streich sowohl die Braut wie ihren Verlobten wie auch seinen eigenen Arbeitgeber entehrt und betrogen hatte.

Als das Verbrechen angezeigt wurde, beschuldigte man seinen Arbeitgeber als Täter, der daraufhin in einem Duell mit dem betrogenen Verlobten starb, aber inzwischen war Ferrante schon auf dem Weg nach Frankreich.

In einem gutgelaunten Moment ließ ihn Roberto in einer Januarnacht durch die Pyrenäen reiten auf einem gestohlenen Maultier, das sich dem Orden der reformierten Betschwestern angeschlossen haben mußte, denn es trug das Fell nach mönchischer Art geschoren und war so fromm, nüchtern, entsagungsvoll und demütig, daß es über die Abtötung des Fleisches hinaus, die man sehr deutlich am Knochengerüst seiner Flanken sah, bei jedem Schritt kniefällig die Erde küßte.

Die Berghänge schienen bedeckt mit Dickmilch, über und über weiß verputzt. Die wenigen Bäume, die noch nicht ganz unter dem Schnee begraben waren, sahen aus, als hätten sie sich des letzten Hemdes entledigt, und zitterten mehr vor Kälte als wegen des Windes. Die Sonne blieb im Innern ihres Palastes verborgen und traute sich nicht einmal auf den Balkon. Und wenn sie doch einmal kurz ihr Gesicht zeigte, setzte sich gleich ein Kranz von Wölkchen auf ihre Nase.

Die wenigen anderen Reisenden, denen man auf jenem Weg begegnete, schienen allesamt Mönchlein von Monteoliveto zu sein, die singend ihres Weges zogen, *lavabis me et super nivem dealbabor* ... Und selbst Ferrante fühlte sich, weiß wie er war, in einen mehlbestäubten Adepten der Accademia della Crusca verwandelt.

Eines Nachts fielen so dicke und dichte Watteflocken vom Himmel, daß Ferrante schon meinte, er sei – so wie andere zu einer Salzsäule erstarrt waren – eine Schneesäule geworden. Die Eulen und Fledermäuse, die Heuschrecken und Nachtfalter und Käuzchen umflatterten ihn, als wollten sie ihn zum besten halten. Und schließlich stieß er auch noch mit der Nase an die Füße eines Gehenkten, der an einem Ast baumelnd sich selbst zu einer Groteske auf aschgrauem Felde machte.

Doch wenn ein Roman sich auch mit schönen Beschreibungen schmücken muß, Ferrante konnte unmöglich eine Komödienfigur sein. Er mußte ein Ziel anstreben, soll heißen, er mußte sich das Paris, dem er sich näherte, nach seinem Maß vorstellen.

Darum seufzte er sehnlichst: »O Paris, maßlose Bucht, in der die Wale sich klein machen wie Delphine, Land der Sirenen, Marktplatz der großen Gepränge, Garten der Lüste, Labyrinth der Intrigen, Nil der Höflinge, Meer der Verstellungen!«

Und hier legt Roberto im Bestreben, etwas zu erfinden, was sich noch kein Romanautor ausgedacht hatte, um die Gefühle jenes Unersättlichen wiederzugeben, der sich anschickt, jene Stadt zu erobern, in der sich Europa für die Zivilisation resümiert, Asien für den Überschwang, Afrika für die Extravaganz und Amerika für den Reichtum, in der die Neuheit ihre Sphäre hat, die Täuschung ihre Regie, der Luxus sein Zentrum, der Mut seine Arena, die Schönheit ihr Parkett, die Mode ihre Wiege und die Tugend ihr Grab – hier legt Roberto seinem Ferrante ein schön arrogantes Motto in den Mund: *Paris, à nous deux!*

Von der Gascogne bis Poitou und von dort bis zur Ile-de-France hatte Ferrante Gelegenheit, einige dreiste Untaten zu begehen, die ihm erlaubten, ein kleines Vermögen aus den Taschen einiger Einfaltspinsel in die eigenen zu transferieren und die französische Hauptstadt im Gewande eines diskreten und liebenswürdigen jungen Herrn, des Signor del Pozzo, zu erreichen. Da man in Paris noch nichts von seinen Schurkereien in Madrid gehört hatte, nahm er Kontakt zu einigen der Königin nahestehenden Spaniern auf, die alsbald seine Fähigkeiten im Erbringen diskreter Dienste erkannten, besonders für eine Herrscherin, die, obwohl ihrem Gatten treu und dem Anschein nach respektvoll gegenüber dem Kardinal, Beziehungen zum feindlichen Hof unterhielt.

Sein Ruf als zuverlässiger Vollstrecker heikler Missionen kam bald auch Richelieu zu Ohren, der als gründlicher Kenner der menschlichen Seele sofort erkannte, daß ein skrupelloser junger Mann im Dienst der notorisch geldknappen Königin für eine bessere Entlohnung auch ihm zu Diensten sein würde, und so begann er, ihn für derart geheime Sonderaufträge zu benutzen, daß nicht einmal seine engsten Mitarbeiter etwas von der Existenz dieses jungen Agenten wußten.

Außer seiner langen Erfahrung in Madrid besaß Ferrante auch die seltene Gabe, rasch und leicht Sprachen zu erlernen und Akzente zu imitieren. Er hatte zwar nicht die Gewohnheit, seine Fähigkeiten besonders herauszustreichen, aber eines Tages, als Richelieu in seiner Gegenwart einen englischen Spion empfing, erwies er sich als gewandt im Gespräch mit jenem Verräter. So kam es, daß Richelieu ihn in einem besonders heiklen Moment der französisch-britischen Beziehungen nach London schickte, wo er sich als Kaufmann aus Malta ausgeben und Informationen über die Schiffsbewegungen in den britischen Häfen einholen sollte.

Damit hatte Ferrante einen Teil seines Traums erreicht: Er war jetzt ein Spion, nicht nur im Dienst irgendeines beliebigen Herrn, sondern eines wahrhaft biblischen Leviathans, der seine Arme überallhin ausstreckte.

Ein Spion – empörte sich Roberto voller Abscheu –, die ansteckendste Pest der Höfe, eine Harpyie, die sich mit geschminktem Gesicht und geschärften Krallen über die Tische der Könige hermacht, mit Fledermausflügeln flatternd und mit großen Horchohren lauschend, ein Nachtvogel, der nur im Dunkeln sieht, eine Viper zwischen den Rosen, eine

Kakerlake auf den Blüten, die noch den süßesten Saft, den sie aus ihnen nippt, in Gift verwandelt, eine Spinne der Vorzimmer, die das Netz ihrer feingesponnenen Reden spannt, um jede vorbeikommende Fliege darin zu fangen, ein Papagei mit Hakenschnabel, der alles, was er hört, weitergibt, indem er das Wahre in Falsches und das Falsche in Wahres verwandelt, ein Chamäleon, das jede Farbe annimmt, nur nicht die, die es in Wahrheit hat. Lauter Eigenschaften, deren ein jeder sich schämen würde bis auf den, der durch göttlichen – oder teuflischen – Ratschluß zum Dienst am Bösen geboren ist.

Doch Ferrante begnügte sich nicht damit, ein Spion zu sein und Macht über jene zu haben, deren Gedanken er weitergab, sondern er wollte ein Doppelspion sein, der wie das Ungeheuer der Sage gleichzeitig in zwei entgegengesetzte Richtungen gehen kann. Wenn der Wettstreit, in dem die Mächte einander bekämpfen, ein Labyrinth von Intrigen sein kann, wer ist dann der Minotaurus, in dem zwei ungleiche Wesen vereinigt sind? Der Doppelspion! Wenn das Schlachtfeld, auf dem der Kampf zwischen den Höfen tobt, eine Hölle genannt werden kann, in der im Strom des Undanks mit voller Schnelle der Phlegethon des Vergessens fließt und das trübe Wasser der Leidenschaften kocht, wer ist dann der dreiköpfige Zerberus, der bellt, wenn er jemanden sieht oder wittert, der eintreten will, um zerrissen zu werden? Der Doppelspion …

Kaum in London angelangt, beschloß Ferrante, während er für Richelieu spionierte, sich durch gleichzeitige Dienste für die Engländer zu bereichern. Nachdem er sich Informationen beschafft hatte bei Knechten und kleinen Beamten vor großen Bierkrügen in Lokalen voller Rauch- und Hammelfettschwaden, präsentierte er sich in kirchlichen Kreisen als ein spanischer Priester, der beschlossen habe, die Römische Kirche zu verlassen, da er ihre Schandtaten nicht mehr ertrage.

Honig in den Ohren jener Antipapisten, die stets darauf aus waren, die Niedertracht des katholischen Klerus zu dokumentieren. Es war nicht einmal nötig, daß Ferrante gestand, was er gar nicht wußte. Die Engländer waren schon im Besitz eines anonymen, angeblichen oder echten Geständnisses eines anderen spanischen Priesters. Ferrante brauchte es nur zu bestätigen und mit dem Namen eines Assistenten des Bischofs von Madrid zu unterzeichnen, der ihn einmal von oben herab behandelt hatte, weshalb er sich schon lange an ihm rächen wollte.

Von den Engländern beauftragt, nach Spanien zurückzukehren, um weitere Erklärungen von katholischen Priestern einzuholen, die bereit waren, den Heiligen Stuhl zu schmähen, war er in einer Hafenkneipe einem Reisenden aus Genua begegnet und hatte dessen Vertrauen gewonnen, um alsbald zu erfahren, daß dieser Genuese in Wirklichkeit Mahmut hieß und ein Renegat war, der im Orient den muslimischen Glauben angenommen hatte und jetzt in London, verkleidet als portugiesischer Kaufmann, Nachrichten über die britische Flotte sammelte, während andere Spione im Solde der Hohen Pforte das gleiche in Frankreich taten.

Ferrante enthüllte ihm, er habe in Italien für türkische Agenten gearbeitet und sei gleichfalls zum Islam übergetreten, wo sein angenommener Name Djennet Oglou sei. Er verkaufte ihm unverzüglich seine Informationen über die Schiffsbewegungen in englischen Häfen und ließ sich darüber hinaus eine Belohnung dafür auszahlen, daß er eine Nachricht an Mahmuts Glaubensbrüder in Frankreich überbrachte. Während die englischen Kleriker ihn auf dem Weg nach Spanien wähnten, wollte er sich einen zusätzlichen Gewinn aus seinem Aufenthalt in England nicht entgehen lassen, nahm Kontakt zur britischen Admiralität auf, stellte sich als ein Venezianer namens Granceola vor (»Krabbe«, ein Name, den er im Gedenken an jenen Hauptmann Gambero, »Krebs«, erfunden hatte) und erklärte, daß er Geheimaufträge für den Rat der Serenissima erledige, besonders die Pläne der französischen Handelsflotte betreffend. Doch vom Bann verfolgt wegen eines Duells, habe er Zuflucht in einem befreundeten Land suchen müssen. Zum Beweis seines guten Willens könne er seine neuen Herren darüber informieren, daß Frankreich sich Informationen in den britischen Häfen beschaffe durch einen gewissen Mahmut, einen türkischen Spion, der in London lebe und sich als portugiesischer Kaufmann ausgebe.

Im Besitz jenes Mahmut, der sofort verhaftet wurde, fanden sich in der Tat Notizen über Schiffsbewegungen in den englischen Häfen, und so wurde Ferrante beziehungsweise Granceola als vertrauenswürdige Person eingestuft. Mit dem Versprechen, daß man ihm hinterher Unterschlupf in England gewähren würde, und mit einer schönen Summe als Vorschuß wurde er nach Frankreich geschickt, wo er sich mit anderen englischen Agenten zusammentun sollte.

Zurück in Paris, übergab er Richelieu sofort jene Informationen, die die Engländer bei Mahmut gefunden hatten. Sodann suchte er die Leute auf, deren Adressen ihm der Genuesische Renegat gegeben hatte, und präsentierte sich als Charles de La Bresche, ein ehemaliger Ordensmann, der zum Islam übergetreten sei und soeben in London ein Komplott angezettelt habe, um das ganze Christengesindel in Mißkredit zu bringen. Die türkischen Agenten schenkten ihm Glauben, da sie bereits von einem Büchlein gehört hatten, in dem die Anglikanische Kirche die Missetaten eines spanischen Priesters anprangerte – mit dem Ergebnis, daß in Madrid, kaum daß die Kunde dort eingetroffen war, jener Prälat verhaftet worden war, dem Ferrante den Verrat zugeschrieben hatte, so daß der Mann jetzt in den Verliesen der Inquisition auf den Tod wartete.

Ferrante ließ sich von den türkischen Agenten in Paris die Informationen geben, die sie über Frankreich gesammelt hatten, und schickte sie per Kurier an die britische Admiralität, wofür er eine erneute Belohnung erhielt. Dann ging er wieder zu Richelieu und enthüllte ihm die Existenz einer türkischen Verschwörung in Paris. Erneut bewunderte Richelieu die Geschicklichkeit und Treue seines Informanten. So daß er ihn mit einer noch schwierigeren Aufgabe betraute.

Schon seit einiger Zeit war der Kardinal besorgt über das, was im Salon der Marquise de Rambouillet vorging, denn ihm war der Verdacht gekommen, daß unter jenen Freigeistern schlecht über ihn geredet wurde. Er hatte den Fehler gemacht, einen ihm ergebenen Höfling zu der Marquise zu schicken, der sie töricht nach eventuellem Gemunkel über Richelieu gefragt hatte. Sie hatte geantwortet, ihre Gäste kennten ihre hohe Meinung über Seine Eminenz so gut, daß sie, selbst wenn sie schlecht über den Kardinal dächten, in ihrer Gegenwart nie etwas anderes als das Beste über ihn sagen würden.

So faßte Richelieu den Plan, in Paris einen Ausländer auftreten zu lassen, der in jenen Kreisen akzeptiert werden könnte. Um es kurz zu machen, denn Roberto hatte keine Lust, sich all die Winkelzüge auszudenken, mit denen Ferrante sich Eingang in den Salon hätte verschaffen können, er begnügte sich damit, ihn eines Tages dort erscheinen zu lassen, ausgerüstet mit ein paar guten Empfehlungsschreiben und einer neuen Verkleidung: eine Perücke und ein weißer Bart, ein mit Pomade und Tinkturen auf älter geschminktes Gesicht und eine schwarze Klappe über dem linken Auge – voilà, l'Abbé de Morfi.

Roberto konnte sich nicht gut vorstellen, daß Ferrante, der ihm in allem und jedem glich, an jenen nun schon so fernen Abenden neben ihm stand, doch er erinnerte sich, einen älteren Abbé mit einer Augenklappe gesehen zu haben, und beschloß, der müsse Ferrante gewesen sein.

Der somit nun in genau jenen Kreisen – und nach mehr als zehn Jahren – den langgesuchten Roberto wiedergefunden hatte! Man kann den freudigen Neid nicht ausdrücken, mit dem jener Ruchlose den verhaßten Bruder wiedersah. Mit einer Miene, die vor lauter Mißgunst völlig entstellt und verzerrt gewesen wäre, hätte er sie nicht unter seiner Maskerade verborgen, sagte er sich, daß er nun endlich Gelegenheit haben würde, Roberto zu vernichten und sich seines Namens und seiner Güter zu bemächtigen.

Zunächst beobachtete er ihn über Wochen und Wochen an

jenen Abenden, musterte und studierte sein Gesicht, um die Spur noch seiner geringsten Gedanken zu erhaschen. Sosehr er es gewohnt war, seine eigenen Regungen zu verbergen, so gut konnte er die der anderen erraten. Im übrigen kann man die Liebe nicht verbergen: wie jedes Feuer verrät sie sich durch den Rauch. Robertos Blicken folgend, hatte Ferrante sofort begriffen, daß sein Bruder die Signora liebte. Und hatte sich vorgenommen, ihm als erstes das wegzunehmen, was ihm das Liebste war.

Ferrante hatte bemerkt, daß Roberto, nachdem er die Aufmerksamkeit der Signora durch seine Rede auf sich gezogen hatte, nicht den Mut gehabt hatte, sich ihr zu nähern. Die Befangenheit seines Bruders kam ihm zupaß: Die Signora konnte sie als Desinteresse mißverstehen, und eine Frau zu mißachten ist der beste Weg, sie zu erobern. Roberto war also dabei, Ferrante den Weg zu ebnen. Eine Zeitlang ließ Ferrante die Signora in einer zweifelnden Erwartung schmoren, dann – im genau kalkulierten Moment – begann er sie zu umschmeicheln.

Aber konnte Roberto seinem bösen Bruder eine Liebe nach Art der eigenen zugestehen? Gewiß nicht. Ferrante betrachtete die Frau als Inbild des Wankelmutes und Herrin der Täuschung, flatterhaft in der Sprache, spät im Handeln und rasch in der Laune. Erzogen von finster dreinblickenden Asketen, die ihm bei jeder Gelegenheit in Erinnerung riefen: *El hombre es el fuego, la mujer la estopa, viene el diablo y sopla* – Der Mann ist das Feuer, die Frau das Werg, es kommt der Teufel und bläst hinein –, hatte er sich daran gewöhnt, jede Tochter Evas als ein unvollkommenes Tier zu betrachten, einen Irrtum der Natur, eine Folter für die Augen, wenn häßlich, eine Beschwernis des Herzens, wenn schön, eine Tyrannin für den, der sie liebte, eine Feindin für den, der sie verachtete, chaotisch in ihren Gelüsten, unversöhnlich in ihren Abneigungen, fähig, mit dem Mund zu verzaubern und mit den Augen zu fesseln.

Doch gerade diese Verachtung der Frau drängte ihn, sie zu

verführen: Von den Lippen troffen ihm Schmeichelworte, aber im Herzen feierte er die Erniedrigung seines Opfers.

Ferrante schickte sich also an, die Hände auf jenen Leib zu legen, den Roberto nicht einmal in Gedanken zu streifen gewagt hatte! Dieser Widerling, dieser Verächter all dessen, was Roberto heilig war, sollte ihm seine Lilia wegnehmen, um sie zur faden Verliebten in seiner Komödie zu machen? Welche Qual! Und welche leidvolle Pflicht, sich an die kranke Logik der Romane zu halten, die verlangt, daß man die widerwärtigsten Leidenschaften teilt, wenn man als Frucht der eigenen Phantasie den widerwärtigsten aller Protagonisten kreiert.

Aber es ging nicht anders, es war unvermeidlich: Ferrante würde Lilia besitzen – und andernfalls, wozu kreiert man eine Fiktion, wenn nicht, um daran zu sterben?

Was genau und wie es passiert war, vermochte Roberto sich nicht vorzustellen (weil er es nie zu probieren vermocht hatte). Vielleicht war Ferrante bei Nacht in Lilias Kammer eingedrungen, sicher durchs Fenster, nachdem er an einem Efeu (mit zähem Rankenwerk, nächtliche Einladung an jedes liebende Herz) zu ihrem Alkoven hinaufgeklettert war.

Hier Lilia, die alle Zeichen ihrer beleidigten Tugend vorweist, so überzeugend, daß jeder ihr die Empörung geglaubt hätte, außer Ferrante, der prinzipiell alle Menschen für Lügner und Betrüger hielt. Und da Ferrante, der vor ihr auf die Knie fällt und zu sprechen beginnt. Was sagt er? Er sagt mit falscher Stimme all das, was Roberto ihr nicht nur gern gesagt hätte, sondern ihr auch wirklich – in seinen Briefen – gesagt hatte, ohne daß sie wußte, wer da sprach.

Woher kann der Schuft die Briefe kennen, die ich ihr geschrieben habe? fragte sich Roberto. Und nicht nur die, die ich abgeschickt habe, sondern auch die, die mir Saint-Savin in Casale diktiert hatte und die ich doch vernichtet hatte! Und sogar die, die ich hier auf diesem Schiff schreibe! Aber es gibt keinen Zweifel, Ferrante deklamiert jetzt im Ton der Aufrichtigkeit Sätze, die Roberto sehr gut kannte:

»Signora, in der wunderbaren Architektur des Universums

stand bereits seit dem ersten Tage der Schöpfung geschrieben, daß ich Euch begegnen und lieben würde … Verzeiht den Furor eines Verzweifelten, oder besser noch, beachtet ihn gar nicht. Nie hat man gehört, daß Herrscher vom Tod ihrer Sklaven Notiz nehmen mußten … Habt Ihr nicht aus meinen Augen zwei Brennkolben gemacht, um mein Leben darin zu verbrennen? Ich bitte Euch, dreht Euren schönen Kopf nicht weg: Eures Blickes beraubt, bin ich blind, da Ihr mich nicht sehet, und stumm, da Ihr nicht zu mir redet, und ohne Gedächtnis, da Ihr nicht meiner gedenket … Oh, daß die Liebe es wenigstens sei, die aus mir einen fühllosen Scherben macht, eine Mandragora, einen steinernen Quell, der alle Ängste fortweint!«

Bestimmt zitterte jetzt die Signora, in ihren Augen glühte die ganze Liebe, die sie zuvor verborgen hatte, loderte und flammte hervor mit der Kraft eines Gefangenen, dem jemand die Gitterstäbe der Zurückhaltung aufbricht und die Strickleiter der Gelegenheit bietet. Blieb also nur, sie noch weiter anzustacheln, und Ferrante begnügte sich nicht damit, ihr zu sagen, was Roberto geschrieben hatte, er kannte noch andere Worte, die er der Liebeskranken jetzt in die Ohren träufelte, womit er auch Roberto liebeskrank machte, der sich nicht erinnern konnte, ihr auch dies geschrieben zu haben:

»O meine bleiche Sonne, vor Eurer zarten Blässe verliert die Morgenröte ihr ganzes Feuer! O süße Augen, nichts wünsche ich mir sehnlicher als an Euch zu erkranken. Und vergebens fliehe ich durch Wälder und Felder, um Euch zu vergessen. Kein Wald liegt auf Erden, kein Baum steht im Walde, kein Zweig wächst am Baume, kein Blatt sprießt am Zweig, keine Blüte öffnet sich auf dem Blatt und keine Frucht entsteht aus der Blüte, darin ich nicht Euer Lächeln sähe …«

Und bei ihrem ersten Erröten: »O Lilia, wenn Ihr wüßtet! Ich liebte Euch schon, noch ehe ich Euer Antlitz sah und Euren Namen kannte. Ich suchte Euch und wußte nicht, wo Ihr wart. Doch eines Tages habt Ihr mich erschüttert wie ein Engel … Oh, ich weiß, Ihr fragt Euch, wieso diese meine Liebe

nicht rein im Schweigen und keusch in der Ferne verharrt ...
Doch ich sterbe, o mein Herz, Ihr seht es nun selbst, die Seele
entweicht schon aus mir, laßt nicht zu, daß sie sich in die Luft
zerstreut, erlaubt ihr, in Eurem Munde Wohnung zu nehmen!«

Ferrantes Ton klang so aufrichtig, daß selbst Roberto jetzt
wünschte, daß Lilia in jene süße Falle ging. Nur dann würde
er die Gewißheit haben, daß sie ihn liebte.

Sie beugte sich nieder, um ihn zu küssen, dann wagte sie's
nicht; dreimal näherte sie, hin- und hergerissen, ihre Lippen
dem ersehnten Atem, und dreimal wich sie wieder zurück,
dann schließlich rief sie: »Oh, ja, wenn Ihr mich nicht in Ketten legt, werde ich niemals frei sein, niemals werde ich keusch
sein, wenn Ihr mich nicht vergewaltigt!«

Und sie ergriff seine Hand und küßte sie und führte sie an
ihre Brust; dann zog sie ihn an sich und raubte ihm zärtlich
den Atem von den Lippen. Ferrante beugte sich über jenes
Gefäß der Wonnen (dem Roberto die Asche seines Herzens
übergab), und die beiden Leiber verschmolzen zu einer einzigen Seele, die beiden Seelen zu einem einzigen Leib. Roberto
wußte nicht mehr, wer in jenen Armen lag, glaubte sie doch,
in den seinen zu liegen, und während er Ferrantes Mund hin-
hielt, versuchte er, den eigenen zu entfernen, um dem anderen
nicht jenen Kuß zu gestatten.

So kam es, daß, während Ferrante sie küßte und sie seinen
Kuß erwiderte, dieser Kuß sich in nichts auflöste, und Roberto blieb nur die Gewißheit, daß ihm alles geraubt worden
war. Doch er konnte sich nicht enthalten, an das zu denken,
was er sich lieber nicht vorstellen wollte; denn er wußte, daß
es zum Wesen der Liebe gehört, sich im Exzeß auszutoben.

Durch ebenjenen Exzeß verletzt, vergaß er, daß Lilia Ferrante im Glauben, er sei Roberto, ja nun gerade den Beweis
lieferte, den er sich so sehnlichst gewünscht hatte, und mit einemmal haßte er sie, sprang auf und rannte durchs Schiff und
schrie: »O Elende, dein ganzes Geschlecht würde ich beleidi-
gen, wenn ich dich Frau nennen würde! Was du getan hast,

ziemt einer Furie mehr als einem Weibe, und auch der Titel einer wilden Bestie wäre noch zuviel Ehre für solch ein höllisches Wesen! Du bist schlimmer als die Natter, an deren Gift Kleopatra starb, schlimmer als die Viper, die in ihrer Tücke die Vögel säugt, um sie alsdann ihrem Hunger zu opfern, schlimmer als die Schlange Amphisbena mit einem Kopf an jedem Ende, die jeden, der nach ihr greift, mit soviel Gift bespritzt, daß er im Nu daran stirbt, schlimmer als der Leps mit vier Giftzähnen, der alles verdirbt, worein er beißt, schlimmer als die Boa, die sich von Bäumen fallen läßt und ihre Opfer erwürgt, schlimmer als die Grubenotter, die ihr Gift in die Brunnen speit, schlimmer als der Basilisk, der mit Blicken tötet! Infernalische Megäre, die weder Himmel noch Erde, weder Geschlecht noch Glauben kennt, Ungeheuer, geboren aus einem Stein, einem Berg, einer Eiche!«

Dann verstummte er und besann sich darauf, daß sie sich Ferrante ja im Glauben hingab, er sei Roberto, und daß sie daher nicht verurteilt, sondern vor seiner Tücke bewahrt werden mußte: »Warte, Geliebte, der tritt in meiner Gestalt vor dich hin, weil er weiß, daß du keinen anderen lieben könntest als mich! Was kann ich jetzt anderes tun als mich selber hassen, um ihn hassen zu können? Kann ich zulassen, daß du verraten wirst, indem du seine Umarmung genießest im Glauben, es sei die meine? Ich, der ich schon hinzunehmen bereit war, hier in diesem Gefängnis zu leben, um meine Tage und Nächte im Gedanken an dich zu verbringen, kann ich jetzt zulassen, daß du mich zu verzaubern meinst, während du seinem Zauber erliegst? O Geliebte, Geliebte, hast du mich nicht schon genug bestraft, ist dies nicht ein Sterben, ohne zu sterben?«

30

VON DER LIEBESKRANKHEIT ODER
EROTISCHEN MELANCHOLIE

Zwei Tage lang floh Roberto von neuem das Licht. In seinen Träumen sah er nur Tote. Sein Zahnfleisch und sein ganzer Mund hatten sich entzündet. Aus den Eingeweiden hatten die Schmerzen auf die Brust übergegriffen, dann auf den Rücken, und er erbrach bitteren Schleim, obwohl er nichts zu sich genommen hatte. Die schwarze Galle, die seinen ganzen Körper biß und ätzte, gärte darin in Blasen ähnlich denen, die auf dem Wasser blubbern, wenn es stark erhitzt wird.

Zweifellos litt er an jener Krankheit (und es ist kaum zu glauben, daß er es erst jetzt bemerkte), die man damals allgemein Erotische Melancholie nannte. Hatte er nicht an jenem Abend bei Arthénice erklärt, daß das Bild der geliebten Person die Liebe weckt, indem es sich als Trug- oder Abbild durch den Kanal der Augen einschleicht, die als Türhüter und Späher der Seele fungieren? Von dort gleitet jedoch dieser Liebeseindruck langsam die Adern hinunter und gelangt zur Leber, wo er die Begierde weckt, die den ganzen Körper in Aufruhr versetzt und geradewegs aufsteigt, um die Zitadelle des Herzens zu erobern, von wo aus sie die edelsten Kräfte des Hirns angreift und sich unterwirft.

Mit anderen Worten, die Begierde bringt ihre Opfer fast um den Verstand, die Sinne täuschen, der Geist umnebelt sich, die Einbildungskraft läßt nach, und der arme Verliebte magert ab, verzehrt sich, seine Augen sinken in die Höhlen, er seufzt und vergeht vor Eifersucht.

Was tut man dagegen? Roberto glaubte, das Allheilmittel zu kennen, das ihm indessen versagt war: die geliebte Person zu besitzen. Er wußte nicht, daß das nicht genügte, da Melancholiker nicht aus Liebe zu solchen werden, sondern umgekehrt sich verlieben, um ihre Melancholie zum Ausdruck zu bringen – mit Vorliebe an abgelegenen Orten, um mit der abwesenden Geliebten geistig zu verkehren und nur daran zu denken, in ihre Gegenwart zu gelangen; doch wenn sie dieses Ziel dann erreicht haben, verdüstern sie sich noch mehr und würden am liebsten schon wieder ein anderes Ziel anstreben.

Roberto versuchte sich zu erinnern, was er von Männern der Wissenschaft gehört hatte, die die Erotische Melancholie studiert hatten. Verursacht wurde sie, wie es schien, durch Müßiggang, Schlafen in Rückenlage und exzessive Zurückhaltung des Samens. Und Roberto war seit zu vielen Tagen zum Müßiggang gezwungen, und was die Zurückhaltung des Samens anging, so vermied er es lieber, ihre Ursachen zu erforschen und auf Abhilfe zu sinnen.

Er hatte gehört, daß Jagdpartien gut zur Förderung des Vergessens seien, und so beschloß er, seine Schwimmübungen zu intensivieren, aber ohne sich in Rückenlage auszuruhen. Doch unter den Substanzen, welche die Sinne erregen, war das Salz, und Salz bekommt man beim Schwimmen reichlich in den Mund ... Außerdem erinnerte er sich gehört zu haben, daß die Afrikaner, da mehr der Sonne ausgesetzt, lasziver seien als die Nordländer.

War es vielleicht die Nahrung, die seine saturnischen Neigungen hervorgelockt hatte? Die Ärzte verboten Wildbret, Gänseleber, Pistazien, Trüffel und Ingwer, aber sie sagten nicht, von welchen Fischen abzuraten war. Sie warnten vor allzu weichen Kleiderstoffen wie Zobel und Samt, desgleichen vor Moschus, Ambra, gescheckter Galle und Zypernpulver, aber was wußte er über die unbekannte Macht der hundert Düfte, die aus dem Gewächshaus im Unterdeck aufstiegen, und über die, die der Wind von der Insel zu ihm herübertrug?

Er hätte viele dieser verderblichen Einflüsse mit Kampfer, Borretsch und Sauerampfer bekämpfen können, auch mit Klistieren, mit Brechmitteln aus in der Brühe aufgelöstem Vitriolsalz, schließlich auch mit Aderlässen am Arm oder an der Stirn. Und dann hätte er nichts anderes essen dürfen als Zichorien, Endivien, Kopfsalat, Melonen, Weintrauben, Kirschen, Pflaumen und Birnen und vor allem frische Minze … Aber nichts von alledem hatte er auf der *Daphne*.

Er fing wieder an, sich in den Wellen zu bewegen, wobei er sich bemühte, nicht zuviel Salz zu schlucken und sich so wenig wie möglich auszuruhen.

Dabei hörte er freilich nicht auf, an die Geschichte zu denken, die er heraufbeschworen hatte, doch seine Wut auf Ferrante übersetzte sich nun in Gewaltausbrüche, bei denen er mit dem Meer kämpfte, als würde er, während er es unter seinen Willen zwang, zugleich seinen Feind unterwerfen.

Nach einigen Tagen entdeckte er eines Nachmittags zum erstenmal das Bernsteingelb seiner Brusthaare und – wie er mit diversen rhetorischen Verdrehungen schreibt – auch das seiner Schamhaare. Und machte sich klar, daß sie sich deshalb so hell von seinem Körper abhoben, weil dieser so braungebrannt war; aber auch gestärkt, sah er doch Muskeln an seinen Armen hervortreten, die er noch nie zuvor bemerkt hatte. Mit einemmal kam er sich wie ein Herkules vor und wurde unvorsichtig. Am nächsten Tag ging er ohne Seil ins Wasser.

Er würde die Leiter loslassen, auf der Steuerbordseite am Schiff entlangschwimmen bis zum Ruder, dann ums Heck herum, auf der Backbordseite wieder nach vorn und unter dem Bugspriet hindurch zur Leiter. Also los!

Das Meer war nicht sehr ruhig, kleine Wellen warfen ihn ständig gegen die Bordwand, so daß er sich doppelt anstrengen mußte, um erstens am Schiff entlangzuschwimmen und zweitens nicht dabei an den Rumpf zu stoßen. Er keuchte heftig, aber er schwamm tapfer voran. Bis er zum Heck gelangte, wo er die halbe Strecke hinter sich hatte.

Dort merkte er, daß ihn die Kräfte verließen. Sie reichten

sicher nicht mehr, um die ganze Backbordseite bis vorne zu schaffen, aber sie reichten auch nicht, um auf der Steuerbordseite zurückzuschwimmen. Er versuchte, sich am Ruder festzuhalten, aber glitschig, wie es war, bot es ihm nur geringen Halt, und leise begann er unter den rhythmischen Backenstreichen der Wellen zu wimmern.

Direkt über sich sah er die Galerie, hinter deren Fenstern er den sicheren Hort seiner Kajüte wußte. Wenn die Leiter am Bug sich jetzt zufällig lösen würde – sagte er sich –, würde er hier, bevor er starb, Stunden um Stunden damit verbringen können, sich sehnlichst auf jenes Deck zu wünschen, das er so oft hatte verlassen wollen.

Die Sonne war hinter Wolken verschwunden, und seine Finger wurden schon steif. Er legte den Kopf zurück, schloß die Augen und ließ sich treiben. Nach einer Weile schlug er sie wieder auf, drehte sich um und sah, daß genau das passierte, was er befürchtet hatte: Die Wellen trieben ihn weg.

Er riß sich zusammen und schwamm mit ein paar Stößen zurück zum Schiff, das er berührte, wie um sich Kraft von ihm zu holen. Über sich sah er ein Kanonenrohr aus einem Sabord ragen. Hätte er jetzt sein Seil, überlegte er, könnte er es zu einer Schlaufe legen und versuchen, es über diese Feuermündung zu werfen, um sich dann mit den Armen hochzuziehen, die Beine gegen die Bordwand gestützt ... Aber er hatte nicht nur kein Seil, er hätte sicher auch nicht mehr die Kraft, so weit hinaufzuklettern ... Es war sinnlos, so zu sterben, so dicht neben seiner Zufluchtsstätte.

Er mußte eine Entscheidung treffen. Ob er nun rechts oder links vom Schiff zurückschwimmen würde, die Entfernung bis zur rettenden Leiter war die gleiche. Fast als hätte er es dem Los überlassen, entschied er sich, es auf der linken Seite zu versuchen und achtzugeben, daß die Strömung ihn nicht von der *Daphne* forttrieb.

Mit einem Jubelschrei erreichte er den Bugspriet, zog sich am Vordersteven herum und ergriff die Jakobsleiter – und gesegnet sei Jakob samt allen anderen heiligen Patriarchen der

Heiligen Schriften von Gott im Himmel, dem Herrn der Heerscharen!

Roberto war völlig erschöpft. Eine halbe Stunde vielleicht hing er an der Leiter. Dann endlich gelang es ihm, wieder an Bord zu klettern, wo er sich daranmachte, eine Bilanz seiner Erfahrung zu ziehen.

Erstens, er konnte schwimmen, jedenfalls von einem Ende des Schiffs bis zum anderen und zurück; zweitens, ein solches Unternehmen brachte ihn an die äußerste Grenze seiner physischen Kräfte; drittens, da die Entfernung vom Schiff bis zum Ufer selbst bei Ebbe ganz unvergleichlich viel größer war als der Gesamtumfang der *Daphne*, konnte er nicht hoffen, so weit schwimmen zu können, bis er etwas Festes unter die Füße bekam; viertens, die Ebbe brachte ihm zwar das feste Land näher, aber durch ihre Rückflußströmung erschwerte sie ihm das Vorwärtskommen; fünftens, wenn er tatsächlich bis zur Mitte der Strecke gelangte und dann nicht mehr weiterkonnte, würde er auch nicht mehr zurückkönnen.

Folglich mußte er mit dem Seil weitermachen, und diesmal mußte es sehr viel länger sein. Er würde also so weit nach Osten schwimmen, wie seine Kräfte erlaubten, und würde sich dann am Seil zurückziehen. Nur wenn er viele Tage so übte, würde er's schließlich ohne Seil versuchen können.

Er wählte einen ruhigen Nachmittag, als die Sonne schon in seinem Rücken stand. Er hatte ein sehr langes Seil gefunden, hatte es fest am Hauptmast verzurrt und in vielen Windungen auf dem Deck ausgelegt, so daß es sich langsam abwickeln konnte. Er schwamm ruhig, ohne sich zu sehr anzustrengen, den Blick auf den Strand und die beiden Kaps gerichtet. Erst jetzt, von hier unten aus, machte er sich richtig klar, wie weit jene gedachte Linie entfernt war, die sich vom einen Kap zum andern durch die Bucht zog und hinter der er in den vorigen Tag eintreten würde.

Da er Pater Caspar falsch verstanden hatte, glaubte er, das Korallenriff beginne erst dort, wo kleine weiße Wellen die ersten Klippen anzeigten. Dabei begannen die Korallen, auch bei Ebbe, schon früher. Sonst wäre die *Daphne* ja näher am Ufer verankert gewesen.

So kam es, daß er mit seinen nackten Füßen an etwas stieß, was im Wasser erst zu erkennen war, als er sich schon darüber befand. Fast im gleichen Moment traf ihn ein Schlag von etwas farbig Zuckendem unter Wasser, und er verspürte ein unerträgliches Brennen an Schenkel und Wade. Es war, als ob er gebissen oder mit Krallen gepackt worden wäre. Um rasch fortzukommen, stieß er sich mit der Ferse ab und verletzte sich so auch am Fuß.

Er packte das Seil und zog sich mit solchem Ungestüm zum Schiff zurück, daß ihm, als er wieder an Bord war, die Hände bluteten; aber mehr Sorgen machte er sich um die Verletzungen an Bein und Fuß. Es waren Ansammlungen von kleinen, stark schmerzenden Pusteln. Er wusch sie mit Süßwasser aus, was das Brennen ein wenig linderte. Doch am Abend und während der ganzen Nacht wurde das Brennen von einem starken Juckreiz begleitet, und vermutlich hatte er sich im Schlaf gekratzt, so daß die Pusteln am nächsten Morgen bluteten und weiße Materie ausschieden.

Da besann er sich auf die Präparate von Pater Caspar (Spiritus, Olea, Flores), die den Schmerz etwas abklingen ließen, aber den ganzen Tag lang zuckte es ihm noch in den Fingern, die Pusteln mit den Nägeln aufzukratzen.

Er bilanzierte von neuem seine Erfahrung und kam zu vier Schlußfolgerungen: Das Korallenriff war näher, als der Wasserstand bei Ebbe glauben ließ, was ihn ermutigen konnte, das Abenteuer erneut zu wagen; einige Kreaturen, die auf dem Riff lebten, Krebse, Fische, vielleicht die Korallen oder spitze Steine, hatten die Macht, ihm eine Art Pestilenz zuzufügen; wenn er dorthin zurückkehren wollte, mußte er in Schuhen und Beinkleidern schwimmen, was hinderlich sein würde; da er jedoch in keinem Fall den ganzen Körper würde schützen können, mußte er imstande sein, unter Wasser zu sehen.

Bei der letzten Schlußfolgerung erinnerte er sich an jene *Persona Vitrea* oder Maske zum Sehen unter Wasser, die Pater Caspar ihm gezeigt hatte. Er probierte sie an, band ihre Riemen im Nacken zusammen und stellte fest, daß sie sein Gesicht umschloß und ihn wie durch ein Fenster hinaussehen ließ. Er probierte zu atmen und merkte, daß ein bißchen Luft eindrang. Wenn Luft eindrang, würde auch Wasser eindringen können. Er würde also beim Tauchen die Luft anhalten müssen – denn je mehr Luft in der Maske war, desto weniger Wasser konnte hinein – und würde auftauchen, wenn sie vollgelaufen war.

Das würde keine leichte Sache sein, und tatsächlich sollte Roberto drei volle Tage brauchen, um alle Phasen im Wasser zu üben, ohne sich von der *Daphne* zu entfernen. Im Schlafraum der Matrosen fand er eine Art Schnürstiefel aus Segeltuch, die seine Füße schützen würden, ohne sie allzusehr zu beschweren, dazu eine lange Hose, die sich an den Knöcheln zubinden ließ. Einen halben Tag brauchte er allein dafür, so angetan die Bewegungen wieder zu lernen, die er nackt schon so gut gekonnt hatte.

Dann übte er, mit der Maske zu schwimmen. Im tiefen Wasser konnte er nicht viel sehen, doch er entdeckte einen Schwarm golden glänzender Fische, der viele Armeslängen unter ihm kreiste wie in einem Bassin.

Drei Tage, sagten wir. In deren Verlauf Roberto zunächst lernte, mit angehaltenem Atem unter Wasser zu schauen, dann dabei vorwärtszuschwimmen und dann, sich die Maske im Wasser abzunehmen. Bei letzterem lernte er instinktiv eine neue Stellung, die darin bestand, die geblähte Brust aus dem Wasser zu heben, mit den Füßen zu treten, als ob er schnell liefe, und das Kinn hochzurecken. Schwieriger war es, in dieser Stellung das Gleichgewicht zu halten, während er sich die Maske wieder aufsetzte und im Nacken festband. Zudem sagte er sich sofort, daß er, wenn er diese vertikale Stellung über dem Riff einnahm, mit den Füßen an die Klippen stoßen und, solange er den Kopf über Wasser hatte, nicht würde sehen können, wohin er trat. Deshalb schien ihm, daß es besser sein würde, die Maske nicht festzubinden, sondern sie sich mit beiden Händen ans Gesicht zu pressen. Was ihn dann allerdings zwingen würde, nur mit den Beinen vorwärtszuschwimmen und diese dabei möglichst horizontal zu halten, um nicht unten anzustoßen – eine Bewegung, die er noch nie probiert hatte und die ihn erst langwierige Versuche kostete, bevor er sie einigermaßen zufriedenstellend ausführen konnte.

Und bei diesen Versuchen machte er aus jedem Wutanfall ein Kapitel seines Romans von Ferrante.

Wobei er seiner Geschichte eine noch grimmigere Wendung gab, in der Ferrante zu Recht bestraft wurde.

31

BREVIER DER POLITIKER

Allerdings war es auch Zeit, daß er seine Geschichte wiederaufnahm. Zwar stimmt es, daß die Dichter, nachdem sie ein denkwürdiges Ereignis angesprochen haben, es eine Zeitlang vernachlässigen, um den Leser in Atem zu halten, und an dieser Geschicklichkeit erkennt man einen gut erfundenen Roman; aber das Thema darf auch nicht allzulange verlassen werden, damit sich der Leser nicht in zu vielen parallelen Handlungssträngen verliert. Also zurück zu Ferrante.

Roberto Lilia wegzunehmen war nur eines der beiden Ziele, die sich Ferrante gesetzt hatte. Das andere war, Roberto beim Kardinal in Ungnade fallen zu lassen. Kein leichtes Vorhaben, denn der Kardinal wußte ja nicht einmal, daß Roberto überhaupt existierte.

Doch Ferrante wußte die Gelegenheiten, die sich ihm boten, zu nutzen. Eines Tages las Richelieu in seiner Gegenwart einen Brief und sagte zu ihm:

»Kardinal Mazarin macht mich hier auf eine neue englische Erfindung aufmerksam, ein sogenanntes sympathetisches Pulver. Habt Ihr je in London davon gehört?«

»Um was handelt es sich, Eminenz?«

»Signor Pozzo oder wie Ihr Euch nennt, merkt Euch, man antwortet nie auf eine Frage mit einer Gegenfrage, schon gar nicht gegenüber einem Höhergestellten. Wenn ich wüßte, um was es sich handelt, würde ich Euch nicht fragen. Nun, wenn also nicht von diesem Pulver, habt Ihr je etwas von einem neuen Geheimnis zur Bestimmung der Längengrade gehört?«

»Ich gestehe, daß ich nicht das geringste über dieses Thema

weiß. Wenn Eure Eminenz mich aufklären wollten, könnte ich vielleicht ...«

»Signor Pozzo, Ihr wäret amüsant, wenn Ihr nicht so unverschämt wärt. Ich wäre nicht der Herr dieses Landes, wenn ich andere über Geheimnisse aufklären würde, die sie nicht kennen – es sei denn, diese anderen wären der König von Frankreich, was mir bei Euch nicht der Fall zu sein scheint. Also tut nur das, was Ihr zu tun versteht: Haltet die Augen offen und deckt Geheimnisse auf, über die Ihr nichts wißt. Dann kommt wieder her und berichtet mir, und danach sorgt dafür, daß Ihr rasch alles vergeßt.«

»Das ist es, was ich immer getan habe, Eminenz. Oder jedenfalls glaube ich das, denn ich habe vergessen, daß ich's getan habe.«

»So gefallt Ihr mir. Geht nun.«

Einige Zeit danach hörte Ferrante – an jenem denkwürdigen Abend im Salon – Robertos Rede über das sympathetische Pulver. Er wollte es erst gar nicht glauben, konnte er Richelieu doch nun berichten, daß ein italienischer Edelmann, der diesen Engländer namens d'Igby frequentierte (der bekanntlich vor einiger Zeit mit dem Herzog von Bouquinquant liiert war), eine Menge über dieses Pulver zu wissen schien.

Im selben Moment, in dem er Roberto anzuschwärzen begann, mußte Ferrante jedoch erreichen, daß er an seine Stelle trat. Darum enthüllte er dem Kardinal, daß er, Ferrante, sich zwar als Signor Del Pozzo ausgebe, da ihn seine Tätigkeit als Informant dazu zwinge, sein Inkognito zu wahren, aber in Wahrheit sei er der echte Roberto de La Grive, der schon während der Belagerung von Casale tapfer auf seiten der Franzosen gekämpft habe. Der andere, der so hinterhältig von jenem englischen Pulver gesprochen habe, sei ein betrügerischer Abenteurer, der sich eine vage Ähnlichkeit zunutze mache und sich bereits unter dem Namen Mahmut der Araber in London als Spion der Türken verdingt habe.

So redend bereitete sich Ferrante auf den Augenblick vor,

da er nach dem Ruin seines Bruders an dessen Stelle treten und als der einzige echte Roberto gelten würde, nicht nur in den Augen der auf La Griva gebliebenen Verwandten, sondern auch in den Augen von ganz Paris, als ob der andere nie existiert hätte.

Unterdessen, während er Robertos Züge annahm, um Lilia zu erobern, hatte Ferrante – wie ganz Paris – vom unglücklichen Schicksal des Marquis de Cinq-Mars erfahren und sich, gewiß viel riskierend, aber bereit, für seine Rache notfalls sein Leben zu geben, ostentativ in Gesellschaft der Freunde jenes Verschwörers gezeigt.

Danach hatte er dem Kardinal eingeblasen, der falsche Roberto de La Grive, der soviel über ein den Engländern teures Geheimnis wisse, sei an der Verschwörung beteiligt, und hatte auch Zeugen präsentiert, die versichern konnten, Roberto mit dem und dem gesehen zu haben.

Wie man sieht, ein hochgetürmtes Lügengebäude aus Trug und Verstellung, das den Hinterhalt erklärt, in den Roberto gelockt worden war. Aber hineingegangen war er dann aus Gründen und in einer Weise, die selbst Ferrante nicht vorausgesehen hatte, da seine Pläne durch Richelieus Tod durchkreuzt worden waren.

Was war geschehen? Der übervorsichtige Richelieu hatte Ferrante benutzt, ohne mit irgendwem darüber zu sprechen, nicht einmal mit Mazarin, dem er offensichtlich mißtraute, als er ihn wie einen Geier über seinem kranken Körper warten sah. Trotzdem hatte er ihm, als seine Krankheit fortschritt, einige Informationen gegeben, ohne ihm die Quelle zu verraten:

»Apropos, mein lieber Jules!«

»Ja, Eminenz und geliebter Vater ...«

»Laßt einen gewissen Roberto de La Grive überwachen. Er verkehrt im Salon der Marquise de Rambouillet. Wie es scheint, weiß er einiges über Euer Sympathiepulver ... Und übrigens, nach Auskunft eines meiner Informanten frequentiert er auch einen Verschwörerkreis ...«

»Bemüht Euch nicht, Eminenz. Ich werde mich um alles kümmern.«

Und so hatte Mazarin eigene Erkundigungen über Roberto eingeholt, bis er das wenige wußte, was er am Abend seines Gesprächs mit ihm hatte durchblicken lassen. All das jedoch, ohne daß Ferrante etwas davon wußte.

Unterdessen war Richelieu gestorben. Was mußte das für Ferrante bedeuten?

Nach Richelieus Tod hat er keinen Beschützer mehr. Er müßte Kontakte zu Mazarin aufnehmen, denn der Ehrlose ist eine trübe Sonnenblume, die sich immer zum Mächtigsten wendet. Aber er kann dem neuen Minister nicht vor die Augen treten, ohne ihm eine Probe seiner Fähigkeiten zu geben. Von Roberto findet er keine Spur mehr. Ist er krank geworden oder auf eine Reise gegangen? An alles denkt Ferrante, nur nicht daran, daß seine Verleumdungen etwas bewirkt haben könnten und Roberto verhaftet worden ist.

Ferrante wagt nicht, sich in Robertos Gestalt zu zeigen, um nicht den Verdacht derer zu wecken, die Bescheid wissen. Was immer zwischen ihm und Lilia geschehen sein mag, auch zu ihr bricht er alle Kontakte ab mit dem Gleichmut dessen, der weiß, daß jeder Sieg viel Zeit kostet. Er weiß, daß er sein Fernsein ausnutzen muß; auch die besten Eigenschaften verlieren ihren Schmelz, wenn sie sich zu oft zeigen, und die Phantasie reicht weiter als der Blick; auch der Phönix nutzt die fernen Orte, um seine Legende am Leben zu halten.

Aber die Zeit drängt. Wenn Roberto zurückkommt, muß Mazarin ihn schon in Verdacht haben und seinen Tod wollen. Ferrante redet mit seinen Informanten bei Hofe und erfährt, daß man an Mazarin über den jungen Colbert herankommt, dem er daraufhin einen Brief schreibt, in welchem er von einer Gefahr aus England spricht und auf das Problem der Längengrade anspielt (über das er nichts weiß, er hat bloß einmal Richelieu davon reden hören). Als Lohn für seine Enthüllungen verlangt er eine beachtliche Summe und bekommt statt dessen einen Gesprächstermin, zu dem er in seiner Gestalt als Abbé de Morfi mit schwarzer Augenklappe erscheint.

Colbert ist kein Einfaltspinsel. Dieser Abbé hat eine Stimme, die ihm bekannt vorkommt, das wenige, was er ihm zu sagen hat, klingt ihm verdächtig, er ruft die Wache, tritt vor den Besucher, reißt ihm die Augenklappe und den Bart ab, und wen hat er vor sich? Ebenjenen Roberto de La Grive, den er selbst seinen Leuten übergeben hatte, auf daß sie ihn an Bord des Schiffes von Doktor Byrd expedierten.

Roberto frohlockte, als er sich diese Geschichte ausdachte. Ferrante hatte sich in der eigenen Falle gefangen! »Was, Ihr, San Patrizio!?« rief Colbert völlig überrascht. Und da Ferrante nur verdutzt schaute und schwieg, ließ er ihn in ein Verlies werfen.

Es war für Roberto ein reines Vergnügen, sich das anschließende Gespräch zwischen Mazarin und Colbert auszudenken.

»Der Mann muß verrückt sein, Eminenz. Daß er das Wagnis versucht hat, sich seiner Pflicht zu entziehen, kann ich ja noch verstehen, aber daß er die Stirn gehabt hat herzukommen, um uns verkaufen zu wollen, was wir ihm gegeben haben, ist ein Zeichen von Verrücktheit.«

»Colbert, es ist unmöglich, daß jemand so verrückt ist, mich für einen Dummkopf zu halten. Also spielt unser Mann ein Spiel in der Annahme, daß er unschlagbare Karten hat.«

»In welchem Sinne?«

»Nun, zum Beispiel: Er ist an Bord jenes Schiffes gegangen und hat sofort herausgefunden, was er herausfinden sollte, so daß er nicht länger dort bleiben mußte.«

»Aber wenn er uns hätte verraten wollen, wäre er doch zu den Spaniern oder den Holländern übergelaufen. Er wäre doch nicht zurückgekommen, um uns herauszufordern. Was hätte er denn auch von uns verlangen sollen? Geld? Er wußte doch ganz genau, daß er bei loyalem Verhalten sogar eine Stellung bei Hofe erhalten konnte.«

»Offensichtlich hat er ein Geheimnis entdeckt, das mehr wert ist als eine Stellung bei Hofe. Glaubt mir, ich kenne die Menschen. Es bleibt uns nichts anderes übrig, als ihr Spiel mitzuspielen. Ich will ihn heute abend sehen.«

Mazarin empfing Ferrante, während er eigenhändig letzte Hand an eine Tafel anlegte, die er für seine Gäste hatte festlich herrichten lassen als einen Triumph von Dingen, die alle aussahen, als ob sie etwas anderes wären. Dochte glänzten, die aus Gletschereisschalen kamen, und Flaschen schimmerten, in denen die Weine unerwartete Farben hatten, zwischen Körben mit grünem Salat, garniert mit künstlichen Blumen und Früchten, die künstliche Aromen verströmten.

Mazarin, der Roberto – also Ferrante – im Besitz eines Geheimnisses wähnte, aus dem er größtmöglichen Nutzen ziehen wollte, hatte beschlossen, so zu tun, als ob er schon Bescheid wüßte (über das, was er nicht wußte), in der Hoffnung, daß der andere sich etwas entschlüpfen ließ.

Auf der anderen Seite hatte Ferrante, als er sich dem Kardinal gegenübersah, schon geahnt, daß Roberto im Besitz eines Geheimnisses war, aus dem es größtmöglichen Nutzen zu ziehen galt, und hatte beschlossen, so zu tun, als ob er Bescheid wüßte (über das, was er nicht wußte), in der Hoffnung, daß der andere sich etwas entschlüpfen ließ.

Wir haben also zwei Männer, die beide nichts über das wissen, wovon sie glauben, daß der andere es wisse, und die also beide, um einander zu täuschen, nur in Anspielungen reden, jeder in der vergeblichen Hoffnung, daß der andere den Schlüssel zu jener Chiffre kenne. Was für eine schöne Geschichte, sagte sich Roberto, während er den Zipfel suchte, an dem er das Knäuel entwirren konnte.

»Signor di San Patrizio«, begann Mazarin und rückte eine Schale mit lebenden Hummern, die aussahen wie gekochte, neben eine mit gekochten Hummern, die aussahen wie lebende. »Vor einer Woche haben wir Euch in Amsterdam auf die *Amarilli* gebracht. Ihr könnt das Unternehmen nicht unverrichteter Dinge abgebrochen haben, wußtet Ihr doch, daß Ihr dafür mit dem Leben bezahlen würdet. Also habt Ihr bereits entdeckt, was Ihr entdecken solltet.«

So vor sein Dilemma gestellt, sah Ferrante, daß es für ihn nicht ratsam war, zu gestehen, er habe das Unternehmen abgebrochen. Also blieb ihm nur der andere Weg: »Nun, wenn es Eurer Eminenz so gefällt«, sagte er, »in einem gewissen Sinne weiß ich, was Eure Eminenz wünschten, daß ich herausfinden sollte.« Und im stillen fügte er hinzu: »Und immerhin weiß ich jetzt, daß sich das Geheimnis an Bord eines Schiffes namens *Amarilli* befindet, das vor einer Woche in Amsterdam ausgelaufen ist ...«

»Nur zu, seid nicht so bescheiden. Ich weiß sehr wohl, daß Ihr mehr erfahren habt, als ich mir erwartet hatte. Seit Eurer Abreise habe ich neue Informationen erhalten, denn Ihr werdet ja wohl nicht glauben, Ihr wäret mein einziger Agent. Ich weiß also, daß Eure Entdeckung viel wert ist, und ich bin nicht hier, um zu feilschen. Ich frage mich allerdings, warum Ihr versucht habt, auf so gewundenen Wegen zu mir zurückzukommen.« Derweil zeigte er den Dienern, wo sie hölzerne Schüsseln in Form von Fischen hinstellen sollten, die Fleisch enthielten, über das er nicht Bratensoße, sondern Sirup gießen ließ.

Ferrante gewann immer mehr den Eindruck, daß das Geheimnis unbezahlbar war, aber er sagte sich, daß ein geradeaus fliegender Vogel leichter getroffen wird als einer, der ständig die Richtung wechselt. Daher nahm er sich Zeit, um den Gegner auf die Probe zu stellen: »Eure Eminenz wissen, daß es um etwas ging, was gewundene Wege verlangte.«

»Ha, Gauner«, sagte sich Mazarin im stillen, »du bist dir nicht sicher, wieviel deine Entdeckung wert ist, und wartest, daß ich den Preis nenne. Aber du wirst zuerst reden müssen.« Er rückte halbgefrorene Desserts zurecht, die aussahen wie Pfirsiche, die noch am Ast hingen, dann sagte er laut: »Ich weiß, was Ihr habt. Und Ihr wißt, daß Ihr es keinem anderen als mir vorlegen könnt. Scheint es Euch da sehr sinnvoll, das Weiße für schwarz auszugeben und das Schwarze für weiß?«

»Ha, verdammter Fuchs«, sagte sich Ferrante im stillen, »du weißt überhaupt nicht, was ich wissen sollte, und das Dumme ist, daß ich es auch nicht weiß.« Dann sagte er laut: »Eure Eminenz wissen sehr gut, daß die Wahrheit manchmal das Konzentrat der Bitterkeit sein kann.«

»Das Wissen schadet nie.«

»Aber manchmal ist es betrüblich.«

»Also betrübt mich. Ich werde nicht betrübter sein als an dem Tag, da ich erfuhr, daß Ihr Hochverrat begangen hattet und ich Euch dem Henker würde übergeben müssen.«

Ferrante begriff, daß er, wenn er Robertos Rolle spielte, auf dem Schafott enden konnte. Dann war es schon besser, sich als der zu erkennen zu geben, der er war, und schlimmstenfalls von den Lakaien hinausgeprügelt zu werden.

»Eminenz«, sagte er, »ich habe den Fehler gemacht, Euch nicht gleich die volle Wahrheit zu sagen. Herr Colbert hat mich irrtümlicherweise für Roberto de La Grive gehalten, und sein Irrtum hat vielleicht auch einen so scharfen Blick wie den Eurer Eminenz getrübt. Aber ich bin nicht Roberto, sondern nur sein natürlicher Bruder Ferrante. Ich bin hergekommen, um Eurer Eminenz Informationen anzubieten, die Eure Eminenz interessieren könnten, da Eure Eminenz doch der erste war, der dem verstorbenen und unvergeßlichen Kardinal gegenüber diese Intrige der Engländer erwähnt hat ... Eure Eminenz wissen schon, diese Geschichte mit dem sympathetischen Pulver und dem Problem der Längengrade ...«

Bei den letzten Worten machte Mazarin eine ärgerliche Bewegung, so daß er beinahe eine Suppenterrine umgestoßen hätte – eine Schüssel aus falschem Gold, geschmückt mit fein imitierten Edelsteinen aus Glas. Er gab die Schuld einem Diener und murmelte dann zu Colbert: »Schafft diesen Mann zurück, woher er kommt.«

Es ist wirklich wahr, die Götter machen blind, wen sie ins

Verderben stürzen wollen. Ferrante hatte gemeint, er könne Interesse wecken, wenn er zeigte, daß er die verborgensten Geheimnisse des verstorbenen Kardinals kannte, und hatte sich zu weit vorgewagt, getrieben vom Stolz des Informanten, der sich stets besser informiert zeigen will als sein Brotherr. Aber niemand hatte Mazarin bisher gesagt (und es wäre auch schwer zu beweisen gewesen), daß es zwischen Ferrante und Richelieu irgendwelche Verbindungen gegeben hatte. Mit anderen Worten, Mazarin hatte jemanden vor sich, sei er nun Roberto oder ein anderer, der nicht nur wußte, was er, Mazarin, zu Roberto gesagt hatte, sondern auch, was er an Richelieu geschrieben hatte. Woher wußte der Kerl das?

Als Ferrante draußen war, sagte Colbert: »Glauben Eure Eminenz, was der gesagt hat? Wenn er ein Zwillingsbruder von Roberto wäre, würde das alles erklären. Roberto wäre dann noch auf See und ...«

»Nein, wenn der sein Bruder ist, erklärt sich der Fall noch weniger. Woher weiß er, was erst nur wir wußten – ich, Ihr und unser englischer Informant – und dann Roberto de La Grive?«

»Sein Bruder wird es ihm gesagt haben.«

»Nein, sein Bruder hatte doch alles erst in jener Nacht von uns erfahren, und seitdem war er keinen Augenblick unbewacht geblieben, bis jenes Schiff abgelegt hatte. Nein, nein, dieser Mann weiß zu viele Dinge, die er nicht wissen dürfte.«

»Was machen wir mit ihm?«

»Interessante Frage, Colbert. Wenn er Roberto ist, weiß er, was er auf jenem Schiff gesehen hat, und dann wird er irgendwann reden müssen. Wenn er nicht Roberto ist, müssen wir unbedingt herausbekommen, woher er seine Informationen hat. In beiden Fällen und da wir ihn nicht vor ein Gericht bringen können, wo er vor zu vielen Ohren zuviel reden würde – können wir ihn nicht einfach verschwinden lassen mit einer Klinge im Rücken: Er hat uns noch vieles zu sagen. Und außerdem, wenn er nicht Roberto ist, sondern, wie hat er gesagt, Ferrand oder Fernand ...?«

»Ferrante, glaube ich.«

»Wie auch immer. Wenn er nicht Roberto ist, wer steht dann hinter ihm? Nicht einmal die Bastille ist ein sicherer Ort. Man weiß von Leuten, die dort Nachrichten empfangen oder ausgesandt haben. Wir müssen warten, bis er redet, und einen Weg finden, ihn zum Reden zu bringen, aber bis dahin müssen wir ihn an einem absolut sicheren Ort verwahren und dafür sorgen, daß niemand erfährt, wo er ist.«

Und das war der Moment, in dem Colbert eine finster glänzende Idee hatte.

Einige Tage zuvor hatte ein französisches Kriegsschiff vor der bretonischen Küste ein Piratenschiff aufgebracht, und es war ganz zufällig eine holländische Fleute gewesen, ein Schiff namens *Tweede Daphne*, also *Zweite Daphne*, was dafür sprach – bemerkte Mazarin –, daß es irgendwo eine *Erste Daphne* geben müsse, woran man sehen könne, daß diese Protestanten nicht nur wenig Glauben hätten, sondern auch wenig Phantasie. Die Besatzung bestand aus Strolchen aus aller Herren Länder. Eigentlich hätte man sie alle aufknüpfen müssen, aber es lohnte sich, vorher zu untersuchen, ob sie womöglich im Solde Englands standen und wem sie jenes Schiff geraubt hatten, denn vielleicht konnte man ja ein vorteilhaftes Tauschgeschäft mit den legitimen Eigentümern machen.

So hatte man beschlossen, das Schiff in einer kleinen, fast versteckten Bucht unweit der Seinemündung zu vertäuen, wo es sogar den Jakobspilgern entging, die auf dem Wege von Flandern nach Santiago de Compostela nicht weit davon vorbeikamen. Auf einer Insel im Eingang der Bucht befand sich ein altes Fort, das nur einmal als Gefängnis gedient hatte, aber seither praktisch nie benutzt worden war. Und dort waren die Piraten in die Verliese geworfen worden, bewacht von nicht mehr als drei Männern.

»Das genügt«, hatte Mazarin gesagt. »Nehmt zehn meiner Wachen unter dem Befehl eines tapferen und nicht unvorsichtigen Hauptmanns ...«

»Biscarat. Er hat sich immer gut verhalten, seit damals, als er sich mit den Musketieren für die Ehre des Kardinals schlug ...«

»Sehr gut. Laßt den Gefangenen in jenes Fort überführen, und man bringe ihn in den Unterkünften der Wache unter. Biscarat nehme die Mahlzeiten mit ihm ein und begleite ihn beim Hofgang. Ein Wächter sei ständig vor seiner Tür, auch bei Nacht. Das Eingesperrtsein läßt auch die stolzesten Geister erweichen, unser Sturkopf wird nur Biscarat als Gesprächspartner haben, und so kann es sein, daß er sich eine Vertraulichkeit entschlüpfen läßt. Achtet vor allem darauf, daß ihn niemand erkennt, weder auf der Reise noch im Fort ...«

»Und wenn er Hofgang hat ...?«

»Nun, laßt Euch etwas einfallen, Colbert. Eine Gesichtsmaske zum Beispiel.«

»Ich könnte mir ... eine eiserne Maske vorstellen, mit einem Vorhängeschloß, dessen Schlüssel ins Meer geworfen wird ...«

»Na, na, Colbert, sind wir vielleicht im Land der Romane? Gestern abend haben wir doch diese italienischen Komödianten gesehen mit diesen ledernen Vogelmasken mit großer Nase, die das ganze Gesicht entstellen, aber den Mund frei lassen. Findet eine davon und laßt sie ihm so anlegen, daß er sie sich nicht abnehmen kann, und hängt ihm einen Spiegel in die Zelle, so daß er jeden Tag vor Scham stirbt, wenn er sich sieht. Hatte er sich nicht als sein Bruder maskieren wollen? Nun, man maskiere ihn als Polichinel! Und achtet darauf: Laßt ihn von hier bis zum Fort in einer geschlossenen Kutsche bringen, die nur bei Nacht und auf freiem Felde anhält, und sorgt dafür, daß er sich nicht zeigt, wenn die Kutsche hält. Wenn jemand Fragen stellt, sagt meinetwegen, Ihr brächtet eine große Dame an die Grenze, die gegen den Kardinal konspiriert habe.«

Behindert durch seine lächerliche Verkleidung, starrte Ferrante nun schon seit Tagen (durch ein Gitter, das wenig Licht in seine Zelle eindringen ließ) auf ein graues, von kahlen Dünen umgebenes Halbrund, in dem die *Tweede Daphne* vor Anker lag.

Er beherrschte sich, wenn er mit Hauptmann Biscarat zusammen war, und gab sich ihm gegenüber abwechselnd als Roberto und als Ferrante zu erkennen, so daß des Hauptmanns Berichte an Mazarin immer unschlüssig waren. Es war ihm gelungen, im Vorbeigehen ein paar Gesprächsfetzen der Wachen aufzuschnappen, aus denen er entnommen hatte, daß in den Verliesen des Forts Piraten eingesperrt waren.

Im Bestreben, sich an Roberto für ein Unrecht zu rächen, das er gar nicht erlitten hatte, sann er auf Mittel und Wege, eine Gefängnisrevolte zu provozieren, die Piraten zu befreien, das Schiff zu kapern und sich auf Robertos Spuren zu setzen. Er wußte, wo anfangen, in Amsterdam würde er Spione finden, die ihm etwas über das Ziel der *Amarilli* sagen würden. Er würde sie einholen, würde Robertos Geheimnis entdecken, seinen verhaßten Doppelgänger ins Meer stürzen und imstande sein, dem Kardinal etwas für einen hohen Preis zu verkaufen.

Oder nein, vielleicht würde er, wenn er das Geheimnis einmal entdeckt hatte, es auch an andere verkaufen können. Und warum überhaupt es verkaufen? Nach allem, was er davon wußte, mußte es bei diesem Geheimnis um die Karte einer Schatzinsel gehen oder vielleicht auch um das Geheimnis der Alumbrados und der Rosenkreuzer, von dem seit zwanzig Jahren die Rede war. Er würde die Entdeckung zum eigenen Vorteil nutzen, würde nicht länger mehr für einen Herrn spionieren müssen, sondern selbst Spione in seinen Diensten haben. Wenn er erst einmal richtig reich und mächtig geworden war, würde ihm nicht nur der angestammte Familienname, sondern auch die Signora gehören.

Gewiß war der von Haß durchdrungene Ferrante nicht fähig zu wahrer Liebe, sagte sich Roberto, aber es gibt Leute, die sich nie verliebt hätten, wenn sie nicht von der Liebe hätten reden hören. Vielleicht findet Ferrante in seiner Zelle einen Roman, liest ihn und redet sich ein, daß er Liebe empfinde.

Vielleicht hatte Lilia ihm bei ihrer ersten Begegnung ihren Kamm als Liebesunterpfand geschenkt. Nun hielt Ferrante den Kamm in der Hand und küßte ihn, und während er ihn küßte, versank er schmachtend in den Fluten, die jener elfenbeinerne Rammsporn durchpflügt hatte.

Vielleicht, wer weiß, konnte selbst ein Bösewicht solchen Kalibers bei der Erinnerung an jenes Antlitz weich werden … Roberto sah jetzt Ferrante im Dunkeln vor dem Spiegel sitzen, in dem sich für den, der von der Seite hineinblickte, nur die davor gestellte Kerze spiegelte. Wenn man zwei brennende Kerzen betrachtet, von denen die eine die andere nachäfft, wird der Blick starr, der Geist läßt sich betören, und man sieht Visionen. Ferrante neigte den Kopf ein wenig zur Seite und sah Lilia im Spiegel sitzen, das makellos weiße Antlitz so von Licht überflutet, daß es alle anderen Strahlen absorbierte, so daß das glatt zurückgestrichene blonde Haar wie eine dunkle Masse über die Schultern floß und der Busen kaum zu erkennen war unter einem leichten, schräg ausgeschnittenen Hauskleid.

Dann aber wollte Ferrante (endlich! frohlockte Roberto) zuviel Gewinn aus der Eitelkeit eines Traums ziehen, schob sich begierig direkt vor den Spiegel und erblickte hinter der gespiegelten Kerze nur die eigene schamlose Fratze.

Wutschnaubend über den Verlust eines unverdienten Geschenks griff er wieder nach ihrem Kamm, um ihn lüstern zu betatschen, doch jetzt, im rußigen Licht des verglimmenden Kerzenstummels, erschien ihm dieser Gegenstand (der für Roberto die anbetungswürdigste aller Reliquien gewesen wäre) mit einemmal wie ein zähnefletschendes Maul, das seine Trostlosigkeit verhöhnte.

32

DER GARTEN DER LÜSTE

Bei dem Gedanken, daß Ferrante eingeschlossen auf jener Insel saß, den Blick auf eine *Tweede Daphne* gerichtet, die er nie erreichen würde, und getrennt von der Signora, empfand Roberto, konzedieren wir's ihm, eine tadelnswerte, aber verständliche Befriedigung, die nicht zu trennen war von einer gewissen Befriedigung als Erzähler, war es ihm doch nun mit einer schönen Vertauschung gelungen, seinen Widersacher in eine Lage zu bringen, die der seinen spiegelbildlich unähnlich war.

Du dort auf deiner Insel mit deiner ledernen Maske, du wirst das Schiff nie erreichen. Ich dagegen auf meinem Schiff mit meiner Gläsernen Maske, ich bin kurz davor, meine Insel zu erreichen – so sagte er sich (ihm), während er sich zu einem erneuten Schwimmversuch rüstete.

Er wußte noch, in welcher Entfernung vom Schiff er sich verletzt hatte, und schwamm daher zunächst mit ruhigen Zügen, die Maske am Gürtel. Als er nahe beim Riff zu sein glaubte, setzte er sich die Maske auf und machte sich an die Erkundung des Meeresgrundes.

Eine Zeitlang sah er nur Flecken, dann erblickte er plötzlich, gleich einem Seefahrer, der in einer Nacht voller Nebel jäh eine Steilküste vor sich aufragen sieht, das Ende des Abgrunds, über dem er schwamm.

Er nahm sich die Maske ab, goß das eingedrungene Wasser aus, setzte sie wieder auf, drückte sie sich mit den Händen fest ans Gesicht und schwamm mit langsamen Stößen der Beine dem Schauspiel entgegen, auf das er gerade einen ersten Blick hatte werfen können.

Das also waren die Korallen! Sein erster Eindruck, nach seinen Aufzeichnungen zu urteilen, war ein verwirrtes Staunen. Er kam sich vor wie im Laden eines Tuchhändlers, der seine kostbarste Ware vor ihm ausbreitete: Taft und Zindel, Samt, Brokat, Atlas, Damast, Stoffe mit Quasten, Troddeln und Fransen, ganze Stolen, Chormäntel, Kaseln, Dalmatiken. Aber die Stoffe bewegten sich aus eigenem Leben mit der Sinnlichkeit orientalischer Tänzerinnen.

In diese Landschaft – die Roberto nicht beschreiben kann, da er sie zum erstenmal sieht und in seinem Gedächtnis keine Bilder findet, die ihm gestatten, sie in Worte zu übersetzen – brach unvermittelt eine Schar von Wesen ein, die er schon eher erkennen oder jedenfalls mit etwas schon Gesehenem vergleichen konnte. Es waren Fische, die durcheinanderzuckten wie Sternschnuppen am Augusthimmel, doch in der Auswahl und Zusammenstellung ihrer Töne und Zeichnungen schien es, als habe die Natur demonstrieren wollen, welche Vielfalt an Farben es im Universum gibt und wie viele davon auf einer einzigen Fläche Platz finden.

Es gab bunt gestreifte Fische, sowohl längs- wie quer- wie schräggestreifte, auch solche mit wellenförmigen Streifen. Es gab Fische, die nach Art von Intarsien gearbeitet schienen, bedeckt mit Farbflecken in kapriziöser Verteilung, einige körnig oder gesprenkelt, andere scheckig, gepunktet oder geädert wie Marmor.

Wieder andere hatten Serpentinenmuster oder erschienen als ein Geflecht von mehreren Ketten. Es gab Fische, die aussahen wie emailliert, besetzt mit Rundschilden und Rosetten. Und einer, der schönste von allen, schien ganz umschlungen von Kordeln, die zwei Fäden bildeten in den Farben von Trauben und Milch, und es war ein Wunder, daß der nach unten gewundene Faden es nicht ein einziges Mal versäumte, nach oben zurückzukehren, als wär's ein Werk von Künstlerhand.

Erst jetzt, als er unter den Fischen am Meeresgrunde die Formen der Korallen sah, die er auf den ersten Blick nicht hatte erkennen können, unterschied Roberto Bananenbüschel, Körbe mit großen und kleinen Brotlaiben, Schalen mit bronzenen Mispelzweigen, zwischen denen sich Kanarienvögel, Eidechsen und Kolibris tummelten.

Er befand sich über einem Garten, nein, falsch, es schien ihm jetzt ein versteinerter Wald zu sein, aus Ruinen von Pilzen gebildet – nein, noch anders, er hatte sich wieder getäuscht, jetzt waren es Hügel, Falten, Steilhänge, Senken und Höhlen, ein einziges Rutschen und Gleiten lebendiger Steine, auf denen sich eine unirdische Vegetation in den verschiedensten Formen entfaltete, plattgedrückte, runde oder schuppige Wesen, die aussahen, als trügen sie ein granitenes Kettenhemd, oder auch knorrige oder zusammengeduckte, in sich zurückgezogene Gestalten. Doch so verschieden sie immer auch sein mochten, alle waren sie von so betörender Anmut und Grazie, daß selbst diejenigen, die scheinbar nachlässig oder roh gezeichnet waren, ihre Roheit mit majestätischer Würde zeigten, und wenn sie als Monstren erschienen, so als Monstren an Schönheit.

Oder noch anders (Roberto streicht durch und verbessert sich und findet nicht die richtigen Worte, wie jemand, der einen quadratischen Kreis, eine ebene Steilküste, ein lärmendes Schweigen, einen nächtlichen Regenbogen beschreiben muß): Was er da sah, waren Zinnobersträucher.

Vielleicht hatte sich infolge des langen Atemanhaltens sein Blick getrübt, oder das in die Maske eindringende Wasser ließ die Formen und Farbtöne vor seinen Augen verschwimmen. Er hob den Kopf und reckte ihn hoch, um sich die Lunge mit frischer Luft zu füllen, und schwamm dann weiter am Rand des unterseeischen Abgrunds entlang, vorbei an Schluchten und Schründen und Spalten, in denen sich weinselige Harlekine tummelten, während reglos auf einem Felsvorsprung, bewegt nur durch langsames Atmen und Scherenschwenken, ein Hummer hockte mit einem Kamm wie aus Sahne, lauernd über einem Netzgeflecht von Korallen (diese gleich denen, die Roberto schon kannte, aber angeordnet wie Bruder Stephans Hefepilz, der nie endet).

Was er jetzt sah, war kein Fisch, aber auch kein Blatt, es war gewiß etwas Lebendiges: zwei große Scheiben weißlicher Materie, karmesinrot gerändert, mit einem fächerförmigen Federbusch; und wo man Augen erwartet hätte, zwei umhertastende Hörner aus Siegellack.

Getigerte Polypen, die im glitschigen Wurmgeschlinge ihrer Tentakel das Fleischrot einer großen zentralen Lippe enthüllten, streiften Plantagen albinoweißer Phalli mit amarantroter Eichel; rosarot und olivbraun gefleckte Fischchen streiften aschgraue Blumenkohlköpfe mit scharlachroten Pünktchen und gelblich geflammte Knollen schwärzlichen Astwerks ... Und weiter sah man die lilarote poröse Leber eines großen Tiers oder auch ein Feuerwerk von quecksilbrigen Arabesken, Nadelkissen voll bluttriefender Dornen und schließlich eine Art Kelch aus mattem Perlmutt ...

Dieser Kelch erschien Roberto auf einmal wie eine Urne, und ihm kam der Gedanke, daß zwischen jenen Felsen dort der Leichnam Pater Caspars liegen könnte. Nicht mehr erkennbar, wenn die Wirkung des Wassers ihn zuerst mit Korallenschlamm überzogen hatte, doch die Korallen würden die irdischen Säfte jenes Körpers aufgesogen und die Gestalt von Gartenblumen und -früchten angenommen haben. Vielleicht würde er den armen Alten in Kürze dort unten wiedererkennen, verwandelt zu einem bisher unbekannten Wesen: das Rund des Kopfes aus einer haarigen Kokosnuß gebildet, zwei Dörräpfel als Wangen, Augen und Lider zwei bittere Aprikosen, die Nase eine Gänsedistel, wulstig wie der Kot eines Tieres; darunter anstelle der Lippen trockene Feigen, eine spitz zulaufende Runkelrübe für das Kinn und eine runzlige Artischocke als Kehle; an den Schläfen zwei Kastanienigel als Haarbüschel und für die Ohren die beiden Halbschalen einer gespaltenen Nuß; als Finger Karotten, der Bauch eine Wassermelone, aus Quitten die Knie.

Aber wie konnte Roberto so traurige Gedanken in so grotesker Form hegen? In ganz anderer Form müßten doch die sterblichen Überreste seines armen Freundes dort unten ihr »Auch ich in Arkadien« proklamieren …

Da, vielleicht in der Totenschädelform jener kieselähnlichen Koralle … Jener Doppelgänger eines Steins schien ihm ohnehin bereits aus seinem Bett gerissen. Halb aus Pietät, als Andenken an den verstorbenen Lehrer, halb um dem Meer wenigstens einen seiner Schätze zu entreißen, nahm er ihn, barg die Beute an seiner Brust und schwamm, da er für diesen Tag genug gesehen hatte, zurück zum Schiff.

33

UNTERIRDISCHE WELTEN

Die Korallen waren für Roberto eine Herausforderung gewesen. Nachdem er entdeckt hatte, zu welchen Erfindungen die Natur imstande war, fühlte er sich zu einem Wettkampf aufgefordert. Er konnte Ferrante nicht in jenem Gefängnis sitzen- und seine Geschichte halbfertig liegenlassen, das hätte zwar seinen Groll auf den Rivalen befriedigt, nicht aber seinen Erzählerstolz. Was also konnte er Ferrante noch zustoßen lassen?

Die Idee kam ihm eines Morgens, als er sich wie gewöhnlich beim ersten Tageslicht auf die Lauer gelegt hatte, um drüben auf der Insel die Flammenfarbene Taube zu überraschen. Früh am Morgen blendete die Sonne immer sehr stark, er hatte sogar schon versucht, über der vorderen Linse seines Fernrohrs eine Art Visier anzubringen, mit einem Blatt aus dem Logbuch, aber in manchen Augenblicken sah er trotzdem nur gleißende Blitze. Und wenn die Sonne dann höher stieg, wirkte das Meer wie ein Spiegel und verdoppelte ihre Strahlen.

An jenem Tag aber hatte Roberto sich in den Kopf gesetzt, etwas gesehen zu haben, was aus den Bäumen zur Sonne aufgeflogen und dann mit ihrem Lichtkreis verschmolzen war. Vermutlich war es eine Illusion gewesen. Jeder beliebige andere Vogel wäre in jenem Lichtkreis leuchtend erschienen ... Roberto war einerseits überzeugt, die Taube gesehen zu haben, und andererseits enttäuscht, sich getäuscht zu haben. Und in dieser zwiespältigen Stimmung fühlte er sich ein weiteres Mal betrogen.

Für einen wie Roberto, der inzwischen soweit war, daß er in seiner Eifersucht nur noch genoß, was ihm vorenthalten wurde, war es ein leichtes zu träumen, daß Ferrante bekam, was ihm selbst verwehrt war. Da jedoch Roberto auch der Autor dieser Geschichte war und er seinem bösen Bruder nicht zuviel gönnen wollte, beschloß er, daß Ferrante nur mit der anderen Taube, der grünblauen, zu tun haben durfte. Denn obgleich ihm jede Gewißheit fehlte, hatte Roberto beschlossen, daß von den beiden Tauben die flammenfarbene das Weibchen sein müsse, also gewissermaßen die Signora. Und da in Ferrantes Geschichte die Taube nicht das Endziel darstellen durfte, sondern nur den Vermittler eines Besitzes, entfiel auf Ferrante einstweilen das Männchen.

Konnte eine grünblaue Taube, die nur auf den Inseln der Südsee lebt, nach Frankreich fliegen, um sich vor jenem Fenster niederzulassen, hinter welchem Ferrante nach Freiheit lechzte? Ja, im Land der Romane. Und außerdem, konnte nicht jene *Tweede Daphne*, glücklicher als ihre ältere Schwester, gerade aus der Südsee zurückgekehrt sein und im Unterdeck jenen Vogel mitgebracht haben, der sich nun befreit hatte?

In jedem Fall brauchte Ferrante, der nichts von den Antipoden wußte, sich nicht solche Fragen zu stellen. Er sah die Taube auf dem Fensterbrett sitzen, streute ihr zunächst nur zum Zeitvertreib ein paar Brotkrümel hin und begann sich dann zu fragen, ob er sie nicht irgendwie für seine Zwecke gebrauchen könnte. Er wußte, daß Tauben manchmal als Überbringer von Botschaften dienen. Freilich, wenn er diesem Tier eine Botschaft anvertraute, hieß das nicht, daß sie mit Sicherheit dorthin gelangte, wo er sie haben wollte, aber in der Eintönigkeit seiner Tage würde sich ein Versuch schon lohnen.

Wen konnte er um Hilfe bitten, er, der sich aus Feindschaft mit allen, sich selbst eingeschlossen, immer nur Feinde gemacht hatte und dem die wenigen Menschen, die ihm Dienste geleistet hatten, zweifellos nur im Glück folgen würden und gewiß nicht im Unglück? Nun, sagte er sich, ich werde mich an die Signora wenden, die liebt mich (»Wie kann er dessen so sicher sein?« fragte Roberto sich voller Neid, während er diese Szene erfand).

Biscarat hatte ihm Papier und Schreibzeug dagelassen für den Fall, daß Ferrante sich in der Nacht besann und dem Kardinal ein Geständnis schreiben wollte. So nahm er ein Blatt, schrieb auf die eine Seite die Adresse der Signora und fügte hinzu, daß der Überbringer dieser Botschaft eine Belohnung erhalten werde. Auf die andere Seite schrieb er, wo er sich befand (er hatte die Gefängniswärter einen Namen nennen hören), bezeichnete sich als das Opfer einer infamen Intrige des Kardinals und bat um Rettung. Dann rollte er das Blatt zusammen, band es der Taube ans Bein und scheuchte sie davon.

Um die Wahrheit zu sagen, er hatte die ganze Sache schon bald so gut wie vergessen. Wie hätte er auch annehmen können, daß die grünblaue Taube direkt zu Lilia fliegen würde? Dergleichen geschieht nur in Märchen, und Ferrante war keiner, der sich auf Märchenerzähler verläßt. Vielleicht war die Taube von einem Jäger getroffen worden und hatte, als sie in die Zweige eines Baumes fiel, die Botschaft verloren ...

Er wußte nicht, daß sie statt dessen auf die Leimrute eines Bauern gegangen war, der einen Nutzen aus dem zu ziehen gedachte, was allem Anschein nach ein Signal für jemanden war, vielleicht für den Kommandanten einer Armee.

So brachte der Bauer die Botschaft zu dem einzigen des Lesens kundigen Menschen in seinem Dorf, nämlich zum Pfarrer, und der kümmerte sich um alles weitere. Er machte die Signora ausfindig und schickte einen Freund, die Übergabe auszuhandeln und sich ein großzügiges Almosen für seine Kirche sowie ein Handgeld für den Bauern auszahlen zu lassen. Lilia las, weinte und wandte sich ratsuchend an treue Freunde. Das Herz des Kardinals rühren? Nichts leichter als das für eine schöne Hofdame, aber diese Dame verkehrte im Salon der Arthénice, der Mazarin mißtraute. Schon zirkulierten satirische Verse über den neuen Minister, von denen gemunkelt wurde, sie stammten aus ebenjenem Salon. Eine *Précieuse*, die zum Kardinal geht, um Gnade für einen Freund zu erbitten, verurteilt diesen Freund zu einer noch schwereren Strafe.

Nein, sie mußte ein Häufchen mutiger Männer versammeln und mit ihnen einen Handstreich wagen. Doch an wen sollte sie sich wenden?

Hier wußte Roberto nicht weiter. Wenn er ein Musketier des Königs gewesen wäre oder einer von den Gascogner Kadetten, hätte Lilia sich bloß an diese kühnen und für ihren Korpsgeist berühmten Männer zu wenden brauchen. Aber wer riskiert schon den Zorn eines Ministers oder gar den des Königs wegen eines Ausländers, der mit Bibliothekaren und Astronomen verkehrt? Von diesen Bibliothekaren und Astronomen selbst ganz zu schweigen, denn bei aller Entschlossenheit zu einem Roman konnte Roberto sich nun wirklich nicht vorstellen, daß etwa der Kanonikus von Digne oder der Monsignor Gaffarel in gestrecktem Galopp zu seinem Gefängnis ritt – das heißt zu dem von Ferrante, der ja nun für alle Roberto war.

Einige Tage später kam ihm eine Idee. Er hatte die Ferrante-Geschichte liegengelassen und sich wieder darangemacht, das Korallenriff zu erkunden. An jenem Tag verfolgte er einen Schwarm Fische, die gelbe Sturmhauben auf der Nase hatten und wie umherschweifende Krieger aussahen. Sie schwammen gerade in einen Spalt zwischen zwei steinernen Türmen, wo die Korallenbauten wie zerfallene Paläste einer untergegangenen Stadt aussahen.

Roberto stellte sich vor, daß diese Fische zwischen den Ruinen jener sagenhaften Stadt Ys umherschwammen, von der er hatte erzählen hören, sie liege immer noch wenige Meilen vor der bretonischen Küste auf dem Meeresgrund, wo die Wellen sie einst überflutet hatten. Da, der größte Fisch dort war der einstige König jener Stadt, gefolgt von seinen Würdenträgern, und alle überboten sich gegenseitig auf der Suche nach ihrem vom Meer verschlungenen Schatz …

Doch warum eine alte Sage ausgraben? Warum die Fische

nicht als Bewohner einer Welt betrachten, die ihre eigenen Wälder, Berge, Bäume und Täler hat und nichts von der Welt oben weiß? In gleicher Weise leben wir auf der Erde, ohne zu wissen, daß der hohle Himmel andere Welten verbirgt, in denen die Leute nicht gehen oder schwimmen, sondern fliegen oder durch die Luft segeln; wenn das, was wir Planeten nennen, die Rümpfe ihrer Schiffe sind, von denen wir nur die schimmernden Böden sehen, warum dann nicht annehmen, daß diese Kinder Neptuns in gleicher Weise über sich nur die Schatten unserer Galeonen sehen und sie für ätherische Körper halten, die an ihrem wäßrigen Firmament kreisen?

Und wenn es möglich ist, daß es Wesen gibt, die unter Wasser leben, warum sollte es dann nicht auch Wesen geben, die unter der Erde leben, Völker von Salamandern, die fähig sind, durch ihre Gänge vorzudringen bis zum inneren Feuer, das den Planeten beseelt?

In solche Gedanken versunken, erinnerte sich Roberto an eine Argumentation von Saint-Savin: Wir halten es für schwierig, auf dem Mond zu leben, da wir meinen, dort gebe es kein Wasser, aber vielleicht gibt es dort Wasser in unterirdischen Hohlräumen, und die Natur hat Brunnen auf dem Mond gegraben, welche die Flecken sind, die wir sehen. Wer sagt denn, daß die Bewohner des Mondes nicht Unterschlupf in jenen Nischen finden, um der unerträglichen Nachbarschaft der Sonne zu entgehen? Haben nicht auch die ersten Christen unter der Erde gelebt? Genauso leben die Mondbewohner in Katakomben, die ihnen ganz heimisch erscheinen.

Auch ist überhaupt nicht gesagt, daß sie dort im Dunkeln leben müssen. Vielleicht gibt es viele Löcher in der Kruste des Satelliten, und das Innere bekommt Licht durch Tausende von Luftlöchern, es ist eine Dunkelheit, die von Lichtbündeln durchzogen wird, wie es in Kirchen geschieht oder im Unterdeck der *Daphne*. Oder nein, an der Mondoberfläche gibt es Phosphorsteine, die sich tagsüber mit dem Licht der Sonne vollsaugen, um es nachts wieder abzugeben, und die Mondbewohner holen sich diese Steine bei jedem Sonnenuntergang und horten sie, so daß ihre Höhlen stets heller erleuchtet sind als ein Königspalast.

Paris, dachte Roberto. Und weiß man nicht, daß auch Paris, wie Rom, von Katakomben unterhöhlt ist, in denen sich nachts bekanntlich die Diebe und Bettler versammeln?

Die Bettler! Das war die Idee, um Ferrante zu retten! Die Bettler, die einen König haben, der sie, wie erzählt wird, nach ehernen Gesetzen regiert, die Bettler, eine Gesellschaft übler Halunken, die von Missetaten, Räubereien und Gaunereien leben, von Meuchelmord und Entführung, Betrug, Gemeinheit und Niedertracht, während sie vorgeben, Profit aus der christlichen Nächstenliebe zu ziehen!

Eine Idee, auf die nur eine verliebte Frau kommen konnte! Lilia – erzählte sich Roberto – wandte sich nicht an hochmögende Leute bei Hofe oder an solche vom Amtsadel, sondern an ihre letzte Kammerzofe, die unzüchtigen Verkehr mit einem Kutscher hatte, der sich in den Tavernen um Notre-Dame auskannte, wo bei Sonnenuntergang jene Bettler auftauchen, die tagsüber scheinbar demütig vor den Kirchentoren die Hand ausstrecken ... Das war der Weg.

In tiefer Nacht bringt ihr Führer sie in die Kirche von Saint-Martin-des-Champs, hebt eine Steinplatte im Boden des Chores, läßt sie in die Katakomben von Paris hinabsteigen und sich dort unten im Licht einer Fackel auf die Suche nach dem König der Bettler machen.

Da geht sie, verkleidet als junger Edelmann, androgyn und geschmeidig, tastet sich vorwärts durch schmale Gänge, steigt Treppen hinunter und zwängt sich durch Katzentüren, indes da und dort aus dem Dunkel verrenkte Leiber auftauchen, zusammengekauert zwischen Abfall und Lumpen, die Gesichter entstellt von Warzen, Pickeln und Blatternarben, von eitrigen Flechten und brandigen Schwären, alle mit ausgestreckter Hand wedelnd, wobei unklar ist, ob sie um Almosen betteln oder mit der Miene adliger Kammerherren sagen wollen: »Geht nur, geht weiter, unser Herr erwartet Euch schon.«

Und da saß er, ihr Herr, saß in der Mitte eines Saales tief unter der Stadt, auf einem Faß, umgeben von Taschendieben, Betrügern, Fälschern und Bänkelsängern, von einem Gesindel, dem keine Untat und Scheußlichkeit fremd war.

Das also war der König der Bettler? In einen verschlissenen Mantel gehüllt, die Stirn übersät mit Knötchen, die Nase zerfressen von einer Fäulnis, die Augen marmorn, das eine grün, das andere schwarz, der Blick verschlagen, die Brauen herabhängend, die Hasenscharte klaffend über spitzen, vorstehenden Wolfszähnen, die Haare struppig, die Haut grau und sandig, die Hände plump, die Finger kurz und dick mit krummgebogenen Nägeln ...

Als dieser Mann die Signora angehört hatte, erklärte er ihr, er verfüge über eine Armee, mit der verglichen die des Königs von Frankreich eine Provinzgarnison sei. Außerdem sei sie weit weniger kostspielig: Wenn seine Männer in einer akzeptablen Höhe entschädigt würden – sagen wir: mit dem Doppelten dessen, was sie in der gleichen Zeit durch Betteln zusammenbringen könnten –, würde er sich für einen so großzügigen Auftraggeber umbringen lassen.

Lilia streifte sich einen Rubinring vom Finger und fragte (wie es in solchen Fällen üblich ist) im Ton einer Königin: »Genügt Euch das?«

»Das genügt mir«, sagte der König der Bettler, während er das Juwel mit seinen verschlagenen Blicken umschmeichelte. »Nennt uns den Ort.« Und als er den Ort erfahren hatte, fügte er hinzu: »Meine Leute benutzen weder Pferde noch Wagen, aber dorthin kann man auf Booten gelangen, man braucht nur dem Lauf der Seine zu folgen.«

Roberto stellte sich vor, daß Ferrante, während er bei Sonnenuntergang auf dem Wachturm des Forts mit Hauptmann Biscarat plauderte, sie plötzlich herannahen sah. Zuerst erschienen sie auf den Dünen, dann strömten sie in die Bucht hinunter.

»Jakobspilger«, sagte er verächtlich zu Biscarat. »Und von

der schlimmsten Sorte, oder der unglücklichsten, denn sie gehen ihr Heil suchen, während sie schon mit einem Fuß im Grabe stehen.«

Tatsächlich kamen die Pilger in langer Reihe immer näher, schon sah man eine dichte Schar von Blinden mit vorgestreckten Armen, von Verstümmelten auf ihren Krücken, von Aussätzigen, Triefäugigen, Wundbrandigen, an Krätze und Skrofulose Leidenden, eine Versammlung von Krüppeln, Hinkenden und Verunstalteten, in Lumpen gekleidet.

»Ich möchte nicht, daß sie uns zu nahe kommen und dann womöglich um ein Nachtquartier bitten«, sagte Biscarat. »Sie würden uns nur Dreck hereinbringen.« Und er ließ ein paar Musketenschüsse in die Luft abgeben, um deutlich zu machen, daß diese Festung kein gastlicher Ort war.

Aber es war, als ob die Schüsse als Einladung gedient hätten. Während hinten weitere Gestalten nachdrängten, kamen die ersten immer näher zum Fort, und schon war ihr tierisches Gestammel zu hören.

»Haltet sie fern, Herrgott!« rief Biscarat und ließ Brot vor die Mauern werfen, wie um zu sagen, dies sei die Mildtätigkeit des Ortskommandanten und mehr sei nicht zu erwarten. Doch die zusehends größer werdende Menge schob ihre Vorhut unter die Mauern, wo sie die milde Gabe zertrat und wie Besseres suchend nach oben spähte.

Jetzt konnte man die einzelnen Gesichter erkennen, und sie sahen überhaupt nicht wie Pilger aus, auch nicht wie Krüppel, die um Linderung ihrer Gebrechen baten. Zweifellos, meinte Biscarat sorgenvoll, seien es Zukurzgekommene, rasch zusammengetrommelte Glücksritter. Oder so schien es jedenfalls, aber nicht mehr lange, denn inzwischen hatte es zu dämmern begonnen, und die ganze Ebene bis zu den Dünen war nur noch ein einziges graues Gedränge.

»Zu den Waffen, zu den Waffen!« rief Biscarat, der jetzt begriff, daß es sich nicht um Pilgerfahrt oder um Bettelei handelte, sondern um einen Angriff. Er ließ einige Schüsse auf die Vordersten abgeben, die schon die Mauer berührten. Aber es war, als hätte er in eine Horde Ratten geschossen, die Nach-drängenden stießen die Vorderen weiter, die Gefallenen wurden überrannt und als Rampe zum Aufstieg benutzt, schon sah man die ersten in die Ritzen des alten Mauerwerks greifen, die Finger in die Spalten schieben, die Füße auf die Vorsprünge stellen, sich an die Gitterstäbe der ersten Fenster klammern, die ausgezehrten Glieder in die Schießscharten zwängen. Derweil brandete unten ein anderer Teil jener Flut heran und rammte mit rhythmischen Schulterstößen gegen das Tor.

Biscarat hatte es zwar von innen verbarrikadieren lassen, aber die schweren Torflügel knackten schon unter dem Druck jenes Pöbelhaufens.

Die Wachen fuhren fort zu schießen, aber die wenigen niedergestreckten Angreifer wurden sofort von anderen überrannt, man sah jetzt nur noch eine wimmelnde Masse, aus der sich an einem bestimmten Punkt etwas wie emporgeschleuderte Angelschnüre erhob, und bald erkannte man, daß es eiserne Enterhaken waren, von denen sich einige auch schon an den Zinnen verhakten. Doch kaum beugte ein Wachmann sich nur ein wenig hinaus, um jene gebogenen Eisen abzulösen, wurde er von den ersten Angreifern, die schon hinaufgelangt waren, mit Spießen und Stangen bearbeitet oder gar mit Schlingen gefangen und nach unten gerissen, wo er im Gewühl jener rasenden Meute verschwand, ohne daß man noch das Röcheln des einen vom Röhren der anderen unterscheiden konnte.

Kurz, wer das Geschehen von den Dünen aus verfolgt hätte, der hätte das Fort inzwischen kaum noch gesehen, nur noch ein Wimmeln von Fliegen auf einem Aas, ein Krabbeln von Bienen auf einer Wabe, ein wütendes Hornissengeschwader.

Unterdessen hörte man von unten das Krachen des berstenden Tors und den Lärm im Hof. Biscarat und seine Leute eilten zur anderen Seite des Turms – und achteten nicht auf Ferrante, der sich in den Rahmen der Treppentür drückte, nicht sehr verängstigt, da er schon ahnte, daß diese Angreifer irgendwie seine Freunde waren.

Seine Freunde hatten inzwischen die Zinnen erreicht und überklettert, fielen freigebig ihr Leben opfernd unter den letzten Musketenschüssen, überwanden ihrer Leiber nicht achtend die Barriere der vorgestreckten Degen und erschreckten die Wachen mit ihren abstoßenden Augen und entstellten Gesichtern. So ließen die Leibgardisten des Kardinals, sonst Männer von Eisen, ihre Waffen fallen und erflehten die Gnade des Himmels von denen, die sie nun für Ausgeburten der Hölle hielten, doch diese schlugen sie erst mit Knüppeln nieder, stürzten sich dann auf die Überlebenden und bearbeiteten sie mit Händen und Fäusten und Zähnen, bissen ihnen die Kehle durch, zerfleischten sie mit den Nägeln, tobten ihre Wut an ihnen aus und wüteten sogar noch gegen die Toten, einige sah Ferrante, wie sie eine Brust aufschlitzten, das Herz herausrissen und es mit lautem Siegesgeheul verschlangen.

Als letzter Überlebender blieb Biscarat, der sich wie ein Löwe geschlagen hatte. Als er sich besiegt sah, stellte er sich rücklings an die Brüstung, zog mit dem blutigen Degen eine Linie auf dem Boden und rief: »Hier wird Biscarat sterben, als letzter von denen, die mit ihm sind!«

Doch in dem Augenblick erschien auf der Treppe ein Blinder mit einem Holzbein, der eine Axt in der Hand hielt, machte durch einen Wink dem Gemetzel ein Ende und befahl, Biscarat zu fesseln. Dann erblickte er Ferrante, den er an ebenjener Maske erkannte, die ihn hätte unerkennbar machen sollen, begrüßte ihn mit einer weitausholenden Geste der bewaffneten Hand, als wollte er mit der Feder eines imaginären Hutes den Boden fegen, und sagte: »Mein Herr, Ihr seid frei.«

Er zog eine Botschaft aus dem Wams, deren Siegel Ferrante sofort erkannte, und überreichte sie ihm.

Sie war von Lilia, die ihm schrieb, er solle über jenes abstoßende, aber zuverlässige Heer verfügen und sie dort erwarten, wo sie bei Morgengrauen eintreffen werde.

Als erstes ließ Ferrante, nachdem er von seiner Maske befreit worden war, die Piraten aus ihren Verliesen befreien und schloß einen Pakt mit ihnen. Sie sollten das Schiff wieder in Besitz nehmen und ohne Fragen zu stellen unter seinem Kommando in See stechen. Zum Lohn würden sie die Hälfte eines unermeßlichen Schatzes bekommen. Wie es seine Art war, dachte er gar nicht daran, sein Wort zu halten. Sobald er Roberto gefunden hatte, würde es genügen, die eigene Mannschaft im nächsten Hafen anzuzeigen, dann würden alle aufgeknüpft werden, und er wäre der alleinige Herr des Schiffes.

Die Bettler brauchte er nicht mehr, und ihr Anführer sagte ihm als loyaler Mann, daß sie den Lohn für die Unternehmung schon bekommen hatten. Er wollte die Gegend so rasch wie möglich verlassen. Sie zerstreuten sich ins Hinterland und kehrten, bettelnd von Dorf zu Dorf weiterziehend, zurück nach Paris.

Es war nicht schwer, ein im Hafen des Forts vertäutes Boot zu besteigen, zum Schiff hinüberzufahren und die beiden einzigen Männer, die es bewachten, ins Meer zu werfen. Biscarat wurde im Kielraum angekettet, denn er war eine Geisel, die man vielleicht noch brauchen konnte. Ferrante gönnte sich einen kurzen Schlaf und war vor Morgengrauen wieder am Ufer, rechtzeitig zum Empfang einer Kutsche, der Lilia entstieg, in ihrer Männerkleidung schöner denn je.

Roberto fand, es werde ihm größere Qualen bereiten, wenn er sich ausdachte, daß die beiden einander zurückhaltend begrüßten, damit die Piraten nichts merkten und glaubten, sie nähmen einen jungen Edelmann an Bord.

Sie fuhren zum Schiff zurück, Ferrante kontrollierte noch einmal, ob alles zur Abfahrt bereit war, und begab sich, als der Anker gelichtet war, in die Kajüte, die er für den Gast hatte herrichten lassen.

Dort erwartete sie ihn, erwartete ihn mit Augen, die nichts anderes verlangten als von ihm geliebt zu werden, in der fließenden Pracht ihrer nun frei auf die Schultern fallenden Haare, bereit zum freudigsten aller Opfer. Oh, irrende

Haare, goldene und angebetete Haare, *chiome dorate e adorate*, geringelte Haare, die ihr flieget und scherzet und scherzend irregeht – stöhnte Roberto für Ferrante …

Ihre Gesichter näherten sich einander, um Küsse zu ernten aus einer uralten Saat von Seufzern, und in dem Augenblick berührte Roberto in Gedanken jene fleischfarben rosige Lippe. Ferrante küßte Lilia, und Roberto stellte sich schaudernd vor, er beiße in jene so täuschend echt aussehende Koralle. Da aber fühlte er, daß ihm die Angebetete gleich einem Windhauch entglitt, er verlor ihre milde Wärme, die er für einen Augenblick glaubte gespürt zu haben, und sah sie eiskalt in einem Spiegel, in anderen Armen, in einem fernen Brautbett auf einem anderen Schiff.

Zum Schutz der Liebenden ließ er einen Vorhang von geiziger Transparenz niedergehen, und jene nun aufgedeckten Leiber waren Bücher der Sonnenmagie, deren heilige Laute sich lediglich zwei Erwählten offenbaren, die einander wechselseitig Mund an Mund buchstabierten.

Das Schiff entfernte sich rasch, Ferrante triumphierte. Lilia liebte in ihm Roberto, in dessen Herz diese Bilder fielen wie eine Fackel in ein Reisigbündel.

34

MONOLOG ÜBER DIE
VIELZAHL DER WELTEN

Wir erinnern uns – hoffe ich, denn Roberto hatte von den Romanschriftstellern seines Jahrhunderts die Gewohnheit übernommen, so viele Geschichten gleichzeitig zu erzählen, daß es von einem bestimmten Punkt an schwierig wird, die Fäden zusammenzuhalten –, daß unser Held sich von seinem ersten Besuch in der Welt der Korallen jenen »Doppelgänger eines Steins« mitgebracht hatte, der ihm wie ein Totenschädel vorgekommen war, vielleicht der von Pater Caspar.

Nun saß er, um die Liebesspiele von Lilia und Ferrante zu vergessen, in der Abenddämmerung auf dem Oberdeck und betrachtete dieses Gebilde.

Es sah eigentlich nicht wie ein Schädel aus. Eher wie ein mineralisches Wabengeflecht nach Art eines Bienenstocks, zusammengesetzt aus unregelmäßigen Polygonen, aber die Polygone waren nicht die Grundelemente: Jedes Polygon wies in seinem Zentrum eine strahlenförmige Symmetrie feinster Fäden auf, zwischen denen, wenn man den Blick schärfte, Hohlräume erkennbar wurden, die vielleicht weitere Polygone bildeten, und wenn der Blick noch tiefer hätte eindringen können, hätte man vielleicht entdeckt, daß die Seiten dieser kleinen Polygone aus weiteren, noch viel kleineren Polygonen bestanden, bis man, die Teile immer weiter zerteilend, an den Punkt gelangen würde, wo man haltmachen mußte vor jenen nicht weiter teilbaren Teilen, die man Atome nennt. Da aber Roberto nicht wußte, bis zu welchem Punkt die Materie sich teilen läßt, war ihm nicht klar, wie weit sein Auge – das leider kein Luchsauge war, da er nicht jene Linse besaß, mit der Pater Caspar sogar die winzigen Tierchen der Pest entdeckt hatte – in die Tiefe hätte hinabsteigen können, um immer noch neue Formen in den erkannten oder erahnten zu finden.

Auch der Kopf des Abbé, wie Saint-Savin an jenem Abend während des Duells gehöhnt hatte, konnte eine Welt für seine Läuse sein – oh, wie Roberto bei diesen Worten an die Welt gedacht hatte, in der, glücklichste aller Insekten, die Läuse der Anna Maria (oder Francesca) Novarese lebten! Da jedoch Läuse keine Atome sind, vielmehr endlose Universen für die Atome, aus denen sie bestehen, gibt es vielleicht im Körper einer Laus noch wieder kleinere Tiere, die darin wie in einer geräumigen Welt leben. Und vielleicht ist mein eigenes Fleisch und Blut – dachte Roberto – nichts als ein Gebilde aus winzigen Tierchen, die mir Bewegung verleihen, indem sie sich bewegen, und die sich von meinem Willen leiten lassen, der ihnen als Kutscher dient. Und sicherlich fragen sich meine Tierchen, wohin ich sie führe, wenn ich sie abwechselnd der Kühle des Meeres und den Gluten der Sonne aussetze, und verloren in diesem Hin und Her von ständig wechselnden Klimata sind sie sich ihres Schicksals ebenso ungewiß wie ich mir des meinen.

Und wenn sich andere, noch kleinere Tierchen, die im Universum der eben erwähnten leben, in einen ebenso grenzenlosen Raum geworfen fühlten?

Warum sollte ich das nicht denken dürfen? Bloß weil ich noch nie davon gehört habe? Wie meine Pariser Freunde sagten: Wer auf einem Turm von Notre-Dame stünde und in der Ferne das Städtchen Saint-Denis liegen sähe, käme niemals auf den Gedanken, daß jener undeutliche Fleck in der Landschaft von Wesen wie uns bewohnt ist. Wir sehen Jupiter, weil er riesengroß ist, aber von Jupiter aus kann man uns nicht sehen, ja nicht einmal denken, daß es uns gibt. Und hätte ich bis gestern jemals gedacht, daß es unter Wasser – nicht auf einem fernen Planeten oder in einem Wassertropfen, sondern in einem Teil unserer eigenen Welt – eine Andere Welt gibt?

Und übrigens, was wußte ich noch vor wenigen Monaten von den Ländern der südlichen Hemisphäre? Ich hätte gesagt, die Terra Australis sei eine Erfindung häretischer Geographen, und wer weiß, vielleicht hat man in früheren Zeiten hier auf diesen Inseln einige hiesige Philosophen verbrannt, weil sie mit gutturalen Lauten behauptet hatten, daß es ein Monferrat und ein Frankreich gebe. Aber nun bin ich hier, und es läßt sich nicht leugnen, daß die Antipoden existieren – und daß ich, entgegen der Meinung von einst sehr klugen Leuten, hier nicht kopfunten gehe. Die Bewohner dieser Welt sitzen einfach im Heck und wir im Bug desselben Schiffes, auf dem wir beide fahren, ohne etwas voneinander zu wissen.

Ebenso ist heute die Kunst des Fliegens noch unbekannt, und doch – folgt man einem gewissen Herrn Goodwin, von dem mir Doktor d' Igby erzählt hat – wird man eines Tages auf den Mond fliegen, so wie man nach Amerika gesegelt ist, obwohl vor Kolumbus niemand gedacht hat, daß jener Kontinent existierte noch je so genannt werden könnte.

Die Dämmerung war dem Abend gewichen und dann der Nacht. Der Mond stand jetzt voll und rund am Himmel, und Roberto konnte die Flecken erkennen, in denen die Kinder und die Ignoranten den Mund und die Augen eines pausbäkkigen Gesichts sehen wollen.

Um Pater Caspar zu provozieren (in welcher Welt, auf welchem Planeten der Gerechten mochte der Gute jetzt sein?), hatte Roberto von Mondbewohnern gesprochen. Aber kann der Mond wirklich bewohnt sein? Warum nicht, es ist wie bei Saint-Denis: Was wissen wir Menschen schon von der Welt, die dort oben sein kann?

So argumentierte Roberto: Wenn ich auf dem Mond stünde und einen Stein hochwürfe, würde der vielleicht auf die Erde stürzen? Nein, er würde auf den Mond zurückfallen. Ergo ist der Mond, wie jeder andere Planet oder Stern, eine Welt, die eine Mitte und eine Peripherie hat, und diese Mitte zieht alle Körper an, die sich im Herrschaftsbereich dieser Welt befinden. So wie es auf der Erde geschieht. Und warum könnte dann nicht auch alles andere auf dem Mond so sein wie auf der Erde?

Es gibt eine Atmosphäre, die den Mond umhüllt. Hat nicht am Palmsonntag vor vierzig Jahren, wie mir erzählt worden ist, jemand Wolken auf dem Mond gesehen? Sieht man dort nicht ein großes Zittern, wenn eine Mondfinsternis bevorsteht? Und was ist das anderes als der Beweis, daß es dort Luft gibt? Die Planeten dampfen, die Sterne auch – was sonst wären die Flecken, die es auf der Sonne geben soll und aus denen die Sternschnuppen kommen?

Und sicher gibt es auf dem Mond auch Wasser. Wie sonst erklären sich seine Flecken, wenn nicht als Abbilder von Seen (hat doch sogar schon jemand gemeint, daß diese Seen künstliche seien, gleichsam ein Werk von Menschenhand, weil sie so regelmäßig geformt und in gleichen Abständen verteilt sind)? Wenn andererseits der Mond nur als großer Spiegel konzipiert wäre, der dazu dienen sollte, das Licht der Sonne auf die Erde zu reflektieren, warum hätte der Schöpfer dann diesen Spiegel mit Flecken besudeln sollen? Also sind jene Flecken keine Unvollkommenheiten, sondern Vervollkommnungen, also Teiche, Seen oder Meere. Und wenn es dort oben Wasser und Luft gibt, dann gibt es auch Leben.

Vielleicht ein Leben von anderer Art als das unsere. Vielleicht schmeckt das Wasser dort – was weiß ich? – nach Süßholz, nach Kardamom, womöglich nach Pfeffer. Wenn es unendlich viele Welten gibt, beweist das nur das unendliche Ingenium des Großen Ingenieurs unseres Universums, aber dann gibt es auch keine Grenze für diesen Großen Erfinder. Er kann überall bewohnte Welten geschaffen haben, aber mit immer anders gearteten Kreaturen als Bewohner. Vielleicht sind die Sonnenbewohner sonniger, heller und erleuchteter als wir Erdenbewohner, die wir erdenschwer sind, und die Mondbewohner wären dann irgendwie dazwischen. Auf der Sonne leben Wesen, die ganz Form sind oder Akt, wenn man lieber so will, auf der Erde solche aus bloßen Potenzen, die sich entwickeln, und auf dem Mond sind sie *in medio fluctuantes*, also mit anderen Worten ziemlich lunatisch ...

Könnten wir in der Luft des Mondes leben? Vielleicht nein, vielleicht würde sie uns schwindlig machen; andererseits können aber auch die Fische nicht in unserer Luft leben und die Vögel nicht in jener der Fische. Die Mondluft muß reiner als unsere sein, und da unsere Luft aufgrund ihrer Dichte als natürliche Linse wirkt, die die Strahlen der Sonne filtert, müssen die Mondbewohner die Sonne in einer ganz anderen Klarheit sehen. Die Morgen- und Abenddämmerung, die uns Helligkeit geben, wenn die Sonne noch nicht oder nicht mehr da ist, sind ein Geschenk unserer Luft, die, weil sie reich an Unreinheiten ist, das Licht der Sonne einfängt und weiterleitet; es ist ein Licht, das wir eigentlich nicht haben dürften und das uns als Dreingabe geschenkt wird. Aber durch jene Strahlen werden wir langsam auf das Erscheinen und das Verschwinden der Sonne vorbereitet. Vielleicht wechseln auf dem Mond, wo die Luft viel dünner ist, die Tage und Nächte viel unvermittelter. Die Sonne erhebt sich mit einem Schlag am Horizont, wie wenn ein Vorhang aufgeht. Und abends fällt man mit einem Schlag aus dem gleißendsten Licht in schwärzeste Finsternis. Auch dürfte es dann auf dem Mond keinen Regenbogen geben, der ja ein Effekt des in der Luft zerstiebenden Wasserdampfs ist. Aber vielleicht haben sie dort ja auch aus denselben Gründen weder Regen noch Donner, noch Blitze.

Und wie sind die Bewohner der sonnennächsten Planeten? Hitzig und wild wie die Mohren, aber viel spiritueller als wir. In welcher Größe sehen sie die Sonne? Wie ertragen sie ihre Helligkeit? Vielleicht schmelzen dort die Metalle in freier Natur und fließen als Ströme.

Aber gibt es wirklich unendlich viele Welten? Eine solche Frage hatte in Paris einmal zu einem Duell geführt. Der Kanonikus von Digne sagte, er wisse es nicht. Beziehungsweise das Studium der Physik dränge ihn, es zu bejahen im Gefolge des großen Epikur. Das Universum könne nur unendlich sein. Atome, die sich im Leeren tummeln. Daß es Körper gebe, bezeugten uns die Sinne. Daß es die Leere gebe, bezeuge uns die Vernunft. Wie und wo sonst sollten sich die Atome bewegen? Ohne Leere keine Bewegung, es sei denn, die Körper durchdrängen sich gegenseitig. Es wäre doch lächerlich anzunehmen, daß, wenn eine Fliege mit ihrem Flügelschlag eine Luftpartikel verschöbe, diese ihrerseits eine andere vor sich herschöbe und diese wiederum eine andere, so daß am Ende das Zucken eines Flohbeinchens, von Atom zu Atom weitergegeben, auf der anderen Seite der Welt eine Beule verursachte!

Wenn andererseits die Leere unendlich und die Zahl der Atome endlich wäre, könnten diese sich unaufhörlich in alle Richtungen bewegen, ohne sich jemals anzustoßen (so wie zwei Menschen sich niemals begegnen würden, außer durch unwahrscheinlichsten Zufall, wenn sie in einer endlosen Wüste umherwanderten), und würden sich nie zusammenfügen. Und wenn umgekehrt die Leere endlich und die Zahl der Körper unendlich wäre, könnte die Leere die Körper nicht fassen.

Freilich würde es genügen, an eine endliche Leere mit einer endlichen Zahl von Atomen zu denken. Das wäre die klügste Annahme, hatte der Kanonikus gesagt. Warum sollte Gott gezwungen sein, wie ein Theaterdirektor immerzu neue Schauspiele zu produzieren? Er manifestiere seine Freiheit in Ewigkeit durch die Schöpfung und Aufrechterhaltung einer einzigen Welt. Es gebe keine Argumente gegen die Vielzahl der Welten, aber es gebe auch keine dafür. Gott, der da war, bevor es die Welt gab, habe eine ausreichend große Zahl von Atomen in einem ausreichend großen Raum geschaffen, um daraus sein Meisterwerk entstehen zu lassen. Zu seiner unendlichen Vollkommenheit gehöre auch das Genie der Begrenzung.

Um zu sehen, ob und wie viele Welten es in einem toten Ding gab, ging Roberto in das kleine Museum der *Daphne* und verteilte alle Dinge, die er dort fand, wie lauter Schienbein- oder Kieferknochen vor sich auf dem Deck: Fossilien, Tongefäße, Fischgräten. Er ließ den Blick von einem zum anderen gleiten und sinnierte weiter aufs Geratewohl über den Zufall und die Zufälligkeiten.

Wer sagt mir denn, sagte er sich, daß Gott zur Begrenzung neigt, wenn die Erfahrung mir immerfort neue Welten enthüllt, sowohl oben wie unten? Es könnte doch sein, daß nicht Gott, sondern die Welt ewig und ohne Ende ist und es immer schon war und immer sein wird, in einer unaufhörlichen und immer neuen Zusammenstellung ihrer unzähligen Atome in einer unendlichen Leere, nach Gesetzen, die ich noch nicht kenne, durch unvorhersehbare, aber geregelte Zickzackbewegungen der Atome, die andernfalls wie verrückt herumrasen würden. Und wenn es so wäre, dann wäre die Welt identisch mit Gott. Gott wäre aus der Ewigkeit entstanden als Universum ohne Grenzen, und ich wäre seinem Gesetz unterworfen, ohne zu wissen, welches es ist.

Dummkopf, sagen einige: Du kannst von der Unendlichkeit Gottes reden, weil du nicht gehalten bist, sie mit deinem Verstand zu erfassen, sondern nur, an sie zu glauben, so wie man an ein Mysterium glaubt. Aber wenn du von Naturphilosophie reden willst, mußt du diese unendliche Welt auch begreifen, und das kannst du nicht.

Mag sein. Aber stellen wir uns einmal vor, die Welt wäre voll und endlich. Versuchen wir nun, das Nichts zu denken, das dann nach dem Ende der Welt kommen müßte. Können wir es uns als einen Wind vorstellen? Nein, denn es müßte ja wirklich *nichts* sein, nicht einmal Wind. Kann man sich in Begriffen der Naturphilosophie – nicht des Glaubens – ein unendliches Nichts vorstellen? Viel leichter kann man sich eine unabsehbar große Welt in der Weise vorstellen, wie die Dichter sich Menschen mit Hörnern oder Fische mit zwei Schwänzen vorstellen, nämlich durch Kombination schon bekannter Teile: Man braucht der Welt nur immer dort, wo man glaubt, daß sie zu Ende sei, weitere Teile anzufügen (weitere Weiten, die immer noch aus Wasser und Land, Gestirnen und Himmeln bestehen), Teile gleich denen, die wir schon kennen. Ohne Begrenzung.

Und wenn die Welt endlich wäre, aber das Nichts, insofern eben nichts, es nicht sein könnte, was bliebe dann jenseits der Grenzen der Welt? Die Leere. Sieh an, und so würden wir, um das Unendliche zu negieren, die Leere bejahen, die nicht umhinkann, unendlich zu sein, andernfalls müßten wir uns an ihrem Ende ja eine neue, undenkbare Weite von nichts denken. Dann schon lieber gleich und freiwillig an die Leere denken und sie mit Atomen füllen, es sei denn, man denkt sie sich als eine absolut leere Leere.

Roberto sah sich mit einem großen Privileg beschenkt, das seinem Unglück einen Sinn verlieh. Da hatte er nun den evidenten Beweis für die Existenz anderer Himmel, und gleichzeitig konnte er, ohne ins Jenseits der Himmelssphären aufsteigen zu müssen, viele Welten in einer Koralle erraten. War es nötig zu berechnen, in wie vielen Gestalten die Atome des Universums sich zusammensetzen könnten – und jene auf den Scheiterhaufen zu schicken, die behaupteten, daß ihre Zahl unendlich sei –, wenn es genügte, jahrelang über einem dieser Meeresobjekte zu meditieren, um zu begreifen, daß die Abweichung eines einzigen Atoms, sei sie nun von Gott gewollt oder vom Zufall herbeigeführt, ungeahnte Milchstraßen ins Leben zu rufen vermochte?

Die Erlösung durch Christus? Ein falsches Argument, ja genaugenommen – protestierte Roberto, der keinen Ärger mit dem nächsten Jesuiten haben wollte, dem er begegnen würde – ein Argument von Leuten, die unfähig sind, Gottes Allmacht zu denken. Wer wollte ausschließen, daß im Schöpfungsplan die Erbsünde in allen Welten gleichzeitig geschehen ist, auf unterschiedliche und unerwartete, aber stets überzeugende Weise, und daß Christus am Kreuz für alle gestorben ist, für die Bewohner des Mondes wie für die des Sirius wie auch für die der Korallenwelt, die auf den Molekülen dieses durchlöcherten Steins lebten, als er noch lebendig war?

In Wirklichkeit war Roberto nicht überzeugt von seinen Argumenten; er kochte sich eine Suppe aus zu vielen Ingredienzen zusammen, beziehungsweise er packte alle möglichen Dinge, die er irgendwo gehört hatte, in einen einzigen Gedankengang, und er war nicht so naiv, das nicht selber zu merken. Deshalb erteilte er nun, nachdem er einen möglichen Gegner besiegt hatte, diesem wieder das Wort und identifizierte sich mit seinen Einsprüchen.

Einmal war ihm Pater Caspar in einer Diskussion über die Leere mit einem Syllogismus gekommen, auf den er nichts zu entgegnen gewußt hatte: Die Leere ist Nichtsein, aber Nichtsein ist ja eben nicht, also ist auch die Leere nicht. Das Argument war gut, insofern es die Leere verneinte und gleichwohl einräumte, daß man sie denken konnte. Tatsächlich lassen sich nichtexistierende Dinge ja sehr gut denken. Kann eine Chimäre, die im Leeren brummt, Nebenabsichten fressen? Nein, denn die Chimäre existiert nicht, im Leeren hört man keinerlei Brummen, Nebenabsichten sind geistige Dinge, und eine gedachte Birne kann man nicht fressen. Und doch kann ich an eine Chimäre denken, auch wenn sie chimärisch ist, also nicht existiert. Und genauso ist es bei der Leere.

Roberto erinnerte sich an die Antwort eines Neunzehnjährigen, der in Paris eines Tages zu einer Versammlung seiner philosophischen Freunde eingeladen worden war, weil es hieß, er beschäftige sich mit der Konstruktion einer Rechenmaschine. Roberto hatte nicht ganz verstanden, wie die Maschine funktionieren sollte, und hatte den Jungen (vielleicht aus Neid) zu blaß, zu ernst und zu klug für sein Alter gefunden, während seine freidenkerischen Freunde ihn lehrten, daß man auch auf fröhliche Weise klug sein kann. Um so weniger hatte Roberto ertragen, daß der junge Mann, als es um die Frage der Leere ging, mit einer gewissen Unverschämtheit erklärte: »Man hat bisher bloß immer über die Leere geredet. Es kommt darauf an, sie durch Experimente zu beweisen.« Und es klang, als sei es an ihm, dies eines Tages zu tun.

Roberto hatte ihn gefragt, an was für Experimente er dabei

denke, und der Junge hatte gesagt, das wisse er noch nicht. Um ihn zu demütigen, hatte Roberto ihm sämtliche philosophischen Einwände vorgehalten, die er kannte: Wenn es die Leere gäbe, wäre sie nicht Materie, denn Materie ist voll, und sie wäre nicht Geist, denn ein leerer Geist ist nicht denkbar, und sie wäre nicht Gott, denn sie hätte nicht einmal sich selbst, sie wäre weder Substanz noch Akzidens, sie wäre lichtdurchlässig, ohne glasig zu sein ... Also was wäre sie dann?

Der Junge hatte mit bescheidener Dreistigkeit geantwortet, ohne die Augen zu heben: »Vielleicht wäre sie etwas auf halbem Wege zwischen der Materie und dem Nichts, ohne an diesem noch an jener zu partizipieren. Sie würde sich vom Nichts durch ihre Dimension unterscheiden und von der Materie durch ihre Reglosigkeit. Sie wäre gewissermaßen ein Nichtsein. Nicht Supposition, nicht Abstraktion. Sie wäre. Sie wäre – wie soll ich sagen? – ein Faktum. Einfach so.«

»Was ist ein Faktum einfach so, ohne irgendeine Bestimmung?« hatte Roberto mit scholastischer Aufgeblasenheit gefragt; im übrigen hatte er zu dem Thema keine Vorurteile und wollte nur ebenfalls Klugheiten von sich geben.

»Ich kann nicht definieren, was einfach so ist«, hatte der junge Mann geantwortet. »Andererseits, mein Herr, wie würdet Ihr das Sein definieren? Um es zu definieren, müßte man sagen, daß es etwas ist. Um also das Sein zu definieren, muß man bereits *ist* sagen, also in der Definition einen Begriff benutzen, der erst definiert werden muß. Ich glaube, es gibt Begriffe, die sich unmöglich definieren lassen, und vielleicht ist die Leere einer davon. Aber vielleicht irre ich mich.«

»Ihr irrt Euch nicht. Die Leere ist wie die Zeit«, hatte einer von Robertos freidenkerischen Freunden eingeworfen. »Die Zeit ist nicht die Maßzahl der Bewegung, denn die Bewegung hängt von der Zeit ab und nicht umgekehrt; die Zeit ist unendlich, ungeschaffen, kontinuierlich, sie ist kein Akzidens des Raumes ... Die Zeit *ist* einfach, basta. Der Raum *ist* einfach, basta. Und die Leere *ist* einfach, basta.«

Einer der Anwesenden hatte protestiert und gesagt, wenn

etwas einfach *ist* und basta, ohne ein definierbares Wesen zu haben, dann sei es so gut wie nicht vorhanden. »Meine Herren«, hatte daraufhin der Kanonikus von Digne gesagt, »es ist wahr, der Raum und die Zeit sind weder Körper noch Geist, sie sind immateriell, wenn Ihr so wollt, aber das heißt doch nicht, daß sie nicht wirklich wären. Sie sind nicht Akzidens, und sie sind nicht Substanz, und doch waren sie vor der Schöpfung da, vor jeder Substanz und vor jedem Akzidens, und sie werden auch nach der Zerstörung jeder Substanz noch weiterexistieren. Sie sind unzerstörbar und unveränderbar, was immer Ihr auch in sie hineinfüllt.«

»Aber«, hatte Roberto eingewandt, »der Raum ist doch immerhin ausgedehnt, und Ausdehnung ist eine Eigenschaft der Körper ...«

»Nein«, hatte der freidenkerische Freund erwidert, »daß alle Körper ausgedehnt sind, bedeutet nicht, daß alles Ausgedehnte Körper ist – wie es jener Herr gern hätte, der sich übrigens nicht herablassen würde, mir zu antworten, denn wie es scheint, will er nicht mehr aus Holland zurückkehren. Ausdehnung ist die Anlage alles dessen, was ist. Der Raum ist absolute Ausdehnung, ewige, unendliche, ungeschaffene, unfaßbare, unbeschreibbare. So wie die Zeit ohne Dämmerung ist, unaufhaltsam, unvertreibbar, ein Vogel Phönix, eine Schlange, die sich in den Schwanz beißt ...«

»Mein Herr«, hatte der Kanonikus gesagt, »setzen wir aber den Raum nicht an die Stelle Gottes ...«

»Mein Herr«, hatte der Freidenker erwidert, »Ihr könnt uns nicht Ideen suggerieren, die wir alle für wahr halten, und uns dann verbieten wollen, daraus die letzten Konsequenzen zu ziehen. Ich habe den Verdacht, daß wir an diesem Punkt keinen Bedarf mehr für Gott noch für seine Unendlichkeit haben, denn wir haben schon genug Unendliches allenthalben, das uns zu einem Schatten reduziert, der nur einen Augenblick währt und nie wiederkehrt. Darum schlage ich vor, daß wir nun alle Furcht ablegen und allesamt in die Taverne gehen.«

Der Kanonikus hatte sich kopfschüttelnd verabschiedet. Und auch der junge Mann, der von diesen Reden sehr erschüttert zu sein schien, hatte sich gesenkten Blickes entschuldigt und gebeten, nach Hause gehen zu dürfen.

»Der arme Junge«, hatte der Freidenker gesagt, »er konstruiert Maschinen zur Berechnung des Endlichen, und wir haben ihn mit dem ewigen Schweigen zu vieler Unendlichkeiten erschreckt. *Voilà*, das Ende einer schönen Begabung.«

»Er wird den Schlag nicht verwinden«, hatte ein anderer aus der Gruppe der Pyrrhonisten gesagt, »er wird versuchen, mit der Welt ins reine zu kommen, und wird schließlich bei den Jesuiten landen.«

Roberto dachte jetzt an jenes Gespräch vom vorigen Jahr. Die Leere und der Raum waren wie die Zeit, oder die Zeit war wie die Leere und der Raum; war es dann also nicht denkbar, daß es so, wie es Sternenräume gibt, in denen unsere Erde wie eine Ameise erscheint, und winzige Räume wie die Welt der Korallen (Ameisen unseres Universums) – die jedoch alle ineinander verschränkt sind –, daß es dann auch Universen mit verschiedenen Zeitmaßen gibt? Ist nicht gesagt worden, daß auf Jupiter ein Tag so lang dauert wie ein Jahr? Also muß es Universen geben, die im Zeitraum eines Augenblicks leben und sterben, und andere, die länger leben, als alle unsere Berechnungskapazitäten reichen, länger als die chinesischen Dynastien und die Zeit der Sintflut. Universen, in denen alle Bewegungen und die Reaktion auf die Bewegungen nicht die Zeit von Stunden und Minuten einnehmen, sondern von Jahrtausenden, und andere, in denen die Planeten während der Dauer eines Lidschlags entstehen und vergehen.

Gab es nicht unweit der Stelle, wo er sich befand, einen Ort, an dem die Zeit gestern war?

Vielleicht war er schon in eines dieser Universen eingetreten, wo von dem Moment, da ein Wasser-Atom begonnen hatte, die Schale einer toten Koralle zu korrodieren, bis zu dem Moment, als diese dann leicht zu bröckeln begann, schon so viele Jahre vergangen waren wie von der Erschaffung Adams bis zur Erlösung. Und lebte er nicht bereits seine Liebe in dieser Zeit, in der sowohl Lilia wie auch die Flammenfarbene Taube zu etwas geworden waren, für dessen Eroberung ihm inzwischen die Langeweile von Jahrhunderten zur Verfügung stand? War er nicht schon dabei, sich auf ein Leben in einer unendlichen Zukunft einzurichten?

Zu solch weitreichenden Reflexionen sah sich ein junger Edelmann gedrängt, der vor kurzem die Korallen entdeckt hatte ... Und wer weiß, wohin er noch gelangt wäre, wenn er den Geist eines wirklichen Philosophen gehabt hätte. Aber Roberto war kein Philosoph, sondern ein unglücklich Liebender, der soeben zurückkam von einer alles in allem noch nicht von Erfolg gekrönten Reise zu einer Insel, die ihm in die eisigen Nebel des vorigen Tages entglitt.

Doch er war ein Liebender, der, obwohl in Paris erzogen, als Kind auf dem Lande gelebt und das Landleben nicht vergessen hatte. So kam er zum Schluß, daß die Zeit, an die er dachte, sich in tausenderlei Weise dehnen und strecken ließ wie ein mit Ei angerührter Nudelteig, den er die Frauen auf La Griva hatte auswalzen sehen. Ich weiß nicht, warum ihm gerade dieser Vergleich eingefallen war – vielleicht hatte das lange Nachdenken seinen Appetit angeregt, oder er sehnte sich plötzlich, auch er erschreckt vom ewigen Schweigen all jener Unendlichkeiten, nach der mütterlichen Küche zurück. Jedenfalls fiel es ihm nicht schwer, wenn er daran zurückdachte, sich auch noch anderer Köstlichkeiten zu erinnern.

Also, da gab es Pasteten, gefüllt mit Vögelchen, Häschen und Fasanen, gleichsam wie um zu sagen, daß es viele Welten nebeneinander oder ineinander geben kann. Aber Robertos Mutter machte auch jene Torten, die sie *alla tedesca* nannte, mit mehreren Obstschichten, die durch Zwischenschichten aus Butter, Zucker und Zimt getrennt waren. Und nach demselben Muster hatte sie auch eine gesalzene Torte erfunden, in der sie zwischen verschiedene Teigböden abwechselnd hartgekochte und in Scheiben geschnittene Eier, Schinken oder Gemüse packte. Und das brachte Roberto auf den Gedanken, das Universum könnte eine Kuchenform sein, in der verschiedene Geschichten gleichzeitig gebacken werden, jede mit ihrer eigenen Zeit und womöglich alle mit denselben Personen. Und so, wie in der Torte die unten liegenden Eier nicht wissen können, was ihren Artgenossen oder dem Schinken weiter oben zustößt, so kann ein Roberto in der einen Schicht des Universums nicht wissen, was ein anderer in einer anderen tut.

Schon wahr, das ist keine schöne Art zu argumentieren, noch dazu mit dem Bauch. Aber es liegt auf der Hand, daß Roberto den Punkt, auf den er hinauswollte, schon im Kopf hatte: In jenem selben Augenblick würden viele verschiedene Robertos viele verschiedene Dinge tun können, vielleicht auch unter verschiedenen Namen.

Vielleicht auch unter dem Namen Ferrantes? Und war dann womöglich das, was er erfand und für die Geschichte seines feindlichen Bruders hielt, in Wahrheit die dunkle Wahrnehmung einer Welt, in der ihm selbst, Roberto, anderes widerfuhr als das, was er in dieser Zeit und dieser Welt erlebte?

Gib's zu, sagte er sich, gewiß hättest du gerne selbst erlebt, was Ferrante erlebt hatte, als die *Tweede Daphne* in See gestochen war. Aber dies, wie man weiß, weil es Gedanken gibt, an die man überhaupt nicht denkt, wie Saint-Savin gesagt hatte, Gedanken, die das Herz beeindrucken, ohne daß das Herz sich ihrer bewußt wird (sowenig wie der Kopf). Und es ist unvermeidlich, daß einige dieser Gedanken – die manchmal nichts anderes sind als obskure oder gar nicht so obskure Gelüste – in die Welt eines Romans eindringen, den du aus Lust am Inszenieren der Gedanken anderer zu erfinden glaubst … Aber ich bin immer noch ich, und Ferrante ist Ferrante, und das werde ich mir jetzt beweisen, indem ich ihn Abenteuer erleben lasse, in denen ich nun wirklich nicht der Held sein könnte – und wenn sich diese Abenteuer in einem Universum abspielen, dann in dem der Phantasie, das zu keinem parallel ist.

Und so vergnügte Roberto sich jene ganze Nacht lang damit, ohne weiter an die Korallen zu denken, ein Abenteuer zu ersinnen, das ihn dann jedoch einmal mehr zur quälendsten aller Wonnen, zum köstlichsten aller Leiden bringen sollte.

35

Trost der Seefahrenden

Ferrante erzählte Lilia, die inzwischen jede Lüge geglaubt hätte, solange sie nur von jenen geliebten Lippen kam, eine fast wahre Geschichte; der Unterschied war nur, daß er sich darin die Rolle Robertos und diesem die seine gab. Dann überredete er sie, ihren ganzen mitgebrachten Schmuck dafür zu verwenden, den Usurpator wiederzufinden und ihm ein Dokument von größter Wichtigkeit für die Geschicke Frankreichs abzujagen, das dieser ihm entwendet habe und mit dessen Wiederbeschaffung er sich die Gunst des Kardinals wiedererwerben könne.

Nach ihrer Flucht von den Küsten Frankreichs machte die *Tweede Daphne* den ersten Halt in Amsterdam. Dort gelang es Ferrante als Doppelspion, der er war, jemanden zu finden, der ihm etwas über ein Schiff namens *Amarilli* verraten konnte. Was immer er erfuhr, ein paar Tage später war er in London, um jemanden zu suchen. Und der Mann, dem er sich anvertraute, konnte nur ein Treuloser seines Schlages sein, der bereit war, die Auftraggeber seines Verrats zu verraten.

So sehen wir nun Ferrante, der sich von Lilia einen kostbaren Diamanten hat geben lassen, bei Nacht in eine finstere Spelunke treten, wo ihn ein Mensch unbestimmten Geschlechts empfängt, der vielleicht ein Eunuch bei den Türken gewesen war, ein bartloses Gesicht mit einem so kleinen Mund, daß man meint, sein Träger lächelte nur durch Bewegung der Nase.

Der Raum, in dem er sich verborgen hielt, war voll rußiger Rauchschwaden, die von einem Haufen schwelend brennender Knochen aufstiegen. In einer Ecke hing kopfunter ein nackter Leichnam, aus dessen Mund eine grünliche Soße in eine Messingschale troff.

Der Eunuch erkannte in dem Besucher sofort einen Bruder im Geiste. Er hörte die Frage, sah den Diamanten und verriet seine Auftraggeber. Dann führte er ihn in einen anderen Raum, der eine Apotheke zu sein schien, voller Tonkrüge, Gläser, Zinn- und Kupfergefäße. Sie enthielten lauter Substanzen, die benutzt werden konnten, um anders zu erscheinen, als man war, ob häßliche alte Vetteln schön und jung aussehen wollten oder ob Halunken ihr Äußeres zu verändern trachteten: Schminken, Weichmacher, Asphodillwurzeln, Dragonrinden und andere Essenzen zum Glätten der Haut, hergestellt aus dem Mark von Rehböcken und aus Geißblattwasser. Da gab es Pasten zum Färben der Haare, hergestellt aus grüner Steineiche, Roggen, Andorn, Salpeter, Alaun und Schafgarbe, oder solche zum Verändern der Hautfarbe, gewonnen aus Extrakten von Kühen, Bären, Stuten, Kamelen, Nattern, Kaninchen, Walen, Rohrdommeln, Damhirschen, Wildkatzen oder Fischottern. Ferner Öle für das Gesicht, aus Storaxbalsam, Zitrone, Pinienkernen, Ulmen, Lupinen, Wikken und Kichererbsen, sowie ein Regal voller Blasen zum Vortäuschen von Jungfräulichkeit bei den Sünderinnen. Für Interessenten, die jemanden mit Liebeszauber umgarnen wollten, gab es Vipernzungen, Wachtelköpfe, Eselshirne, Mohrenbohnen, Dachsfüße, Adlerhorststeine, Herzen aus Talg, gespickt mit zerbrochenen Nadeln, und andere Objekte aus Schlamm und Blei, widerlich anzusehen.

In der Mitte des Raums stand ein Tisch und darauf eine Schale, bedeckt mit einem blutigen Tuch, auf das der Eunuch mit Verschwörermiene deutete. Ferrante verstand nicht, und da erklärte ihm der Eunuch, daß er bei ihm genau an den Richtigen geraten sei. Tatsächlich war nämlich jener Eunuch kein anderer als derjenige, der dem Hund von Doktor Byrd die schreckliche Wunde beigebracht hatte und der nun jeden Tag zur vereinbarten Stunde, indem er das mit dem Blut des

Tiers getränkte Tuch ins Vitriolwasser tunkte oder es ans Feuer hielt, die von Byrd auf der *Amarilli* erwarteten Signale aussandte.

Der Eunuch erzählte alles über Byrds Reise, ihr Ziel und in welchen Häfen er anlegen würde. Ferrante, der wirklich wenig oder nichts vom Geschäft mit den Längengraden wußte, konnte sich nicht vorstellen, daß Mazarin seinen Bruder nur deswegen auf jenes Schiff geschickt hatte, damit er etwas herausfand, was ihm jetzt sonnenklar zu sein schien, und so kam er zu dem Schluß, daß Roberto in Wahrheit die Lage der Salomon-Inseln feststellen sollte.

Er hielt die *Tweede Daphne* für schneller als die *Amarilli*, vertraute auf sein Glück und dachte, er werde Byrds Schiff unschwer einholen und, wenn es bei den Inseln angelegt hatte, die Mannschaft ebenso unschwer an Land überraschen und liquidieren können (Roberto inbegriffen), um dann nach Belieben über die Inseln zu verfügen, deren einziger Entdekker er dann wäre.

Der Eunuch war es, der ihm nahelegte, wie er die *Amarilli* am besten verfolgen könnte, ohne vom Kurs abzukommen: Er brauche bloß einen anderen Hund zu verwunden und eine Probe von dessen Blut dazulassen, mit welcher dann er, der Eunuch, jeden Tag das gleiche machen würde wie für die *Amarilli*, so daß Ferrante die gleichen täglichen Signale empfangen würde wie Doktor Byrd.

Er werde sofort aufbrechen, sagte Ferrante, und als der Eunuch zu bedenken gab, er müsse doch erst noch einen Hund finden, rief er aus: »Ich habe einen ganz anderen Hund an Bord!« Er führte den Eunuchen aufs Schiff und erkundigte sich, ob es unter der Mannschaft einen Barbier gab, der sich mit Aderlaß und ähnlichen Operationen auskannte. »Ich, Kapitän«, brüstete sich einer, der aus hundert Schlingen und tausend Stricken entkommen war, »wenn wir auf großer Fahrt waren, habe ich meinen Gefährten mehr Arme und Beine amputiert, als ich vorher bei den Feinden welche verletzt hatte!«

Sie stiegen in den Kielraum hinunter, wo Biscarat an zwei

schräg überkreuzten Pfählen angekettet war, und Ferrante versetzte ihm eigenhändig mit einer Klinge einen tiefen Schnitt in die Seite. Während Biscarat aufheulte, fing der Eunuch das herausströmende Blut mit einem Tuch auf und verwahrte dieses anschließend in einer Tasche. Alsdann erklärte er dem Barbier, was er tun müsse, um die Wunde während der ganzen Reise offenzuhalten, ohne daß der Verwundete an ihr starb, aber auch ohne daß er von ihr genas.

Nach dieser erneuten Untat gab Ferrante Befehl, die Segel zu setzen, um zu den Salomon-Inseln aufzubrechen.

Nach Beendigung dieses Romankapitels empfand Roberto einen gewissen Widerwillen; er fühlte sich müde und erschöpft von der Anstrengung so vieler böser Taten.

Den weiteren Fortgang wollte er sich nicht mehr vorstellen und schrieb statt dessen lieber ein Gebet an die Natur, sie möge – gleich einer Mutter, die ihr Kind zum Einschlafen nötigen will und ein Tuch über die Wiege spannt, um sie mit einer kleinen Nacht zu bedecken – die große Nacht über den Planeten breiten. Er betete, daß die Nacht, indem sie alles seiner Sicht entzog, seine Augen einladen möge, sich zu schließen; daß mit der Dunkelheit auch die Stille komme; daß so, wie beim Aufgang der Sonne Löwen, Bären und Wölfe (denen das Licht wie allen Räubern und Mördern verhaßt ist) sich eilends in ihre Höhlen verkriechen, wo sie Obdach und Freiheit genießen, nun umgekehrt mit dem Abgang der Sonne hinter den Horizont auch der ganze Lärm und Tumult der Gedanken sich lege. Und daß endlich, wenn das Licht erst einmal erloschen war, auch jene Geister in ihm ermatteten, die sich im Licht erregt hatten, so daß Ruhe und Stille einkehre.

Als er die Lampe ausblies, wurden seine Hände nur noch von einem eindringenden Mondstrahl beleuchtet. Von seinem Magen erhob sich ein Nebel, stieg auf zum Gehirn, senkte sich von dort auf die Lider und schloß sie, so daß der Geist nicht mehr hinausschauen konnte, um irgend etwas zu erblicken, was ihn ablenken könnte. Und bald schliefen von

Roberto nicht nur die Augen und Ohren, sondern auch die Hände und Füße – nur nicht das Herz, das niemals ruht.

Schläft im Schlaf auch die Seele? Leider nein, sie wacht, sie zieht sich nur hinter einen Vorhang zurück und macht Theater; dann treten die närrischen Gespenster auf die Bühne und spielen eine Komödie, aber so, wie es eine Truppe von betrunkenen oder verrückten Schauspielern tun würde, so entstellt erscheinen die Figuren, fremdartig die Kostüme und ungehörig die Haltungen, so ausgefallen die Situationen und maßlos die Reden.

Wie wenn man einen Tausendfüßler in mehrere Teile zerschneidet, so daß die freigesetzten Teile loslaufen, und keiner von ihnen weiß wohin, denn außer dem ersten, der den Kopf behält, kann keiner von ihnen was sehen; und jeder läuft wie ein unversehrter Käfer auf den fünf oder sechs Füßen, die ihm geblieben sind, und trägt sein Stück Seele mit sich davon. Genauso sieht man in Träumen aus dem Stiel einer Blume den Hals eines Kranichs ragen, der im Kopf eines Pavians endet, aber mit vier Schneckenhörnern, die Feuer sprühen, oder man sieht aus dem Kinn eines Greises anstelle des Bartes einen Pfauenschwanz wachsen; bei einem andern scheinen die Arme zusammengeflochtene Reben zu sein und die Augen kleine Lichter in einer Muschelschale, oder die Nase eine Schalmei ...

Roberto, der schlief, träumte jedoch die Reise Ferrantes, die weiterging, nur eben jetzt als Traum.

Als aufschlußreicher Traum, würde ich sagen. Es scheint fast, als hätte Roberto nach seinen Meditationen über die unendlichen Welten keine Lust mehr gehabt, eine Geschichte weiterzuspinnen, die im Land der Romane spielte, sondern als wollte er nun eine wahre Geschichte in einem wirklichen Land spielen lassen, in dem auch er lebte, nur daß – sowie die Insel in der nächsten Vergangenheit lag – seine Geschichte in einer nicht fernen Zukunft spielen konnte, in der sein Verlangen nach weniger kurzen Zeiträumen als jenen, in die ihn sein Schiffbruch zwang, gestillt werden könnte.

Wenn er die Geschichte damit begonnen hatte, einen ma-
nierierten Ferrante in Szene zu setzen, einen Bösewicht von
der Ruchlosigkeit eines Jago, ersonnen aus Groll über eine in
Wahrheit nie erlittene Beleidigung, so trat er nun, als er es
nicht mehr ertrug, den Anderen an Lilias Seite zu sehen, an
dessen Stelle und gab rückhaltlos zu – indem er es wagte, seine
obskuren Gedanken zur Kenntnis zu nehmen –, daß Ferrante
kein anderer war als er.

Überzeugt, daß die Welt durch unendlich viele Parallaxen
erlebt werden konnte, wenn man zuvor als ein indiskretes
Auge erwählt worden war, das Ferrantes Taten im Land der
Romane verfolgte oder in einer Vergangenheit, die auch die
seine war (aber ihn berührt hatte, ohne daß er sich dessen bewußt geworden war, indem sie seine Gegenwart bestimmte),
wurde Roberto jetzt das Auge Ferrantes. Er wollte mit seinem Widersacher an den Geschehnissen teilhaben, die das
Schicksal ihm hätte vorbehalten müssen.

Das Schiff glitt also durch die Wellengefilde, und die Piraten
waren folgsam. Während sie über die Reise der beiden Liebenden wachten, beschränkten sie sich auf die Suche nach
Seeungeheuern, und bevor sie die amerikanische Küste erreichten, sahen sie einen Triton. Soweit er aus dem Wasser
ragte, hatte er Menschengestalt, nur waren die Arme zu kurz
für den Körper. Die Hände waren groß, das Haar grau und
dicht, und er trug einen langen Bart, der ihm bis zum Bauch-
nabel reichte. Er hatte große Augen und eine rauhe Haut. Als
sie sich ihm näherten, schien er gefügig und kam dem Netz
entgegen. Doch sobald er spürte, daß sie ihn zum Boot ziehen
wollten, und noch bevor er soweit aus dem Wasser gekommen war, daß man sehen konnte, ob er einen Fischschwanz
hatte, zerriß er das Netz mit einem einzigen Ruck und verschwand. Später sahen sie ihn auf einer Klippe sitzend ein
Sonnenbad nehmen, aber den Unterleib zeigte er immer noch
nicht. Er beäugte das Schiff und bewegte die Hände, als ob er
applaudierte.

Als sie in den Stillen Ozean kamen, gelangten sie zu einer Insel, auf der die Löwen schwarz waren, die Hühner hatten ein Wollkleid, die Bäume blühten nur nachts, die Fische waren geflügelt, die Vögel hatten Schuppen, die Steine schwammen oben und das Holz sank auf den Grund, die Schmetterlinge glänzten bei Nacht und das Wasser machte trunken wie Wein.

Auf einer zweiten Insel sahen sie einen Palast, der aus morschem Holz gebaut war und bemalt mit scheußlich anzusehenden Farben. Sie gingen hinein und fanden sich in einem mit Rabenfedern tapezierten Saal. An jeder Wand öffneten sich Nischen, in denen anstelle von steinernen Büsten kleine Männchen zu sehen waren, die hagere Gesichter hatten und durch ein Versehen der Natur ohne Beine geboren waren.

Auf einem schmutzstarrenden Thron saß der König, er hob eine Hand, und es begann ein Konzert von Hämmern, schrill in Steinplatten fahrenden Bohrern und kreischend über Porzellanteller kratzenden Messern, bei dessen Klang sechs Männer erschienen, die nur aus Haut und Knochen bestanden und schauerlich schielten.

Ihnen gegenüber erschienen sechs Frauen, die so dick waren, daß es dicker nicht ging. Nach einer Verbeugung vor ihren Gefährten begannen sie einen Tanz, der Verkrüppelungen und Entstellungen zutage treten ließ. Dann brachen sechs grobe Kerle herein, die alle aus demselben Bauch geboren schienen, mit Nasen und Mündern so groß und Rücken so bucklig, daß sie eher wie Lügen der Natur als wie deren Geschöpfe anmuteten.

Nach dem Tanz wollten unsere Reisenden einige Fragen an den König stellen, und da sie noch keine Worte gehört hatten und annahmen, daß auf jener Insel eine andere Sprache als die ihre gesprochen wurde, versuchten sie es mit Gesten, die eine universale Sprache sind, in der man auch mit den Wilden sprechen kann. Aber der Mann antwortete in einer Sprache, die eher an die verlorengegangene Sprache der Vögel erinnerte, denn sie bestand aus Trillern und Pfiffen, doch sie verstanden ihn, als hätte er in ihrer Sprache gesprochen. So begriffen sie, daß in jenem Palast, während sonst überall die Schönheit geschätzt wurde, nur die Ausgefallenheit zählte. Und daß sie just ebendies erwarten mußten, wenn sie Weltgegenden bereisten, in denen unten war, was andernorts oben ist.

Auf der Weiterfahrt kamen sie zu einer dritten Insel, die schien verlassen, und Ferrante wagte sich, allein mit Lilia, ins Innere. Während sie dahinschritten, hörten sie plötzlich eine Stimme, die ihnen zurief, sie sollten rasch fliehen, dies sei die Insel der Unsichtbaren Menschen. In ebendiesem Augenblick seien sie von vielen umgeben, die einander mit Fingern jene beiden Besucher zeigten, die sich so schamlos ihren Blicken darboten. Für jenes Volk nämlich werde, wer sich betrachten ließ, zur Beute der Blicke anderer, und dann verliere man seine eigene Natur und verwandele sich in das Gegenteil seiner selbst.

Auf einer vierten Insel fanden sie einen Mann mit tief in den Höhlen liegenden Augen, einer dünnen Stimme und einem Gesicht, das eine einzige Runzel war, aber von frischer Farbe. Der Bart und die Haare waren fein wie Watte und die Glieder so steif und zusammengeschrumpft, daß er, wenn er sich umsehen wollte, den ganzen Körper umdrehen mußte. Und er sagte, er sei dreihundertvierzig Jahre alt, und in dieser Zeit habe er dreimal seine Jugend erneuert, indem er vom Wasser der Quelle Borica getrunken habe, die sich just auf jener Insel befinde und das Leben verlängere, allerdings nicht über das dreihundertvierzigste Jahr hinaus, weshalb er bald sterben werde. Und der Alte riet den Besuchern, nicht nach jener Quelle zu suchen: Dreimal zu leben, um erst das Doppelte und dann das Dreifache seiner selbst zu werden, bereite große Kümmernisse, und am Ende wisse man nicht mehr, wer man sei. Mehr noch: die gleichen Leiden dreimal zu erleben sei eine Strafe, aber eine große Strafe sei es auch, die gleichen Freuden abermals zu erleben. Die Freude am Leben komme aus dem Gefühl, daß sowohl Lust wie Trauer jeweils nur kurz andauern, und wehe uns, wenn wir wüßten, daß uns eine ewige Glückseligkeit beschieden wäre.

Aber die Welt der Antipoden war schön wegen ihrer Vielfalt, und nach weiteren tausend Meilen trafen sie auf eine fünfte Insel, die war voller Teiche; und jeder Inselbewohner verbrachte sein Leben damit, kniend sich selbst im Wasser zu betrachten, denn dort meinte man, wer nicht gesehen wird, sei wie gar nicht vorhanden, und wer den Blick abwenden und sich nicht länger betrachten würde, der würde sterben.

Noch weiter im Westen gelangten sie zu einer sechsten Insel, auf der alle unentwegt miteinander redeten, wobei jeder dem anderen erzählte, was seines Erachtens der andere sein und tun solle, und umgekehrt. Diese Insulaner konnten nämlich nur leben, wenn sie erzählt wurden; und wenn ein Übeltäter von den anderen unangenehme Geschichten erzählte und sie damit zwang, diese zu leben, dann erzählten die anderen einfach nichts mehr von ihm, und so mußte er sterben.

Doch ihr Problem war, für jeden eine andere Geschichte zu erfinden; denn wenn alle die gleiche Geschichte gehabt hätten, wären sie nicht mehr zu unterscheiden gewesen, denn jeder von uns ist der, den seine Geschichten geschaffen haben. Deshalb hatten sie ein großes Rad konstruiert, das sie Cynosura Lycensis nannten und aufrecht auf den Dorfplatz gestellt hatten. Es bestand aus sechs konzentrischen Kreisen, die sich jeder für sich drehen ließen. Der erste war in vierundzwanzig Felder geteilt, der zweite in sechsunddreißig, der dritte in achtundvierzig, der vierte in sechzig, der fünfte in zweiundsiebzig und der sechste in vierundachtzig. In den Feldern standen geschrieben, verteilt nach Kriterien, die Lilia und Ferrante in der kurzen Zeit nicht verstanden, Tätigkeiten wie *Gehen, Kommen* oder auch *Sterben*, Leidenschaften wie *Hassen, Lieben* oder auch *Frieren*, dazu Modalitäten wie *gut* und *schlecht, traurig* oder *fröhlich* und schließlich Orts- und Zeitangaben wie *zu Hause* oder *nach einem Monat*.

Wenn man diese Räder nun drehte, erhielt man Geschichten wie »Gestern ging er nach Hause und traf seinen Feind, der Schmerzen litt, und brachte ihm Hilfe«, oder »Er sah ein Tier mit sieben Köpfen und tötete es«. Die Insulaner behaupteten, daß man mit dieser Maschine siebenhundertzweiundzwanzig Millionen Millionen verschiedene Geschichten schreiben oder denken könne, und das sei genug, um dem Leben eines jeden von ihnen in allen kommenden Jahrhunderten einen Sinn zu geben. Das gefiel Roberto gut, denn mit einem solchen Rad hätte er sich weiter Geschichten ausdenken können, selbst wenn er zehntausend Jahre auf der *Daphne* bleiben würde.

Es gab noch viele andere bizarre Länder, die Roberto gerne entdeckt hätte. Aber an einem bestimmten Punkt seiner Träumerei wollte er für die beiden Liebenden einen weniger bevölkerten Ort haben, damit sie ihre Liebe genießen konnten.

So ließ er sie zu einem siebten, überaus lieblichen Strand gelangen, den ein Wäldchen zierte, das sich direkt am Ufer des Meeres erhob. Sie durchquerten es und fanden sich in einem königlichen Park, in dem an einer von zwei Baumreihen gesäumten Allee, die zwischen mit Rabatten geschmückten Wiesen dahinlief, vielerlei Springbrunnen plätscherten.

Doch als suchten sie einen intimeren Ort und er neue Qualen, ließ Roberto die beiden zu einem blütenbekränzten Bogen gelangen, hinter welchem sie in ein kleines Tal eindrangen, wo Schilfstengel in einer sanften Brise raschelten, die eine Mischung von Wohlgerüchen durch die linde Luft strömen ließ, und aus einem kleinen See kam ein Bächlein klaren Wassers, glitzernd wie eine Perlenschnur.

Er wollte – und mir scheint, daß seine Inszenierung perfekt alle Regeln befolgte –, daß der Schatten einer mächtigen Eiche die Liebenden zur Minne ermuntere, und er fügte fröhliche Platanen, bescheidene Erdbeerbäume, stechende Wacholder, zarte Tamarisken und biegsame Linden hinzu, die eine Wiese umstanden, die bunt illustriert wie ein orientalischer Wandteppich war. Und womit konnte die Natur sie illustriert haben, als Malerin der Welt, die sie war? Mit Veilchen und Narzissen.

Er ließ zu, daß die beiden sich verloren, während ein weicher Klatschmohn das benommene Haupt aus schwerem Schlafe erhob, um sich an jenen taufeuchten Seufzern zu laben. Dann aber zog er es vor, daß der Mohn, von soviel Schönheit gedemütigt, vor Scham und Schmach purpurrot wurde. Wie übrigens er selber, Roberto, und wir müssen sagen, daß es ihm recht geschah.

Um nicht mehr den zu sehen, an dessen Stelle er selber so gern gesehen worden wäre, schwang sich Roberto in seiner morpheischen Allwissenheit dazu auf, die ganze Insel zu überschauen, auf der jetzt die Springbrunnen das Liebeswunder kommentierten, als dessen Brautführer sie sich verstanden.

Es gab Brunnen in Form von schlanken Säulen, Amphoren, Phiolen, aus denen ein einziger Wasserstrahl kam – oder viele aus vielen kleinen Düsen –, andere hatten auf der Spitze etwas wie eine Arche, aus deren Fenstern wechselnde Fontänen schossen, die im Fallen eine doppelt weinende Trauerweide bildeten. Einer, der unten gleichsam nur ein dicker zylindrischer Stamm war, zeugte oben viele schlanke kleine Zylinder, die in verschiedene Richtungen wiesen, als wären's die Geschütze einer Festung oder eines Schlachtschiffs – deren Artillerie freilich aus Wasser bestand.

Es gab gefiederte Brunnen oder solche mit Haarschopf und Bart, in so vielen Formen wie in den Krippen der Stern der Drei Weisen, dessen Schweif sie mit ihrem Springstrahlen imitierten. Auf einem stand die Figur eines Knaben, der mit der rechten Hand einen Sonnenschirm hielt, aus dessen Rippen lauter feine Wasserstrahlen kamen; aber mit der linken Hand hielt er seinen Pillermann und mischte in einem Weihwasserbecken seinen Urin mit dem Wasser aus der Schirmkuppel.

Bei einem anderen Brunnen lag auf der Spitze ein ringelschwänziger Fisch, der aussah, als hätte er gerade den Jonas verschluckt, und er spritzte Wasser sowohl aus dem Maul wie aus zwei Löchern über den Augen. Und rittlings auf ihm saß eine Putte mit einem Dreizack in der Hand. Ein Brunnen in Form einer Blume trug einen Ball auf seiner Fontäne; wieder ein anderer war ein Baum mit vielen Blüten, deren jede eine Kugel auf ihrem Wasserstrahl tanzen ließ, so daß es aussah, als bewegten sich ebenso viele Planeten umeinander in der Kugel des Wassers. Es gab auch Brunnen, die als ein einziger Blütenkelch geformt waren, bei dem selbst die Blütenblätter aus Wasser bestanden, das aus einem Schlitz am Rand einer Scheibe kam, die oben auf der Säule postiert war.

Zur Ersetzung der Luft durch Wasser gab es Brunnen in Form von Orgelpfeifen, die nicht Töne, sondern verflüssigte Atem- und Windstöße von sich gaben, und zur Ersetzung des Wassers durch Feuer gab es Brunnen in Form von Kandelabern, bei denen Flämmchen, die aus der Mitte der tragenden Säule aufflammten, Lichter auf die allseits herausschießenden Fontänen warfen.

Ein anderer sah aus wie ein Pfau mit einer kleinen Krone und einem weit aufgespreizten Rad, dem der Himmel die Farben lieferte. Zu schweigen von einigen, die Perückenständer zu sein schienen und sich mit rauschenden Haartrachten schmückten. Auf einem öffnete sich eine Sonnenblume in einem Strahlenkranz. Und ein anderer hatte sogar das Antlitz der Sonne, fein skulpiert mit ringsherum angeordneten schnabelförmigen Tüllen, so daß es aussah, als ob das Gestirn nicht Strahlen aussandte, sondern Abendfrische.

Auf einem drehte sich ein Zylinder, der Wasser aus mehreren spiralförmig angeordneten Kannelüren spritzte. Es gab Springbrunnen mit Löwen- oder Tigerschnauzen, mit Greifenlefzen, mit Schlangenzungen, ja sogar solche in Form eines heulenden Weibes, dem die Tränen sowohl aus den Augen wie aus den Brüsten quollen. Und im übrigen war es ein einziges Speien von Faunen oder geflügelten Wesen, ein Spucken von Schwänen, ein Spritzen von Elefantenrüsseln, Auskippen von Alabasteramphoren und Sichergießen von Füllhörnern.

Lauter Visionen, die für Roberto – genau betrachtet – einen Sturz vom Regen in die Traufe darstellten.

Unterdessen brauchten die Liebenden in jenem Tal, nun befriedigt, nur die Hand auszustrecken, um von einer traubenschweren Weinrebe das Geschenk ihrer Schätze entgegenzunehmen, und ein Feigenbaum ließ Honigtränen fließen, als wollte er weinen vor Rührung über das ausspionierte Connubium, und auf einem Mandelbaum, der ganz mit Blüten umsteckt war, seufzte derweil die Flammenfarbene Taube …

Bis Roberto endlich schweißüberströmt erwachte.

Sieh an, sagte er sich, da bin ich der Versuchung erlegen, durch einen ausgedachten Ferrante zu leben, und nun muß ich feststellen, daß Ferrante durch mich gelebt hat und daß er, während ich Phantasien erfand, real erlebt hat, was zu erleben ich ihm erlaubte!

Um seine Wut abzukühlen und um Visionen zu haben, die – wenigstens diese – Ferrante verwehrt waren, schwamm er am nächsten Morgen erneut, das Seil am Gürtel und die Gläserne Maske auf dem Gesicht, seiner Welt der Korallen entgegen.

36

ARS MORIENDI

Am Rand des Korallenriffs angelangt, schwamm Roberto mit dem Gesicht unter Wasser zwischen jenen ewigen Lauben dahin, doch es gelang ihm nicht, jene lebenden Steine frohgemut zu bewundern, denn eine Medusa hatte ihn in leblosen Fels verwandelt. In seinem Traum hatte er auch die Blicke gesehen, die Lilia dem Usurpator geschenkt hatte, und wenn diese Blicke ihn im Traum noch hitzig entflammt hatten, ließen sie ihn jetzt in der Erinnerung zu Eis erstarren.

Er wollte sich seine Lilia zurückerobern, er tauchte den Kopf beim Schwimmen so tief wie möglich ins Wasser, als ob er durch diesen Liebesakt mit dem Meer die Palme gewinnen könnte, die er im Traum Ferrante zuerkannt hatte. Es kostete seinen an Denk- und Sinnfiguren geschulten Geist keine Mühe, sich Lilia in jedem welligen Schnörkel jenes versunkenen Parks vorzustellen, ihre Lippen in jeder Blüte zu sehen, in die er sich hätte verlieren wollen wie eine naschsüchtige Biene. In gläsernen Ziergärten fand er den Seidenkrepp wieder, der ihr Gesicht in den ersten Nächten verhüllt hatte, und er streckte die Hand aus, um jenen Schleier zu heben.

In diesem Rausch der Vernunft bedauerte er nur, daß seine Augen nicht so weit reichten, wie sein Herz wollte, und trunken suchte er zwischen den Korallen nach dem Armband der Geliebten, nach ihrem Haarnetz, ihrem zierlichen Ohrgehänge, nach den prächtigen Ketten, die ihren Schwanenhals schmückten.

Ganz vertieft in die Suche, ließ er sich an einem bestimmten Punkt von einem Geschmeide anziehen, das er in einer Spalte zu sehen meinte. Er nahm sich die Maske ab, krümmte den Rücken, schlug kraftvoll die Beine zusammen und stieß sich hinab. Der Stoß war zu heftig gewesen, Roberto wollte sich am Rand eines Vorsprungs festhalten, und es war nur eine Sekunde, bevor er die Finger um einen grindigen Stein legte, daß ihm schien, als hätte er da ein dickes und schläfriges Auge aufgehen sehen. Im selben Moment fiel ihm ein, daß Doktor Byrd von einem Steinfisch gesprochen hatte, der sich in den Korallengrotten einniste, um jedes lebende Wesen mit dem Gift seiner Schuppen zu überraschen.

Zu spät, die Hand hatte sich schon auf das Wesen gelegt, und ein stechender Schmerz schoß ihm durch den Arm bis hinauf in die Schulter. Mit einem raschen Hüftschlag konnte er gerade noch verhindern, mit dem Gesicht und der Brust auf dem Monster zu landen, doch um seinen Schwung abzubremsen, hatte er die Maske gegen es schlagen müssen. Dabei war die Maske zerbrochen, und jedenfalls mußte er sie loslassen. Es gelang ihm, sich mit den Füßen von einem tiefer liegenden Felsen abzustoßen, so daß er wieder nach oben glitt, und dabei konnte er gerade noch ein paar Sekunden lang die Gläserne Maske in die Tiefe hinabsinken sehen.

Seine linke Hand und der ganze Unterarm waren geschwollen, die Schulter war gefühllos geworden; er fürchtete, ohnmächtig zu werden, doch er fand das Seil und zog sich mühsam mit einer Hand Stück für Stück bis zum Schiff. Er hievte sich die Leiter hinauf, ohne zu wissen, wie, es war beinahe wie in der Nacht seiner Ankunft auf der *Daphne*, und erschöpft wie in jener Nacht sank er aufs Deck.

Aber nun stand die Sonne schon hoch. Zähneklappernd entsann er sich, daß Doktor Byrd ihm erzählt hatte, die meisten seien nach einer Begegnung mit dem Steinfisch gestorben, nur wenige hätten überlebt und niemand kenne ein Mittel gegen das Gift. Trotz seiner getrübten Augen versuchte er, die Wunde zu untersuchen: Es war nur ein Kratzer, aber er mußte genügt haben, die tödliche Substanz in seine Adern eindringen zu lassen. Ihm schwanden die Sinne.

Als er wieder zu sich kam, war das Fieber gestiegen, und ihn plagte heftiger Durst. Er machte sich klar, daß er auf dem offenen Vorderdeck, schutzlos den Elementen preisgegeben und fern von Speise und Trank, nicht bleiben konnte. Er schleppte sich bis zum Unterdeck und erreichte die Grenze zwischen der Vorratskammer und dem Vogelgehege. Gierig trank er aus einem der Wasserfäßchen, doch er spürte, wie sich sein Magen zusammenzog. Erneut schwanden ihm die Sinne, und er fiel mit dem Gesicht voran ins eigene Erbrochene.

Während einer Nacht voll wüster Träume gab er die Schuld an seinen Leiden Ferrante, den er nun mit dem Steinfisch gleichsetzte. Warum wollte Ferrante ihn am Zugang zur Insel und zur Taube hindern? War das der Grund, weshalb er sich an seine Verfolgung gemacht hatte?

Roberto sah sich selbst am Boden liegen und ein anderes Selbst betrachten, einen zweiten Roberto, der vor ihm saß, neben einem Ofen, bekleidet mit einem Schlafrock und beschäftigt mit der Frage, ob die Hände, mit denen er sich betastete, und der Körper, den er fühlte, die seinen waren. Er, der da lag und sein anderes Selbst vor sich sitzen sah, fühlte sich, als wäre er mit den Kleidern eine Beute der Flammen geworden, dabei war er nackt und der andere bekleidet – und er wußte nicht mehr, wer von den beiden im Wachen lebte und wer im Schlaf, und er dachte, daß sicherlich alle beide Hervorbringungen seines fiebernden Geistes waren. Er selbst aber nicht, denn er *dachte* ja, also *war* er.

Nach einer Weile erhob sich der andere (aber welcher?), doch anscheinend war der Böse Geist im Begriff, ihm die ganze Welt in einen Traum zu verwandeln, denn jetzt war dieser andere nicht mehr er selbst, sondern Pater Caspar. »Ihr seid wieder da!« rief Roberto mit schwacher Stimme und streckte ihm die Hände entgegen. Doch der andere gab keine Antwort und rührte sich nicht, sondern sah ihn nur unverwandt an. Es war zweifellos Pater Caspar, doch er wirkte, als hätte das Meer ihn – bevor es ihn wieder hergab – gewaschen und verjüngt. Der Bart gepflegt, das Gesicht rund und rosig wie das von Pater Emanuele, das Habit ohne Risse und Flekken. Sodann, immer noch ohne sich zu bewegen, deklamierend wie ein Schauspieler und in einer makellos artikulierten Sprache, sagte er mit düsterem Lächeln: »Es ist zwecklos, daß du dich wehrst. Die ganze Welt hat nur noch ein einziges Ziel, und das ist die Hölle.«

Und mit lauter Stimme sprach er weiter, als predigte er von einer Kanzel herab: »Jawohl, die Hölle, von der ihr wenig wißt, du und alle, die ihr dorthin unterwegs seid, leichten Fußes und verblendeten Sinnes! Ihr glaubtet, in der Hölle würden euch Schwerter, Spieße, Räder, Rasiermesser erwarten? Ströme von Schwefel, von flüssigem Blei oder eisigem Wasser, Kessel voll kochenden Öls, Bratroste, Sägen, Prügel, Pfrieme zum Augenausstechen, Zangen zum Zähneziehen, Kämme zum Flankenzerfleischen, Ketten zum Knochenzermalmen, reißende Bestien, stechende Dornen, würgende Schlingen, Kreuze, Folterbänke, Fleischerhaken und Henkerbeile? Nein! Das alles sind gewiß grausame Marterwerkzeuge, aber solche, die sich der menschliche Geist noch auszudenken vermag, haben wir uns doch auch die bronzenen Stiere, die eisernen Stühle und das Durchbohren der Fingernägel mit spitzen Rohren ausgedacht … Ihr hofftet, die Hölle sei ein Korallenriff voller Steinfische. Nein, die Strafen der Hölle sind anderer Art, denn sie kommen nicht aus unserem begrenzten Geist, sondern aus dem unendlichen Geist eines zürnenden und rächenden Gottes, der sich genötigt sieht, seinen Zorn zu zeigen und offenbar zu machen, daß, so groß sein Erbarmen war, so gewaltig auch seine strafende Gerechtigkeit sein wird! Die Strafen werden so schrecklich sein, daß wir an ihnen den Unterschied zwischen unserer Ohnmacht und Seiner Allmacht erkennen!

In dieser Welt«, fuhr der Bußprediger fort, »seid ihr gewohnt zu sehen, daß sich für jedes Übel ein Heilmittel findet, daß es keine Wunde gibt ohne ihren Balsam und kein Gift ohne Gegengift. Aber glaubt nicht, daß es auch in der Hölle so sei. Zwar sind die Verbrennungen dort wahrhaft fürchterlich, aber es gibt keine Linderung, die sie erträglich macht; der Durst ist brennend, aber es gibt kein Wasser, ihn zu löschen; der Hunger ist nagend, aber es gibt keine Speise, ihn zu stillen; die Scham ist unerträglich, aber es gibt kein Tuch, die Blöße zu bedecken. Gäbe es dort doch wenigstens einen Tod, der all diesen Qualen ein Ende setzte, einen Tod, einen Tod! Aber dies ist das Allerschlimmste, daß ihr dort nicht einmal auf *diese* Gnade hoffen könnt, sei sie auch ebenso schmerzlich wie die der Vernichtung! Ihr werdet den Tod in allen Formen suchen, ihr werdet ihn suchen und nie das Glück haben, ihn zu finden. Tod, Tod, wo bist du, werdet ihr immerfort rufen, welcher Dämon wird so gnädig sein, ihn uns zu geben? Und so werdet ihr begreifen, daß man dort niemals aufhört zu leiden!«

An dieser Stelle machte der Alte eine Pause, hob die Hände zum Himmel und raunte etwas, als verriete er ein schreckliches Geheimnis, das niemals das Schiff verlassen durfte. »Niemals aufhören zu leiden? Soll das heißen, daß wir leiden werden, bis ein Zeisig, der jedes Jahr nur ein Tröpfchen tränke, alle Meere ausgetrunken hätte? Noch länger. *In saecula.* Werden wir leiden, bis eine Blattlaus, die jedes Jahr nur einen Biß machte, alle Wälder vertilgt hätte? Noch länger. *In saecula.* Werden wir leiden, bis eine Ameise, die jedes Jahr nur einen Schritt täte, die ganze Erde umrundet hätte? Noch länger. *In saecula.* Und wenn dieses ganze Universum eine einzige große Sandwüste wäre, und jedes Jahrhundert würde nur ein Körnchen weggenommen, würden wir zu leiden aufhören, wenn das Universum ausgeschöpft wäre? Nicht einmal dann. *In saecula.* Stellen wir uns einen Verdammten vor, der nach Millionen Jahrhunderten nur zwei Tränen vergösse, müßte er dann noch weiterleiden, wenn seine Tränen eine noch größere Sintflut gebildet hätten als jene, in der einst das ganze Menschengeschlecht versank? Ah, machen wir Schluß damit, seien wir keine Kinder! Soll ich's euch sagen? *In sae-*

cula, in saecula werden die Verdammten zu leiden haben, *in saecula*, was soviel heißt wie ohne Zahl, ohne Ende und ohne Maß.«

Pater Caspars Gesicht sah jetzt aus wie das des Karmeliters auf La Griva. Er hob den Blick zum Himmel, als suchte er dort eine letzte Hoffnung auf Erbarmen. »Aber Gott«, rief er im Ton eines bedauernswerten Büßers, »leidet Gott nicht beim Anblick unserer Leiden? Wird es nicht geschehen, daß Er eine Regung empfindet, wird es nicht geschehen, daß Er sich am Ende zeigt, auf daß wir wenigstens durch Seinen Kummer getröstet werden? Ah, ihr Einfältigen! Gott *wird* sich zeigen, aber ihr könnt euch nicht vorstellen, wie! Wenn wir die Augen heben, werden wir sehen, daß Er für uns – muß ich's sagen? – ein Nero geworden sein wird, nicht durch Ungerechtigkeit, sondern durch Strenge, denn er wird uns nicht nur nicht trösten oder helfen oder auch nur bedauern, sondern er wird mit unfaßlichem Vergnügen über uns lachen! Denkt nur, in welche Raserei wir darüber ausbrechen werden! Wir brennen, werden wir sagen, und Gott lacht? Wir brennen, und Gott lacht? O grausamster Gott! Warum zermalmst du uns nicht mit deinen Blitzen, statt uns mit deinem Gelächter noch zu verhöhnen? Verdopple unsere Flammen, du Gnadenloser, aber ergötze dich nicht daran! Ah, dein Lachen ist für uns bitterer als unser Weinen! Deine Freude ist für uns schmerzlicher als unser Leiden! Warum hat unsere Hölle keine Abgründe, in die wir uns flüchten können vor dem Antlitz dieses lachenden Gottes? Zu bitterlich täuschte uns, wer uns sagte, daß unsere Bestrafung darin bestehen werde, das Antlitz eines ungnädigen Gottes zu sehen. Eines lachenden Gottes, hätte es heißen müssen, eines lachenden Gottes! Ah, um dieses Lachen nicht sehen und nicht hören zu müssen, wünschten wir, daß uns die Berge auf den Kopf fielen oder der Boden unter den Füßen wegglitte. Aber nein, wir werden leider sehen müssen, was uns schmerzt, und werden blind und taub sein für alles außer für das, wofür wir gern taub und blind wären!«

Roberto roch das ranzige Hühnerfutter in den Ritzen zwischen den Planken und hörte von draußen das Kreischen der Seevögel, das er für das Gelächter Gottes hielt.

»Aber warum die Hölle für mich?« fragte er. »Und warum für alle? War's nicht, um sie nur wenigen vorzubehalten, daß uns Christus erlöst hat?«

Pater Caspar lachte wie der Gott der Verdammten: »Wann hat er euch denn erlöst? Und auf welchem Planeten, in welchem Universum glaubst du denn jetzt zu leben?«

Er nahm Robertos Hand, riß ihn von seinem Lager hoch und zerrte ihn durch die Gänge der *Daphne*, während der Kranke einen nagenden Schmerz in den Eingeweiden verspürte und meinte, den Kopf voll tickender Uhren zu haben. Die Uhren, dachte er, die Zeit, der Tod ...

Pater Caspar zog ihn in einen Raum, den er noch nie gesehen hatte, eine Kammer mit weißgetünchten Wänden und einem Gestell, auf dem ein geschlossener Kasten stand, der an einer Seite ein rundes Bullauge hatte. Vor diesem Bullauge war eine waagrecht verschiebbare Leiste angebracht, in der sich lauter gleich große Bullaugen mit scheinbar undurchsichtigen Gläsern befanden. Wenn man die Leiste verschob, konnte man ihre Augen mit dem des Kastens zur Deckung bringen. Roberto entsann sich, einmal in der Provence ein kleineres Exemplar dieses Apparates gesehen zu haben, der, wie es hieß, das Licht durch den Schatten zu beleben vermochte.

Pater Caspar öffnete eine Seite des Kastens, und man sah eine große Lampe auf einem Dreifuß, die an der Seite gegenüber dem Schnabel anstelle des Henkels einen runden Spiegel mit besonderer Wölbung hatte. Als der Docht brannte, warf der Spiegel die Lichtstrahlen in eine Röhre, in eine Art kurzes Fernrohr, dessen äußere Linse das Bullauge an der Außenwand war. Von dort drangen die Strahlen (sobald Pater Caspar den Kasten wieder geschlossen hatte) durch die Glasaugen der verschiebbaren Leiste, wobei sie sich kegelförmig ausbreiteten und auf der Wand gegenüber farbige Bilder erscheinen ließen, so klar und deutlich, daß Roberto meinte, sie seien lebendig.

Das erste Bild zeigte einen Menschen mit dämonischen Zügen, der an eine Klippe im Meer gekettet war und von den Wellen gepeitscht wurde. Roberto starrte auf die Erscheinung und konnte den Blick nicht von ihr lösen, er verschmolz sie mit denen, die nach ihr kamen (als Pater Caspar langsam die Leiste verschob), und vermischte sie – Traum im Traum – alle miteinander, ohne noch zu unterscheiden, was ihm gesagt wurde und was er sah.

Der Klippe näherte sich ein Schiff, in dem er die *Tweede Daphne* erkannte. Sie legte an, und heraus stieg Ferrante, um den Verdammten loszubinden. Alles war klar: Ferrante war auf seiner Reise dem Judas begegnet, der – wie die Legende versichert – an eine Klippe im Meer gekettet ist, um für seinen Verrat zu büßen.

»Danke«, sagte Judas zu Ferrante – doch was Roberto vernahm, kam sicherlich von Pater Caspars Lippen. »Seit ich hierher verbracht worden bin, heute zur neunten Stunde, hoffte ich, meine Sünde noch wiedergutmachen zu können. Ich danke dir, Bruder ...«

»Bist du denn erst seit einem Tag hier oder noch kürzer?« fragte Ferrante. »Deine Sünde ist doch im dreiunddreißigsten Lebensjahr unseres HErrn begangen worden, also vor nunmehr eintausendsechshundertzehn Jahren ...«

»Ach, du einfältiger Mensch«, erwiderte Judas, »gewiß ist es eintausendsechshundertzehn *eurer* Jahre her, daß ich an diese Klippe gekettet ward, aber es ist noch nicht und wird niemals einen *meiner* Tage her sein. Du weißt es nicht, aber als es dich in dieses Meer verschlug, das diese meine Insel umgibt, bist du in ein anderes Universum gelangt, das neben und in dem euren verläuft, und hier umkreist die Sonne die Erde wie eine Schildkröte, die bei jedem Schritt langsamer wird. So hatte in dieser meiner Welt ein Tag zuerst zwei der euren gedauert, dann drei und dann immer mehr, bis jetzt, da ich nach tausendsechshundertzehn eurer Jahre immer noch in derselben neunten Stunde bin, und bald wird die Zeit noch langsamer vergehen und dann noch langsamer, und ich werde ewig in derselben neunten Stunde des dreiunddreißigsten Jahres seit der Nacht von Bethlehem leben ...«

»Und warum?« fragte Ferrante.

»Weil Gott wollte, daß meine Strafe darin bestehe, immerzu am Karfreitag zu leben, unentwegt die Passion jenes Mannes zu begehen, den ich verraten habe. Am ersten Tag meiner Strafe, als für die anderen Menschen der Abend kam und dann die Nacht und dann die Morgendämmerung des Karsamstags, war für mich nur ein Atom eines Atoms einer Minute seit der neunten Stunde jenes Karfreitags vergangen. Und da sich der Lauf der Sonne sogleich noch weiter verlangsamte, war bei euch Christus auferstanden, und ich war noch immer nur einen Augenblick von jener Stunde entfernt. Und jetzt, da für euch Jahrhunderte und Aberjahrhunderte vergangen sind, bin ich immer noch nur einen winzigen Krümel Zeit weitergekommen ...«

»Aber auch deine Sonne bewegt sich doch immerhin, und der Tag wird kommen, sei's auch erst in zehntausend Jahren oder mehr, da auch du in deinen Samstag gelangen wirst.«

»Ja, und dann wird es noch schlimmer sein. Dann werde ich aus meinem Fegefeuer in meine Hölle gelangen. Denn der Schmerz jenes Todes, den ich verursacht habe, wird nicht aufhören, aber ich werde die Möglichkeit nicht mehr haben, die mir jetzt noch geblieben ist, nämlich das Geschehene ungeschehen zu machen.«

»Wie das?«

»Du weißt nicht, daß unweit von hier der Antipoden-Meridian verläuft. Hinter jener Linie, sowohl in deinem Universum wie in meinem, ist der vorige Tag. Wenn ich, nachdem ich nun befreit bin, jene Linie überschreiten könnte, würde ich mich wieder an meinem Gründonnerstag befinden; und dieses Skapulier, das du auf meinen Schultern siehst, ist das Band, mit dem meine Sonne an mich gefesselt ist, um mir stets wie mein Schatten zu folgen und dafür zu sorgen, daß überall, wohin ich gehe, die Zeit so lang wie die meine dauert. Ich könnte also nach Jerusalem eilen, indem ich durch einen sehr langen Gründonnerstag zurückreisen würde, und dort eintreffen, bevor ich meine Untat begangen hatte. Und so könnte ich meinen HErrn vor seinem Schicksal bewahren.«

»Aber«, entgegnete Ferrante, »wenn du die Passion Christi verhindern würdest, hätte es niemals eine Erlösung gegeben, und die Welt wäre immer noch in der Erbsünde.«

»O weh!« rief Judas klagend aus. »Immer denke ich nur an mich! Aber was soll ich denn machen? Wenn ich es dabei belasse, getan zu haben, was ich getan habe, bleibe ich ewig verdammt. Wenn ich meine Tat wiedergutmache, störe ich Gottes Heilsplan und werde dafür mit ewiger Verdammnis bestraft. Stand es von Anfang an geschrieben, daß ich dazu verdammt war, verdammt zu sein?«

Die Prozession der Bilder erlosch mit der Klage des Judas, als das Öl in der Lampe verbraucht war. Jetzt sprach wieder Pater Caspar, doch mit einer Stimme, die Roberto nicht mehr als die seine erkannte. Das spärliche Licht kam jetzt aus einem Spalt in der Wand und beleuchtete nur einen Teil seines Gesichts, wobei es die Linie des Nasenrückens verzerrte und die Farbe des Bartes im ungewissen beließ – auf der einen Seite war er schneeweiß, auf der anderen dunkel. Die Augen waren zwei schwarze Höhlen, denn auch das auf der beleuchteten Seite schien im Schatten zu liegen. Dann aber erkannte Roberto, daß es mit einer schwarzen Klappe bedeckt war.

»Und an diesem Punkt«, sprach der, der jetzt ohne Zweifel der Abbé de Morfi war, »in diesem Moment ersann dein Bruder das Meisterwerk seines Genies. Wenn *er* die Reise machen würde, die Judas sich vorgenommen hatte, würde er die Passion des HErrn verhindern können, und die Welt würde unerlöst bleiben. Keine Erlösung aber hieße: alle in der Erbsünde befangen, alle der Hölle geweiht, dein Bruder ein Sünder wie alle anderen und somit gerechtfertigt.«

»Aber wie hätte er das tun können, wie könnte er, wie hat er's gekonnt?« fragte Roberto.

»Oh«, lächelte der Abbé mit schauriger Freude, »das war nicht schwer. Es genügte, auch noch den Höchsten zu täuschen, der nicht jede Verkleidung der Wahrheit voraussehen kann. Es genügte, den Judas zu töten, was ich sogleich auf jener Klippe tat, sein Skapulier überzustreifen, mein Schiff vorauszuschicken an die gegenüberliegende Seite jener Insel, hier in falscher Gestalt aufzutauchen, um zu verhindern, daß du richtig schwimmen lerntest, damit du mir nicht dort zuvorkommen konntest, und dich zu zwingen, mit mir die Wasserglocke zu bauen, damit ich die Insel erreichen konnte.« Während er sprach, hatte er sich, um das Skapulier zu zeigen, langsam den Rock ausgezogen, unter dem er ein Piratengewand trug, danach riß er sich ebenso langsam den Bart ab, nahm sich die Perücke vom Kopf, und Roberto war, als blickte er in einen Spiegel.

»Ferrante!« rief er.

»Ich höchstpersönlich, Bruderherz. Während du hier wie ein Hund oder Frosch umhergeschwommen bist, habe ich auf der anderen Seite der Insel mein Schiff wieder bestiegen, bin an meinem langen Gründonnerstag nach Jerusalem gefahren, habe dort den anderen Judas gefunden, als er sich gerade anschickte, seinen Verrat zu begehen, und habe ihn an einem Baum aufgeknüpft, damit er den Menschensohn nicht den Söhnen der Finsternis überantworten konnte. Dann bin ich mit meinen Getreuen in den Garten Gethsemane gegangen und habe unsern HErrn entführt, um ihn vor Golgatha zu bewahren! Und so lebst du, so lebe ich, so leben wir alle nun in einer Welt, die nie erlöst worden ist!«

»Und Christus, wo ist Christus jetzt?«

»Weißt du nicht, daß schon die antiken Texte besagten, es gebe feuerrote Tauben, weil der HErr vor seiner Kreuzigung eine scharlachrote Tunika angelegt habe? Begreifst du immer noch nicht? Seit tausendsechshundertzehn Jahren ist Christus auf jener Insel dort drüben gefangen, von wo er in Gestalt einer Flammenfarbenen Taube zu fliehen versucht, doch er kann nicht fort, denn ich habe das Skapulier des Judas bei der Specula Melitensis gelassen, so daß es dort immer und ewig derselbe Tag ist. Jetzt bleibt mir nur noch, auch dich zu töten, um frei zu leben in einer Welt, in der es keine Reue mehr gibt. Die Hölle ist allen sicher, und eines Tages wird man mich dort unten als den Neuen Luzifer empfangen!« Sprach's, zog einen kurzen Degen und näherte sich Roberto, um das letzte seiner Verbrechen zu begehen.

»Nein«, rief Roberto, »das werde ich nicht zulassen. Ich werde dich töten und Christus befreien. Noch weiß ich mit dem Schwert umzugehen, und dir hat mein Vater nicht seine geheimen Stöße beigebracht!«

»Ich hatte nur einen als Vater und Mutter: deinen kranken Geist«, sagte Ferrante mit einem traurigen Lächeln. »Du hast mich nur hassen gelehrt. Glaubst du, du hättest mir einen großen Dienst erwiesen, als du mich ins Leben riefest, bloß damit ich in deinem Land der Romane den Bösen verkörpere? Solange du lebst und von mir denkst, was ich von mir denken soll, werde ich nicht aufhören, mich zu verabscheuen. Also, ob du nun mich tötest oder ich dich, kommt auf dasselbe hinaus. Gehen wir an Deck.«

»Vergib mir, Bruder«, rief Roberto aufschluchzend. »Ja, gehen wir hinauf, es ist nur gerecht, daß einer von uns beiden sterben muß.«

Was wollte Roberto? Sterben? Ferrante befreien, indem er ihn sterben ließ? Ferrante daran hindern, die Erlösung zu verhindern? Wir werden es nie erfahren, denn er wußte es selber nicht. Aber so sind eben Träume.

Sie gingen an Deck, Roberto suchte das Schwert und fand es (wir erinnern uns) zu einem Stumpf reduziert, doch er rief, Gott werde ihm Kraft geben und ein guter Fechter könne sich auch mit einer zerbrochenen Klinge schlagen.

Die beiden Brüder standen einander zum erstenmal gegenüber, um ihren letzten Kampf zu beginnen.

Der Himmel hatte sich entschlossen, diesem Brudermord

zu sekundieren. Eine rötliche Wolke legte unversehens einen blutroten Schatten zwischen Schiff und Himmel, als habe dort oben jemand die Sonnenrosse geschlachtet. Dann brach ein gewaltiges Donnern und Blitzen los, gefolgt von Wolkenbrüchen, und Himmel und Meer taten sich zusammen, den beiden Duellanten die Sicht zu nehmen, das Gehör zu betäuben und die Hände mit eisigem Wasser zu überfluten.

Doch die beiden umtanzten einander zwischen den Blitzen, die rings um sie zuckten, attackierten einander mit Stößen und Seitenhieben, sprangen plötzlich zurück, klammerten sich an ein Tau, um fast fliegend einem Stich auszuweichen, warfen einander Schmähungen zu, skandierten jeden Ausfall mit Schreien, die sich in das Heulen und Toben des Sturmes mischten.

Auf jenen glitschigen Planken kämpfte Roberto dafür, daß Christus ans Kreuz geschlagen werden konnte, und dazu erbat er die Hilfe Gottes. Ferrante hingegen kämpfte, damit Christus nicht leiden müsse, und dazu rief er alle Teufel an.

Als er gerade den Teufel Astharoth anrief, geschah es, daß er – ein Eindringling, der sich nun auch in die Pläne der Vorsehung einmischte – ungewollt sich dem Möwenstoß darbot. Oder vielleicht hatte er's auch gewollt, um jenem wirren Traum ein Ende zu machen.

Roberto täuschte einen Fall vor, Ferrante stürzte sich auf ihn, um ihn zu erledigen, Roberto stemmte sich mit der linken Hand hoch und stieß das Stummelschwert vor. Er war nicht so blitzschnell wieder auf den Beinen wie Saint-Savin, aber Ferrantes Schwung war so groß, daß er nicht ausweichen konnte, und so rannte er sich die Brust von selbst in den Schwertstumpf. Roberto ertrank beinahe im Blutschwall, der aus dem Mund seines sterbenden Feindes quoll.

Er spürte den Blutgeschmack im Mund, vermutlich hatte er sich im Delirium auf die Zunge gebissen. Jetzt schwamm er in jenem Blut, das sich vom Schiff zur Insel erstreckte; er wollte nicht weiterschwimmen aus Angst vor dem Steinfisch, doch er hatte nur den ersten Teil seiner Mission erfüllt, Christus wartete noch auf der Insel, um Sein Blut vergießen zu können, und Roberto war als einziger Jünger übriggeblieben.

Was machte er nun in seinem Traum? Mit Ferrantes Degen schnitt er ein Segel in lange Streifen und verknüpfte sie miteinander; dann fing er die stärksten Reiher oder Schwäne im Unterdeck ein und band sie an den Füßen zusammen als Zugtiere seines fliegenden Teppichs.

Mit diesem Gefährt erhob er sich in die Luft und flog auf die nun erreichbare Insel. Unter der Specula Melitensis fand er das Skapulier und zerriß es. Kaum hatte er so der Zeit wieder Raum gegeben, sah er die Taube auf sich herniederkommen, und verzückt erblickte er sie nun endlich in ihrer ganzen Glorie. Doch es war nur natürlich – ja übernatürlich –, daß sie ihm jetzt nicht mehr flammenrot, sondern blendendweiß erschien. Auch konnte es nun keine Taube mehr sein, denn der wird ja nicht nachgesagt, daß sie die Zweite Person der Dreieinigkeit repräsentiert, es war jetzt vielleicht ein Frommer Pelikan, wie es sich für den Filius gehört. Darum sah Roberto am Ende nicht ganz genau, welcher Vogel sich ihm als freundliches Vormarssegel für sein geflügeltes Schiff anbot.

Er wußte nur, daß sie himmelwärts flogen, und die Bilder folgten einander, wie die närrischen Hirngespinste es wollten. Sie segelten jetzt zu allen unendlich vielen Welten, zu jedem Planeten und jedem Stern, damit sich auf jedem von ihnen wie im Nu die Erlösung vollziehe.

Der erste Himmelskörper, auf dem sie landeten, war der weiße Mond in einer vom Mittag der Erde erhellten Nacht. Und die Erde stand über dem Horizont wie eine riesige, drohende, grenzenlose Polenta, die am Himmel brutzelte und ihm fast auf den Kopf zu fallen schien, sprühend vor fieberhaft fiebernder Febrilität, fiebrig fiebrierend in siedendem sabberndem Sud, blasentreibend in blubbernder blabbernder blobbernder Brühe, pluppete plappete plop. Denn wenn du Fieber hast, wirst du selber zu einer Polenta, und die Lichter, die du siehst, kommen alle aus dem Gebrutzel in deinem Kopf.

Und dort auf dem Mond mit der Taube …

Wir werden in alledem, was ich bisher berichtet habe, gewiß nicht Kohärenz und Wahrscheinlichkeit gesucht haben, denn es handelte sich um den Fiebertraum eines von einem Steinfisch Vergifteten. Doch was ich jetzt zu berichten habe, übertrifft alle unsere Erwartungen. Denn Robertos Geist oder sein Herz oder jedenfalls seine Einbildungskraft nahm eine blasphemische Verwandlung vor: Auf dem Mond angelangt, sah er sich nicht mehr mit dem HErrn, sondern mit der HErrin, der Signora, der endlich Ferrante entrissenen Lilia! An den Seen des Mondes erhielt Roberto zurück, was ihm sein Bruder zwischen den Teichen der Springbrunneninsel genommen hatte. Er küßte ihr das Gesicht mit den Augen, betrachtete sie mit dem Mund, saugte und biß und biß sie zurück, und die verliebten Zungen scherzten miteinander um die Wette.

Erst jetzt kam Roberto wieder zu sich, während sein Fieber vielleicht etwas nachließ, doch er blieb tief aufgewühlt von dem, was er gesehen hatte, wie es nach einem Traum geschieht, der uns nicht nur im Geiste, sondern auch im Körper verwirrt zurückläßt.

Er wußte nicht, ob er weinen sollte vor Glück über seine wiedergefundene Liebe oder vor Scham und Reue darüber, daß er – verleitet vom Fieber, das die Gesetze der Gattungen nicht kennt – sein Sakrales Heldenepos in ein Laszives Lustspiel hatte umschlagen lassen.

Dieser eine Moment, sagte er sich, wird mir nun wirklich die Hölle eintragen, denn ich bin nicht besser als Judas noch als Ferrante – ja, ich bin kein anderer als Ferrante und habe bisher nichts anderes getan, als mir seine Bosheit zunutze zu machen, um zu träumen, daß ich getan hätte, was zu tun mich nur meine Feigheit immer gehindert hat.

Mag sein, daß ich für meine Sünde nicht zur Rechenschaft

gezogen werde, weil nicht ich es war, der da gesündigt hat, sondern der Steinfisch, der mich auf seine Weise hat träumen lassen. Doch wenn ich in eine solche Verirrung geraten bin, ist das gewiß ein Zeichen dafür, daß ich wirklich im Sterben liege. Und ich mußte erst auf den Steinfisch warten, um mich zu entschließen, an den Tod zu denken, obwohl doch dieser Gedanke die erste Pflicht eines guten Christenmenschen sein sollte.

Warum habe ich nie an den Tod gedacht noch an den Zorn eines lachenden Gottes? Weil ich mich an die Lehren meiner Philosophen gehalten habe, für die der Tod eine natürliche Notwendigkeit war und Gott derjenige, der in die Unordnung der Atome das Gesetz eingeführt hat, das sie zur Harmonie des Kosmos fügt. Und konnte ein solcher Gott, als Herr und Meister der Geometrie, die Unordnung der Hölle hervorbringen, sei's auch nur als Strafgericht, und dann über jene Umwälzung aller Umwälzungen lachen?

Nein, Gott lacht nicht, sagte sich Roberto. Er gehorcht dem Gesetz, das er selbst gewollt hat und dem zufolge die Ordnung unseres Körpers zerfällt, so wie mein Körper sich gewiß schon zersetzt in diesem allgemeinen Zerfall. Und schon sah er Würmer dicht vor seinem Munde kriechen, aber diesmal waren es keine Ausgeburten seines Deliriums, sondern Wesen, die sich durch Spontanzeugung im Schmutz der Hühner gebildet hatten als Sprößlinge ihrer Exkremente.

Da hieß er diese Boten der Verwesung willkommen, denn er begriff nun, daß dieses langsame Aufgehen in der viskosen Materie als das Ende allen Leidens erlebt werden mußte, in Einklang mit dem Willen der Natur und des sie lenkenden Himmels.

Ich habe nur noch über ein kleines zu warten, murmelte er wie in einem Gebet. In wenigen Tagen wird mein Körper, der jetzt noch gut zusammenhält, die Farbe gewechselt haben und bleich wie eine weiße Bohne geworden sein, danach wird er sich von Kopf bis Fuß schwarz färben, und eine dunkle

Wärme wird ihn erfüllen. Dann wird er sich zu blähen beginnen, und auf dieser Blähung wird sich ein übelriechender Schimmel bilden. Nicht lange darauf wird der Bauch da und dort aufplatzen, und aus den Öffnungen wird sich eine eitrige Suppe ergießen, und hier wird man ein wurmzerfressenes halbes Auge, da ein Stück Lippe schwimmen sehen. In diesem Schlamm wird sich dann eine Vielzahl von kleinen Fliegen und anderen Tierchen bilden, die sich in meinem Blute drängeln und mich Stück für Stück auffressen werden. Ein Teil dieser Wesen wird an der Brust herauskommen, ein anderer wird mit was weiß ich für einem Schleim aus der Nase fließen; andere werden, aufgelöst in jener Fäulnis, durch den Mund ein- und ausgehen, und die sattesten werden wieder durch die Kehle hinuntergurgeln ... Und derweil wird die *Daphne* allmählich zum Reich der Vögel werden, und Keime, die von der Insel herübergelangen, werden tierähnliche Pflanzen auf ihr sprießen lassen, deren Wurzeln sich an meinen Säften genährt haben werden, so daß sie sich in der Bilge verankern können. Schließlich, wenn die ganze Fabrik meines Leibes sich auf ein nacktes Skelett reduziert haben wird, werden im Laufe der Monate und der Jahre – oder vielleicht der Jahrtausende – auch diese Planken langsam zu Staubwolken von Atomen zerfallen, auf welchen die dann Lebenden wandeln werden, ohne zu begreifen, daß die ganze Erde mit all ihren Meeren, Wüsten, Wäldern und Tälern nichts anderes ist als ein lebender Friedhof.

Nichts ist so dienlich für die Genesung wie eine Übung in der Kunst des Sterbens, denn indem sie uns Ergebenheit lehrt, macht sie uns wieder munter. So hatte es der Karmeliter auf La Griva einmal gesagt, und so mußte es wohl sein, denn Roberto verspürte auf einmal wieder Hunger und Durst. Schwächer als während seines geträumten Kampfs mit Ferrante, aber nicht mehr so schwach, wie als er sich bei den Hühnern hingelegt hatte, fand er die Kraft, ein Ei auszutrinken. Gut war die Flüssigkeit, die ihm da durch die Kehle rann. Und noch besser war der Saft einer Kokosnuß, die er sich in der Vorratskammer aufschlug. Nachdem er so lange über seinen toten Körper meditiert hatte, tötete er nun in seinem kranken Körper, damit er gesund wurde, die gesunden Körper, denen die Natur jeden Tag neues Leben gibt.

Deswegen hatte ihn auf La Griva, abgesehen von einigen Empfehlungen des Karmeliters, nie jemand gelehrt, an den Tod zu denken. In den Momenten des familiären Gesprächs, fast immer beim Mittagsmahl und beim Abendessen (nachdem Roberto zurückgekehrt war von seinen Erkundungen des alten Hauses, wo er sich womöglich verspätet hatte in einem schattigen Raum, betäubt vom Geruch der zum Reifen am Boden ausgelegten Äpfel), sprach man stets nur über die Güte der Melonen, die Getreideernte und die Hoffnung auf eine gute Weinlese.

Roberto erinnerte sich, wie seine Mutter ihn gelehrt hatte, daß er ein glückliches und zufriedenes Leben haben werde, wenn er alle guten Gaben Gottes, die ihm La Griva lieferte, fruchtbringend anlegte: »Und du wirst gut daran tun, nicht zu vergessen, dich mit gepökeltem Fleisch vom Rind, vom Schaf oder Hammel, vom Kalb und vom Schwein einzudekken, denn es hält lange vor und ist von großem Nutzen. Schneide das Fleisch in nicht zu große Stücke, leg sie in eine Schüssel mit einer dicken Schicht Salz darüber, laß sie acht Tage stehen, dann häng sie an die Küchenbalken neben dem Kamin, damit sie im Rauch dörren, und mach's in der kalten und trockenen Jahreszeit, wenn die Tramontana weht, nach dem Martinstag, dann halten sie so lang, wie du willst. Im September kommen die Vögel dran und die Lämmer während des ganzen Winters, dazu die Kapaune, die alten Hühner, die Enten und so weiter. Verschmähe auch nicht den Esel, der sich ein Bein gebrochen hat, denn daraus macht man runde Würstchen, die du dir mit dem Messer aufschneiden und braten kannst, das ist was besonders Feines. Und achte darauf, daß es zur Fastenzeit immer Pilze und Suppenkraut gibt, Nüsse, Weintrauben, Äpfel und alles andere, was dir der

Herrgott schickt. Und gleichfalls zur Fastenzeit müssen Schwarzwurzeln und gelbe Rüben bereitgehalten werden und Kräuter, die in Mehl gewälzt und in Öl gebraten besser als eine Lamprete sind; und mach dir auch Ravioli oder Fastenklößchen, misch einen Teig aus Mehl und Öl, Rosenwasser, Safran und Zucker und einem Schuß Malvasier, walze ihn aus, schneid ihn in runde Stücke, fülle sie mit geriebenem Brot, Honig, Nelkenblüten und zerstampften Nüssen, schieb sie mit etwas Salz in den Ofen, und du wirst besser speisen als ein Prior. Nach Ostern kommen die Zicklein, die Spargel, die Täubchen ... Noch später dann der Quark und die verschiedenen Frischkäse. Aber du mußt auch die Erbsen zu nutzen wissen und die gekochten Bohnen, in Mehl gewälzt und gebraten sind sie stets eine köstliche Bereicherung der Tafel ... Dies, mein Sohn, wenn du lebst, wie unsere Alten gelebt haben, wird ein glückliches und sorgenfreies Leben sein ...«

Wahrlich, auf La Griva führte man keine Reden, die solche Dinge wie Tod, Strafgericht, Hölle und Paradies einbezogen. Der Tod war Roberto zum erstenmal in Casale erschienen, und es war in der Provence und dann in Paris gewesen, wo er dazu gebracht worden war, über ihn nachzudenken, zwischen glanzvollen Reden und freizügigem Gerede.

Ich werde mit Sicherheit sterben, sagte er sich, wenn nicht jetzt durch den Steinfisch, dann später, denn es ist klar, daß ich dieses Schiff nicht mehr verlassen kann, seit ich nun – mit der Gläsernen Maske – jede Aussicht verloren habe, heil durch das Korallenriff zu kommen. Aber was habe ich mir denn auch eingebildet? Ich müßte in jedem Fall sterben, nur vielleicht etwas später, auch wenn ich nicht auf dieses Wrack gelangt wäre. Ich bin ins Leben getreten im Wissen, daß ich es wieder verlassen muß, so will es das Gesetz. Wie hatte Saint-Savin gesagt? Man spielt seine Rolle, der eine länger, der andere kürzer, und dann tritt man ab. Ich habe viele vor mir abtreten sehen, andere werden mich abtreten sehen und werden das gleiche Schauspiel ihren Nachfolgern geben.

Und übrigens, wie lange war ich zuvor nicht gewesen, und wie lange werde ich hernach nicht mehr sein! Ich fülle einen sehr kleinen Raum im Abgrund der Jahre. Diese winzige Zeitspanne ist zu gering, um mich zu unterscheiden vom Nichts, in das ich eingehen muß. Ich bin nur zur Welt gekommen, um einer mehr zu sein. Mein Part ist so klein gewesen, daß mich niemand vermißt hätte, wenn ich hinter den Kulissen geblieben wäre, alle hätten gesagt, das Schauspiel sei vollkommen gewesen. Es ist wie in einem Sturm: die einen ertrinken sofort, die anderen zerschellen an einer Klippe, und einige klammern sich an eine Planke, aber auch sie nicht lange. Das Leben erlischt von allein, wie eine Kerze, die ihr Wachs verbraucht hat. Und wir sollten darob nicht überrascht sein, denn wie eine Kerze haben wir Atome um uns her ausgestreut, seit wir das erste Mal angezündet worden sind.

Es ist keine große Weisheit, dies zu wissen, sagte sich Roberto, sicher nicht. Wir sollten es wissen, seit wir geboren sind. Aber für gewöhnlich denken wir immer nur über den Tod der anderen nach. O ja, wir alle haben Kraft genug, die Übel der anderen zu ertragen. Aber es kommt der Moment, da man an den Tod denkt, wenn er das eigene Übel ist, und dann merkt man, daß man dem Tod sowenig wie der Sonne ins Auge sehen kann. Es sei denn, man hatte sehr gute Lehrmeister.

Ich hatte solche. Jemand hat mir gesagt, daß in Wahrheit nur wenige den Tod kennen. In der Regel erträgt man ihn aus Dummheit oder aus Gewohnheit, nicht weil man sich dazu entschlossen hätte. Man stirbt, weil man nicht anders kann. Nur der Philosoph weiß an den Tod wie an eine Pflicht zu denken, die man gern und furchtlos erfüllt: Solange wir da sind, ist der Tod noch nicht da, und wenn der Tod kommt, sind wir nicht mehr da. Wozu hätte ich soviel Zeit mit Gesprächen über Philosophie verbracht, wenn ich jetzt nicht imstande wäre, meinen Tod zum Meisterwerk meines Lebens zu machen?

Langsam kehrten seine Kräfte wieder. Er dankte seiner Mutter dafür, daß die Erinnerung an sie ihn davon abgebracht hatte, ans Ende zu denken. Sie hätte nichts anderes tun können, sie, die ihm den Anfang geschenkt hatte.

Er begann, über seine Geburt nachzudenken, von der er noch weniger wußte als von seinem Tod. An die Ursprünge zu denken ist das Proprium des Philosophen, sagte er sich. Den Tod zu rechtfertigen ist für den Philosophen leicht: daß man am Ende in die Finsternis stürzen muß, ist eine der klarsten Sachen der Welt. Was den Philosophen umtreibt, ist nicht die Natürlichkeit des Endes, sondern das Geheimnis des Anfangs. Es kann uns gleichgültig sein, welche Ewigkeit nach uns kommt, aber wir können uns nicht der bangen Frage entziehen, welche Ewigkeit vor uns war: die Ewigkeit der Materie oder die Ewigkeit Gottes?

Das war's, warum es ihn auf die *Daphne* verschlagen hatte, sagte sich Roberto. Denn nur in dieser geruhsamen Einsiedelei würde er Zeit genug haben, über die einzige Frage nachzudenken, die uns von jeder Angst vor dem Nichtsein befreit, indem sie uns dem Staunen über das Sein ausliefert.

37

PARADOXE EXERZITIEN
ÜBER DAS DENKEN DER STEINE

Wie lange war er denn krank gewesen? Tage? Wochen? Oder war in der Zwischenzeit ein Sturm über das Schiff gekommen? Oder hatte ihn, noch bevor er dem Steinfisch begegnet war, das Meer oder sein Roman derart in Beschlag genommen, daß er gar nicht gemerkt hatte, was um ihn her geschah? Seit wann hatte er den Sinn für die Dinge verloren?

Die *Daphne* war ein anderes Schiff geworden. Das Deck war schmutzig, die Wasserfässer leckten und fingen an zu verrotten, einige Segel hatten sich gelöst und hingen zerfranst von den Rahen wie Masken, die hohläugig durch ihre Löcher grinsten.

Die Vögel lärmten, und Roberto eilte sofort hinunter, um sie zu versorgen. Einige waren tot. Zum Glück hatten die Pflanzen genug Regen und Luft bekommen, um zu wachsen, und einige wucherten sogar bis in die Käfige hinein, so daß sie den meisten Vögeln Nahrung boten, und für die anderen hatten sich die Insekten vermehrt. Die Überlebenden hatten sogar Nachwuchs gezeugt, und so waren die wenigen Toten durch viele Lebende ersetzt worden.

Die Insel hatte sich nicht verändert; nur war sie jetzt für Roberto, nachdem er die Maske verloren hatte, in die Ferne gerückt, als hätte die Strömung sie fortgetrieben. Das Korallenriff, das er nun von dem Steinfisch bewacht wußte, war unüberwindlich geworden. Roberto hätte zwar noch schwimmen können, aber nur um des Schwimmens willen und ohne sich den Klippen zu nähern.

»O menschliche Machenschaften, was seid ihr chimärisch«,

murmelte er. »Wenn der Mensch nichts ist als ein Schatten, seid ihr Rauch. Wenn er nichts ist als ein Traum, seid ihr Larven. Wenn er nichts ist als eine Null, seid ihr Punkte. Und wenn er nichts ist als ein Punkt, seid ihr Nullen.«

Soviel Hin und Her, sagte er sich, um zu entdecken, daß ich null und nichtig bin. Sogar noch nichtiger, als ich es bei meiner Ankunft als einziger Überlebender war. Der Schiffbruch hatte mich aufgerüttelt und dazu gebracht, für mein Leben zu kämpfen, jetzt habe ich nichts mehr, wofür oder wogegen ich noch kämpfen könnte. Ich bin zu einem langen Nichtstun verurteilt. Nicht die Leere der Räume zu betrachten bin ich hier, sondern die Leere in mir; und daraus werden sich nur Langeweile, Traurigkeit und Verzweiflung ergeben.

Bald werde nicht nur ich, bald wird auch die *Daphne* nicht mehr sein. Wir werden beide nur noch Fossilien sein, wie diese Koralle.

Denn die Koralle in Schädelform war noch da, sie lag auf dem Deck, unbeschädigt von der allgemeinen Verwesung und somit, da dem Tod entzogen, das einzige lebende Ding.

Angesichts jener eigenartigen Form geriet unser Schiffbrüchiger, der neue Länder nur durch das Fernrohr des Wortes zu entdecken vermochte, erneut ins Sinnieren. Wenn die Koralle ein lebendes Ding war, sagte er sich, dann war sie das einzige wirklich denkende Wesen in dieser Unordnung aller sonstigen Gedanken. Sie konnte nicht anders, als die eigene wohlgeordnete Komplexität zu denken, über die sie freilich schon alles wußte, ohne erst auf unvorhergesehene Erschütterungen ihrer Architektur warten zu müssen.

Leben und denken die Dinge? Der Kanonikus hatte einmal gesagt, um das Leben und seine Entwicklung zu rechtfertigen, müsse es in jedem Ding gleichsam Blüten der Materie geben, *sporá*, Samenkörner. Die Moleküle seien Verbindungen von bestimmten Atomen zu bestimmten Gestalten, und wenn Gott dem Chaos der Atome Gesetze auferlegt habe, dann könnten diese Verbindungen nur dazu gebracht werden, analoge Verbindungen zu erzeugen. Ist es möglich, daß die

Steine, die wir kennen, noch immer dieselben sind, die schon die Sintflut überlebt haben, daß auch sie nicht geworden und aus ihnen keine anderen erzeugt worden sind?

Wenn das Universum nichts anderes ist als eine Anzahl einfacher einzelner Atome, die zusammenstoßen, um ihre Verbindungen zu erzeugen, dann ist es nicht möglich, daß diese Atome aufhören, sich zu bewegen, wenn sie sich einmal zu ihren Verbindungen zusammengesetzt haben. In jedem Gegenstand muß es eine unaufhörliche Bewegung geben: wirbelnd in den Winden, fließend und reguliert in den tierischen Körpern, langsam, aber unerbittlich in den pflanzlichen und sicher noch langsamer, aber nicht zum Stillstand gekommen, in den mineralischen. Auch diese Koralle hier, deren Korallenleben erloschen ist, erfreut sich einer ihr eigenen inneren Bewegung, wie sie einem Stein eigentümlich ist.

Roberto überlegte. Angenommen, alle Körper sind Verbindungen von Atomen, auch die einfach bloß ausgedehnten, von denen die Geometriker sprechen, und diese Atome sind unteilbar. Fest steht, daß jede Linie in zwei gleiche Teile geteilt werden kann, wie lang oder kurz sie auch sein mag. Wenn jedoch ihre Länge gleichgültig ist, muß es auch möglich sein, eine Linie zu teilen, die sich aus einer ungeraden Zahl von Unteilbarkeiten zusammensetzt. Das aber würde heißen, wenn die beiden Teile nicht ungleich ausfallen sollen, daß die mittlere Unteilbarkeit in zwei geteilt werden muß. Da aber diese ihrerseits ausgedehnt ist und also ebenfalls eine Linie darstellt, wenn auch eine unvorstellbar kurze, müßte sie ebenfalls in zwei gleiche Teile geteilt werden können. Und so weiter ad infinitum.

Der Kanonikus hatte gesagt, auch das Atom setze sich aus Teilen zusammen, es sei nur derart kompakt, daß wir es niemals würden noch weiter zerteilen können. Wir nicht. Aber andere?

Kein fester Körper ist so kompakt wie das Gold, und doch können wir eine Unze dieses Metalls nehmen, und aus dieser Unze wird der Goldschläger tausend Folien Blattgold gewinnen, und die Hälfte dieser Folien wird genügen, um die gesamte Oberfläche eines Silberbarrens zu vergolden. Und aus derselben Unze Gold können die Hersteller der Gold- und Silberfäden für die Besatzware mit ihren Zieheisen einen Faden ziehen, der so dünn wie ein Haar ist und die Länge einer Viertelmeile oder vielleicht noch mehr erreicht. Der Handwerker hört an einem bestimmten Punkt auf, weil ihm das geeignete Werkzeug fehlt und weil er einen noch dünneren Faden mit bloßem Auge gar nicht mehr erkennen würde. Aber Insekten – so winzige, daß wir sie gar nicht sehen können, und so fleißige und kluge, daß sie alle Handwerker unserer Gattung an Geschicklichkeit übertreffen – könnten den Goldfaden noch so weit verlängern, daß er von Turin bis nach Paris reichen würde. Und wenn es die Insekten dieser Insekten gäbe, zu welcher Feinheit würden sie den Faden noch bringen?

Wenn ich mit Argusaugen in die Polygone dieser Koralle eindringen könnte und in die Fäden, die sich darin ausbreiten, und in die Fasern, aus denen die Fäden bestehen, dann könnte ich die Suche nach dem Atom ohne Ende fortsetzen. Doch ein Atom, das sich ohne Ende immer weiter zerschneiden läßt, indem es immer kleinere Teile hervorbringt, die sich immer weiter zerschneiden lassen, könnte mich an einen Punkt bringen, wo die Materie nichts anderes mehr wäre als unendliche Zerlegbarkeit, und ihre ganze Härte und ihre Fülle würden sich letztlich auf dieses einfache Gleichgewicht zwischen Leerräumen stützen. Statt also Abscheu vor dem Vakuum zu haben, würde die Materie das Vakuum geradezu anbeten und sich aus ihm zusammensetzen, sie wäre in sich selbst Vakuum, absolute Leere. Die absolute Leere stünde im Zentrum des undenkbaren geometrischen Punktes, und dieser Punkt wäre nichts anderes als jene Insel namens Utopia, die wir träumen in einem Ozean, der immer und überall nur aus Wasser besteht.

Die Hypothese einer aus Atomen bestehenden materiellen Ausdehnung würde also dazu führen, daß man am Ende keine

Atome mehr hat. Was bliebe übrig? Eine Anzahl von Wirbeln. Nur würden diese Wirbel keine Sonnen und Planeten mit sich reißen, also volle Materie, die sich ihrem Wind widersetzt, denn auch Sonnen und Planeten wären ja Wirbel, die in ihrer Drehung kleinere Wirbel mitrissen. Der allergrößte Wirbel, der die Galaxien wirbeln ließe, hätte in seinem Zentrum andere Wirbel, und diese wären ihrerseits Wirbel von Wirbeln, Strudel, bestehend aus anderen Strudeln, und der Abgrund des großen Strudels von Strudeln von Strudeln versänke ins Unendliche und hielte sich auf dem Nichts.

Und wir, die Bewohner der großen Koralle des Kosmos, würden das Atom für volle Materie halten (obwohl wir es nicht sehen können), während es doch ebenfalls, wie alles übrige, ein Gespinst von Leerräumen im Leeren ist, und wir würden von »sein« und »dicht« und sogar von »ewig« sprechen bei jenem Reigen von Inkonsistenzen, jener unendlichen Ausdehnung, die sich mit dem absoluten Nichts identifiziert und aus dem eigenen Nichtsein die Illusion des Ganzen erzeugt.

Bin ich also hier dabei, mir Illusionen über die Illusion einer Illusion zu machen, ich als Illusion meiner selbst? Und habe ich erst alles verlieren und in diesen verlorenen Winkel der Antipoden geraten müssen, um zu begreifen, daß es nichts zu verlieren gibt? Aber wenn ich das begreife, gewinne ich dann nicht womöglich alles, da ich der einzige denkende Punkt werde, in dem das Universum seine eigene Illusion erkennt?

Jedoch wenn ich denke, heißt das nicht, daß ich eine Seele habe? Oh, welch ein Wirrwarr! Das Ganze setzt sich aus lauter Nichts zusammen, aber um das zu verstehen, muß man eine Seele haben, die, sowenig sie auch sein mag, jedenfalls nicht nichts ist.

Was bin ich? Wenn ich *ich* sage, ich im Sinne von Roberto de La Grive, dann tue ich das, weil ich das Gedächtnis aller meiner vergangenen Momente bin, die Summe all dessen, woran ich mich erinnern kann. Wenn ich *ich* im Sinne von diesem Etwas sage, das in diesem Augenblick hier ist und nicht der Hauptmast ist und auch nicht diese Koralle hier ist, dann bin ich die Summe all dessen, was ich jetzt fühle. Aber was ist das, was ich jetzt fühle? Es ist die Gesamtheit aller Beziehungen zwischen vermeintlich unteilbaren Teilen, die sich zu jenem System von Beziehungen, zu jener besonderen Ordnung zusammengefügt haben, die mein Körper darstellt.

Und somit ist meine Seele nicht, wie Epikur wollte, eine Materie, die aus besonders feinen Teilchen besteht, oder ein Hauch, der sich mit Wärme vermischt, sondern sie ist die Art und Weise, in der sich diese Beziehungen als solche wahrnehmen.

Was für eine zarte Verdichtung, was für eine verdichtete Ungreifbarkeit! Ich bin nichts als eine Beziehung zwischen meinen Teilen, die einander wahrnehmen, während sie in Relation zueinander stehen. Aber da diese Teile ihrerseits in weitere Relationen teilbar sind (und so weiter), müßte jedes System von Beziehungen, da es ein Bewußtsein seiner selbst hat, ja das Bewußtsein seiner selbst *ist*, ein denkender Kern sein. Ich denke mich, denke mein Blut, meine Nerven; aber jeder Tropfen meines Blutes denkt sich selbst.

Denkt er sich so, wie ich mich denke? Sicher nicht, in der Natur empfindet der Mensch sich selbst auf sehr komplexe Weise, das Tier etwas weniger (es kann zwar Appetit haben, aber zum Beispiel keine Gewissensbisse), und eine Pflanze fühlt, wie sie wächst, und sicher spürt sie es, wenn sie abgeschnitten wird, und vielleicht sagt sie auch *ich*, aber in einem sehr viel dunkleren Sinn, als wenn ich *ich* sage. Jedes Ding denkt, aber gemäß seiner Komplexität.

Wenn dem so ist, denken auch die Steine. Auch dieser hier, der eigentlich keiner ist, sondern einst eine Art Pflanze war (oder ein Tier?). Wie wird er denken? Als Stein. Wenn Gott, der die große Beziehung aller Beziehungen des Universums ist, sich selbst als Denkenden denkt, wie es Der Philosoph will, dann wird dieser Stein sich selbst nur als Steinenden denken. Gott denkt die Gesamtheit des Ganzen, das All mit den unendlich vielen Welten, die er durch sein Denken geschaffen hat und aufrechterhält, ich denke an meine unglückliche Liebe, an meine Einsamkeit auf diesem Schiff, an meine verstorbenen Eltern, an meine Sünden und meinen nahenden Tod, und dieser Stein hier denkt vielleicht nur: ich Stein, ich Stein, ich Stein. Oder vielleicht kann er nicht einmal *ich* sagen. Er denkt: Stein, Stein, Stein.

Müßte recht langweilig sein. Oder nein, ich bin es, der Langeweile empfindet, weil ich mehr denken kann, während der Stein ganz zufrieden ist mit seinem Steinsein, ja er ist sogar ebenso glücklich wie Gott – denn Gott erfreut sich am Alles-Sein und dieser Stein am Beinahe-nichts-Sein, aber da er keine andere Seinsweise kennt, ist er mit der seinen glücklich und für alle Zeiten zufrieden …

Aber stimmt es denn, daß der Stein nichts anderes fühlt als sein Steinsein? Der Kanonikus hat gesagt, auch die Steine sind Körper, die bei bestimmten Gelegenheiten brennen und etwas anderes werden. In der Tat, ein Stein fällt in einen Vulkan, durch die große Hitze jenes flüssigen Feuers, das die Alten Magma nannten, er verschmilzt mit anderen Steinen zu einer einzigen glühenden Masse, kommt herausgeflossen und findet sich nach einer Weile (oder nach einer langen Zeit) als Teil eines größeren Steins wieder. Ist es möglich, daß er, als er aufhörte, dieser bestimmte Stein zu sein, und ein anderer wurde, nicht seine Erhitzung fühlte und mit ihr das Herannahen seines Todes?

Die Sonne brannte aufs Deck, eine leichte Brise milderte ihre Hitze, der Schweiß trocknete auf Robertos Haut. Nachdem er so lange bemüht gewesen war, sich vorzustellen, er sei ein Stein, versteinert von der süßen Medusa, die ihn mit ihren Blicken umgarnt hatte, beschloß er nun zu versuchen, wie die Steine zu denken, vielleicht um sich an den Tag zu gewöhnen, da er bloß noch ein Häufchen schlichter weißer Knochen sein würde, derselben Sonne und denselben Winden ausgesetzt.

Er zog sich nackt aus, legte sich hin, schloß die Augen und steckte sich die Finger in die Ohren, um durch kein Geräusch gestört zu werden, ganz wie ein Stein, der keine Sinnesorgane hat. Er versuchte, alle persönlichen Erinnerungen und alle Bedürfnisse seines menschlichen Körpers auszulöschen. Wenn es gegangen wäre, hätte er auch seine Haut ausgelöscht, und da es nicht ging, bemühte er sich, sie so fühllos wie möglich zu machen.

Ich bin ein Stein, ich bin ein Stein, ich bin ein Stein, sagte er sich. Und dann, um sogar noch zu vermeiden, daß er zu sich selber sprach: Stein, Stein, Stein.

Was würde ich fühlen, wenn ich wirklich ein Stein wäre? Vor allem die Bewegung der Atome, die mich bilden, oder das gleichbleibende Vibrieren der Beziehungen, welche die Teile der Teile meiner Teile zueinander unterhalten. Ich würde das Summen meines Steinens hören. Aber ich könnte nicht *ich* sagen, denn um *ich* zu sagen, braucht man andere oder etwas anderes, denen oder dem man sich entgegensetzen kann. Der Stein kann im Prinzip nicht wissen, daß es außer ihm noch etwas anderes gibt. Er summt, er steint vor sich hin und weiß von nichts anderem. Er ist eine Welt für sich. Eine Welt, die selbstgenügsam vor sich hin weltet.

Und doch, wenn ich diesen Korallenstein berühre, fühle ich, daß er an der Oberseite, die in der Sonne gelegen hat, sich deren Wärme bewahrt hat, während die Unterseite, mit der er auf den Planken gelegen hat, kälter ist; und wenn ich ihn spalten würde, könnte ich vielleicht fühlen, daß die Wärme von oben nach unten abnimmt. Nun bewegen sich die Atome in einem warmen Körper schneller als in einem kalten, und daher kann dieser Stein nicht umhin, wenn er sich als Bewegung fühlt, in seinem Innern eine differenzierte Bewegung zu spüren. Wenn er ewig in derselben Position der Sonne ausgesetzt bliebe, würde er vielleicht anfangen, etwas wie ein Oben und ein Unten zu unterscheiden, und sei's auch nur als zwei verschiedene Arten von Bewegung. Da er nicht wüßte, daß die Ursache dieser Verschiedenheit eine externe Kraft ist, würde er sich so denken, als wäre diese Art der Bewegung seine Natur. Doch angenommen, es käme zu einem Erdrutsch, und der Stein würde zu Tal rollen, bis er eine andere Position einnähme, so würde er fühlen, daß sich nun andere Teile von ihm bewegten, solche, die vielleicht vorher ganz langsam gewesen waren, während diejenigen, die vorher schnell gewesen waren, sich nun viel langsamer regten. Und während der Boden langsam wegrutschte (und das könnte ein sehr langsamer Prozeß sein), würde er spüren, daß die Wärme – oder die daraus resultierende Bewegung – allmählich von einem Teil seines Körpers zum anderen überginge.

Während er dies alles dachte, setzte Roberto verschiedene Seiten seines Körpers den Strahlen der Sonne aus, indem er sich langsam auf dem Deck umherwälzte, bis er in eine Schattenzone gelangte und sich ein wenig verdüsterte, wie es sich für einen Stein gehört.

Wer weiß, fragte er sich, ob der Stein bei diesen Bewegungen nicht anfängt, einen Begriff, wenn nicht von Ort, so doch zumindest von Seite zu haben; auf jeden Fall sicherlich von Veränderung. Nicht jedoch von Passion, denn er kennt ja nicht ihr Gegenteil, die Aktion. Oder vielleicht doch? Denn daß er Stein ist, so und nicht anders zusammengesetzt, das fühlt er ständig, aber daß er einmal hier warm und einmal dort kalt ist, das fühlt er abwechselnd. Also ist er in gewisser Weise fähig, sich selbst als Substanz von seinen eigenen Akzidenzien zu unterscheiden. Oder nein, denn wenn er sich selbst als Beziehung fühlt, würde er sich ja als Beziehung zwischen verschiedenen Akzidenzien fühlen. Er würde sich als eine Substanz im Werden fühlen. Und was heißt das? Fühle ich mich als etwas anderes? Wer weiß, ob die Steine wie Aristoteles oder wie der Kanonikus denken. Jedenfalls könnte sie dies alles Jahrtausende kosten, aber das ist nicht das Problem; es ist vielmehr die Frage, ob der Stein sich sukzessive Wahrnehmungen seiner selbst irgendwie merken kann. Denn wenn er sich einmal oben warm und unten kalt fühlt und dann umgekehrt, aber sich im zweiten Fall nicht mehr an den ersten erinnert, dann würde er ja weiter glauben, daß seine innere Bewegung immer dieselbe sei.

Aber warum soll er, wenn er eine Wahrnehmung von sich hat, nicht auch ein Gedächtnis haben? Das Gedächtnis ist ein Vermögen der Seele, und so klein die Seele, die ein Stein hat, immer auch sein mag, er wird ein entsprechend proportioniertes Gedächtnis haben.

Ein Gedächtnis zu haben heißt, eine Vorstellung von vorher und nachher zu haben, sonst würde ja auch ich immer glauben, daß die Leiden oder Freuden, an die ich mich erinnere, im Augenblick der Erinnerung gegenwärtig seien. Ich weiß aber, daß sie vergangene Wahrnehmungen sind, denn sie sind schwächer als die gegenwärtigen. Das Problem ist also, ein Zeitgefühl zu haben. Was vielleicht auch für mich schwer sein könnte, wenn die Zeit etwas wäre, was man erlernen muß. Aber habe ich mir nicht vor Tagen gesagt – oder vor Monaten, jedenfalls vor meiner Krankheit –, daß die Zeit die Bedingung und nicht das Ergebnis der Bewegung ist? Wenn die Teile des Steins in Bewegung sind, muß diese Bewegung einen Rhythmus haben, der, wenn auch unhörbar, wie das Geräusch einer Uhr sein wird. Der Stein wäre also die Uhr seiner selbst. Sich in Bewegung zu fühlen heißt, die eigene Zeit vergehen zu fühlen. Die Erde, ein großer Stein am Himmel, fühlt die Zeit ihrer Bewegung, die Zeit des Atmens ihrer Gezeiten, und was sie fühlt, sehe ich am gestirnten Himmel sich abzeichnen: Die Erde fühlt dieselbe Zeit, die ich sehe.

Also kennt der Stein die Zeit, ja er kennt sie sogar, noch ehe er seine Temperaturveränderungen als Bewegung im Raum wahrnimmt. Wenn ich recht sehe, braucht er gar nicht bemerkt zu haben, daß sein Kälter- oder Wärmerwerden von seiner Position im Raum abhängt, und könnte es statt dessen als ein Phänomen der Veränderung in der Zeit verstehen, wie den Übergang vom Schlafen zum Wachen oder von der Tatkraft zur Müdigkeit, so wie ich jetzt bemerke, daß mir durch die lange Reglosigkeit, in der ich hier liege, der linke Fuß eingeschlafen ist. Doch nein, der Stein muß auch den Raum fühlen, wenn er die Bewegung da wahrnimmt, wo vorher Ruhe war, und die Ruhe da, wo vorher Bewegung war. Er kann also *hier* und *da* denken.

Aber stellen wir uns nun vor, daß jemand diesen Stein aufliest und zwischen andere Steine einfügt, um eine Mauer zu bauen. Wenn er vorher das Spiel seiner inneren Relationen bemerkt hatte, so deshalb, weil er seine Atome in ihrem Bemühen spürte, sich wie Bienenwaben zusammenzufügen, dicht eins ans andere und zwischen die anderen, so wie die Steine eines Kirchengewölbes sich fühlen müßten, wo einer den anderen drückt und alle zum Schlußstein hinaufdrücken, während die Steine in unmittelbarer Nähe des Schlußsteins die anderen nach unten und außen drücken.

Aber das ganze Gewölbe müßte, wenn es sich einmal an dieses Spiel von Druck und Gegendruck gewöhnt hat, sich als Gewölbe fühlen in der unsichtbaren Bewegung, die seine Ziegel machen, um sich gegenseitig zu drücken; desgleichen müßte es die Anstrengung bemerken, die jemand macht, um es abzureißen, und müßte begreifen, daß es in dem Moment aufhört, ein Gewölbe zu sein, in dem die Mauer unter ihm mitsamt ihren Strebemauern zusammenbricht.

Wird also der Stein zwischen anderen Steinen so stark eingezwängt, daß er fast zerbricht (und bei noch größerem Druck zerbräche), muß er diesen Zwang spüren, einen Zwang, den er vorher nicht gespürt hatte, einen Druck, der sich irgendwann irgendwie auf seine innere Bewegung auswirken muß. Wäre dies dann nicht der Moment, in dem der Stein die Präsenz von etwas außerhalb seiner selbst wahrnähme? Der Stein hätte dann also ein Bewußtsein von der Welt. Oder vielleicht würde er denken, daß die Kraft, die ihn bedrückt, etwas Stärkeres sei als er selbst, und würde die Welt mit Gott gleichsetzen.

An dem Tag aber, da jene Mauer zusammenbräche und also der Zwang aufhörte – würde der Stein dann das Gefühl der Freiheit verspüren, so wie ich es verspüren würde, wenn ich mich entschlösse, aus diesem mir selbst auferlegten Zwang auszutreten? Wobei ich freilich den Willen haben kann, nicht länger in diesem Zustand zu bleiben, der Stein aber nicht. Infolgedessen ist die Freiheit eine Passion, während der Wille zum Freisein eine Aktion ist, und das ist der Unterschied zwischen mir und dem Stein. Ich kann wollen. Der Stein kann höchstens (und warum sollte er nicht?) danach streben, wieder so zu sein, wie er vor seiner Einfügung in die Mauer war, und er kann Lust empfinden, wenn er wieder frei wird, aber er kann nicht beschließen, aktiv zu werden und etwas zu tun, um herbeizuführen, was ihm gefällt.

Aber kann ich denn wirklich wollen? In diesem Moment empfinde ich das Vergnügen, Stein zu sein, die Sonne wärmt mich, der Wind macht mir die Ausscheidungen meines Körpers erträglich, ich habe durchaus nicht die Absicht, mein Steinsein zu beenden. Warum nicht? Weil es mir gefällt. Also bin auch ich der Sklave einer Passion, die mir abrät, freiwillig mein eigenes Gegenteil sein zu wollen. Aber wenn ich wollte, könnte ich wollen. Und dennoch tue ich es nicht. Um wieviel bin ich freier als ein Stein?

Es gibt keinen schrecklicheren Gedanken, besonders für einen Philosophen, als den des freien Willens. Aus philosophischem Kleinmut verscheuchte ihn Roberto wie einen zu schwerwiegenden Gedanken – zu schwerwiegend für ihn, gewiß, um so mehr also für einen Stein, dem er schon die Leidenschaften zu –, aber jede Möglichkeit zum Handeln abgesprochen hatte. Auf jeden Fall hatte der Stein, auch ohne sich fragen zu können, ob es möglich ist, sich freiwillig selbst zu verdammen, bereits viele und überaus noble Fähigkeiten erworben, mehr als ihm die Menschen je zuerkannt hätten.

Roberto fragte sich nun jedoch eher, ob der Stein in dem Moment, in dem er in den Vulkan fiel, ein Bewußtsein vom eigenen Tod hatte. Sicher nicht, denn er hatte ja nie gewußt, was Sterben ist. Aber als er dann ganz im Magma verschwunden war, konnte er da nicht einen Begriff von seinem nun eingetretenen Tod haben? Nein, denn nun existierte ja die individuelle Atomverbindung Stein nicht mehr. Andererseits, haben wir je von einem Menschen gehört, der bemerkt hätte, daß er gestorben war? Wenn sich jetzt etwas selber dachte, dann das Magma: ich Magma, ich Magma, ich Magma, schluff, schlopp, schwapp, ich fließe, ich ströme, ich wälze mich, plaff, plop, blubber, ich siede, ich schäume, ich koche, ich brutzle, brodle, praßle, zisch, spuck, spei, sprötz. Und während Roberto sich selbst als Magma vorstellte, geiferte er wie ein tollwütiger Hund und mühte sich, Kollergeräusche in seinem Leib zu erzeugen. Fast hätte er Stuhlgang gehabt. Er war nicht zur Existenz als Magma geschaffen, er dachte besser wieder als Stein.

Aber was hat der verflossene Stein davon, daß der Magmastrom sich magmatisch selber magmatet? Für Steine gibt es kein Leben nach dem Tod. Für niemanden gibt es eins, dem versprochen oder gestattet worden ist, nach dem Tod eine Pflanze oder ein Tier zu werden. Was geschähe, wenn ich stürbe und, nachdem meine sterblichen Reste sich gut in die Erde verteilt hätten und längs der Wurzeln eingesickert wären, alle meine Atome sich neu zusammensetzten zu der schönen Gestalt einer Palme? Würde ich sagen *ich Palme*? Das würde die Palme sagen, nicht weniger denkend als ein Stein. Aber wenn die Palme *ich* sagen würde, würde sie dann *ich Roberto* meinen? Man kann ihr nicht gut das Recht entziehen, *ich Palme* zu sagen. Und was wäre sie für eine Palme, wenn sie *ich Roberto bin Palme* sagen würde? Jene besondere Atomverbindung, die *ich Roberto* sagen konnte, weil sie sich als ebenjene Verbindung fühlte, existiert nicht mehr. Und wenn sie nicht mehr existiert, hat sie mit der Wahrnehmung ihrer selbst sicher auch die Erinnerung an sich verloren. Ich könnte nicht einmal mehr sagen *ich Palme war Roberto*. Wenn das möglich wäre, müßte ich jetzt wissen, daß ich Roberto einmal ein ... ja was? ... ein Etwas war. Aber ich erinnere mich an nichts. Ich weiß nicht mehr, was ich früher war, so wie ich auch nicht imstande bin, mich an den

Fötus zu erinnern, der ich im Bauch meiner Mutter war. Ich weiß, daß ich ein Fötus war, weil die andern es mir gesagt haben, aber was mich betrifft, hätte ich auch keiner sein können.

O Himmel, ich könnte mich einer Seele erfreuen, und sogar die Steine könnten es, und gerade von der Seele der Steine lerne ich, daß meine Seele nicht meinen Körper überleben wird! Was bemühe ich mich, zu denken und zu spielen, ich wäre ein Stein, wenn ich danach nichts mehr über mich weiß?

Aber was ist denn letzten Endes überhaupt dieses Ich, von dem ich glaube, daß es mich denkt? Habe ich nicht gesagt, es sei nichts anderes als das Bewußtsein, das die Leere, die identisch mit der Ausdehnung ist, in dieser besonderen Atomverbindung von sich hat? Also bin nicht ich es, der denkt, sondern die Leere oder die Ausdehnung sind es, die mich denken. Und also ist diese besondere Atomverbindung ein Akzidens, bei dem sich die Leere und die Ausdehnung für einen Lidschlag aufgehalten haben, um sich dann wieder anders denken zu können. In dieser großen Leere des Leeren ist das einzige, was es wirklich gibt, die Geschichte dieses Werdens in unzähligen vorübergehenden Verbindungen ... Zusammengesetzt aus was? Aus dem einzigen großen Nichts, das die Substanz des Ganzen ist.

Reguliert wird diese Substanz von einer majestätischen Notwendigkeit, die sie dazu bringt, Welten zu erschaffen und zu zerstören und unsere blassen Leben hineinzuweben. Wenn ich diese Notwendigkeit akzeptiere, wenn es mir gelingt, sie zu lieben, zu ihr zurückzukehren und mich ihrem Willen zu fügen, wird dies der vollkommene Glückszustand sein. Nur indem ich ihr Gesetz akzeptiere, werde ich meine Freiheit finden. Zurückzufließen in diese Notwendigkeit wird das Heil und die Rettung sein, die Flucht vor den Leidenschaften in die einzige Große Passion, die Geistige Liebe zu Gott.

Wenn ich dies wirklich begreifen könnte, wäre ich wirklich

der einzige Mensch, der die Wahre Philosophie gefunden hat, und wüßte alles über den sich verbergenden Gott. Doch wer hätte den Mut, durch die Welt zu ziehen und diese Philosophie zu verkünden? Dies ist das Geheimnis, das ich in mein Grab bei den Antipoden mitnehmen werde.

Ich sagte schon, Roberto hatte nicht die Wesensart des wahren Philosophen. Kaum war er zu dieser Epiphanie gelangt, die er sich mit derselben Hartnäckigkeit zurechtgeschliffen hatte, mit der ein Optiker seine Linsen schleift, erlitt er – erneut – einen Liebesrückfall. Da Steine nicht lieben, setzte er sich auf, um wieder ein liebender Mensch zu werden.

Aber dann, sagte er sich, wenn es das große Meer der großen und einzigen Substanz ist, in das wir alle zurückkehren müssen, dort unten oder dort oben oder wo immer das sein mag, dann werde ich mich dort vollkommen mit der Signora vereinigen! Wir werden beide Teil und das Ganze desselben Makrokosmos sein. Ich werde sie sein, und sie wird ich sein. Ist dies nicht der tiefe Sinn des Mythos vom Hermaphroditen? Lilia und ich, *ein* Körper und *ein* Gedanke …

Und habe ich dieses Geschehen nicht schon vorweggenommen? Seit Tagen (seit Wochen, Monaten?) lasse ich sie in einer Welt leben, die ganz und gar meine ist, wenn auch durch Ferrante. Sie ist bereits Denken von meinem Denken.

Vielleicht ist es dies, das Romaneschreiben: daß man durch die eigenen Figuren lebt, daß man dafür sorgt, daß sie in unserer Welt leben, und daß man sich selbst und die eigenen Geschöpfe dem Denken der Nachgeborenen übergibt, die kommen werden, wenn wir nicht mehr *ich* sagen können.

Doch wenn dem so ist, hängt es nur von mir ab, Ferrante ein für allemal aus meiner Welt zu entfernen, sein Verschwinden als einen Ausdruck der göttlichen Gerechtigkeit hinzustellen und die Voraussetzungen dafür zu schaffen, daß ich mich mit Lilia vereinigen kann.

Von neuem Enthusiasmus erfüllt, beschloß Roberto, sich das letzte Kapitel seiner Geschichte auszudenken.

Er wußte nicht, daß Romane, besonders wenn ihre Autoren inzwischen zu sterben beschlossen haben, sich oft von selbst weiterschreiben und eigene Wege gehen.

38

ÜBER NATUR UND ORT DER HÖLLE

Roberto erzählte sich, daß Ferrante, von Insel zu Insel schweifend und mehr sein Vergnügen als den richtigen Kurs suchend, dabei aber unfähig, Warnungen aus den Signalen zu entnehmen, die der Eunuch aus London in Biscarats Wunde sandte, schließlich keine Ahnung mehr hatte, wo er sich befand.

Das Schiff fuhr unterdessen weiter, die wenigen Lebensmittel verdarben, und in den Fässern faulte das Wasser. Damit es die Mannschaft nicht sah, zwang Ferrante jeden, nur einmal pro Tag in den Kielraum zu gehen und sich im Dunkeln das wenige zu nehmen, was er zum Überleben brauchte und was anzusehen niemand ertragen hätte.

Nur Lilia bemerkte nichts, ertrug unverdrossen alle Plagen und schien von einem Tropfen Wasser und einem Nichts an Zwieback zu leben, immer nur bangend, daß dem Geliebten sein Unternehmen gelinge. Ferrante selbst, unempfänglich für diese Liebe bis auf die Lust, die er aus ihr zog, fuhr fort, seine Matrosen anzutreiben, indem er vor den Augen ihrer Habgier Bilder unermeßlichen Reichtums aufschimmern ließ. So führte ein vom Haß verblendeter Blinder andere Blinde, die von der Habgier verblendet waren, während er eine blinde Schönheit in seinen falschen Liebesbanden gefangenhielt.

Vielen von der Mannschaft war unterdessen von dem großen Durst schon das Zahnfleisch geschwollen und begann, über die Zähne zu wuchern; ihre Beine bedeckten sich mit Schwären, deren pestilenzialischer Eiterauswurf bis zu den lebenswichtigen Teilen aufstieg.

So kam es, daß Ferrante, als sie den fünfundzwanzigsten Grad südlicher Breite überquert hatten, eine Meuterei niederschlagen mußte. Er tat es, indem er sich mit fünf der getreuesten Korsaren umgab (Andrapodo, Boride, Ordogno, Safar und Asprando), und die Meuterer wurden mit wenig Proviant in der Schaluppe ausgesetzt. Aber dadurch hatte die *Tweede Daphne* sich eines Rettungsmittels beraubt. Was soll's, sagte Ferrante, bald werden wir an dem Ort sein, zu dem uns unsere verabscheuungswürdige Goldgier hinzieht. Aber die Männer genügten jetzt nicht mehr, das Schiff zu steuern.

Sie hatten auch keine Lust mehr, es zu tun. Nachdem sie ihrem Anführer so kräftig zur Hand gegangen waren, wollten sie nun mit ihm gleichgestellt sein. Einer von ihnen spionierte jenem mysteriösen Edelmann nach, der so selten an Deck kam, und fand heraus, daß es sich um eine Frau handelte. Daraufhin traten diese seine letzten Schergen vor Ferrante und verlangten, daß er ihnen die Passagierin ausliefere. Ferrante, der äußerlich zwar ein Adonis, in der Seele jedoch ein Vulkan war, hielt es eher mit Pluto als mit Venus, und es war ein Glück, daß Lilia ihn nicht hörte, als er den Meuterern zuraunte, er werde sich schon mit ihnen einigen.

Roberto konnte nicht zulassen, daß Ferrante auch diese letzte Ruchlosigkeit noch beging. So wollte er denn, daß an diesem Punkte Neptun erzürnte, weil jemand es wagte, seine Gefilde zu durchpflügen, ohne sich vor seinem Zorn zu fürchten. Oder um es nicht in so heidnischer, wenn auch geistreicher Weise auszudrücken: Er stellte sich vor, daß der Himmel unmöglich – wenn denn ein Roman auch eine moralische Lehre enthalten mußte – jenes von Perfidien erfüllte Schiff unbestraft lassen konnte. Und so erfreute er sich an der Vorstellung, daß die Nord- und Südwinde, *Aquilo*, *Auster* und *Notus*, diese nimmermüden Feinde der Ruhe des Meeres, die es bisher den milden Zephyren aus dem Westen überlassen hatten, der *Tweeden Daphne* den Weg zu bahnen, schon ungeduldig in ihren unterirdischen Räumen rumorten.

Er ließ sie alle auf einmal heraus. Dem Ächzen der Planken

antworteten die Schreie der Menschen, das Meer erbrach sich über ihnen und sie erbrachen sich ins Meer, und manchmal überspülte sie eine Welle so hoch, daß man das Deck vom Ufer aus für eine Bahre aus Eis hätte halten können, um welche die Blitze sich wie Wachskerzen entzündeten.

Zuerst ließ das Unwetter Wolken mit Wolken, Wasser mit Wasser und Winde mit Winden zusammenprallen. Bald jedoch stieg das Meer über seine vorgeschriebenen Grenzen und türmte sich brüllend zum Himmel, krachend prasselte Regen los, das Wasser mischte sich mit der Luft, der Vogel lernte schwimmen und fliegen der Fisch. Es war nicht mehr ein Kampf der Natur gegen seefahrende Menschen, es war eine Schlacht der Elemente gegeneinander. Kein Luft-Atom gab es mehr, das sich nicht in ein Hagelkorn verwandelt hätte, und Neptun stieg auf, um die Blitze in Jupiters Händen zu löschen, mit denen es diesen gelüstete, jene Menschen zu verbrennen, die Neptun statt dessen ertränken wollte. Das Meer grub ihnen ein Grab in seinem eigenen Schoße, um sie der Erde zu entziehen, und als es die *Tweede Daphne* ruderlos auf eine Klippe zutreiben sah, stieß es sie mit einer jähen Ohrfeige in eine andere Richtung.

Das Schiff tauchte abwechselnd vorne und hinten ein, und bei jedem Eintauchen schien es am anderen Ende hoch wie ein Turm aufzuragen: Das Heck versank bis zur Galerie, und vorn schien das Meer den Bugspriet verschlingen zu wollen.

Andrapodo, der gerade ein Segel festzurren wollte, wurde von der Rahe gerissen, und beim Sturz ins Meer traf er den gerade ein Seil spannenden Boride so unglücklich, daß es ihm den Kopf abtrennte.

Nun weigerte sich das Schiff, dem Steuer Ordognos zu gehorchen, indes eine weitere Sturzwelle mit einem Hieb das Besansegel zerriß. Safar gelang es, die Segel einzuziehen, angestachelt von Ferrante, der unentwegt fluchte, doch er hatte das Marssegel noch nicht gesichert, da legte das Schiff sich quer und empfing von der Seite drei Wellen mit solcher Wucht, daß Safar über Bord gespült wurde. Der Hauptmast brach mitten entzwei und stürzte ins Meer, nicht ohne zuvor das Deck verwüstet und Asprando den Schädel gespalten zu haben. Schließlich ging auch das Ruder in Stücke, wobei ein Schlag der wildgewordenen Pinne dem Leben Ordognos ein Ende machte. So war nun das Wrack ohne Mannschaft, indes die letzten Ratten über Bord sprangen und in das Wasser fielen, vor dem sie hatten fliehen wollen.

Es scheint kaum glaublich, daß Ferrante in diesem Pandämonium noch an Lilia gedacht haben soll, von ihm würden wir erwarten, daß er nur um sein eigenes Heil besorgt war. Ich weiß nicht, ob Roberto bedacht hatte, daß er gegen die Gesetze der Wahrscheinlichkeit verstieß, doch um nicht diejenige untergehen zu lassen, der er sein Herz geschenkt hatte, mußte er notgedrungen auch Ferrante ein Herz zugestehen, sei's auch nur für einen Augenblick.

Ferrante zerrt also Lilia an Deck, und was tut er? Die Erfahrung lehrte Roberto: Er bindet sie an ein Brett, um sie mit diesem ins Meer gleiten zu lassen und darauf zu vertrauen, daß nicht einmal die Ungeheuer der Meerestiefen einer solchen Schönheit das Mitleid verweigern würden.

Sodann ergreift Ferrante selbst ein Stück Holz und macht Anstalten, sich daran festzubinden. Doch da erscheint, Gott weiß wie, von seinem Marterpfahl im Kielraum befreit, die Hände noch zusammengekettet, mehr einem Toten als einem Lebenden gleichend, aber die Augen flammend vor Haß, Biscarat.

Biscarat, der während der ganzen Reise, wie der Hund auf der *Amarilli*, im Bauche des Schiffes gelitten hatte, dem jeden Tag die grausige Wunde wieder geöffnet worden war, um dann recht und schlecht wieder versorgt zu werden, Biscarat, der in all jenen Monaten nur einen einzigen Gedanken gehabt hatte: sich an Ferrante zu rächen.

Ein *Deus ex machina*, erscheint er urplötzlich hinter Ferrante, der schon einen Fuß auf der Brüstung hat, hebt die zusammengeketteten Hände hoch über Ferrantes Kopf und senkt sie vorne vor seinem Gesicht, die Kette als Schlinge benutzend, bis er ihm die Kehle zudrücken kann. Und mit dem Ruf »Mit mir gemeinsam endlich zur Hölle!« sieht man ihn – fühlt man ihn beinahe – so fest zudrücken, daß Ferrantes Genick bricht, während die Zunge zwischen den gotteslästerlichen Lippen hervorkommt, um ihren letzten Fluch zu begleiten. Bis der leblose Körper des Gerichteten vornüberstürzend den noch lebenden seines Richters wie einen Mantel mit sich reißt und der also Gerächte siegreich eintaucht in die sein endlich befriedetes Herz noch bekriegenden Fluten.

Roberto gelang es nicht, sich vorzustellen, was Lilia bei diesem Anblick empfand, und er hoffte, daß sie nichts gesehen hatte. Da er sich nicht erinnern konnte, was mit ihm selbst geschehen war, als ihn der Strudel erfaßt hatte, gelang es ihm auch nicht, sich vorzustellen, was mit ihr geschehen sein konnte.

In Wirklichkeit war er so sehr damit beschäftigt, Ferrante seiner gerechten Strafe zuzuführen, daß er beschloß, erst einmal dessen weiteres Schicksal im Jenseits zu verfolgen. Lilia ließ er solange im großen Strudel.

Ferrantes lebloser Körper war mittlerweile an einen einsamen Strand geschwemmt worden. Das Meer hatte sich beruhigt, es war jetzt so reglos wie Wasser in einer Tasse, auch am Ufer gab es keinerlei Dünung. Ein leichter Dunst lag über dem Ganzen, wie es am Abend vorkommt, wenn die Sonne schon untergegangen ist, aber die Nacht noch nicht vom Himmel Besitz ergriffen hat.

Gleich hinter dem Strand, ohne daß Bäume oder Büsche sein Ende bezeichneten, sah man eine gänzlich mineralische Ebene, in der selbst das, was aus der Ferne wie Zypressen aussah, sich dann als bleierne Obelisken erwies. Am Horizont im Westen erhob sich ein Bergmassiv, das fast schon ganz dunkel erschien, hätte man nicht da und dort kleine Flämmchen an den Hängen erblickt, die ihm das Aussehen eines Friedhofs gaben. Doch über jenem Massiv hingen lange schwarze Wolken mit einem Bauch von erlöschender Glut, Wolken in einer soliden, kompakten Form gleich jenen Sepiaknochen, die man auf manchen Gemälden oder Zeichnungen sieht und die sich, betrachtet man sie von der Seite, auf einmal zu Schädelknochen fügen. Zwischen Wolken und Berg war der Himmel noch stellenweise blaßgelb getönt – und man hätte ihn dort wohl den letzten noch von der sterbenden Sonne berührten Luftraum genannt, hätte man nicht den Eindruck gehabt, daß jener letzte, bemühte Rest von Sonnenuntergang nie einen Anfang gehabt hatte und nie ein Ende haben würde.

Wo die Ebene anzusteigen begann, erblickte Ferrante eine kleine Schar von Menschen und ging auf sie zu.

Als Menschen oder doch menschenähnlich waren sie aus der Ferne erschienen, doch beim Näherkommen sah er, daß sie, wenn sie einst Menschen gewesen, nun eher Demonstrationsfiguren für einen Anatomiehörsaal waren oder sich gerade in solche verwandelten. So nämlich wollte Roberto sie haben, der sich entsann, eines Tages einen jener Orte besucht zu haben, wo schwarzgekleidete Ärzte mit roten Gesichtern und geplatzten Äderchen auf Nase und Wangen eine Leiche umstanden und sich an ihr zu schaffen machten, daß es aussah wie ein Gemetzel, um ihr Innerstes nach außen zu kehren und in den Toten die Geheimnisse der Lebenden zu entdecken. Sie lösten die Haut ab, schnitten ins Fleisch, legten die Knochen frei, trennten die Nervenstränge durch, entknoteten die Muskelknoten, öffneten die Sinnesorgane, breiteten die Membrane einzeln aus, entkoppelten die Knorpel und entkrösten alles Gekröse. Nachdem sie jede Faser unterschieden, jede Ader freigelegt, jedes noch so winzige Teilchen entdeckt hatten, zeigten sie den Umstehenden die Werkstätten des Lebens: Hier, sagten sie, wird die Speise verdaut, hier wird das Blut gereinigt, hier werden die Nährstoffe verteilt, hier bilden sich die Säfte, hier formen sich die Geister ... Und jemand neben Roberto hatte leise bemerkt, nicht anders werde es nach unserem Tod auf Erden die Natur mit uns machen.

Auf andere Weise hatte jedoch ein göttlicher Anatom die Bewohner jener Insel berührt, die Ferrante jetzt immer näher vor sich sah.

Der erste war ein Körper ohne Haut, die Muskelbündel gespannt, die Arme in ergebener Haltung, das Gesicht leidend zum Himmel gekehrt, ganz Schädel und Wangenknochen. Beim zweiten hing die Haut der Hände gerade noch an den Fingerspitzen wie ein gewendeter Handschuh, und an den Beinen stülpte sie sich unter den Knien nach unten wie ein weicher Stulpenstiefel.

Bei einem dritten waren zuerst die Haut und dann die Muskeln so weit auseinandergelappt, daß der ganze Körper und besonders das Gesicht wie ein aufgeklapptes Buch erschien. Als wollte jener Körper seine Haut, sein Fleisch und seine Knochen alle gleichzeitig zeigen, dreimal menschlich und dreimal sterblich; doch er wirkte wie ein Insekt, bei dem jene Lappen die Flügel gewesen wären, hätte es auf jener Insel einen Wind gegeben, der sie hätte bewegen können. Doch diese Flügel wurden nicht von der Luft bewegt, die in jener Dämmerung völlig regungslos war, sondern wehten nur leise mit den Bewegungen jenes matten Körpers.

Unweit von ihm stützte sich ein Gerippe auf einen Spaten, vielleicht um sich ein Grab zu graben, die Augenhöhlen zum Himmel gekehrt, eine Grimasse im abwärts gebogenen Halbrund der Zähne, die linke Hand ausgestreckt, wie um Mitleid und Gehör zu erflehen. Ein anderes, vorgebeugtes Gerippe zeigte den Rücken mit der gekrümmten Wirbelsäule, während es ruckweise vorwärtsstapfte, die knochigen Hände vor dem gesenkten Gesicht.

Einer, den Ferrante nur von hinten sah, hatte noch eine dichte Mähne auf dem fleischlosen Schädel, die aussah wie eine fest aufgedrückte Pelzmütze. Doch die Kehrseite – blaßrosa wie eine Meermuschel –, der Filz, der den Pelz dieser Mütze trug, bestand aus der Haut, die am Hinterkopf abgetrennt und nach oben gestülpt worden war.

Es gab andere, denen beinahe alles genommen war, so daß

sie aussahen wie Figuren aus bloßen Nervensträngen; auf dem kopflosen Halsstumpf wedelten Gräsern gleich jene Stränge, die einst zum Gehirn geführt hatten, und die Beine schienen wie aus Weiden geflochten.

Wieder andere ließen aus offenem Unterleib violettes Gedärm herausquellen wie betrübte Vielfraße, die den Bauch voll schlechtverdauter Kutteln haben. Wo sie einst einen Penis gehabt hatten, der nun wie geschält und zu einem winzigen Apfelstielchen geschrumpft war, baumelten nur noch verschrumpelte Hoden.

Ferrante sah einige, die bloß noch aus Venen und Arterien bestanden, wandelnde Laboratorien eines Alchimisten, Kanülen und Röhrchen in permanenter Bewegung, um das blutlose Blut jener im Licht einer abwesenden Sonne erloschenen Leuchtkäfer zu destillieren.

All diese Körper wahrten ein großes schmerzliches Schweigen. Bei einigen sah man die Zeichen einer sehr langsamen Transformation, die sie von Statuen aus Fleisch zu solchen aus Fasern verdünnte.

Der letzte von ihnen, ein Gehäuteter wie Sankt Bartholomäus, hielt die noch blutige Haut in der erhobenen rechten Hand, von der sie schlaff herabhing wie ein abgelegter Schulterumhang. Man erkannte darauf noch ein Gesicht mit den Löchern der Augen und der Nase und der Höhle des Mundes, das aussah wie der letzte Rest einer Wachsmaske, die allzu großer Hitze ausgesetzt war.

Und dieser Mensch (beziehungsweise der zahnlose und verformte Mund seiner Haut) sprach zu Ferrante.

»Unwillkommen«, sagte er, »im Lande der Toten, das wir die Insel Vesalia nennen. In Bälde wirst auch du unser Schicksal teilen, aber du darfst nicht glauben, daß jeder von uns hier mit der Schnelligkeit erlischt, die das Grab gewährt. Je nach dem Grad unserer Verdammung wird hier jeder von uns in ein eigenes Verwesungsstadium versetzt, als wollte man uns die Auslöschung genießen lassen, die für jeden hier die höchste Freude wäre. Oh, welche Wonne, sich Gehirne vorzustellen, die, kaum daß man sie berührte, zusammenfielen, Lungen, die beim ersten etwas zu starken Lufthauch zersprängen, Häute, die bei jeder Berührung zerfaserten, Weichteile, die erschlafften, Fettschichten, die sich verflüssigten! Aber nichts da! So, wie du uns hier siehst, sind wir jeder in seinen Zustand gelangt, ohne uns dessen gewahr zu werden, durch unmerkliche Veränderungen, in deren Verlauf unsere Fasern sich jede einzeln aufgelöst haben im Zeitraum von Jahrtausenden und Aberjahrtausenden. Und niemand weiß, bis zu welchem Grade er sich auflösen darf, so daß selbst jene Gerippe, die du dort drüben siehst, immer noch hoffen, ein bißchen mehr sterben zu können, und vielleicht sind es Jahrtausende, in denen sie sich schon in dieser Erwartung verzehren. Andere, wie ich, sind in dieser Gestalt seit ich weiß nicht mehr wann – denn in dieser ewig hereinbrechenden Nacht haben wir jedes Gefühl für den Fortgang der Zeit verloren –, und doch hoffe ich immer noch, daß mir ein langsames Erlöschen gestattet ist. So wie jeder von uns sich nach einem Zerfall sehnt, der – wie wir sehr wohl wissen – niemals total sein wird, stets in der Hoffnung, daß die Ewigkeit für uns noch nicht begonnen hat, und dennoch fürchtend, daß wir bereits mitten in ihr sind, seit wir vor Zeiten auf diese Insel gelangten. Als wir lebten, glaubten wir, die Hölle sei der Ort der ewigen Verzweiflung, denn so war's uns gesagt worden. Doch leider nein, sie ist der Ort einer unauslöschlichen Hoffnung, die jeden Tag noch grausamer macht als den vorigen, denn diese Sehnsucht, die in uns lebendig gehalten wird, wird niemals gestillt. Da wir immer noch eine Spur von Körper haben und jeder Körper zum Wachsen oder zum Sterben strebt, hören wir nicht auf zu hoffen – und nur so hat unser Richter geurteilt, daß wir *in saecula* leiden sollten.«

»Was hofft ihr denn?« fragte Ferrante.

»Frag ruhig, was auch du hoffen wirst … Du wirst hoffen, daß ein Nichts von Wind, eine winzige Flutwelle, die Ankunft eines einzigen hungrigen Blutegels uns Atom für Atom zurückerstattete in die große Leere des Universums, wo wir noch in gewisser Weise am Kreislauf des Lebens teilhaben könnten. Doch kein Lüftchen regt sich hier, das Meer liegt wie Blei, wir spüren weder Kälte noch Wärme, wir kennen weder Morgenröten noch Sonnenuntergänge, und diese Erde, die noch toter ist als wir, bringt keinerlei tierisches oder pflanzliches Leben hervor. Oh, die Würmer, die uns der Tod einst versprach! Oh, teuerste Würmer, Väter unseres Geistes, der noch auferstehen könnte! Unsere Galle saugend, würdet ihr uns fromm mit der Milch der Unschuld besprengen! Uns beißend, würdet ihr die Gewissensbisse unserer Sünden heilen, uns einlullend mit euren Todesliebkosungen, würdet ihr uns neues Leben gewähren, denn das Grab wäre uns so lieb wie ein Mutterschoß ... Doch nichts von alledem wird geschehen. Das wissen wir, obwohl es dieser unser Körper jeden Moment vergißt ...«

»Und Gott?« fragte Ferrante. »Gott lacht?«

»Leider nein«, antwortete der Gehäutete, »denn auch die Erniedrigung würde uns noch erheben. Wie schön wäre es für uns, sähen wir wenigstens noch einen lachenden Gott, der sich über uns lustig machte! Wieviel Zerstreuung böte uns das Schauspiel des HErrn, der uns, auf seinem Throne sitzend, umgeben von seinen Heiligen, verlachte! Wir hätten den Anblick der Freude eines anderen, was nicht minder erfreulich ist als der von eines anderen Ärger. Nein, hier entrüstet sich niemand, hier lacht niemand, hier zeigt sich niemand. Hier gibt es Gott nicht. Hier gibt es nur eine ziellose Hoffnung.«

»Herrgott im Himmel, verflucht seien alle Heiligen!« versuchte Ferrante wütend zu schreien. »Wenn ich schon verdammt bin, habe ich doch wohl das Recht, mir selbst das Schauspiel meiner Wut zu geben!« Doch er bemerkte, daß ihm die Stimme schwach aus der Brust kam, sein Körper lag kraftlos darnieder, er konnte nicht einmal mehr böse werden.

»Siehst du«, sagte der Gehäutete, ohne daß es seinem Mund gelang, ein Lächeln hervorzubringen, »deine Strafe hat schon begonnen. Nicht einmal der Haß ist dir noch erlaubt. Diese

Insel ist der einzige Ort im Universum, wo es nicht erlaubt ist zu leiden, wo eine kraftlose Hoffnung sich nicht unterscheidet von einer endlosen Langeweile.«

Roberto hatte sich Ferrantes Ende in einem Stück ausgedacht, während er immer noch auf dem Deck der *Daphne* lag, nackt wie bei seinem Versuch, Stein zu werden, und inzwischen hatte die Sonne ihm das Gesicht, die Brust und die Beine verbrannt, so daß er nun wieder jene fiebrige Hitze empfand, der er gerade erst entronnen war. Nunmehr bereit, nicht nur den Roman mit der Wirklichkeit zu verwechseln, sondern auch das Glühen der Seele mit dem des Leibes, fühlte er seine Liebe wiederaufflammen. Und Lilia? Was war mit Lilia geschehen, während Ferrantes Leiche zur Insel der Toten trieb?

Mit einem Sprung, der bei Romanautoren nicht selten vorkommt, wenn sie nicht mehr wissen, wie sie ihre Ungeduld zügeln sollen, und nicht mehr die Einheit von Zeit und Ort beachten, übersprang Roberto das Geschehen, um Lilia Tage später an ihr Türblatt gebunden wiederzufinden, während sie auf einem nun ruhigen, in der Sonne glitzernden Meer dahintrieb, hin zu – und dies, mein geneigter Leser, hättest du niemals vorauszusagen gewagt – der Ostküste jener selben Salomon-Insel, vor deren Westküste die *Daphne* verankert lag.

Dort, so hatte Roberto von Pater Caspar erfahren, waren die Strände nicht so lieblich wie auf der Westseite. Das inzwischen recht angeschlagene Türblatt zerschellte an einer Klippe. Lilia erwachte und klammerte sich an den Felsen, indes die Splitter ihres Floßes sich in den Wellen verloren.

Da lag sie nun, auf einem Stein, der sie kaum aufzunehmen vermochte, und eine Handbreit Wasser – aber für sie war's ein Ozean – trennte sie vom Ufer. Vom Sturm gebeutelt, entkräftet vom Fasten, noch schlimmer gequält vom Durst, war sie nicht imstande, sich von jener Klippe an den Strand zu schleppen, hinter dem sie getrübten Blickes graugrüne pflanzliche Formen erriet.

Doch der Felsen glühte unter der schlanken Hüfte, und

mühsam atmend zog sie, anstatt ihre innere Hitze abzukühlen, die Hitze der Luft auf sich.

Sie hoffte, daß am nahen Ufer frische Bäche aus schattigen Felsen entsprangen, doch solche Träume linderten nicht ihren Durst, sondern verstärkten ihn nur noch. Sie wollte den Himmel um Hilfe bitten, doch ihr klebte die Zunge am Gaumen und ihre Töne blieben ein heiseres Krächzen.

Je weiter die Zeit vorrückte, desto mehr kratzte die Peitsche des Windes sie mit Raubvogelkrallen, und mehr als zu sterben fürchtete sie, so lange zu leben, bis die Einwirkung der Elemente sie dermaßen verunstaltete, daß sie aus einem Objekt der Liebe zu einem der Abscheu geworden wäre.

Hätte sie eine Pfütze, ein Rinnsal fließenden Wassers gefunden, sie hätte, während sie ihre Lippen netzte, ihre Augen gesehen, einst zwei funkelnde Sterne, die Leben verhießen, nun zwei schreckenerregende Höhlen; und ihr Gesicht, in dem einst Amoretten sich munter vergnügten, nun gräßliche Herberge des Entsetzens. Wäre sie zu einem Teich gelangt, ihre Augen hätten aus Mitleid mit ihrem eigenen Zustand mehr Zähren in ihn vergossen, als ihre Lippen Tropfen aus ihm gesogen.

So jedenfalls ließ Roberto seine Angebetete über sich selber denken. Doch es bereitete ihm Verdruß. Verdruß darüber, daß sie sich so kurz vor dem Tod noch um ihre Schönheit sorgte, wie es die Romane nicht selten verlangten; und Verdruß auch über sich selbst, weil er nicht imstande war, seiner sterbenden Geliebten ohne Hyperbeln des Geistes ins Auge zu sehen.

Wie mochte sie jetzt wirklich aussehen, in ihrer Sterbestunde? Wie wäre sie erschienen, wenn man ihr dieses aus Worten gewebte Totenhemd ausgezogen hätte?

Durch die Strapazen der langen Reise und den Schiffbruch konnte ihr Haar strohig geworden sein, durchzogen von weißen Strähnen; ihr Busen hatte gewiß seine Lilienfrische verloren, ihr Antlitz war gefurcht von der Zeit. Faltig waren ihr Hals und der Brustansatz.

Doch nein, die Verblühende so zu verherrlichen hieß immer noch, sich Pater Emanueles Metaphernmaschine anzuvertrauen ... Roberto wollte Lilia so sehen, wie sie wirklich war. Den Kopf zur Seite gekippt, die verdrehten, nun vom Schmerz verkleinerten Augen zu weit von der Nasenwurzel entfernt, unterlegt mit dicken Tränensäcken, die Winkel gezeichnet von einem Strahlenkranz kleiner Runzeln, Spatzenspuren im Sand. Die Nase spitz, die Nasenlöcher ein bißchen geweitet, das eine etwas fleischiger als das andere. Die Lippen rissig und aufgeplatzt, zwei große amethystfarbene Runzeln, an den Seiten niedergebogen, die Oberlippe ein wenig vorstehend und leicht angehoben, um zwei große, nicht mehr elfenbeinfarbene Zähne zu zeigen. Die Gesichtshaut ein wenig schlaff, zwei lose Falten unterm Kinn, die den Hals verunstalteten ...

Und doch, diese welke Blume hätte Roberto nicht für alle Engel des Himmels hergegeben. Er liebte sie auch so, und ob sie anders aussah, hatte er ja auch an jenem fernen Abend nicht wissen können, als er sie das erste Mal so liebte, wie sie war, verhüllt unter ihrem Schleier.

Während seiner Tage als Schiffbrüchiger hatte er sich irreleiten lassen und hatte sie als einen Inbegriff der Harmonie gleich dem Sphärensystem begehrt; aber damals in Paris war ihm auch gesagt worden (und er hatte nicht gewagt, Pater Caspar auch dies zu beichten), daß vielleicht die Planeten ihre Reise durchs All nicht auf einer perfekten Kreisbahn zurücklegen, sondern auf einer eigentümlich schiefen Bahn um die Sonne.

Wenn Schönheit klar ist, dann ist Liebe geheimnisvoll: Roberto entdeckte, daß er nicht nur den Frühling, sondern alle Jahreszeiten der Geliebten liebte und daß sie in ihrem herbstlichen Niedergang nur noch begehrenswerter wurde. Er hatte sie stets wegen dessen geliebt, was sie war und sein können würde, und nur in diesem Sinne hieß lieben sich selbst hingeben, ohne etwas als Gegenleistung dafür zu erwarten.

Er hatte sich von seinem wellenumtosten Exil betäuben lassen, indem er immerfort nach einem anderen Selbst suchte: einem teuflischen in Ferrante und einem engelgleichen in Lilia, mit deren Ruhm er sich hatte rühmen wollen. Dabei hieß Lilia zu lieben doch nur, sie so haben zu wollen, wie er selber war, beide dem Zahn der Zeit ausgesetzt. Bisher hatte er ihre Schönheit benutzt, um die Verunreinigung seines Geistes zu fördern. Er hatte sie sprechen lassen, indem er ihr Worte in den Mund legte, die er von ihr hatte hören wollen und mit denen er gleichwohl unzufrieden war. Jetzt hätte er sie gerne bei sich gehabt, verliebt in ihre leidende Schönheit, in ihre wollüstige Ausgezehrtheit, in ihren verblaßten Liebreiz, ihre welke Anmut und ihre magere Nacktheit, um sie behutsam zu liebkosen und dabei auf ihre Worte zu hören, auf ihre eigenen und nicht auf die, die er ihr geliehen hatte.

Er mußte sie haben, indem er darauf verzichtete, sich zu besitzen.

Doch es war höchste Zeit, seinem kranken Idol die richtige Huldigung zu erweisen.

Auf der anderen Seite der Insel floß in Lilias Adern bereits der Tod.

39

EKSTATISCHE HIMMELSREISE

War das die Art, einen Roman zu beenden? Romane schüren nicht nur den Haß, um uns am Ende das Scheitern derer, die wir hassen, genießen zu lassen, sie regen auch zum Mitleid an, um uns dann entdecken zu lassen, daß die, die wir lieben, außer Gefahr sind. Einen Roman, der so schlecht endet, hatte Roberto noch nie gelesen.

Es sei denn, der Roman wäre noch gar nicht zu Ende und es käme noch ein heimlicher Held ins Spiel, der eine Tat vollbrachte, die nur im Land der Romane vorstellbar ist.

Aus Liebe zu seiner Heldin beschloß Roberto, diese Tat zu vollbringen, indem er selber in seinen Roman eintrat.

Wäre ich schon auf die Insel gelangt, sagte er sich, so könnte ich die Geliebte jetzt retten. Nur meine Trägheit hat mich hier festgehalten. Jetzt sind wir beide im Meer verankert und sehnen uns nach entgegengesetzten Ufern ein und desselben Landes.

Aber noch ist nicht alles verloren. Ich sehe sie zwar in diesem Augenblick sterben, aber wenn ich in diesem Augenblick auf die Insel käme, wäre ich ja einen Tag vor ihrer Ankunft da, also rechtzeitig, um sie zu erwarten und sie heil ans Ufer zu bringen.

Und selbst wenn sie bei ihrer Ankunft schon kurz davor wäre, ihren letzten Seufzer zu tun, bestünde durchaus noch Hoffnung. Denn wenn der Körper an diesem Punkt ist, kann, wie man weiß, eine starke Emotion ihm neue Kräfte verleihen, und man hat schon Sterbende gesehen, die wieder zu blühen anfingen, als sie hörten, daß der Grund ihres Unglücks beseitigt war.

Und welche Emotion könnte stärker sein, zumal für jene Sterbende, als den Geliebten lebendig wiederzusehen! Natürlich dürfte ich ihr auf keinen Fall enthüllen, daß ich ein anderer bin als der, den sie geliebt hatte, denn gemeint hatte sie ja mich und nicht ihn; ich würde einfach die Stelle einnehmen, die mir seit jeher zustand. Und mehr noch, ohne es sich bewußtzumachen, würde Lilia eine andere Liebe in meinen Augen verspüren, eine echte und reine Liebe, frei von Lüsternheit und bebend vor Hingabe.

Konnte es sein, fragt sich hier gewiß ein jeder, daß Roberto nicht bedacht hatte, daß ihm diese Rettung nur möglich sein würde, wenn er die Insel wirklich noch am selben Tage, spätestens aber bis zu den Morgenstunden des nächsten Tages erreichte, was angesichts seiner jüngsten Erfahrungen nicht eben wahrscheinlich war? Und konnte es sein, daß ihm nicht bewußt wurde, daß er jetzt plante, wirklich und leibhaftig auf die Insel zu gelangen, um dort eine Person zu finden, die nur in seiner Erzählung dorthin gelangte?

Aber Roberto war, wie wir gesehen haben, nachdem er zunächst an ein Land der Romane gedacht hatte, das seiner eigenen Welt völlig fremd war, schließlich dazu gelangt, die beiden Welten umstandslos ineinanderfließen zu lassen und ihre Gesetze zu vermischen. Er meinte, er könne die Insel erreichen, weil er es sich so ausdachte, und er könne sich ausdenken, daß Lilia dort zu einem Zeitpunkt eintraf, an dem er selber sich bereits dort befand, weil er es so wollte. Andererseits war Roberto dabei, jene Freiheit, Ereignisse zu wollen und sie verwirklicht zu sehen, dank welcher die Romane so unvorhersehbar werden, auf seine eigene Welt zu übertragen: Endlich würde er die Insel erreichen, und zwar einfach weil er sonst nicht mehr gewußt hätte, was er sich noch erzählen sollte.

Um diese Idee, die jeder, der uns nicht bis hierher gefolgt wäre, als Narretei oder Verrücktheit abtun würde, ließ er nun seine Gedanken mit geradezu mathematischer Präzision kreisen, ohne sich auch nur eine der Eventualitäten zu verheimlichen, die Verstand und Klugheit ihm nahelegten.

Wie ein General, der am Abend vor der Schlacht festlegt, welche Bewegungen seine Truppen am nächsten Tage vollführen sollen, und der sich nicht nur die Schwierigkeiten vorstellt, die sich plötzlich ergeben, oder die Zwischenfälle, die seinen Plan stören könnten, sondern sich auch in den Kopf des gegnerischen Generals hineinversetzt, um dessen Züge und Gegenzüge vorauszusehen und das Kommende zu planen in Konsequenz dessen, was der andere in Konsequenz jener Konsequenzen planen könnte – so erwog und bedachte Roberto die Mittel und die voraussichtlichen Ergebnisse, die Ursachen und die Wirkungen, das Pro und das Kontra.

Den Gedanken, zum Riff zu schwimmen und es zu überwinden, mußte er endgültig aufgeben. In dem Teil, der unter Wasser lag, konnte er jetzt nicht mehr sehen, wo es Passagen gab, und den herausragenden Teil hätte er nur erreichen können, wenn er unsichtbare und sicher tödliche Hinterhalte überwand. Und selbst angenommen, er würde das Riff erreichen, ob über oder unter Wasser, wäre doch keineswegs gesagt, daß er mit seinen dünnen Segeltuchschuhen dort würde gehen können und daß es dort nicht verborgene Spalten gab, in die er stürzen würde ohne die Aussicht, je wieder herauszukommen.

Also konnte er die Insel nur auf dem Weg erreichen, den das Boot genommen hatte, soll heißen, indem er nach Süden schwamm, außen an der Bucht entlang ungefähr auf der Höhe der *Daphne*, um dann hinter dem Südkap der Insel nach Osten zu biegen und jene Anlegestelle zu erreichen, von der Pater Caspar gesprochen hatte.

Dieser Plan war nicht vernünftig, und zwar aus zwei Gründen. Erstens war es Roberto bisher nur mit Mühe gelungen, bis zum Anfang des Korallenriffs zu schwimmen, und schon dort hatten ihn die Kräfte verlassen; es war also nicht sehr vernünftig anzunehmen, er werde eine mindestens vier- bis fünfmal so lange Strecke schwimmen können – und zwar ohne Seil, nicht nur, weil er kein so langes Seil hatte, sondern auch, weil es diesmal darum gehen würde, wenn er einmal am Schwimmen war, wirklich hinüberzuschwimmen, und wenn er nicht drüben ankam, hatte es auch keinen Sinn mehr, umzukehren. Zweitens mußte er, wenn er nach Süden schwamm, gegen die Strömung schwimmen, und da seine Kräfte, wie er ja nun wußte, nur für wenige Züge gegen die Strömung reichten, würde er unerbittlich nach Norden davongetrieben werden, am Nordkap der Insel vorbei und hinaus ins offene Meer.

Nachdem er diese Möglichkeiten in aller Nüchternheit abgewogen hatte (und sich gesagt hatte, daß das Leben kurz und die Kunst lang ist, die Gelegenheit blitzartig und das Experiment unsicher), sagte er sich, daß es eines Edelmannes nicht würdig sei, sich in so kleinliche Abwägungen zu verlieren, wie ein Bürger, der seine Chancen überschlägt, wenn er seine geizig gehüteten Ersparnisse beim Würfeln aufs Spiel setzt.

Beziehungsweise, sagte er sich, eine Abwägung muß ich schon vornehmen, aber eine erhabene soll es sein, wenn der Einsatz ein so erhabener ist. Worum ging es bei dieser Wette? Um sein Leben. Doch wenn es ihm nicht gelang, das Schiff zu verlassen, war sein Leben ohnehin nicht mehr viel wert, zumal jetzt, da zu seiner Einsamkeit noch das Bewußtsein hinzukommen würde, Lilia für immer verloren zu haben. Was gewann er dagegen, wenn er die Probe bestand? Alles: die Freude, sie wiederzusehen und sie zu retten, und schlimmstenfalls, wenn sie schon tot war, das Glück, auf ihr sterben zu dürfen, ihren toten Körper mit einem Leichentuch aus Küssen bedeckend.

Gewiß, das war keine Wette mit gleichen Chancen. Es gab

mehr Möglichkeiten, unterwegs zu scheitern, als wirklich an Land zu gelangen. Dennoch würde das Wagnis sich lohnen: Es war, als würde ihm eine Wette angeboten, bei der er tausend Chancen hatte, eine klägliche Summe zu verlieren, gegenüber nur einer einzigen, einen riesigen Schatz zu gewinnen. Wer hätte da nicht eingewilligt?

Und schließlich kam ihm noch ein anderer Gedanke, der ihm das Risiko dieser Wette über die Maßen verringerte, ja ihn in jedem Falle als Sieger dastehen ließ. Selbst angenommen, die Strömung würde ihn in die entgegengesetzte Richtung davonziehen, so würde sie ihn, sobald er das Nordkap der Insel passiert hatte – er erinnerte sich an seine Probe mit dem Türblatt –, auf dem Meridian entlangtreiben …

Wenn er sich in der Strömung treiben ließe, die Augen zum Himmel gerichtet, würde er die Sonne nie mehr in Bewegung sehen; er würde auf jener Grenzlinie entlangtreiben, die das Heute vom Gestern trennt, also außerhalb der Zeit, in einem ewigen Mittag. Da die Zeit für ihn stehengeblieben wäre, würde sie auch für die Insel stehenbleiben und somit den Tod der Geliebten auf ewig hinauszögern, denn alles, was von da an mit Lilia geschah, würde dann von seinem Willen als Erzähler abhängen. Solange er in der Schwebe blieb, blieb auch das Geschehen auf der Insel in der Schwebe.

Ein höchst pointierter Chiasmus obendrein: Sie würde sich in der nämlichen Lage befinden, in welcher er während einer inzwischen unabsehbaren Zeit gewesen war, lediglich einige Klafter von der Insel entfernt, und während er sich in den Weiten des Ozeans verlor, würde er ihr seine einstige Hoffnung schenken und würde sie in der Schwebe halten auf der Fluchtlinie eines unendlichen Begehrens – beide ohne Zukunft und mithin ohne kommenden Tod.

Roberto malte sich aus, was für eine Reise er machen würde, und dank der Fusion zweier Welten, die er nun besiegelt hatte, empfand er diese Reise so, als wäre sie auch Lilias Reise. Das außerordentliche Schicksal Robertos würde auch

Lilia eine Unsterblichkeit garantieren, die ihr das Drama der Längengrade sonst nicht gewährt hätte.

Er würde mit mäßiger und gleichbleibender Geschwindigkeit nach Norden treiben; rechts und links von ihm würden die Tage und Nächte einander folgen, die Jahreszeiten, die Eklipsen und die Gezeiten, neue Sterne würden am Himmel erscheinen, um Pestepidemien und Zusammenbrüche ganzer Reiche zu bringen, Monarchen und Päpste würden ergrauen und in Staubwolken verschwinden, alle Wirbel des Universums würden ihre stürmischen Umdrehungen vollenden, andere Sterne würden sich bilden aus dem Verglühen der alten ... Das Meer rings um ihn würde toben und sich wieder beruhigen, die Passatwinde würden ihre neckischen Spiele treiben, nur für ihn würde sich nichts verändern auf seiner friedlichen Bahn.

Würde er eines Tages anhalten? Nach dem, was er von den Karten in Erinnerung hatte, gab es auf diesem Meridian keine andere Insel als die Insula Salomonis, jedenfalls bis er sich am Nordpol mit allen anderen Meridianen vereinte. Doch wenn ein Schiff mit dem Wind im Rücken und mit einem Wald von Segeln Monate und Monate und nochmals Monate brauchte, um eine Reise zurückzulegen, wie er sie machen würde, wie lange würde dann er dafür brauchen? Vielleicht würde es Jahre dauern, bis er an jenen Ort gelangte, wo er nicht mehr wissen würde, was aus dem Tag und der Nacht geworden war und was aus dem Vergehen der Jahrhunderte.

Doch bis dahin würde er in einer Liebe von solcher Zartheit ruhen, daß es ihm nichts mehr ausmachen würde, Lippen, Hände, Pupillen zu verlieren. Sein Körper würde sich aller Säfte entledigen, des Blutes, der Galle und allen Schleims, das Meerwasser würde durch alle Poren eindringen, würde durch die Ohren und die Gehörgänge ins Gehirn gelangen, um es mit Salzlauge zu überziehen, würde den glasigen Gallert der Augen ersetzen, würde die Nasenlöcher ausfüllen, um alle Spuren des irdischen Elements zu verwischen. Gleichzeitig würden die Sonnenstrahlen ihn mit Feuerpartikeln versorgen, und diese würden die Flüssigkeit zu einem bloßen Tau aus Luft und Feuer verdünnen, der sich, durch die Kraft der Sympathie angezogen, zum Himmel erheben würde. Und er, Roberto, würde, nun leicht und fast schwerelos geworden, sich mit diesem Tau erheben, um sich zuerst mit den Geistern der Luft zu vereinen und dann mit denen der Sonne.

Und dasselbe würde mit Lilia geschehen im reglosen Licht jener Klippe. Sie würde sich ausdehnen wie bis zur feinsten Blattgoldstärke geschlagenes Gold.

So würden sie sich im Lauf der Tage in jenem Einverständnis vereinen. Moment für Moment würden sie füreinander wirklich wie die zwei starren Füße eines Zirkels werden, deren jeder sich gemäß der Bewegung des anderen bewegt, indem er sich neigt, wenn der andere in die Ferne schweift, und sich wieder aufrichtet, wenn der andere zurückkehrt.

Sodann würden sie beide ihre Reise in der Gegenwart fortsetzen, geradewegs zu dem Stern, der sie am Himmel erwartete, Atomstaub zwischen den anderen Teilchen im Kosmos, Wirbel zwischen den anderen Wirbeln, nun ewig wie die Welt, da zusammengesetzt aus Leere. Dabei versöhnt mit ihrem Schicksal, denn das Beben der Erde bringt zwar Leiden und Ängste, doch das Erzittern der Sphären ist unschuldig.

Also würde die Fortsetzung ihm auf jeden Fall einen Sieg bringen. Er durfte nicht zögern. Doch er durfte auch nicht zu diesem triumphalen Opfergang schreiten, ohne ihn mit den passenden Riten umgeben zu haben. Roberto vertraut seinen Papieren die letzten Taten an, die zu vollbringen er sich anschickt, und für den Rest läßt er uns Gesten, Zeiten, Kadenzen erraten.

Als erste befreiende Reinigungstat hatte er fast eine Stunde damit verbracht, einen Teil jenes Lattenrosts zu entfernen, der das Oberdeck vom Unterdeck trennte. Dann war er hinuntergestiegen und hatte einen nach dem anderen alle Käfige geöffnet. Je mehr Bastgeflecht er gelöst hatte, desto dichter war das Flügelgeflatter geworden, das ihn umschwirrte, so daß er sich schützend die Hände vors Gesicht halten mußte, doch zugleich hatte er »Ksch, ksch!« gerufen, um die Gefangenen zur Flucht zu ermuntern, und hatte sogar die Hühner ins Freie gescheucht, die aufgeregt gackerten, ohne den Ausgang zu finden.

Bis er dann, als er wieder an Deck war, den artenreichen Schwarm hatte aufsteigen sehen zwischen der Takelage, und sekundenlang war es ihm vorgekommen, als wäre die Sonne von allen Farben des Regenbogens bedeckt gewesen, dazu kreuz und quer durchschossen von den Farben der Seevögel, die neugierig herbeigeeilt waren, um sich an dem Fest zu beteiligen.

Sodann hatte er alle Uhren ins Meer geworfen, und dabei hatte er keineswegs gedacht, daß er kostbare Zeit verlor: Er löschte die Zeit aus, um sich auf eine Reise gegen die Zeit einzustimmen.

Schließlich hatte er, um sich jeden Rückzug unmöglich zu machen, auf dem Deck unter dem Hauptmast Rundhölzer, Bretter und Faßdauben aufgeschichtet, hatte sie mit dem Öl aller Lampen übergossen und angezündet.

Erste Flammen waren aufgelodert, die sofort an den Segeln und Wanten zu lecken begannen. Als er sicher war, daß der Brand aus eigener Kraft um sich greifen würde, hatte er sich zum Abschied gerüstet.

Er war immer noch nackt, seit er sich ausgezogen hatte, um sein Sterben mit der Verwandlung in einen Stein zu beginnen. Nackt und bar nun sogar des Seils, das seine Reise nicht mehr begrenzen durfte, war er ins Meer gestiegen.

Er hatte die Füße gegen die Planken gestemmt und sich abgestoßen, war an der *Daphne* entlanggeschwommen bis zum Heck und hatte sich dann für immer von ihr entfernt, hin zu einer der beiden Glückseligkeiten, die ihn gewiß erwarteten.

Bevor das Schicksal und das Meer die Wette für ihn entschieden hatten, wünschte ich mir, daß er, während er ab und zu innehielt, um zu verschnaufen, den Blick von der *Daphne*, die er zum Abschied grüßte, zur Insel hinübergleiten ließ.

Dort, über der Linie, die von den Wipfeln der Bäume gezogen wurde, müßte er mit nunmehr überscharfen Augen gesehen haben, wie sich – gleich einem Speer, der auf die Sonne zielte – die Flammenfarbene Taube erhob.

40

KOLOPHON

Das war's. Und was dann mit Roberto geschah, weiß ich nicht und wird man, glaube ich, auch nie erfahren.

Wie gewinnt man einen Roman aus einer Geschichte, mag sie auch noch so romanhaft sein, wenn man ihr Ende nicht kennt - oder besser gesagt, ihren wahren Anfang?

Es sei denn, die zu erzählende Geschichte ist nicht die von Roberto, sondern die seiner Papiere – obwohl man auch hier von Mutmaßungen ausgehen muß.

Wenn die Papiere (die übrigens fragmentarisch sind), aus denen ich eine Erzählung gewonnen habe (oder eine Reihe von Erzählungen, die sich überschneiden oder überlagern), zu uns gelangt sind, so kann das nur heißen, daß die *Daphne* nicht völlig verbrannt war, das scheint mir evident. Wer weiß, vielleicht hatte das Feuer die Masten nur angesengt, um dann an jenem windstillen Tag zu erlöschen. Oder wer wollte ausschließen, daß ein paar Stunden später ein tropischer Regen niederprasselte, der das glimmende Feuer löschte ...

Wie lange mag die *Daphne* in jener Bucht gelegen haben, bis jemand sie fand und die Schriften Robertos entdeckte? Ich erwäge zwei Hypothesen, beide reichlich phantastisch.

Wie bereits angedeutet, hatte wenige Monate vor dem hier berichteten Geschehen, genauer gesagt im Februar 1643, der holländische Seefahrer Abel Tasman, im August 1642 aus Batavia aufgebrochen, erst jenes Van-Diemens-Land entdeckt, das später Tasmanien heißen sollte, war dann in Sichtweite an Neuseeland vorbeigefahren und zu den Tonga-Inseln gelangt (die bereits 1615 von van Schouten und Le Maire entdeckt und von ihnen Inseln der Kokosnuß und der Verräter genannt worden waren) und hatte anschließend nordwestlich von ihnen eine Gruppe kleiner, von Sandstrand gesäumter Inseln gefunden, die er auf 17,19 Grad südlicher Breite und 201,35 Grad Länge registrierte. Wir wollen nicht über die Längenangabe diskutieren, aber jene Inseln, die er Prins Willems Eijlanden nannte, dürften, wenn meine Hypothesen stimmen, nicht allzuweit von der Insel unserer Geschichte entfernt gewesen sein.

Tasman beendet seine Reise, schreibt er, im Juni, also bevor die *Daphne* in jene Gegend gelangt sein konnte. Aber es ist nicht gesagt, daß seine Logbücher die Wahrheit sagen (außerdem existiert das Original nicht mehr).* Versuchen wir uns also vorzustellen, daß er durch eine jener sprunghaften Kursänderungen, an denen seine Reise so reich ist, noch einmal in jene Gegend zurückgekehrt war, sagen wir im September jenes Jahres, und dort die *Daphne* gefunden hatte. Es war unmöglich, sie wieder flottzumachen, ohne Masten und Segel, wie sie inzwischen sein mußte. Er hatte sie durchsucht, um herauszufinden, woher sie kam, und hatte Robertos Papiere gefunden.

Sowenig Italienisch er konnte, hatte er doch begriffen, daß

---

* Die Wahrheit meiner Behauptung ist für jedermann leicht nachprüfbar in P. A. Leupe, »De handschriften der ontdekkingreis van A. J. Tasman en Franchoys Jacobsen Vissche 1642-3«, in *Bijdragen voor vaderlandsche geschiedenis en oudheidkunde*, N.R. 7, 1872, S. 254-93. Unanfechtbar sind gewiß die als *Generale Missiven* gesammelten Dokumente, worin es einen Auszug aus dem »Daghregister van het Casteel Batavia« vom 10. Juni 1643 gibt, in dem die Rückkehr Tasmans vermerkt ist. Aber wenn die hier erörterte Hypothese zutreffen sollte, könnten wir ohne weiteres annehmen, daß zur Wahrung eines Geheimnisses wie das der Längengrade auch eine solche Akte manipuliert worden war. In Mitteilungen, die von Batavia nach Holland geschickt werden mußten, und wer weiß, wann sie dort ankamen, konnte eine Abweichung von zwei Monaten leicht unbemerkt bleiben. Im übrigen bin ich keineswegs sicher, daß Roberto erst im August und nicht schon eher in jene Gegend gelangt ist.

darin vom Problem der Längengrade die Rede war, womit diese Papiere automatisch zu einem streng geheimen Dokument avancierten, das er der Ostindischen Kompanie zu übergeben hatte. Deswegen schweigt er in seinem Logbuch über die ganze Sache, vielleicht fälscht er sogar die Daten, um jede Spur seines Abenteuers zu löschen, und Robertos Papiere landen in irgendeinem Geheimarchiv. Man beachte, daß Tasman im folgenden Jahr erneut auf die Reise ging, und Gott weiß, ob er wirklich zu dem angegebenen Ziel gefahren war.*

Stellen wir uns nun die niederländischen Geographen vor, wie sie in jenen Papieren blätterten. Wir wissen, es gab darin nichts Interessantes zu finden, außer vielleicht Doktor Byrds Hundemethode, bei der ich aber wetten würde, daß diverse Spione schon auf anderen Wegen von ihr erfahren hatten. Erwähnt wird zwar die Specula Melitensis, aber ich möchte daran erinnern, daß nach Abel Tasman noch ganze hundertdreißig Jahre vergehen sollten, bis James Cook dieselben Inseln wiederentdeckte, und nach der Lagebestimmung von Tasman hätte man sie nicht wiederfinden können.

Dann endlich, ebenfalls gut ein Jahrhundert nach unserer Geschichte, macht die Erfindung von Harrisons Seechronometer der hektischen Suche nach dem *Punto Fijo* ein Ende. Das Problem der Längengrade ist kein Problem mehr, und irgendein Archivar der Kompanie, der die Schränke leermachen will, sortiert aus, verschenkt, verkauft – was weiß ich – Robertos Papiere, die jetzt nur noch eine Kuriosität für Sammler alter Handschriften sind.

Die zweite Hypothese ist, in romanhafter Hinsicht, fesselnder. Im Mai 1789 kommt eine faszinierende Persönlichkeit durch jene Gegend. Es ist Captain Bligh, den die Meuterer der *Bounty* auf einer Schaluppe mit achtzehn Getreuen ausgesetzt und der Gnade des Meeres anvertraut hatten.

Dieser außergewöhnliche Mann – wie groß seine charak-

---

* Von dieser zweiten Reise gibt es keinerlei Logbücher. Warum nicht?

terlichen Mängel auch immer gewesen sein mögen – bringt es fertig, mehr als sechstausend Kilometer quer durch den Pazifik zu fahren, um schließlich auf Timor zu landen. Bei dieser Fahrt kommt er durch den Archipel der Fidschi-Inseln, landet beinahe auf Vanua Levu und durchquert die Yasawa-Gruppe. Das heißt, mit einem kleinen Abstecher nach Osten hätte er leicht in die Gegend von Taveuni gelangen können, wo es mir gefallen würde, unsere Insel anzusiedeln; und wenn Beweise etwas bedeuten würden in Fragen, die das Glauben oder Glaubenwollen betreffen, nun denn, man hat mir versichert, daß eine Flammenfarbene Taube (oder Flame Dove oder Orange Dove oder besser noch Ptilinopus Victor) nirgendwo anders als ebendort existiert – nur daß, und hier riskiere ich, die ganze Geschichte zu ruinieren, die flammenfarbene das Männchen ist.

Gewiß hätte einer wie Captain Bligh, wenn er die *Daphne* in halbwegs brauchbarem Zustand vorgefunden hätte – er war ja in einem offenen Boot zu ihr gelangt –, alles getan, um sie wieder flottzumachen. Doch inzwischen waren fast anderthalb Jahrhunderte vergangen. Stürme hatten das Wrack geschüttelt und aus der Verankerung gerissen, so daß es an das Korallenriff getrieben und dort zerschellt war – oder nein, es war von der Strömung erfaßt und nach Norden getrieben worden, um auf einer Sandbank oder an den Klippen einer nahen Insel hängenzubleiben und dort langsam zu verrotten.

Vermutlich war Bligh an Bord eines Gespensterschiffes gegangen, dessen Wände von Muscheln verkrustet und von Algen grün waren, mit stehendem Wasser in einem aufgeschlitzten Bauch, der allerlei Mollusken und giftigen Fischen als Refugium diente.

Vielleicht stand das Achterkastell noch, brüchig und morsch, und in der Kapitänskajüte fand Bligh, trocken und staubig, oder nein, feucht und durchweicht, aber noch lesbar, Robertos Papiere.

Es war nicht mehr die Zeit der großen Aufregung über die Längengrade, aber vielleicht erregten die wiederholten Erwähnungen der Salomon-Inseln in einer für ihn sonst unverständlichen Sprache seine Aufmerksamkeit. Etwa zehn Jahre zuvor hatte ein gewisser Monsieur Buache, Geograph des Königs und der französischen Flotte, der Akademie der Wissenschaften einen Bericht über die Existenz und die Position der Salomon-Inseln vorgelegt und behauptet, sie seien nichts anderes als jene Baie de Choiseul, die Bougainville im Jahre 1768 entdeckt hatte (und deren Beschreibung sich mit der alten von Mendaña deckte) sowie jene Terres des Arsacides, die Surville ein Jahr später gefunden hatte. Worauf dann, während Bligh noch unterwegs war, ein Anonymus, vermutlich Monsieur de Fleurieu, ein Buch mit dem Titel *Découvertes des François en 1768 & 1769 dans les Sud-Est de la Nouvelle Guinée* herausbrachte.

Ich weiß nicht, ob Bligh die Gebietsansprüche von Buache kannte, aber zweifellos sprach man in der britischen Flotte verärgert über die Arroganz der französischen Vettern, die sich brüsteten, das Unauffindbare gefunden zu haben. Die Franzosen hatten zwar recht, aber das konnte Bligh weder wissen noch wünschen. So keimte in ihm vielleicht die Hoffnung, ein Dokument gefunden zu haben, das nicht nur die französischen Besitzansprüche widerlegte, sondern überdies auch ihn als den wahren Entdecker der Salomon-Inseln bestätigte.

Ich stelle mir vor, daß er zunächst Fletcher Christian und den anderen Meuterern innerlich dafür dankte, daß sie ihn so brutal auf den Weg des Ruhmes gebracht hatten, und daß er sodann als guter Patriot beschloß, seinen kurzen Abstecher nach Osten und seine Entdeckung allen zu verschweigen, um die Papiere unter strengster Geheimhaltung niemand anders als der britischen Admiralität zu übergeben.

Auch in diesem Falle wird sie dann allerdings jemand als von geringem Interesse und keinerlei Beweiskraft eingestuft haben, so daß sie – erneut – zwischen Bündeln vergilbter Gelahrtheiten für Literaten landeten. Bligh verzichtet auf die Salomon-Inseln, begnügt sich mit seiner Ernennung zum Admiral aufgrund seiner unleugbaren seemännischen Qualitäten und stirbt als Pensionär in Ehren, ohne zu ahnen, daß Hollywood ihn der Nachwelt als ein besonders verabscheuenswertes Scheusal hinstellen wird.

Und somit, selbst wenn sich eine meiner Hypothesen zur Fortsetzung der Erzählung anböte, würde diese kein erzählenswertes Ende haben und meine Leser so unzufrieden wie unbefriedigt lassen. Und auch auf diese Weise würde sich die Geschichte von Roberto nicht zu einer moralischen Lehre eignen, und wir würden uns immer noch fragen, wieso ihm geschehen ist, was ihm geschehen ist, und müßten schließen, daß die Dinge im Leben eben geschehen, weil sie geschehen, und daß sie nur im Land der Romane für einen bestimmten Zweck oder aufgrund einer Vorsehung zu geschehen scheinen.

Wollte ich eine Schlußfolgerung ziehen, so müßte ich unter Robertos Papieren nach einer Anmerkung suchen, die sicherlich auf jene Nächte zurückging, in denen er sich noch fragte, ob es auf der *Daphne* womöglich einen Eindringling gab. An jenem Abend betrachtete er wieder einmal den Himmel. Er entsann sich, daß auf La Griva, als die altersschwache Hauskapelle eingestürzt war, sein karmelitischer Lehrer, der sich im Orient auskannte, den Rat gegeben hatte, man solle jenes kleine Gebetshaus nach der byzantinischen Mode wiederaufbauen, rund und mit einer Kuppel in der Mitte, was nun wirklich nicht das geringste mit dem Stil zu tun hatte, den man im Monferrat gewohnt war. Doch der alte Pozzo wollte sich nicht auf eine Diskussion über Fragen der Kunst und der Religion einlassen und hatte den Rat jenes heiligen Mannes befolgt.

Beim Anblick des Himmels der Antipoden machte Roberto sich nun bewußt, daß ihm auf La Griva, in einer ringsum von Hügeln umschlossenen Landschaft, das Himmelsgewölbe immer wie die Kuppel jenes Gebetsraums erschienen war, klar begrenzt durch das enge Rund des Horizonts und besetzt mit ein oder zwei Sternbildern, die er sich merken konnte – ein Schauspiel, das sich, soviel er wußte, von Woche zu Woche veränderte, und da er früh schlafenzugehen pflegte, war ihm nie aufgefallen, daß es sich bereits im Laufe einer Nacht änderte. Infolgedessen war ihm jene Kuppel stets reglos und rund vorgekommen, und als ebenso reglos und rund hatte er sich infolgedessen das Weltall vorgestellt.

In Casale, inmitten einer Ebene, hatte er dann begriffen, daß der Himmel viel weiter war, als er gedacht hatte, aber Pater Emanuele hatte ihn dazu überredet, sich mehr die mit geistreichen Metaphern beschriebenen Sterne vorzustellen, als die Sterne über seinem Kopf zu betrachten.

Jetzt, als antipodischer Zuschauer aus der unendlichen Weite eines Ozeans, entdeckte er einen grenzenlosen Horizont. Und hoch über seinem Kopf sah er nie zuvor gesehene Konstellationen. Diejenigen seiner Hemisphäre deutete er sich anhand der Bilder, die andere schon für sie festgelegt hatten – hier die polygonale Symmetrie des Großen Wagens, dort die alphabetische Exaktheit der Kassiopeia. Doch auf der *Daphne* hatte er keine vorgegebenen Figuren, er konnte jeden Punkt mit jedem anderen verbinden, konnte sie sich zum Bild einer Schlange, eines Riesen, einer Haarlocke oder eines giftigen Insektenstachels zusammensetzen, um sie dann wieder aufzulösen und andere Formen zu probieren.

In Frankreich und Italien beobachtete man auch am Himmel eine Landschaft, die von der Hand eines Monarchen geordnet war, der den Verlauf der Straßen und der Postwege festgelegt und dazwischen das Dickicht der Wälder gelassen hatte. Hier hingegen war man Pionier in einem unbekannten Land und mußte selber entscheiden, welche Wege von einem Berggipfel zu einem See führten, ohne daß man ein Auswahlkriterium hatte, denn es gab noch keine Städte und Dörfer an den Hängen des einen oder den Ufern des anderen. Roberto konnte die Sternbilder nicht betrachten, er war dazu verurteilt, sie einzurichten. Und es bestürzte ihn, daß sich das Ganze zu einer Spirale fügte, zu einem Schneckenhaus, einem Strudel.

An dieser Stelle war es, daß er sich an eine relativ neue Kirche erinnerte, die er in Rom gesehen hatte (und nur hier läßt er durchblicken, daß er diese Stadt besucht hatte, vielleicht vor seiner Reise in die Provence). Die betreffende Kirche hatte sich allzu kraß sowohl von dem runden Kuppelbau in La Griva als auch von den mit Spitzbögen und Kreuzrippen geometrisch geordneten Schiffen der Kirchen in Casale abgehoben. Jetzt begriff er, warum: Es war, als wäre das Gewölbe jener Kirche ein südlicher Himmel gewesen, der dem Auge Lust machte, immer neue Fluchtlinien auszuprobieren, ohne sich je auf einem Mittelpunkt auszuruhen. Unter jener Kuppel war man sich, wenn man zu ihr hinaufschaute, gleichgültig, wo man stand, immer am Rand vorgekommen.

Roberto machte sich jetzt bewußt, daß er jenes Gefühl einer verweigerten Ruhe weniger deutlich, weniger theatralisch, dafür aber praktisch erfahren durch kleine Überraschungen von Tag zu Tag, erstmals in der Provence und dann in Paris gehabt hatte, wo ihm jedermann ständig eine Gewißheit zerstört und eine mögliche Art und Weise gezeigt hatte, wie man die Karte der Welt neu zeichnen konnte, ohne daß sich jedoch die Anregungen, die er von allen Seiten erhielt, zu einem fertigen Bild fügen wollten.

Er hatte von Maschinen gehört, die imstande waren, die Ordnung der Naturphänomene so zu verändern, daß Schweres nach oben strebte und Leichtes nach unten fiel, daß Feuer benetzte und Wasser verbrannte, als könnte der Schöpfer des Universums höchstselbst sich korrigieren und womöglich die Pflanzen und Blumen zwingen, sich gegen die Jahreszeiten zu behaupten, und die Jahreszeiten, einen Kampf mit der Zeit aufzunehmen.

Wenn aber der Schöpfer zu einem Sinneswandel bereit war, gab es dann noch eine Ordnung, die Er dem Universum auferlegt hatte? Vielleicht hatte Er ihm seit Anbeginn vielerlei Ordnungen auferlegt, vielleicht war Er bereit, sie Tag für Tag zu verändern, vielleicht gab es eine geheime Ordnung, die diesem unaufhörlichen Wandel der Ordnungen und Perspektiven unterlag, aber es war uns nicht bestimmt, sie je zu entdecken, wir folgten eher dem Wechselspiel jener Schein-Ordnungen, die sich mit jeder neuen Erfahrung neu bildeten.

Womit dann die Geschichte von Roberto de La Grive nur die eines unglücklich Verliebten wäre, der dazu verurteilt war, unter einem übertriebenen Himmel zu leben, und der nicht mit der Idee zurechtkam, daß die Erde sich auf einer elliptischen Bahn bewegt, in welcher die Sonne nur einer der beiden Mittelpunkte ist.

Was nun wirklich, wie mir wohl die meisten zustimmen werden, zu wenig ist, um daraus eine Geschichte mit einem Anfang und einem Ende zu machen.

Schließlich würde ich, wenn ich aus dieser Geschichte einen Roman hervorgehen lassen wollte, damit nur ein weiteres Mal beweisen, daß man nicht anders schreiben kann, als indem man das Palimpsest einer wiedergefundenen Handschrift verfertigt – ohne sich je der Angst vor dem EINFLUSS entziehen zu können. Und ich würde auch nicht der kindischen Neugier des Lesers entgehen, der dann würde wissen wollen, ob Roberto die Seiten, mit denen ich mich so ausführlich beschäftigt habe, auch wirklich geschrieben hatte. Ehrlicherweise würde ich antworten müssen, daß sie auch ein anderer geschrieben haben könnte, der womöglich nur so tun wollte, als ob er die Wahrheit sagte. Und so würde ich den ganzen Effekt des Romans ruinieren – bei dem man zwar immer so tun muß, als ob man wahre Dinge erzählt, aber niemals ernsthaft sagen darf, daß man nur so tut.

Und ich wüßte mir auch nicht auszudenken, durch welche letzte Verkettung von Ereignissen Robertos Briefe in die Hand dessen gelangt wären, der sie mir hätte übergeben müssen, indem er sie aus einem Bündel anderer ausgewaschener und zerkratzter Autographen hervorzog.

»Der Autor ist unbekannt«, würde ich allerdings erwarten, daß er mir sagte, »die Handschrift ist anmutig, aber verblaßt, wie Sie sehen, und die Blätter sind nur noch eine verklebte Masse. Was den Inhalt betrifft, nach dem wenigen, was ich habe entziffern können, sind es manieristische Stilübungen. Sie wissen ja, wie man damals schrieb ... Das waren Leute ohne Seele.«

Inhalt

1. Daphne 7
2. Von den Begebenheiten im Monferrat 28
3. Das Serail der Überraschungen 45
4. Demonstrierte Befestigung 54
5. Das Labyrinth der Welt 61
6. Große Kunst des Lichts und der Schatten 73
7. Pavane Lachryme 81
8. Die kuriose Lehre der Schöngeister jener Zeit 89
9. Das Aristotelische Fernrohr 98
10. Reformierte Land- und Gewässerkunde 111
11. Die Kunst der Weltklugheit 122
12. Die Leidenschaften der Seele 129
13. Die Karte der Zärtlichkeit 142
14. Traktat der Wissenschaft von den Waffen 148
15. Horologia oscillatoria 164
16. Diskurs über das sympathetische Pulver 171
17. Die begehrte Wissenschaft von den Längengraden 198
18. Unerhörte Kuriositäten 220
19. Das Narrenschiff 227
20. Scharfsinn und Kunst der Erfindung 253
21. Heilige Theorie der Erde 267
22. Die flammenfarbene Taube 298
23. Allerley kunstreiche Maschinen 309
24. Dialog über die hauptsächlichsten Weltsysteme 326
25. Technica Curiosa 356
26. Emblematisches Lust-Cabinet 373
27. Die Geheimnisse des Meeres-Flusses 391

28. Vom Ursprung der Romane   399

29. Die Seele Ferrantes   404

30. Von der Liebeskrankheit
    oder Erotischen Melancholie   421

31. Brevier der Politiker   429

32. Der Garten der Lüste   442

33. Unterirdische Welten   447

34. Monolog über die Vielzahl der Welten   459

35. Trost der Seefahrenden   474

36. Ars moriendi   487

37. Paradoxe Exerzitien über das Denken der Steine   508

38. Über Natur und Ort der Hölle   524

39. Ekstatische Himmelsreise   538

40. Kolophon   547

Umberto Eco im dtv

Der Name der Rose
Roman
dtv 10551
Daß er in den Mauern der
prächtigen Benediktiner-
abtei das Echo eines ver-
schollenen Lachens hören
würde, damit hat der Fran-
ziskanermönch William
von Baskerville nicht ge-
rechnet. Zusammen mit
Adson von Melk, seinem
jugendlichen Adlatus, ist er
in einer höchst delikaten
Mission unterwegs …

Nachschrift zum
›Namen der Rose‹
dtv 10552

Über Gott und die Welt
Essays und Glossen
dtv 10825

Über Spiegel und
andere Phänomene
dtv 11319

Das Foucaultsche Pendel
Roman · dtv 11581
Drei Verlagslektoren
stoßen auf ein geheimnis-
volles Tempelritter-Doku-
ment aus dem 14. Jahrhun-
dert. Die Spötter stürzen
sich in das gigantische
Labyrinth der Geheimleh-
ren und entwerfen selbst
einen Weltverschwörungs-
plan. Doch da ist jemand,
der sie ernst nimmt …

Platon im Striptease-
Lokal
Parodien und Travestien
dtv 11759

Wie man mit einem Lachs
verreist
und andere nützliche
Ratschläge
dtv 12039

Im Wald der Fiktionen
Sechs Streifzüge durch die
Literatur
dtv 12287

Die Insel des vorigen
Tages
Roman · dtv 12335
Ein spannender histori-
scher Roman, der das
Zeitalter der großen
Entdeckungsreisen in
seiner ganzen Fülle erfaßt.

Gesammelte
Streichholzbriefe
dtv großdruck 25139